U0691928

从 幼 龄 囚 徒
到 中 兴 之 主

璩静斋 著

汉宣帝
的传奇人生

———（上）———

中国文史出版社

图书在版编目（CIP）数据

从幼龄囚徒到中兴之主：汉宣帝的传奇人生／璩静
斋著 . -- 北京：中国文史出版社，2025.5. -- ISBN
978 - 7 - 5205 - 4895 - 3

Ⅰ. I247.5

中国国家版本馆 CIP 数据核字第 2025NV7958 号

责任编辑：程　凤

出版发行：**中国文史出版社**

社　　址：北京市海淀区西八里庄路 69 号　　邮编：100142

电　　话：010 - 81136606　81136602　81136603　81136605（发行部）

传　　真：010 - 81136655

印　　装：廊坊市海涛印刷有限公司

经　　销：全国新华书店

开　　本：787 × 1092　1/16

印　　张：38.5

字　　数：571 千字

版　　次：2025 年 7 月北京第 1 版

印　　次：2025 年 7 月第 1 次印刷

定　　价：128.00 元

文史版图书，版权所有，侵权必究。

文史版图书，印装错误可与发行部联系退换。

前言

　　汉宣帝（前91年-前49年），原名刘病已（前64年改名刘询。因行文需要，全书一律用其原名），汉武帝刘彻的曾孙，太子刘据的长孙。十八岁之前，他是一个遗落民间的太子府遗孤，无异于一个庶民；十八岁之后，他侥幸被权臣霍光推上九五至尊之位，成为西汉的第十位帝王。虽然他在后世的影响力不及他的曾祖父刘彻，但西汉在他的治下达到前所未有的鼎盛，却是不争的事实。

　　在众多的中国古代封建帝王中，刘病已的人生经历可谓非常独特，富有传奇色彩。

　　他出生数月后就遭遇残酷的巫蛊之祸，祖父刘据被诬陷"谋反"，太子府中他所有的直系亲属均不幸遇害，襁褓中的他也连带着有罪，被无情地投入郡邸狱。在当时混乱复杂的局势下，没有多少人会在乎这个幼龄囚徒的死活，加上监狱环境恶劣，这个孤弱的婴儿一般是很难存活的。上天似乎有意眷顾这个可怜的遗孤，让他幸遇正直厚道的丙吉。

　　丙吉当时担任郡邸狱的监狱长，他发自内心地同情太子一家的凄惨遭遇，怜悯太子留存在世间的唯一血脉，特意挑选性情忠厚又有爱心的女囚专门哺养遗孤。在丙吉的赤心照护下，几个月的幼婴才侥幸活下来。"病已"这个名字大概率也是丙吉起的，——遗孤体弱多病，丙吉希望孩子尽快病愈，取此名以图吉利。

　　小病已在监狱长到四岁左右，一场劫难又悄然向他袭来——宫里流行一种传言，称长安的监狱中出现天子云气，老病昏聩的汉武帝竟信以为真，下令将长安各监狱在押的所有犯人全部诛杀。小病已再一次面临生死劫难。在这危急关头，丙吉冒着被杀头的危险，抗旨不遵，让小病已再次躲过一劫。一年后，巫蛊之祸结束，在监狱待了五年的小病已终于出狱。丙吉经过多方打听，找到小病已的祖母史良娣的娘家至亲，将小病已送到史家寄养。史良娣年事已高的母亲史贞君哀怜外曾孙孤苦无依，亲自抚育小病已，直到她病逝。

这之后，小病已因武帝遗诏被录入皇室族籍，归养掖庭。负责管理掖庭的官吏张贺正好又是太子刘据生前亲信的门客，这似乎又是上天再一次对小病已的眷顾。张贺将小病已视如己出，不仅在生活上无微不至地照顾他，还对他悉心进行启蒙教育，资助他读书。等他到了婚娶年岁，张贺又热心操持他的终身大事，为他觅得贤妻许平君，帮他组建了美满的小家庭。

刘病已成亲一年后，长子刘奭出生。过了数月，朝堂发生惊天大变：年仅21岁的天子刘弗陵突然驾崩（谥号孝昭皇帝）。昭帝没有子嗣，皇位暂时空缺，由大将军霍光主导，将昌邑王刘贺迎立为新帝。至此，刘病已的生活一如既往，朝堂对没有任何政治地位的他来说，是遥远的存在。但仅仅过了二十多天，朝堂再一次发生骤变：刘贺被霍光废黜，皇位又被空置。命运的转轮在悄然中转向刘病已。

由于霍光想当一个终身制权臣，他需要在汉武帝的后嗣中选推一个容易掌控的人上位。而流落民间多年的刘病已作为武帝的嫡系曾孙，根正苗红，又无毫无政治根基，自然成为最合适的人选，加上丙吉等人极力推荐，霍光决定让刘病已当刘贺的替补，将刘病已扶立上位，其发妻许平君被封为婕妤。

早期特殊的人生经历让刘病已磨砺出理智冷静、坚强自律的个性。在侥幸成为天子之后，他谨记废帝刘贺的失位教训，始终谦恭虚己地与权臣霍光相处。哪怕心爱的发妻死得不明不白，他也忍痛含悲，极力隐忍。翌年春，霍光成功运作，让小女儿霍成君当上了他的第二任皇后。刘病已慑于霍氏的冲天权势，继续隐忍负重。他即位第六年的三月初，霍光病逝，他才得以亲政，大力培植自己的势力，经过两年多的精心布局，诛灭霍氏势力，废黜皇后霍成君。从此之后，他成为名副其实的九五至尊。

刘病已亲政之后，治国理政可谓殚精竭虑。他重视治吏不治民，将王道与霸道杂糅，讲究综核名实，有功必赏，有罪必罚。

他制定"五日听事"制度，即每五日召开一次听政会，从丞相以下各署要"奉职奏事"，他亲自听取官吏们的工作汇报，了解地方吏治情况，掌握各地大致的政情与民情，以便做到心中有数。

为了提高官吏们工作的积极性，刘病已特意建立绩效考核机制，根据各个官吏的政绩与能力予以考核，给予相应的奖赏，力图做到"吏称其职，民安其业"。与此同时，他也很重视思想文化建设，大力推广儒学教化，并积极组织召开著名的石渠阁会议，这是有汉以来第一次举行高规格的儒家经典学术研讨会，影响深远。在外交方面，施行恩威并施的策略，使"四夷宾服，万邦来朝"。其中最值得一提的是匈奴呼韩邪单于对汉俯首称臣，结束了汉匈之间长达一百五十多年的敌对态势，外交意义重大。刘病已励精图治，文治武功卓著，他统治时期，是西汉王朝最强盛时期，班固因此赞他"功光宗祖，业垂后嗣，可谓中兴之主"。

尽管刘病已被赞为"中兴之主"，但不可否认，他在位二十五年，施政过程中也存在一些弊端。

大致说来，他基本上沿袭了他的曾祖父"外儒内法"、王霸杂糅的那一套治国理政思路，各项规则制度也都予以袭用。实际上，他的曾祖父留下来的那些律法规制有诸多不合理之处，存在不少漏洞。一些官吏就利用法制的漏洞滥用职权，损害老百姓的利益，导致吏治腐败。刘病已对待吏治腐败的主要办法同其曾祖父如出一辙，就是下诏申斥，加大对官吏的监管选拔，倾向于任用酷吏。尽管酷吏能通过严苛刑罚来弹压处罚不法官吏，暂时能遏制一下吏治腐败，但终究不能从根本上解决问题。他特意建立的绩效考核制度在具体执行过程中，也存在弄虚作假的现象，一些地方官吏夸大或伪造政绩以骗取朝廷的奖励。

吏治问题在他执政晚期越发严重。太平时期百姓却普遍贫困，盗贼随处都是，让他深感忧愤。他曾在离世那一年（黄龙元年）下诏痛责："当今天下少事，徭役减省，兵革不动，而百姓多贫，盗贼多起，其过失何在？向朝廷上报的人事、户口、赋税的情况，文实不符，谎言骗上，以避免追究！"诏书的字里行间透溢着这位有志于当明君的帝王的愤怒与无奈。虽然他已经尽了他最大的努力，但他无法突破封建专制王朝的那套"人治"制度的藩篱，导致他至死都没有找到长久行之有效的治吏良方。

刘病已虽然身世凄惨，经历坎坷，但他在整个成长过程中，始终不缺关爱：在郡邸狱期间，有丙吉赤心呵护；出狱寄养史家，有外曾祖母百般痛爱；归养掖庭，有掖庭令张贺无私关怀；年少成家后，有贤妻温柔体贴。被爱滋润的刘病已情绪稳定，富有人情味，情商很高。

他对发妻许平君的深情尤其令人动容。在他侥幸上位不久，一些大臣为拍大将军霍光的马屁，上奏请立大将军的小女儿霍成君为皇后，他在内心极度抗拒，他眼里只有心爱的发妻，他的皇后非她莫属。但他非常清楚自己的处境，自己不过是受霍光掌控的一个提线木偶，他不能公开地与霍光对抗，以避免重蹈废帝刘贺的覆辙。经过再三思虑，他想出一个比较巧妙的对策，下诏要求大臣们帮他寻找一把微贱时用过的旧剑。这道诏令含蓄地表达"糟糠之妻不下堂"。大臣们都品出这道诏令背后的真实意图：昔日用过的旧剑皇上尚且不舍，更何况与他同甘共苦、相濡以沫的发妻？于是便纷纷奏请立许平君为皇后，使刘病已的立后愿望顺利达成。

刘病已非常重感情，重夫妻感情，重亲族情义，对昔日微贱时期结交的好友也非常顾念。他也懂得知恩图报，对有恩于他的人都满怀感激，予以厚赏重谢。

作为帝王，刘病已对老百姓也富有人情味。他在民间生活多年，亲身体察世间的人情冷暖，对底层民众的疾苦有深切感受，所以他上位后始终对民间疾苦怀有悲悯情怀，注重推行轻徭薄赋等一系列的利民政策，多次下诏令要求各级地方官员关注民生，体恤百姓。

值得一说的是，刘病已不是完人，他富有人情味的背后也有多疑猜忌和阴狠冷鸷的一面。

霍光一族专权跋扈，满朝堂俨然成了霍家帮，让他如芒刺在背。霍光夫人霍显又阴毒地谋害他的爱妻许平君，他更是为之切齿腐心，在霍光死后两年，就毫不留情地对霍氏灭族，让霍光绝后断祀。

废帝刘贺被软禁于昌邑旧宫，如同可怜的丧家之犬，但他还是对刘贺满怀戒心，将刘贺视为潜在的对手，派人监视刘贺的一举一动，对其加以严密防范。

张安世在他年少时阻止哥哥张贺将孙女嫁给他，让他心生忌恨，加上张安世跟霍光跟得很紧，他曾一度对张安世起过杀心，被老将赵充国劝阻才作罢。此次劝谏属于宫闱机密，赵充国自己对外守口如瓶，只在私下跟儿子赵卬提过一嘴。赵卬酒后不小心将这件私事泄露出来，被人告发到刘病已那里。刘病已很恼怒，又不想将功勋老臣赵充国牵扯进来，就以赵卬违反禁令屯兵为借口，要法办赵卬，导致赵卬自杀，让耄耋之年的赵充国痛失爱子。

司隶校尉盖宽饶为人刚直，廉洁奉公，因对刘病已重用宦官推行刑法很有异议，便上了一道密封，其中引用了《韩氏易传》中"五帝官天下，三王家天下"来表达自己的看法："家天下"就是把政权传给子孙，"官天下"则把政权让给贤能，这就如同四季转换，功成者离开，不得其人就不居其位。盖宽饶的这封上奏触碰了刘病已的逆鳞，他下令将盖宽饶逮捕下狱，盖宽饶深为悲愤，挥刀自刭。

光禄勋杨恽是太史公马迁的外孙，颇有才华，疏财仗义，任职也尽心尽责，因遭人告发他平时妄议"不道"言论而被免职回家，但他心高气傲，行事依然很高调。友人孙会宗出于好心，写信规劝他要收敛锋芒以避免灾祸，他不以为然，回信一封，言辞愤激，满怀不满。适逢当时出现日食，有人告发杨恽骄奢不悔过，招致日食出现。刘病已下令廷尉严查杨恽，发现杨恽写给孙会宗的信，刘病已看完信，更是雷霆震怒。杨恽被判定为犯大逆不道罪，惨遭腰斩，家眷都被流放到边远的酒泉郡。

盖宽饶和杨恽因言获罪，令当时不少正直大臣心寒痛惜，连太子刘奭都觉得自己的父皇持刑过重，曾大胆予以规劝，遭到刘病已的斥责。

深究起来，刘病已之所以如此，也是人性使然。一个人坐在握有生杀予夺大权的专制帝位上时间长了，权力没有受到任何约束，那他的心性会不由自主地变得忘乎所以，会理所当然地将自己视为整个世界，绝对不能容忍任何人冒犯他。刘病已也不例外。

执政后期，刘病已滋生好大喜功的心理，效仿他的曾祖父刘彻，崇神敬鬼，迷信方士之言，四处建寺庙大搞祭祀，靡费无度。他还派才华横溢的文士王褒长途跋涉去益州，为他祭迎方士杜撰的金马和碧鸡二神，导致王褒途中染病猝逝。

如果照这样的情势发展下去，他终究会活成另一个刘彻。耿直的博士谏大夫王吉苦心向他劝谏，遭他冷落。后来他始终赏识的京兆尹张敞上奏劝谏，他才开始自我反思，回想曾祖父晚年的惨痛教训，幡然醒悟，将待诏的方士都罢斥，他骨子里还是希望自己当一个明君。

站在两千多年后的今天，以人世间寻常人的心态来审视汉宣帝，他的本色就是一个既有优点又有缺点的凡夫俗子，帝王不过是他的一份职业。在笔者看来，他最吸引人之处，是他具有真实无伪的灵魂，凡夫俗子的真实性情在他的身上表现得淋漓尽致：他有他的喜乐与伤悲，有他的得意与失意，有他的软肋与逆鳞，有他鲜明的爱与憎……

目录

上　册

下　册

目录

第一章　巫蛊之祸

1

褥褓里的婴儿被送进郡邸狱的时候，监狱长丙吉刚巡视完所有监房。

丙吉原是鲁国人，年轻时研修法律条文，通晓刑律法令，早年在鲁国做过狱吏。由于他办案果断准确，业务水平高，逐步升迁至朝廷最高司法机关——廷尉府担任廷尉右监。丙吉任职兢兢业业，只因为人刚正，仗义敢言，难免招来某些同僚的忌恨，背地里使绊子，导致他被降职，回到鲁国做了州刺史的僚属。丙吉以为自己从此仕进无望，没想到自己还有翻身的机遇。这年正月，京城发生了巫蛊大案，犯事者甚众，监狱人满为患，长安原有的二十多座监狱根本不够用，武帝下令将大鸿胪统管下的郡邸（各郡国和诸侯国在京都长安设立的府邸）临时征用，设置成羁押犯人的监狱。当时审案的人手严重短缺，丙吉就以原廷尉右监的身份被重新征召到京城，武帝诏令他作为治狱使者，到郡邸狱担任监狱长，负责追查巫蛊案。

如今丙吉到郡邸狱就职已有两月之余。每当他巡查监房，犯人们纷纷涌向木椽围成的栅栏门，哭诉自己是被冤枉的。丙吉也深知很多巫蛊案的确都是冤案，但他却无力为之翻案，因而心情异常沉重。近期外界又风传太子刘据埋桐木偶诅咒皇上，诛杀查办他的江充，起兵谋反，武帝征调兵力镇压，长安一片混乱。丙吉觉得这百分之百是恶毒小人散布的谣言。太子重仁重孝，为人稳重宽厚，怎么可能谋逆?! 武帝喜欢任用严刑峻法的酷吏，太子对此有异议，认为这样会屈打成招制造冤案，常常利用武帝外出巡行委托他监国之机，召廷尉府商讨平反一些过重的判决。丙吉任廷尉右监期间，曾经跟太子有过几面之缘，对仁厚的太子非常敬重，料想太子将来即位，必定是个爱民如子的守成明君。丙吉真心不希望太子出事。

当丙吉忧心忡忡地查完监房，刚回到自己的办公处所，狱吏伍尊就急匆匆地抱着裹在褓褓里的婴儿进来。没等丙吉询问，伍尊将婴儿抱到他的面前，对他耳语说，这是太子的嫡长孙。丙吉大吃一惊，马上意识到太子真的出事了！不但太子出事了，连同他的家人也都出事了！丙吉难以抑制内心的悲痛，两眼潮润，从伍尊手中抱过婴儿。婴儿也不过才两三个月大，小脸蛋上隐隐有泪痕，看样子是哭了很长时间，哭累了迷糊着睡着了。

婴儿的右臂上用合采婉转丝绳系挂着一枚小宝镜。丙吉轻轻抚摸着这枚如八铢钱一般大的小宝镜，竭力平复心情，小声问："娃娃是谁给送过来的？"

"丞相府的人。"伍尊低声说，"听说太子带着两个儿子逃出了长安。这个小娃娃的祖母、父亲、母亲、姑母，还有乳母，大凡留在太子府的，都没了。现在太子府就只剩这一根独苗了。"

丙吉忍不住抹起了眼泪，太惨了！太惨了！他对太子府的这个遗孤心生无限的哀怜，很快他又强作镇静，告诫伍尊说："不要跟任何人说这是太子的孙子。"

伍尊忙点头，小声问："可以称皇曾孙吗？丞相府的人叫这个娃娃皇曾孙。"

"那倒也无妨。"

婴儿醒了，嘤嘤哼唧着，想必一定是饿了。丙吉吩咐伍尊马上去各监房寻找哺乳期的女犯人，也算是巧，还真找到两个，都是前些天进来的。

丙吉让伍尊将她们带过来询问，大致了解了一下她们的情况：一个是某个权贵家的乳母，因主母嫉恨她被主人宠爱，告她埋小人恶咒主母，乳母这些天心中烦闷，已经没有奶水了；另一个也是因为受巫蛊案牵扯进来的，还带着乳儿，只是她的奶水也不多，都不够她自己的孩子吃。不过，看在监狱长的面上，她还是很勉强地给皇曾孙喂奶。皇曾孙也实在是饿坏了，将头埋在妇人怀里，使劲地吮吸。妇人想给自己的孩子留点奶水，喂了一会儿，就强行将乳头从皇曾孙的嘴里拔出来，皇曾孙顿时撕心裂肺地大哭起来。妇人将啼哭不休的皇曾孙抱给丙吉，含泪说："我也没有奶水了。没有办法的。"

丙吉见指靠不了这妇人，也就作罢。他四处托人弄来一点新鲜羊奶，加热，一勺一勺喂给孩子喝。无奈羊奶也不易得，当务之急，还是要找比较可靠的乳母。虽然他也先后找过几个乳母，将孩子喂养了一段时间，但多不尽心。有一个叫则的乳母尤其让他生气，哺乳孩子不尽心不说，有一天夜里还只顾着她自己睡觉，孩子做梦在榻上乱滚，额头撞到墙壁上，起了一个血包。他将她责罚了一番，觉得这种女人骨子里不善良，才对孩子不善待。

又过了几天，进来几个女犯，一律都是受巫蛊案的牵连，丙吉亲自对她们逐一讯问。其中一个年轻女人有些与众不同，面容清秀，眉梢间隐有忧郁，上身穿浅蓝色对襟绢面襦衣，袖端接一段白色丝绢，下身着纳有丝绵的浅黄色丝裙，看她装束，不像是苦家出身。一进门，女子就低头朝丙吉行礼。丙吉让她抬起头说话。"你叫什么名字？哪里人？你是什么情况？"

"我叫胡组。"女人说着，眼圈一红，开始哭诉她的不幸遭遇：她是渭城人，家境贫寒，曾给长安一家富户当婢女。这家无子，主母做主将她纳为偏房，开始对她还算善待，让她好吃好喝，等她十月怀胎生了儿子，这才仅仅过了一个月，她的儿子还吃着她的奶水，主母就开始变脸，找巫人上门，直接到她的卧房搜挖，竟然在放箱箧的房角挖出了一个桐偶人，偶人的腹部扎着青铜针。她自己根本就不知道她的卧房里还有这种东西，分明是主母勾结巫人栽赃诬陷她。主母吵闹着要将她赶出去，这还不算，还诉官告她暗地里谋害主母。"我真的是被冤枉的。我真的没有埋桐偶人。"胡组抽抽搭搭地重复着这句话，说主母变着法子害她，主要目的就是霸占她的儿子。

丙吉一听，明白这是悍妇为了夺子假借巫蛊陷害小妾，对女子很同情，安慰说："不要难过。你还年轻，等出去再找个好人家过日子。"顿了顿，"你现在还有奶水吗？"

胡组顿时满脸绯红。丙吉见她有些误解，忙解释说："我们这里有个孤苦的婴儿，才几个月大。现在想找你来喂养，你应该没有问题吧？"

胡组闻言，脸上微露喜色，连连点头，"可以的。我会将他当自己孩子喂养的。"大概是因为想起了自己的乳儿，胡组声音有点哽咽，"只是我奶水不太多，就怕喂不饱孩子。"

"那没有关系，你先尽力喂着，回头我们想办法再找一个乳母。"

丙吉让伍尊将孩子抱过来，孩子嘤嘤哭个不停，声音有气无力。胡组一见饿得像小猫一样可怜的孩子，母爱顿时被激发，眼含热泪，忙接过孩子，也顾不得害羞，背过身，解开上身的襦衣就给孩子喂奶，孩子马上就不哭了。

丙吉舒了一口气，这回总算找对人了。他亲自挑选了一间通风干燥的房间，给胡组和皇曾孙住。他们住的房间紧挨着狱卒的监管室，万一有什么事，好及时跟狱吏联系，向他通报。他每月还从自己的月俸中抽出一份米肉，为胡组改善伙食，让她能多些奶水，将皇曾孙喂饱。

考虑到胡组一个人带孩子比较辛苦，丙吉又从女犯中挑选了淮阳人郭徵卿当阿保，让她和胡组一起哺养皇曾孙。郭徵卿为人忠厚，手脚也勤快，比较靠谱。

丙吉每日都要去探视皇曾孙两次，看到胡、郭二人将孩子照顾得不错，感到很欣慰。他有时生病，不能前去看望皇曾孙，便嘱咐伍尊不分早晚地去问候皇曾孙的情况，看看被褥的干湿厚薄，孩子的吃喝拉撒是否都正常，孩子没什么问题，他才安心。

皇曾孙生来羸弱，郡邸狱的条件又很有限，难免生病。有一次半夜三更，胡组醒来，习惯性地摸摸身旁的孩子，发现孩子周身滚烫，赶紧叫醒郭徵卿，两人摸索着掌灯一看，孩子双目紧闭，长睫毛时不时抖动，小脸潮红，薄薄的嘴唇翕动着，看样子病得很凶。两人吓得不轻，合计着必须马上告知丙吉大人。胡组照看孩子，郭徵卿找值夜班的狱吏伍尊。伍尊丝毫不敢怠慢，忙去向丙吉汇报。

丙吉一听，慌得连夜去请医工。医工为孩子把脉诊治，说小娃娃得的是急症，十分凶险，要是稍微晚了，恐怕就没得救了。医工给孩子轻轻推背按摩了一番，开了药单。丙吉马上差人去抓来草药，煎熬，遵照医工嘱咐，给孩子喂服。到天明时分，孩子高烧退了不少，病情有所控制，大家这才略略松了一口气。

丙吉希望孩子尽快病愈，给孩子取名"病已"。他想起武帝时期威风赫赫的冠军侯霍去病的名，人家冠军侯能叫"去病"，皇曾孙叫"病已"，当然也无可厚非。只是念及孩子当初在太子府出生后，应该有一个雅名，可惜没人知道叫什么，丙吉心中不免有些伤感。

经过十来天的精心治疗，小病已的病终于痊愈，丙吉很是高兴。然而，也仅仅过了一天，他的情绪就一落千丈，他听说逃亡的太子在湖县自杀身亡，太子的两个儿子同时遇害。丙吉悲叹仁厚的太子竟然落得如此不幸的结局，忍不住黯然落泪。

那天小病已一反常态地哭闹不休，胡组和郭徵卿轮番抱着哄，怎么也哄不住，以为孩子哪里不舒服，又病了，不敢拖延，赶紧告知丙吉。

丙吉见小病已闭着眼一个劲地哭，小脸憋得通红，很是心疼，便将小病已从胡组怀里抱过来，摸摸孩子的额头，不发烧，看样子，也不像生病。丙吉突然生发一种异样的感觉：冥冥之中，太子的魂魄仿佛飘到小病已的身边，端详着小病已——太子府唯一幸存的血脉，他最爱的嫡长孙。丙吉轻轻拍拍小病已，语调沉缓，说小病已别哭，别哭，你祖父看你来了。连说了三遍，小病已竟然不哭了，脸上挂着泪，头贴着丙吉的胸脯，睡着了。胡组和郭徵卿想将孩子抱到卧榻上睡，丙吉朝她们摆摆手，他就让孩子在他怀中睡一会儿。

丙吉端详着好不容易才哄睡的小病已，满脸忧戚。这个衔着金钥匙降世的天潢贵胄，到尘世不过才几个月，懵懂无知，每日除了吃喝拉撒，便是睡觉和玩耍，玩累了就睡，睡醒了就玩，他不知道深宫禁院里发生了多少恐怖的人事，那都是见不得光的罪恶，骨肉亲情被残忍地撕碎，蹂躏，化成缕缕化不开的冤魂四处飘飞！他那至尊无上的曾祖父年老多病，多疑猜忌，暴戾乖张，迷神信巫，到了癫狂的地步！连自己的亲生儿女都不放过，已然丧失了正常的人性！这个在帝王的宝座上坐了将近五十年的天下至尊，心里只爱一个人，眼里也只有一个人，那就是他自己！他不会将自己隔了两辈的曾孙放在心上，更不会生发多少真挚感情。丙吉甚至有点担心，这个昏聩的老皇帝说不定哪天被猪油蒙了心，将年幼的曾孙也当成自己的对头，对曾孙也会下手！

时间在一天天流逝，小病已也一天天长大，原先体弱多病，经过丙吉的悉心呵护，以及胡组与郭徵卿的精心哺养，身体也渐渐好起来，个子也一点一点地在长高，开始关注大人说话，跟着咿呀学语，也开始表现出明显的喜好，喜欢玩新鲜的东西。

丙吉托人在长安集市上买回一只泥塑的小马和一只泥塑的小公鸡，准备送给小病已玩耍。他进屋的时候，小病已正坐在卧榻上跟胡组玩捂脸找人游戏。丙吉有意轻咳一声，小病已闻声抬起头，一见丙吉，有些开心，呵呵笑着拍起小手。

丙吉走上前，一只手举着小马，一只手举着小公鸡，在小病已面前轻轻晃悠，笑着逗小病已："想不想玩呀？"小病已两只小眼放亮，兴奋不已，一只手要去抓小马，另一只手要去抓小公鸡，无奈手太小，抓不住。丙吉笑微微地看这个小不点怎么将两个玩具都弄到手。小人儿脑瓜还挺灵活，见一只手抓不住，改用两只手去合抱，先将泥马抱过来，搁在自己身旁，然后又伸出双手将小公鸡合抱过来。将玩具都弄到自己手中，小病已开心得不得了，咧嘴笑着拍拍手，表示大功告成啦。

丙吉不住地点头，小不点懂得用脑子。胡组和郭徵卿都在一旁笑着鼓掌，夸赞皇曾孙好聪明！

第一次拥有泥马和小公鸡这样的玩具，小病已很感新鲜，玩过泥马玩小公鸡，小公鸡玩过又玩泥马，不厌其烦地玩，玩着玩着还琢磨着玩花样，将泥马与小公鸡并排放着，用一双小手推着它们前进，小嘴还叽叽咕咕，似乎在发着什么号令。白天玩不够，晚上睡觉他还要将玩具搂在怀里不撒手。

小病已还喜欢跟胡组玩藏玩具的游戏。胡组非常有耐心，陪着他玩，让他玩个够。玩饿了，小家伙就软绵绵地偎依在胡组怀里吃奶，一副很享受的样子。

2

巫蛊案连年不能了结，笼罩在人们头上的阴霾依然未散，上上下下依然惶恐不安。

一转眼过去了四度春秋，后元二年（前87年），年近古稀的武帝病得很重，往来于长杨、五柞两座离宫疗养。九五至尊拥有人世间至高无上的威权，呼风唤雨，无奈对自身健康无法掌控，自然很是心烦意乱，妄想神巫助力，消疾除病，龙体大安，长命百岁，永握权柄。偏偏在此时，宫里流行一种传言，说长安城监狱中出现天子云气，传到武帝耳里，武帝即命方士前去观望，以确定是否属实。

其时西风寥落，愁云飞卷，方士像煞有介事地登上观云台观望一番后，神情自得地去向武帝禀告：长安狱中确有五彩云气，呈龙虎形状，陛下，这是典型的天子云气啊。武帝闻言深感惊惧，下诏命令使臣分别通知京师各官府：各监狱在押的所有犯人，不论罪行轻重，一概诛杀，一个不留！

自从丙吉接管郡邸狱，暗自发誓一定要照护好小病已，以告慰太子的在天之灵。时局纷乱，丙吉始终保持高度的警觉，尤其是晚上，他再忙，也要抽空去看望小病已，嘱咐胡组和郭徵卿夜间要格外留心，关好门窗，谨防孩子着凉，提防孩子夜梦乱滚磕碰。嘱咐过后，丙吉又到别处巡视一遍，确保无事才回自己的住处休息。

这晚夜月幽暗，丙吉刚看望过小病已，就听到外面隐约传来嘈杂的脚步声，那声音愈来愈近，他的心里不免一紧：这脚步分明是奔这里来的！夜深人静，闹出这么大动静，绝对不是什么善事！

丙吉猜得没错，果然不是善事！来的是内谒者令郭穰，他秉烛夜行，带人来是为了传达老皇帝的诛杀诏令。

丙吉耳闻这个郭穰喜欢打小报告，他曾告发丞相刘屈氂因为多次受到圣上谴责而有怨言，其夫人便指使巫师在祭祀土地神时恶语诅咒圣上。他还告发刘屈氂与贰师将军李广利共同祭祀祷告，谋划扶立昌邑王刘髆替代太子，结果导致刘丞相夫妇惨遭腰斩。

第一章 巫蛊之祸

眼下郭穰深夜突然到来，让丙吉感觉当头被泼了一盆冰水，浑身打了个冷战：这家伙是个丧门星，他来就是冲着皇曾孙来的！丙吉也顾不得那么多，横横心不让郭穰进门。为防止郭穰砸门，他吩咐下属们赶紧抬来两块厚重的木板抵靠在门上，又搬来院里的几个石墩抵住木板。

郭穰命人咚咚敲门，高声嚷道："我郭穰是代表圣上传旨，传了长安那么多监狱，都老老实实地奉诏接旨，传到你这儿，你竟然敢不开门，你这就是蔑视圣上！你是活腻烦了吗?!"

丙吉情绪十分激动，大声回应："皇曾孙在此！其他人尚且不应无辜被杀，何况是圣上的亲曾孙呢！"

郭穰眉头紧皱，"圣上亲自下的诏令，谁敢不从?!"丙吉不再回应。他知道，此时此刻，多言不但无益，而且还容易被郭穰抓把柄，控告他诽谤诬上，那罪名就更大了。但老不回应也不行，郭穰像个瘟神一样在门外不时叫嚷，丙吉不得已，又回复那句话："皇曾孙在此！其他人尚且不应无辜被杀，何况是圣上的亲曾孙呢！"

郭穰烦躁不已，嚷道："你这个一根筋的顽固家伙，当真是不要命了?! 圣上诏令，你真的敢抗旨不遵?!"

丙吉义正词严地说："给我一百个胆子，我也不敢违抗圣上！这里有皇曾孙，圣上的正统血脉，而且年幼无知，孤苦无辜。人心都是肉长的，谁忍心看着一个可怜无辜的幼儿受伤害？何况还是圣上的血脉至亲?!"丙吉掷地有声，"我相信上天也决不允许！"

"圣上的旨意，谁敢违抗?!"

"圣上为何在长安修建思子宫？又为何在湖县修建归来望思台？大凡是个明白人，心里都应该明白！内谒者令比谁都聪明，也应该比谁都明白！"

……

双方僵持到天明，郭穰始终未能进去，只是他并不那么气恨，而是真心佩服丙吉耿直胆大。混浊之世，谁不惦记着自保？可丙吉偏偏敢赌自家性命，就为这么一个襁褓里的小娃娃！此时的郭穰，着实为丙吉捏着一把汗。一尊龙体抱恙，易暴易怒，猜忌多疑，谁稍微不慎，就有可能遭遇飞来横祸，身首异处。当然，他也明白思子宫和归来望思台背后的内涵。今天若是奉命杀了皇曾孙，哪天一尊又回过味来，思起小娃娃，那自己岂不是又要没了命？郭穰明白皇曾孙不能有闪失。正因为明白，所以他才没有坚持完成圣命，仗势强压丙吉，强行入内去拿人处置；他才忍着困倦，隔着监狱之门跟丙吉反复地声明：圣上的意旨不能违抗。他是要将场面做足。他认定丙吉是个十足睿智的人，丙吉翻来覆去要表达的都是上天意旨谁也不可违背，而一尊最敬畏的恰恰就是上天。

后世有人怀疑丙吉和郭穰是不是合伙演了一出双簧，事实上，当时郭穰和丙吉是各唱各的调。只是丙吉不计后果，唱得很是高昂；而郭穰唱得有些紧张，他得思忖着回去如何向武帝交差。

曙色微露，郭穰拍拍昏胀的脑壳，揉揉酸涩的眼睛，返回宫里，将此事奏明武帝，并弹劾丙吉抗旨不遵。要是在平时，武帝肯定会雷霆震怒，下旨将丙吉拿下，丙吉脑袋十有八九要搬家。但这回武帝有点反常，阴沉着脸听完郭穰的禀报，竟沉默不语，半晌，冲跪在地上的郭穰略略抬了抬下巴，语气阴冷地说："起来吧!"

老皇帝虽然满脸病容，但眼神依然犀利，暗藏杀机。郭穰唯诺着爬起来，小心翼翼地退到一边，像个等待审讯的罪犯，垂头侍立。他有些惴惴不安，这个喜怒无常的一尊说不定会突然发作，迁怒于他，那他可就成了冤大鬼了!

殿内空气沉闷无比，仿佛凝滞了一般，郭穰越发心生惶惧，武帝却一反常态，昂首长叹："天意啊! 这是上天让丙吉这样做的。"郭穰闻言，悬着的心这才放下，圣上这是真清醒了?

圣上是真清醒了! 这个拥有至高无上的权势、不可一世的帝王，此时此刻不过是个形容枯槁、风烛残年的老人，他已病入膏肓，回望自己这几年过的日子，像是在梦魇般的地狱油锅中打滚滚，在妖魔鬼怪横行的丛林中荡秋千。突然间，一切都变得面目全非，曾经的父慈子孝、家和族旺没了，他原先最疼爱的长子——他钦定的继承人没了，他的三个生龙活虎的亲孙子没了，很多美好的人与事都埋葬在血雨腥风中……这都是谁造成的? 他自己? 不! 这至少不是他本意!

武帝刘彻自十六岁登基以来，一直立志要建立一个强盛的大汉帝国，而且他也有这个底气，毕竟他所接手的是一个经历文景无为而治，休养生息了几代的统一而稳定的王朝，彼时天下富庶，府库充盈，兵强马壮。他以高度饱满的热情内修国政，采用铁腕手段在政治、经济等方面进一步加强中央集权，以前所未有的威势号令天下，外拓疆土，北击匈奴，南平百越，西灭大宛，东征朝鲜……

他是个私欲极度旺盛的人，受权力欲的驱使发兵北征南伐，而这也是缘于他对物欲的强烈渴望。他为了能见到南粤的犀、象、玳瑁等珍稀物，就在南粤开建了珠崖等七郡；有感于枸酱（一种酱酢）的美味、竹杖的轻巧便利，便征服西南夷，开设了牂柯、粤巂等郡；听说西域有名贵的天马和甘甜的葡萄，就打通了大宛、安息之路。从此以后，明珠、玳瑁、通犀（一种犀角）、翠羽等数不清的珍宝积满了他的后宫，蒲梢、龙文、鱼目、汗血等各种骏马充满了黄门，大象、狮子、猛犬、鸵鸟等猛兽珍禽成群地游食于苑囿中。通过不断的征服战争，他获得了来自四面八方的珍奇异物，极大地满足了他的私欲。然而战争是吞金巨兽，连年征伐耗空了国库，不得不通过对国内民众横征暴敛来维持战争巨兽的奔突。

他在自己所统辖的天朝之域中穷奢极欲，大撒钱财扩建上林苑，开掘昆明池，建千门万户之宫，筑神明通天之台，制甲乙之帐，系随珠和璧，他列彩绣屏风，披翠羽外衣，依玉饰几案，极尽奢华。他住在上林苑，豪奢地设酒池肉林，招待周边四夷宾客；让宫廷艺人们表演《巴俞》之舞、都卢杂技、海中《砀极》古乐、鱼龙幻术、角抵等戏，邀请外宾们现场观看；同时还要给外宾们丰厚赏赐，万里供给，军队花费，不计其数。财政不够支出，就实行官方专卖酒水，专营盐铁，铸白金造皮币为钱，征收车船六畜之税。

他自以为拥有全天下无可挑战的权威，天下小民都是他手中的木偶，他想怎么玩弄就怎么玩弄。但让他没有料到的是，繁重的徭役赋税受到民众的强烈抵制，他不得不重用酷吏，依靠苛刻的刑法律令来强制推行，加上天公黑脸，连年发生自然灾害，导致民力屈尽，财用枯竭，寇盗并起，民变不断，尤以函谷关以东地区最严重，规模大的聚集数千人，他们攻打城池，抢走郡国武库的兵器，释放囚犯，捆绑羞辱郡太守、都尉，杀掉二千石以上官员；规模小的集结数百人，四乡抢劫，不可胜数。通往各地的道路因此不得通畅。

全国各地的暴动让武帝又怒又惧，他派御史中丞和丞相长史督查各地平乱，无法奏效；于是又任命光禄大夫范昆，以及原九卿张德等人，担任绣衣直指，身穿绣衣，持有天子节杖、调兵虎符，派遣军队大规模镇压各地叛乱，斩杀甚多，有的郡国斩杀首级过万。按照汉律，串联各地反叛者、为反叛者提供饮食的人，一并连坐诛杀，各郡受牵连的，又达到好几千人。

几年下来，不少造反的首领被朝廷抓获、斩杀，但余部纷纷化整为零，逃入深山，又依托山川险要，继续对抗朝廷。面对不惧死的"刁民"负隅顽抗，武帝也没有丝毫办法，只得倚仗地方官吏为他效命。为了严刑督责和惩治捕盗不力的官吏，他又颁布《沈命法》，明文规定："盗贼兴起，如果不搜捕，以及搜捕却没有杀掉所有盗贼的郡国，从二千石以下官员至小吏全部处死。"

《沈命法》颁布之后，小吏们害怕被杀，即使有盗贼也不敢汇报，担心抓不到所有盗贼，会因《沈命法》的考核而连累郡府长官；郡府为了自保，也让小吏们保持缄默。由于郡县上下互相勾结，隐瞒事实，用文字游戏钻汉律的空子，导致盗贼越来越多，社会越发动荡不安。最终武帝不得不采取招抚与武力镇压并举的策略，才勉强将民变平息下去。此时的大汉帝国已经变得千疮百孔，元气大伤。朝中的大臣中也开始产生各种不同的声音，质疑武帝的施政路线，武帝的权威受到严重挑战。连太子都跟他不是一条心，这让武帝深为之忧懑。

那年晚秋的一天，住在建章宫的武帝午间小憩，醒来，睡眼蒙眬，看见一个神秘的白衣男子带剑进入中龙华门，形迹极为可疑，他喝令侍卫们赶来护驾。男子弃剑逃之夭夭，侍卫们神情紧张地在宫里四处搜寻，结果一无所获。武帝大怒，怪罪看守城门的门候渎职，将门候斩杀。

冬十一月，有人奏称，上林苑一带发现可疑人员，武帝便征调京畿地区的骑兵，在上林苑大肆搜捕，关闭长安城门搜查，十一天后才解除。巫蛊之祸开始蔓延开来。

后有人举报，称擅闯建章宫的刺客是阳陵大侠客朱安世。

阳陵在长安北郊的渭河之畔，距离长安六七十余里。朱安世经常在阳陵与长安两地往来。他武艺高强，轻功尤为了得，能飞檐走壁，逾墙越舍。他天生反骨，一身豪侠之气，性情又机敏狡诈，常以武犯禁，目无王法，在地方上干过不少杀人越货、打家劫舍的事，在长安上流圈子里也不时游走，跟一些权贵有着千丝万缕的联系。

建章宫神秘人事件在社会上传播开来，朝廷搜寻不得，朱安世很是得意。一次跟几个江湖同伴私下聚到一起喝酒，喝得微醺，同伴提及神秘人事件，朱安世满脸不屑，说宫廷里养的那帮侍卫都是些没用的酒囊饭袋，朱某人在里面转一圈，转到老皇帝跟前，他们都没能拿他怎么着！同伴觉得不可思议，怎么可能？莫不是你自己吹牛皮！朱安世蔑笑，"今上（武帝）成天死作，导致人心涣散，有什么可奇怪的！"他们的谈话被隔墙的耳朵偷听了去，一封加急的密奏很快就传到武帝面前，武帝诏令各地紧急缉拿朱安世，但都无果。朱安世似乎人间蒸发了一般。

其时丞相公孙贺的儿子公孙敬声擅自动用北军军费一千九百万钱，事情败露后被捕下狱。公孙贺请求武帝让他负责追捕朱安世，来为其子赎罪，得到武帝的应允。公孙贺敢提出这样的请求，是因为他对朱安世比较了解，断定朱安世并没有离开长安，而是藏在某个权贵的府上。他动用各种私人关系，很快就查出朱安世的藏匿之处，带领强悍之兵将朱安世捕获。

朱安世听说公孙贺想用自己来为其儿子赎罪，轻蔑地冷冷一笑，斜睨着公孙贺说："丞相将要祸及全族了！南山上的竹子不够用来书写我的揭发文辞，斜谷中的树木不够用来做束缚我的桎梏。"

公孙贺闻言一愣，直视着朱安世说："你想怎么样？"

朱安世翻了翻白眼，鄙夷地说："我不小心落到你的手中，你说我还会怎么样！"

公孙贺稍稍放下心，觉得朱安世不过是死到临头，口头威胁自己以泄私愤，根本翻不起什么大浪。他压根儿也没想到，朱安世说到做到，在羁押期间照样能掀起惊天骇浪——在狱中上书，揭发公孙敬声的丑行与大逆不道："公孙敬声与阳石公主私通。他得知陛下将要前往甘泉宫，便让巫师在陛下专用的驰道上埋藏木偶人，诅咒陛下，口出恶言。"

武帝向来崇信巫祝，看完朱安世的举报信，怒不可遏。他想起前些日子自己午休，梦见有好几千个木头人手持棍棒想要袭击他，周围一个护卫都没有，他左躲右避，也难逃被袭，霍然惊醒，从此感到浑身上下都不舒服，精神不济，记忆力也日渐衰退。自己身体抱恙，御医调治见效不大，原来是有人在背地里恶咒自己！他下令拿办公孙父子，经过廷尉携下属调查，罪名属实，公孙父子都死于狱中，并被灭族。因为公孙贺的妻子是皇后卫子夫的姐姐，此案还牵连了卫皇后的两个女儿阳石公主和诸邑公主，以及侄子卫伉（卫青的长子），导致他们也都被杀。

武帝疑心病加剧，觉得公孙父子案不过是冰山一角，到处都潜藏着要谋害他的敌人，他命宠臣江充为使者主持查办巫蛊案。

3

武帝宠信的江充是赵国邯郸人，原名江齐，他曾是赵敬肃王刘彭祖的门客，因为得罪了赵王的太子刘丹，逃出赵国，改名江充，来到长安。他向武帝告发刘丹不但与同胞姊妹乱伦，还与其父王的后宫之人淫乱，这还不算，竟然还勾结郡国的豪猾奸人，打劫作恶，地方官吏无法管制。武帝大怒，诏令拘捕刘丹，废除刘丹赵国太子之位。

不久，武帝在犬台宫召见江充，应允江充以平常的穿戴叩见的请求。江充为了显示自己与众不同，有意身着女性化的艳丽服饰，穿着能透视的超薄织丝禅衣，曲裾后垂若燕尾，衣长曳地，行不露足，丝帽上鸟羽作缨，走动时摇冠飞缨，加上他身材魁梧伟岸，整个人看上去颇有姿容，气质不俗。武帝对他很感兴趣，对左右人说："燕赵真是奇士很多啊。"待江充上前，与他一番谈论后，武帝很是欢心。

江充为了向武帝表忠心，请求出使匈奴。武帝问他有何打算，他回答说："出使应因变制宜，以敌为师，事情不好预先打算。"武帝觉得他说的也是实话，便任命他为谒者。江充出使匈奴表现也比较出色，归国后，武帝就拜他为直指绣衣使者，督捕三辅境内的盗贼，监察豪贵们的越礼过分行为。当时贵戚近臣中很多人骄奢僭越，江充一一举报弹劾，还奏请没收这些人的车马，让他们到北军营待命抗击匈奴。武帝准奏后，江充即刻传文给光禄勋中黄门，对那些该去北军营待命的近臣侍中，告知门卫，禁止无令就出入宫廷。于是贵戚子弟惶恐起来，都到武帝那里叩头哀求，表示情愿出钱赎罪。武帝当时正变着法子弄钱，这无疑是敛财的好机会，便慨然答允，令他们各自按俸禄地位到北军交赎金，这一下就共得数千万钱充实府库。武帝觉得江充很有才能，性情又忠直，奉法不阿，其言语也很合武帝心意，因此对江充格外看重。

江充处于盛宠当中，自然就很趾高气扬。他有一次外出，碰上馆陶长公主等人的车马在驰道上行走，就喝问为何如此放肆。公主心中鄙视江充，毫不客气地抬出太后说："是太后的诏命。"江充说："只有公主可以，随从车骑都不行。"便把随从处罪，车马没收。

不久，江充陪随武帝前往甘泉宫，正巧遇上太子刘据的家臣坐着车马行走于驰道，江充公事公办，将太子家臣抓了交相关部门处置。太子得知，派人向江充求情说："我并非舍不得车马，只是不想让皇上知道了生气，怪我平日不管教左右。希望您宽恕一次。"江充不理睬，径直上奏。武帝说："作为人臣应当如此！"之后对江充更加信任。江充成了武帝身边炙手可热的大红人，一时间威震京师。但江充是个典型的两面人，对外一副刚正不阿的样子，但私下里可是个地道的贪欲之徒。他担任水衡都尉期间，自己贪享，连带着不少亲族好友沾了很多光。后来，江充触法被免职，但这并不影响武帝对他的信任。

江充奉命彻查巫蛊一案，极尽卖力之能事，他先是指使胡人巫师到处挖掘，搜寻地下埋的偶人，又抓捕夜间祷祝和自称能见到鬼的人，还让人在一些地方泼上血污，假造祷祝现场，验治那些被指控的嫌疑者，施加铁钳烧灼的残酷刑罚，强迫人认罪。这样弄得人们互相诬指，有不少人趁机诬陷自己的仇家，各级官吏动辄判人大逆不道之罪，使牵连受害的前后有数万人。

江充与太子刘据有嫌隙，唯恐将来太子即位对自己不利，便动点子趁查办巫蛊案之机扳倒太子。他也精准揣摩武帝的心理，年事已高、疾病缠身的老皇帝总疑心左右之人都在暗中用巫术诅咒他早死。江充便指使胡人巫师檀何对武帝声称："宫中有蛊气，不将这蛊气除去，皇上的病就一直不会好。"武帝信以为真，命江充严查，并派按道侯韩说、宦官苏文等人协查。

江充得令后耀武扬威地大查特查，为了挖地找蛊，竟然损毁皇帝的宝座。随后他又从后宫中被皇帝长期冷落的妃嫔的住处下手，依次搜寻，一直搜到皇后宫和太子府中，皇后和太子的卧房边边角角都被挖翻了一个遍，室内一片狼藉，以致连放床榻的地方都没有了，皇后和太子都敢怒不敢言。江充扬言："在太子宫中找出的木头人最多，还有写在丝帛上的文字，内容大逆不道，应当奏报陛下。"

太子又气愤又害怕，问少傅石德应当怎么办。石德因为害怕自己是太子的老师而受牵连被杀，便劝说太子矫命将江充等人逮捕下狱，彻底追究其奸谋。太子开始还是有些犹豫，说："我这做儿子的怎能擅自诛杀大臣！不如前往甘泉宫请罪，或许能侥幸无事。"太子打算亲自前往甘泉宫，但江充却抓住太子之事逼迫甚急，太子想不出别的办法，只得依从石德的计策行事。

七月初九那天，太子派门客冒充皇帝使者，逮捕了江充等人。按道侯韩说怀疑使者是假的，不肯接受诏书，被太子门客杀死。太子亲自监杀江充，骂道："你这赵国的奴才，先前扰害赵王父子，还嫌不够，如今又来扰害我们父子！"又将江充手下的胡人巫师烧死在上林苑中。

太子派侍从门客无且携带符节，在夜晚进入未央宫长秋门，通过长御女官倚华将发生的变故报告皇后，然后调发皇家的马车运载射手，打开武器库拿出武器，又调发长乐宫的卫卒。长安城中一片混乱，纷纷传言"太子造反"。苏文得以逃出长安，来到甘泉宫，向武帝报告说太子很不像话。武帝说："太子肯定是害怕了，又愤恨江充等人，所以发生这样的变故。"因而派使臣召太子前来。使臣不敢进入长安，回去谎报说："太子已经造反，要杀我，我逃了回来。"武帝终于相信太子是真的造反了，怒气填胸。

丞相刘屈氂听到事变消息后，抽身就逃，连丞相的官印和绶带都弄丢了，派长史乘驿站快马奏报武帝。武帝问："丞相是怎么做的?!"长史回答说："丞相封锁消息，没敢发兵。"武帝气急败坏，"事情已经这样沸沸扬扬，还有什么秘密可言! 丞相没有周公的遗风，难道周公能不杀管叔和蔡叔吗?!"于是给丞相颁赐印有玺印的诏书，命令他："捕杀叛逆者，朕自会赏罚分明。应用牛车作为掩护，不要和叛逆者短兵相接，杀伤过多兵卒! 紧守城门，决不能让叛军冲出长安城!"

太子发表宣言，向文武百官发出号令："皇上因病困居于甘泉宫，我怀疑可能发生了变故，奸臣们想乘机叛乱。"此时武帝已从甘泉宫返回，来到长安城西的建章宫，颁布诏书征调三辅附近各县的军队，部署中二千石以下官员，归丞相兼职统辖。

太子也派使者假传圣旨，将关在长安中都官狱中的囚徒赦免放出，命少傅石德及门客张光等分别统辖; 又派长安囚徒如侯持符节，征发长水和宣曲两地的胡人骑兵，一律全副武装前来会合。侍郎马通受武帝派遣来到长安，得知此事后立即追赶前去，将如侯逮捕，并告诉胡人："如侯带来的符节是假的，不能听他调遣!"马通将如侯处死，带领胡人骑兵开进长安。武帝又征调船兵辑濯士(主管行船的官员)，交给大鸿胪商丘成指挥。当初，汉朝的符节是纯赤色，因太子用赤色符节，所以在武帝所发的符节上改加黄缨以示区别。

太子来到北军军营南门之外，站在兵车上，将北军使者护军任安召出，颁与符节，命令任安发兵。但任安拜受符节后，却返回营中，闭门不出。太子在无奈之下，只得带人离去，将长安四市的市民数万人强行武装起来，到长乐宫西阙门下，正遇到丞相刘屈氂率领的军队，双方会战五天，死亡数万人，死难者的鲜血像水一样流入街边的水沟，惨不忍睹。

民间都说"太子谋反"，所以人们不依附太子，而丞相一边的兵力却不断加强。太子兵败，向南逃到长安城覆盎门。司直田仁正率兵把守城门，因觉得太子与皇上是父子关系，不愿逼迫太急，所以使太子得以逃出城外。丞相刘屈氂要杀田仁，御史大夫暴胜之对丞相说："司直为朝廷二千石大员，理应先行奏请，怎能擅自斩杀呢!"于是丞相将田仁释放。武帝听说后大发雷霆，将暴胜之逮捕治罪，责问他："司直放走谋反的人，丞相杀他，是执行国家的法律，你为什么要擅加阻止?!"暴胜之惶恐不安，自杀而死。

武帝下诏派宗正刘长、执金吾刘敢携带他的谕旨，收回皇后卫子夫的印玺和绶带。卫子夫悲愤不已：刘彻已经变成一个毫无人性、丝毫不顾念亲情的冷血暴君，在他亲手制造的这场疯狂血腥的巫蛊之祸中，她的娘家人遭受灭顶之灾，她的二女儿和小女儿也被夺走了生命——她们身上也流淌着他刘彻的一半血液！她那身为太子的宝贝儿子带着她心爱的两个孙子又被逼在外逃亡，生死未卜。如今刘彻又派人收她的皇后印绶，成心要夺走她的一切。她愤而自尽了。自尽前她给刘彻留下一封简短的遗书，痛陈她忠信恭谨地侍奉陛下四十九载，苦心教导据儿长大成人，她相信据儿绝无谋反之心，而是被奸佞诬陷被迫自保才做出失策之事。陛下归罪于她，她也无法自辩，唯有一死自证清白！武帝刘彻见到卫子夫的遗书，不但不自省，反而更添恨意，命黄门苏文、姚定汉用车载上卫皇后的遗体放在公车令的空房里，又装进一口小棺材，草草地埋在长安城南的桐柏亭。

武帝对北军使者护军任安也很恼怒，认为任安作为朝廷信任的老官吏，见出现战乱之事，竟接受太子节杖，想坐观成败，看谁取胜就归附谁，对朝廷怀有二心，因此将任安与田仁一同腰斩。武帝因马通擒获如侯，封其为重合侯。长安男子景建跟随马通，擒获石德，被封为德侯。商丘成奋力战斗，擒获张光，被封为其侯。太子的众门客，因曾经出入宫门附和太子，所以一律被处死；凡是跟随太子发兵谋反的，一律按谋反罪灭族；各级官吏和兵卒凡非出于本心，而被太子胁迫的，一律放逐到敦煌郡。因太子逃亡在外，所以武帝开始在长安各城门设置屯守军队，准备缉拿太子。

武帝气冲斗牛，群臣感到忧虑和恐惧，不知如何是好。德高望重的壶关三老令狐茂仗义执言，上书武帝予以劝谏。

臣听说：父亲就好比是天，母亲就好比是地，儿子就好比是天地间的万物，所以只有上天平静，大地安然，万物才能茂盛；只有父慈，母爱，儿子才能孝顺。如今皇太子本是汉朝的合法继承人，将承继万世大业，秉承祖宗的重托，论关系又是皇上的嫡长子。江充本为一介平民，不过是个市井中的奴才罢了，陛下却对他尊显重用，让他挟至尊之命来迫害皇太子，纠集一批奸邪小人，对皇太子进行欺诈栽赃，逼迫陷害，使陛下与太子的父子至亲关系隔塞不通。太子进则不能面见圣上，退则被乱臣的陷害困扰，独自蒙冤，无处申诉，忍不住愤恨的心情，起而杀死江充，却又害怕圣上降罪，被迫逃亡。

太子作为陛下的儿子，盗用父亲的军队，不过是为了自救，使自己免遭别人的陷害罢了，臣认为并非有什么险恶的用心。《诗》说："绿蝇往来落篱笆，谦谦君子不信谗。否则谗言无休止，天下必然出大乱。"以往，江充曾以谗言害死赵国太子，天下人无不知晓。而今陛下不加调查，就过分地责备太子，发雷霆之怒，征调大军追捕太子，还命丞相亲自指挥，致使智慧之人不敢进言，善辩之士难以张口，臣心中实在感到痛惜。

希望陛下放宽心怀，平心静气，不要苛求自己的亲人，不要对太子的错误耿耿于怀，立即结束对太子的征讨，不要让太子长期逃亡在外！臣以对陛下的一片忠心，随时准备献出自己短暂的性命，待罪于建章宫外。

令狐茂的奏章递上去，武帝见到后有所感悟，但还没有公开颁布诏令赦免太子。

太子带着两个儿子向东逃到湖县，隐藏在泉鸠里的一个农户家中。主人家境贫寒，经常织卖草鞋来奉养太子父子。太子有一位以前相识的人住在湖县，听说很富有，太子派人去找他，于是消息泄露。八月初八，地方官围捕太子。太子自己估计难以逃脱，便回到屋中，紧闭房门，自缢而死。前来搜捕的兵卒中，有一个山阳男子名叫张富昌，用脚踹开房门。新安县令史李寿跑上前去，将太子抱住解下。主人与搜捕太子的人格斗而死，太子的两个儿子也一同遇害。

武帝感伤于太子之死，便封李寿为邗侯，张富昌为题侯。

血腥残酷的巫蛊之祸至此算是消停了。之前官吏和百姓以巫蛊害人罪相互告发的案件，经过调查，发现多为诬陷捏造。此时武帝也深知太子是因被江充逼迫，惶恐不安，才起兵诛杀江充，并无他意。但武帝还是有些怨恨太子擅自发兵，并没有打算赦免太子。

正好守卫高祖刘邦祭庙的郎官田千秋又上紧急奏章，为太子鸣冤说：

"做儿子的擅自动用父亲的军队，其罪应受鞭打。天子的儿子误杀了人，又有什么罪呢！我梦见一位白发老翁，教我上此奏章。"于是武帝幡然醒悟，召见田千秋，对他说："我们父子之间的事，一般外人认为难以插言，只有您知道其间的不实之处。这时高祖皇帝的神灵派您来指教于我，您应当担任我的辅佐大臣。"立即就任命田千秋为大鸿胪。

武帝转而又怨恨那些参与陷害太子、追捕太子的官吏。为泄私愤，武帝下令将江充满门抄斩，将苏文烧死在横桥之上。曾在泉鸠里奉命对太子兵刃相加的地方官，最初被任命为北地太守，后也遭满门抄斩。

武帝痛惜太子无辜遭害，便特修一座思子宫，又在湖县建了一座归来望思台。天下人听说这件事后，无不为之唏嘘感伤。

巫蛊之祸导致太子一脉几近灭绝，武帝每当头脑清醒的时候，就悔恨不已，肝肠寸断。但他在重病期间，又听信望气者的胡说，要将长安所有监狱的犯人都杀掉，唯独郡邸狱的监狱长丙吉死命抗旨不遵。当他听到郭穰向他禀报丙吉一再提到"老天绝不允许谁伤害圣上的亲曾孙"，他就像被雷劈电击了一般，对，应该是上天在敲打他！上天圣明，将精神恍惚不定的他给敲醒了！丙吉说得没错！上天绝对不允许任何人——包括他在内，再伤害他的亲曾孙！

压在武帝心头的那块无形磐石似乎遁形了，随后他下诏大赦天下。

在长安的所有监狱中，唯独郡邸狱的囚犯们，因丙吉保护皇曾孙的善举而全部得以保全性命。他们非常庆幸自己能够捡回一条命出狱，顶着昭昭日光回家。小病已当然也可以离开郡邸狱。然而这个年幼的遗孤无亲无依，实在没有地方可去。该如何安置小病已，也真是让丙吉犯了难。

丙吉心心念念想给皇曾孙一个好一点的生活环境，他冒着生命危险抗旨救下皇曾孙后不久，就对一个叫谁如的守丞说："皇曾孙不应住在监狱中。"

谁如说："您有什么好的办法吗？"

丙吉说："这事找京兆尹出面解决。"他让谁如写信给京兆尹，请求对皇曾孙生活予以妥善安置，并将皇曾孙与胡组一起送到京兆尹住所。

京兆尹不愿接手皇曾孙，因为他觉得这事棘手，没有圣上的诏令，他不敢擅自做主，这不仅涉及头顶的官帽掉落的问题，还有可能让他掉脑袋。谁如只好带着皇曾孙和胡组回到郡邸狱。丙吉心中哀怜小病已，这样总也不是办法，他期待什么时候才能让孤苦无依的孩子有个可靠的归处。

胡组服刑早已期满，早该离去了，她虽然很不舍得小病已，但她终究还是要回家的。渭城娘家那边也有音信，已给她找到合适的人家，就等她回去落实婚聘之事。

胡组收拾简便的包裹，跟丙吉告别，满怀感激地说："您是奴婢这辈子见过的最有良心的厚道人，多亏您的照拂，奴婢在这里才没有受苦受辱。"胡组右手压左手，两手平放在左胸前，右腿后屈，屈膝，朝丙吉低头，恭敬地行了个大礼。丙吉拱了拱手，说："不用客气，我应该感谢你对皇曾孙尽心尽力乳养。相信你会有好报的。"

胡组转身，恋恋不舍地看了一眼不远处玩耍的小病已，准备转身离去，身后突然传来响亮的啼哭，小病已发现她要走，从郭徵卿怀里挣脱着下来，跌跌撞撞地哭着跑向胡组，向胡组伸开双手，要她抱。

胡组泪流满面，只好回头，抱起小病已。小病已马上就不哭了，紧紧地搂住胡组的脖子。胡组原想哄一哄小病已，等孩子情绪稳定，再离开，但小病已一直黏着她，不肯撒手。郭徵卿将他心爱的玩具都拿出来，哄他玩，他一律不理。

丙吉一见这情形，也不忍心，看样子小病已对胡组很是依恋，一时半会儿离不开她。郭徵卿也有点担忧胡组走后，她一个人照顾不好小病已，平素小病已就很黏胡组。如果胡组能再多留几个月，等小病已稍微再大点，那样会更好一些。丙吉考虑再三，决定出钱雇胡组留下，让她与郭徵卿一起继续抚养皇曾孙。

又过了几个月，小病已基本上可以独立吃饭，睡觉，也不像之前那样黏胡组，丙吉才放心地让胡组离去。

尽管丙吉竭力照护小病已，但郡邸狱的条件实在是太有限了！为了让小病已衣食条件得到进一步改善，丙吉找到主管掖庭府藏的官吏少内啬夫，希望他能够供养皇曾孙。

少内啬夫表示很为难，他也同情皇曾孙的遭遇，也想给皇曾孙提供更好的衣食条件，但他作为朝廷命官，得按规矩办事，便叹气说："没有得到皇上的诏令，我也没有办法嘛。"丙吉也不好再说什么，只好自己解决这个问题，从俸禄中抽出一部分供养小病已。他的俸禄里有米和肉，便按月供给皇曾孙，还多次买些有营养又好吃的食品给孩子吃。他也很关心孩子的情绪，如果孩子不开心，他会耐心地给予抚慰。

第二章　幸运长大

1

　　小病已快五岁了。丙吉公务繁忙，郭徵卿总有一天也要回家，如何让小病已有一个可靠安定的成长环境，是丙吉牵肠挂肚的要事。

　　后来他托可靠的乡友打听到小病已的祖母史良娣的母亲贞君和兄长史恭尚在，喜出望外，终于找到小病已的血脉至亲了！小病已由他们来抚养是最合适不过的。不过乡友说，史家对皇曾孙还活着是有些将信将疑的，希望能提供可靠的信物。太夫人特别提到，她的外曾孙手臂上应该佩戴着一个用合采婉转丝绳系挂的小宝镜，那是她女儿史良娣送给孙子的诞生礼物。丙吉一听，很高兴，说这个有！

　　据那位乡友说，史家原本在长安也有宅邸，太子一家出事后，他们悄悄地回到千里之外的老家鲁郡了。史良娣因为是太子姜而非正妻（太子妃），加上史家也不是那种势焰冲天的豪门显贵，所以没有受到直接株连，但巫蛊之祸实在太过血腥可怕，顷刻间就让史家女儿一个好端端的家倾覆，令史家人深为惊惧与痛彻心扉，他们决定还是趁早离开长安这个是非之地。

　　坐马车去鲁郡需要一些时日，丙吉估算了一下来去的时间，将自己的公务安排妥当，告了一个月的假期，择了个吉日，祭祀路神后，带着小病已启程。

　　启程前两天，丙吉托人在长安集市购买泥塑车马、彩釉斗鸡等玩具，送给小病已。小病已很是开心，将他之前玩的那些旧玩具也都一一拿出来，跟新玩具放在一起，排成队列，他让车拉着马，新马旁边站着旧马，又让新鸡骑在新马上。那些旧玩具多为泥塑品，虽有些磨损，但大体还维护得不错。小病已很爱惜他的玩具，从不乱摔乱砸。丙吉不免暗自感叹：这个自幼孤苦伶仃的小人儿，分明比那些有父母呵护的同龄孩子要乖巧懂事。他准备将小病已送到他的外曾祖母家，觉得还是有必要提前跟孩子说一说。

"小病已，明天我带你去你外曾祖母家，好不好？"

"外曾祖母，是什么意思呀？"小病已第一次听说这个"外曾祖母"，有些茫然。

"就是你祖母的母亲。"

小病已似懂非懂，头似点非点。

"你外曾祖母家比这里好，你可以自在玩耍，吃的喝的也比这里好。"

小病已眨巴眨巴一双清澈的眼，点点头。

晚上，小病已似乎睡得不踏实，不时翻来覆去地折腾。天一亮，他就早早起床了。丙吉问："还早呢，昨晚睡得好不好？"

"我做梦了。"

"哦？梦见什么了呢？"

"我梦见自己到了一个从来没有到过的地方，到处都是好看的花、草，还有车马，还有斗鸡，还有很多小孩，跟我一样，我们玩得很高兴。"

丙吉笑了，这八成是昨天跟他说去外曾祖母家，让他上心了。

准备出发之时，丙吉在长安传舍借了一辆有帷盖的马车（辎车），将装有小病已的日用衣物和玩具的大包裹放在车上，再将小病已抱上车。小病已前后左右张望了一下，问："我们这就去了吗？"

"对，我们现在就去你外曾祖母那里。"丙吉将小病已抱在自己的膝上，抚摸着他的头。

小病已没有说话，偎依在丙吉的怀中，像是有什么心事。

"你外曾祖母很想念你的，早早在家等着你呢。你开心吗？"

小病已咬着嘴唇，嗯了一声。

丙吉带着小病已坐着马车，白天赶路，夜晚在传舍歇息。

传舍是当时的官办驿站，主要负责接待过往的朝廷官员、信使，以及朝廷待命征召的贤士名流。各郡国首府及一些交通要道都设有传舍。传舍服务相对完善，配备传厨、传车和驿马，有资格入住的客人都享受免费食宿。不过到传舍的客人，必须先交验符传（通行证），说明自己的身份爵级，才能按规定享受相应的待遇。丙吉是朝廷官员，护送皇曾孙到鲁郡也算得上出公差，每到一个传舍，都受到比较热情的接待。

十多天之后，丙吉带着小病已总算到达史家所在的鲁郡。史家在当地是颇有名望的，史家除了一女嫁到太子府为良娣，还有一女嫁于鲁安王刘光，属于地地道道的皇亲国戚。丙吉向当地人稍一打听，很快就找到史家的府邸。

贞君已经年老，一直为女儿一家突遭灭顶灾祸伤痛不已，曾为此大病一场。自从一个月前听说自己的外曾孙侥幸活着，日日在家期盼，时不时打发家仆去道上守望，如今见丙吉亲自将自己的外曾孙送上门来，念想变成了现实，特别是她看到外曾孙臂上佩戴的彩丝绳系挂的小宝镜，更是悲喜交加。曾几何时，她为自己的爱女嫁入皇家成为太子良娣而自豪，贵婿刘据也是温良之人，无奈造化弄人，一转眼天地突变！她原以为女儿那边子嗣已绝，没想到还有血脉幸存，小病已眉目清秀，样态机灵，让她深感欣慰。

她见到小病已，想起爱女、贵婿、外孙、外孙媳等一干至亲，早都已经成为黄泉路人，遗留下这么一个孤苦无依的可怜孩子，禁不住悲从中来，抚着外曾孙放声痛哭，小病已不明所以，也跟着哭起来。丙吉在一旁忍不住拭泪。

等老人家哭够了，小病已也止住了哭，丙吉安慰说："您也不要太过悲伤。大难之后必有后福，上天会保佑皇曾孙的。这几年来，不管多艰难，好歹皇曾孙都挺过来了，也长这么大了。如今到您这里，受您老悉心抚育教养，相信皇曾孙会成长得更好。只是您老人家要多多受累了。"贞君揩揩眼泪，一再感谢丙吉对她外曾孙的照护之恩。丙吉诚恳地说："您万勿客气。我也仅仅做了我本分的事啊。"

在史府稍作歇息，喝了点汤水，丙吉便起身跟老人家道别。贞君一再挽留，说："您大老远劳顿，居几日歇息歇息，再走也不迟。"丙吉拱手道谢说："感谢您老人家的盛情。小吏公务在身，用的又是长安传舍的车马，不敢多耽误，还是尽快回去为好。"

小病已站在一旁，身子紧紧贴着丙吉，一脸失落的样子。丙吉蹲下身，无比怜爱地摸了摸小病已的头，"小病已，好好听外曾祖母的话啊，有机会，我会来看你的。"小病已眼里泛起泪花，垂下头，乖巧地点点头。丙吉又对贞君拱拱手，"老人家多多保重！上天佑福您！"他又有些不舍地摸了摸小病已的头，走出院落，坐上马车，招呼车夫上路。

小病已愣了愣，追出来，脸上挂满泪水，哭着说：不要走！不要走！马车上的丙吉听得真切，鼻子发酸，但他没有回头，也没有应声，而是催促车夫快马加鞭。小病已放在史家，他是一百二十个放心，这里本就是小病已的家。小孩子忘性大，很快会适应这里的生活的。

丙吉走后，小病已哭了一会儿，便不哭了。外曾祖母给了他几颗用饴糖浆裹过的大枣说："这个甜，好吃呢，吃过没有？"小病已摇头。

外曾祖母满脸慈爱，温和地说："你咬着吃吃看。"小病已拿了一颗看了看，放进嘴里，咬了一小口，嚼了嚼。"好吃吗？"小病已点头，说好吃。外曾祖母欣慰地笑了，"好吃，你就多吃点。外曾祖母这里还有不少呢。"

老太太本来就对吃零食很讲究，她惦记着外曾孙要来，前些日子就差使家仆去郡里最有名的食货铺买了些饴糖浆和干枣回来，将干枣蒸软，放在饴糖浆里裹了裹，搁在干净的竹筛上风干，留着给外曾孙吃。

小病已初来乍到，在外曾祖母家里还是有点拘谨，贞君便让自己的三个孙子史高、史曾和史玄带着小病已出去玩耍。论辈分，他们都是小病已的表叔。大表叔史高已是个翩翩少年，性情也很温良随和，让小病已有一种亲切感。史高带小病已到孔里一带游玩。

小病已有些好奇，问："这是什么地方啊？"

"你知道孔子吗？"

小病已有点茫然地摇头。

史高就耐心地向小病已介绍孔子，说孔子是春秋时期鲁地一个很厉害的人物，非常有学问，教了很多弟子。他指了指不远处的孔子墓园，告诉小病已："这里就是孔子死后的安葬地，他的弟子和喜欢他的鲁国人就搬到他的墓旁居住，有一百多家呢。孔子的故居堂屋和他的弟子们的内室，后来就改成了孔子庙堂，收藏孔子的衣帽、琴、棋、车、书。每年秋八月下旬，大家都在孔庙祭祀孔子。当年，高皇帝经过鲁地，就特意用牛、羊、猪三牲祭祀孔子呢。"

小病已虽然听得懵懵懂懂，但他还是很安静地听。史高看出小病已对自己说的似乎不太感兴趣，突然意识到他还是个几岁的小孩子，还是应该带他去看好玩的东西。他想起附近住着一位远近闻名的斗鸡翁，专门驯养斗鸡，小病已一定对斗鸡感兴趣。

斗鸡翁须发花白，面容清癯，脸上漾着温和的笑容。史高和两个弟弟带着小病已站在他家的院门前，说想看看他们家的大斗鸡，可不可以？斗鸡翁慨然应允，打开院门，让他们到鸡舍去看斗鸡。他饲养的鲁西斗鸡（俗称咬鸡）大都被主家挑走了，目前只剩下了两只，一只全身羽毛纯青碧绿，另一只周身羽毛洁白如亮雪，两只斗鸡分别圈在两个独立的鸡舍中。

小病已对两只高大健硕的大公鸡非常感兴趣。两只鸡的鸡冠小巧，脖颈细长，喙比较尖利，前胸宽大，大腿肌肉发达，小腿粗壮有力，爪细长，它们高昂着头，在宽敞的鸡舍里，神气活现地走来走去，样子有些不可一世。

小病已以前见到的都是泥塑的玩具鸡，如今第一次见到活蹦乱跳的大公鸡，兴奋得跺起脚来。两只大公鸡以为他在挑衅自己，都不约而同地做出强烈的反应：颈部羽毛炸起，弓背屈爪，伺机跃起，朝小病已这边扑来。小病已吓一跳，赶紧跑开，躲到史高的身后。史高抱住小病已，大笑，"不要怕，它们虽然好斗，但它们在鸡舍中圈着，是跑不出来的，这是在跟你玩耍呢。"

斗鸡翁笑着对史高说："这小娃娃想必是第一次看见咬鸡。"逗小病已，"想不想看它们俩打架？"小病已此时已经不害怕了，点头说想看。

斗鸡翁笑呵呵地说："好嘞，就让你这个小娃娃见识一下。"他将两个鸡舍打开，将两只斗鸡引到空场上，吆喝了一声，两只斗鸡得令开始进入战斗状态。

小病已目不转睛地盯着两只气焰嚣张的大公鸡，看它们在空场上斗来斗去，谁也不让谁，他很是兴奋，眉飞色舞，手舞足蹈，笑呵呵地拍手，和三个表叔一起给两只斗鸡鼓劲。斗鸡翁乐得开怀大笑，这小娃娃怕是日后也是个斗鸡迷哟！

没过多久，史高兄弟们又带小病已去看了一场激烈的斗鸡比赛。这次斗鸡比赛比上次在斗鸡翁家看的还要精彩，小病已沉浸其中，扯着嗓子跟着在场的人大声叫好。

小病已变得越来越活泼，也爱说爱笑起来。贞君见外曾孙过得开心，也颇感欣慰。她恨不能将自己余年所有的爱都给外曾孙。小病已每餐的吃食都是她亲自下厨做的，她觉得外曾孙生来小身子骨就羸弱，需要多吃点滋补的食物，加强营养。晚上她和外曾孙睡在一张大床榻上，小孩子睡觉不老实，总喜欢蹬被子，她总要多次醒来给他盖被子。

小病已在外曾祖母家的快乐时光，一直持续到外曾祖母病逝。

贞君是个习惯于勤勉的老人，除了操心家中的事务，每日还要亲力亲为照顾小病已，身体渐渐不支，旧病复发，一病就没再起来。她知道自己时日不多，不能再亲自照顾小病已，临终前一再嘱咐家里人一定要对她的外曾孙尽心照护。

2

小病已寄居史家的几年间，丙吉始终很关注他的成长，跟史家不时有书信来往。当他得知贞君过世后，特意写信给史恭，深表对太夫人的哀悼之情。史恭复信表示感谢，同时也提及小病已的境况，目前一切尚好。太夫人临终前留下遗嘱，说小病已毕竟是正统的皇家血脉，史家只是他临时的歇脚点，希望今后小病已还是能够回归皇室大家庭。太夫人的遗愿他不敢隐瞒，希望丙吉有机会能够帮着关注、落实这件事。

丙吉当然满口答应史恭的请托，他其实也一直关心小病已今后的安置问题。孩子也快九岁了，最好能想办法将孩子接回长安接受良好的教育。眼下是大将军霍光主政，他琢磨着这事得跟大将军商量商量。霍光对他也很器重，他最初任车骑将军军市令，霍光将他调任到自己身边，任命他当大将军长史，后来又让他入朝做了光禄大夫、给事中。

丙吉在霍光闲暇时前去拜见，将史恭的书信拿给霍光看。霍光沉吟了一下，说皇曾孙的事，可以考虑考虑。

当年巫蛊之祸消停之后，武帝就面临继承人的问题，太子刘据自杀，燕王刘旦、广陵王刘胥又都有很多过失，不适合继承大统。武帝经过再三考量，决定将皇位传给幼子刘弗陵，挑选忠诚可靠的大臣来辅佐。他观察群臣中能够堪当重任的只有霍光，于是便叫宫廷画师画了一张周公背着成王接受诸侯朝贺的画赐给霍光。后元二年（前 87 年）春，武帝出游五柞宫，病得很厉害，霍光流泪问："如果陛下有不测，那当由谁来继位？"武帝说："难道你还不明白上次送给你的画的意思吗？立少子为帝，你当照周公辅佐成王那样行事。"霍光叩头，一再谦让，武帝十分严肃地说："不要推托，不要辜负朕对你的期望。"当日正式诏令立年幼的刘弗陵为太子，翌日又召霍光、金日磾、上官桀和桑弘羊等人到病榻前叩拜接受遗诏，任命霍光为大司马大将军，金日磾为车骑将军，上官桀为左将军，桑弘羊为御史大夫，由他们共同辅佐年幼的君主。仅仅过了一天，武帝就驾崩了，太子刘弗陵承袭皇位，史称孝昭皇帝（简称昭帝）。当时刘弗陵年仅八岁，政事主要由霍光来处理。

武帝临终前，神志尚清，他念及自己还有一个皇曾孙遗落民间，心中有些难过，对身边的霍光提及此事，要霍光将皇曾孙录入皇家户籍，交由掖庭抚养，没过几个时辰，武帝就与世长辞。对于武帝的遗嘱，霍光始终惦记在心，但他暂时还无暇顾及此事，作为托孤大臣，他得集中精力处理眼前重要的事务：操持武帝的丧葬事宜，扶立太子登基，全面主持国政。这期间，忠诚可靠的辅助大臣金日磾过世，作为托孤大臣的霍光因为没有满足一些官僚权贵的利益要求，渐渐成为这些人针对的重点目标。当时昭帝唯一活着的姐姐鄂邑长公主、上官桀与上官安父子以及桑弘羊等人，与燕王刘旦一同设谋，企图除掉霍光，废掉昭帝，后来谋逆计划失败，霍光借机清除了自己的敌对势力，成为独揽朝政的权臣，朝廷政局也得以稳定。

此时丙吉提及安置皇曾孙的事，霍光觉得也该履行武帝的临终嘱托，处理好皇曾孙刘病已的入籍与抚养事宜。随即朝廷颁布诏令，命掖庭抚养皇曾孙，并命负责皇族名籍簿管理的宗正将皇曾孙录入皇族属籍，恢复他的皇族身份。

也真是凑巧，当时担任掖庭令的张贺曾经是太子刘据的门客，深受太子厚待。张贺每每想到太子蒙冤而死，就黯然神伤。当他接到奉养太子亲孙的诏令后，激动万分，亲自将小病已接到掖庭妥善安置。

巫蛊之祸发生后，曾经出入太子府的门客均受牵连，一律被处死。张贺自然也不例外，也在被诛之列。弟弟张安世当时任光禄大夫，不忍心兄长受戮而上书武帝为哥哥求情。

武帝对张安世很器重。当初武帝行幸河东时，途中弄丢了三箱书籍，诏问无人能知，只有博闻强识的张安世记得所失图书的相关内容，并且将它们全部默写下来。后来，武帝通过重金悬赏找回了丢失的书，将张安世所默写的内容与原书一比对，竟丝毫不差。这让武帝很是惊叹，觉得张安世是个奇才，此后一直对他刮目相看。

张安世为兄长求情的奏书呈到武帝那里，武帝便法外开恩，给张安世一个面子。只是死罪赦免，活罪难逃，张贺被处以残酷的腐刑，下了"蚕室"。他出狱后曾一度消沉，将自己关在家里，不愿见人。弟弟张安世念及兄弟情分，冒险上书营救他，也只是救得他半条性命，那半条性命早已死去。

张安世见哥哥萎靡不振，心里也很不是滋味，一再规劝哥哥要往开处想，人生在世，也就那么一个字：活！俗话说，好死不如赖活着。想当年太史公司马迁因李陵事件也痛下蚕室，人家就咬咬牙选择隐忍苟活，继续写他的《太史公书》，最终完成了他的立言之志。

弟弟的一番话更让张贺伤感：太史公为了写他的史书隐忍苟活，我张贺忍着奇耻大辱，留在这人世间，为了什么？仅仅是拖着刑余残体苟延残喘？

张安世看着哥哥面如死灰的寥落样子，暗自叹叹气，转身又去上书武帝，以极度卑微的语气诉说兄长的窘迫，请求圣上给兄长安排一份混饭吃的差事。当时掖庭正好缺人，原先的掖庭令因病"乞骸骨"，申请告老还乡。武帝就顺手下诏让张贺担任掖庭令。

张贺最初对此职并不热心，毕竟他是以宦官身份接手这份差事，直到他见到掖庭养视皇曾孙的诏令，突然间就有了一种奇异的感觉，那死去的半条性命似乎在复活，他开始有自己的主心骨，他选择苟活原来也是有意义的。他甚至觉得，他忍辱活下来，来到掖庭当差，都是上天冥冥之中注定，是让他等皇曾孙的到来，让他有机会报答当年太子对自己的恩情！他的脸上开始浮现久违的微笑，对人对事也变得热心起来，周围的人都觉得掖庭令像变了一个人。最欣慰的当然是弟弟安世，哥哥总算是彻底活过来了！

为了更好地照顾小病已，张贺索性让小病已跟自己住在一起，自己出钱供给小病已，尽可能让小病已吃好喝好，小病已在穿着用度方面，虽比不上那些贵族公子，但也不差。张贺还很重视小病已的教育，教他读书。小病已好学上进，记忆力很强，一般听张贺讲一两遍他就能记住，不懂他就问张贺，能做到"不耻下问"。

有一天吃过晚饭，坐在几案旁，张贺给小病已讲《孝经》，讲到"孝道"："身体发肤，受之父母，不敢毁伤，孝之始也。立身行道，扬名于后世，以显父母，孝之终也。"顿了顿说，"这就是孝道的精髓，你懂不懂呢？"小病已若有所思，又摇摇头，说："还是听您讲讲的好。"张贺就大致讲了一下大意：人的身躯，连同每一根毛发和每一块皮肤，都是父母给予的，应当谨慎爱护，不敢稍有毁伤，这是实行孝道的开始；以德立身，实行大道，使美好的名声传扬于后世，以光耀父母，则是实行孝道的最终目标。然后他又一句一句地念，让小病已跟着他读。小病已没有读，张贺温和地说，为什么不读呢？

小病已咬咬嘴唇，神情有些黯然，"我从来没有见过我的父母，我想知道他们都长着什么模样。"

张贺摸摸他的头，"我见过你的父母，都是颇有美仪的人，看着很舒服。你长得既像你父亲，又神似你母亲。你不妨自己照照镜子，看看自己是不是很好看。"小病已不好意思地笑了笑。

刘病已稍微长大点，张贺给他找了个教书先生专心教诲，让张彭祖陪读，跟病已一起学习。

张彭祖原是张贺弟弟张安世的小儿子。说来又是满腹伤心泪，张贺自己的独子因病早逝，安世为了慰藉命运多舛的哥哥，也为了给哥哥续香火，就将自己的小儿子彭祖过继给哥哥当儿子，将来好给哥哥养老送终。

张彭祖跟刘病已年纪相仿，两人很是合得来，同窗读书，共案而食，同榻而眠，促膝夜谈，日夜几乎形影不离，仿佛一对穿连体袍服的孪生兄弟。张彭祖可以说是刘病已最好的知心伙伴。

刘病已渐渐长成一个翩翩少年，张贺鼓励他外出游历交友，"好男儿志在四方，不能囿于斗室。书上字书，仅供案头阅读，读得再多，也只是胸藏点墨，而广天阔地、高山长河等都是无字之书，足能开掘视界，增长见识，令你胸怀天下。"

掖庭令说的一番话很合刘病已的心意，他也很想出去闯荡一下，长这么大，除了去过外曾祖母那里，在长安城转转，远一点的地方都未曾涉足，外面的世界什么样，他真的很想去看一看，想象自己悠闲自在地四处走走，逛逛，看看，结识几个志趣相投的朋友，那该是多么惬意的事啊。何况他也有大把的时间呢，只是想到出门远足，仅仅有兴趣不够，有闲暇也不够，更重要的是要有钱币。他尚没有谋生能力，主要倚仗外曾祖母家，倚仗掖庭令，想来也觉得有点惭愧，他朝掖庭令笑笑，微低了低头，没有马上回应。

张贺知道他的心事，拿出事先准备好的行囊，里面有出行的必备用品，还有一大串钱币，"你看，这是必备的行囊，都给你准备好了。"

刘病已搔搔头，有点难为情地说："老劳您操心，怎么好意思呢？"

"病已说这话，就见外了啊。我这是将你当自家孩子呢。"

张贺又不放心病已一个人出去，毕竟第一次出远门，还是有个伴儿才好，便招呼彭祖跟病已一起随行。

两个少年还没动身，就让张安世知道了。张安世是不太赞同让病已和彭祖出去游逛的，实在不放心。张贺说："都这么大了，该出去见见世面了。我们像他们那么大，不也是在外面跑，不也没事吗？"

"那不一样。病已不是一般人，是皇曾孙，这身份在外就够招风的。万一遇上别有用心的人，怎么办？"

"嗯，你这一说，那倒要让他们小心点了。"

"得好好提醒提醒他们。"

张贺将两个孩子叫过来。张安世说："病已，你和彭祖出去，千万不要跟外人说你是皇曾孙，切记切记！"病已点头，说不会的。

张安世直视着彭祖，叮嘱说："你在外也不能跟任何人透露皇曾孙的名头。你可记住了？"彭祖说记住了。

"你们第一次出门，要处处留心，尤其不要招摇。"

"这两个都是本分的孩子，哪会招摇？"张贺笑笑说。

"提醒提醒嘛！"张安世有点不满意哥哥打岔，"年少气盛的，难保不使性子招摇，一招摇，往往就惹事。一惹事，麻烦可不就来了？"见两个孩子竖着耳朵恭听，张安世又是一番叮嘱，"外面什么样的人都有，特别是那种地方上的强人、混混，你们万一遇上，宁可忍声让三分，也不要与其纠缠。强龙难压地头蛇啊！咱惹不起，咱总躲得起吧？你们俩在外面要放机灵点，看事行事，要是看到事情势头不对，"张安世做了个快跑的姿势，"你们就赶紧撒腿，跑！远离麻烦。"

两个少年听得一愣一愣的。

张贺微微皱眉，他可不赞成弟弟的说法，遇事就躲？那不成了缩头乌龟了？不过，他心里不赞成，嘴上还是尽量不说，好歹安世正说得来劲，还是别扫安世的兴，安世也是好心。

张安世叮嘱再三，还说第一次出去，玩个三五天即可，时间不宜长。偏僻地方的野店不要住，万一碰上歹人，那可真是叫天天不应，叫地地不灵。

等张安世一走，两个少年互相看看，彭祖说："外面真的那么吓人吗？"病已说："没出去过，不知道呢。"

"也没那么吓人的。安世叔只是想提醒你们注意安全而已。"张贺笑笑，"出去游历，你们稍微注意就好。"

"要是看见那些仗势欺人的事，老实人被欺负了，也跑走不管吗？"病已冷不丁地问。

彭祖不假思索地接过话头，"当然要跑了。跟你又没有什么关系。"

张贺说："好好想一想，如果看见老实人被欺负，就撒腿跑开，不闻不问，那下回轮到你被别人欺负了，还能指望有人来帮你救你吗？"

"八成不能指望了。"病已说，"人家又跟你没有关系。"

"就是嘛，都像彭祖那样想，跟自己没有关系的，都不关心，那谁还会来关心你呀？人与人之间，都是互相的，你将我当回事，我才将你当回事。今天你帮我了，下回我也会帮你的。古人说，投我以木桃，报之以琼瑶。说的就是这么个意思。"

彭祖显然有些不好意思，挠挠头，又挠挠病已的背。病已一扭身子，笑着撇撇嘴说："痒，别挠了。"

张贺满脸都是慈爱，看着两个孩子，笑起来。病已说："如果我们碰到很强的人，他又欺负老实人，我们想帮忙，可实际上帮不了什么忙，这个时候，应该怎么办？"

张贺嗯一声，说："这确实是个问题。这种情况，那你们就得相机行事了。帮助别人的同时，也不忘保护好自己。这是聪明人的做法。"他随后讲起他记忆犹新的一次经历："那时我也跟你们差不多的年纪，和一个新结识的朋友到杜地西南一带游玩，碰到几个恶少，在追打一个老年汉子。那老汉卖瓜，恶少买瓜不给钱，老汉就向他们讨要，他们不但不给，还恶语伤人，老汉跟他们理论，他们恼了，要将老汉瓜篮里的瓜砸烂，看着真叫人气愤。我那新朋友拽着我就走，说这都是当地的流氓地痞，少招惹。我没听朋友的劝告，捋起衣袖，上去帮老人家，结果被打得鼻青脸肿，我心里正怄气呢，恨不能将这帮坏东西一个个给剁了！我那朋友带着一帮人赶来了，将那几个恶少收拾了一顿，要他们赔偿老人家的损失。事后，我朋友将我狠狠地说了一顿，说你逞匹夫之勇，你帮人家也得掂量掂量自己的能耐，你看你不但没帮上忙，还将自己给弄得狼狈不堪。何苦来哉？我当时有些纳闷，他怎么能一下子请来那么多人帮老汉？他卖关子不说。我猜想他大概是有点来头的，感觉他这个人城府深，后来我就没有再跟他继续来往。"

两个少年听得津津有味。病已问:"您被打了,事后是不是后悔了?"

"后什么悔啊?"张贺爽朗地笑起来,"老实说,我当时觉得自己很像个壮士呢!大丈夫不就应该这样嘛!"

病已有些崇拜地点点头。彭祖说:"被打是很痛的。"

"其实也没见得有多痛。"张贺笑说,"不过,话说回头,你们这次出门,还是要多加小心。万一碰上那些胡搅蛮缠的小混混,你们得动脑子脱身,不可像我那样蛮干,不可逞匹夫之勇,不要吃眼前亏。你们可都明白了?"

彭祖说:"明白明白。"病已说:"您放心,我们都记住了。"

张贺用蓍草占卜,特意为病已和彭祖出行挑了个黄道吉日。

两个少年动身的那天,一大早,张贺在郊外道上设帐,备酒食,为他们祭祀路神,行礼后奉酒祷祝,祷告路神保佑两个孩子路途平安,游历顺畅,然后将酒水洒在地上。事后张安世知道了,觉得哥哥太招摇了,两个毛孩子出门游玩,犯得着弄这么大阵仗吗?

路祭完毕,两个少年意气风发地开始他们的行程。张贺站在道旁注视他们离去的身影,心中很是宽慰,两个孩子都有好样儿,病已走路的身姿尤其挺拔,步履矫健沉稳,不愧为太子的亲孙子,颇有祖父风范。他两眼含着笑,一直目送他们,直到他们消失在自己的视线中。

3

病已和彭祖满心兴奋,出了长安城,朝东南方向走。他们一路上边走边看,看行人,看牛车,看走马,看流云,走走停停,看来看去,看到正午时分,肚子饿了,看到路旁有卖烧饼的货担,上前买了四个烧饼,一人啃了两个烧饼,喝了点葫芦里的凉水,继续往前游逛。

前面是一条河,颇似巨幅玉带,水清涟涟,缓缓流淌,两岸依依杨柳,青葱翠绿,鸟雀枝头啼鸣,惬意满满。有个身着粗麻短衣的汉子正在河边用罾(一种四边用木棍做成支架的方形渔网)捕鱼,病已和彭祖饶有兴趣地上前观看。

汉子往罾中放一些碎断的蚯蚓作为诱饵,将罾搁到水里静置一会儿,再迅速将它从水中提到岸上，就能捕到一些活蹦乱跳的鱼虾。彭祖忍不住说："鱼虾真不少。"汉子不以为然，"这不算多。"

病已说："有没有不贪吃诱饵的鱼虾？"

汉子笑笑，"你说呢？"

病已搓搓手，"您能让我试试吗？"

汉子说："还是别试了。水里的罾很沉，你恐怕提不上来。"

"我就试一次。"病已捋捋袖子，再次央求。彭祖说："就怕你出洋相。"

汉子将罾交给病已，病已将罾提了提，"一点也不沉，轻飘飘的呢。"

汉子让病已将罾放到水里，过了一会儿，提醒病已可以提上来。病已拿起提竿，将罾从水中往上提，果真很沉，费力提上水面，一看，只有两只小虾在蹦跶，等提上岸，两只虾都蹦回水里去了。彭祖撇撇嘴，说："空空的，一只鱼虾都没有！"病已有点发窘。

汉子接过病已手中的罾说："你不是捕鱼的人，你就等着别人捕鱼给你吃吧。"重新将罾放到水里。

病已说："不好意思，打扰你捕鱼了。"汉子说："那倒没什么。你只有试试，才知道捕鱼并不像你想的那样简单。"

彭祖拽拽病已，小声说，走吧。病已没马上走，站在一旁，又仔细看汉子捕了一回鱼，汉子提罾的时候，是憋着一股劲的，那速度极快，跑到罾里吃诱饵的鱼虾根本来不及逃脱。病已明白了，捕鱼原来是很需要花气力的，讲究快速。自己力气不够，提得太慢，自然就一无所获了。原来不论做什么事，都有点名堂，都不可小视。

其时夕阳西下，病已和彭祖又继续往前走。在这条河的西岸，是一片高地，郁郁葱葱，隐约有袅袅炊烟。病已说："那上面有人家。咱们过去，看看能不能投个宿？"

彭祖说："陌生人家，会不会碰上怪人？"

"山野人家，哪里有什么怪人？你想多了吧。"

彭祖还是迟疑，"万一碰上了呢？"

"那你上哪里夜宿？就待在这外面？这山林里有的是野兽，说不准这会儿在某个角落就躲着一只豺狼，饿得两眼发花，等着你给它送餐呢！那时恐怕你连叫天喊地的机会都没有，你就成了人家的一顿美餐喽。"

"别说得那么吓人好不好？"彭祖声音有点发怯。

"不是吓你，说的就是实际。要不你试试看？"

彭祖咕哝着说："真不该跟你出来。"

病已也不客气，数落说："说了你也不要不高兴，像你这样胆小怕事的人，最好一辈子窝在家里不要出门。"

彭祖没吭声。病已拉起他的手，"刚才是跟你说着玩的呢。走吧，别再磨蹭了，再磨蹭，天黑了，弄不好真有野兽来了！咱们俩就都完了！"

病已拉着彭祖爬上高地，看见近在咫尺的村落，已是暮色四合，山村有人家点起灯火。病已带着彭祖，进入村落。前面是一棵两人能合抱的老槐树，旁边有一个土篱笆墙圈围的小院落。病已敲了敲小院柴门，开门的是一位白发老翁，个子不高，精神很矍铄。

不等老翁开口，病已和彭祖弯腰曲背，对着老人家拜了两拜，说："老伯，打扰您了！我们是过路的，能在您这里住一宿吗？我们给住宿费。"

老翁上下打量着他们，点头说："家贫陋，你们若不嫌弃，就进来吧。"

病已和彭祖道过谢，踏入小院，进了屋舍。堂屋陈设简单，但拾掇得比较干净。老翁回身关上小院的柴门，进屋，转脸问他们吃饭了没有，病已说吃过烧饼了。老翁说："吃那干东西，得多喝点水。"

病已连说是的，从行囊里拿出水葫芦，水葫芦里已经没水了。老翁让老媪端来两碗水，说这水不烫，正好可以喝。病已和彭祖忙道谢，两人双手接过碗，也顾不得斯文，咕噜咕噜地一口气将水全喝掉了。

老翁坐在他们对面，细细问明他们的来历，不免叹息："不瞒你们说，我年少时也像你们这样四处跑着游玩，倒挺自在快活，可惜这样的日子实在太短。"据老翁回忆，他年少时家父在宫内当差，给皇家养马，因为马养得骠壮，所以很受器重，后来因为一次小小的失误，获罪下狱，竟死在狱中，家中顶梁柱倒塌。"从此我就失去依靠，开始做一些养家糊口的营生，这些年日子过得苦啊！"老翁又爽朗地笑笑，"再苦再难，也熬到现在了。"

闲谈了一会儿，该熄灯就寝了。老翁说："本来我们天一黑就睡觉的，省点灯油。因为你们来，所以晚点睡。"

老媪将病已和彭祖引到耳房，让他们俩在那里睡。她将悬挂在墙壁上的木榻放下来，拿干净的抹布将木榻擦了一遍，找来两匹麻纱被单，一匹铺在木榻上，另一匹让他们俩盖在身上。她将小窗户掩上，说榻窄，两个小哥儿就将就一晚上了。病已和彭祖道谢，说给您添麻烦了。

床榻的确小，两个人和衣躺下，只能侧着身子睡，有些不踏实。由于走了整整一天，实在困乏，两人很快就打起鼾声。睡到凌晨两三点，突然外面传来嘈杂声，其间夹杂着喊叫声，病已和彭祖被惊醒，互相轻轻推搡，爬起来，抓开小窗户往外瞧，外面有不少人，举着火把，好像在追赶什么人。

"出事了？"彭祖有点惊惧，"我说这山里不太平吧，你还不信。"

"估摸是山贼下来了。"病已推断说，"你听见没有？有人在喊：尽量抓活的，抓活的！"

"我们俩怎么办？"

"我们俩能怎么办？静观其变啊。"

"唉，真不该出来。"彭祖又老调重弹。

"这时候你说这话又有什么用？下次你不出来就是了。"病已下了榻，轻手轻脚地打开耳房的小门，朝堂屋看看，没有什么声响，又退回来。两个人再也睡不着了，只在榻上干躺着。

拂晓时分，外面的嘈杂声消停了。小院里倒是传来声响。老翁跟老媪在说话："那家伙到底逮住了，折腾得大家一晚上觉都没睡好。"

病已大着胆子走到小院，跟老翁和老媪打招呼。老翁说："这么早就起床啦。昨晚睡得可好？"

"昨晚是抓强盗吗？"

老翁略愣了下，继而笑道："不是抓强盗，是抓野猪。这坏东西不知道毁坏我们多少庄稼地哟！"

病已有些好奇，"老伯，野猪在哪里？"彭祖也出来了，也想看看野猪。

老翁指了指屋后，"在那捆着呢。估计没气了。"

病已和彭祖走过去，看见地上倒着一头壮硕的野猪，全身用绳索紧紧缚着，它的颈部至臀部都被硬扎扎的黑色鬃毛覆盖着，耳尖，头长，嘴部突出，獠牙有四寸多长，可以想象它在庄稼地里拱起庄稼来，跟人对抗发起威来，还是挺厉害的，破坏力很大。但它再怎么兴风作浪，最终还是成了人们手下的败将，成了一头死野猪。

病已和彭祖看过野猪，老翁招呼他们回屋坐坐，喝点温开水，理理肠道。老爷子健谈，顺着野猪话题，讲了一位皇帝跟野猪的故事，"这是我们大汉的第六位皇帝。"老爷子补充说。病已一听，心里念叨，这是我高祖父？

老爷子喝了口水，清清嗓子讲起来："当年这位皇帝带着宠爱的妃子贾姬，在侍从们的护卫下，到长安城西的上林苑游玩打猎。你们应该都听说过上林苑吧？"老爷子笑眯眯地看着面前认真聆听的两位少年，"那原来是秦朝园林，武帝将它做了扩建，扩建后的上林苑，那范围真是大得惊人啊，跨了好几个区县呢！长安啦，鄠邑啦，还有咸阳、周至、蓝田，都囊括其中！"老爷子边说边拿手比画，"东边，从蓝田、宜春、鼎湖、御宿、昆吾，一直沿着终南山往西，到哪里呢？到长杨宫、五柞宫，往北绕过黄山宫，靠近渭水，往东折返，——整个上林苑，有好几百里啊！苑里面大到什么地步呢？同时跑上千万匹马，都不成问题！听人说上林苑周长七百八十里，将八大河都包进去了。"

彭祖插话："哦？哪八大河？"

病已说："连这个都不知道？就是渭、泾、沣、涝、潏、滈、浐、灞八条河嘛。"

老爷子点头说："对！就是这八条河，我们这里的人都说'八水过上林'。苑内有好山有好水，树木草被长得茂盛，当然就有无数的活物啦，山上有各类飞禽猛兽，水里有数不清的鱼虾蟹鳖。里面有很多宫殿，都是些玩乐的场所，比如宣曲宫，演奏音乐和唱曲的；犬台宫，观看赛狗、赛马，观赏鱼鸟的。前面讲到皇上带着宠爱的贾姬到苑里玩赏，正玩得起兴呢，贾姬感觉肚子不舒服，需要上趟厕所。皇帝说，那就赶紧去吧。他带着侍从在一旁等候，偏偏在这个时候，一头大野猪突然从山林里跑出来，直接窜到厕所里面去了！"

病已和彭祖互相看了看，说："这不就麻烦了吗？"

老爷子说："可不是嘛！这可是顶糟糕的事！那野猪只消拿大獠牙拱一下贾姬，那贾姬恐怕就没命了。皇帝一看，很紧张，便冲身旁一个叫郐都的侍从使了使眼色，让他进厕所救贾姬。照说，郐都肯定得救啊，偏偏这郐都也有点邪门，就是不去。皇帝着急啊，自己抄起兵器想去救，郐都赶紧跪在皇帝面前拦阻。你们看看这个郐都，你做侍从的不去救皇帝的宠妃，还拦阻皇帝去救，是何道理啊？你们听听郐都怎么说呢，他说：'失去一个妃子，可以再找一个，难道天下缺少这种人吗？即使您不珍惜自己，万一有个好歹，那江山社稷和太后怎么办？'皇帝一听这话，便停下脚步。"

"你们猜猜，后面是什么结果？"老爷子讲到这里，有意卖了个关子。

"那个妃子肯定受伤了吧？"彭祖说。

"不好说。"病已神情严肃。

"其实也没有什么大事，那野猪自己先跑出来，随后贾姬哭哭啼啼地出来了，受了惊吓，但没被野猪攻击。我估摸着这野猪自己也受到惊吓了！"老爷子呵呵笑了笑，"你们想想，上林苑是皇家园林，皇帝带着一帮人前呼后拥地打猎，野兽们也害怕啊。它们逃命要紧，顾不上伤人，何况贾姬是个弱女子，野猪也没想着找她麻烦。"

听到野猪没伤人，病已和彭祖松了一口气。老爷子说："你们不想听听这件事的后续吗？"

还有后续呢？病已很感兴趣，"老伯您说来听听嘛。"

"我最初听我们家族的老先生讲这件古事，觉得那个郐都是个圆滑的家伙，不太喜欢这样的人。但偏偏有人喜欢，这个人还是尊贵的太后，太后很欣赏郐都，赏给郐都一百斤黄铜，郐都从此受到了重用。当时老先生给我讲完这件事之后，说了句，小人容易得志。我活了这么大岁数，也见识了不少小人得志的事例。但后来又发现，这些小人也只是一时得志，最终往往都没有什么好下场。就说那个郅都，后来又因为得罪太后，被太后诛杀了。真是成也太后，败也太后啊。"

说话间，老媪将大家的早餐陆续端上食案，每人一份：一陶碗麦粥、两大块煎饼和一碟萝卜丝，外加一把木勺和一双竹筷。老翁说："简单粗食，你们就凑合着吃啊。"病已和彭祖忙说："老伯客气了。"二人向二老道过谢，坐在食案旁用餐。

餐毕，有个身材高大的后生过来，跟老翁商议组织村里年轻人屠宰野猪之事，然后每家每户分食。那后生走后，老翁就跟病已和彭祖说："你们今天就在这边再玩一天，一起吃炖野猪肉。"

病已和彭祖开心地答应了。他们昨晚刚到这里，就想着再好好玩一玩。老翁告诉他们："从这里往西，沿着山道一直向前走，一路上都是好风景，走到头，便是一个集市，那里很热闹。估计逛一个来回，得要大半天，回来赶我们的晚饭正合适。"

4

在老翁的嘱咐声中，病已和彭祖背着行囊走出小院门。果然，沿途都是养眼的风景，自然，纯朴，绿茵茵的草甸，点缀着红色、紫色、黄色等各种野花，潺潺湲湲的清亮溪流，悠游自在的小青鱼，高矮不一的灌木丛……

他们正悠然自在地边走边看风景，突然从灌木丛中蹿出一只灰兔，掠过他们的脚旁飞速跑远了。紧接着又出来一只，又一只，哇，还有一只！

"快追，快追！"病已兴奋地大叫。

彭祖也很兴奋地嚷道："这大概是兔子全家出游！"

两个人撒开腿，紧跟在灰兔后面追。那些兔子似乎想跟他们玩耍一番，到前面一棵古槐旁停下来，竟然绕着古槐转圈跑动。

病已在不远处停下来，站在那里看兔子玩把戏一般地跑圈，其中一只稍大的兔子还停下来，对着古槐，举起两条前腿，上下晃动着。其他几只兔子也都做同样的动作。"这不是作揖吗？"彭祖说。

病已示意他别吱声，别打扰兔子作揖。病已觉得这帮兔子一定在进行类似祭祀的活动，古槐一定代表它们心中的神明。

那当儿，吹来一阵风，古槐树枝轻轻摇摆，兔子顿时跌撞着跑开了。"看样子它们受了惊吓。"彭祖说，"你懂它们在干吗？"

"肯定受惊吓了。不懂它们到底在干吗。不过它们有它们的表达方式。我们作为人，也不必懂它们。"病已一脸认真。

经过古槐旁，病已也对着古槐作了个揖。彭祖欲言又止，也跟着作了个揖。

沿着山道自在地游逛一番，到山道的尽头，便是一个熙熙攘攘的集市，其热闹不比长安东市和西市逊色。集镇中间是一条长而宽的走道，两边都是商铺，果蔬铺有萝卜、韭菜、芜菁、藕、姜、芥菜等新鲜蔬菜及橘、枣等山野杂果，还有豆酱、酒和浆（酸性饮料）等调味品、饮料；干货铺有干鱼、小杂鱼、干栗、干菜、干肉等；生活用具铺有铁器、漆器、木器、铜器等；皮革铺有猪、牛、羊的皮及狐皮、貂皮裘和羔羊皮裘；衣料铺有帛、絮（丝绵）之类的蚕丝制品以及细麻布和毛织品等；燃料建材铺有木柴、原木、竹竿等；还有铺子卖牛角和牛筋，总之售卖的商品琳琅满目。

病已和彭祖慢悠悠地边走边看。不时有铺主站在铺子外招徕，十分热情。

往前走，快到集市的尽头，前面有一圈人围坐在那里，说说笑笑。病已和彭祖也围将过去一看，原来大家在看斗鸡比赛，遗憾的是已经接近尾声。一只体型高大健硕、浑身青羽的大公鸡，颈部羽毛竖立，背弓爪屈，气势汹汹地扑向一只皂（黑）色大公鸡，并用尖利的喙猛啄皂鸡。皂鸡身上的羽毛被啄掉了好几根，皂鸡明显不是青鸡的对手，节节败退，只能扑腾着翅膀逃跑。青鸡赶走皂鸡，神气活现地在场上走来走去，威风凛凛的样子颇似沙场上得胜的大将军。

人群中有个戴青色头巾的高个子年轻人在长吁短叹：皂鸡不给力啊！另一个跟他年纪相仿、身材中等的年轻人兴奋不已，"我就说青鸡肯定能打败皂鸡，你偏不信，还非要跟我赌钱。"朝对方伸出手，"给钱吧？"高个子年轻人极不情愿地掏钱给他。矮个子说:"爽快!这样吧,咱哥们不分彼此,咱们就拿这钱去下馆子,权当你请我,怎么样?"高个子咧嘴一笑,"这还算够朋友嘛。"

病已看着他们俩一高一矮,勾肩搭背离去,觉得有意思,"的确够朋友。"彭祖瞅着他们的背影,说:"这法子还不错,不伤和气。"

病已和彭祖继续前行,没走一会儿,看见两三个毛头小子追打一个灰衣少年。那少年拼命逃跑,看见病已和彭祖,便掉头往他们这边跑。彭祖拽拽病已,示意他别管,赶紧走。

病已眉头大皱,拽着彭祖的手,迎着少年,快步往前走,等少年跑到他们身边,他放开彭祖的手,两腿叉开,抱着膀子站在路中央,小声对彭祖说:"你也像我这样!"彭祖嘴里嘀咕了一句,也叉开腿,抱起膀子。那少年一看他们俩这架势,壮了胆子,也跟他们俩站在一起。三个少年横眉怒对,摆出一副蛮横的样子,随时"恭候"毛头小子:有种的,就来!

这阵仗,却是那三个毛头小子始料未及的,他们不知道病已和彭祖的来头,也不敢轻易挑战,骂骂咧咧退下阵。病已大声呵斥:再骂人,小心撕烂你们的臭嘴!对方不敢再骂,灰溜溜地走了,一场可能发生的霸凌事件也就自行歇止。

灰衣少年拱手感谢,病已有气度地摆手说,不谢不谢。问起纠纷缘由,少年叹息说:"那三个人是这街头上有名的小混混,他们强拉我博戏,我不肯,他们就要我给钱,我自然更不肯,趁他们不备,就赶紧逃。今天要不是遇到你们,我可就要倒霉了!"

"还有这样的事?没人管?"

"谁管?他们有来头。"说到这里,灰衣少年有点紧张,"我们还是赶紧走,越快越好!有可能他们还会拉人来,找我们算账的!"说罢,就自行撒腿跑远了。

彭祖有些害怕,催促病已:赶紧走!以后还是少管闲事,别给自己找麻烦!

病已和彭祖快步离开这是非之地,走了没多远,又撞见那几个浑小子,这回还多了一个人!四个小子堵住他们两个人,这回恐怕有点跑不脱了。为头的那个小子脸上有块疤痕，很蛮横，咬着牙骂道："你们多管闲事，找揍是不是啊?!"

病已索性不走了，摆出一副横样子。彭祖忙上前说好话，疤痕两眼一斜，说："你们将他放跑了，你们得替他给钱!"

病已鼻子哼一声，有这般道理?! 疤痕冲病已挥一挥拳头，"这就是道理!"

病已气得热血上头，但只要对方不动手，他仍旧克制。彭祖在一旁不停地说软话，问你们要多少钱? 疤痕脖子一梗，"你们身上所有的钱都得拿出来!"

正僵持间，过来了一个青衣少年，身材高大，眉宇间有股英气。

病已一见，赶忙冲他抱拳，用一种亲热的口气叫道："大哥!"

青衣少年站住了，看了病已一眼，又朝其他几个人扫视了一下，明白了八九分，慢条斯理地说："这是怎么回事?" 彭祖就大致说了一下情况。病已说："请大哥为我们评评理!"

青衣少年走到疤痕跟前，郑重其事地说："你们去县府找明庭（县令）说一声，看明庭同不同意他们给你钱?"

疤痕警惕地盯着青衣少年，"你是什么人?!"

"本爷是谁你都不知道?! 你还来跟爷说话?!" 青衣少年语气突然异常严厉，"识相点，你就赶紧带人撤了! 爷不追究! 要是不识相，待一会儿就有你们好看的，爷的人马很快就要到了!"

这番话唬住了疤痕，他悻悻地带着另外三个人离去。走的时候，还有些不甘心，朝地上连吐了三四下唾沫。

青衣少年瞅着那几个灰溜溜的身影，摇头笑起来，"这些小混混! 跟纸糊的老虎一样!"

病已和彭祖上前道谢："多亏大哥解围，要不然我们俩走不脱。"

青衣少年笑说："不必客气，出门在外，这种事难免会遇到，想办法唬一唬，也就过去了。" 自我介绍说，"鄙人叫陈遂，见到二位很高兴!" 病已和彭祖也都做了简单的自我介绍。陈遂笑说："真是有朋远来，不亦乐乎!" 说自己也喜欢四处游逛，今天到这里来，是来看看外祖父、外祖母。没想到碰到二位，实在是有缘分啊！

太阳开始西移，病已和彭祖便顺着来时的原路返回，陈遂也与他们同道而行。他很健谈，说起自己的爱好：骑马、狩猎、博弈、投壶等等，不过，最喜欢的还是博弈。问病已和彭祖都有什么爱好。病已和彭祖互相看看，病已说，我喜欢看看书。彭祖说，喜欢没事的时候，玩耍玩耍。

陈遂说："你们不玩博弈吗？"

"看别人玩过。"病已说。

彭祖摇头，"没怎么玩过。"

"博弈挺好玩的。可以学学，玩一玩。"陈遂说，"有机会，我可以教你们。"

一路走一路聊，不知不觉到了老翁家所在的村口，看见那棵老槐树，上空有袅袅炊烟，走近小院，闻到一阵诱人的肉香气。彭祖和病已不由得耸耸鼻子，好香啊！陈遂一看，拊掌大笑说："我外祖父家嘛！没想到你们也是到我外祖父家！"

老翁闻声出来，呵呵笑着，异常开心，"这真是太巧啦！我家外孙也来了！野猪肉也差不多炖好啦！"陈遂问："外祖父身体可好？"老翁笑着说："好，好，你外祖父能吃也能睡。"

老媪从厨房出来，一见亲外孙，笑得满面生花。陈遂说："外祖母身体可好？"

"还行。人老了，小病小恙的也难免。"老媪说，"上次听你母亲说你又在外面跑，不要再在外面跑了。"

老翁在一旁说："跑跑又有什么关系？好男儿志在四方嘛。"

老媪不以为然，"万一碰上歹人，那可怎么好？"

陈遂说："外祖母不要担心，我在外跑了这么长时间，也没碰到什么歹人。就算是遇上歹人，您外孙多长几个心眼，歹人也难以得逞的。"

老媪笑着微微皱眉，招呼三个晚辈进堂屋坐。她进厨房忙活了一阵，出来拿抹布抹抹食案，又进了厨房。老翁见状，也跟着老媪进了厨房。

陈遂和病已、彭祖聊得火热，在他们说话间，老媪和老翁已将五份餐食分别端上食案，每份有三样：一碗野猪肉炖萝卜干、一碗粟米羹和碟装的两块小饼，一双竹筷和一个小勺。老翁招呼外孙和病已、彭祖入座，一起用餐。他拿来一壶自家酿的米酒，配了五个耳杯。陈遂双手接过外祖父手中的酒壶，给每个人的耳杯斟上酒。大家喝米酒，吃野猪肉，很是合口。

陈遂嚼着香喷喷的野猪肉，连说："好吃，好吃！"

老媪笑笑说："用柴火慢慢炖，将柴火烧成炭火，再焖，香味就给焖出来了。"

老翁接过话茬儿："当然好吃。这畜生偷吃的都是我们辛辛苦苦种下的宝贝庄稼，吃的就是我们的血汗，如今也该轮到我们来吃它了。"

老媪变得严肃起来，"真要说哟，野猪其实也是一条命。它要自己安生，不祸害庄稼，人也不该伤它。"

陈遂笑说："外祖母您这是心善啊。很多人可不这么想，就是野猪不祸害庄稼，也还有人要猎取它们，剥它们的皮，吃它们的肉。"

病已颔首说："有些人为了得好处，会这么干的。"

彭祖思忖着说："野猪和家猪有什么区别吗？不都等着人来宰杀吃掉？"

老翁微微摇头，"野猪和家猪还是有点不一样。大家精心饲养家猪，就是为了将它们养肥了，宰杀，做我们的荤菜。野猪呢，在天底下自在生长，是自己养活自己，它们要不侵扰我们，不偷吃我们的庄稼，我们的确是不应该伤害它们。"

病已说："老伯您说得有道理。"

大家边吃边聊，用完餐之后，继续坐在一起闲聊。老翁感叹："这又说回野猪，糟蹋我们的庄稼，我们将它捉住，宰吃掉。可是如果糟蹋我们庄稼的是人，还真没办法！"

病已有些疑惑，"老伯您这话怎讲？人总比野猪讲道理，怎么还糟蹋庄稼呢？"

彭祖说："还拿他没办法？揪到官府去，让官府来惩处，总是可以的吧？"

老翁摇头，正色地说："你们不知道糟蹋我们庄稼的那个人是什么来头。你们一旦知道他的来头，你们肯定就不这么想了。"

陈遂笑而不语，他知道外祖父接下来会讲什么样的故事，八成又是要来"讲古"，那故事他小时候就听过。今天再来听，权当是再度温习了。

果然，老翁张口讲"说起来，那是建元三年的事了"，陈遂就差点笑出了声。老翁扫他一眼，面露不悦。陈遂忙忍住笑，"外祖父，这故事很值得一听再听的。"老翁这才颜色如常地继续往下讲——

这事儿过去也有一个甲子了，那时皇上也才十八岁啊，坐上龙庭已有两年，但朝中大事都由太皇太后做主，他差不多成了一个挂名皇帝，又处于年少气盛时期，成天无所事事，便喜欢玩新鲜事，喜欢出宫到我们关中一带微服私访。当然，对外他不能说自己是皇上，就给自己起了个封号，叫"平阳侯"。他出行带着一帮贴身护卫，全是陇西郡和北地郡的良家子，个个孔武彪悍，人人都是骑马射箭的好手。皇上每次出行呢，也很讲究，多半在夜漏下十刻出发，早上，皇上一行骑马到山下打猎，遇到熊罴，徒手搏斗，你们听起来会觉得很威武吧？但对我们小民来说，却不是什么好事，他们一帮人骑马任着性子追猎，将我们的庄稼践踏得不像样了，小民活命靠的就是这些辛辛苦苦耕种的庄稼啊，是命根子啊，这一下子倒好，平阳侯一来，干的净是损人的事，小民们自然怨气冲天啊，就纷纷告到鄠县和杜县的县令那里。县令好歹也是地方的父母官，百姓们有怨气，父母官不能不为他们出头交涉啊！如何交涉？县令还是要稍微想一想的，这平阳侯不是一般人，轻易不能得罪，要是得罪了，轻则掉官帽，重则掉脑袋，县令就想着先去拜见拜见，先以礼相待。结果呢，平阳侯的护卫仗势欺人，拿鞭子要抽打县令，这也太过分了！县令忍无可忍，血性上来了，大怒，让手下官吏呵斥制止，扣押下几名护卫。这几人一看这阵仗，也收敛了点，将皇家物品出示了，县令才将他们释放了。皇上微服私访，不是考察民间疾苦，而是肆意玩乐，严重扰民，小民们可不喜欢这样的皇上！

"那时你们怎么知道平阳侯就是皇上呢？"彭祖忍不住问。

陈遂说："那几个护卫不是出示皇家物品了吗？县令大概也能猜得出来。"

"若为人不知，除非己莫为。这世间，没有不透风的墙啊。"老翁感慨说，"大凡做人要有做人的底线，不论是谁，就算是天之骄子，九五至尊，心里都不能光想着自己，光顾着自己享乐，不顾惜别人。你们说是不是？"

三个少年都点头称是。

病已心情很复杂，因为老翁讲的是他曾祖父的逸闻轶事。他实在没想到自己的曾祖父年轻时竟干过这等见不得光的事。再想想自己一家人都是因为这个曾祖父而命丧黄泉，他对这个曾祖父不由得心生怨气。

聊得差不多了，该睡觉了。陈遂在耳房的地上搭了地铺，三个少年在耳房里就寝，一时睡不着，就躺着小声说话。

陈遂问起病已他们接下来有什么打算，往哪里去。彭祖说想回家了。病已说："刚出来才两天呢，还没玩好呢，你怎么就想回家了？"彭祖说："在外面游逛，也就那么回事，还不定会遇上什么事，不如回家待着自在。"

陈遂说："我有个朋友明日要去长安，要不你跟他一起回长安？病已跟我出去再玩几天，怎么样？"

彭祖说："我和病已是一起出来的，我一个人回去，这样不好吧？"

"没什么不好。你想回去，你就回去，给你找个伴儿一起回；我不想回去，我和陈遂结伴游玩，彼此也有照应嘛。这样不就挺好的吗？"病已说。

彭祖想了想，说："也好。"

第二天吃罢早餐，彭祖收拾行囊，病已顺便将水葫芦灌满温开水。其时，陈遂跟外祖父和外祖母告别，留了点钱给他们，说是他父母给的。病已也给二老送了点钱，老两口不收，说你们不嫌弃这里贫陋，肯住下，我们心里已经很开心了，以后你们有机会再来玩。病已觉得两位老人生活不容易，自己和彭祖不应该在这里白吃，白喝，白住，临行前，他还是悄悄在耳房的卧榻枕下放了点钱。

第三章 长陵交友

1

刘病已和张彭祖、陈遂三人结伴下了高地，穿越一片绿色的旷野，前面就是一条长长的官道。官道中间是宽阔的主路，主要供朝廷官员车马出行与运送钱粮物资的车辆通行；两侧是比较窄的旁道，供路人行走。

站在官道路口，张彭祖忍不住问："现在往哪里去？"

"你真的想回去吗？"陈遂问。

张彭祖点头，"你昨晚说你有朋友今日回长安，怎么才能找到他？"

"咱们往前走上几里，有个驿站，他的车马要经过驿站。大概午后能到。我们就去驿站那边找他。"陈遂笑笑，"我原来打算跟他去长安的。遇到你们，我就暂时改变主意了。我先跟病已出去玩一玩，再一起去长安不迟。"

"这主意好！"刘病已觉得陈遂是个爽直人，是个值得交往的朋友。

等三个人走到驿站，已是日央之时，过了一个多时辰，见到陈遂所说的朋友，让刘病已也是十分惊喜，竟然是他的好朋友杜佗。杜佗是时任太仆杜延年的二儿子，虽是官宦子弟，但没有纨绔之气，为人厚道实诚。刘病已在长安第一次同他初次相识，就一见如故。

"真是四海之内，皆是朋友啊。"杜佗笑着感叹，指着病已和彭祖对陈遂说，"我们都是朋友的朋友！"

陈遂跟杜佗说了自己的想法，杜佗很赞成，"彭祖跟我回长安，你和病已游玩之后，再来长安一聚，这主意不错。"又问，"你们肚子饿了怎么解决？"

"驿站可有供应？"陈遂问。

杜佗说:"官办驿站,倒是有餐饮供应,而且免费,只是必须先交验朝廷签发的符传,说明自己的身份爵位,否则不予接待。家父要是在这里,进去吃饭是没有问题的。我这里倒是带了些干粮,留给你们一些。"吩咐随行的家仆拿出一包吃的,里面都是牛肉干和蒸饼,递给病已和陈遂,"你们先吃着垫垫肚子。"

刘病已说:"一点点就行。"陈遂说:"你们也留些自己吃。"

"咱都是兄弟,还客气呢!"杜佗说,"我们坐马车,走得快,到前面私家客栈再吃不迟。你们就慢慢溜达,沿路看看风景,也是不错的。"

张彭祖说:"你们一路上要照顾好自己,不要饿肚子。"

刘病已说:"放心放心,我们不会亏待自己的肚子的。"

"就此别过。回头长安见。"陈遂冲杜佗抱抱拳。

"好,长安见!"杜佗也朝病已和陈遂抱抱拳,和彭祖上了马车,招呼家仆启程。

刘病已和陈遂站在道旁,目送马车远去。

"杜佗兄弟就是实诚啊。"陈遂忍不住感慨。

"是啊,杜兄弟为人朴质,对朋友掏心掏肺的。"刘病已看着马车消失在视线里,转头对陈遂说,"我的朋友,都很实诚。你也是个实诚人。"

"你也一样,我们性情相近,志趣相投,自然彼此亲近。"两个人拊掌大笑。

陈遂说起张彭祖,"其实彭祖也可以跟我们一起玩的,三人行,更有出游的气氛。只是彭祖跟我们性格有点不一样,要是跟他一起玩,总觉得不会那么尽兴。"

刘病已说:"彭祖人很好,就是有点胆小怕事。他要是跟我们一起继续出去玩,未必一定开心,他回长安也好。"

不远处有个八角小凉亭,刘病已建议过去歇一会。两个人走到凉亭,坐下,吃杜佗给的牛肉干和蒸饼。两人是真饿了,硬邦邦的东西嚼起来滋味好极了,吃了一会儿,拿起水葫芦喝点水,很快,肠胃也不再唱空城曲了。

此时,官道上不见一个人,也不见一辆马车,光敞敞的。道旁每隔十来米就有一棵郁郁葱葱的青松，在明丽的阳光下，微风轻拂繁茂的枝叶，青松显得格外飒爽。

刘病已看着蓝天白云下向远处延伸的绵长官道，突然有一种难以言说的宏阔感，那延伸的似乎是莫名的朦胧希望，头顶黄天，脚踏后土，在这个渺渺尘世间，他就是一个体验者，体验以前没有体验过的生活。

"病已，你在想什么？"陈遂见刘病已看着远方出神，忍不住问。

"哦，我觉得这眼前的景致妙不可言。"

"是啊，确实很妙！出游的意义，不仅仅在于游玩，看山看水，看云看日，还在于开阔眼界，陶冶情操。只有'见多'，才能'识广'。更重要的，还能有机会结识一些志趣相投的朋友。"

刘病已笑着不住地点头，陈遂的一番话引起他的共鸣。

陈遂笑说："我这次原打算去长陵走走，上次在那里结识了一个很好的老大哥。有些惦念，想去看看他。你要不要一同前往？"

刘病已欣然同意。他也很想多结交几个朋友。况且长陵离长安也很近，也就三十多里的路程。到了长陵，差不多也就快到长安了。

刘病已和陈遂沿着官道往北走，边叙话边赏景，走了几里地，遇到一辆去长陵的私家马车，请求搭乘。主人很和善，欣然同意，将他们带到长陵。

长陵是高帝刘邦和高后吕雉的合葬陵园，坐落在咸阳原上，坐北朝南，枕山面水，北面是巍峨雄壮的九嵕山，南面是宛转浩渺的渭河水，秦川古道从咸阳原下穿越而过，长陵居高临下，尽显封建帝王唯我独尊的权威。

刘病已一到长陵，就有点激动，毕竟这里埋葬着高帝和高后，他们刘家的老祖宗。当初老祖宗真会选长眠之地，这里风水绝佳。两年前他作为皇族的成员，在这里参加过祭祀活动，印象很深刻。

高帝在即位的第二年就开始营建长陵。陵园是仿照长安城建造的，属于浓缩版的长安城。陵园内还建有豪华的寝殿和便殿。寝殿是陵园中的正殿，是高帝和高后的灵魂起居之地，殿内陈设着他们生前用过的服装冠冕、坐几、手杖等用品，宫人按时整理床被、枕头等卧具，准备洗漱水，摆放梳妆用品，每天都有专人恭敬地送上四次饮食，完全像侍奉活人一样服侍高帝和高后的亡灵。

陵园的北面是人口聚集的长陵邑，陵邑整体呈长方形，南北长，东西宽，城墙由夯土筑成（陵邑的南墙部分与陵园边墙重合，东面没有城墙建筑）。高帝生前曾诏令富豪大族和贵戚之家迁居陵邑，多达五万多户。想象当年，放眼望去，多是些高门大院，碧瓦朱甍，雕梁画栋，尽显的是亮人眼的大气与富贵，豪奢地衬托着泼天的热闹繁华。尽管距离陵邑初建已经过去了一百多年，如今长陵邑的富庶虽不复当年，但依然还是有它吸引人之处，那便是有浓郁的世间烟火味，让人感觉亲切。

最吸引人的莫过于陵邑主道两旁琳琅满目的商铺以及热闹的娱乐场所。陈遂笑说：“我那老大哥肯定在最热闹的地方。”

刘病已笑问：“在哪里？”

“前面熙攘得最厉害的地方。”陈遂说着，加快了脚步。病已紧跟上去。

到前面一看，原来是热闹非凡的斗鸡比赛即将进行。

刘病已在小时候见过斗鸡，那是被外曾祖母家的几个表叔带到附近的集市玩耍，现场看了几场斗鸡，那时年纪小，看见两只大公鸡打架，你伸长脖子啄我，我抻直脖子啄你，互相缠斗，只觉得好玩，也看不出什么门道。如今他再来看斗鸡，不仅觉得好玩，还觉得其中很有些意趣，他开始懂得用欣赏的眼光来观看斗鸡比赛了。眼前相斗的这两只雄鸡，一只青羽，另一只紫羽，体型差不多——身躯高大健壮，头小，顶冠小而直，喙尖利，颈细长，前胸宽，大腿肌肉强健，小腿粗壮有力，脚爪细长，大凡斗鸡大致都是这种身形与体格。

两只斗鸡，怒目相对，昂头屈腿，摆开阵势，准备决战拼杀。青鸡旁边站着一个身材敦实的中年男子，紫鸡旁边站着一个瘦高个子稍显年轻一点的男子，两人开始唆使各自的斗鸡出手。青鸡脖领的羽毛耸起，弓起背，曲起脚爪，伺机跃起朝紫鸡扑去。紫鸡毫不示弱，伸长脖子张开尖喙，样子威猛，接受对方的挑战。两只斗鸡一来一往，大战了好几个回合，不相上下。人群中有人大声给青鸡鼓劲，有人吼着嗓子给紫鸡打气。

刘病已很看好青鸡，相比于紫鸡，他觉得青鸡更显英姿飒爽，沉稳机敏。如果不出意外的话，他估计青鸡能胜出。

两只鸡相斗时间长了，彼此都有些疲软，明显有懈怠的倾向。为了重新激起它们的斗志，两位主人往它们身上喷洒了点水，它们抖抖自己身上的水滴，显得清醒振奋，再次进入酣战。青鸡斗志似乎越来越强，紫鸡渐渐只有招架躲避之力，最后索性临阵脱逃了，惹得那些在紫鸡身上押注的赌家很是沮丧，顿足大骂紫鸡脓包。青鸡的主人——那个中年男人很是高兴，现场拿饲料犒劳他的宝贝。刘病已也很开心，忍不住走过去，对中年男人说："我就猜到你的鸡能赢。"

中年男人笑笑，"谢谢！你好眼力！"

一旁的陈遂闪身跳到中年男人面前，开心地笑，有意不说话。

中年男人瞪大眼睛，笑说："陈遂老弟，你怎么来了？连个招呼也不提前打一下？"

"这不是跟大哥打招呼来了吗？"陈遂拉过病已，介绍说，"病已，这是王奉光大哥。"又介绍刘病已说，"大哥，这是长安来的刘病已，我新结识的朋友。"

王奉光和刘病已彼此热情地打招呼。

三个人正说笑，过来一位精干的小个子年轻人，身着绫罗绸缎，看上去似是富贵之家的公子哥儿，一见王奉光，就兴奋地大声叫道："王奉光老大哥，今天我又赢了！你家这宝真不错！真给我挣面子！"他大概认识陈遂，冲陈遂笑着点头。

王奉光笑道："戴长乐，你又赢了钱，该不该请我们下馆子喝几杯？"

"小意思！"戴长乐应得很爽脆，目光落在刘病已身上，"老大哥，这位兄弟面生呢，是大哥新交的朋友？"

"没错。"王奉光朗声笑道，"这位是从长安来的病已，尊姓刘。我的小老弟。"又将戴长乐介绍给刘病已。

王奉光将宝贝斗鸡交给家仆，让他回去好好侍候侍候，让它吃饱喝足，养精蓄锐。

此时太阳偏西，是该吃餔食了。大家大体都是九点吃的朝食，肚子也早饿了。那时候吃几餐饭是受身份的限定。天子一日吃四餐，诸侯王一日三餐，普通人一日两餐：朝食（早餐）和餔食（晚餐）。

王奉光就同陈遂、戴长乐一道，带着刘病已，去集镇上最好的酒馆把酒叙话。

酒馆中，刘病已和王奉光他们聊得很投机。

王奉光和陈遂、戴长乐都爱好斗鸡博戏，听说刘病已在这方面仅限于初生兴趣，便大说特说斗鸡博戏的诸多妙处，能给生活带来诸多乐趣。

王奉光还说起当年刘太公的趣事：听说当年高帝为了孝敬父亲刘太公，派人将太公从老家丰邑接到长安过富贵生活。太公居住在深宫大宅中，身边有一堆的宫女和内侍们侍奉，照理说太公应该过得很舒服，实际上他感觉凄凉万分，成天郁郁不乐。高帝有些不解，便私下通过身边的人去打听原因，才知父亲在宫里过不习惯，他平生最喜好与那些市井凡夫们一起做事，像卖酒、卖饼，玩玩斗鸡、踢球这类事，从中得到很多乐趣。自从到长安居住，这些乐趣都没有了，太公觉得生活毫无意思，自然极度不快乐。高帝为了让太公过得高兴，决定将长安城东北方的骊邑，改筑成老家沛县丰邑的模样，命一个叫胡宽的能工巧匠负责营造新丰邑。新丰邑建成之后，高帝将老家丰邑的居民都迁来，充实新丰邑。新丰邑的大街小巷、屋舍栋梁、风物景致，和老家的一模一样。居民们相携新丰邑路口，都能认识各自的家。把狗、羊、鸡、鸭放到大路上，它们也竟然都能找到各自的家。新丰邑大多是市井无赖子弟，自由无拘地斗鸡走狗，太公喜欢的就是这种市井生活，心情这才变得愉悦起来。

刘病已听得饶有兴味，王奉光讲的是自己老祖宗的趣事，听起来也很有亲切感。

戴长乐说："斗鸡博戏这种玩意儿，的确很有意思。当初我玩斗鸡博戏，家父很不高兴，斥责我不务正业，说那不是正经人干的事。后来他一个多年不见的老友来访，他陪老友到集镇上游玩，老友想看斗鸡，他为了不扫老友的兴，也陪着一起看，没想到看出兴味来了，渐渐地爱上斗鸡，再也不骂我了。你们说有趣不有趣？"

陈遂笑说："父子兴趣变得相投了，还可以不时切磋讨论讨论呢。"

戴长乐点头说："你还别说，还真是这样。家父每次看完斗鸡比赛，回来都要跟我品论一番。我说您之前为什么骂我呢？现在怎的不骂我了？还跟我探讨呢？家父一听，沉下脸，不高兴了，说此一时，彼一时嘛！"

王奉光兴趣盎然地谈起斗鸡的境界，"斗鸡中最高的境界是什么呢？是呆若木鸡。想当年齐宣王让斗鸡训练能手纪渻子帮他驯鸡，齐宣王求胜心切，没过几天便差使手下到纪渻子住处，催问斗鸡是否驯养好了，纪渻子回应说：'还没到火候，鸡现在表现得很浮躁，沉不住气，大王需要耐心等待一段时间。'又过了几天，齐宣王又忍不住派人催问，纪渻子答复说：'还欠点火候。请大王再耐心等一等好不好？'等到一个月左右，齐宣王实在等不及了，又派人催问，纪渻子说：目前鸡还是不能完全把控自己的情绪，大王还需要等几天。纪渻子将鸡又训练了几天，终于宣告斗鸡训练大功告成，将斗鸡送给齐宣王看。齐宣王一看这只斗鸡呆头呆脑，看上去毫无战斗力，很是扫兴，对纪渻子说：'你给我训练了这么长时间，就训练出这样的斗鸡？'纪渻子不慌不忙，自信地说：'大王别看它表面呆若木鸡，但它实际上具有最强斗鸡的禀质。只要您将它放到斗鸡场上，别的斗鸡见到它呆呆的样子，准会被吓得落荒而逃。不信您就试试看。'齐宣王将信将疑，试了试，果然如此，在正式的斗鸡场上，齐宣王的斗鸡往那里一站，其他的斗鸡竟一个个不战而仓皇逃跑，齐宣王每次斗鸡，躺着都能赢。"

王奉光见大家都停箸倾听，听得入神，便笑说："大家别光听我在这里扯闲篇，来来，喝酒吃菜！"带头端起耳杯，吃了几口菜，继续说，"刚才那个故事是庄子老先生杜撰的。他老人家不过是借这个故事谈论修心养生的道理。其实斗鸡再怎么训练，恐怕也难以训练成这种不怒自威吓退对手的'木鸡'。"

刘病已笑笑说："这故事听了很受启发。斗鸡显呆，其实是大勇若怯，斗鸡尚且如此，人更应这样，固然不强求做到大勇若怯，但若能做到大智若愚，大巧若拙，那人生必定是智慧人生，想必也会成为人生赢家。"

从幼龄囚徒到中兴之主
——汉宣帝的传奇人生

王奉光颔首笑说："病已贤弟说到点子上了，应该就是这么回事。"陈遂和戴长乐也都很赞同刘病已所言。

王奉光说："玩斗鸡博戏这类东西，还要摆正心态。心态摆不正，容易出岔子，甚至会出人命。孝文帝时期，吴王刘濞的太子入京朝见，得以陪伴皇太子饮酒博戏。吴王太子的老师都是楚地人，浮躁强悍，又平素骄纵，吴王太子受老师的影响，也是强悍骄纵，与皇太子博戏时，发生争执，态度不恭敬，皇太子一怒之下，拿起博局（棋盘）掷击吴王太子，没想到掷中了要害部位，竟将吴王太子打死了。事后把他的遗体送回吴国埋葬。吴王刘濞痛失爱子，非常怨怒，说天下同姓一家，死在长安就应该葬在长安，何必送回吴国下葬呢！又将儿子的遗体送到长安下葬。吴王自此之后，逐渐违忤诸侯王所应遵守的礼节，称病不肯入朝。后来他带头挑起七国之乱，跟这件事也有很大关系。"

大家嘘唏一番。王奉光说："我玩了这么多年博戏，深知要恪守两个规矩：第一个规矩，就是不与人争强，不计较输赢。要是计较输赢，那就不要玩博戏了；另一个规矩，就是注意把握一个度。这个也非常重要。仅限于小赌，不能大赌。小赌可怡情养性，大赌可就不是那么回事了！如果太过沉迷其中，不但怡不了情，养不了性，还会伤身，不仅伤自家的身，也会伤家人的身，会将自己和家人的生活弄得一团糟的。"

"大哥说得太对了！"陈遂接过话茬儿，"我的一个族叔就是因为滥赌，将原先好端端的一个富家给败得一塌糊涂，还欠了别人一屁股赌债。他的老父亲气得一病不起，很快就走掉了。他的老母亲气得投水自尽。他的妻子出身大户人家，见他烂泥扶不上墙壁，强烈要求他'出妻'，带着一双儿女回了娘家。娘家又给她找了一个厚道的汉子改嫁过去，日子过得安稳。如今，我的这个族叔孤单落魄。"

"唉，你那族叔也是自作自受，怨不得别人喽。"戴长乐看着陈遂，感慨说。

"自己的生活还得靠自己把握啊。"刘病已也感慨。

"我那族叔啊，现在总悔恨自己，说不该沾斗鸡博戏，要是不沾的话，也就没那么多事了。"陈遂叹气说。

王奉光说:"这个我倒不这么看,斗鸡博戏好歹也是一种娱乐方式,一点不沾,也没必要。不能吃饭噎住了,就后悔吃饭。关键就是要把握好分寸。人生在世,难得有个爱好,有个寄托。斗鸡博戏看起来没有那种琴棋书画高雅,但对我们此等粗鄙小民来说,它更接地气啊。"

陈遂说:"老大哥过谦了,你可不是什么粗鄙小民啊,是个实打实的关内侯呢。"

王奉光嘴角上扬,说:"嘿,那是个名号罢了。"

陈遂说:"岂止名号?封有食邑数户,坐在家里收租税,这都是一般人享受不到的实惠啊。"

王奉光有点自豪地说:"那都是我家老祖宗的功劳,当年跟随高帝立功赐爵关内侯,我们这子孙后代沾老祖宗的光,所以梦里都得感谢老祖宗啊。否则凭我这种粗人,指不定要到大风口喝西风,饿晕在路口!"

陈遂哈哈一乐,"不至于!像老大哥这样的实诚人,朋友遍天下,还能饿晕?"冲一旁微笑倾听的刘病已说,"我们这老大哥可是个豪爽之人啊!大凡跟他结交的人,也都是受惠很多!"

"是啊,我都不知道吃了老大哥多少次白食。"戴长乐笑着说。

"陈遂老弟高抬你老大哥。长乐弟说什么吃白食,这话老大哥不爱听啊。"王奉光端起耳杯晃了晃,笑笑说,"咱兄弟几个光顾着说话了,菜都凉了!来来,喝酒喝酒,吃菜吃菜!"一转头,叫店里的小伙计添酒加菜。

刘病已忙劝阻,说:"酒菜够多了,都吃不下。"

陈遂说:"酒菜不必添加,老大哥,咱们能将这些酒菜吃掉,就相当不错了。"

戴长乐说:"再添酒恐怕就要醉倒了,小弟还想玩玩博戏呢。"

王奉光点头,说:"那也好。三位贤弟若不见外,今日索性就在敝舍歇夜,好好叙话,玩玩博戏,三位意下如何?"

陈遂和戴长乐拍掌呼应,说好主意!刘病已毕竟是初次跟王奉光相识,就到他家歇夜,难免有点唐突,略显迟疑,朝王奉光拱手说:"那实在烦扰大哥了。"

王奉光说:"烦扰可就言重啦。人生多得一个相谈甚欢的朋友,是难得的开心事！"

陈遂笑笑冲刘病已说："真的不必拘束，跟大哥相处，感觉跟自家兄弟一样亲近。"

王奉光拿起耳杯，"来来，三位贤弟，将这酒干了！"刘病已和陈遂、戴长乐都执杯一饮而尽，王奉光又招呼他们吃菜。

等到吃饱喝足，结账，王奉光掏钱。戴长乐忙说："说好的我请客，大哥这回就让我一次，可别再抢啊！"王奉光说："那是大哥开玩笑的嘛。大哥跟小弟一起吃饭，还要小弟掏钱？说不过去的理。"硬是付了酒菜钱。

戴长乐搓搓手，说："老沾大哥便宜，小弟怎么好意思？"王奉光笑着甩他一个白眼，"你这话说得有些生分，好兄弟之间还计较这点小事？"

2

出酒馆，已是日薄西山之际，刘病已和王奉光他们三人都有点微醺，在街巷间随意走走，吹着微风，也还悠游自在。

经过一个烧饼店，店门前晃荡着两个衣衫褴褛的小男孩。刘病已猜想两个孩子大概饿了，又没有钱，便下意识地摸自己的腰兜，准备给孩子买几个烧饼，却听王奉光冲店里吆喝了一声：老板娘，来六个烧饼！马上有响脆的回应：好嘞！紧跟着从店里出来一个五短身材的女子，三十岁上下，面容很姣好，笑颜动人，她手中拿着一袋烧饼，双手递向王奉光。王奉光没接，笑着朝两个小男孩努嘴，说给他们两个小娃。老板娘脸上依然挂着笑，说您真是个大善人！王奉光从腰兜里掏出钱扔给老板娘。老板娘将烧饼分给小男孩，一人三个烧饼。

两个小男孩跑到王奉光跟前，双双磕了三个头。王奉光让他们赶紧起来，"娃娃，记住，不要随便对别人磕头，膝盖金贵，只能跪天，跪地，跪父母。"个头稍微高一点的小男孩抬起头说："我母亲在世时说了，对帮助自己的恩人，理应跪谢。"

王奉光叹息一声，从腰兜里掏出一些钱，放在男孩腰兜里，嘱咐他将钱收好，算计着花销。小男孩连连点头，说只买烧饼。他们吃饱了就去找事做。刘病已和陈遂、戴长乐也都各自掏了点钱给男孩，两个小男孩又扑通给他们磕了三个响头，惹得他们心里都不是滋味。

王奉光带着三人继续走，快走到他家所在的村落，一个樵夫愁眉苦脸地站在路旁，他身旁放着一担柴。王奉光上前问："还没卖掉？"樵夫沮丧地点头。王奉光说："要不你送到我家吧，你早点回家。"樵夫喜形于色，赶紧挑起柴，跟随他到家，将柴放在后院的柴房，王奉光付了柴钱。樵夫接过钱，连连道谢离去。

王奉光的家是祖上传下来的三进宅院，虽说是百年老宅，但保持得相当不错，古朴大气。第一进院落是前院，有门厅和马厩。第二进院落为中庭，也是正房，立于宽大的台基之上，是四阿顶楼阁——两个三层相连的门楼，门楼两边是两座彼此对称的四层角楼，西边角楼下层的前墙是一条走廊，往北是一个二层仓房，仓房上层是回廊，下层有五个粮仓，再向里是后门厅，设有两层。第三进院落是后院，有厨房、猪圈、厕所、柴房等建筑。宅院的南边和西边有大片田园，也是他的祖上留下的基业，平素也多半租给别人耕种。

王奉光将刘病已等三人请进中庭的堂厅，在几案前就座，家仆端上一个黑漆托盘，上面摆着糕点和枣脯。王奉光吩咐家仆烧一壶开水，他拿了一个中号漆盒，打开，里面有一个麻布包，从包里抓了一小把晒干的树叶，搁在陶壶里，拿开水冲泡，给陶壶加上盖子。

刘病已他们没见过这种树叶，问这是什么？泡水喝？

王奉光笑笑说："你们觉得新鲜吧？这是茶叶，开水泡一会儿，等泡出汁了，就可以喝。前不久有挚友去蜀郡，在武阳集市上买了一些，顺便也给我捎带了一罐。几位兄弟光临敝舍，拿出来让大家也都品尝品尝。"

陈遂说："难得大哥盛情。尝个鲜。"

"蜀郡有专门卖茶的市场，我们这儿怎的没有呢？"戴长乐说。

"我看迟早也会有的。"刘病已说，"有需求，就有市场嘛。"

说话间，王奉光揭下陶壶盖子，拿出四个底盘刻有"君幸食"字样的漆碗，一旁的家仆提起陶壶，给每人倒了一碗茶水。大家吹吹热气，品尝了一下，都说味道不错，有一股沁人心脾的清香，好闻，也好喝。

王奉光说："这茶叶的确是好东西，有助于消食，能清热解毒。还有一点，可以反复泡上几遍。这茶水适宜小口喝，不宜牛饮。"大家都点头笑笑。

趁大家品茶之际，王奉光又提来一个编花小竹篓，从竹篓中取出一个口小腹大的小型陶罐。陈遂笑着说："大哥给我们拿的又是什么好东西？"

戴长乐笑言："不是好吃的就是好喝的。"刘病已点头，说："那是肯定的。"

王奉光笑了笑，去掉罐口上用竹叶掺和稀泥制作的密封层，取下小盖子，顿时一股浓郁的鲜香气味扑鼻而来。大家都耸耸鼻子，"这是什么美食？这么诱人！"

"枸酱。也是蜀地特产，被蜀人当作宝贝呢。也是我那个挚友近期连同武阳茶一并带回的。"王奉光让家仆拿来四只漆木小碟，拿小铜勺伸进陶罐里，给每只小碟搁上一两勺，让大家品尝，"不妨就着枸酱吃糕点，蘸着吃。"

大家尝了尝，都赞味道甘美如饴，难怪被蜀人视之如宝。

品过茶水，尝过枸酱，王奉光又说起有关枸酱背后的旧事："我曾祖父在世时，时常跟我们津津乐道当年武帝征伐南粤，说跟这枸酱有关呢。"王奉光见大家很感兴趣，便讲了起来："说起来是武帝建元六年的事，番阳县令唐蒙奉命出使南粤国，到南粤国的都城番禺。南粤人对汉使不敢怠慢，设宴热情款待，席上的菜肴很丰盛，其中就有蜀郡出产的枸酱。唐蒙就询问枸酱从哪里转运来的，接待他的南粤官员告诉他：枸酱是通过西北牂柯江转运到番禺城的。唐蒙回到长安，又找蜀郡商人打听，蜀商说：'只有蜀郡出产枸酱，当地人多半拿着它偷偷到夜郎去卖。夜郎紧临牂柯江，江面宽数百步，完全可以行船。'唐蒙这才知道蜀地与南粤之间有一个夜郎国，夜郎国有一条牂柯江将蜀、粤二地连接起来。他还打听到夜郎国拥有常备精兵十万，顿时脑子灵机一动：如果从夜郎国借兵再沿牂柯江东下，完全有可能一举制服南粤。他把自己所了解的这些情况和想法向武帝作了详细汇报，武帝听了大喜，采纳了唐蒙的建议，任命他为郎中将，率领一千名兵士，以及负责粮食、辎重的人员一万多人，进入夜郎，通过怀柔政策收复了夜郎，并将夜郎旁边的小邑设置为犍为郡。当然，灭南粤也不是像唐蒙说的那样容易，也是二十多年后才成功的。"

戴长乐说："唐蒙真是一个精明人，一席话就得到了一个郎中将的高位！"

陈遂说："你还别说，唐蒙也是个有心人。"

刘病已听了有点走神，曾祖父到底是个牛人，又有耐心，花了二十多年的时间，终于将南粤纳入大汉的版图。

王奉光见刘病已笑着不说话，便笑说："病已老弟听入迷了。"

四个人又是一番海聊。聊得差不多了，戴长乐想玩博戏，陈遂响应。

刘病已对博戏也有所了解，掖庭令张贺曾教过他玩法，让他记住两种行棋口诀，一种是："方畔揭道张，张畔揭道方，张究屈玄高，高玄屈究张。"另一种是："张道揭畔方，方畔揭道张，张究屈玄高，高玄屈究张。"他平素玩得少，自感水平低，不便轻易露手，一露手，就怕露拙，便如实说："小弟不太会玩，正好在一旁观摩学习。"

王奉光拿来一个正方形的黑漆博具盒，盖顶用朱漆绘有飞鸟与云气之类的图案。打开盒盖，盒中有成套的博具：方形博局盘一件，大象牙黑、白棋子各六枚，灰色小象牙棋子二十枚，长算筹十二根，短算筹三十根，象牙削刀、刮刀各一件，还有一个涂有深褐色漆的球体骰子，共十八面，其中十六面分别是阴刻篆体数字一至十六，另外相对的两面分别刻有篆文"骄"和"妻畏"。

陈遂说："大哥这套博具考究哟。"

王奉光从盒中拿出博局，有点自豪地说："这是我曾祖父留下的宝贝。"戴长乐说："怪不得看着那么亮眼。"刘病已赞叹说："看起来像新的一样呢！"

王奉光笑笑，摆开黑漆博局盘，"长乐和陈遂两个贤弟对博，我和病已负责代他俩掷骰子。这样一来，咱们四个人都不闲着。他俩也不必担心自己手气不好，更不必担心对方在掷骰子时玩花招。"

戴长乐和陈遂都笑说，大哥想得可真周到！

陈遂和戴长乐面对棋盘，相对而坐，二人分别执六枚黑棋与六枚白棋，并将棋子在自己这边棋盘的曲道上排列好。六枚棋子中有一枚较大，称为"枭"，意指"骁勇之帅"；另五枚较小，称作"散"，散卒之意。双方对博的目标就是攻杀对方的枭，谁能灭对方的枭，就代表谁取胜。

王奉光坐在戴长乐一方，让刘病已坐在陈遂一方，说："我和病已分别代长乐和陈遂掷骰子。"他俩先通过单手猜拳的方式决定谁先投掷，结果是刘病已占了先，代陈遂掷骰子，他将那十八面的球形体骰子掷出之后，在大家的注目下，骰子旋转了一会儿才渐渐停下来，显示在最上面的是"骄"棋，这代表有利的棋步。

王奉光笑说："病已这手气真不错！"

陈遂看了一眼病已，笑着直点头，开始行棋。戴长乐摸摸下巴，急忙跟进。两个人博技相当，在曲道上步步对博，拼杀一番，一局下来，陈遂略占上风。接下来轮到王奉光代戴长乐掷骰子，戴长乐耸耸鼻子，说："大哥也会是好手气。"王奉光笑说："这个得看你运气。"说完掷出骰子，骰子旋转了片刻歇止，戴长乐一见，显示在最上面的是"妻畏"，不免有点泄气：这可是不利的棋步啊。

见戴长乐垂下嘴角，王奉光开玩笑说："这种棋步，最能考验你的博技！"戴长乐咧嘴笑着嘀咕说："大哥好像是故意考验小弟的。"

刘病已笑说："玩博戏，胜在怡情乐意。"

陈遂微笑着催促戴长乐，"别磨蹭，老弟，该出手时就出手！"戴长乐瞅了瞅，开始行棋，陈遂一看，这招挺狠，分明是图谋想灭自己的枭，他不慌不忙，构筑"城池"，在保护自己的枭的同时，利用自己这边散的配合，调兵遣将，反杀对方的枭。戴长乐也毫不示弱，调整战术，重新布阵。两个人你来我往，互相逼迫，杀了好几个回合，不分上下。

王奉光和刘病已在一旁看着，很觉过瘾，这二位真是旗鼓相当啊！这棋下得够劲！

二人拼杀的最终结果，陈遂险胜。戴长乐不满意，叫嚷着再来一局。王奉光笑着说："长乐老弟，我看你就是再来一局，恐怕还是会输。"

"大哥何出此言？"戴长乐有些不服。

陈遂和刘病已也表示有点不解。

王奉光直言不讳地说："因为长乐老弟太在乎输赢，行棋时总巴望着一下子将对方的枭给干掉。其实哪有那么容易？你心急气躁，缺乏必要的思虑，你行的棋步就容易出现失误，一步失误，就有可能导致满盘皆输。陈遂老弟从始至终都是一副平和心态，每步走得都很稳。二位都是不相上下的对手，博技都大体差不多，最终拼的恐怕还是心态。长乐要想稳当当地赢局，就得适当磨磨自己的急躁性子。"

陈遂和刘病已对王大哥说的比较信服。戴长乐心里也服，"大哥可是小弟的点穴之师。"又提议大哥和陈遂对博一局。王奉光慨然应允，和陈遂对博，双方你来我往，稳扎稳打，一时半会儿看不出谁是赢家，等越往后搏杀，王奉光的老辣就呈现出来，出其不意，攻其不备，攻杀到陈遂的枭头上，陈遂有点傻眼了，不禁惊呼：大哥，你这，这是太狠啦！

刘病已和戴长乐看着很是开眼，大哥果然是行内高手！刘病已说："我要拜大哥为师！"不待王奉光回应，当场起坐就拜，王奉光忙将病已一把扶起，认真地说："病已贤弟，一起玩玩乐和乐和还可以，你要拜师，可就有点折煞你大哥了！大哥学的是野路子，绝不能误人子弟！你和陈遂、长乐三贤弟就在敝舍多待些时日，切磋切磋博技。"

大家都快活地笑起来，欣然同意。他们在王家一起留居了七八日。刘病已跟着王奉光他们一起博戏，博技突飞猛进，自信心一下子提升上来，博戏原来这么吸引人！他也有胆量在公开场合挑战那些高手，连他自己都有点惊讶，自己的博技怎么这么厉害了？

在长陵开开心心地玩了近十天，刘病已、陈遂和戴长乐跟王奉光告别，说烦扰王大哥了。王奉光不以为然，"说的什么话？烦什么扰啊？有朋自远方来，不亦乐乎！我们志趣相投，像自家亲兄弟一起和和乐乐地相处，是人生一大幸事。以后大家有空，随时来长陵找大哥。长乐本人就在长陵，随时可以见面的。病已在长安，离这儿也不远，陈遂家居杜县，离这儿稍微远点，好在官道相通，车马来去也很方便。有机会大家还会再聚。"大家都点头，说好的好的，感谢大哥诚挚盛情，有空再聚首。

刘病已回长安，陈遂也同行。他的家位于长安东南，距离长安有二十多里。他经过长安，同杜佗相见，逗留了两日，便回杜县。

刘病已从长陵一回到掖庭，张彭祖就激动不已，抱住他诉说自己天天都想念他，悔不该当初提前回来，应该跟他一起游玩。刘病已笑笑，"你要真跟着我，你怕是又担心这担心那的，玩得肯定不能尽兴。"

掖庭令张贺见刘病已春风满面地安然归来，知他玩得尽兴，也很高兴。

在掖庭令闲暇时，刘病已将他在外游历时见到的、听到的一些印象深刻的事——讲给张贺听，讲到郏都的事，张贺听了皱皱眉头，肃然地说："郏都我听说过，我了解的郏都并不是什么小人。他为人刚烈正直，明辨是非，注重大局，大凡涉及与国家利益相关的重要原则，他都能据理力争。他不阿谀逢迎，敢于与豪强权贵对抗，为此得罪很多人，尤其得罪了强势的太后而给自己带来杀身之祸。令人痛惜！"见病已凝神在听，又说，"刚才你提到小人容易得志，我倒是颇有感想。小人为什么容易得志？因为小人成天将心思都放在如何捞取更多的利益上，挖空心思揣摩为自己捞名谋利。"刘病已听后，觉得自己又长了点见识。

之后两三年，刘病已经常徜徉于杜县和长陵一带，同几个好友小聚喝酒，斗鸡博戏，日子过得也是自在潇洒。他也时常在长安三辅一带游逛，多半情况下也是比较惬意的，只有一次例外。那次他在左冯翊的莲勺县受了平生最大的困辱。之前他听说莲勺县有一个很大的盐池，纵横达十来里，当地人称之为"卤中"，对其很感兴趣，便独自一人到莲勺县闲逛，没想到遇到当地几个流里流气的小痞子，向他索要钱财不成，恼羞成怒，将他打了一顿，还将他绑在盐池旁的木柱上，百般羞辱他，奚落他像只无用的小瘰鼠，自生自灭去吧！然后几个小痞子便勾肩搭背扬长而去。其时正是仲夏时节，烈日炎炎，没有一丝风，周围也没有一个人。他汗流浃背，又渴又饿，很是绝望。幸亏下午有个好心的老妇人从旁路过，伸手将他解救下来，还带他回家供给他吃食和饮水，他方才回过神来。那一次所受的羞辱，在他的心里留下不小的阴影，差不多让他记了一辈子。几年后，他有幸荣登大位，也想过寻找那几个歹人予以严惩，但最终还是放弃复仇的念头。毕竟时过境迁，再来找他们算账，除了泄愤之外，也没什么太大意义。他对那个救他于困厄的老妇人予以重谢厚赏。

　　那时的刘病已已经长得人高马大，俨然是一个成年的小伙子了，按当时的习俗，也到了该娶妻成家的年岁。然而他除了一个皇曾孙的身份，几乎一无所有，寄居于掖庭，吃着有限的"奉养"，没有属于自己的固定居所，连聘妻的礼金都缺乏，更不要说赡养未来的小家庭了。他自己根本没有能力操持自己的终身大事。但这没有关系，有张贺为他操着心呢。

第四章　缘得佳偶

1

张贺始终觉得皇曾孙不是一般人，生来"异相"，浑身上下甚至脚底都长满毛，他卧居之处也总是隐隐散发着烁烁金光。市肆坊间传言皇曾孙每次到哪家饼店买饼之后，这家饼店立马就门庭若市，生意变得红红火火。想当年，高帝赊酒后店家生意也相当火爆，这情形多么相像呢！

张贺耳闻皇曾孙的这些传闻，欣喜若狂，这是神迹啊，忍不住跟弟弟张安世要说道一番，极力称赞皇曾孙天赋异禀，绝非等闲之辈。

不料张安世眉头大蹙，"哥，你这样夸赞皇曾孙，实属要不得！少主在上，你这些话要是传到宫禁，被少主和大将军他们听到，难不保会起疑心，你这不是明摆着给皇曾孙找麻烦吗？"

张贺有些扫兴，"这些都是外面传言，我不过是听来的，说给你听听消遣罢了。"

张安世严肃地说："别人说或许没事，你我不能说，说了恐怕就有事！"

张贺便不再言语了。他自己是微贱之人，安世不同，安世现在担任右将军，是大将军霍光的一大臂膀，辅助大将军处理国政大事，平素很是谨小慎微。他也不得不承认安世的顾虑有道理，安世比他心思缜密，每每出入宫禁圣地，洞悉宫廷乃是非之地，看不见的刀光剑影，暗藏的权斗谋划，须得万分谨慎。

张贺最初还萌生将自己的孙女嫁给刘病已。当然这属于他的家族大事，有必要征求弟弟张安世的意见。

张安世一听张贺提及刘病已，马上就想到年纪仅与刘病已相差三岁的少主，此时少主刚刚加冠，身材高大，八尺二寸（一米八九左右），他作为朝廷重臣，与大将军霍光同心辅政。如果同意哥哥将孙女许配给刘病已，恐怕会引起少主和霍光的不满与猜忌，招惹灾祸，也对刘病已不利。张安世觉得哥哥考虑问题实在不够周详，跟他说过多次，跟皇曾孙交往要低调，不可张扬。他居然还想让张家跟皇曾孙联姻，要不加阻拦，由着他去张罗，那自己今后的日子也别想过安生了！张安世便毫不客气地对哥哥说："皇曾孙是卫太子（刘据）的后代，能以一个平民的身份由皇家供养着，已经是很侥幸的事，不要再提嫁孙女之事了！"张贺默然不语，心下很是郁闷，但刘病已的婚事他还得要继续操心。

张贺四处留心哪家有合适的待字闺中的姑娘。留心来留心去，留心到下属许广汉有个女儿叫平君，性情温顺，长得也体面，十四五岁，正处于豆蔻年华，是个很合适的人选。一问，许广汉说已经将女儿聘给内者令欧侯氏儿子了，准备择良辰吉日嫁女呢。张贺一听，没戏了，有些失望。又一时半会儿找不到合适的姑娘，他为此有些发愁。

提起这个许广汉，也是有一番说道的。他原籍山东昌邑，年轻时当过昌邑王郎官，后来作为侍从跟从御驾队伍护卫武帝上甘泉宫，不小心误拿别人的马鞍置于自己的马背上，被人发觉，执法者判定他为盗窃，当处死刑，当时有诏令死刑犯可以选宫刑免死，他念着自己上有老下有小，还是眼含热泪选取宫刑活命，后来就成为宦者丞。这是他人生栽的第一个大跟头。后来左将军上官桀参与燕王刘旦谋乱，上官桀谋反时，许广汉参与搜索部分罪犯。上官桀在宫中的公馆内有绳索，每根长几尺，可用以捆绑人的有数千根，用箱柜封存着，许广汉搜索未得，其他官吏却很快就搜索到了，许广汉因而被控以搜捕不力而遭惩罚，送到掖庭听差，后被派任管理暴室（时称暴室啬夫）。暴室是掖庭下设的一个机构，主要负责织作染练，织染品要拿到阳光下暴晒，"暴室"之名因此而来。

张贺和许广汉都有受辱"下蚕室"的惨痛经历，性情又有几分相像，彼此同病相怜。两人虽是上下级关系，但平时来来去去也能聊上几句知心话，关系比较亲近。

这天，张贺例行公事到掖庭各处巡视，看见许广汉似乎闷闷不乐，便关切地上前询问，才知许广汉为女儿的事不快，本来这个月底择的吉日操办女儿的婚事，没想到准女婿突然出了意外，竟死掉了。许广汉长叹一声："唉！本来一桩喜事竟被弄成丧事了！欧侯氏不讲理，怨我小女命硬，说他儿子是我家平君克掉的。这说的是什么话？他就不想想，是他儿子命薄，才误了我女儿的终身大事！"

张贺一听，暗自生喜，这下病已的婚事又有指望了！他拍拍许广汉的肩膀，说："广汉，这大概是天意，命中注定他儿子跟你女儿无缘。你也不必将此事放在心上。今晚咱俩痛痛快快地喝几杯怎么样？也为你解解闷。"

许广汉没有推辞。他的确需要解解闷。他这一辈子就没遇到什么舒心事，自己蹭蹬不说，连带着独生女儿的婚事都不顺，想想就满心抑郁。

那天正逢春月望日，夜月满成一个圆，室内一片清亮，小小灯烛的微光显得可有可无。张贺和许广汉在窗边席地而坐，面前摆一张低矮的长条形食案，案上放着两套食具：盛酒的酒卮，用来饮酒的耳杯——上面写着"君幸酒"三个字。两个人面对面小酌，没有旁人，喝着小酒，吃着佳肴，此情此景，如果抛开烦心事，倒也还算得上惬意。

张贺劝说许广汉不必为女儿的婚事烦恼，"咱哥儿俩不是外人，说话就说实在话。为女儿择偶，眼光一定要放长远，要注重对方的人品、性情以及家世，只要人品好，性情好，家世硬，哪怕现在看上去好像一无所有，但实际上却是一块难得的璞石，假以时日，一打磨，可能就是天下无双的美玉呢。"

许广汉喝得有点微醺，嘴里咕哝着："哪里找这样的璞石哟？"

"当然有，就看你愿不愿意喽。"

"掖庭令可别哄我。"

"哄你干吗呢？你老哥我向来是个实诚人，说话一是一，二是二，从不哄人。我说有就有！"

"在哪里？是哪家公子郎哟？"

"刘病已啊。"

"掖庭令可别开玩笑了！"许广汉摇头苦笑，刘病已跟他同在掖庭官舍居住，来来去去的，对他多少也还了解，一个毛头大男孩，除了顶个皇曾孙的虚名，便是光杆杆一个人，两袖甩的都是清风，他怎么能将自己的宝贝女儿嫁给他？那还不要穷窘坏了？

"这孩子，长相不赖，品行也好，你也知道的嘛。"

"咱是平头小老百姓，说的都是老实话，看外表，确实是不错，面相饱满，身材也高大，可是小女日后是要过稳实日子的，是需要实实在在的实惠的。"许广汉打了一个酒嗝，"外表好，只能落得一看，靠什么来过稳实日子哟？"

"你看你，你就光看表面情况。你别看他现在好像一无所有，但实际上可是个宝贝。你再琢磨一下，是不是一块璞石？"

许广汉心里嘀咕，是璞石又能怎样？如果没有慧眼识玉的人发掘璞石，打磨璞石，璞石永远只能是石头。他又不想跟掖庭令嚼嘴沫子较劲，便闷闷地继续喝酒。

张贺见许广汉闷声不响，也暂时停了絮叨，陪着喝酒。喝到耳根发热，酒酣之时，张贺还是憋不住心里的话，说："这年头，最有身份的就是皇族贵胄，何况皇曾孙那么聪颖的人，他又是当今皇帝的近亲，即使地位再卑贱，也比一般人要强，再不济也能当个关内侯。你要是挑他当你的女婿，绝对不亏啊！"顺手提起酒卮，将许广汉的耳杯添满酒。

许广汉一口气将耳杯里的酒全干了，抹了抹嘴，"你这一说，我倒是想起来了，贱内领着小女去卜箸问过卦，那卜卦的说我小女是大贵人之兆，说我小女日后定将富贵。掖庭令觉得这卜卦的可信吗？"

"可信可信！"张贺笑起来，夹了一块牛肉放在广汉面前的食盘里，自己也夹了一块，咬了一口，"将眼光放长远一些，你们许家好日子都在后头呢。"

许广汉想了想，便同意张贺提的亲事。

那晚的酒，张贺和许广汉喝得极为尽兴，酒酣后好眠。许广汉回到家，摸到床榻边，倒头就睡，一觉醒来，不觉天明。洗了把凉水脸，头脑清醒了不少，想起昨晚跟张贺在酒案上说的事，心里不免打鼓，女儿的终身大事，也没跟婆娘通个气，就自己一个人私下定了，泼辣婆娘要是知道了，还不定怎么跟他闹呢！但瞒着也不是办法，张贺已经说得明明白白了，他准备择个吉日来下聘礼！

许广汉犹豫又犹豫，还是觉得这事不能窝着。吃过早饭，吞吞吐吐地跟婆娘说了一嘴。婆娘正在洗碗，闻言，将手中的洗碗抹布掷到地上，跺脚骂道："你有没有脑子啊?！你就那样随随便便地在酒案上将女儿许配出去，许配那样一个什么都没有的小子？你将你女儿当什么了?！你女儿以后会受苦的！"

许广汉默不作声，任凭婆娘数落，他心里也觉得确实有些不妥。想想自己也好歹就这么一个宝贝女儿，女儿婚姻是大事，光"父母之命"不够，还得要"媒妁之言"，人家嫁女，都是要走纳采、问名、纳吉、纳征、请期、迎亲这些流程，要按这些规矩来嫁女，才不让别人说闲话，让女儿也好堂堂正正地嫁为人妻。

随后，许广汉跟张贺说了他婆娘的要求，张贺欣然同意，说也应该这样。他先是"纳采"，请了一个能说会道的媒人到许广汉家为刘病已说合一番，平君母亲才同意将平君嫁给皇曾孙；随后便是"问名"与"纳吉"——按当地的习俗，张贺就近找了一个有名的算命先生为病已和平君占卜，将结果告知广汉夫妇：卦象显示病已和平君八字相合，两人婚配大吉大利。平君母亲这回真正放心了，女儿嫁给皇曾孙是命定的。

张贺喜笑颜开，对许广汉说："怎么样？皇曾孙和平君是天配的一对，可不是我随便说的呢。"许广汉也笑言："姻缘大概前生已定，掖庭令一牵线便成。"

接下来，便是"纳征"与"请期"。张贺自己出钱为刘病已向许家下了聘礼，又请算命先生占卜了一个良辰吉日，大家都对这个吉日很满意。婚聘流程走到这一步，张贺很感欣悦，他心心念念的大事就要办成了！最后的环节便是"迎亲"啦。按常规习俗，迎亲那天，新郎刘病已要到许家迎接新娘，到新郎家中完成拜堂、入洞房等各种礼节性的仪式。

之前刘病已都是寄居在掖庭，张贺为他操办婚事的时候，就考虑到他该有个属于自己的安居之所，便跟弟弟张安世商议，怎么妥善解决皇曾孙的住房问题，让他踏踏实实地成亲。张安世说："这事你先找找京兆尹看看，能不能帮帮忙？"张贺说："你名头大，还是你出面找比较好。"张安世说："皇曾孙的事，我出面恐怕不合适，别人会说三道四的。"

京兆尹治所在长安城南的尚冠里。张贺就抽个空去找京兆尹，说明来意，京兆尹摆出一副公事公办的样子，"照说，这事不归我管。再说，没有上面的诏令，这事也不太好办。"张贺失望而归，但他没将此事跟刘病已透露，他总是习惯于悄悄地将事情办妥才告诉病已，那样他心里才最舒坦。实在不行，他打算自己掏钱给病已租间屋子做婚房，好歹先将这婚事办下来。只要婚事一办，病已就成了许家稳稳当当的女婿，广汉夫妻也都是实在人，又只有平君这么一个闺女，还不将病已当自家儿子看待？这么一想，张贺心里开豁多了。

其时刘病已也在考虑住所问题，购房是首选，其次是租房，但他没钱，心里也着实不是滋味，想想自己虽挂着皇曾孙的虚名，实则就是一个平民，啥也没有，全仗着掖庭令的实心帮衬，才有这么一个机会找个好女子成家，已经让掖庭令为自己的婚事费心巨多，如今这房子还要让他来操心，那实在说不过去了！自己好歹也长大成人了，自己的事得努力想办法解决才是要紧。刘病已思忖来思忖去，觉得找宗正帮帮忙比较妥帖。宗正负责管理皇家亲族事务，自己虽身处微贱，但好歹也算是皇室的一员。他也不希望这种事闹出太大动静，凡事还是低调为好。

当时担任宗正的是刘德，与河间王刘德同名（河间王为汉景帝刘启第二子，废太子刘荣的同母弟弟）。说起来，这个宗正刘德是高帝刘邦小弟弟刘交（楚元王）的后人，其名气不亚于河间王刘德。他曾一度研修黄老之术，为人机敏，口才也好。年少时多次谈论政事，颇有见地，被武帝召见于甘泉宫。面对威严的武帝，他能应对自如，武帝很是赏识，称他为"千里驹"。昭帝初年，刘德当宗正丞。那年八月，齐孝王刘将闾的孙子刘泽犯事，暗地勾结郡国豪杰谋反，密谋先刺杀青州刺史隽不疑，谋杀计划泄露，刘泽被抓，下诏狱，刘德负责主审此案，审理得合理合法，让霍光和昭帝很满意，按理有望升任，霍光却在此时推举他那年高德劭的老父刘辟强担任宗正卿。刘德便被改任大鸿胪丞，后又转任太中大夫，等到他老父病殁，他才回头当上了宗正。这之后，又遭小人算计，被免为庶人，但很快又被霍光任命为青州刺史，当了一年多，又被征召回京继续做宗正。

刘德性情宽厚，乐善好施。刘病已也耳闻他为人厚道，便打定主意，去拜访刘德，寒暄几句，直奔主题：自己马上要成亲了，亟须向朝廷借一间房子供结婚之用，希望宗正帮帮忙。

刘德早已了解刘病已的身世，很是同情，如今见这个遗孤已经长大成为一个器宇轩昂的年轻人，举止言行颇有风仪，预感他是潜藏卧龙，不会屈居太久，很热情地招呼刘病已就座，端上果品请刘病已品尝，话语中溢着笑腔："婚配乃人生头等大事，可喜可贺！我稍后就来写个奏陈，尽快解决皇曾孙婚房之事。"

宗正果然是个热心肠，病已揖手道谢："那就有劳宗正费心！"

刘德忙笑着回礼，"应该应该！"亲热地拍拍刘病已的肩，"咱们都是本家同宗，这是我分内应该做的嘛。"

事情办得很顺利，刘德奏陈一上，昭帝也很高兴，跟大将军霍光略一合计，爽快批复，同意宗正在尚冠里为刘病已置婚房一套，并命宗正按规矩代备贺礼一份，送给刘病已。刘德接到诏令，即刻经办此事，差人将房子收拾得干干净净，并置办了床榻、帷帐、几案、梳妆台等室内陈设。此外，宗正刘德还奉旨赠送二十匹散花绫、二十匹葡萄锦缎、一盏雁鱼青铜缸灯，另加五十斤黄金，作为贺礼。他自己还以私人名义送了两坛好酒。刘病已收到礼物后，很是感动。

2

张贺得知刘病已自个儿将婚房解决了，皇上还差使宗正提前送了贺礼，欣慰不已，皇曾孙到底是长大了，能独当一面了！

刘病已也很开心，那天从尚冠里看过焕然一新的婚房，便顺道买了酒、酱鸡、白灼猪肝和煎饼，回到掖庭住处，摆开食案，请张贺一起喝酒。这算是他第一次做东宴请掖庭令。

未开席前，刘病已整整衣襟，动情地说："您长期以来像慈父一样对病已赤心照护，此番大恩病已铭记于心，只是病已笨嘴拙舌，不能用言语形容。请您受病已一拜！"病已举手齐眉，单膝跪下，头触地，对着张贺行叩拜礼。

张贺没想到病已行如此大礼，有些手足无措，"使不得，使不得！"起身将病已扶起。两人落座。张贺说："我所做的不过是分内之事。当年你祖父待我恩重如山，我无以为报，深感愧疚。如今历经磨难，你终于长大成人，有出息了，我真的很高兴，很高兴。"说到激动处，声音哽咽，"你祖父在九泉之下也会深感慰藉。"

提及往昔那些伤心事，张贺百感交集，刘病已更是心情沉重，吃罢那顿饭菜，撤下食案，他跟张贺谈了很久，话题都离不开他家的那场灭门惨案。他作为祖父刘据遗留在人间的孤苦无依的嫡长孙，在他的内心深处，积压着太多的不解、迷茫与难以言说的痛苦，现在他也快成家了，即将开启人生的新阶段，他很希望自己能卸下沉重的心理包袱，以前不愿触碰的敏感话题现在可以谈一谈了。张贺是他祖父信任的门客，他希望能从张贺这里了解他的曾祖父与祖父之间的恩怨，了解那场惨案背后的一些真相。

对于十多年前的那场血雨腥风，张贺依然心有余悸，两眼潮湿，"好端端的一个太子府，旦夕之间，就给毁掉了！你曾祖父和你祖父之间曾经是那么的父慈子孝，到头来竟是这种凄惨的结局，实在令人痛心！你曾祖父是很爱你祖父的，那是一种发自内心的挚爱。他即位十多年一直没有儿子，直到快到而立之年才有了你祖父，你可以想象你曾祖父是多么的欣喜。为了庆贺皇长子的降世，他命善写辞赋的枚皋与东方朔作《皇太子生赋》及《立皇子禖祝》之赋。与此同时，为了感谢上苍赐予他皇长子，他特意修建了婚育之神高禖神之祠，予以祭拜。他为你祖父取名刘据，'据'的本意是'定'，希望他的儿子将来成为一个能使四方稳定太平的贤明君主，说明他对这个嫡长子寄予殷切的厚望。在你祖父七岁时，你曾祖父就将他册立为皇太子，并大赦天下，专门为他聘请有学问、有名望的老师教导他。在你祖父成年行冠礼后，迁居太子宫，你曾祖父特意为他修建了一座苑囿，作为给你祖父行冠礼的礼物。你曾祖父将这座苑囿赐名'博望苑'，意为广博观望，希望你祖父通过结交各种有能力的宾客来提高自己的学识，并允许你祖父可依照自己的兴趣喜好行事。要知道，你曾祖父本意并不喜欢臣子结交宾客，但对你祖父却是例外，可以想见你曾祖望子成龙之心有多切！你祖父也很努力学习，提升自己，不辜负你曾祖父对他的期望。你曾祖父晚年常年外出巡游，每次出宫，都很放心地将朝政交付给你祖父处理，可见对你祖父的理政能力也是很认可的。"

刘病已眼含泪花，"为什么我曾祖父后来对我祖父那样无情？"

张贺深深叹息，"原因应该是多方面的吧。首先父子俩性情不同，为人处事的方式也不一样。你曾祖父威严霸气，有严苛残酷的一面，重用酷吏执法；而你祖父宽厚仁慈，不主张执法过于严苛，甚至经常将一些他认为处罚过重的事进行平反，这样做虽然得民心，但得罪那些执法大臣，背地里诋毁你祖父。奸邪的臣子都喜欢玩弄阴谋，组团结党，你曾祖父身边的那些心术不正的黄门宦官相勾结，都伺机诋毁你祖父。特别是你祖父的舅舅卫青大将军去世后，那些奸邪小人认为你祖父没有了外家的靠山，也害怕你祖父即位后对他们不利，便一个个竞相构陷你祖父。"

"这些奸邪小人如何构陷我祖父？"

"唉，构陷的方式那就多了去了！"张贺连连摇头，"你祖父进宫去拜见你曾祖母，待的时间有些长，黄门宦官苏文就向你曾祖父打小报告，说'太子调戏宫女'。"

"对这种小人诬报，我曾祖父也相信吗？"

"相信啊！你曾祖父听说苏文报告后，将太子宫中的宫女增加到二百人。这不就说明他相信自己的儿子好色吗？这个满肚子坏水的苏文还经常与小黄门常融、王弼等人私下寻找你祖父的过失，然后添油加醋地向你曾祖父报告。你曾祖母恨这帮坏种恨得牙痒，让你祖父禀明皇上除掉苏文等人，但你祖父不听，认为只要自己不做错事，不必惧怕苏文他们进谗言，他相信自己的父皇圣明，不会相信那些邪恶谗言。"

"我祖父还是太心善了！"

"是啊，你祖父就是太善良了！要是听从你曾祖母的劝告，早点禀明你曾祖父除掉这些坏种，对那些小人也是个震慑，肯定不敢再随意构陷；因为你曾祖父也最恨小人构陷你祖父。"张贺又说起常融事件，"有一次，你曾祖父感到身体有点不适，便派常融去召你祖父过来，你猜常融这个狗东西回来后怎样汇报，他说：'太子面带喜色。'你曾祖父什么反应呢？闷着不说话，心里肯定不高兴啊！等到见到太子，你曾祖父察言观色，见你祖父脸上有泪痕，却强装有说有笑，你曾祖父心下就觉得很奇怪，再暗中查问，才得知事情真相，非常愤怒，将常融处死了。"

"我曾祖父还是信任自己的儿子的。"

"再怎么信任，也架不住那帮坏种处心积虑的构陷啊，人的耳朵根子都是软的，兼听则明，偏听则暗。特别是你曾祖父到了晚年，年事已高，身体又很不好，性情越发暴躁，多疑，信神信鬼，奸佞江充就唆使胡巫，向你曾祖父进言，声称宫中有蛊气，如果不除，圣上的身体不会好。于是你曾祖父便命江充专门负责处理巫蛊事，在宫中大肆掘地求蛊，最后挖到太子宫，挖出桐木人，结果引发了大悲剧。"

"我祖父怎么可能在太子宫埋小木人诅咒自己的父皇？分明是奸佞江充做的手脚！"

"我也这么想，以你祖父的为人，绝不会干这么卑鄙的事。问题是，当时这东西的确是挖出来了！这是很蹊跷的。因为你曾祖父命令江充搜查后宫时，还专门配派了按道侯韩说、御史章赣、黄门苏文等人协助，这至少表明你曾祖父还是比较慎重的，防止江充作假。江充作为一个外臣，是根本没有机会在太子宫提前埋小木人的，很明显，这次搜查是有预谋的，谁有机会暗地里埋小木人？很有可能就是苏文！我刚才跟你说过，这个苏文一肚子坏水，经常在你曾祖父面前饶舌搬弄你祖父的是非。"

"那十有八九就是这个坏种干的！"

"巫蛊之祸发生后，你祖父因面圣的言路被阻断，无法向你曾祖父辩明实情，陈述自己的冤屈，在万般无奈之下，诛杀江充，发兵自卫。坏种苏文趁乱逃跑，跑到甘泉宫告诉你曾祖父：太子谋反！你曾祖父对你祖父非常了解，他当时并不相信自己的儿子会谋反，他认为你祖父是受到了江充等人的逼迫才会这样，便派使者去长安召你祖父来见他，谁知这个使者也是个胆小怕死的混账东西，根本没敢进长安，就直接回来向你曾祖父谎报太子已经谋反，还编话说自己差点被杀。你曾祖父这才信了你祖父是真的犯下谋逆大罪，大怒，下令发兵围剿。……本来不应该发生的惨剧发生了！"张贺连连摇头悲叹。

"小人乱政害人，实在可恨！"刘病已咬牙切齿。

"小人乱政固然不假，但你曾祖父也有不可推卸的责任！这场血腥恐怖的巫蛊之祸也与他有直接关系。"迎着刘病已疑惑的目光，张贺又一声重叹，"你大概也听说过'尧母门'吧？"

刘病已点点头，"有所耳闻。是不是与这有关？"

"当然有关。今上（昭帝）是他的生母赵婕妤怀胎十四个月才生下的，你曾祖父以'听说昔日尧也是其母怀胎十四个月而生'为由，将今上出生处的门命名为'尧母门'。我觉得这是巫蛊之祸的诱因。世人都知道尧是上古的圣明之帝，那皇上命名这'尧母门'是什么意思？你细品品，你会怎么看？"

"是不是有更换储君的想法？"

"当然不是，你曾祖父算得上是一个雄才大略的君主，他不太可能为了一个刚刚出生的婴儿而妄改国本。我琢磨着他之所以这样，主要还是因为他的性情所致，他是个非常自负独断的人，所作所为全凭个人喜好；当然，也不排除他借此敲打一下你祖父的母家卫氏外戚势力，因为卫家的势力在朝廷盘根错节，这是你曾祖父所忌惮的。"

刘病已叹息说："唉，曾祖父立'尧母门'，确实容易让人产生误解。"

"是啊，你曾祖父作为皇上，立那么一个'尧母门'，不等于是没事滋生事端吗？下面一些臣子，会在心里琢磨：皇上立'尧母门'是不是想换太子？苏文、江充等奸邪小人可不就更得意了？他们更加肆无忌惮地构陷你祖父，还有一些原本逢迎你祖父的名利之徒，也嗅出风向要变了，便见风使舵，在巫蛊之祸发生后，也对你祖父落井下石。……整个事件，从头到尾，都是大大出乎你曾祖父的意料，事态发展到极度失控的状态，当时长安处于一片恐怖、混乱当中，你一家，包括你祖母、父亲、母亲、姑母、叔父等亲人，还有你乳母，都在那场血腥事变中遇害了！只有你侥幸存活了下来，我想一定是你的祖先在暗中保佑你。"

刘病已的眼里充满了泪水，无语凝噎。

"这场血腥事变对你曾祖父的打击也是非常大的，他心里也是非常懊

第四章 缘得佳偶

悔的，建思子宫、归来望思台寄托对你祖父的哀思。第二年，贰师将军李广利率七万大军出击匈奴，结果兵败投降，也沉重地打击了你曾祖父。内政混乱，民心背离，外事失败，残酷的现实让你曾祖父不得不深刻反思，认识到之前的种种错误政策导致整个帝国日渐衰微。次年三月，你曾祖父在泰山祭天，在石闾山祭地之后，召见群臣，你曾祖父不无沮丧地自我检讨，说自从他即位以来，干了很多狂妄悖谬之事，使天下人愁苦，他后悔莫及。从今以后，凡是伤害百姓、浪费天下财力的事，一律废止。他还接受大鸿胪田千秋罢斥遣散方士的建议。后来搜粟都尉桑弘羊与丞相、御史奏请在轮台设置屯田戍边，也被你曾祖父否定了。他觉得当今的急务，在于恢复社会经济。他颁布了一些重农桑、与民休养生息的政策，总之一句话，不能再折腾老百姓了，要让老百姓安心发展农业生产。"

刘病已两眼泪光闪闪，"我曾祖父到底还是醒悟了。他要是早点醒悟，也不至于弄成那个惨样子。"

"一转眼，十多年过去了，一切都成了过往云烟。"张贺抬起衣袖拭了拭眼角的泪，"病已，过去的就让它们都过去吧。你祖父这一脉就只剩你一个遗孤，幸运的是你到底长大成人了。你很快就要成亲了，我想你祖父、祖母，还有你母亲、父亲在九泉之下一定会很感欣慰。"

"这都拜您所赐。"刘病已含泪站起身，又对张贺行了一个大礼。

张贺忙拦阻，"病已，万不要再这样！我说过，我所做的都是我的本分啊！"他又跟刘病已谈了迎亲的相关事宜。

不觉已是四更天。刘病已有些过意不去，说："晚上谈了这么久，影响您休息了。"

张贺说："睡早了也睡不着，正好跟你说说话。再说明日是休沐日，晚点睡也没事，明早可以晚点起。"打了个哈欠，"你今晚应该也睡得踏实了吧。"刘病已点头说："听您说了很多我不了解的事情，心里的结也解开了，感觉好受多了。"

张贺像慈父一样抚了抚他的背，"那就好。希望你晚上好眠好梦。"

3

刘病已和许平君的婚礼在约定的吉日举行。

按习俗，去迎接新娘之前，新郎家人要行撒帐礼。刘病已委托张彭祖帮着撒一下，张彭祖说，我行吗？刘病已说：怎么不行呢？我将你当成我的亲人。张贺也说可以。张彭祖有点激动，特意洗了手，将湿手擦干，端起食盘，将盘里的枣子和栗子等物品撒到床帐里，边撒边唱着小调：

　　　　枣子栗子撒喜帐，

　　　　祝福新郎和新娘！

　　　　栗子枣子喜帐撒，

　　　　祝福早抱娇儿郎！

　　张彭祖的声音婉转动听，刘病已见张彭祖极度认真的样子，不禁笑起来："好，借彭祖吉言！"

　　新郎刘病已带着迎亲队伍前往新娘许平君家，他双手捧着一对精美的铜雁作为贽礼，送给平君父母，表示今后信守婚约，对平君尊重和爱护。

　　许广汉夫妇只有平君一个女儿，平君嫁给病已，必定要过苦日子，做父母的很是心疼女儿，尽最大财力将嫁妆配得丰厚，甚至连厨具、豆粟之类的谷物面粉都打成包包，烧灶膛用的柴薪捆成束，放在嫁妆车上。

　　刘病已将新娘许平君连同嫁妆一起接到尚冠里的婚房。张贺指挥彭祖等人帮着将嫁妆一一搬进婚房，放整齐。张贺看着码得一摞摞的嫁妆，忍不住笑了，广汉夫妇怕是将大半个家当都给女儿和女婿搬过来了！

　　黄昏时分，婚礼在门前提前搭建布置的喜堂里举行。

　　"恭请新婿刘病已！"司仪一声高唱，新郎刘病已在两名手提灯彩的妙龄女的引领下，缓步入场，他头戴赤黑色的爵弁（礼冠），上穿黑中扬红的玄色上衣，内衬白绢单衣，下身穿黑色缘边的纁色（赤绛而微黄）下裳，腰系白色丝带，纁色皮制品蔽膝，沉稳中显英飒之气。

　　随后司仪又一声高唱："恭请新妇许平君！"新娘许平君款步至正堂前。她的头发乌黑丰美，梳成好看的堆髻，上插玳瑁簪固定，身着有绛色缘边的纁色深衣，内衬白绢单衣，样貌端庄秀丽。

　　在司仪有节律的高声引导下，新人行交拜礼：拜天地，拜高堂，光彩照人的新郎与新娘彼此对拜。新郎刘病已心里既甜蜜，又有些遗憾亲生父母不能亲眼见证他的幸福时刻。

交拜礼之后是对席礼，刘病已和许平君隔着一张几案，相对而立，深情相望，彼此跽跪，你我从此便是一心人了！

接下来是依次行沃盥礼、同牢礼和合卺礼。

沃盥礼是指新郎和新娘入席前净手洁面。伴郎张彭祖奉上形如瓢状的匜盘，为新郎刘病已浇水盥洗，递上面巾，请他将手和脸擦干；同样，伴娘为新娘许平君奉上匜盘浇水盥洗，递上面巾，请新娘擦干手与脸。

刘病已和许平君净手洁面之后，正式入席，行同牢礼：他们面前的食案上摆着两份主食（黍、稷）及一些调味品，但荤菜只有一份，牛肉、猪肉、羊肉三样荤菜（称为"牢"）切成小块，放在同一个食盘里，刘病已和许平君"共牢而食"，你夹给我一块，我夹给你一块，就着主食，开心地吃起来，很快就将食盘里的食物吃完了。

吃过同牢之食，两人便行"合卺礼"。

平素饭后为了清洁口腔，便以酒漱口（时人称"酳"）。婚礼中新郎和新娘"同牢而食"后要"三酳"，就是用酒漱三次口，前两次用酒爵（形似雀的酒器），最后一次用"卺"——匏瓜对剖而成的两片瓢，刘病已和许平君各执一片而饮，随后，刘病已用红丝绳将对剖的匏瓜合为一体（即为"合卺"），看了身旁娇美的新娘一眼，心下很是激动：我们俩从此就合为一体了！许平君也很激动：匏瓜味苦，喜酒甜心，我们俩以后要互敬互爱，同甘共苦。

随后行解缨礼、结发礼。刘病已亲手将新娘发髻上的红缨带（订婚信物）解下，笑漾漾地高举起来展示给在场的亲朋好友，表示将新娘已经娶进门，从此他和平君就是一家人了！

两人各剪下一小撮头发，用红丝带绑在一起，放入锦囊。这寓示他们从此成为结发夫妻，情丝永结，相亲相爱，永不分离。

刘病已面带笑容，深情款款，双手紧执新娘许平君的纤纤玉手，表示"执子之手，与子偕老"。

婚礼结束后，便是喜筵。其时夜幕垂挂，喜筵在喜堂里张灯结彩地举行，由附近的酒馆负责承办送过来。这在当时算是破例，只因刘病已情况特殊，上无父母姑叔，下无兄弟姊妹，孤身一人。来贺喜的都是他的亲朋好友，看到刘病已将自己的婚礼办得颇为像样，他们喝喜酒也是喝得高兴。

张贺是其中喝得最为开心的，他一心都巴望着病已能有个暖心的小家，如今他的心愿终于达成，感觉浑身都很松快。在喜筵结束，客人一个个道别离去之后，张贺带着彭祖协助酒馆的几个跑堂将喜棚收拾干净，方才满意地离去。临走前，张贺看着满脸幸福的新郎和娇羞的新娘，笑容可掬，不住地点头称许，"病已，平君，你们的终身大事终于完成了！真是天造的一对，地配的一双！好好！祝你们早日喜得贵子！"张彭祖也在一旁笑得开心。刘病已和许平君拜谢掖庭令成人之美，恭送张贺和彭祖，站在门口目送他们离去，直到消失不见，这才回转身进屋。

关上门，便是二人世界。看着温馨的小家，刘病已和许平君相视一笑，"今天是我有生以来最开心的一天！"刘病已握着许平君白嫩的小手，"你呢？"

"嗯，我也是。"许平君有些娇羞，她躲过刘病已灼热得烫人的目光。作为一个女孩子，她从来没有这样近距离地跟男孩子单独接触，尽管她很喜欢刘病已，但她内心还是有点不好意思。

男孩看着女孩，含情脉脉地说："其实我去年就见过你，你就在我心中住下来了。"

"咦，你去年在哪里见过我？我一点都不知道呢。"女孩轻轻笑起来。

"就在掖庭附近的巷道上，那天你穿着粉色襦裙，笑微微地跟你父亲道别。"

"哦，想起来了，那天我跟我二叔父和小叔父去看望我父亲。"

"我看你站在阳光里的样子，我都迈不开步子了。"

"什么样子呢？"

"柳弱花娇的样子，我就是特别喜欢，你皮肤像藕一样白嫩，还有你鬒发黑得像墨，油亮亮的，真好看！"

"哪里好看嘛？"女孩两颊绯红，不由得垂下头，心里却灌满甜蜜。

"你今天这新娘发式也很好看。"男孩伸手抚摸着少女顺滑如丝的发髻，将头饰拿下，"你就是不戴头饰，也好看。"

女孩半垂着头，嫣然一笑，"你今天也一样很好看。"

男孩将女孩拥到怀里，十分动情，"从今天起，我们就在一起了！"女孩羞涩地"嗯"了一声。两人耳鬓厮磨了一番。

女孩突然想起临出嫁时母亲的耳语嘱咐，要她新婚之夜睡觉前一定要将最大箱子里的"压箱底"拿出来看一看，那画拿出来挂在帐中，辟邪。母亲还说，不要不好意思，你和病已今天结婚，你们从今往后就是夫妻了。

她让男孩帮着将那大箱子上面的三个箱子逐一搬下，将大箱子打开，拿出里面的衣服、鞋子和一些生活物品，压在箱底的是一个正方形的木盒子和一个长方形的木盒子。

男孩好奇，事先将正方形木盒子拿了过去，打开，里面装着三个木雕物件：一个桃子形状，一个小船形状，还有一个孩儿形状。"这都是什么玩具？"他将桃形木雕拿在手中捏了捏，桃子瞬间对开了，一看，不禁心跳加快，再屏住呼吸，将小船木雕和孩儿木雕都对开，更是面红耳赤。

他看了一眼他的新娘，也是满脸绯红，他看木雕的时候，她打开了那个长方形木盒子，里面是嫁妆画，那画上的内容简直太辣眼睛！

两个不谙情事的少年都有些羞涩。男孩毕竟比女孩大一点，他觉得自己在小妹妹一般的女孩面前不能小家子气，便说："我们今天不是结婚吗？"女孩嗯一声，"我母亲说我们今天晚上结婚。"

"我们结婚，我们不就是夫妻了吗？"

"嗯。"

"我们为什么不好意思呢？"男孩开心地看着女孩，"这画要不要挂起来？"

母亲的嘱咐又在耳边响起，女孩咬了咬红唇，羞涩地点头。

两个情窦初开的男孩和女孩，很快就明白了那几个木雕的内涵，也领会了那画的内容，渐渐地不再拘束，说着彼此欣悦的软话，在只有两个人的隐秘世界里，肌肤相亲，体验从未体验过的云雨之欢，飘飘欲仙。

新婚之夜销魂缠绵的合体，让男孩第一次感受成亲原来是这么妙不可言。女孩温柔可人，全身散发着令他沉醉的体香，她轻微而均匀的鼻息都带着难言的温馨，他感觉自己拥着她，就好像拥着整个世界。他过了十六年寄人篱下的生活，尽管也曾受到外曾祖母等至亲的关爱，还有掖庭令等好心人的照护，但那种关爱与照护大都是生活方面的，他内心却是寂寞孤独的，特别是近年来这种寂寞失落感越来越强烈，时时感觉自己心田一片荒芜。与他相伴研读的伙伴彭祖偶然会在他这片荒芜的心地上留点绿意，但那也只是暂时的。如今，他的身边躺着这样一个温润如玉的女孩，他原先那荒芜的世界豁然一下子亮丽起来，俨然变成绿树成林，繁花盛开了！她对于他而言，不仅仅是他的结发妻子，更是给他带来无限希望的精灵。甚至，他从她的身上感受到神圣的母性之爱，他闭着眼睛，轻抚着她小小柔柔的双乳，将嘴轻贴在上面，轻轻吮吸。女孩非常宠溺地来回抚摸他的头，她的手很柔，很轻，让他有一种从未有过的满足感与安全感。

他突然想起他的母亲，他出生后，小小的自己是不是也这样自在、安静地吮吸母亲的乳房？母亲是不是也这样轻柔地抚摸他的头？不知不觉中，他心中最柔软的那根心弦被拨动，他的泪腺瞬间张开，泪，落在女孩的胸前。女孩吓了一跳，贴着他耳边柔声问：你怎么哭了？哪里不舒服吗？他竭力收住泪，将女孩抱紧，嘴唇贴着她柔嫩的脸，喃喃地说，没有，我只是太高兴了！

在东风沉醉的初夜，刘病已沉入有生以来最绵柔的梦中，翌日醒来，已是日出三竿。

许平君早已起床，盥洗梳妆，打扫屋舍，将早餐做好，她做这一切都轻手轻脚，唯恐吵醒了病已，她觉得病已太累了，该好好休息。

刘病已起床后，许平君将盥洗水端到他面前，微笑着问："睡好了吗？"看着面前娇憨可爱的妻子如此关心自己，刘病已对她的爱与依恋浓得化不开，他忍不住将她拥到怀里，亲个不停。

许平君等他亲够了，笑笑踮起脚，摸摸他的头，"你像个小孩子一样黏人呢。"

刘病已坐到梳妆台前，准备梳头。她站到他身后，拿起木梳子，"要不我来给你梳？"他不愿意，"我不要你这样伺候我。我自己梳。"她举着木梳子，将头倚在他肩头，娇嗔着说："我喜欢给你梳头，不行吗？"他笑着反手摸摸她的脸，"你这样，就不怕将我惯坏？"

"嘻，你是那么容易惯坏的人吗？"她直起腰身，为他梳了两下，"你的头发有点油，要不要洗一洗呢？"

"我是前天洗的头呢。我的头发容易出油。"

"那就过两天再洗。我拿稷子煮水给你洗，会洗得更干净一些。"她梳头的动作很轻柔，把他的头发往头顶梳，梳理顺了，将左手放在头发根部，右手轻轻地拧头发，把散发拧成比较紧的发束，用黑丝带把发束缠住，盘成发髻，将一根六寸长的玉簪横插在发髻上，稳住发髻。她歪头冲他笑说："好啦。看看怎么样？"

刘病已摸了摸发髻，对着铜镜照了照，笑着直点头，"你真手巧，束得又快又好！"

"以后我可以天天帮你束发。我就喜欢做这种手上活。"

刘病已由衷地说："跟你在一起，我真是太享福了！"

"跟你在一起，我实在很开心！"她笑笑，"该吃早饭了。"他抢先一步，"这回该我来端饭食。"食案上摆上两份早餐，竟然都是他爱吃的。

"我私下向掖庭令打听过，知道你喜欢吃这些。"许平君歪着头笑笑，有点小得意。

刘病已用过早餐，心里漾满甜甜的温暖感。他准备帮着洗餐具，平君不让，他就站在旁边看她洗碗筷。"你以前在家里一定是很勤快的。"

"这都是手上活，容易做的。我也很喜欢做。"她麻利地洗好碗筷，将灶台收拾干净。

小两口开始整理屋里摆放的嫁妆和贺礼。嫁妆早已在娘家就分门别类，只需要将它们摆放在合适的地方。早上做饭前，平君就已经将几束柴薪拖到火塘间，放在角落，灶具和谷物面粉也摆放到火塘间的相应位置。她将一个小竹篚打开清点，将其中的针黹盒拿出来，放在床头的几案上以备随时使用。

她见病已在整理好友送的贺礼，便饶有兴趣地凑过来，拿起一对拥抱在一起的木雕娃娃，"这个有意思。"

"彭祖送的。他希望我们早得贵子。"刘病已笑得合不拢嘴。

平君扑哧一笑，"彭祖好有趣啊。他是不是也快要成亲了？"

"本来是要成亲的，两方都议好了吉日，没想到那女方反悔了。"

"都议定了，还反悔？这真是有点奇怪了！"

"女孩祖父不慎摔了一个跟头，找人卜卦，说是因为孙女议定的这门亲事带来的不祥，还说这门亲事也对女孩不利。"

"还有这种事？"

"估计就是找借口悔婚呗！想许配更好的人家。"

"掖庭令和彭祖不气坏了吗？"

"那也倒没必要气坏，这种不守信义的人家不结亲也好！彭祖的母亲也替彭祖卜卦，说彭祖还是晚点议亲比较好，这几年议亲都不利。"

"彭祖真不容易。不过，看他成天还是乐呵呵的样子，好像一点也不受影响。"

"他本身不太愿意找人呢。"

"为什么呢？"

"我也不知道。问过他，他也说不知道自己怎么回事。"

"不管怎么样，只要他开心就好吧。"

"那倒也是。"

整理完礼品，平君说起明日回娘家的事，病已说："那要带点礼物过去才行。"

"父亲和母亲都一再叮嘱我回娘家不要花钱买东西，他们给了一些体己钱，还有我两个叔父也给了一些钱，他们嘱咐我们要省着花。"

"还是因为我没钱，我要是有钱，他们就不用这么嘱咐了。"

平君见病已似乎有点失落，执着他的手，"我随便说说，你好像往心里去了？"

"没有啊。"病已笑了笑，"父母让我们节俭，说得没错啊。只是我们明日回去，礼物是一定要带的，这不是花钱不花钱的问题。"

平君扫了一眼放在几案上面的两坛酒，问："这是谁送的呢？"

"这是杜佗送的，用甘蔗酿的，名字好听，叫'金浆'，听说梁地盛产这种酒。那次，朋友陈遂到长安来，我陪陈遂去访杜佗，在他家喝过这种酒，酒颜色像琥珀一样澄澈金黄，好看，也好喝。"

"这么好的酒，杜佗送来，可见你们俩关系不一般呢。"

"我们的确友善。他父亲得朝廷器重，对我也很不错，我估计这酒应该是他父亲许他送的。"病已想起岳父也喜欢喝酒，便说，"要不这酒就送给父亲喝？"

"人家杜佗送给你的嘛，你还是留着自己喝。"

"还是送给父亲为好。这样我们既省了钱，又尽了心意，不是两全其美的事吗？"

"嗯。"平君开心地在病已脸上亲了一口。病已拉她坐到自己的腿上，"明日我还要弄辆小车载你回去。"

"小车就不要了吧？我们可以走着回去，路也不是很远。"

"那可不行。第一次同你回你的娘家，不坐车，那太对不住你了，也对不住你的父母。他们给宝贝女儿配了那么多嫁妆，我还让他们的宝贝女儿走着回去，我简直不叫人了！"

平君见病已说得一本正经，忍不住喷笑，"你是我最爱的夫君，你说的都是什么话嘛！"

"步走绝对不行。"

"那你去哪里弄车子？"

"我想办法。"

两人又说了一会儿话。病已穿戴整齐，说出去找车，平君见他态度坚决，也就随他了，说早去早回，路上当心点。病已让她放心，他很快就回来。

他原本打算找杜佗帮忙，他家有私车，如果没有特殊情况，借用一下应该可以。

刘病已刚走出闾里，就碰到了宗正刘德。刘德笑呵呵地同病已打招呼，并说昨日原本打算是到婚礼现场恭贺一番，无奈脱不开身，实属遗憾。病已揖手说："宗正客气。房舍劳您费心很多，还劳您破费，连杯水酒都没喝，实在过意不去！改日我请您补喝。"

刘德说："那都是皇上的恩典，我只是奉旨代办。以后皇曾孙有什么事，只要是我能办的事，尽管言语一声。"

病已见宗正说得实诚，也就直言相告："不瞒宗正说，我同新妇明日去拜见我岳父母，想看看哪里能借辆小车？"

"就这点小事嘛？没问题！我回头去办一下。到时候你们用完车还回来即可。"

病已冲刘德一作揖，"那病已在这里就先谢过了！"

"应该应该，都是同宗本家。真的不必客气哟。"刘德说他明日差人将车送过来。病已更是深表感谢，告辞回家，见家门虚掩，便轻轻地推门进屋。平君正在卧房做刺绣活，见病已满面春风地回来，放下手中的活，迎上来。病已搂着她的肩，亲了亲她的脸颊，"猜猜我为什么这么快回来？"平君说："借到车了？"病已头重重一点，"小君说对了！"平君笑说："夫君只要办事，没有办不成的事呢。"

听平君夸赞，病已心里美滋滋的，嘴上却还是说："这点小事，谁人都能办的吧。"平君坐下来，继续做刺绣。病已坐在一旁饶有兴趣地看，平君那小手真巧，绣针上上下下，左左右右地不停翻穿，不一会儿，一个漂亮的锦囊就绣成了。病已很佩服平君心灵手巧。

平君笑笑，"女孩都会做的，熟能生巧嘛。"她将锦囊递给病已，"给你的，你出门可以装点小东西。喜不喜欢？"

"太喜欢了！第一次收到这么好看的锦囊！"病已的心里似乎又灌了一层蜜。

他跟平君拜堂成亲之后，就感觉自己浸泡在蜜罐里，他的生活满满当当的，全被一种叫"爱"的东西滋养。这种爱是平君带给他的，不仅是温柔缠绵的肌肤相亲，更是真挚诚笃的心心相印。他实在感谢上苍，让他有机会拥有这样一位温柔贤淑又勤俭能干的妻子。他在心里暗暗发誓，他要一辈子好好珍爱她！

第二天一早，宗正刘德派下属将马车送到刘病已家门前。

刘病已和许平君收拾了一下，带上礼品，锁上门。他让平君在车上坐好，自己驾车驭马，去城北几里外的许家。

许广汉夫妇已等在路口，迎接女儿和女婿回门，原料想女婿同女儿大概会步行前来，如今见女婿驾着有装饰的马车带女儿回来，还给他们带来两坛好酒和一些果品，分外高兴。大家一同说笑着回到家里。几案早已摆好，许广汉两个兄弟许舜和许延寿也都过来了。

平君同母亲到火塘间准备餐食，母亲顺便跟女儿聊聊闺房私事，小声地问女儿跟病已过得可顺畅？平君脸飞霞彩，羞涩地点头，"他待我很好。"母亲笑笑说："我和你父亲就盼着你们早日给许家添个小外孙。"平君有点扭捏，"哪有那么快呢？"

其时，许广汉和两兄弟同刘病已在堂屋坐着叙话。

聊起病已今后有什么打算，许广汉说："掖庭令说好男儿志在四方，我也很赞同，病已贤婿等以后合适的时候，还是要出去游游学，多长长见识。"

病已朝岳父行了个大礼，"病已有些惭愧，已经承蒙您和二叔父、小叔父诸多恩惠，如今我和平君的小家已成，也得竭力养家才是正途。"

"话虽是这么说，但还是要趁年少大好年华多学点东西，攒攒才学与见识，打个不切实的比方，你现在住的山是有些光秃秃的，你需要多下功夫种树苗，植草被，慢慢山上就开始绿起来，光山成了青山，你不就积攒了底气？"许舜笑笑，"有了这青山，你和平君还担心以后没柴烧吗？"

"二叔父说得很有道理。只是还是有点担心日用匮乏，会苦了平君。"刘病已说。

"这个你不用担心。你岳父，还有我们这两个叔父，虽然不是豪富，但也还多少有点盈余，支持你和平君没问题的。"许延寿说得恳切。

刘病已起身朝两个叔父行礼，"病已成亲，已经劳二叔父和小叔父破费很多，怎么能老是烦扰两个叔父？"

许延寿笑着说："破费谈不上的，都是一家人嘛。你和平君过得好，我们大家都很欣慰。"

"你们毕竟是白手起家，我们做长辈的，理应帮衬的。想当年，我们年少时，也同你们差不多境况，也都是凭靠长辈的帮衬，再加上我们自己努力，慢慢将日子过起来的。"许舜很认真地看着刘病已说，"不要着急，你该出去游学就出去游学，长见识，长本领，这也算是为以后出头铺路。"

刘病已由衷地点点头，拜谢叔父们的诚恳教诲。只是一旦他外出，还是有一个顾虑，就是让平君一个人在家，他还是有些放心不下。

许广汉说："这也好办。你要是外出游学，平君可以回来居住。"

刘病已说："这合适吗？平君已经出阁了。"

此时平君母亲从火塘间出来，接过话头说："没什么不合适的。平君上无公婆需要侍奉，下无弟妹需要照护。病已要是出门，她就一个人在家，回娘家来住，有个照应，自然是可以的嘛。"

听岳母这么一说，刘病已放下心来，"那让母亲多费心了。"

"看病已说的，这话就差啦！平君是个勤快孩子，她回家，只会让我省心，哪会要我费心呢？"

许广汉说："病已，以后你就将这里当成你自己的家，我们将你当成自己的孩子。不要拘束就好。"

平君母亲又说："病已和平君刚刚成亲，游学的事倒也不急的。"性子向来爽直的她，索性挑明了，"我要等着抱小外孙呢。"

许广汉兄弟也都点头笑言："对对，此等大事不可耽误。"

刘病已和许平君都有些不好意思地笑笑。

那天在许家，刘病已待着很舒心，许家的大人们都很通情达理，处处为他和平君着想。黄昏时分，他带着平君回家，岳父和岳母又让他们带了一些柴薪和稷豆回来，嘱咐他们好好过日子，弄得他心里热乎乎的。

回到尚冠里的小家，将柴薪和稷豆搬到屋里，刘病已忍不住拥抱平君，笑着感慨："娶许家的爱女，做许家的女婿，真是我前生修来的福分啊！"

平君笑着回应："能跟夫君在一起，也是我前生修来的福分呢。也要感谢掖庭令为我们牵线搭桥。"

"是啊是啊！"病已重重地点头，平君说到他心坎中去了！他的这门合意的亲事，是掖庭令张贺费心费力为他操持的，掖庭令对自己的百般善待与诚挚照拂，让他这个孤子感受到父辈般的温暖。

"夫君，我们要不明日去拜见一下掖庭令？"

"哇，小君，你是不是我肚子里的虫儿啊？你想的怎么跟我想的一模一样啊？"

"咱俩是夫妻啊，当然就心心相印了嘛。"

"嗯，肯定如此！正好明日是休沐日，掖庭令回家休息。"

小两口商量送什么礼物给掖庭令比较合适，刘病已说："掖庭令比较喜欢喝点酒。"两人决定送两坛好酒，再买一些果品。

翌日上午，小两口带着礼物去拜见张贺。张贺非常开心，热情地款待他们。席间，刘病已谈起日后的打算，说自己要多出去游游学，多长长见识。张贺说："这想法实在。只是你和平君新婚，这一年半载也不必着急外出游学，不妨多陪陪平君，长安周边有不少好景致，你也可以带她玩一玩。至于游学，以后有的是机会呢。"

刘病已笑着点头，"您说的是，我也有这个打算。"看了一眼身旁始终笑微微的平君，"小君也没怎么出去玩过，我想带她开开眼界。"

坐在他们对座的张彭祖说："我可以跟你们一起出去转转。"

张贺笑说："病已有平君陪着，彭祖你就别掺和了。"

许平君忙说："没事，一起出去玩也挺好。"

刘病已说："彭祖真想一起出去吗？"

张彭祖说："等以后你游学，我们一起出去。"

刘病已笑说："游学我们肯定一起。"

4

新婚燕尔，小两口胶漆相投，成日黏在一起。那天从掖庭令那里回来，刘病已就和许平君合计着外出游玩。次日在集市上买了一些必备的日用品，一起出了长安城。他们准备到长安城北、渭河北岸的咸阳原好好玩一玩。也真是巧，正好有熟人赶马车去咸阳原，他们就便搭乘一同前往。

咸阳原一带有五座帝陵，长眠着老刘家的五个先辈帝王：长安城西北是高祖长陵和惠帝安陵，长安城东北是景帝阳陵，长安城西是武帝茂陵和昭帝平陵。

皇家陵园守备森严，一般人是不能轻易进入陵园的，刘病已和许平君只能在各个陵园的外围转转。作为遗落民间的落魄的皇室子弟，刘病已对长安城周边的这些先辈帝王的陵园有着特殊的情感，以前他以孤子的身份到咸阳原上游逛过，面对那些长眠地下的先辈，他的内心总有一种难言的失落与怅惘。如今，携着新婚的爱妻一同出游，他倒是坦然很多，因为他不再孤单。他看平君满眼都是纯纯的爱意，满心填充着实实在在的幸福。

他们在咸阳原上游玩了好些天，从长陵开始游玩，然后到安陵，之后又到阳陵。时值春末时分，湛湛蓝天，洁净如洗，咸阳原上，草木争荣，到处都洋溢着勃勃生机。不远处是大片绿油油的麦田，微风吹过，翠浪漾漾，麦花飘香。许平君第一次涉足咸阳原，非常开心，赞叹说："这里景色真美呀！"

刘病已笑说："当然美啊，这里都是风水宝地。不过，还有比咸阳原更值得一看的地方呢。"

"哦，哪里呀？"

"灞陵原。"

"嗯，听说过，说是文帝的陵园在那里。"

"没错。"

"听说文帝的灞陵是很特别的陵园，是这样的吗？"

"是的，灞陵确实有些特别。文帝是我们刘家先辈帝王中最节俭的一位，他临终前曾留下遗诏，要求自己走后，不要把金、银、铜、锡、珠宝这些贵重物品埋入地宫，陪葬器皿一律使用瓦器和陶器。他还要求他的陵墓所处之地的山川要保持原样，不能擅自更改，他的陵墓不起坟，地面上没有封土。他主要想薄葬，不希望扰民。"见平君很认真地倾听，刘病已笑说，"想不想去看看？"

"当然想啦。"许平君很是期待。

刘病已看天色渐晚，说："明天就带你到灞陵原那里走一走。平陵和茂陵有点远，我们以后再去玩。"

许平君像个孩子一般雀跃着说："太好了！我就想亲眼见一见灞陵的真实样子。"

刘病已被她天真可爱的开心样子感染了，将她抱起来转圈。许平君笑说："你力气真大哟。我也要抱抱你，看我能不能抱起你。"刘病已乐了，放下平君，"你能抱得动我吗？"平君试着拦腰抱病已，使出吃奶的力气，病已岿然不动，哈哈大笑，"小君，你是抱不动我的。还是我来抱你。"又将平君抱起来转了转，平君不想让他受累，就说："将我转晕了。"刘病已这才放手，牵着她柔嫩的小手，迎着落日的余晖，去附近的小客舍歇夜。

翌日一早，小两口就起了床，在小客舍吃了早餐，收拾行装，又在店主那里买了一些烧饼带上。店主很和善大方，觉得跟这对小两口很有眼缘，主动送给他们一个装满温开水的皮囊，说烧饼有些干，要边吃边喝才舒服。刘病已笑着道谢，说："我们带了水葫芦。"店主笑说："多备一个皮囊装水，也无妨。"病已见店主诚心实意地赠送，也就收下了。平君忙拿出自己前不久编织的锦囊送给店主的女儿，店主和女儿都很开心。

结了账，刘病已和许平君同店主一家告辞，动身前往两里外的驿站坐马车去灞陵原。

沿途都是养眼的风景，不知马车走了多久，眼前出现青黛色的山脉，一条在阳光下泛着粼粼波光的河流，在山脉中蜿蜒穿行，远看上去，如同一条轻盈的玉带。刘病已告诉许平君："你看，这就是灞河。美不美？"平君微笑点头说："真美！"

刘病已说："灞河还有个传说呢，你听过没有？"

许平君抿嘴摇头，笑笑，"你说来听听嘛。"

"相传大禹治水之前，灞河一带常年都没有下过雨，整个河谷干涸龟裂，导致颗粒无收，百姓生活极度困苦，甚至出现饿死人的惨状。上苍得知人间苦难，便下令在灞河附近的山洞里修炼千年的三条神龙拯救苍生。三条神龙得令，马上腾云驾雾，到灞河上空呼风唤雨，让灞河一带整整下了三天瓢泼大雨，灞河里的水位满涨，解除了灞河一带的旱灾。"

"这神龙可真有法术！"

"是啊，人不能解决的问题，神龙能轻而易举地帮着解决。"

行至灞河堤岸，只见岸边杨柳依依，那白色的柳絮随风飘扬，宛若雪花一般，飞落得到处都是。此番景致美是美，但柳絮钻入人的鼻腔，也是令人有些不适的。刘病已和许平君都不由自主地抬起衣袖掩着鼻子。

走了一段路，到了一条分叉道，从这里往上走，就是灞陵原。刘病已请驾马的车夫停下来，说："劳烦您了，我们就在此下车。"

他和许平君下了马车，付了车费，谢过车夫，沿着阶地走到上面，眼前是一座望不到边的黄土台塬，台塬的西面还有一条宛若玉带的河道，与东边的灞河隔原相望。许平君不知道那是什么河，刘病已告诉她这是浐河。"这个台塬也有传说呢。"

许平君夸赞说："夫君知道的东西真多！"

"相传，当年周平王率一干人马，从台塬的西头出发，浩浩荡荡地行至台塬的东头。此时天色也渐晚，平王一行人在岸边的一座小庙宇旁扎营歇息。第二天天刚亮，外边传来一声惊呼声，平王被吵醒了，有点不爽，出营帐一看，只见从东南方向的山岭上，出现了一只口衔灵芝的白鹿，眼睛熠熠闪着亮光，它四蹄踏着云气，行走如风。"

"这是神鹿吗？"许平君听得有点入迷。

"传说的，神鹿嘛。"刘病已笑说，"平王卫队一见这白鹿，都惊呼大喊，吓得白鹿赶紧掉头逃跑，它嘴里的灵芝掉到山谷中。平王命令卫队骑马追赶白鹿。白鹿拼命跑，越过山坡，跑进村落，跨过溪谷，最后跑到西边台塬，下了坡，冲进浐河谷道的芦苇丛中，再也不见了踪影。"

"哦，幸好白鹿跑掉了，要不然被逮住了，可就遭殃了。"许平君吁了一口气说。

"怎么会被逮住呢？人家是神鹿啊。当时大家就惊奇地发现一个令人欣喜的现象：凡是白鹿经过的地方，草木繁盛，百花欣荣，虫害灭绝，病疫消失，谷物丰登，人畜兴旺。这只白色神鹿给大家带来吉祥福禄。人们为了纪念这只白鹿，将白鹿跑过的这个台塬称为白鹿原。"

刘病已边走边给许平君讲故事，不知不觉走到白鹿原的西端。前面不远处种了很多柏树，郁郁葱葱的。他指着那片柏树林说："那柏树围着的就是灞陵。陵园的四围有石砌垣墙，每面垣墙的中心各有一道门，每道门前有一对精美的门阙。"

许平君踮起脚尖朝柏树林那边看，柏树林太茂盛了，挡住了视线，只好作罢。

刘病已带着许平君在灞陵周围转了又转。太阳已渐渐西斜，晚霞绚丽多姿，将周围的一切映照得明艳动人。两个人都赞叹风景独好，有些流连忘返，只是碍于天色渐晚，他们还是要移步离开，往东南边去，那里是人烟辐辏的陵邑，他们找了一个小客舍投宿。

客舍的主人四十开外，很热情地接待他们，听说他们从长安来的，随口问：到这儿做买卖吗？刘病已答说游玩。主人笑说："推荐你们去鸿固原看看，我觉得那里比这里更有看头！"

刘病已笑着点头，鸿固原他非常喜欢。鸿固原东临白鹿原，在长安城东南，格局也与白鹿原有些类似，也是二水相拥——处于潏水与浐水之间的高地。他曾经与张彭祖在鸿固原一带游逛过，那里的绝佳风景，的确令人陶醉。

第二天上午，刘病已就带着许平君去鸿固原览胜。

风和日美，阳光铺洒在潏河与浐河的水面上，晶莹灿亮。林木葱翠，河岸旁的银杏树尤为引人注目，枝条上片片扇形小叶儿，宛若一把把精致翠绿的小扇子。银杏的叶柄比较长，深绿色的叶片自然下垂，看上去充满无限的生机与活力。站在鸿固原的最高处，极目南望，远方青黛色山峦如秀美屏画；向北眺望，长安宫阙参差错落似绮丽彩锦；再向西看，是秀丽无比的宜春下苑。

宜春下苑原是秦朝离宫宜春宫的所在地。它的地势比较低，有一眼天然泉水，面积不大，当年武帝组织人力将此泉重新开凿疏浚，扩大水面，周回有五里有余，形成一个非常优美的池沼，取名"汉武泉"。泉池中生长着不少水生植物，如荷花、菱芰、菰米、香蒲等，微风习习，池中绿植摇曳，水面粼粼波光，池岸萋萋芳草，很是养眼。

宜春下苑以汉武泉水为主景，周边布设楼台亭阁，与泉池之水相得益彰，无风的时候，池水如镜，楼台亭阁倒映水中，与花木、回廊交相辉映，着实十分亮丽。

刘病已和许平君在鸿固原上肆意徜徉，欣悦异常。刘病已吹起欢快的口哨，平君忍不住哼起甜美的小曲，高天阔地，一切都是那么的妙不可言。

刘病已环视着四围，不由得生发感慨："这里真是难得的风水宝地！等我们以后老了，故去了，能在这样的风水宝地安息，那就无憾了！"平君笑笑说："夫君想得有点太多了，那是多少年后才有的事呢。"刘病已摇摇头，"其实也不会是太久的事。人生如梦里跑马，或许是一个长梦醒来，就到头了。"平君抿抿嘴，觉得夫君说得有点悲观了。但她又不知如何宽慰他，便说："日子都是一天天地过，每天都过得舒心，是不是就可以了呢？"

"小君这话说得没错！"刘病已笑起来，"人活着，舒心是最紧要的。"

小两口在鸿固原又逗留了两日，回到长安尚冠里。他们带着旅游时买的一些土特产，去拜见张贺，汇报他们旅行途中的一些印象深刻的见闻。张贺一直满面笑容地倾听，他看着自己撮合的这一对佳偶，颇有成就感，甚至觉得自己这辈子没有白活。

小两口的生活和和美美，婚后不过两个月，许平君就发现自己有了身孕，刘病已喜不自禁，自己很快就要做父亲了！他感觉整个世界似乎全都变成了自己的天地。他越发爱恋平君，他现在所有的幸福感受都是平君带给他的。为了让平君好好安胎，他总是抢着做家务。平君总是不让，说我没有那么娇气，这些都是手上活，不累人的。我要是闲着，心中还闷得慌呢。

刘病已时常买一些新鲜的鱼肉禽蛋，给平君补充营养。平君有些舍不得花钱，说我们还是省着点花。刘病已不以为然，说钱该花的还是要花的。你现在怀着我们的宝宝，你吃好点，等于给我们的宝宝提供营养呢。你和孩子身体好，不就是赚了吗？平君觉得病已说得很有道理，身体好的确就是本钱。

许广汉夫妻听说女儿有喜了，心里乐开了花。他们不时送些营养又好吃的东西给女儿吃，还送谷物和柴火。张贺听说平君有喜，也是喜不自禁，卫太子将新添后人了，想必在九泉之下也会很欣慰。

张贺也一直思虑病已的前程。他每和许广汉提及，广汉也一样为女婿的未来挂心。当时长安的富家子弟想要在仕途上求上进，都会积极争相学习儒家经典。张贺就思忖着为病已和彭祖找一个有学问的儒学老师，他的弟弟张安世也非常赞成，并在经费上也予以一定的支持。许广汉和弟弟许舜、许延寿也都资助病已求学。

张贺听说东海郡有个叫澓中翁的儒学大师，学养深厚，尤其精通《诗》学。澓中翁跟张贺的一个朋友熟识，张贺就请托自己的朋友帮着联系澓中翁。其时，澓中翁刚到长安，欣然接受张贺的聘请。张贺将这件事告诉病已和彭祖，病已和彭祖都很开心。彭祖看着病已和平君，故意问病已："你再也不要和你家小君出去玩了吧？"病已说："这么好的学习机会，哪能错过呢！真的很感谢掖庭令啊！"一旁的平君也接话说："我们都已经玩够了。夫君学习，我也要纺丝缉麻，做针线活。"

那年季夏，澓中翁开讲儒家经典，最初讲《诗》，当时一同听课的除了刘病已和张彭祖，还有一些寒门好学的子弟都慕名前来旁听。

刘病已每天在家吃过早餐，就去听澓中翁讲解儒家经学，课下他有疑问就请教老师，收获颇大。在他学习的时候，许平君就在家料理家务，纺绩针黹。刘病已担心她孕体吃不消，劝她不要劳累，多歇息。许平君轻松地说："我一点感觉都没有呢。就是以后月份深了，母亲会过来帮我料理家务的。你放心好啦。"刘病已笑着感慨说："得妻如此，夫复何求？"

每当黄昏时分，刘病已下学之后，回到家中，许平君已经做好了晚餐，两人一边吃饭一边闲聊。平君有些好奇夫君每天都学些什么，病已就跟她讲自己每天的听课心得，见平君听得投入，便开玩笑说："要不你也跟我一起去听听？"平君笑说："我喜欢听你讲讲，要是坐在那里听先生讲，估计不行，我会很紧张，万一先生问起问题来，我一问三不知，那不是出洋相吗？我还是做我本分的事才好。"病已笑起来，"小君谦虚了，不至于出洋相吧？"

平君认真地说："我哪是谦逊呢？尺有所短，寸有所长。我知道自己的长处和不足。做学问我肯定不在行，但做手上活我会做得很顺手，也很开心。我也很喜欢做饭菜，每天看到你辛苦学习，在家里能吃上我做的热饭菜，我就很知足的。"刘病已连连点头，伸手抚摸了一下平君的脸，"小君在家辛苦了。"

在那之后半年多，刘病已跟澓中翁学完了整部《诗》，感觉自己知识储备变得丰富很多，连带着见识都有所增长，他还会继续跟澓中翁学习《论语》《孝经》等经典，学完之后想必自己更有学养了。

那时正值许平君预产期，刘病已听说生孩子对女人来说就是过鬼门关，心里惴惴不安，他早早地就跟岳父母商量，请来当地最有名望的接生婆为平君接生，很快平君就顺产了一个白白胖胖的男婴。见母子平安，刘病已喜得两眼含泪，悬到嗓子眼的心才落了下去。两人世界霍然成了三人世界，他怀着激动的心情，给儿子取名刘奭，奭，盛大之意，以寄托对爱子的美好期望。

刘病已满眼都是爱妻和爱子。平君给襁褓里的儿子喂奶时，他就坐在一旁出神地看着，心中充满无限的柔情。小家被爱妻打理得井井有条，儿子被她喂养得白白胖胖，那眉眼像她一样清秀，成天乐呵呵地笑。他不由自主地将手放在爱妻的背上轻轻抚摸着，许平君抬头，看他满眼宠溺，嫣然一笑，"你看奭儿是不是好乖？"

刘病已笑笑，"男儿还是闹点好。"许平君两眼笑成了月牙，"恐怕太闹了，你会受不了的。"刘病已笑说："你为我辛苦怀胎生的宝贝儿子，他再怎么闹，我都喜欢。"伸手将孩子抱过去，轻轻地摇晃着，嘴里学平君唱着小曲子。平君夸赞说："你唱得真好听！奭儿听着听着就会入睡的。"她转身进火灶间做面食。

一转眼，奭儿快五个月了。刘病已感慨，孩子只要一出生，就不愁长。小家伙机灵可爱，嘴里嘟嘟囔囔，对乐音非常敏感，只要父母一哼起儿歌，他就马上跟着儿歌的节奏，有节律地手舞足蹈。刘病已和许平君见儿子开心舞蹈的超萌样子，笑得前仰后合。

第五章　幸得大位

1

在刘病已沉浸于老婆孩子热炕头的平淡而又幸福生活的时候，掖庭令张贺得急症猝逝，刘病已非常难过，也深感生命无常。

张贺刚下葬没过几天，朝廷中发生惊天的大变：年仅 21 岁的皇帝刘弗陵突然驾崩（谥号孝昭皇帝）！皇位暂时空缺，辅政大臣霍光等人磋商，迎立昌邑王刘贺为新帝。而刘贺在位仅仅二十多天，就被赶下台。如此一来，皇位又被空置。

霍光是武帝的托孤大臣，他对接下来选继承人一事更加慎重，皇位继承人只能在武帝的后嗣中选择。武帝的儿子辈和孙子辈都没有人让他感到合意。

时任光禄大夫的丙吉始终关注刘病已的前程，在刘弗陵驾崩之后，他就立刻想到皇曾孙刘病已，但他听说大将军扶持昌邑王为帝，也就藏起自己的小心思。等到昌邑王被废，他觉得推举刘病已的时机成熟了，便字斟句酌地给霍光写了一封信——

大将军您侍奉孝武皇帝，受托孤之重，担当着天下人的希望，孝昭皇帝过世得早，没有继承人，天下人都担忧害怕，都想快点知道谁是后继的皇帝。发丧的那天，大将军您因为顾念汉室宗庙有侍奉之人的大谊，扶立刘贺为嗣主。可惜被立为皇帝的人不争气，大将军又为顾念宗庙大谊而奏请皇太后废黜了他，天下人没有不称服的。现在国家命运、百姓安危都系于大将军您之手。

我私下里访听老百姓的议论，辨察他们说的事情，了解到现在为官的那些宗室诸侯，在民间没有什么名声。而遵奉遗诏所供养的名叫病已的武帝的曾孙，现在仍在民间。我以前让他居住在郡官邸时，见到他还很年少，如今他已十八岁了，精通经术，有很高的才能，行止安闲而气节操守平和。希望大将军仔细认真地商议此事，并参考占卜的结果，如不便一下使他显贵，可以先让他入宫服侍皇太后，使天下人明白地知晓他的才德，然后再决定重大的决策，天下人将为之深感幸运，由衷地感激大将军！

当时霍光比较信任的太仆杜延年对刘病已也很熟悉，因为他的二儿子杜佗和刘病已是好朋友，杜延年也向霍光夸赞刘病已的德行和才能。

霍光看过丙吉的奏书，又听见杜延年对皇曾孙夸赞，心里便有了底，决定拥立皇曾孙刘病已，向上官皇太后呈上奏议："按照礼制，人们重视血统关系，所以就尊重自己的祖先，尊重祖先就会敬奉祖宗的事业。昭帝无嗣，应选择支子孙贤德的为继承人。武帝曾孙名病已，有诏令由掖庭进行照管。至今已十八岁。从师学习《诗》《论语》《孝经》，操行节俭，慈仁而爱人，可以做昭帝的继承人，奉承祖宗大业，统驭天下臣民。"上官皇太后表示同意，诏令宗正刘德迎请刘病已入朝。

刘德感觉这世事更变得实在太快，就如同在苍茫的空中跑马一样。夏四月癸未日，年仅二十一岁的皇帝突然驾崩，国丧办完，到六月丙寅日，新君登基，这继任的新皇帝刘贺原是昌邑王。当初他作为宗正，同少府史乐成、光禄大夫丙吉、中郎将利汉等人一起，受大将军霍光委派，奉上官皇太后诏令，去昌邑国征召刘贺入京，那队伍相当可观，乘七辆驿站的马车迎请刘贺到长安府邸。想当年文帝刘恒以代王身份被拥登大位，朝廷征召他入长安乘的是六乘传，迎请的规格还没刘贺高。刘贺登基之后，帝王宝座坐了还不到一个月，就被废黜了，明面上说他二十多天干了一千多件坏事，丧失帝王礼仪，扰乱汉家制度，危害社稷，大将军为了社稷存续，不得不废掉刘贺。实际上，明白人心里都清楚，大将军霍光权倾朝野，刘贺之所以能坐上这个帝王宝座，主要凭大将军一句话，可刘贺不知深浅，不懂对大将军感恩，一上位，就将大将军撂在一边，肆意安插自己亲信的昌邑旧臣，明摆着要夺大将军的权，在朝野威赫多年的大将军岂能容忍？唉，刘贺年少轻狂，不戒惕谨慎，到头来不但自己丢了皇位，还连带着他那二百多位昌邑旧臣跟着倒了血霉，他们心怀不甘，被诛杀前号呼："当断不断，反受其乱！"想想也真是令人唏嘘不已！刘德也为那些昌邑臣子暗自叫屈。霍光下如此狠手，分明是为了绝后患。

不过，刘德对霍光倒没有什么恶感，因为霍光对他很是看重。在刘德发妻病逝后，霍光还想把自己的女儿嫁给他。在旁人看来，这可是打着灯笼都难找的好事，但刘德却不敢接受，他毕竟熟读《老子》，深谙盛极而衰，盈满则亏的道理，他若成了霍光的女婿，加入势焰熏天的霍氏家族，无疑引火烧身。他婉言谢绝霍光的垂青，说万分感谢大将军对刘德的厚爱，只是卜筮显示刘德是个命薄之人，不宜再娶妻。大将军这份厚爱断然不敢接受。霍光闻言，默然片刻，没再勉强。倒是喜欢溜须拍马的侍御史听说这事，认为大将军的美意刘德竟然违逆，猜测大将军肯定对刘德心怀怨恨，便弹劾刘德诽谤诏狱，将刘德免职。刘德便成了一个庶人，隐居山野田间，倒也图个清静。没想到霍光得知此事，对侍御史的所为很不待见，禀告皇上将刘德召回，让刘德到青州当了一年多的刺史，又将他召回京都当宗正。

刘德深知霍光是当朝最有城府的权臣，跟他相处要尽可能低调又低调，决不能露锋芒。刘贺就是因为太高调，不知收敛，所以被废。如今霍光将皇曾孙刘病已推上皇位，想必是有很大考量的，与昌邑王刘贺相比，流落民间的刘病已没有任何根基，相对来说更容易控制。刘德也相信刘病已比刘贺机敏，当初他第一眼见到刘病已，就觉得这位年轻人必有宏途，如今果真如此。他打心里为刘病已感到高兴。

刘德先派手下的宗正臣先行去尚冠里刘病已的家，告知一下刘病已做好入朝的准备，他随后春风满面地向刘病已传达皇太后征召入宫的诏令，赐御府衣服和头冠。

面对从天而降的顶级红运，刘病已实在太感意外了，他强压内心的激动与狂喜，"有劳宗正费心！"刘德忙以臣子身份，神情庄重地向刘病已行了个大礼，他完全将刘病已视为已上位的帝王，不论是站姿还是坐姿，都遵循臣子面圣的礼仪。之前他同刘病已交谈，都是平视刘病已，如今他很注意自己的眼神，高不能超过刘病已的衣领，低不能超过刘病已的腰带。

刘德如此谦恭，让刘病已更生好感，他客气地招呼刘德就座。刘德忙拜谢，恭恭敬敬地请刘病已盥洗换装。许平君赶紧将奭儿放在摇篮中，起身为病已准备洗浴的温水和浴巾。奭儿很乖巧，也不哭闹。

刘德侍奉储君刘病已洗浴，更换太后所赐的御府衣服，戴上头冠，由太仆用轻便车辆将刘病已送到宗正府，进行斋戒行礼。

斋戒期间，刘病已独自居住在斋室里，酒肉不沾，葱、蒜等有刺激味的东西不吃，保持一种清心寡欲的状态，焚香叩拜祖先和神灵，以示对先祖和天地神灵的恭敬。

最初的激动与狂喜过后，刘病已渐渐恢复理智，陷入沉思：他被选为储君，只是一种侥幸而已。如果昭帝刘弗陵没有早逝，也就不会有后来的昌邑王刘贺入京即位那档子事，而他现在依然也还是一个庶人，一个隐没民间的没落的皇室成员，时时思虑着自己的前程。再往后说，如果昌邑王刘贺能想办法坐稳自己的大位，那这个位子也轮不到他来做。还有，广陵王刘胥明明还活着，论资排辈，霍光也该考虑广陵王为继承人，为什么不选广陵王？如今他侥幸被选了，皇位能不能坐得稳，也还是一个未知数。夜深人静，独居斋室，刘病已心情有些复杂。

新帝登基大典定在七月庚申日，在未央宫前殿（正殿）举行。未央宫是大汉帝国最为气势恢宏的红色宫殿。它的前殿尤为金碧辉煌：在美玉雕饰的础石之上，耸立着高大的红色殿柱；紫红色的地面彰显庄重华贵之气；刻有精美图案的瓦当用璧形的黄金装饰，熠熠闪亮。以黄金装饰的壁带金光闪闪，壁带上悬系着宝石珍玉，每有风来，玉石轻摇，玎玲作响，悦耳动听。

这天天刚放亮，负责宾赞事宜的谒者就开始主持礼仪，引导诸侯群臣、文武百官依次进入未央宫前殿的殿门，大殿两侧排列着有彩饰的战车、骑兵、步兵和宫廷侍卫军士，摆设着各种崭新的兵器，树立着各式鲜艳的旗帜。谒者用一种有节律的声腔高声传呼：趋！引导大家小步快走。于是所有官员各就各位。大殿下面，郎中官员分立台阶两旁，台阶上有秩序地站立着几百人。大凡功臣、列侯、各级武官都按次序排列在西边，面朝东；而所有文职官员从丞相开始，依次排列在东边，面朝西。大行令安排的九个礼宾官，从上到下有节律地高声传呼，整个大殿井然有序，庄严肃穆，等候新帝登基仪式开始。

旭日东升，刘病已乘坐由六匹骏马驾驭的豪华车驾，在大将军霍光的陪同下，在一群侍卫于车驾两旁簇拥护卫下，出现在通往未央宫的御道上，百官举旗传呼警备。

按照当时的礼制，刘病已在登基前要先在预定的吉时，去未央宫承明殿朝见皇太后，接受封侯。刘病已在容貌清秀的女官引导下，走进这座侈丽无比的未央宫，顿感有一股莫名的贵气扑面，瞬间袭满他的全身。他下意识地舒舒气，挺挺胸脯，进入前殿北侧的承明殿。

皇太后上官氏虽年仅十五岁，但盛服打扮，身披用宝珠缀串而成的短衣，端坐在武帐（置有兵器的帷帐）中，也还是有几分凛然。在大行令的高声传呼中，数百名侍卫全部手握兵器，与持戟的期门武士迅速排列于承明殿下。文武群臣按照官阶高低依次上殿。刘病已依照礼仪，伏地叩拜皇太后，接受皇太后加封自己为阳武侯。此举是为了提高他的身份，让他由庶人变为侯王。

拥有侯王身份的刘病已，身穿华丽的帝王礼服，显得尊贵无比。他头戴十二旒（十二排）黑色镶红的玉制冕冠，身着玄色上衣与朱色下裳，衣裳上绣有十二章纹——日（日中有乌）、月（月中有玉兔捣药）、星辰、山、龙（身被鳞爪的五爪龙一对）、华虫（彩羽雉鸡一对）、宗彝（虎、雉各一只）、藻（丛生水草）、火、粉米（白米）、黼（斧形）、黻（两兽双背形）；脚穿重底的丝绸赤舄，此外还用皮革蔽膝，腰佩绶带。

这个原本在民间默默无闻的年轻人突然被推到权力的最顶峰，实在有些不适应。当盛大的登基典礼在未央宫正殿开始举行，特别是大气磅礴的宫廷纯雅音乐一响起，那响彻云霄的宏伟音响尽显帝王的威严与高贵，刘病已似乎有点魂不附体了，他分明地感到自己的双腿发软得厉害，灵魂要出窍了！他提醒自己在这个关键时间不要犯怯，要镇定，镇定，再镇定！你刘病已现在不是一般人，是即将荣登帝王宝座的九五至尊！你不要忘记你的曾祖父是堂堂的汉武大帝，你的祖父当年是根正苗红的皇太子！你一定要有个帝王的样子！不可让下面的这些群臣小视！

当大将军霍光率领群臣奉上传国宝玺和黄赤双色绶带，刘病已努力镇定下来，接受玉玺与绶带，登基即皇帝位，改元本始，成为大汉的第十位皇帝。

接下来还要去高祖的高庙拜谒。高庙在长安城门街东，当武库之南。大将军霍光陪同新帝刘病已同坐一辆华饰马车前往高庙。

霍光身高七尺三寸（一米七七左右），虽已上了年纪，但依然朗目疏眉，须髯很美，他正襟危坐，目不斜视，神情威严，手按在腰间佩戴的宝剑上，尽显凛凛威风。

十八岁的刘病已坐在霍光身旁，心态有点失衡，他感觉如芒刺背，如坐针毡，仿佛有大山倾压，让他十分压抑，直至到达高庙完成拜谒，他才稍稍缓过气来。

刘病已在完成神圣庄重的登基仪式，结束高庙拜谒之后，回到未央宫的寝殿歇息，依然感觉自己恍若做了一场豪华大梦，仿佛穿越了一个旷古的漫漫荒野，突然一下子堕入繁花锦簇中，让他还一时难以心安理得，但他又告诫自己必须学会适应。也许这就是天意吧。

刘病已不禁想起那个叫眭弘的符节令来。此人年轻时尚气任侠，喜欢斗鸡走马，后来却变得斯文，跟大儒董仲舒的得意弟子嬴公学习《春秋》，颇学了些天人感应的东西，通晓经术，对一些灵异现象颇有见地。他觉得这个眭弘的确是有些名堂的，至少能解释别人无法理解的灵异现象，而且还预测得八九不离十。他之所以对眭弘如此感兴趣，是因为那灵异现象跟他有关。

追溯起来，还是四五年前发生的事了。泰山莱芜山的南边发出了震天动地的巨响，像是有几千人聚在一起同时喧闹。当地的老百姓跑去一看，惊诧莫名，只见有块巨石自动竖立了起来，那巨石有一丈五尺高，非常粗，差不多需要四五十个人才能合抱，入地有八尺深，另外还有三块石头给大石垫脚。巨石自动竖立之后，有几千只白颈乌鸦呼啦啦地飞下来聚集在它旁边。这现象可真够灵异的了！

与此同时，昌邑社庙中同样出现了灵异现象：已经枯死倒地的树居然又活了过来；而且上林苑中那原本已折断、枯萎倒卧在地的大柳树竟自己竖立了起来，重新获得了生机。更不可思议的是，有许多虫子吃这棵树的叶子，吃剩的树叶的形状有些特别，呈现这样几个字："公孙病已立"。

对于这些灵异的现象，当时无人能解，但眭弘却能推衍《春秋》大意，认为："石头与柳树都属于阴物，象征着处在下层的老百姓，而泰山是群山之首，是改朝换代以后皇帝祭天以报功的地方。如今大石自立，枯柳复生，它们并非人力所为，这就说明要有普通老百姓成为天子了。社庙中已死的树木复生，这就表示以前被废的公孙氏一族要复兴了。"

眭弘也不知道这公孙氏所在何处，就说："我的先师董仲舒曾经说过，即使有继皇帝位并且遵守文德的君主，也不会妨碍圣人受命于天。汉家是尧的后代，有传国给他姓的运势。汉帝应该普告天下，征求贤能的人，把帝位禅让给他，而自己退位封得百里之地，就像殷周二王的后代那样，以顺从天命。"眭弘请他担任内官长的朋友赐替他奏上此书。当时，在位的昭帝还很年少，由大将军霍光主持朝政。霍光很讨厌此事，就把眭弘的奏书交给廷尉审理。霍光将审理的结果上奏给昭帝，称赐和眭弘"妖言惑众，大逆不道"，将二人诛杀。

有关灵异现象都是听外界所传，刘病已并没有亲眼看见，而且传言中的灵异事件发生的时候，他还只是十三四岁的孩子，他对这种传言没有在意，只是觉得好玩而已，并没有多少想法。但现在他再仔细揣摩，却觉得其中有诸多玩味之处。泰山向来是三皇五帝封禅的神山，石头自动竖立的奇景有多少人能看到？老百姓如何去围观？上林苑的枯树逢春，再焕发新生，倒是负责管理园林的人亲眼看到的，至于虫子咬噬树叶，能咬出字样实属罕见，还能咬出"公孙病已立"这样的谶语，那简直是太不可思议了！

刘病已很自然地想起在民间游逛时听一位老翁所讲的鱼腹藏丹书的掌故来，说的是秦末的陈胜、吴广率众起事前，用丹砂在绸子上写下"陈胜为王"，放在别人所捕的鱼腹中，士兵们买鱼回来烹食，发现鱼腹里面的帛书，感到很奇怪。这是陈、吴二人借用鬼神来威服众人。

刘病已突然心神一动："虫食文"——"公孙病已立"，是不是同鱼腹丹书一样，也是人为弄出来的？谁会弄这样的东西来呢？目的是什么？他思忖又思忖，想起自己遭遇不幸的可敬的祖父来。掖庭令张贺多次跟他提及他的祖父温厚敦良，受祖父恩惠的人很多，祖父含冤而死，从朝野到民间，同情者一定甚众。自己作为祖父留存的唯一一支血脉，那些同情与拥护祖父的人一定希望自己上位。而且当时在位的昭帝无子，他们有意借用神灵的名义，采用"虫食文"的奇特方式来提前为他上位造势。"公"当然是指他的祖父刘据，"公孙"自然是刘据的嫡长孙——他刘病已了，"公孙病已立"，预言这个天下该轮到公的孙子刘病已来坐，这是上天的安排。当初上天借巫蛊之祸残忍地夺走他所有亲人的生命，独留襁褓里的他存活，一个嗷嗷待哺的婴儿被投进郡邸狱，一路都由好心人照护，使得他能安然无恙地在民间历练了十八年，这其间一定有上天在暗中保佑，否则他是不是早就夭折了？而这个"上天"，其实就是他长眠在地底下的祖父啊！

灵异事件的真相大概就是如此。想明白了，刘病已的心里骤然充满感激。

又想到眭弘，刘病已觉得眭弘说的大致都应验了，眭弘将"公孙"解为外姓"公孙氏"，是不是有意而为之？这其实是对他的一种保护。

刘病已越发觉得眭弘不简单，也越发觉得眭弘死得可惜。如果眭弘还活着，他一定要拔擢眭弘加以重用。不过，也没有关系，眭弘不在，眭弘的儿子在，自己可以多关注眭弘的儿子，以告慰眭弘的在天冤灵。

没过多久，刘病已下诏征召眭弘的儿子为郎官，那是一个有点腼腆的年轻人，看上去比较憨厚。刘病已对他印象很好，竟然有一种天然的亲切感，赐其名为阔，"阔"与"弘"大意相近，借此表示对其父眭弘的一种纪念。

刘病已先让眭阔做自己的侍卫，引导他学习如何做事，增加他的阅历，经过一段时间的历练，如果觉得他能力尚可，再任命他担任适合的职位。如果觉得他实在不适合做官，那就让他继续做侍卫，物质上予以丰厚待遇。总之，不能亏待眭弘的儿子。

2

刘病已早已耳闻霍氏家族权势通天，在朝野盘根错节，他侥幸登上大位，心里时时忐忑不安，谨记废帝刘贺的前车之鉴，处处小心翼翼，他在霍光面前毕恭毕敬，凡事都听从霍光的安排。他即位后，心爱的发妻平君仅被封为婕妤，尽管他心里不满意，但表面上还是不动声色。

当时霍光小女儿霍成君到了婚配年纪，说起来，她还是上官皇太后的小姨母（上官皇太后的母亲是霍成君的大姐），有这层亲属关系，再加上霍家炙热权势，公卿们商议另立皇后，自然都倾向于立霍光的小女儿为后，只是大家没有摆到明面上说，倒有大臣上奏请立皇后，说后宫需要皇后统管，甚至有些大臣为了讨好霍光，上书奏请迎立大将军爱女霍成君为皇后。

刘病已见到奏章，心生阵阵寒意，他有心爱的发妻平君，平君还给他生了个可爱的儿子，皇后之位当然非她莫属。如果在立后问题上任由霍氏摆布，那以后他的处境会更难堪。但他也知道自己刚刚上位，地位不稳，不得不十分谨慎，他不能直接下诏立许平君为后，唯恐冒犯大将军霍光，招致霍光忌恨。他琢磨了半天，只能拐弯抹角地告知群臣他的本意，便下了一道寻找旧剑的诏令："朕在民间贫微时曾有一把心爱的旧剑，朕现在很怀念它，诸位公卿，能否替朕将它找回来呢？"

刘病已此诏令一下，不少大臣都感到有点莫名其妙，皇家武库中好宝剑多的是，偏偏要去找一把旧剑？哪里找去？有的大臣明显感觉皇上是话里藏话，揣测皇上的真实意图。

宗正刘德对皇上在民间的经历大致了解，知道皇上寻找旧剑的真正用意，也能理解皇上下此诏的苦衷。他生性谨慎，不敢贸然上奏，思忖再三，便去拜访光禄大夫丙吉。他知道丙吉为人厚道，当初请立刘病已登大位，丙吉是最为积极的。刘德想就此事探探丙吉的口风。

刘德在丙吉府邸的堂厅一落座，彼此寒暄两句，便提及皇上下诏寻剑之事，"陛下颁布此诏，让人有点不明所以，敢问光禄大夫有什么高见？"

丙吉将将胡子，笑道："微时旧剑都念念不忘，想着要将它找回来，可见皇上是非常重情重义的。"

"是啊是啊。"刘德点头，等着丙吉往下说。

"许婕妤是陛下在民间的发妻，两人同甘共苦，琴瑟和鸣，婚后一年左右许婕妤就给陛下生了一个可爱的儿子。宗正细品品，陛下连旧剑都不舍，对自己的发妻又怎能舍弃呢？"

"那还用说吗？肯定是不舍了！"刘德觉得没必要再在丙吉面前绕弯子，"这道诏令分明就有'糟糠之妻不下堂'之意啊。"

丙吉点头赞许："没错，就是这意思。陛下虽年轻，但沉稳，聪慧啊！"

刘德笑言："陛下这诏令下得妙！您打算怎么做？"

"这还用问吗？宗正是明白人，上书奏请。"

"哦，好好，上书奏请。"

丙吉和刘德都上书奏请立许婕妤为皇后，其他一些大臣也品出诏令背后的深意，也都纷纷跟着奏请，刘病已非常高兴，马上准奏。

霍光对刘病已立许平君为皇后，颇为不悦。当初在刘病已登基之后，帝座还没坐热呢，就迫不及待地想将妻儿接进宫里，要说刘病已这要求也不过分，他也只得点头应允，同意给许氏婕妤的名分，差宗正刘德将许氏母子接进宫里。刘病已也真是宜妻，下了朝堂就跟许氏母子黏在一起。这才过了多长时间呢，就处心积虑地立发妻为皇后。他原先还琢磨着如何将自己的小女儿成君弄成皇后，看样子也是白费心思了！

霍光闷恼归闷恼，但他好歹也是在朝堂混了三十多年的老臣，涵养还是要有一点的，何况立后之事木已成舟，他要顾全大局，若强行加以干涉，也显出他不近人情，朝中大臣也会对他腹诽，毕竟他自己的亲外孙女已经是皇太后了，做人不能太过贪心。这个皇后的宝座就让许平君来坐算了，给刘病已一个面子，让刘病已对自己更加感恩戴德，也不是什么坏事。

十一月壬子日（十九日），在未央宫前殿举行册立皇后仪式。大将军派使持节奉皇后玺印与绶带，刘病已亲临轩殿，文武百官依次陪同，许平君面向北，大将军面向东，宗正面向西。宗正刘德宣读册封诏书，皇后拜谢，称臣妾，复归原位。大将军按礼制授玺绶，太仆建平侯杜延年长跪接受玺绶，奏于殿前，掌管有关皇后礼仪的女史长跪，从太仆手中接过玺绶，奉送给皇后，皇后伏地，起拜，称臣妾。至此，列于殿庭的黄门鼓吹奏三遍，鸣鼓结束，群臣依次出大殿。

许平君被立为皇后，刘病已心情大好，诏令大赦天下。按惯例，赏赐各侯王以下金钱，官吏乃至百姓中那些鳏寡孤独的人都有一定的赏赐。上官皇太后回到长乐宫的长信殿（也称长信宫）居住，长乐宫开始驻兵守卫，皇后许平君正式入居未央宫椒房殿。

许平君成为名正言顺的皇后，她的父亲许广汉按理应该封国，刘病已也希望如此。这回霍光冷着脸明确表示反对，认为许广汉是刑余之人，没有资格享受封国的殊荣。刘病已只好作罢，遵从大将军的意见。他心里明白自己立平君为皇后，已经让大将军霍光很不快了，他要是再在岳父封国这件事上违逆大将军，那恐怕没有好果子吃的。

那天处理完一天的政事，用完晚膳，回到寝宫歇息，刘病已跟许平君提及此事，念及自己贵为一国之君，端坐在帝王的宝座上，却连给老丈人封国的自主权都没有，为此有些闷闷不乐。

许平君宽慰说："陛下不必为此等小事不快。想想当初许家贫微，如今倚仗陛下登大位而变得大富大贵，已经是天壤之别了，上天赐许家大福，我们已经非常知足了！"她伏地施大礼拜谢。

刘病已忙将她拉起来，满脸更是郁闷，"我这个皇帝当得真是憋气啊！小君你在内室，也叫我陛下陛下的！我听着心里直发毛！"

许平君有点不知所措，揞了揞嘴，眼里泛起泪花，"自从带着奭儿进宫，我成天心里发着慌，如今当上皇后，更是满心惶恐，生怕哪里做得不好，触犯了宫里的规矩，惹下祸端，连累家人。"说着说着，忍不住落下泪，"我就是个微贱的人，过惯了那种自在的苦日子。"

刘病已一声深深的长叹，将平君往自己怀里一揽，"小君，我们被老天推到这样的位子上，要学着慢慢适应。我们在家里和在外面，还是要分开。外面那些繁文缛节需要用心对待，老实说，那也是一种应付，是做给那些大臣和老百姓看的。咱们在家里，就不要那样讲究，还要像我们以前居住在尚冠里一样，无拘无束，自自在在的才好！我们现在在朝堂上，坐在皇帝、皇后的位子上，处处由不得我们自己，浑身像被什么绳索捆得死死的，言行举止都得小心翼翼，如履薄冰。”

“你不用说，我都知道，你当皇帝更是累啊。”许平君摸摸病已的脸，有些心疼，“你看你自从当了这个皇帝，脸都瘦了一圈。我恨我也没有能力帮你减减负担。”

“小君可不要这么说。我在外面再怎么苦怎么累，只要一回到家里，看见你和奭儿，跟你说说心里话，我就感觉身上的绳索被解绑不少，感觉自己活得还像个人。”刘病已说得很是动情，“这皇家规矩多，你现在虽贵为皇后，但保持朴素的本色，在侍从及车服方面都很节俭，一些日常事务你也亲力亲为，你这样识大体，贤惠，做后宫的表率，其实就是在替我分忧啊。以前常听老人们说，妻贤夫祸少，自从跟你成亲，我也真真切切地感受到这一点。”

许平君很是感动，将头埋到病已的怀里，“我做什么都是应该的。我们俩一定是前世有缘，今生注定要在一起相好，厮守。”刘病已将她揽紧，“一定要这样才可以！”两人心意款款，彼此温存了一会儿。

许平君轻轻揉了揉刘病已的肩，说：“你也累了，该歇息了。”刘病已嗯一声，翻过身，很放松地趴在软绵的卧榻上。许平君照例像往常一样，给他轻轻揉捏，从头部开始，从上到下，将他全身轻轻揉捏个遍，等轻揉到他的足部，传来轻微的鼾声——睡着了！平君满足地笑笑，将印花敷彩纱丝绵被盖到他的身上，她就希望这样，让他每天晚上都能睡上踏实的觉，她心里就很舒坦。

她起身，看了看摇篮里熟睡的奭儿，奭儿面带笑意，肯定是在做美梦呢。她这才安心地回到卧榻上，躺在病已的身边安歇。

3

按照相关礼制，皇后要在朔日（每月初一）和望日（每月十五）去朝请皇太后。许平君以皇后的身份第一次到长乐宫朝请，是在那年的十二月初一。

腊冬天气寒冷，初一那天，许平君一大早就起床了，麻利地收拾了一番，服饰虽简素但齐整，姿容端庄。她先派近侍去御膳房察视皇太后的早膳制作，处理好手头的事务，便乘坐安车去长乐宫。

长乐宫的宫门已经开启，门两旁分别侍立着持兵器的武士，皇后的车驾行至宫门前，由侍卫向里通报传达，便由皇太后的近侍将皇后恭迎到温室殿。

温室殿是皇太后过冬的居处。殿内有各种防寒的保暖设置，比如将墙壁砌成空心"夹墙"（时称"火墙"），墙下挖有火道，火道尽头有气孔以供排出烟气，屋外的廊檐底下设有添火的炉膛，炉膛里持续烧上木炭火，热量可顺着夹墙传到整个室内。火道直通睡觉的卧榻下面，形成"暖炕"与"暖阁"。除了火墙取暖，殿内的墙壁还用花椒和泥涂抹，壁上披挂着华美的锦绣，以香桂为主，设火齐（形状似云母的玫瑰珠）屏风，用大雁的羽毛做成温暖的幔帐，地上铺着又厚又软的西域毛毯。

未央宫也有这样的温室殿，一走进这样的温室，感觉温暖如春。许平君和刘病已以前住在尚冠里，寒冬过得可是缩手缩脚的。白天尽量多穿衣服，有时冷得实在难熬，就烧木炭、柴草取暖，晚上睡觉前用热水泡脚，睡觉时两个人紧紧偎依，彼此互相靠体温取暖。那时盖的被子倒也还不赖，是平君出嫁时娘家当嫁妆配来的，也是平君自己缝制的，麻布被罩里塞满动物毛皮，好歹还能保保暖。但不管怎么样，还是觉得冬季难熬。他们第一次住在皇宫的温室殿，那可真是感觉进了神仙居住的温暖府邸。平君笑着感慨说，这辈子做梦都没想到能住上这样的仙府！刘病已也有同感，当这帝王，果真在起居方面舒服无比，冬天有暖洋洋的温室殿可居，等到炎热夏季，又有清凉殿可供消暑。平君由衷地笑道，这等享受的日子都是拜陛下所赐，跟着陛下实在是太享福了！刘病已笑说，看你，又叫我陛下了！跟你说过的，我们两个人私底下还要像以前那样，我更喜欢听你叫我夫君。平君莞尔笑说，小君刚才忘记了，夫君不要介意。

许平君走进长乐宫的温室殿，向皇太后上官氏行大礼请安。随后皇太后的早膳被专门负责的宫人送过来，膳食比较丰富，在食案上摆放比较讲究：带骨的肉放在左边，纯肉放在右边；素菜搁在左手边，羹汤放在右手边；细切的和烧烤的肉类放得稍远些，醋、酱类以及蒸葱等拌料放在就近处，酒浆等饮料和羹汤放在同一方向。

许平君亲自将案上的早膳食品恭敬地奉献给皇太后。

侍奉皇太后用完早膳，命人撤下食案，许平君并没有马上离开，而是陪上官皇太后说一会儿话。

上官皇太后平素一个人独居，身边虽有多名宫女陪伴，但毕竟都是身份低贱的奴婢，她不能与奴婢过于亲近，实在有些寂寞。如今见皇后肯留下陪她聊天，她也是很高兴。

她们第一次聊的多半是些家常，聊着聊着，上官皇太后就说起往昔的一些事，说她六岁就入宫做皇后了，那时候太小，什么也不懂，大人让做什么就做什么。昭帝比她大六岁，待她像对待自己的小妹妹，他们同吃同住，也一起玩耍，她不开心的时候，他就哄她，他也很会哄人，每次都能将她哄笑。宫里规矩太多，他们处处受拘管，有时周围没有大人，他们俩才稍微自在地玩一玩。她喜欢在寝宫里跟昭帝玩捉迷藏，昭帝找不到她，很着急，她就偷偷地从藏着的地方出来，绕到他背后，一跺脚，大声喊：陛下哥哥！抱着昭帝笑作一团。

有一次她和昭帝正在宫里玩闹，被她的外祖父霍光看见了，外祖父沉下脸来，将她斥责了一顿，说皇后要有皇后的样子，怎么能这么轻佻呢?!吓得她两腿一软，伏在地上请罪，她满眼都是泪，又不敢哭出来。昭帝对她的外祖父也有些发怵，但还是大胆为她求情，说是他要她陪着一起玩的。外祖父这才让她起来，告诫她以后要时时记着自己是皇后，要遵守妇德。等外祖父走后，她还是觉得很委屈，忍不住哭起来，昭帝哄了半天才将她哄住。她抽搭着问，我以后都不能玩了吗？昭帝扮了个鬼脸逗她，说想玩就玩。不过，咱们下回玩的时候，尽量小点声，或者干脆关起门来玩，不让大将军知道，就没事了。

上官皇太后追忆往事的时候，脸色很柔和，眼里很自然地有了神采，似乎沉浸在同昭帝一起共度的美好时光中。许平君听了却感到很心酸。一个年仅六岁的小女娃，被大人送到深宫里当小皇后，原想着和她的陛下哥哥一起慢慢长大，一起相守下去，没想到两个人只朝夕相处了九年，陛下哥哥就狠心抛下她走了，只给十五岁的她留了一个尊贵的"皇太后"名分，让她在他亡灵的庇荫下继续过着锦衣玉食的奢华生活，但她心里的孤苦，又有谁知道？又有谁来替她排解？她神情落寞，说她喜欢做梦，晚上做梦，白日也做梦，梦的都是先帝的身影，她和先帝在一起吃饭，睡觉，玩耍。她还说，她梦中只有她和先帝，周围没有旁人。

上官皇太后平静地讲述自己和昭帝的往事，如同在讲一个遥远的童话。许平君在一旁静静地倾听，听着听着，不知怎么的，眼里不由自主地泛起了泪花，她赶紧抬起衣袖拭拭眼睛。她不知怎么安慰内心悲苦的皇太后，一个比自己年纪还小的小妹妹。

那天，许平君从长乐宫回来，还为皇太后暗暗难过了好一阵子。晚上就寝时，刘病已提起朝见皇太后的事，问她感受如何。许平君轻轻叹口气说："皇太后其实心里挺孤单的，她还那么小。"刘病已也叹叹气说："也的确难为她了。囿于皇家的制度，也只能如此。"

"六岁的小孩子，是怎么被送进宫的？"许平君有点不解。

"很多宫闱之事，你肯定是不大了解的。我也是从别人那里听来的，私下跟你说说也无妨。昭帝登大位，才八岁，还是个懵懂的孩子，得有个比较可靠的族亲来照顾，大将军霍光跟一帮大臣们商量，就推选鄂邑公主。为什么推选她呢？因她是昭帝唯一活着的姐姐。昭帝即位当天，霍光以昭帝的名义下了道诏书，封鄂邑公主为鄂邑长公主，由她进宫来养护昭帝。昭帝长到十二岁，要考虑立皇后。"

"肯定也由鄂邑长公主来为他挑选皇后了？"

"那还用说？长公主本来选的是一个周姓人家的女儿。皇太后那时才六岁，她的父亲上官安和祖父上官桀权欲熏心，一心图谋着将她送进宫里。你知道，上官安是大将军的女婿，上官安开始找大将军帮忙，恳请老丈人出面促成这件美事，但大将军这人呢，不像上官父子那样做事没有底线，大将军觉得自己的外孙女太小，不宜进宫，为此就拒绝了。上官安很有怨气，但他不死心，又去找跟鄂邑长公主相好的丁外人，一番巧言游说，许诺这事办成，想办法帮丁外人封侯。丁外人被说动了心，就去说服了鄂邑长公主，同意上官安的女儿入宫，先封婕妤，不久封为皇后。"

"唉，也真是的，他们就不顾及小女孩的感受。"

"还没完呢。上官父子目的达成了，但他们应允帮丁外人运作封侯的事没落实，因为大将军死活不同意，说'无功不封侯'。上官父子就对大将军很怨恨，鄂邑长公主也不高兴。后来上官桀又将御史大夫桑弘羊拉上了，一起对付大将军。"

"事情弄成这样，变糟了。桑弘羊为什么也反对大将军呢？"

"桑弘羊以前在武帝时期是管财政的，想方设法地搞钱充实国库，各种苛捐杂税，让老百姓负担非常繁重，日子很不好过。昭帝登大位之后，大将军辅政，就改变了桑弘羊的那一套做法，实行休养生息的政策，将原先的税收政策也给改变了。桑弘羊觉得大将军这样做，相当于否定他过去的那些功劳，拆他的台，自然很不爽。"

"唉，其实人跟人之间，还是互相体谅才好，就没有那么多是非。"

"他们可不这么想。为了扳倒大将军，他们可是一不做二不休的，上官桀还跟燕王刘旦勾搭上了。刘旦是武帝的第三个儿子，有野心。当初武帝病重时，刘旦积极上书要求进京宿卫，武帝看穿他觊觎皇位的用心，将他申斥了一顿，不将大位传给他，而是传给八岁的小儿子，让他一直很怨恨。昭帝即位后，刘旦心中很是不平，一度联系宗室刘长、刘泽等人谋反，结果还未起事就被告发，昭帝顾念兄弟亲情，放过他们，也没有过分追究。"

"照理说，燕王应该感恩才是啊。"

"感恩？他这种人怎么可能感恩呢？他贼心不死，跟上官父子、桑弘羊，还有鄂邑长公主联合起来一起搞事。"

"唉，还有这么作的，简直是作妖哟。"

"上官桀更是作妖，他还打着自己的如意小算盘，先合伙将大将军扳倒，废掉昭帝，推燕王刘旦上位，然后再找机会行刺燕王，他自己上位当皇帝。"

"他当皇帝？那他当皇后的小孙女怎么办？"平君觉得真是不可思议。

"据说当时他的一个心腹也这样问过他，你猜他怎么说？"

"他怎么说？"

"他说，追逐麋鹿的猎狗，还能顾得上兔子吗？你懂这话的意思吗？"

"他这个祖父要当皇帝了，孙女他是顾不上的了。是不是这意思呢？"

刘病已点头，"就是这意思。你说他还有一点人情味吗？"

"简直就不是一个当祖父的人说的话！"许平君感叹，"这样的人是怎么当上那么大的官的？他是有什么过人的才能吗？"

"哪有什么过人的才能？就是有点蛮力，会见风使舵，要小聪明。听人说他年轻时做过羽林期门郎，有一次跟随武帝去甘泉宫，遇上大风，车不能前进，武帝就命人解下车盖让上官桀拿着，其他期门郎推着车驾走。上官桀捧着车盖，虽然风很大，但他也能紧跟着车驾随行。不久下起了雨，他就举着车盖替武帝挡雨。武帝对他的勇力很是欣赏，就升他做了未央厩令，管理养马事务。武帝曾经有一段时间身体不太舒服，等到病好之后，去看马，发现马大多都瘦了，武帝非常生气，觉得上官桀不好好养马，分明是心存不善，料想他的病好不了，没有机会看马，便斥责上官桀说：'你认为我再也见不着这些马了吗?！'要治上官桀的罪。上官桀叩头说：'臣听说皇上身体不适，就日日夜夜为皇上担心，哪里还顾得上看马呀？'话还没有说完，眼泪就一串串地落了下来。武帝认为他对自己很忠心，因此十分亲信他，让他做了侍中，逐渐升为太仆。武帝病重，封霍光为大将军，太仆上官桀为左将军，都接受了遗诏辅佐幼主。"

"像他这样的人能受到皇上恩宠，应该打心里感恩才是啊。"

"别说感恩，不背地里使坏就相当不错了！像他这种没什么真本事的人心眼又不好，一旦侥幸得势，为了自家利益，可是玩儿命地不择手段，只是玩火玩得过度了，最终不会有好结果。他算计着谋反的阴谋很快败露了，昭帝和大将军也毫不客气了，狠心将其铲除！"

"放着好端端的日子不过，非得歪着心思使坏，到头来灰飞烟灭了，实在不值当啊！"许平君叹息，"皇太后的祖父辈和父辈也都没了，她心里肯定也很难过。"

刘病已感慨说："他们咎由自取，谁也没有办法。现在在这朝堂上，这样的人保不准也有。咱们与下面的臣子们相处，是要多留几个心眼的。"

平君深以为然，"嗯，咱们还是要小心为好。"

3

刘病已和许平君自从入宫以来，逐渐适应宫里的环境。一转眼，一年便快到头了。年末的最后一天，在未央宫前殿，隆重地举行一场盛大的驱鬼逐疫仪式，要将鬼和病疫驱逐出宫门，又称逐傩仪式。

早在几年前，刘病已就听掖庭令张贺说起过宫中的逐傩仪式，说这种活动最初在民间流行，是一种祝祷平安的巫舞，发展到后来，逐渐在皇宫里流行起来，就很有规制了，那场面热闹非凡。当时他听后，很感兴趣，希望有朝一日也能有机会参加这样的仪式。如今他带着文武官员齐集到未央宫的前殿，亲自观看极为热闹而又壮观的逐傩仪式，感受异常深切。

在敞阔的前殿广场上，一百二十名驱鬼的童子（时称侲子），年纪均在十岁至十二岁，都是从良家子弟中挑选出来的，他们一律头戴红头巾，身穿皂衣，手持小鼓。有个高大健硕的武士身披熊皮，戴着木刻面具，手执戈和盾，扮演负责驱除疫鬼和山川精怪的方相氏，他伴随着有律动的鼓乐起舞；而由十二人扮演的猛兽则跟随方相氏一起手舞足蹈，边起舞边呼喊。傩舞反复进行三遍后，持火炬送疫疠凶鬼出端门，再由千名骑士接过火把送出宫门。宫门外又有五营骑士千人接过火把，送到渭水边，将火把投入水中。至此，庄重而又热闹的逐傩仪式全部结束。

旧年的最后一天，辞旧迎新，刘病已一整天都处于一种亢奋状态。吃过年夜饭，睡上一觉，醒来，一睁眼，便进入新年。

大年初一是正旦日，按宫廷惯例，这天要在未央宫前殿举行热闹的朝会——"正旦会"，皇帝和文武百官都要参加。

为参加正旦会，以楚王刘延寿为代表的各地诸侯王早早就从封国动身，赶在正旦之前抵达长安。大鸿胪奉命持节在京郊迎接他们入城，安排他们在特置的诸侯王馆舍居住。为示恩宠，刘病已亲自到馆舍巡视，查看帷床、钱帛、器物是否都准备齐全。

依汉家礼制，各地诸侯王进京，在馆舍安顿下来之后，要入宫觐见皇帝，这是皇帝闲暇时的非正式召见，在皇宫禁地宴饮，称为"小见"。

刘病已作为登基不过半年的新帝，他是第一次参加正旦会，所以格外上心。早在两个月之前，听光禄大夫丙吉提及正旦会，他就满怀期待。

正旦这天天未亮，刘病已和许平君就早早起床，为参加正旦会做准备。刘病已着一身庄重而又华贵的帝王冕服，准备在未央宫前殿接受诸侯王、列侯和文武百官朝见。百官们都提前携带好礼物，早早地在宫外集合等候。

等到夜漏未尽七刻，离日出还有两个时辰左右，就有负责礼仪的礼官大夫开始敲钟，宣布正旦朝会开始。

未央宫前殿一片通明，充满融融暖意。九盏一米高的绿釉鸟兽多枝灯豪华气派，灯盘分层错落安置，以鲸鱼油作为燃料，散发着温暖明亮的火光，各层灯火交相辉映，整个大殿洋溢着浓浓的欢快气氛。

刘病已意气风发地坐在特制的熊皮席上，他上身挺直，两膝着席，小腿贴席，臀部坐在小腿及脚跟上，双手平放于两膝上，目不斜视，神情庄重，显示出一种帝王的威严。

三公、九卿、诸侯王、列侯以及地方官员依次向皇帝进献礼物，祝贺正月。大将军霍光、御史大夫田广明和丞相蔡义作为朝廷三公，率先双手捧着用鹿皮作衬垫的玉璧上殿，他们迈着迟缓的步伐，拖曳着脚后跟小步前行，一副小心谨慎的样子。

三公中蔡义最为显眼，他已八十多岁了，胡须和眉毛都已脱落，身量比较矮小，看上去像个年老体衰的老妇人。平素他走路弯腰曲背，为防止摔倒，他的身旁常有两名下属扶持。今日盛大朝会，作为重臣，上殿不宜让人搀扶，他打起十二分精神，走得极为小心翼翼，生怕在朝堂上摔跤出洋相。

蔡义当初因精通《韩诗》而受到武帝器重，被提拔为光禄大夫、给事中，进宫教授昭帝。几年后，他被任命为少府，又迁升御史大夫。昭帝驾崩后，过了三四个月，丞相杨敞也病逝了。当时大将军霍光执政，就选老迈的蔡义当丞相，难免有人私下议论，说霍光挑选丞相不选贤才，草率任用自己亲信的人。此番议论传到霍光耳里，霍光心下有点不爽，对侍中、左右随从官员及属吏们说："我认为当过帝师的人就是贤才，应当做宰相，怎么有人说我不选择贤才呢？这种胡乱的议论不能让天下人听到！"

刘病已也觉得蔡义实在是太老了，眼下他看着蔡义上殿颤巍巍的样子，真有点担心他突然摔倒，直到蔡丞相同大将军和御史大夫走到近前，面向西北，他才放下心。此时，太常赞高声说："皇帝为三公起。"刘病已马上微笑着挺挺腰身，臀部离开脚跟，做长跪的姿势，表示向三位朝廷重臣致敬。

蔡义同霍光和田广明一起行稽首礼——施礼时屈膝跪地，左手按右手（掌心向内），拱手于地，头也缓缓至于地（头至地须停留片刻，手在膝前，头在手后）。刘病已微笑领首，臀部重新落在脚跟上，复归正坐姿势。霍光三人恭恭敬敬地上前奉献玉璧。太常赞说："谨谢行礼。"

紧接着诸侯王、列侯进献玉璧（同样用鹿皮做衬垫），也是一副小心翼翼、恭敬诚实的姿态。太常赞高声说："皇帝为诸侯王、列侯起！"刘病已同样挺腰微笑着"起"，以示致敬。诸侯王和列侯稽首叩拜，恭敬地起身，上前献玉璧。太常赞说："谨谢行礼。"

接下来是各地方官员依次献礼。

先是太守、诸侯国相等二千石官员进献小羊羔。他们给小羊羔穿上用布缝制的衣服，并用绳索拴上羊羔的前足和后足，将绳索从其腹下交出其背上，在羊羔的胸前结上绳子。二千石官员献小羊羔时，两只手执着羊羔的前、后腿，横捧着羊羔，羊头朝左，就像捧小鹿一样。

随后是六百石官员进献大雁，其次是四百石官员献上野鸡。大雁和野鸡也用布缝的小衣束身，用绳索系连它们的双足。进献的礼节姿势同献小羊羔相同，进献的官员都是双手横捧着大雁和野鸡，将它们的头朝左。在太常赞礼节性的传呼中，他们毕恭毕敬地依次上殿堂，先放下礼物，对皇上两拜，叩头至地，刘病已微笑欠身致意。他对地方官员的献礼尤其感兴趣，觉得他们奉献上来的礼品更有意趣，也很接地气。

三公和诸侯王、列侯进献的玉璧都陈列在考究的礼品架上，地方官员进献的活宝陈列在比较精致的礼篮里。小羊羔大概也有点兴奋，还会软绵绵地咩咩叫两声。

庄重的献礼仪式结束后，负责礼仪的官员引导三公、诸侯王、列侯以及二千石的高级官员依次进入宫殿内，大家欣欣然，高呼"万岁"，按照尊卑秩序入席就座。座席设置颇有讲究。刘病已作为天子，坐的是五张席子叠加在一起的五重席，诸侯王坐的是三重席，公卿大夫坐二重席。由于宫殿容纳人数有限，六百石和四百石等低级官员只能在殿外设置的席位依次入座。

殿内与殿外各级官员全部入座后，坐在大殿上敛声屏气地微垂着头，按照尊卑次序站起来向皇帝祝颂敬酒。随后，少府属下的左右司空捧羹汤，大司农捧着饭，乐师们则开始演奏"食举之乐"。这个"食举之乐"是当时的礼仪乐曲，专门在宴饮时演奏的。百官们多半饥肠辘辘，他们吃起这朝堂上的正旦早餐，十分投入，此时，正旦会达到高潮。

诸侯百官等斟酒九巡，谒者宣布"宴会结束"。

三天之后，刘病已特意为各地来的诸侯王设置酒宴，赏赐金钱财物。两天后，诸侯王再次进宫"小见"，然后辞别离去，回归各自的封国。

这年开春之后的第一件大事是建平陵邑。遵照高祖以来的陵邑制度，在大将军霍光的主导下，刘病已颁布行政诏令，招募郡国吏民资产超过一百万的贵族富豪，将他们迁居到昭帝陵园平陵的东北一带，建立平陵邑。此举名义上为了守护昭帝陵园，实际上是为了便于管控各地有势力的豪族富户，以进一步加强中央集权，达到"强本弱枝"的目的。

与此同时，刘病已下诏令派出使者，手持朝廷符节，到各郡国明白地告知俸禄为二千石的郡守等官员要谨慎处理政事，善待百姓，要多施仁德以感化百姓。

自从将刘病已迎立为帝，大将军霍光始终在一旁冷眼观察他的言行，觉得这个刘病已虽年轻，但有头脑，凡事都做得有条有理，非等闲之辈，自己作为一个老臣，总是这样握着重权，皇帝心里一定很有意见，巴望着揽权亲政。思忖再三，霍光决定试探一下年轻的皇帝到底有没有亲政的强烈愿望。

在一次朝会即将结束之时，大将军霍光当着文武百官的面，在朝堂上以头轻轻触地，非常郑重地请求皇上归政，但他的心情却很复杂，万一皇上真的同意他的"请求"呢？

实际上霍光的担忧是多余的，刘病已懂得大将军的心意，也知道自己的处境。霍氏家族的势力在朝廷盘根错节，霍家的亲戚骨肉都结成一体。在昭帝时代，霍光的儿子霍禹和霍光兄长霍去病的过继孙霍云都被任命为中郎将；霍云的弟弟霍山被任命为奉车都尉、侍中，统率由胡人和越人组成的军队；霍光的两个女婿分别担任东宫、西宫卫尉；霍光的儿子、女婿、外孙全都参加朝会，担任诸曹、大夫、骑都尉、给事中等职。每次朝会，坐在皇位上的刘病已目睹霍家人济济一堂，无形中就有一种压力。如果他一时冲动，接受霍光撂下的挑子，他能驾驭这帮霍家臣子吗？他们就算明里逢迎，暗地里也会使阴招，你这个没有根基的皇帝可是一点招都没有，到头来朝政弄得乱糟糟的，霍光可就有把柄抓了，对你刘病已发难：你这个皇帝当得不行！霍光是霍家的大山头，只要大山头一起意，想将皇帝拉下马，皇帝就绝对没好日子过，弄不好就是刘贺的下场。

在霍光提出归政时，刘病已表现出十分惊讶甚至有点惶恐，他慌忙起身，快步走到霍光身旁，将霍光搀扶起来，异常诚恳地说："大将军是朝廷的股肱之臣，忠贯日月，德高望重，朝廷不可一日无大将军，朕还得恳请大将军继续辅政，劳您继续为国事操心！"群臣见状，也都纷纷附和皇上，极力挽留大将军。

面对此情此景，霍光心里十分受用，也着实有几分感动，便又伏地叩谢："承蒙陛下如此器重老臣，老臣就算豁出这把老骨头，也要报答陛下的深重恩情！"刘病已将霍光重新搀起，请大将军归座，他重新坐回皇帝专属的五重席，有些如释重负的样子，微笑着对霍光说："大将军深明大义，令朕感动！"他当即向群臣宣布：从今往后，大凡朝中各项事务都先向大将军报告，经大将军裁决之后，再上奏给朕。

为了进一步笼络霍光及对安定宗庙有功的人员，刘病已诏令有关部门议定奖赏，特意下诏先要重奖霍光："褒奖有德行的，赏赐立首功的，是古今相通的道理。大司马大将军霍光值宿护卫宫殿忠心耿耿，彰显德行，深明恩遇，保持节操，主持正义，安定宗庙。用河北、东武阳增加霍光封邑一万七千户。"加上以前的食邑，霍光共享有二万户的赋税。刘病已先后赏赐霍光黄金七千斤、钱六千万、各色丝织物三万匹、奴婢一百七十人、马二千匹以及豪宅一所。

车骑将军富平侯张安世也被重赏食邑一万户。刘病已紧接着在诏书中说："已故丞相安平侯杨敞等忠于职守，与大将军霍光、车骑将军安世建议定策，以安定宗庙，功赏未及而去世。现对其子杨忠及丞相阳平侯蔡义、度辽将军平陵侯范明友、前将军龙雒侯韩增、太仆建平侯杜延年、太常蒲侯苏昌、谏大夫宜春侯王谭、当涂侯平、杜侯屠耆堂、长信少府关内侯夏侯胜等增封邑户，按级别予以赏赐。封御史大夫田广明为昌水侯，后将军赵充国为营平侯，大司农田延年为阳城侯，少府史乐成为爰氏侯，光禄大夫王迁为平丘侯。赏赐右扶风周德、典属国苏武、廷尉李光、宗正刘德、大鸿胪章贤、詹事宋畸、光禄大夫丙吉、京辅都尉赵广汉的爵级为关内侯，周德、苏武赐以食邑。"

刘病已这次论功行赏，在群臣中产生了良好的影响，拉近了与群臣的距离。大将军霍光也打消了对刘病已的猜忌与疑虑，他的权势也越发加重。每次朝见，刘病已总是对他谦虚恭敬，甚至有些降格，礼节上屈己退让到了极点。

霍光也是个老辣重臣，懂得跟年轻天子相处，也要稍微注意点分寸，自己只需要牢牢掌控中央的行政、军政大权，在地方行政权任命方面，基本上交由刘病已掌控。而刘病已本人又非常重视地方治理。他自即位以来，先后调任不少地方官员。这其间也包括起用他在微贱时结识的一些有能力的故交好友。

陈遂是刘病已起用的第一个故交。他觉得陈遂为人机敏，也比较正直，当个地方官不在话下。他先任用陈遂当县丞，又觉得县丞俸禄太低，以陈遂的能力，当太守也是可以的。他不由得想起和陈遂经常玩博弈的情景，自己的博弈技艺远远不如陈遂，多次赌输了，自己也没钱偿还，陈遂也不计较。刘病已回忆往昔，感慨万千，日转星移，天地轮回，他竟然成了高高在上的天子，而陈遂依然在民间不得意。他决定提拔陈遂当太原太守，在下任命诏书的同时，还给陈遂下了一道玺书："制诏给太原太守：

现在给你官尊禄厚，可以偿还赌博时输的钱了。你夫人君宁当时在场，应该知道实情。"

陈遂和夫人君宁没想到皇上还惦记偿还当年欠自己的那些赌债，着实非常感动。陈遂于是辞谢皇上说："这些事都发生在元平元年赦令之前，陛下不应再追究了。"还表示自己感恩陛下提携，一定会尽职恪守，不辜负陛下的一片恩情。陈遂在任期间，将太原治理得很不错，让刘病已很满意。

第六章　有忧有喜

1

　　刘病已身居大位，每每想起自己的身世，想起蒙冤而死的祖父、祖母和父亲、母亲，就异常难过。有时跟平君说起，黯然神伤，"我登大位也快一年了，却不能正常祭祀自己的亲人，无法尽自己的孝道，实在愧疚难当！"平君也暗自叹息，竭力安慰："夫君心怀孝心，在九泉之下的亲人们想必也能理解。"

　　刘病已苦笑着摇头，不祭祀，孝心何以体现？他总想给亲人们一个合理的交代，思来想去，还是下了一道诏令："故皇太子葬在湖县，没有谥号，不能享受每年四季的祭祀。应当为故皇太子议定谥号，设置园邑看守坟冢，建立陵园。"随后有关官员奏请说："礼制规定，'过继做别人后嗣的人，就成了他的儿子'，所以不能再祭祀自己的亲生父母，本意是为了尊重祖先。陛下是作为孝昭皇帝的后嗣，继承祖宗大业的，不能逾越礼制。愚臣认为，故皇太子在湖县修的坟冢，史良娣的坟冢在博望苑北面，陛下生父史皇孙的坟冢在广明城北。谥法说'谥号是死者生前行为的踪迹'，愚臣以为陛下生父的谥号应该称为'悼'，生母称为'悼后'，与诸侯王坟冢等同，设置园邑三百家。故皇太子的谥号应为'戾'，设置园邑二百家。史良娣的谥号为'戾夫人'，设置三十家看守坟冢。坟冢设置官员，按照规定守卫供奉。"

　　刘病已坐在嵌玉的几案旁，看完奏陈，犹如有一盆凉水迎面泼来。他隐隐感到，这十有八九就是大将军霍光的意思，霍光反对他擅自主张给自己的祖父定谥号，建陵园四时祭祀，授意有关官员上书劝谏皇帝不能违反礼仪规定。他尚处在初立阶段，根基不牢，凡事由不得自己，强行更改礼仪规定只能给自己带来大麻烦。

刘病已默然良久，漫不经心地拿起了特制的紫毫笔，摩挲着笔杆上镶嵌的金银宝石，端详着色泽紫黑光亮、挺拔的笔毫。他曾听内廷官提及天子所用的笔毫是选用秋兔项背的细毛制作的，蓦然想起第一次跟张彭祖外出游历时看到的野兔，不知怎的，一种难言的怅然袭上心头。他索性放下笔，起身离座，在室内踱了一会儿步，才重新坐回几案旁，执起笔，将笔毫在玉砚台的墨汁中饱蘸墨汁后，轻捻笔尖，违心地在奏陈上批了一个"可"字。

刘病已异常郁闷，自己连给亲人祭祀的小小愿望都没法实现，无奈自己只是个挂牌的天子，只能遵从所谓的礼制规定，下令将湖县阌乡邪里聚作为戾园，长安白亭东面作为戾后园，广明成乡作为悼园，都重新改葬过。

此后很长时间，刘病已每当回想起这件事，就心生悲凉，举目看去，满朝几乎都是霍光的人，他有一种难言的孤危感。沮丧之余，他又给自己鼓气：事在人为，何况自己还这么年轻，霍光毕竟已上了年纪，总有一天要过世的。他得隐忍，朝中大小事唯大将军是从；此外，他还得动脑筋为自己多赢口碑，特别是对刘氏皇族那些不得意的子弟，他要尽量多安抚他们。

在刘病已看来，皇族中最不得意的莫过于燕王刘旦和广陵王刘胥这两个诸侯王。当初，武帝临终前，诏令霍光等大臣辅佐八岁的幼子刘弗陵登上大位，刘旦作为武帝长子，自然强烈不满，他公开表达强烈质疑："从前吕后在位之时，弄虚作假把惠帝之子刘弘立为皇帝，诸侯王们拱手侍奉了八年。后来吕太后驾崩，大臣们诛灭了吕氏诸王，迎立孝文帝，天下之人才知道刘弘不是孝惠帝的真儿子。我身为武帝的长子，反倒没能立为皇帝，我上书建议为武帝立庙，也不被采纳。现在立的这个皇帝，我怀疑他不是刘家的人！"他声称刘弗陵不是武帝的儿子，而是奸佞之臣所立的"伪帝"，天下之人要起来一致讨伐，他暗地里勾结中山哀王之子刘长、齐孝王之孙刘泽等人，密谋造反，结果事泄败露，昭帝念及骨肉亲情，有意放刘旦一马，便诏令不治燕王之罪，而将刘泽等人正法。但燕王谋反之心不死，六年后又与左将军上官桀等人谋划造反，失败，遭昭帝下诏严厉申斥，燕王被迫自杀谢罪。他的长子刘建和弟弟刘庆、刘贤受到牵连，郁郁不得志。

广陵王刘胥是刘旦的同母弟弟，也是怀抱天下大志。昭帝初立，霍光为安抚刘胥，以昭帝名义下诏，将刘胥的食邑加封到一万三千户。而在刘胥于元凤五年（前 76 年）正月进京朝拜之后，昭帝又为其加封食邑一万户，并赏赐钱两千万、黄金两千斤、宝剑两柄、安车一辆和乘马八匹。尽管在物质上被予以厚待，但广陵王刘胥在政治上很不得意。没有子嗣的刘弗陵突然驾崩，他一度觊觎过这个皇位，因为他觉得自己是武帝所有儿子中唯一活着的皇子，理应有继承权。

事实上，当初，满朝文武大臣聚在一起商议帝位继承人的时候，大部分臣子主张由广陵王刘胥继承皇位比较合适，但大将军霍光不同意，理由很简单：当初先帝（武帝）在世时，广陵王因没有德行而没被选为太子，我们怎么能违背先帝的意愿呢？

霍光做主推刘胥弟弟（昌邑哀王刘髆）的儿子刘贺上位，结果刘贺在帝位上坐了还不到一个月，就被霍光拉下宝座。刘胥心中又燃起希望，没想到霍光等人又将流落民间的戾太子的长孙刘病已推上皇位，总之一句话，无论大汉天子的皇位怎么变化，都没有他刘胥的份，他的心里自然很是愤愤不平。他的几个儿子连列侯都不是，也是前途渺茫，让他每每怨叹。

刘病已寻思着要笼络笼络燕王和广陵王的子弟，他征得霍光的同意，在即位的第二年秋季七月下诏，立燕王刘旦的太子刘建为广阳王，立广陵王刘胥最宠爱的小儿子刘弘为高密王，封刘胥其他四个儿子刘圣、刘曾、刘宝、刘昌为列侯，下诏表彰他们，并给予丰厚的赏赐。

刘病已对刘旦和刘胥的子嗣的安抚赢得了刘氏皇族上下的好感，至少在他们看来，新帝上位，让他们感觉日子有了更好的奔头。

刘病已在即位的第三年初春，还做了一件让霍光和其他群臣刮目相看的事。鉴于建平陵邑耗资巨多，也为了加速平陵邑住宅建设，尽快将头一年正月就开始招募的三万户迁到平陵邑居住，刘病已非常大方地动用水衡钱，投入平陵邑的宅第建造。水衡钱是皇室私藏钱，属于皇帝自己的小金库，皇帝舍得拿出自己大把的私房钱，这让群臣们都觉得新帝有大胸襟，大格局。

刘病已却是感慨万千。没有当皇帝之前，他是不会想到建造帝陵的耗费是天价。他也做梦没有想到皇帝还有多得令人咋舌的私房钱。除了水衡钱，还有少府收取的各类税收，都属于皇帝的私藏钱财。当初他这个几乎一无所有的穷小子，如今逆袭成全天下最富有的人，让他觉得上天对他格外眷顾，他也要格外珍惜这种天赐的机遇。

刘病已将大量的水衡钱投入到平陵邑建设，极大地加快了平陵邑的工程进度。然而，就在平陵邑如火如荼地进行之时，却发生了一件让刘病已始料不及的事：大司农田延年利用职务之便，贪污巨额公款。

在此以前，茂陵的富人焦氏、贾氏用几千万钱暗地里囤积炭、苇等墓穴用品。昭帝突然驾崩，墓穴修建得很仓促，要开支的钱没有筹备，墓穴用品也就一时没有着落。田延年上奏说："有的商人事先收取墓穴里的不祥之物，希望它们被急需使用时，想以此卖出获取厚利，这不是吏民所应当做的。请求朝廷将其没收。"

田延年的奏陈得到刘病已的批准，焦氏、贾氏因囤积的墓穴用品均被没收，遭受重大经济损失，为此非常憎恨田延年，他们图谋报复，出钱请人搜求田延年的罪行，很快就搜到田延年作为大司农，在主持修建昭帝墓穴期间干的大勾当。当初大司农田延年负责从民间租用牛车三万辆，运沙土送到墓穴里建造地宫，一辆牛车租金价值为一千钱，田延年交费用结算清单时，谎称租金增加，每辆车为二千钱，一共耗费六千万钱，而他从中私自侵吞了三千万。焦、贾两家收集到扳倒田延年的确凿证据，便联名向朝廷告发了这件事。

刘病已原本对大司农田延年印象不差，至少当初他拥立自己为皇帝，是有功之臣，故而封他为阳城侯。但眼下控告他的罪状呈到自己的眼前，刘病已还是十分慎重，便将田延年的案子郑重地交付给丞相府，要丞相蔡义认真查办，不可大意。

年事已高的蔡义，头脑还是十分清醒。尽管他跟田延年算得上都是大将军霍光阵营里的盟友，但他拎得清此事的利害关系。田延年身为大司农，蒙受皇恩，承担重要职责，竟利欲熏心，在主持先帝寝陵修建时，利用职务之便，牟取私利，犯如此不该犯的大错，实在太不应该！他无法徇私为田延年开脱，何况他是半个脖子已埋入黄土的朽迈老臣，时刻都想着要善终，不能有半点闪失，他要对得住新帝对自己的信任与重托！蔡义便公事公办，将调查属实的结果上奏刘病已，说田延年"作为陵墓修建的主持人，窃取三千万国帑（公款），没有道德"。

刘病已瞅着蔡义的奏陈，略作思忖，在奏陈上批阅："请呈大将军定夺。"他清楚田延年是霍光的亲信，他要看看霍光对自己的亲信如何处置。

在田延年贪污事发之初，大将军霍光就对这个案子很关注，毕竟田延年是他亲信的老部下，性情勇猛爽直，敢作敢当。特别是在废刘贺这样的重大事件上，田延年可谓立下汗马功劳。

当初昭帝猝逝，霍光在仓促间拥立昌邑王刘贺为帝，不想这小子是愣头青一个，以为当上皇帝就可以肆意妄为，皇位还没坐两天，就大封昌邑旧臣，企图让他们占据朝廷重要职位，将他这个老臣子撇在一边，丝毫不懂感恩，照那样的势头下去，他和他的家族地位就岌岌可危，弄不好哪天被刘贺给灭了！霍光对刘贺所作所为又担忧又气愤，生发了废帝之心，但这种惊天大事，可是要慎之又慎。他再三考虑，将最亲信的老部下大司农田延年请到自家府上，两人关起门来密谈半天。

霍光忧心如焚，叹息说："延年啊，你我都是这么多年的老交情了，我们也可以说是休戚与共，荣辱与共，生死与共啊。我一旦有任何不测，会连带着你也跟着倒霉哟！刘贺这才上位二十天，就搅和成这样！照目前这样的节奏发展下去，我们还会有好日子过吗？"

"大将军打算怎么做？"

"我也不知道怎么办才好！"霍光长吁短叹，"延年有什么想法，不妨说来听听？"

田延年直言不讳地说："大将军是国家的栋梁，明明知道刘贺这个人不行，为什么不向皇太后建议，另选贤明的人立为皇帝？"

霍光两眼顿时一亮，说："延年啊，你这想法倒是很实在，只是如果现在想这样，怕有阻碍啊！"紧接着又问，"在过去有过这种先例吗？"

田延年说："伊尹任殷朝的丞相，放逐太甲而保全了王室，后世称道他忠心。大将军如果能做到这一点，也就是汉朝的伊尹了。"霍光面带赞许，连连点头。他当天就引荐田延年当了"给事中"。田延年在大司农官职外有了这个"给事中"加官，就有资格出入朝堂备顾问应对，参议政事。

与此同时，霍光暗地里跟车骑将军张安世考虑大计。张安世向来行事低调谨慎，他骨子里很认可霍光的辅政能力，抱定一个原则：大凡朝中大事，紧紧跟随大将军。他也觉得这个刘贺像草上飞一样，完全是个没有长大的顽皮孩子，委实不是当皇帝的料，自然对霍光的决定表示支持。

张安世的明确表态无疑让霍光有了点底气，接下来就看丞相杨敞的态度。霍光知道杨敞性情谨慎厚重，是个胆小怕事之人，每遇麻烦事，他从不愿意出头。几年前外戚左将军上官桀谋反，当时还是大司农的杨敞的下属稻田使者燕仓知道后，告诉了杨敞。胆小的杨敞没有上奏检举，而是在家卧榻装病，让燕仓将这件事告诉了谏大夫杜延年，杜延年赶紧上奏检举，才使得霍光及时平定了上官桀谋反。事后论功行赏，燕仓、杜延年都得到了封地奖赏。霍光虽对杨敞知情不报有些不满，但念及他追随自己多年，也是勤勤恳恳，此次也只是畏怯性情使然，也就没有过分计较他。但眼下这废帝大事，霍光觉得必须将作为丞相的杨敞拉过来，否则会很麻烦。为了防止杨敞这次又称病躲避，霍光干脆派性情刚烈的田延年直接到杨敞家，当面告知杨敞他们的废帝计划，要杨敞当场表态，以便共同行事。

其时杨敞身体有恙，腿脚软绵无力，一听田延年提废帝之事，吓坏了，惊出一身冷汗，两腿更觉瘫软，有些站立不稳。杨敞非常清楚，权臣妄行废立之事，可是灭族重罪啊！对于重权紧握的大司马大将军霍光来说无所谓，但是对向来谨小慎微的杨敞来说，那简直是将他往熊熊燃烧的大火坑里推！他不知如何应对咄咄逼人的田延年，只顾"嗯嗯"地敷衍。田延年见他吓成这副熊样子，不禁皱皱眉，想起霍光对他的嘱咐，给杨敞一点思考的余地，便说他要去更衣。杨敞忙示意家人引导大司农去更衣。

杨敞的夫人在东厢房听见田延年和杨敞的交谈，杨敞只"嗯嗯"着没有明确回应，丈夫犹豫不决让她很着急。说起来，他的这位夫人是他的续弦，他的原配夫人是太史令司马迁的女儿。他在发妻病逝后娶的这位夫人，同他的发妻一样贤德温良，也颇有胆识。

夫人趁田延年更衣走开时，忙从东厢房跑出来，小声劝告丈夫："国家大事，夫君岂能犹豫不决呢？大将军都已经决定了，派大司农来告知你而已，你还不尽快表明态度，答应跟从大将军？否则必将大难临头，先要将你杀了！夫君啊，你可要小心你的脑袋啊！还有我们这一家老小的性命，可都捏在你的手中！"

正巧此时田延年更衣回来，杨敞夫人回避不及，就势大大方方地对田延年施礼相见。夫人的劝告提醒了杨敞，他怦怦乱跳的心脏这才稍微安定了一点，他请大司农回去禀告大将军：杨敞谨遵大将军的命令。田延年将杨敞的态度回报霍光，霍光对杨敞很满意，这回到底没当缩头乌龟！一个多月后，杨敞就病逝了，谥号为"敬"。

霍光筹划废帝大计，取得大司农田延年、车骑将军张安世和丞相杨敞的一致支持，心里完全有了底，便召集包括丞相、御史大夫、将军、列侯、中二千石、大夫、博士等一干人在未央宫承明殿开会。

开始大家都不知道开会讨论什么事。等召集的所有人都到齐了，霍光异常严肃，清清嗓音，率先抛出重磅话题说："昌邑王行为昏乱，恐怕要危害国家，怎么办？"这个问题很难应答，弄不好，就是个掉脑袋的问题！众大臣都惊愕得变了脸色，没人敢开口说话，只是唯唯诺诺而已。场面一度极为尴尬。霍光心里有点擂鼓，将目光投向田延年。

田延年会意，此时他必须上前为大将军出面打头阵，救救场，他便挺挺腰身离开席位，手按剑柄，声色俱厉地冲霍光说："先帝把年幼的孤儿托付给大将军，把大汉的天下委任给大将军，是因为大将军忠诚而贤能，能够安定刘氏的江山。现在下边议论得像鼎水沸腾，国家可能倾覆，况且汉天子的谥号常带'孝'字，就为长久保有天下，使宗庙祭祀不断啊！如果使汉皇室断了祭祀，大将军就是死了，又有什么脸面在地下见先帝呢？今天的会议，所有人都不准转过脚跟去不表态。诸位大臣如果有畏畏缩缩，回答得晚的，我请求用剑把他杀了！"田延年一手按剑，一手叉腰，威风凛凛地环视群座。

霍光马上自责说："九卿指责霍光指责得对！天下骚扰不安，霍光应该受到责难！"张安世和杨敞随后表态："护佑大汉的江山社稷，请大将军定夺。"其余参加会议的大臣一见这要命的架势，也都一律附和，叩头说："天下万姓，命都在大将军手里，只等大将军下令了。"

有了众大臣的支持，后面的操作就容易多了。霍光之所以成功废帝，首先得归功于田延年。如今田延年摊上这么一件大案子，霍光不能袖手旁观。不过，霍光又觉得以田延年平时的为人来看，不至于做贪污这样的下作事，要是真缺钱，跟他说一声，他予以资助也不在话下。

霍光思忖再三，还是决定先找田延年来问一问，了解一下具体情况，然后再想办法替他开脱。哪知田延年矢口否认："我出自大将军您的门下，承蒙您的恩典得到大司农这一职位，没有做过这件事！"田延年说这话，是带着声气的。他平素心高气傲，自以为曾为大将军立下大功劳，自己不过一时脑热，弄了点公款揣到自家腰兜里，这也不是什么了不得的事，就凭你大将军的权势，你稍微背地里帮我处理一下，这事也就过去了，可你大将军却偏偏将我叫过来亲自询问，你这不是明摆着羞辱我吗？

霍光原以为田延年会告知自己实情，恳求自己帮他脱罪，自己无论如何都要帮田延年，没想到田延年竟是这种态度，话说得硬邦邦的，分明带着对自己的不满，便有些不悦地说："如果没有这件事，那就更好办！就让有关官吏彻底查处，看是不是有人诬陷你？"

御史大夫田广明得知霍光的态度，觉得大将军还是应该帮一帮田延年，便对太仆杜延年说："春秋时代通行的义法，即以王命为重，处理好上下级的关系，用功劳来补偿过失。在废黜昌邑王时，不是田子宾（田延年字子宾）的话，废立之事不能成功。现在拿出三千万钱向朝廷乞怜免罪怎么样？希望您将我的话转告大将军。"

杜延年觉得田广明说得也有点道理，便把这件事说给大将军霍光听。

大将军心里更是不悦，他有些忌讳老提当年废帝的事，这种事应该烂在肚子里，不值得四处宣扬。而田延年总倚仗自己在废立之事上立了大功，居功自傲，无所顾忌，将他这个大将军都不放在眼里！霍光在杜延年面前还是尽量掩饰自己的厌烦情绪，"的确是这样，他是一位勇士啊！当初在决定废立大事时，多亏他挺身而出，震动朝廷。"霍光抬手抚胸，继续说，"当时的情景，使我至今还心有余悸！请你代我向田广明大夫道歉，让他明白地告诉大司农田延年，按公家通理下狱，会得到公平的裁决。"

田广明派人将霍光的话转告田延年，田延年最惧怕下狱，幽怨地说："就算朝廷能宽恕我，我又有何面目进入牢狱，让众人对我指点，讥笑，让狱卒羞辱我呢？"他心里有些绝望，大将军已经将他抛弃了！他倒是有点后悔，大将军找他谈话的时候，他应该放低姿态，跟大将军实话实说，求大将军帮着脱罪。如今弄到这般田地，还有什么可说的呢？都是自找的罪过！他又很懊悔自己身为主管朝廷财政的官员，当时为何财迷心窍，贪那三千万呢？就自恃废立有功，以为私拿点国帑不算什么，也觉得自己做得隐蔽，别人不知道，没想到还是被人查出来告发了。一想到告发自己的那两个富人，他就很是沮丧，理直气壮地揪别人的小辫子，让别人破财，到头来却让自己身陷囹圄，甚至有可能丢掉身家性命，这就是冤冤相报啊！

田延年全没了往日的精气神，他越想越心烦意乱，一个人住在大司农官衙旁边的屋子里，紧闭房门，袒露一只胳臂，拿着利刀在屋里从东头走到西头，又从西头走到东头，不停地来回走动……

过了几天，朝廷的使者前来召田延年去廷尉接受审判。田延年听到开读诏书的鼓声，情绪彻底崩溃，凄惊地吼道："天不佑我！"心一横，将利刀往自己颈脖上使劲一划……

使者听到屋里传来沉闷的扑通声，吓坏了，赶紧唤人将房门踹开，大司农已经倒在血泊中，没了气息。

田延年自杀的消息很快传遍了整个京城，引起官场震动。很多人原先都以为田延年不会有什么事，他好歹是霍光大将军的心腹，也是拥立皇上的功臣，他私拿的那三千万就权当对他的奖赏呗。大将军会给他面子，为他脱罪；皇上也会念及他拥立大功，对他网开一面。就算他暂时下狱，充其量蹲几天班房，很快会被放出来的。实在没料到啊，田延年竟然自杀了！大家不免追究田延年为什么要自杀，难道大将军不愿救他了？皇上也不愿赦免他？也有了解田延年个性的人认为田延年死要面子，平素总是一副气盛的样子，面对自己即将沦为阶下囚，不堪承受压力，索性来个自我了断！

霍光对田延年自杀这件事的感受比较复杂，朝廷内部有的人说他抛弃大司农导致大司农绝望自杀，让他有点快快不快，他并没有要逼田延年的意思，本意也还是想帮帮田延年，将田延年交给廷尉进行"公议"，不过是走走形式而已，也是做给刘病已看的。他田延年怎么就不明白呢？唉，田延年就是一个莽撞汉！又一想，田延年死了也就死了！省得自己再费心为他兜圈子开脱，也省得外界一提田延年，总要提他废立那点功劳，令人心烦。霍光毕竟在官场上摸爬滚打几十年，什么样的人事没见过？田延年的事，实在算不得什么！充其量是漫漫湖海中泛起的一朵小水花，一转眼也就过去了！

刘病已原先等着看霍光如何处理大司农田延年的案子，没料到田延年在廷尉传唤的时候就将自己了结了，感到有些意外。他琢磨着是不是跟霍光有关？照理说，霍光对自己的亲信应该是照护的，霍光是不想庇护田延年了？或许这不过是其中一个原因，主要原因恐怕还在于田延年自己。他内心还是觉得田延年是条汉子，敢做敢当。

等到见到霍光，刘病已提及田延年的事，说："大司农为了三千万断送自己的性命，令人非常遗憾！"

霍光一脸凝重，说："大司农贵为朝廷命官，竟辱没皇恩，侵吞国帑，犯下不可饶恕的罪过，实在是咎由自取！本应要绳之以法，以儆效尤。如今他以死谢罪，陛下不必为之感到遗憾！"又半垂着眼说，"外界有一种流言，风传大司农是我一手提拔上来的亲信，应该设法保他不受惩罚。"顿了一下，提高声调，"这是何等荒谬的言论！当初我提拔他当大司农，是看中他的办事能力！如今他贪污犯法，干令人唾弃的勾当，我身为朝廷重臣，岂能徇私情，乱朝廷纲纪?!"

刘病已被霍光义正词严的样子镇住了，忙点头赞许说："大将军公正无私，理政严明，令人敬佩！"

事后，刘病已回味跟霍光谈话的情景，总隐隐有种不安，霍光言行举止，都自带一种威严，令人生畏，霍光背后的大家族权势实在太大了。他即位已有两年，每每小心翼翼，处事记着一个字：顺，顺从大将军，时时逢迎着大将军。这一招是比较管用的，至少霍光在表面上对他这个皇帝还是比较认可的。

2

刘病已除了跟大将军弄好关系，对刘旦和刘胥为代表的刘氏宗室成员也尽量做了安抚。

不过，他心里也很清楚，这些皇族同宗尽管得到爵位和封赏，但骨子里未必就认可他当皇帝。不只是他们，就是朝中那些大臣们，也未必都在内心认可他。在很多人眼里，他只是个沦落民间的皇家子弟，还是个庶人身份。他有什么资格当皇帝？刘病已觉得自己在这个皇位继承的法统问题上，必须好好地琢磨琢磨。他的祖父因为被逼而"谋反"，祖父的谋反罪名他无法帮着洗刷，他作为戾太子的嫡长孙，自然是没有资格登大位的。霍光等人将他推上位，是将他作为刘弗陵的继承人。而刘弗陵当皇帝，也不是那么令人信服，燕王就曾表示强烈不服。他想来想去，觉得自己继承的法统应该绕过他的祖父——戾太子刘据，绕过皇叔——昭帝刘弗陵，直接跟曾祖父——武帝刘彻对接，那不就非常正统了吗？他比昭帝刘弗陵和废帝刘贺还要硬气，因为他们俩都是庶出，而他是武帝嫡系的皇曾孙，是正宗的皇位继承人，还有谁敢质疑他继承这个大位的合法性？

刘病已打算为曾祖父武帝立庙号，思忖着大将军霍光大概也不会有异议，毕竟大将军当初也是曾祖父亲自选定的辅佐大臣，他所拥有的一切又都拜曾祖父所赐，颂扬武帝也会为他这个重臣身份有所加持。刘病已信心满满地跟霍光说自己的想法，没想到霍光听后并没有马上表态，而是沉默以对。

刘病已心里不免有点发毛，"大将军觉得不妥吗？"

霍光内心并不希望刘病已为武帝立庙号，他分明感到这个端坐在皇位上的年轻天子不是平庸之辈，颇有心机，搞这么一出，急于抬举武帝，主要还是在抬举自己的身份。但他又不便直接表示反对，沉吟片刻，慢条斯理地说："倒也不是不妥。只是大汉自立国以来，对圣上立庙号相当严苛。高祖、文帝立有庙号，景帝就未曾立。"看了一眼刘病已，"陛下，武帝立庙号之事非同小可，应让大臣们廷议，最后才能定夺，方才妥帖。"

刘病已连连点头，"大将军虑事周全，多谢大将军指教！"

刘病已听从霍光的建议，在那年夏季五月的某天，正式颁布诏书："朕德行浅薄而继承祖宗大业，日夜都怀念武帝履仁行义，挑选名将，征讨不服的蛮夷，因而匈奴远逃，戡定平氏、羌、昆明、南粤，边远地区望风归顺，叩塞臣服；兴建太学，按礼郊祀，确定正朔，协调音律，泰山封禅，宣房筑堤。符瑞迭应，宝鼎生辉，白麟呈祥，丰功盛德，不能尽宣，而庙乐与其功德不相适应，朕感到非常难过。请有关官员应与列侯、二千石、博士共同议定。"

于是群臣齐集未央宫承明殿，讨论为武帝立庙号之事，皇上的意愿谁敢违背？丞相蔡义率先称颂武帝雄才大略，御史大夫田广明紧跟着称赞武帝文治武功，垂范后世。其他大臣绝大多数都做了应声虫，觉得应按诏书的意思去做。刘病已见状暗自高兴，以为这事差不多可以确定下来。此时，长信少府夏侯胜整整衣冠，直起腰身，恭恭敬敬地行礼，"陛下，卑臣有话，不知当讲不当讲？"

夏侯胜是饱学诗书的儒士，尤其以研究《尚书》精审而名闻一时。当初废昌邑王刘贺，立刘病已为帝，霍光认为群臣向东宫禀奏事情，皇太后省政，应该懂得经术，于是让夏侯胜教上官皇太后学习《尚书》，夏侯胜因而被提升为长信少府，赐爵关内侯。刘病已原本对夏侯胜颇有好感，微笑着说："长信少府有话请讲！"

夏侯胜便慷慨陈词："孝武皇帝确实是位颇有魄力的雄主，前半生文治武功实属卓著，征服四夷，开疆拓土。后半生变得有些穷兵黩武，使得将士们大量死亡，民众财力枯竭，而他依然奢侈无度，导致天下过度虚耗，百姓流离失所，死亡过半，再加上蝗灾大起，数千里荒凉凋敝，不见草木庄稼，以致民间竟出现杀人食用的惨景，积弊至今尚未消除。武帝并无恩泽于百姓，不应为其加庙号，设立祭祀之乐。"

刘病已没想到夏侯胜在这个节骨眼上噼里啪啦地唱的是一通反调，心下抱怨夏侯胜真是乌鸦嘴，尽唱不中听的调！但他还是竭力控制自己的情绪，满脸严肃，让大家再议。

其他的公卿大臣们见皇上不悦，都心生寒意，尽管朝政把持在大将军手中，但天子是大将军推举上来的，他的一举一动都离不开大将军的支持，为武帝立庙肯定也符合大将军的心意。如果违背圣意，后果不堪设想，夏侯胜胆大直言，触碰逆鳞，已惹恼龙颜不悦，他们可不能再附和夏侯胜，让自己陷入被动局面，于是便一齐责备夏侯胜说："这是皇上的诏命。"

面对众口指责，夏侯胜丝毫不退让，依然慨然陈词："虽然是皇上的诏命，但也不能依从。人臣的大义，应当坚持原则，直言无隐，不能苟且阿谀皇上的意思。我说出自己的观点，即便死也不会后悔！"

刘病已满怀恨意，暗骂：夏侯胜，你这个老匹夫，你是不是吃多了昏药！你这不是成心拆我的台吗！但在表面上他还是强压怒火，将此事交给公卿大臣们议定，自己拂袖而去。

刘病已后来冷静一想，夏侯胜说的也是实话，老家伙算得上一个忠直谏臣。老实说，这样的大臣也还难得。但他想要颁布的这个诏令不容被质疑，更不能被推翻，所以他还不能对夏侯胜宽容，必须给这个老家伙一个下马威，以树立他这个帝王的绝对权威，让诏令顺利推行下去。

整个廷议过程中，丞相蔡义责备夏侯胜多事，他和御史大夫田广明等人弹劾夏侯胜非议诏书，诋毁先帝，大逆不道。弹劾的奏章由丞相长史黄霸协助拟定，但黄霸素来仰慕夏侯胜的学识，更佩服夏侯胜的骨气，有意将奏章拖延着不及时上报，结果追查下来，黄霸也因为附和纵容夏侯胜，不肯举劾的罪名，同夏侯胜一并被逮捕下狱，打入死囚牢。

黄霸仰慕夏侯胜学问精深，便请求夏侯胜向他传授经学。夏侯胜有些心灰意冷地说："我们两个都是临死之人，纵有满腹经纶，又有何用？还不都要带到黄泉埋没掉？"黄霸说："您可别这样想，孔子讲过'朝闻道，夕死可矣'，早晨明白了真理，即使晚上就死，也无遗憾。"

夏侯胜苦笑着说："你这好学精神，倒是可嘉。"

"圣上为什么让我们俩共居一室？不是明摆着创造机会让我跟您学习吗？"

夏侯胜叹叹气说："反正现在我们被定了死罪，掉脑袋是早晚的事。"

黄霸说："您不想想，圣上这样处置我们，究竟是什么用意呢？要是真想杀我们的话，恐怕当天我们就脑袋搬家了。您再看这监狱里的狱卒对我们也都客客气气的，吃的伙食也不错。您难道看不出来圣上的用意吗？"

夏侯胜浅笑不语，示意黄霸小点声，防止隔墙有耳，招致不必要的灾患。他当然明白皇上的真正心意，只是不能公开说破。

黄霸央求说："反正咱们待在这里也没事干，您就给我讲讲经学呗，总比咱俩大眼瞪小眼强吧。"

夏侯胜看着黄霸笑呵呵的样子，一点不像死囚犯，被黄霸乐观、好学的精神所感染，答应向他讲授《尚书》。就这样，两人在狱中一个教一个跟着学，教学之余，还彼此切磋，每天过得还算比较踏实。

不知不觉，两人在监狱中待了两年，后因河南以东四十九个郡国发生大地震，刘病已诏令大赦天下，夏侯胜与黄霸才得以出狱。那是后话。

那年六月庚午日，刘病已诏令主管官员出面，奏请尊孝武帝庙为世宗庙，定《盛德》《文始》《五行》之舞为祭祀用乐。大凡武帝生前所巡狩过的四十九个郡国一律建庙祭祀，赏赐民爵位一级，赏女子百户牛酒若干。

刘病已将自己的曾祖父同高祖皇帝、太宗皇帝一样上庙号，定庙乐，如愿以偿。随后各地相关官员来奏报呈现的各种祥瑞现象，以印证立庙符合天意：告祀世宗庙的那天，有不少白鹤飞到后庭聚集。在建世宗庙而告祭孝昭帝的寝陵时，有一群色彩斑斓的五色雁集中在殿前。在西河建筑世宗庙，有神光在殿旁出现，出现一只样貌像白鹤的赤青鸟；而神光再在房中出现时，像烛光一样潇洒摇曳。广川国的世宗庙殿上有动听的雄浑钟声，门户大开时，夜晚有迷人的光辉，殿上全都亮堂堂的……

刘病已对这些祥瑞现象深信不疑，他感觉自己坐在皇位上，腰板比以前要直硬多了。为回报上天降下的祥瑞，刘病已下诏大赦天下。

那天处理完政事回到后宫，刘病已心情比较愉快，许平君也一脸喜气，告诉他，华婕好顺产了一个小公主，母女平安。刘病已将她揽到怀里，嗔笑说："这可都是你一手操纵的。"许平君笑说："我们又多了一个孩子。太令人开心了！"刘病已看着她，笑着嗔怪："不知道怎么说你才好！"

许平君笑而不答。婕好华氏的确是她一手弄进他的后宫的。

按当时宫廷惯例，每年八月初，朝廷就会派遣一些大臣到民间为皇帝挑选年龄在十三岁至二十岁美貌的良家女子。刘病已初登皇位，心中只有许平君，对这种选妃不感兴趣。但宫廷的规制又不可擅自废除，只好听凭负责选妃的大臣将一些妙龄女带到宫里，又经过层层筛选，留下的都是符合宫廷选美的正统妇容标准——姿色端丽，合法相。随后这些女子需要学习宫廷礼仪，了解宫中的规矩，由专门的女官教她们。在学习的过程中，走路姿势不端庄、举止轻浮的女子会被淘汰掉，最终留下的堪称极品女子，交由皇帝亲自挑选。刘病已对此有些抗拒，许平君再三规劝，他都不愿意，推托身体不舒服，硬是不挪身。许平君无奈之下，索性代替他去挑选。

面前站着五位佳丽，个个都身材窈窕，肤白貌美，许平君微笑着点点头。这些女子外表看起来都端丽温婉，很养眼，但具体身世、性情等不甚了解，她对这种选人还是极为谨慎，便逐个找她们细细询问，一轮问下来，她心中也有了底。有两位佳丽是颇令她满意的。念及刘病已不配合的态度，她不敢全挑，最终选定其中一位姓华的女子。

华氏是这些女子中身世最凄惨的，幼年就失去父母，由外祖父母抚养，外祖父母也很疼爱她，然而好景不长，十岁那年，外祖母病亡，第二年外祖父也病亡了。她被寄养到舅家，舅家日子过得紧巴巴的，而且舅舅身体很不好，舅妈也有些嫌弃她。这次朝廷下来选女子，里正（地方基层官员）见她长得周正，也到了婚配年龄，劝她舅舅将她送选，说这样也能免赋税。舅舅跟她道别的时候，一句话也没说，只是流着泪。华氏说到这里，也是泪流满面。平君听了直觉心酸，决定将她留下来。

平君选中了华氏，将华氏安顿好，回头开导刘病已："你贵为天子，理应遵守祖传规矩，人我已经为你选好了，你得善待人家啊，不要让我为难。"

刘病已叹气说："别的女人嫉妒还来不及，你倒是这般煞费苦心！"

许平君说："因为我很希望多一个妹妹，也希望我们能有更多的子嗣。"

刘病已没再说话，将平君紧紧拥到怀里。许平君说："夫君答应了？"刘病已抚摸着她的头，"小君，我只觉得对不住你！"

"夫君这话可就太见外了哟。"许平君开心地笑了，"你得赶紧给我的妹妹一个正式的名分，至少是婕妤吧。"

刘病已倒没急慢，第二天就正式册封华氏为婕妤。许平君要将人带过来给他看看，他摆摆手，说他忙，回头再说。这一摆就是半个月。许平君有些坐不住。想不到病已竟是这般的不近女色，实在与众不同。她趁晚上刘病已兴致不错的时候，跟他细细地谈了华婕妤的身世，刘病已听后，对华氏很同情。许平君见他态度有所转变，便说："人也真的很好。你见了就知道了。"翌日安排华氏拜见天子。刘病已一见到华氏，倒是有点诧异，眉眼跟平君颇有几分相似。平君真会挑人！

接下来许平君就逼着他去跟华婕妤圆房，说不能冷落了她妹妹。刘病已摇摇头，有几分无奈，"你看你干的都是什么事嘛！"平君笑嘻嘻地将他推出去，外面早就有她安排好的内官，将皇上护送到华婕妤那里。

刘病已因为自己身世凄惨，对幼失双亲的华氏油然产生一种怜惜之心，华氏样貌与气质又神似平君，令他感觉温婉可亲，也就一改之前的抗拒心理，欣然接纳了华氏。他觉得自己有责任保护这个女子，给她一个安稳幸福的生活。

凤胎种子就是那晚播下的。如今小公主呱呱坠地，这是刘病已的长女。他内心很开心，就像平君说的，他们又多了一个宝贝孩子。他给长女取名刘施。

刘病已和许平君一同去看望华婕妤母女。皇上和皇后同时出现在自己的眼前，让华婕妤非常感动。在当初被选进宫，她很是惴惴不安，不知道等待自己的将是怎样不测的命运。她向来很悲观，觉得自己命运不好，老天不会垂青她的。她万没想到，她的命运突然间就像开了挂似的，她遇到了善良贤惠的皇后，也万幸遇到了怜惜爱护自己的天子。华氏因为太过激动，不由得流下幸福的眼泪。平君一见，忙掏出绢帕为她轻轻拭泪，"刚生完孩子，可不能哭的哟，对身体不好。"刘病已也满眼怜惜，轻轻抚了抚她的额头，"辛苦了。好好保养身子。"

3

刘病已同许平君看望华婕妤母女之后，一起回到椒房殿。许平君笑漾漾地看着喜不自禁的刘病已，打趣说："怎么样？很开心吧？当初你还死活不愿意呢。"

刘病已咧嘴笑笑，摸摸后脑勺，样子有点难为情，"都是你，会整事哟！"

"嘻，你还这样说呢？你看我整的不都是好事吗？"

"嗯嗯，所以才拿你没有办法喽。"

许平君冲他挤挤眉，"还有一件喜事，没有告诉你呢。"

"哦，还有喜事啊？"刘病已故意清清嗓音，拿腔作调地说，"什么喜事？小君赶紧禀报来！"

许平君被他假装正经的样子逗得乐不可支，"你猜嘛。"

刘病已想了又想，一时猜不出来，有点着急，"别卖关子了嘛。赶紧说赶紧说！"

许平君笑着不说，手在自己的肚子上轻轻抚摸。刘病已盯着平君的肚子，两眼顿时一亮，"小君是不是也有喜啦？"

许平君抿嘴笑着，点点头说："快有两个月了呢。"

"我的天啦！我怎么这么有福啊！"刘病已激动地张开双臂，将平君拥到怀里，使劲地亲她的额头，亲得平君有点受不了，笑着告饶说："别再亲啦，我的额头快要被你给亲肿啦！"

"亲肿了无妨，我保准给你治好。"刘病已一脸坏笑，又朝她的脸蛋上使劲嘬了两口，还嫌不够，又使劲嘬她的红唇。许平君没有制止他的疯劲，等他疯够了，嗔笑说："你再这么弄我，我肚子里的宝宝可就不乐意了！"

"刚才我也是太得意了，得意就忘了形。幸好没有旁人看见，要不然会以为我是个疯子。"刘病已笑得眼里有了泪花，"只有在小君面前，我才会这样忘形。"

许平君轻抚他的手，柔声笑说："没事的，只要你开心，怎么着都行。"

"之前怎么没听你说呢？"

"我也不太确定。下午女医来把过脉，肯定是喜脉。"

刘病已又有点忘形了，拊掌大笑说："我们又多一个血脉了！太好了！"

"你希望是儿子还是女儿？"许平君有点俏皮地歪头问。

"当然希望是个小公主。儿女双全，先凑成一个'好'。"

"你可别这么说，你现在不是已经儿女双全了嘛？华婕妤给你生了个可爱的小公主，你怎么一转背就给忘了呢？"许平君笑眯眯地看着他。

"哦哦，哪能忘呢？我的意思是说我们俩要儿女双全。"

"嗯，我也这么想。"

"我们这么年轻，以后会有成群的儿女。"刘病已笑起来，"将来等我们老了，一大帮儿孙绕膝，尽享天伦之乐，想想都开心！"

晚上就寝前，许平君习惯性地给刘病已按摩，但刘病已不让，说："你怀有龙胎凤种的，哪能让你再受累呢？"许平君说："我开心，一点不累。你看你一天到晚操心朝廷大事，费神费心的，你才最累呢。"坚持要给他按摩。

刘病已拗不过她，只好说："你就给我按摩一下肩膀，只需要按二十下。"许平君扑哧一笑，"我没那么娇气的嘛。我给你按按，我自己也在活动血脉的。你就安心歇息好啦。"

刘病已笑笑，任她给自己按摩了一会儿，轻轻翻过身，爱怜地将平君揽到怀里，说按得我好舒服，该歇歇了。我又要做美梦了。

作为刚登基三年的帝王，在朝堂上，跟权势隆重的霍光相处，与其他各种性情的臣子打交道，刘病已总是提醒自己谨言慎行，感觉自己似乎戴着面具。只有跟平君单独在一起时，他才有一种莫名的舒适自在感。如果说他是在一望无际的汪洋中漂泊，那平君就是他最感温暖、安宁的港湾。哪怕后宫佳丽再多，也没有人能取代平君在他心目中的位置。

许平君妊娠早期，御膳房负责皇后饭食的私官很是尽心尽责，皇后的每一顿饭食都讲究荤素搭配，精心调配，山珍海味也要搭配平时的清粥小菜，保证做到咸淡适中，营养均衡。许平君孕吐比较严重，尤其是早上，胃口很差，什么东西也不想吃，但她为了腹中胎儿的健康，还是强迫自己吞咽食物，就算呕吐之后，继续再强迫自己吃，直到实在无法进食才罢休。刘病已看着实在心疼，也有点不解，说："你怀奭儿的时候，胃口还是很不错的，也不呕吐，怀这孩子怎么不一样呢？"许平君笑笑，"我怀疑这回怀的是女儿，女儿跟儿子不一样嘛。"

刘病已说："女儿这样折腾母亲，使小性子呢？"许平君开心地笑说："也没什么哟，我母亲曾说她怀我的时候，就是这样的。夫君不要担心，过一段时间，我吃饭就会正常的。"

"那要真是这样就好。"刘病已摸摸她的脸，"你近来脸都瘦了一圈了。后宫里的事你就不要再操劳了，我差人代为负责。你好好休养。"

"我没有那么娇气嘛。我现在就闲着，什么事都不干，会闷出病来的。"

"你贵为皇后，就不能安心地享点清福吗？"

"我现在已经很享福啦。我觉得我是天底下最享福的人了！"

刘病已看她真是开心，笑着摇头，也就没再说什么。

入秋时节，天气渐渐变凉，一日晨起，许平君感觉有点不适，鼻塞，打喷嚏，流清鼻涕，头痛。刘病已赶紧命人召有经验的女医淳于衍进宫。淳于衍把脉问诊后，说皇后凤体属于阳虚体质，偶感受阴寒导致气血凝滞，脉络不和，因风寒初起，稍加调理，便无大碍。开葛根汤调治，建议皇后多饮温开水，睡前用艾叶生姜水泡脚，并说明用开水将艾叶和生姜熬煮出汁，将艾姜水倒入洗脚盆中，稍微冷却一下，再泡脚，大概泡两刻

（相当于半个时辰）。

许平君喝了三天葛根汤，晚睡前泡艾姜水，果然有效，又在饮食上调理了一番，基本上痊愈了。刘病已悬着的心也放了下来，给了淳于衍厚厚的赏赐。

作为统领后宫的皇后，后宫的事许平君还是尽量亲力亲为，等到妊娠月份渐深，她难免有些疲惫。刘病已就不允许她再操劳，让她安心养胎。平君也怕自己劳累，不利于安胎，也欣然同意刘病已的安排，只是觉得每隔五日到长乐宫向上官太后请安这事，还是不宜让女官替代。

刘病已说："按之前的礼制，皇后每月只需在朔日和望日去朝请太后，也就半个月朝请一次即可，到你这里，你硬给改成每五日去朝请一次。你这不是给自己平添麻烦了吗？"

"我是看太后年纪轻轻的，太寂寞，就想着多去几次，多陪她说说话嘛。"

"我知道小君也是好心。现在这不是特殊情况嘛？跟太后说一下，暂时调成每半个月朝请一次，以后再恢复，也未尝不可。"

许平君还是觉得不太好，"既然规矩已经立下来，就不宜再改回去，会让外人说闲话的。咱们入宫时间不长，还是别给外人留话柄的好。"

刘病已轻抚她隆起的腹部，"那实在辛苦小君了。"

"怀的是咱们的血脉骨肉，我开心得不得了，一点不觉得辛苦呢。"许平君将头倚在病已的肩上，"你放心好了，我能坚持的，实在坚持不了，那孩子也该要生了吧？到时候再说好不好？"

刘病已知道平君的性情，宁可自己受苦受累，也要顾着外界的面子，他也深知生孩子是关乎性命的大事，便有点肃然地说："你一定不能硬撑，你要为自己和孩子着想，要平平安安地将孩子给我生下来，你要答应我！"

许平君见病已说得很严肃，粲然一笑，"你成天操心朝廷的大事，我这边的事你尽管放心好啦。我会很注意，很注意的！"刘病已轻轻叹叹气，"小君好固执啊！"

晚秋之后，天气日渐寒冷，许平君挺着大肚子去长乐宫朝请。刘病已再三嘱咐她要注意御寒，谨防着凉，又注意到皇后平素坐的鸾车不保暖，特意召见皇后身边的主事官员詹事，命他尽快为皇后的车驾添置更好、能御寒的暖席、帷帐，保证皇后出行的舒适与安全，所属费用一律从水衡钱中支出。皇后向来奉行节俭原则，严格约束属官添置贵重物件。如今詹事领取圣命，也就敢放手大胆地采办比较贵重的熊皮席子和厚实的绸缎车帘，将熊皮席铺设在皇后乘坐的小马车的车座上，将原先薄绸车帘更换成更厚实的绸缎帷帐。许平君看见自己的小马车焕然一新，有些心疼，"这得要费多少钱呢？太浪费了！"垂立一旁的詹事忙解释："回禀皇后，这是卑臣按陛下的旨意置办的，好让皇后御寒保暖，保重皇后凤体安康。"

许平君心里暖洋洋的，病已时刻都将自己装在心上。外面寒风凛冽，等她坐到小马车上，顿感暖意袭来，厚厚的绸缎车帘将寒风挡在车外，车内的熊皮座席上的毛约有二尺长，坐在熊皮席上，熊毛盖过膝盖，既温暖又舒适。

许平君的鸾车到长乐宫宫门前，还没等下车，早已恭候在宫门前的内侍上前，传太后令：请皇后不必下车，直接坐车进宫。许平君心里又是一热，上官太后真是善解人意。她骨子里对这个比自己还小的太后充满无限的同情与爱怜，小小年纪，就失去爱伴，成了被圈在深宫的孤独的金丝雀，她总想多陪陪这位孤单可怜的小太后。

内侍在车前引导，鸾车缓缓前行，到温室殿前停下，太后的贴身宫女侍立在殿门两旁，恭迎皇后驾到。

上官太后听到宫女恭迎的声音，不等平君进殿，她就笑盈盈地出来迎接平君，携起她的手，平君忙要施礼请安，太后制止了，笑说："免礼免礼，皇后怀有龙胎，按理应该在宫里好好安歇，这大冷天的还坚持来看我，实在贤惠！"她和平君一起进殿，招呼平君坐在事先铺设好的厚厚的毛绒席子上。

照往常，许平君要半跪着亲自捧案上食品侍奉太后进餐，但太后真心不想给大腹便便的平君添麻烦，而是吩咐贴身宫女代劳。太后还为皇后特设一食案，请皇后用餐。平君谢过太后，欣然陪同太后一同进餐。

餐毕，内侍们撤下食案，太后像往常一样，屏退左右，跟平君说说心里话，这也是她最开心的事。她娘家已经没有一个亲人了，外祖父那边她总有种难言的隔膜感，特别是继外祖母心眼太多，还有她的那些舅舅们、姨母们，也都不能带给她亲近感，确切地说，他们在她眼里，就跟陌路人无异，她本能地跟他们保持距离。但平君带给她的感受就完全不一样，虽说她是太后，平君为皇后，但那仅仅是名分不同，实际上她跟平君更像亲密无间的好姐妹，她很喜欢平君善良温婉的性情，觉得平君是这个世界上最值得她信赖的人，她愿意对平君敞开心扉，倾诉她的心事。她不管跟平君说什么，哪怕说最私密的话，平君都能为她保守秘密。

上官太后跟平君说起她又梦见先帝了，先帝跟她一起在上林苑游玩，他们一起追逐一只通体发着光的白鹿，那白鹿将他们引到一个河谷。河谷里有很多不知名的五颜六色的花，白鹿钻进花丛中，不见了，随后先帝也不见了。她一个人站在花丛中，不知道该怎么办，这时，白鹿又出现了，竟然会开口说话，说他就是先帝……

平君出神地听着。上官太后说："平君，你说我为什么总做这种奇怪的梦呢？"

"那是太后对先帝过于思念的缘故。"

上官太后神情有点怅然，"我始终觉得他没走，他就在我身边。"

平君坐的时间有点长，感觉有点累，她揉揉有点发酸的腰身，抚抚隆起的腹部。她的这些细微小动作被上官太后看在眼里，太后这才意识到平君需要安歇了，便说："你看我，你一来，我就说个没完，你也累了，该好好歇息吧。"平君笑笑说："平君听太后说话，很开心，一点不觉得累的。"

上官太后起身，亲自去内室拿出一件上好的狐裘披风和一双朱红罗绮手套赠送平君，平君忙婉谢，"平君受之有愧，太后还是留着自己用为好。"上官太后坚持要她收下，"这都是当年先帝走的那年置办的，我一直没用，如今我也很少出宫，就更用不上了。你要推辞不收，我会难过的。"平君只好拜谢收下。

上官太后说："今年的气温比往年冷很多，皇后怀着龙胎，多保重身体，要避免受寒。以后到我这里朝请，要不就免了？"平君觉得不妥，笑说："多谢太后对平君温厚关爱，朝请不可轻易免去，平君身体许可的情况下，还是要坚持。"

从太后那里回到未央宫，许平君跟刘病已提及太后赠送礼物，以及免朝请的话，刘病已赞许说："太后真是善良人。"许平君点头，"其实她内心里还是希望多跟我说说话的。"

刘病已思忖了一下说："要不跟太后商量一下，你暂时搬到长乐宫那边去住？这样朝请也方便，免了劳顿之累。"

刘病已跟上官太后一提，太后欣然同意，说这个主意好！长乐宫的长定殿（也称长定宫）空置，跟她住的温室殿也近，她命人将长定殿收拾了一番。刘病已这边也差人过去帮忙，增加保暖设置。

一切收拾停当，许平君同一些亲近的属下就搬迁到长定殿居住。

第七章　平君遇害

1

许平君妊娠期间的专职女医是淳于衍。淳于衍在妇科方面医术精湛，几乎无人能比，在整个宫廷，她颇有名气，有"女扁鹊"之称。王侯贵戚之家只要有女眷有恙，首先想到的都是请她上门诊治。霍光的夫人霍显更是将淳于衍视为霍府的家庭女医。

霍显最大的心病就是小女儿霍成君的婚事。早在霍光推刘病已上位的第二天，她就怂恿霍光将成君送进宫当皇后。霍光表情严肃，扫了她一眼，说此事非同小可，不可在外胡说！霍光心里清楚，刘病已在民间已有妻室，这倒不是最重要的，重要的是刚将他推上位，还得看看他是个什么料，之前他费心费力将那个昌邑王刘贺扶上位，没料到那小子不通人情世故，皇帝的位子没坐几天，就急燎燎地抢权，弄得他很是不安，担心霍家迟早要栽在那小子手中。如今他要审察审察这个刘病已，怎么能贸然将自己的小女儿弄进宫当皇后？万一刘病已也是个难扶上墙的小子呢，那岂不是害了自己的小女儿？当时也有一些大臣想拍大将军的马屁，奏请立霍成君为皇后，他霍光不急。正因为他的这种观望的态度，倒让刘病已钻了空子，弄出一出"寻找故剑"的戏码，让发妻许平君当成了皇后。刘病已这令他意想不到的戏码倒让他这个大将军有点猝不及防，也只得默许了。

霍光能容忍许平君当皇后，但霍显却是耿耿于怀，她总觉得刘病已那个穷小子能当皇帝，全是倚仗大将军的扶立，他要识相的话，就应该将他们的小女儿成君立为皇后！

霍显心心念念都想让小女儿进宫当皇后，只是苦于没有机会，心中十分郁结，感觉心慌气短，便找淳于衍来为她诊治。

淳于衍为霍显把脉问诊之后，给她开了几副中药，建议熬汤调理。随后两人聊了聊。淳于衍出于炫耀的心理，聊起皇后怀孕有恙被自己治好，获得皇帝的丰厚奖赏。霍显听后心里一震，眼睛一亮，夸赞："果真是女中扁鹊！"其实她内心却有另一番心思，只是当时没敢对淳于衍直接说出来。等淳于衍告辞之后，她就更加心神不宁，命家奴总管冯子都找来一个占卜者，卜筮小女儿成君的婚姻。占卜者揣测霍显的所望，便大肆渲染霍家小女儿将来最显贵，超越她的任何一个姐姐。而后占卜者面带几丝神秘，说夫人，您是聪明人，话说到这里，就不说破了。霍显点头笑道，您不用说了。给了占卜者很多赏赐。

占卜者的话给了霍显十足的信心，她坚信自己的小女儿成君一定会成为皇后。她心里反倒变得平静，耐心地等候时机。多年前的她，就是这么处心积虑，让原本出身低贱的自己上位成为霍光夫人。

霍显本是霍光原配夫人东闾氏的贴身侍女，在东闾氏生第二个女儿的时候，她被霍府管家买进霍府。这个眉眼清朗、活泼伶俐的侍女颇有心机，她并不甘心当一辈子低贱的侍女，对相貌堂堂的男主人生发异样的心思，总是想方设法背着主母讨好、逢迎男主人。在主母产第三个女儿期间，在一个月黑风高的晚上，她终于成功地在男主人书房的卧榻上，将男主人侍候得舒舒服服，以后多次伺机同男主人偷欢。等到主母发现她竟然背着自己干着鸠占鹊巢的勾当，还没来得及责骂她，男主人便宣布要纳她为小妾。主母也莫能奈何，只能接受既成的事实。在她拥有霍光小妾身份的当晚，在跟霍光行床笫之欢的时候，娇滴滴地提出"生做霍家人，死做霍家鬼"，请求霍光允许自己改姓霍，给自己赏个正式的名字，霍光自然满口答应，给她取名叫霍显。

霍显在表面上对主母还像以前一样恭敬，暗地里却视主母为心头尖刺。一年半后，主母又怀了胎。霍光一心巴望着夫人能给霍家添个男丁，请占卜者卜卦胎儿性别，占卜者言之凿凿地说是男胎，霍光很是高兴。

霍显觉得自己机会来了，侍候主母极为殷勤，变着法子弄各种滋补品给主母吃，等主母妊娠到了第七个月，她往滋补品里加了一点堕胎的药，导致主母差点流产，她又假装积极地请医工为主母弄保胎药调理。她暗地里打听到补火助阳、散寒止痛的附子有毒，孕妇禁用，若服用含附子的中药，有可能就会没命。等男主人因公差离家外出，她往主母保胎药里添加了不少碾碎的附子。主母东闾氏就这样被她神不知鬼不觉地给谋害掉了，等男主人回来，原配夫人已经一尸两命。她为了表现得很悲伤，往眼角弄了点辣椒水，弄得两眼泪汪汪的，她在男主人面前，不断自责自己没有照顾好主母。男主人虽很悲痛，但在她的百般温柔的劝慰和入微的体贴下，很快就走出了丧妻的阴影。

不久，霍显有了身孕，十个月后，生了一个白胖的男婴，让男主人欣喜至极，索性将她扶为正室，填补东闾氏的位子。

霍显肚子非常争气，在那之后又陆续为霍光生了六个子女，其中有两个是双生子，取名霍云、霍山，尤其合霍光的心意。霍显也会调教未成年的子女讨霍光的欢心。比如每天在鸡叫二遍时，她让家里的老妈子动员孩子们起床洗手漱口，督促他们梳头，用细帛带子束发作髻，每人戴上用假发做的刘海儿，在头顶将头发各扎成形如两个羊角的发结（即总角式样），腰身都用带子系个小香囊，在天色微明时去向霍光请安。

霍光看着眼前齐刷刷的一溜活泼可爱的儿女，心中油然涌起一股自豪感，再看看身旁笑靥如花的妻子霍显，更是心生柔情，多子女，多福分，这少不了霍显的功劳。霍光觉得霍显是个旺家的女人，能为霍家开枝散叶，壮大霍家门庭，因而他十分宜妻，家中内务也放手让霍显处理。而霍显也倚仗霍光的宠溺，随着子女们渐渐长大成人，成家立业，她的心气越发高起来，也有了郁积的心结。

霍光有十个子女，大女儿、二女儿和三女儿都是原配夫人东闾氏生养的。霍显在霍光面前假装善待这三个继女，但骨子里却是十足的嫌恶。霍光的大女儿性情比较内向，懂事也早，跟继母最不亲近，稍一成年就被霍显撺掇着嫁给上官桀的儿子上官安，后生了一个女儿上官氏。可惜她跟生母东闾氏差不多的命运，死于二胎难产，而遗留的女儿——年幼的上官氏，在六岁那年就被上官父子变着法子送进深宫做了刘弗陵的皇后。霍显对此并不感到十分的得意，隔层肚皮隔层山，何况她跟上官氏之间隔着两层肚皮呢！霍光的二女儿和三女儿性情比大女儿活泼，嘴巴也甜腻，竭力讨霍显欢心，特别是在她们成年后，处处迎合继母，刻意彰显继女的孝心，让霍显很得意，也渐渐地将她们当亲生女儿看待。等她们到了该婚配的年纪，霍显很热心地督促霍光为她们物色佳婿。

霍家所有女儿中，霍显最疼爱的是自己亲生的小女儿成君，她觉得成君是霍家最宝贝的金枝玉叶，也只有当今的皇上才能配得上，她一心巴望着让成君当皇后，一再算计着让占据着皇后宝座的许平君给她小女儿让位。当年她算计东闾氏的前尘往事时时浮现心头。当她得知许平君怀胎，心里豁然一亮：老天终于开了点眼！只是许平君不是东闾氏，她可不能轻举妄动，要等待时机成熟。

正旦过后，皇后许平君的预产期快到了，为了保险起见，刘病已下令召淳于衍在两天之内进宫，令她暂住进长定殿，随时侍奉皇后，以备应对皇后身体可能出现的不测。

当时淳于衍的丈夫赏在掖庭担任护卫，总嫌自己的地位太低，听说安邑县境内的天然大盐池的管理岗位尚有空缺（当时官名称"安池监"），这是个有油水可捞的肥缺。他希望自己能去安邑当这个安池监，便让妻子帮他从中运作一下，说："你跟霍夫人关系密切。现在这朝廷上下当家理事的还是大将军，你进宫前可先去拜访霍夫人，向她辞行，乘机为我请求安池监一职，让霍夫人在大将军跟前为我美言美言。想必霍夫人这点忙还是能帮的吧？"淳于衍点点头说："只要她愿意帮忙，这点忙当然是不在话下的。"

霍显听说淳于衍来访，那个埋藏了多日的计划如同破土的小芽，瞬间就噌噌地长成了茂盛的小树，将她的心脏堵得严严实实的。等到淳于衍请求她在大将军面前为她的丈夫谋职时，霍显的顾忌完全就抛开了，她屏退左右，亲热地拉着淳于衍的手，走进设有火墙供暖装置的内室，并排坐到那温软的毛皮软席上，亲切地称呼着淳于衍的表字说："少夫有事托我，我一定帮你成全！我也有事想拜托少夫，可以吗？"

淳于衍听了心里不禁一动，尊贵的大将军夫人不直呼自己的大名，而是唤自己的表字，这分明是将她这个卑微的女医当自家人嘛，不过她心里还是有点打鼓，大将军夫人尊贵无比，要什么有什么，还会有事要拜托自己？其间必有蹊跷，嘴上还是殷勤备至，说："少夫能得夫人的信任实在万幸，请夫人尽管吩咐，有什么事不可以的呢！"

霍显有意轻轻叹气说："大将军一向最爱小女儿成君，他最焦心成君的终身大事啊。"淳于衍不禁笑了，"大将军的爱女，婚姻大事还用焦心吗？大将军看中哪家好儿郎，还不就能马上成全呀？"

霍显又叹气说："少夫啊，能做大将军小女婿的，可不是一般人喽。大将军很希望她成为最尊贵的人。我想把此事托少夫成全。"

淳于衍有点狐疑，说："夫人，此话怎么讲？"

霍显说："少夫啊，我时刻都将你当作自家人，跟自家人说话，我就不绕弯子了。大将军最希望爱女能成为最尊贵的人，这世间最尊贵的女人，会是谁？少夫想必也知道吧。"

淳于衍当然知道，最尊贵的女人，除了当今的皇后，还能有谁？可是皇后活得好好的，霍成君怎么能成为皇后？除非……她意识到霍显起了歹意，心里不免有点发慌。

霍显看出淳于衍表情很不自然，但她也顾不得那么多，对淳于衍和盘托出她的谋划："女人生孩子是一件大事，九死一生。如今皇后即将临盆，可以乘机下毒药将她除去，空出皇后之位，成君就有机会成为皇后了。如蒙少夫大力相助，事成之后，当与少夫共享富贵。"

淳于衍的心不禁直打冷战，谋害皇后，这可是灭族的大罪啊！但面对权倾朝野的霍大将军的夫人霍显，她也不敢直接拒绝，便努力镇静下来，思忖着说："皇后吃的药，都是多位御医一起决定的，还要命人事先尝过，怎么行得通呢？"

霍显说："只要少夫愿意，办法都是有的！就看少夫愿不愿意帮这个忙了！"咬咬牙说，"现在的天下，还不都是大将军在统领，大将军说了算？谁敢说话！即使有什么急事，也有大将军相护，只要少夫愿意帮这个忙，有大将军照拂，不会有什么事；要是少夫不愿帮忙，有没有事，倒不能保证了！"

淳于衍的脸色有点苍白，欲言又止。霍显也不等淳于衍言语，两眼盯着她，"少夫，你不用害怕，我和大将军都将你当作自己人。再说，女人生孩子，本身就有可能出问题的，是不是？我当年生孩子，就差点死掉了！就算你尽心尽力地侍奉皇后，但也不能百分之百地保证皇后生孩子不出问题，是不是？如果真出问题，皇上是不是也会怪罪到你头上？杀了你，甚至杀你全家，这样坏的结局，少夫有没有想过？"

淳于衍的额头渗出冷汗，霍显从衣袖中掏出自己的丝帛手绢，替淳于衍擦汗，假意笑笑说："看我这张嘴，也真是够长的，说这些话，看将少夫吓成这样了！"安抚说，"少夫不用怕，不管怎么样，都有大将军为你背地里撑腰。"霍显感觉自己说得差不多了，便打开箱箧，拿出一个小匣子，里面装满了稀世珍宝，原本是皇太后上官氏的赏赐，她转送给淳于衍，淳于衍不敢接受。霍显笑说："少夫不要客气嘛。"硬要淳于衍收下宝匣子，"你我就像姊妹一样，这种隐秘的事我才敢跟你说起，也只能跟你一个人说起。这种事，决不能让其他任何人知道，少夫说呢？"

淳于衍有点木然地点头，"少夫明白，明白。请夫人，放心。"

霍显笑笑说："我和大将军都没有看错人，少夫值得托付！"

淳于衍掂量再三，终于应允说："少夫愿意尽力效劳！"

出了霍府，淳于衍有些恍惚，回想霍显说的每一句话，不禁有冰冷彻骨之感。她已经被推到悬崖边，没有回头路。不依从霍家，她和家人都不会有好下场。即便她斗胆去告发霍显企图毒杀皇后，但霍家把持整个朝政，皇上连自己都不一定保得了，更不用说保护她这个无名小卒，到时候她全家人都会死得很惨。昧着良心依从霍家，也有很大风险，但有大将军霍光背地里庇护，她大概不会有事。两下相比，权其利害，她还是违心地跟霍家绑到一起。

回到家，淳于衍感觉头重脚轻，想到自己被推进了火炕，心里十分抑郁。她在卧榻上呆呆地跪坐了很久，才慢慢回过神来，如何神不知鬼不觉地给皇后下药，而不让其他御医知晓？这是她必须思量的问题。

经过再三思忖，最后她决定选用附子，等皇后生产后再下手。附子有毒性，尤其是煎法不当，或用量过大，毒性就比较大，而且对身体虚弱的产妇来说，服用含附子的中药，极易危及生命。但对身体健康的人来说，服用附子，一般可能不会有太大问题，到时候就是有人尝药，也不会轻易发现汤药有毒。

第二天上午，淳于衍将附子捣碎包好，悄悄地带入长定殿。

其时刘病已特意抽空到长定殿看望平君，屏退皇后身旁的贴身侍女，他俯下身来轻轻地抚摸她的脸，亲了亲她的脸颊，两眼满是怜爱，"小君受苦了。熬一熬，孩子就出来了。"平君笑笑点头，满脸幸福，"能为你生儿育女，我非常开心。"刘病已轻轻抚摸着她隆起的大肚子，感觉孩子在动，笑着说："我的宝贝女儿，知道父皇在摸她呢。"平君笑了，"怎么肯定就是女儿呢？"

"我预感是嘛，昨晚还做了个梦，梦见你生了个漂亮的女娃娃，还开口叫我父皇！我梦里都笑醒了。奭儿也很开心，抱着小妹妹不撒手。"刘病已又亲亲平君的脸，"等你养好身体，带你去上林苑玩玩。进宫这么长时间了，还没来得及带你出去好好玩一玩呢。"

许平君笑得两眼都出了泪，她全身心都被幸福的闪电击中，她嫁了这么好的一个男人。这个男人现在坐在皇位上，拥有至尊的权威。最初她还担心他对自己的感情会有所转移，毕竟宫廷里遍处都是貌美如花的女子，她也告诫自己，就算他喜欢别的女子，她也能理解，也能接受，但没想到，他对她这样一个市井出身的女子一直是这样情深。

刘病已看着平君眼里有泪花，"小君，你怎么哭了？"

"你自始至终对我这么好，真的，我太高兴了！"

"你呀，你怎么这样傻呢？我当然应该对你好，因为你对我有多好！"

"那是我应该的呀。"

"我难道不应该对你好吗？傻瓜哟！"刘病已笑着轻轻刮刮平君的鼻子，抚摸着平君的脸，"小君好好安歇，回头我再来看你。等我再来看你，恐怕就能看到我们的宝贝小公主了。"

刘病已从产房出来，嘱咐负责皇后生产的御医以及看护人员要好好照顾皇后，不得有任何闪失！那一刻，威严的皇命让淳于衍心生畏怯，但想到霍家权势的威赫，皇上也在霍光的掌控之中，她又横下心来，既然答应霍显，自己和家人的小命主要还是捏在霍家人手中，她也只能豁出去了！

淳于衍为皇后把脉检查，胎儿的胎位比较正，又是二胎，顺产没问题。

翌日上午，皇后说腹痛，淳于衍凭经验，断定皇后这是产前阵痛，胎儿要不了几个时辰就可分娩出来。

果然，两个时辰之后，皇后很快就顺产了一个女婴。

皇后产后身体虚弱，需要喝滋补汤药。淳于衍趁身旁没人，偷偷地将自己之前捣碎的附子掺杂到滋补汤药中，皇后服用前，有专人尝药，也没什么事，但是皇后服下后，不过二刻时间，就感觉不适，说："我感到头昏发闷，药里莫非有毒药？"

淳于衍心里发虚，一口咬定说："这药单都是御医开的，专人尝过的。没有问题的。"假意安抚，"估计是皇后产后太虚弱，药丸又大补，您凤体一时消受不了，休息调理一番，就会好的。"

许平君没再言语，越发烦闷难受，口腔灼热，从指头开始全身发麻，呼吸越来越急促，贴身的宫女和内侍进来见状，都很惊恐。此时，淳于衍才表现出慌乱，赶紧请御医过来，等御医急慌慌地赶过来，皇后的瞳孔散大，已经快不行了！大家慌作一团，宫里顿时哭声一片。

淳于衍心里有些恐惧，对御医哭诉说："怎么会这样呢？"趁宫里混乱之际，她赶紧换装出宫，坐上等在宫门外的轻便小车。小车是霍显送给她的，还差拨一个忠实可靠的马夫为她驾车。之前夫人就曾吩咐车夫到宫门外等候女医，她要请女医到府上看病。马夫见女医神色不对，也没多话，扬鞭策马赶车，直接奔进霍府。

霍显亲自将淳于衍迎进内室。淳于衍重重地瘫坐在软席上，捂住脸，眼泪顺着脸颊流下来，声音异常低沉，"少夫将自己和家人的身家性命，都托给夫人和大将军了！"

霍显知道淳于衍帮她办成了大事，抑制住内心的狂喜，"少夫对霍家忠诚无二，我和大将军都记在心里，天地为证，绝不亏待少夫！少夫放宽心！"她让淳于衍好好歇歇，亲自调制营养羹汤，让淳于衍喝了压压惊。

淳于衍也渐渐恢复了常态，向霍显道贺，说成君不日就会成为皇后。霍家门楣又加一层光环。可喜可贺！霍显说，还得感谢少夫冒险相助！只是眼下风声正紧，少夫还是暂时回家避一下风头。等风声过后，我和大将军定有重谢。

2

皇后生产的那天是正月十三日，天气寒冷，太阳惨淡无光。未央宫的温室中，刘病已原本心情很好，跟少时好友，如今担任侍中中郎将的张彭祖一起闲聊少时乐事。他一大早就命贴身内侍去长定殿问候待产的皇后，给皇后打气。

听内侍汇报皇后顺产了一个小公主，刘病已更是乐不可支，自己的美梦果真应验了！当他正沉浸在难言的兴奋中，准备过去看望心爱的平君母女，还没等他起驾，另一个内侍跌跌撞撞地进殿，哭着禀报：陛下，大事不好了！皇后……

刘病已脸色大变，"皇后，怎么了?!"

内侍伏在地上，浑身颤抖，哭着说："皇后，皇后，驾崩了！"

"胡说！"刘病已吼道，"皇后明明好好的！你再胡说！朕要灭你三族！"

"陛下……"内侍泣不成声。

刘病已像被人抽掉了脊梁骨，浑身瘫软。他无论如何也不能相信，昨日还跟自己有说有笑的平君，怎么突然一下子就没了?!

张彭祖慌忙上前扶起刘病已，哽咽着说，陛下，陛下，节哀，节哀。他也十分惊愕，昨日他陪同皇上去看望皇后，皇上从产房出来，说起皇后，笑容满面，皇后怎么突然就驾崩了呢?! 他隐隐觉得这其间必有蹊跷。

刘病已眼含热泪，强作镇静，命张彭祖传令，起驾去长定殿。

长定殿内外已经跪倒一大片，哭声震天。哭得最悲伤的是华婕妤，她怎么也没有料到，那么温柔贤德的皇后，怎么会突然走掉？皇后对她关爱有加，在她坐月子期间，每天都派人给她送滋补汤。皇后对她生的小公主也极度爱怜，平素经常抽空过来看孩子。在小公主满百日那天，皇后亲手将自己编织的五色丝缕系在孩子的手臂上，为孩子祈福。念着皇后生前对自己和孩子的种种好，华婕好悲不自禁，哭着哭着竟昏厥过去，一旁的贴身内侍吓坏了，赶紧七手八脚地将华婕好抬回她的寝殿，请御医给华婕好切脉诊治，华婕好半天才回过神，嘴里还在哽咽着念叨皇后……

看着最心爱的平君已成亡人，与自己阴阳两隔，刘病已透骨酸心，也顾不得天子之尊，伏在平君身上，忍不住痛哭失声……

群臣听说皇后突然驾崩，都惊愕不已，纷纷赶到长定殿，跪着哭求陛下节哀，保重龙体。

刘病已渐渐恢复了理智，强行收起眼泪。他原本要下令追究所有为皇后诊治的御医的罪责，但又觉得有些贸然，决定暂缓追查，眼下当务之急是挑一块风水宝地，好好安葬心爱的发妻。他最喜爱年少时经常游玩的那个被浐河和潏河夹峙的鸿固原，那是一个枕山傍水、明敞开阔的黄土台塬，他跟平君成婚之后，也曾带她在那里游玩过，平君也非常喜欢那里的优美风光。他将那里作为平君的安息地。他下令厚葬皇后，具体事宜由专职部门操办。他要求将皇后的陵墓做成覆斗形，有三级台阶，形似"昆仑丘"——传说中那是仙人居住之所。他感觉他挚爱的平君并没有死，而是成了仙人……

刘病已强忍悲痛，下过厚葬皇后的诏令之后，突然感到一阵眩晕，身子不由得晃了两晃，差点摔倒。一旁侍候的张彭祖见状，赶紧扶住他，哽咽说，陛下，还是回宫歇息为宜。群臣也跪求陛下保重龙体，安歇为要。刘病已被张彭祖等左右亲信搀扶上御驾，护送回未央宫寝宫。

刘病已躺在卧榻上，脸色苍白，双目紧闭，两行清泪顺着脸颊缓缓流下来。他满脑子都是平君的影子，那秀丽端庄的脸庞身姿，那温柔可人的音容笑貌，挥之不去……

张彭祖也在一旁默默地陪着他流泪。作为少时最要好的伙伴，两人曾经共席读书，同榻卧眠，一起嬉笑玩闹，张彭祖很了解刘病已，他是个很重情义的人，尽管他贵为天子，但他骨子里的秉性依然没变，他对发妻许平君的深情，日月可昭。如今许平君猝逝，他怎么能一下子承受这样残酷的打击？张彭祖深知，此时说什么安慰话都是苍白无力的。

突然刘病已哭出了声，张彭祖忙跪伏在他的身旁，很心疼他，不知该如何安慰才好。此时，宫外传来侍卫禀报：大将军请求觐见！刘病已躺着没动，只是用衣袖揩揩眼泪，左手略略抬了抬，朝张彭祖做了请进的手势。张彭祖忙用手袖抹抹两眼，整整衣衫，起身出迎大将军进来。

霍光伏地向刘病已行了个大礼，用一种很沉痛的语调说："惊闻皇后突发不测，老臣深感痛惜！然而人死不能复生，还望陛下节哀顺变，多多保重龙体！"说了一些宽慰的话之后，又说，"陛下贵为一国之君，天之骄子，肩负大汉天下，还望尽快从悲痛中走出来，以国事为重啊。"

刘病已坐起身，难掩脸上的悲伤，冲大将军点点头，声音嘶哑，"谢大将军慰勉！"霍光神色凝重，说："陛下多多保重龙体。老臣就不打扰了。"

霍光走后，刘病已又无力地躺到榻上，闭上眼睛。

过了片刻，宫外又传来禀报：皇太后驾到！刘病已不得不起身迎接。

上官太后满脸泪痕，她刚在长定殿那边哭悼过皇后，本来是想过来安慰刘病已，劝他节哀，不想一见刘病已，她又念及平素皇后将她当自己的亲人百般善待，依然抑制不住伤悲，眼泪止不住又下来了，边哭边说，皇后，那么好的一个人……每次她来看我，我们都有说不完的话……老天太不公了！……

她这一哭，让刘病已更加伤感，又忍不住一番落泪。上官氏看刘病已悲戚不已，咽咽泪，劝皇上自己要多保重，重重地叹息说："唉，这都是命啊！命啊！"说着又情不自禁地哭起来。

刘病已很感动，行了大礼，感谢皇太后关爱。上官氏泪眼婆娑，哽咽着又是一番劝慰，才步履沉重地洒泪而去。

大将军霍光和皇太后上官氏先后过来劝慰，非但没有让刘病已心中的痛苦有所减轻，反而让他更加难过。假如他没有当这个皇帝，平君也没有当这个皇后，是不是就不会变成现在这个样子？以前他们住在尚冠里，日子过得也不富足，平君怀头胎，生奭儿，顺畅得很，月子也坐得安逸，没有出任何问题。如今在宫廷里怀二胎生产，吃的喝的都是上好的，还有专职的御医予以格外关照和调理，孩子也是顺产，为什么产后人就不行了？

他隐隐感觉这背后必有蹊跷，越发觉得自己对不起心爱的平君。想到自己的处境，在这宫廷里，他就是个窝囊透顶的皇帝，连自己的皇后都没有保护好！越想越肝肠寸断，又禁不住泪雨滂沱。

张彭祖非常不安，皇上三番五次地流泪，总不是个事。他跪伏在刘病已的脚旁，一边哭一边说："陛下还是节哀吧，皇后要是知道陛下这般过度悲伤，在天之灵也会难过的。节哀吧，陛下……"

刘病已哽咽着说："在这宫里，只有皇后跟我说得上知心话！如今她却不明不白地走了！我这日子，过着还有什么劲?!"

"陛下！"张彭祖哭着说，"日子，还得要过下去的……还有小皇子，还有小公主……"

刘病已一把抱住张彭祖，"如今除了你，我真的找不到可以说话的人！"

"承蒙陛下对彭祖的恩信……"张彭祖呜咽着，说不下去了。

那天晚上，刘病已让张彭祖留下来陪他，两人同床而卧。刘病已跟彭祖说了很多话，说得最多的还是他和平君的往昔，他对平君的百般不舍。他提及晚上临睡前平君总要给他轻轻按摩，他很快就能安然入睡。如今平君突然去了，宫里其他嫔妃都无法替代，他注定夜难成眠了。

张彭祖闻言，默默地给刘病已轻揉腿脚，刘病已也不再说话，舒展有些许酸胀的肢体，趴在席床上，任凭彭祖轻揉，由腿脚轻揉到他的背脊，到他的肩部，他的神情有点恍惚，身体变得轻飘起来，竟感觉平君又回来了！他的眼前渐渐出现另一番景象：和暖的惠风，迷人眼的繁花，一条弯曲绵延的黄土路，一只孤飞的鸿雁，一轮血色的残阳……一切是那么熟悉，又是那么的陌生，一个少年孤零零地站在那里，感觉地老天荒。他茫然无措地朝残阳走去，走到那个熟悉的路口，看到一个熟悉的背影，正背对着他，他忍不住上前喊：掖庭令！喊了好几遍，掖庭令才回转身来。刘病已对掖庭令满怀崇敬与怀念，他上前一把握住掖庭令的手，十分激动地说："自从您走后，我很少见到您，今天终于见到您了！"

掖庭令可谓是刘病已的再生父辈，生前视刘病已如自己的亲生子。刘病已这辈子都没法好好报答掖庭令，深感惭愧。"我经常想起您当年对我的无限关爱和照护，您当年站在路口送我和彭祖外出游历的情景还历历在目，这辈子再也遇不上像您这样好的人了！"

"这个世间的好人还是有不少，只是你暂时没有遇见而已。"掖庭令张贺满眼慈爱，温和地问："你现在怎么样了？平君和孩子都好吧？"刘病已忍不住哭着说："我的平君走了！"掖庭令愕然，"那么好的一个女儿家，好端端的，不应该走的。她怎么会走？"声音哽咽，"太可惜了！"

"我不该当什么皇帝，我要不当这个皇帝，平君是不是就不会走了？"

掖庭令叹了一口气，"病已啊，你是命定的天子，平君是命定的皇后，这或许就是她躲不过去的一个大劫。"

"我为什么总是这么命苦？为什么老天总对我这么残忍？总要夺走我最亲的人！"

"病已啊，这个残酷现实，你也要学会接受，因为你没有办法去改变它。你只能转移你的注意力，让时间这个疗伤师来慢慢为你疗伤。你一定要往开处想啊！其实说起来，人活在这个世间，就是不断得到，又不断失去的一个过程，最终能真正留给你的，也只有记忆。平君在最美好的年华香消玉殒，实在太可惜了，但她给你留下最美好的记忆，她在你的心目中永远是年轻秀美的影像，还有你们和美相处的点点滴滴。还有更重要的，是平君给你留下了你们的血脉骨肉，幼小的儿女也是延续了她的生命。"

刘病已依然泪流不止，"孩子都平平安安地生出来了，她不应该走的！我总觉得平君，走得蹊跷！"

掖庭令满脸哀戚，默然片刻，抚着病已的肩，"病已，高处不胜寒，你被推到这人世间最高的位子上，须得处处留心，事事谨慎。有些事情真相就摆在那里，但你现在却不能揭开它，因为你还没有足够的底气。你现在最主要的就是耐心等待，夹紧尾巴当这个皇上，想方设法地学会保护自己，你只有保护好自己，让自己在这个高位上坐稳，你才能保护好你和平君的一双儿女，有朝一日你才能从容地解开真相。"掖庭令无限伤感地说，"我是已亡人，没有任何能力帮你一丝一毫的忙，但我在黄泉之下，依然时时牵挂你，我会一直为你祈福。"

无论掖庭令怎么劝说，刘病已还是无法接受平君猝逝的残酷现实。

和风歇止，繁花落尽，孤雁远遁，残阳落山，掖庭令也悄然消失，刘病已依旧孤独地站在那条黄土路上，撕心裂肺地痛哭……

"陛下……"耳旁是轻声的呼唤，刘病已迷迷糊糊，隐隐还在啜泣。张彭祖拿丝绢轻轻拭去刘病已眼角的泪，他的手一把被刘病已抓住贴在脸上摩挲。这对昔日的少年好友相拥而泣，一时间将君臣关系抛却一边。

张彭祖的手触到刘病已的太阳穴，滚烫，他心里一紧，病已发烧了！

张彭祖赶忙告知内侍，火速传唤御医过来，给陛下精心把脉辨证，断定陛下因急火攻心导致气逆之证，属于气实而厥，御医开了沉香、乌药、木香等药方来为陛下解郁降气。

刘病已卧榻三天，病症才略有减轻。

随后有人上书，控告各御医对皇后没有尽心侍奉，诊治，有失职之罪，应该严厉惩处。刘病已怨恨这帮御医，下令将他们一律以大逆不道罪逮捕，囚禁到诏狱。

3

淳于衍听到自己要被抓捕，倒不怎么害怕，而是让丈夫赏赶紧去霍府找霍夫人。

霍显十分恐慌，淳于衍下狱必定要受刑罚，要是招架不住，将自己给供出来，结果不堪设想！原先她将此事对霍光瞒得死死的，如今再也无法隐瞒，情急之下，还是要如实告诉霍光，让霍光想想办法。她也清楚，此事肯定让霍光震怒，得扯扯谎，拐个弯跟他说。

霍光上完朝，回到府上，心情原本很不错。皇后猝逝，他也只是在表面上表示惋惜，做做样子吊唁皇后，安慰安慰刘病已，内心却暗自有几分释然：皇后的宝位一空，他的宝贝小女儿就有机会了。当初刘病已挖空心思非得要将自己的糟糠之妻许平君立为皇后，许氏到底出身低贱，福分也浅，享受国母的尊荣仅仅三年，也是天意啊。但这种心思，他眼下还得埋在心底。特别是看到刘病已失去许平君，那要死要活的样子，让他一个经历世俗风霜雪月的老头子，也不由自主地生发两分同情。平心而论，刘病已如此重感情，值得女人托付。

霍显在霍光一进霍府的大门，就将家奴们打发到一边，她亲自殷勤地给霍光端茶递水，捶背揉肩。夫人如此献殷勤，霍光自然很是受用，也有意跟夫人聊聊家常，不想霍显深深地叹气。霍光有点疑惑，"好端端的叹什么气？"

"唉，还不是因为咱们小女儿成君吗？到了谈婚论嫁的年岁，心气又高，成天都是郁郁不乐的样子。我这当母亲的，见了心里难受啊。大将军成天操心朝廷的大事，咱们幺女的事，也是家中大事啊。大将军还得过问过问。"霍光点点头。霍显说："当初大将军推那刘病已当皇上，皇后位子空缺，很多大臣都推荐咱们成君，大将军那么有恩于他，他竟然不识相，非得立低贱的许平君为皇后，这不相当于没将您大将军放在心上吗？"

"这都是过去的事，如今皇后也殁了，你就不要再提旧事了。"

"那也是许平君命中不该当这个皇后！"

"这话你我之间说说也就罢了，万不可在外说！"霍光十分严肃，"皇后在生产后猝死，这是朝野震动的一大意外。有人上书请求彻查皇后之死，所有为她调理、医治的御医们都得担罪责！"

"大将军，"霍显心里有些发慌，明知故问，"淳于衍也被抓去了？"

霍光说："淳于衍作为接生女医，自然逃不了干系。"

"大将军，"霍显声音有点颤抖，"恳请大将军帮帮淳于衍，让审案官员不要逼迫淳于衍。"

霍光盯着有些失态的霍显，直观感觉这件事背后不简单，"你老老实实地说，你为什么要我帮淳于衍？仅仅是因为你平素跟她来往密切？"

事情到了这步田地，霍显知道自己干的勾当再也隐瞒不了，便将此事的来龙去脉全部告诉霍光。霍光顿感掉到冰窖里，周身冰凉，惊得说不出话来，他做梦也没有想到霍显竟然如此胆大包天，瞒着自己干这种伤天害理的勾当！他骨子里也希望自己的小女儿当皇后，但不希望霍显以这种残忍卑鄙的手段谋害皇后。

霍显见霍光脸色阴沉可怖，知道事态严重，马上伏地叩头，压低着声音哭诉自己斗胆这样做，全是为了小女儿成君着想，上回占卜的说，成君会成为世间最尊贵的人，分明是老天在给她暗示，允许她这样做。……霍

第七章 平君遇害

显越说越急促，"这么大的事，显理应要事先禀报大将军，又怕给大将军招来麻烦，想着一人做事一人当。也就，也就横下心了！……眼下也只能由大将军帮着处理这件事，放淳于衍一马，大将军，好不好？好不好嘛？"

霍光阴沉着脸，默然不应。霍显涕泪横流，抱着霍光的大腿，满心哀戚，不停地乞求："大将军，显是一时意气，私下做出如此失策的事，任凭大将军处罚！看在多年夫妻和孩子们的分上，求大将军不要生气，生气会伤害您的身体的。您就饶恕显，好不好？"

霍光连连长叹，内心很矛盾，按律法，他应该将夫人霍显勾结淳于衍谋害皇后的实情告发上去，但又于心不忍，毕竟夫妻一场，她也是爱女心切才如此胆大妄为；退一步说，就算将霍显举发了，让她受到应有的惩罚，而自己的夫人犯罪，自己作为家主，也难辞其咎，甚至整个家族都会受牵连。谋害母仪天下的皇后，一旦正儿八经地追究起来，那可是诛家灭族的滔天大罪啊！唉唉！这个不知天高地厚的愚蠢妇人，这个胡作非为的胆大贱女人！唉唉！

霍光越想越气恨，将癞皮狗一般的霍显狠狠地推到一边，站起身，拂袖去了书房。

他一个人待在书房里，几乎一宿未睡，思虑来思虑去，最后还是决定将此事隐瞒下来，但他知道刘病已不是刘贺，刘病已很有头脑，不是那么容易糊弄的。如何将这件惊天大事遮掩过去，他也还是要费一番脑筋的。

第二天早上，霍光带着满脸倦容到大将军专有的衙署办公，依旧心事重重。

当时所有的上书都是先经过霍光之手阅看，然后再传到刘病已那里。大凡有关奏请彻查皇后突然崩逝之因的奏章都被霍光扣留下来，不让刘病已看到。他只重视由主管部门向朝廷奏报有关皇后崩逝的处理意见，需要霍光批示，他也不容自己再多想，便在奏章上批示：此事与淳于衍无关，应免于追究。

霍光的批示随后转到刘病已手中，刘病已脸上寒霜笼罩，一整天都没有说话。

霍光心里依然不踏实，自己此番批示，将事情强压下来，他担心会引起刘病已的反感。事情到了这般田地，还是得想办法打消刘病已的怀疑，索性将功课做足。他又私下指使望气者向刘病已谎称皇宫的天子气有消散的迹象，皇后不幸驾崩，也是上天降下的警示，故而不宜兴师动众，大动干戈。刘病已闻言更是满脸阴沉，一言不发，摆手让望气者退下。

望气者向霍光奏报皇上的态度。霍光听后略一点头，说你下去吧。他在室内来来回回地踱着小步，终究还是下定决心，亲自去跟刘病已面谈。

霍光一见刘病已，就趋步上前行礼，以一种沉重的语调说："陛下消瘦了。"他以一个忠诚的老臣身份，再三劝解刘病已，说女人生孩子相当于在鬼门关走一遭，很凶险。霍光还罕见地提及他的原配夫人东闾氏当初也是生孩子不幸过世的，大人和孩子都一起走了，霍光说得有些动情，"陛下有所不知，老朽那原配夫人也是一个温柔贤淑的女子，原指望能跟她白头偕老，唉，谁能想到她那么匆匆地走掉呢？当时也是一下子难以接受，觉得天色无光，生活无味。如今想起来，心下还是有些难过。"见刘病已有点动容，叹叹气，"但是这种不虞之灾，有什么办法呢？只能节哀顺变啊。日子还得要往下过的。何况陛下为一国之君，还是要打起精神处理国政。"

刘病已直直腰身，微低低头，"国政还多劳大将军费心。"霍光忙说："老臣虽朽迈，依然要竭力为陛下效命。还望陛下早日走出悲痛。"紧接着他提及当下紧急之事：援助乌孙国抗击匈奴。

关于大汉和乌孙建交的一些过往经历，刘病已也大致有所了解。在他的曾祖父武帝元封三年（前 108 年），为了利用乌孙牵制强悍的匈奴，采用出使西域的郎官张骞提的同乌孙和亲等建议，加封侄子江都王刘建的女儿刘细君为公主，将她嫁给年老的乌孙昆弥（昆弥意为王）猎骄靡。

当年刘建因谋反败露畏罪自杀，同党及妻妾都受牵连被诛，封国也被废除。但刘建唯一的女儿刘细君因年幼而免于一死。刘建生前虽然荒淫暴虐，但对女儿细君还是关爱有加，重视对她的培养，在女儿开始记事起，就聘请良师教她琴棋书画。武帝刘彻对这个聪明伶俐的侄孙女也心怀怜

从幼龄囚徒到中兴之主——汉宣帝的传奇人生

悯，将她收入掖庭抚养长大。

刘细君被选为和亲公主远嫁匈奴，内心极度不愿意，但她也很清楚自己的处境，作为罪臣之女，她没有任何选择的余地，只能听从命运的摆布。

武帝对细君公主远嫁非常重视，亲自为公主送行。不但赠予公主极为丰厚的陪嫁物饰，而且还挑选一批出色的宫娥彩女、乐工裁缝、技艺工匠以及护卫武士等数百人随嫁。庞大的送亲队伍浩荡西去，延绵好几里，一路彩旗招展，车轮轧轧，乐鼓喧天，彰显大汉皇家嫁女的隆盛与威仪。

猎骄靡封刘细君为右夫人，还特地为她修建了一座汉式宫殿，对她比较厚待，无奈刘细君不懂乌孙语言，猎骄靡又年老力衰，一年之内也见不了几次面，因此刘细君十分孤寂。当时匈奴单于出于政治目的，极力拉拢乌孙，也送公主和亲。猎骄靡迫于压力，又娶了匈奴公主为左夫人。匈奴公主暗地里将刘细君视为自己的对手，刘细君面对复杂的政治关系，还得硬着头皮应付。本就多愁善感的她时感郁闷悲愁，曾经作了一首《悲愁歌》，表达她远嫁异域的孤独哀伤和眷念故土的忧思。

> 吾家嫁我兮天一方，
>
> 远托异国兮乌孙王。
>
> 穹庐为室兮旃为墙，
>
> 以肉为食兮酪为浆。
>
> 居常土思兮心内伤，
>
> 愿为黄鹄兮归故乡。

据说这首《悲愁歌》传到武帝耳里，武帝不禁为之感动，怜悯她的悲苦。每隔一年，他都派遣使者带着帷帐、锦绣之类的贵重物品，赠送给公主，也借以宽慰公主。乌孙王猎骄靡年老多病，有意传位于孙子岑陬军须靡（岑陬是官号，军须靡是名字），按乌孙父死后子妻后母的习俗，他令汉公主嫁他孙子。嫁祖孙二人，这在汉朝是大逆不道的乱伦行为，公主深感羞辱，自然不会答应，便上书给武帝，陈述原委，希望武帝为她做主拒绝此事。武帝回信，要她遵从乌孙国风俗，大汉想要与乌孙联合灭匈奴，继续联姻颇有必要。公主见信忍不住伤悲落泪，无奈之下只能从命。猎骄靡死后，刘细君又嫁给即王位的军须靡，生一女，取名少夫。细君因产后失调，加上郁郁寡欢，没能撑多久，就香消玉殒。

刘细君离世后，汉朝又选派另一个罪臣楚王刘戊的孙女解忧为公主嫁给军须靡。几年后军须靡就病逝了，当时军须靡与匈奴公主所生的儿子泥靡（史书称之为狂王）年幼，无法理政，按照乌孙兄终弟及的风俗，军须靡临终前便让堂弟翁归靡继承了王位，并留下遗嘱："等泥靡长大了，再把王位归还泥靡。"解忧公主从乌孙习俗改嫁翁归靡，她和翁归靡相处和谐，先后为他生育了三子二女。翁归靡将他与解忧公主生的长子元贵靡封为王位继承人。他这一举动引发匈奴的强烈不满，匈奴便联合车师准备攻打乌孙。当时昭帝还在世，解忧公主上书昭帝，说："匈奴发骑兵在车师种田，车师与匈奴联合，一同侵略乌孙，希望陛下派兵救援。"汉朝秣马厉兵，打算进击匈奴。不料昭帝突然驾崩，这事暂时就被搁置了。

如今乌孙局势更加危急，匈奴连续发大兵侵袭乌孙，夺走车延、恶师等地，掠走当地居民，还派使者叫嚣乌孙赶快将大汉公主送给匈奴，其意想破坏乌孙与汉朝的关系。解忧公主和翁归靡一方面积极自卫，准备发全国一半精兵，自备五万骑兵，全力抗击匈奴；另一方面，渴望汉朝赶快出兵解救乌孙，否则乌孙就要亡国了！

乌孙的求救信早在去岁夏末就已传到汉廷。在此之前，匈奴曾几次侵扰汉朝边塞，汉朝也正有意出兵征讨。考虑到乌孙远在西域，路途遥远，直接出兵乌孙抗击匈奴不太现实，适宜采用"围魏救赵"战略，趁匈奴边防空虚，直接派兵北上出击，逼匈奴主力回撤，从而解除匈奴对乌孙的军事威胁。秋初，大将军霍光同刘病已商议出兵之策，计划派遣五路骑兵出击：以御史大夫田广明为祁连将军，从西河出塞；度辽将军范明友率兵从张掖出塞；前将军韩增率兵从云中出塞；后将军赵充国为蒲类将军，率兵从酒泉出塞；以云中太守田顺为虎牙将军，率兵从五原出塞。五路将帅各领骑兵三万余人，约定各出塞二千余里。又拟派常惠为校尉，携带皇帝符节督导乌孙军队共击匈奴。

五路大军从去年秋季开始筹备，集结，预备在今年正月初正式发兵，不料在这节骨眼上皇后许平君猝逝，刘病已遭受重大打击，一时也无心过问此事，何况军政本由霍光统领，具体事务也由霍光全盘掌管，他也只是签发而已。

霍光此时特意强调军援乌孙，主要还是希望刘病已尽快将注意力转移到国事上来，不要为追查皇后之死而兴师动众。他对刘病已深表他的忧虑："乌孙已危在旦夕，如果不尽快发兵驰援，乌孙迟早会落入匈奴之手，到那时会给大汉带来更大的麻烦！……"

刘病已强打精神，"此次军援乌孙国，全仰仗大将军运筹帷幄。"

霍光叹息说："陛下是一国之君，此等万分火急的国事，须得请陛下最后定夺。"

"大将军精通军政，此次军援，还望大将军多劳心费神。"刘病已语气沉缓，"大将军决定何时出兵，朕来签发便是。"

霍光略作沉吟，"感谢陛下对老臣的恩信。如今上上下下因为皇后不幸驾崩而弥漫悲伤低落之气，这种境况又不宜出兵。当务之急，还是尽早让皇后入土为安，似更妥帖。"事实上，他已经暗地里派自己亲信的官员加紧督促皇后陵墓的修建。

尽管刘病已心里一百个不情愿，但迫于形势，还是听从霍光的建议，尽快安葬了平君。他无比哀怜自己这个年仅十九岁就不幸猝逝的结发贤妻，按照"尊贤让善曰恭，恭仁短折曰哀"的相关谥法，在她的谥号中加入了哀谥，尊她"恭哀皇后"，以示对她长久缅怀。

第八章 一切还得继续

1

许平君下葬后的第二天，正月十八日，刘病已将哀痛埋在心底，颁布诏令出兵匈奴。五位将军率领五路大军共十五万之众，浩浩荡荡地从长安出发，奉命出塞援助乌孙，征伐匈奴。

匈奴听到汉朝派大兵前来征讨的消息后，有些惊恐，便带着老弱族人，驱赶着牲畜向远方奔逃。面对匈奴人退缩，汉朝五位将领都没有穷追，提前收兵。夏五月，所有出塞援乌的汉军都罢兵而还。五将军各自奏报的战果传到朝廷：度辽将军范明友出塞一千二百多里，到达蒲离候水，斩首俘虏共七百余级，缴获马、牛、羊一万多头；前将军韩增出塞一千二百多里，到达乌员候山，斩首俘虏百余级，缴获牛、羊二千余头；蒲类将军赵充国出塞一千八百余里，向西到达候山，斩首俘虏，得单于使者蒲阴王以下三百余级，缴获牛、羊七千余头；祁连将军田广明出塞一千六百里，到达鸡秩山，斩首俘虏十九级，缴获牛、马、羊百余头；虎牙将军田顺出塞八百余里，到达丹余吾水之上，斩首俘虏一千九百多级，缴获牛、羊七万多头。

大将军霍光对这次征伐匈奴的结果很不满意，对刘病已叹息说："投入精兵共十五万之众，耗资巨费，却未达既定目标！"

刘病已也很不满意，原本约定五路大军各出塞二千余里，结果都违约而返！霍光见刘病已重重叹气，继续说道："最可惜的是后将军，他本来应该率军与乌孙联合攻打匈奴的蒲类泽，乌孙兵先期到达又离去了，他的军队来不及与其会合，不能灵活一些吗？当初为何以他为蒲类将军？不就是指望他能协助乌孙拿下这个蒲类泽？再说他已经领兵出塞一千八百余里了，向西也到达了候山，如果他能按约定，再继续追击几百里，绝不是这样的战绩！"

刘病已未作回应，他内心并不乐意大将军只批评后将军赵充国。再怎么说，赵将军好歹是出塞行军最远的，还俘获了匈奴蒲阴王。度辽将军范明友也违约了，怎么不批评范明友？就因为范明友是大将军自己最得意的女婿？

霍光见刘病已肃然不语，便轻咳了一声，说："还有度辽将军和前将军，也是很令人遗憾！违约，当论军法处罪！"他有意不说了，看刘病已什么反应。

刘病已有他的思虑，这三位将军都不能轻易处置。度辽将军范明友是大将军霍光的佳婿，也是大将军最信任的心腹，一旦处置范明友，就等于不给霍光面子，也会引起霍家势力的不满。对于后将军赵充国和前将军韩增，他向来很敬重，据他平日里暗中观察，这两位将军比较公正爽直，对霍光也是不卑不亢，有事说事，他骨子里是一心想跟他们多亲近，自然也要偏袒他们。眼下霍光提出论军法处罪，他也感觉霍光不过是在试探自己，便摇摇头，说："三位将军虽然违约，都有过错，但念及在大漠黄沙中艰苦行军，也多少有点战绩，暂且从宽发落，不予治罪。但他们此次的过错，朕都记下了，希望他们以后有机会弥补过错。"

霍光连连点头，"还是陛下宽厚仁慈！老臣谨遵陛下之意，对他们予以训诫，希望他们以后不要辜负陛下的厚望。"

至于祁连将军田广明和虎牙将军田顺，他们二人的问题不仅仅是违约，还有其他罪过，令刘病已非常恼怒，觉得这二人不可饶恕，须重责治罪！诏令太仆杜延年依据文书所列罪状逐一责问他们。

杜延年先责问田顺："你身为虎牙将军，本应按约定领兵出塞二千余里，同其他四路大军合击匈奴，结果你只行进了八百余里，到达丹余吾水边，就停兵不进，未达预定目标就擅自退兵而还，已是不该。最不该的是你竟然谎报军功，说你领兵斩杀、俘获匈奴一千九百余人，缴获牲口七万多头！如此胆大欺瞒圣上，你该当何罪啊？"田顺面如死灰，两眼直直地盯着地面，一声不吭。原先他自以为是大将军的亲信，军政这块都是大将军说了算，玩点小花招，大将军对自己至多是训斥，这事或许就过去了。他没有想到，皇上也过问起军政来了，大将军也没有一点偏袒照顾自己的意思。自己这回算是彻底完了！

杜延年说："陛下仁厚，令你面壁思过，如何脱罪？你自行决断！"违反军令尚可被饶恕，但欺君之罪难逃，必定是大辟之刑。与其被五花大绑押上刑场断首，遭人唾弃，还不如自己了却余生，至少落个清净！田顺在杜延年走后，唉声叹气了半天，将自己手刃了。

杜延年奉命责问过田顺，又去责问田广明。

田广明违背军令，比其他四位将军都要严重。他领兵出塞到达鸡秩山，斩杀俘虏十九个匈奴兵，缴获百余头牛、马、羊。碰上从匈奴回来的汉使冉弘等人，冉弘告诉他重要敌情：鸡秩山西边有很多匈奴兵。田广明不想与匈奴军队直接交锋，他有些害怕自己不是匈奴人的对手，到时候要是一败涂地，回去也不好交差，弄不好也是死罪，便告诫冉弘，让冉弘他们说没有看见匈奴人的踪迹，想退兵回师。

田广明的属官公孙益寿认为不能退兵，劝谏田广明："您位居御史大夫的高位，又尊封昌水侯，深受圣上器重，以您为祁连将军出塞抗击匈奴，如今匈奴军就在前面，这是您报效朝廷，回馈圣恩，建立军功的大好时机，您岂能错过呢？"他竭力主张田广明应该出兵歼敌，田广明不听，率兵而还。

刘病已觉得田广明此番作为不仅仅是贪生怕死，更重要的是根本没将他这个皇帝放在眼里！杜延年责问田广明的时候，就义正词严地告诉田广明："陛下对你的作为十分愤怒！你之所以如此，是因为你在内心上根本就没有想着为朝廷效命！你也根本没有想着如何报答圣恩！"

田广明耷拉着脑袋，无言以对。

杜延年又继续责问："你蒙受圣恩，以祁连将军的身份率兵抗击匈奴，出边塞到达受降城。你都干了什么见不得人的勾当？"

田广明依然垂头不语。杜延年蹙紧眉头，"受降城都尉在你到达前已死，灵枢停在厅堂，你竟然抛弃礼义廉耻，招来受降都尉的寡妻，在她丈夫尸骨未寒的时候，和她行苟且之事。你作为一个堂堂的朝廷三公，又受封昌水侯，享受浩荡圣恩，竟然在行军途中干这种不道之事，你觉得你对得住圣上对你的恩信吗?!"

杜延年责问完受降城的那档事，田广明突然埋头哽咽落泪。那天他也是鬼迷心窍。他最初只是想着吊唁一下受降城的都尉，将都尉的寡妻招过来，也是表示对她的慰问，并不敢有什么非分之想。那女人颇有几分姿容，一见他就伏拜，表达万分感激，哭诉她从此以后无依无靠，恳求将军多多照拂，她就是做牛做马，也心甘情愿。他一时有点不知所措，忙起身搀她起来。不想那女人哭得更厉害了，索性伏在他怀里哭个不停，那梨花带雨的样子楚楚可怜，弄得他有些心软，拍拍她的脊背劝慰。女人抱住他的脖子，泪涟涟地说，请将军多多照拂。他竟语无伦次地应声说好好。后面的事似乎就有些由不得他自己了，女人酥软在怀，让他终究没有把持住自己！

杜延年平素跟田广明关系不错，见田广明悔恨落泪，不由得叹叹气，"唉，男子汉大丈夫，既然做了不该做的不道之事，就要担当后果。"

田广明抹了一把眼泪，仰天悲叹：广明愚钝，辜负圣恩，遭天厌弃！此生休矣！

当日，田广明自杀于宫阙之下，随后昌水侯国被废除。

田顺和田广明畏罪自杀之后，刘病已擢升忠谏田广明的公孙益寿当了侍御史，也是向其他官员表明他赏罚分明。

此次军援乌孙，刘病已所派的五位将军都没有什么功劳，只有奉命出使乌孙的校尉常惠，取得很大战果。他携带皇帝符节，协助乌孙王率领骑兵五万，一起从西边进入匈奴地区，攻至匈奴右谷蠡王王庭，俘虏单于父辈贵族及单于之嫂、公主、名王、犁污都尉、千长、骑将及以下兵士共三万九千多人，缴获马、牛、羊、驴、骆驼七十余万头。乌孙国将他们俘获的人、畜等全部留下自用。匈奴经此打击，民众伤残逃亡和在长途迁徙中死亡的牲畜不可胜数，从此国力衰耗，所以匈奴人非常怨恨乌孙。

刘病已对常惠的战绩大为赞赏，封他为长罗侯。后又派常惠携带黄金财物前往乌孙，赏赐有功的乌孙贵族。常惠想起西域北道上的龟兹曾击杀汉使者校尉赖丹的恶劣事件，因而上奏，称龟兹国曾经击杀校尉赖丹，尚未受到惩罚，请求趁这次出使西域顺路去征讨龟兹。

赖丹原是西域扜弥国的太子，被送到龟兹国作质子。龟兹位于西域北道，是当时西域一个人口最多、实力最强的国家。武帝太初四年（前101年），贰师将军李广利破大宛班师回朝，途经龟兹，看到在这里当质子的赖丹，认为龟兹、扜弥都是大汉的属国，龟兹不应该擅自接受他国的质子，对龟兹王予以指责，并把赖丹带回长安。昭帝时期，霍光大权独揽，关注西域事务，任命赖丹为校尉将军，前往离龟兹不远的轮台屯田，引起龟兹贵族姑翼等人的警觉与不满。姑翼认为赖丹本为龟兹质子，现在竟佩戴着汉家的印绶，逼近龟兹来屯田，势必威胁龟兹的安全，劝诫龟兹王要除掉赖丹。龟兹王听信了姑翼的话，派人击杀了赖丹。当时霍光对龟兹袭杀赖丹事件异常愤怒，考虑龟兹路途遥远，没有立即惩罚龟兹，但这笔账日后是一定要算的！

常惠请求征讨龟兹的奏章最初传到霍光之手，霍光看了奏章，捋着胡子点点头。他也有意讨伐龟兹，为赖丹报仇，立大汉在西域的威势。常惠去办这件事，他也很放心。常惠虽出身贫寒之家，但机敏又稳重，有很强的家国情怀，当年跟随苏武出使匈奴，被拘留十多年，昭帝时才得以归汉。常惠对匈奴及西域其他各国的情况也比较了解，他之所以奏请征讨龟兹，想必是很有把握的。霍光猜想刘病已大概也不会有异议，便亲自将常惠的奏章呈给刘病已，请刘病已定夺。

自从皇后许平君猝逝之后，霍光格外顾及刘病已的情绪，有意收敛昔日的锋芒，竭力呈现老臣对天子的忠诚与谦恭，大凡外交、军政等事务，他都要奏请刘病已裁断。他之所以如此，主要缘于他的那份小心思——希望自己的小女儿霍成君能顺利填补许平君的皇后之位，他也自知年岁已老，总有一天要归西，他实在有必要平日里多跟刘病已套套近乎，培养培养自己跟刘病已之间的感情，也便于让小女儿的婚姻水到渠成。一旦刘病已成了自己的小女婿，好歹也是自家人。

有点出乎霍光的意料，刘病已对常惠提出征讨龟兹的请求，皱皱眉头，并不同意。他觉得武力征讨龟兹存在风险，何况此次派常惠出使西域，主要是赏赐乌孙贵族。他更希望通过外交手段，兵不血刃地逼迫龟兹臣服，然后入长安觐见他这个大汉天子，这是他最乐见的结果。但这些想法他并没有直接说出来。霍光对刘病已的看法也表示尊重。

常惠对自己的请求没有得到陛下的许可，有点不解，这么好的机会，陛下为何要放弃？但天子之令不可违抗，他也只能听从。不过，大将军霍光却暗示他可以量力而行，相机行事。皇上与大将军在此事上有分歧，让常惠有些纠结。如果遵照陛下的命令，不动手讨伐龟兹，无法报当年龟兹杀汉使之仇，为大汉立威。但要依大将军的意思，真动起手来攻打龟兹，那分明是违抗陛下的旨意，和陛下对着干，就算暂时由大将军为自己撑腰，总有一天大将军会"百年"的，那时自己没了靠山，断然不会有好果子吃的。最终常惠还是倾向于大将军的意见，自己作为汉使，应竭尽全力，为大汉朝廷谋取在西域的利益。

常惠去乌孙的途中，思忖着如何在不违背陛下命令的前提下实现自己的目标，他到底还是想出了一套可行的方案——佯攻，对龟兹施压，迫使龟兹就范。

常惠带着刘病已亲赐的符节，率领五百人的使团到达乌孙，代表大汉天子赏赐乌孙贵族。接下来，他趁回国之际，按照自己的方案征讨龟兹。他先以大汉天子的名义征调途中经过的龟兹以西各国的军队二万人，又命副使征调龟兹以东各国军队二万人，加上乌孙国军队七千人，营造从三面进攻龟兹的巨大阵势。然后他派人前往龟兹，声讨龟兹先前击杀大汉使者校尉的罪行。

龟兹王叫绛宾，吓得不轻，忙道歉说："此事是先王在世时，误听贵族姑翼之言而做出的错事，我不知情，我没有罪。"常惠说："既然如此，那就将姑翼捆缚送来，我就饶了你。"龟兹王为了自保，就命人将姑翼捆绑，送到常惠处。常惠将姑翼斩首，然后带使团返回长安。

霍光对常惠的做法激赏不已。刘病已自然也比较满意，常惠没动用武力征讨龟兹，但达到了他想要的效果：迫使龟兹王认错，主动交出首恶姑翼，诛杀姑翼立威。此次对龟兹进行惩戒，也有利于震慑西域其他各国。刘病已也真正见识了常惠出色的外交才能。

西域形势渐渐稳定，虽可喜，但令刘病已忧心的是天灾，这老天不作美，久不下雨，地面龟裂，庄稼歉收，老百姓生活艰难。刘病已收到有关地方官员呈上来的旱情报告，暗自叹息，下达诏令：凡郡国旱情严重的，免除百姓租税。三辅区内的贫困户，皆免其租税徭役，到第二年为止。

翌年春正月，为了促进农耕生产，资助贫困民众，刘病已又下诏："曾闻农业发达是国家兴旺的根本，今年农业收成减少，已派遣使者赈贷困乏。现特令御厨节省馔膳和裁减屠工，乐府减少乐工，让他们去参加农业生产。丞相以下至中央各署官员都要上报捐助谷物数字，输入长安仓，以帮助朝廷赈贷贫民。民间用车船载谷物入关的，无须进行盘查。"

2

刘病已每当处理完政事，回到后宫，总是闷闷不乐。许平君在的时候，他还可以跟她说说知心话解解闷，如今只落得孤家寡人，后宫女色不缺，但他总提不起兴趣，因为他心里装着的依然还是平君。只是他又清楚自己是一朝天子，皇家的门庭不可祚薄，有时他也强迫自己去宠幸其他嫔妃，也希望嫔妃们能给自己增添子嗣。他在心理上，也总是将她们作为平君的替代。他想念平君的时候，就抽空去看看她留给他的一双儿女，看到两个可爱的孩子，多少有点慰藉。

他时常想起那个用五彩丝绳系挂的小宝镜，五彩丝绳是他的祖母史良娣亲手编织的，那是祖母留给他的唯一遗物，也是家族留给他的痛苦记忆。他登上大位的当天晚上，梦见自己拿起那个小宝镜，只见瑞光一闪，一个雍容华贵的中年妇人飘然而至，站在他的面前，自我介绍说是他的祖母，外人都称她史良娣。她眉宇间带着慈祥的笑意，"孙儿，祝贺你当上大汉的天子！你是我们这个家族留在世间的唯一根苗，也是最苗壮的根苗！我和你祖父的在天之灵非常非常开心！还有你的父亲、你的母亲，也都欣慰不已！"说着说着，她渐渐敛了笑容，表情异常严肃，"孙儿，你一定要当个明智、有人情味的君主，万不要像你曾祖父那样无情无义！对自己的亲生骨肉都能痛下黑手！要不是他的无情无义，我们也不至于魂归西天，也不至于将你这个襁褓中的小可怜孤零零地抛弃在世间！"她的眼里泛起晶莹的泪花，"孙儿，世事无常，纵然前尘有诸多遗恨，但看到你现世尚好，我们也就心宽了。给你的那个小宝镜你一定要收藏好。那是身毒国产的宝镜，当年博望侯张骞出使西域时途经大夏国，看见大夏商人贩卖身毒国精巧的小宝镜，就购得一些带回长安，选了一个赠予你祖父，说它能辟邪，护佑人平安。你出世的时候，你祖父极度喜悦，因为你是我们这个族支的长孙，我们希望你日后平安长大，长乐无恙。你祖父让我用五彩丝编织丝绳，系在宝镜上，佩戴在你的胳臂上。果真是个宝镜啊……"

那天他醒来，满脸泪痕，惆怅了很久，小心翼翼地用戚里出产的斜文锦将小宝镜包裹起来，放在琥珀装饰的方形小竹筐中珍藏。他时常在夜深人静的时候，将它拿出来端详，祖母编织的彩色图案的婉转丝绳依旧如新，小宝镜的镜面依然平整光洁。祖母在梦里说这个小宝镜能驱除妖魅，佩戴它能得老天爷祈福，也或许因为他拥有这个小宝镜，才让他逢凶化吉，幸运地长大，又幸运地承继大位。他摩挲着丝绳，摩挲着镜面，想起他的那些至亲的冤魂，忍不住又悲从中来，无声地落泪。

这深宫里能跟他心心相印的，大概只有侍中中郎将张彭祖，他少时的好友。白日政务繁忙，时间也容易打发，但漫漫长夜，是很难熬的，他抑制不住要怀念他的平君。多少个夜晚，是张彭祖帮他驱赶了寂寞。张彭祖虽为男儿身，但细心堪比平君，陪他说话，为他按摩，助他入眠。

张彭祖性情谨敕，也有一定的识见。他私下跟张彭祖在一起，两个人的世界，他完全放松，不必拘管于君君臣臣的那一套，摘掉帝王厚厚的面具，他不用对彭祖设防，就像年少时那样彼此信赖，彼此以"你我"相称。他可以无拘束地跟彭祖说话，说体己话，拉家常。

他还跟张彭祖诉说霍氏家族带给他的真实感受，他不止一次地跟彭祖抱怨他这个皇帝当得憋屈，当得压抑，朝中要职都是霍家人把持，他时时觉得周围都是不怀好意的目光，头上悬着的是明晃晃的刀剑。凡朝政之事都是大将军说了算，他不过是个傀儡。

张彭祖听了沉默片刻，便笑笑抚慰，"你现在还是一条鳞爪未丰的蛟龙，蛰伏积蓄力量，也很有必要。彭祖不懂理政，但总觉得朝政太复杂，上上下下各种关系，谁性情忠厚，谁性情狡诈，短时间内不一定看得透。说句实在话，大将军是三朝元老，治国经验丰富，理政能力很强，也时刻能将国事放在心上。很多国事，交由大将军裁决，你也省心很多。"

刘病已不由得点头，"大将军对朝廷忠心耿耿，这一点毋庸置疑。"

"至于霍家人遍布朝堂，彭祖觉得，大将军大概觉得自家人听话，好管，所以将他的儿子、女婿们委以重任。以彭祖平日的观察，他们也还是能够各司其职的。你也不要过分担心。霍家的门庭之所以宏阔，主要是还由大将军撑着。大将军毕竟年事已高，如那快落山的夕阳，在日时短；而你正值青春华少，在日久长啊。你现在就继续保持低调，耐心等待。我的生父从小就告诫我，做人一定要低调。只有低调，才能悄摸摸地最大限度地提升自己，也只有低调，才能避免自己受到外来的伤害。"

"彭祖说得没错。我还是要继续隐忍。"

"你已经做得很好了。我曾听我生父私下夸你很有智慧，日后定能大有作为！"

"哦，真的？"

"当然是真的啊。我生父也是不轻易夸人的人呢。"

刘病已脸上浮出几丝久违的笑意。

那之后，刘病已心态也渐渐变得平和，跟霍光相处，也更显谦卑，而霍光也每每向他示好，君臣二人都戴着面具，虽表面和谐，但彼此骨子里总有一种难言的隔膜。

霍光听闻皇上每每召侍中中郎将张彭祖侍寝，心下为之一动。在他的印象中，刘氏帝王似乎多有龙阳之好，难道是遗传所致？高帝宠爱宦官籍孺；惠帝宠爱闳孺；文帝也有男宠，而且还有三个：宦官赵谈、北宫伯子、士人邓通；景帝爱郎中令周仁；武帝更是恋色多情，宠爱韩嫣及其弟韩说，还有精通音律的宦官李延年。昭帝宠幸驸马都尉金赏超过常人，不过在霍光看来，两人关系也的确谈不上太出格。金赏后来娶了他的六女儿，小夫妻和睦恩爱，金赏看上去也很正常。至于刘病已跟张彭祖之间是不是存在龙阳之好，霍光倒觉得不必太在意。他自己就宠爱家奴冯子都，冯子都实在太讨人喜欢了，有殊色不说，说话声音婉转悠扬，仿若天籁，为人又机敏，办事也干净利落。老实说，冯子都就是他的一枚开心果，大凡他心境不好，只要冯子都在身边，准有办法让他开心起来。霍光感觉刘病已大概跟自己情况差不多，也是从张彭祖那里寻寻开心。男人寻寻开心，也是没什么大惊小怪的。何况还是身处帝位的皇上，多情好色，也是常理之事。

他不由得想到自己的小女儿，一旦入宫，能不能得到刘病已的宠爱？这倒让他十分在意。小女儿成君从小养在深闺，性情温柔可人，知书达理，容貌方面比起许平君来，丝毫不输，甚至身材还要高那么一寸。他对小女儿还是很有信心的。

霍显更是笃定小女儿天生就是当皇后的命。许平君一死，她恨不得她的小女儿马上成为皇后，不止一次地催促大将军将成君送进宫里，霍光总是哼哈着不置可否。

她按捺不住性子，趁进宫拜见上官太后之际，提及小女儿的婚事，说大将军现在最忧心的是成君的终身大事。又称她自己近日做了那么一个有点奇怪的梦，梦见有金光灿灿的凤凰飞上了椒房殿呢。太后可能帮我解解这个梦？

上官太后浅浅地笑笑，"夫人大概是日有所思，夜有所梦吧。"她骨子里很不喜欢霍显。霍显说话时神情总带着一股作假的味儿。

"有占卜的说成君命中显大贵呢。"

上官太后明白霍显的话意，她是想引自己主动说成君有皇后的命数。朝中已经有人私下传言了，说大将军心爱的小女儿最适合当皇后。但她内心并不怎么希望霍成君当这个皇后，不只因为论辈分霍成君是她的小姨母，而在宫廷里她又是高高在上的太后，两人相处起来多少有些不自在。还有更重要的原因，她觉得霍家人实在太过显赫了！仿佛天下的好事都非霍家人莫属。她懂"水满则溢，月盈则亏"的道理。现在霍家有外祖父这把大伞罩着，哪天外祖父不在了呢？霍家人指望她这个顶着太后名分的女人庇护？想到这些，她就有些心虚。她自六岁入宫，年幼不谙世事，成年之后，也渐渐懂得一点人情世故，也见识了深宫里潜藏的刀光剑影，她抱定不过问政事，甚至也有意跟霍家人保持一定的距离，她希望自己当一个透明人。

面对将欲望挂在脸上的霍显，上官太后依然带着浅浅的平和的笑，"哦，命大贵，那当然好嘛！"

"成君要是能跟太后同居深宫，彼此也好有个照应，那真是老天的恩赐啊！"霍显忍不住感慨。

上官太后不由得变得严肃起来，"夫人，这种话也只能你我之间私下说说，在外面断不可说的！这宫里人多嘴杂，万一传出去，难免会滋生事端。有些事，是命中注定，不是嘴里说出来的。命中有时终须有，命中无时莫强求。"

"那是，那是。太后说得对极了！"霍显谄笑着，朝自己的嘴巴轻扇了一下，"我真是嘴贱了。"

从上官太后那里回来，一整天霍显都不开心，这个小太后，说起来还是霍家的外孙女，一点也不关心成君的婚事，仿佛是外家人一样！当初许平君两脚一伸，她为小女儿当皇后搬掉绊脚石，就开始张罗着为小女儿置办嫁妆，打点入宫用具，极力怂恿霍光运作立成君为皇后，霍光黑着脸没搭理她。她不知道霍光心里有些怨恨她办事鲁莽，当初不计后果地干出那种伤天害理的事，如今又不计后果地着急送女儿入宫，依她的短视，迟早是要出事的！霍显不能理解大将军怎么对成君的终身大事也是一种无所谓的态度，她不由得心生怨气。

那天，霍光上完朝回府，霍显就躺在卧榻上装病。霍光差家奴冯子都请女医，霍显不让，说自己是心病，没有人能医得了。又说起成君的婚事，搅得她成天心神不宁，寝食难安。说到急迫处，还流下眼泪。霍光微微皱眉，"这事不宜太早！"霍显说："大将军，皇后的位子不是空了都有大半年了吗？"

霍光有些厌烦，"你着什么急啊？怎么着也要到明年开春。"霍显说："干吗要到明年开春？"霍光眉头皱得更深，语气严厉，"你能不能别老提这事？！你在外面嘴巴也放紧一点，别乱咋呼！"霍显见霍光生气，马上赔起笑脸，"都怪霍显性急，这事全凭大将军做主。"

对于小女儿的婚事，霍光心里是早有盘算的，他要等许平君周年忌日一过，就准备将成君送进宫里。对于在朝堂摸爬滚打几十年的权臣霍光来说，让自己心爱的小女儿填补目下空缺的皇后宝座，确实不是件难事。他是个老练的操盘手，只稍在背后运作一下，这事准能成。只是他得顾及一点刘病已的感受。

霍光的心思，刘病已是大体知晓的。早在平君猝逝之后，他就有种预感，霍家人肯定盯着皇后的位子。霍光近些天频频对自己示好，也多半跟这件事有关。

那天晚上就寝时，刘病已跟张彭祖喁喁私语，提及此事。张彭祖说："我也听闻有人私下议论立皇后的事。"

"哪些人议论？"刘病已怏怏不快。

"具体哪些人，这个我也不是很清楚。"张彭祖轻轻按摩他的肩膀，"你也别生气。"

刘病已叹息说："生气也是没有用的。当初懵懵懂懂中被人推上皇位，就有一帮人奏请立霍家女为皇后，被我挡回去了，我有我的平君，我要立后只能立平君，没想到平君遭遇不测。"刘病已声音暗哑，"我对不起平君！"

张彭祖见刘病已一说就说到伤心处，竭力抚慰。刘病已摇摇头，"你也别再劝我。我命运多舛，上无父母教诲，下无兄弟相携，孤苦伶仃一个人，幸好遇到一些恩人相助，掖庭令是我永世不忘的恩公，许家给我从未有过的关爱。尤其是平君，更是让我体会到这人世间还有美好与温情。可惜，老天终究还是对我不公，夺走了我最心爱的平君，又让我的生活堕入阴暗中。唉，我也认命了！我经常在夜深人静时反复思忖，为什么我是这样的命运？上天将我推上大位，为什么又要让我遭受如此沉重的打击？是上天要磨炼我的心志吗？"

"应该是的。你不是一般人，你是天子，你活着不是为你个人，而是为天下人而活。"

刘病已眼含泪花，"老实说，我倒是宁可过那种普通人的寻常生活，跟平君生一窝可爱的孩子，享受人世间的平淡与真实的温情。哪怕粗茶淡饭，哪怕生活清贫一点都没关系，有爱我的人，有我爱的人，白头偕老，此生足矣。如今在这宫廷里，坐在最高的位子上，却时时要提防被人算计，心真的很累！"

"没有办法。你已身在其位，只能谋其政。"

"你说的也是，人都是到哪座山唱哪首山歌的。我也只能这样告诫自己，勉励自己：我坐在天子的宝座上，就不能纠结于个人的儿女情长，更不能妄自懈怠。我必须为天下人谋划，让天下的老百姓日子过得好一点。这样想想，我觉得自己活着才有点意思。"

"果真是天子的大格局啊。"张彭祖笑笑。

"唉，也谈不上什么大格局。"刘病已有点无奈地苦笑，"被逼到这个份上，也没有什么好的办法，也只能如此。"

张彭祖也叹息着说："我恨我太无能，也不能为你分忧。"

"你陪我，就已经为我分忧了，至少能让我有个说话的知心人。"刘病已又一声长叹，"我实在不想再立什么皇后，更不想立那个霍家女为后。我现在白天身居朝堂，受着各种限制，身不由己，但好歹夜晚我还是自由的，我还可以跟你这样推心置腹地说说心里话。我要是立霍氏为后，相当于给自己安了个眼线，我还有一点自由吗？"

"哦，不至于的，霍家女应该也是温柔贤淑的吧？"

"那种富贵窟里出来的女人，从小娇生惯养的，能温柔贤淑到哪里去？能比得上我的平君吗？"刘病已神情忧悒，"更重要的，后续还有很大的麻烦。"

"会有什么麻烦？"

"万一霍氏侥幸生个儿子，那岂不是对奭儿不利？"

"应该不会吧？"

"人心叵测。防人之心不可无。我已经对不起平君，我绝不能再对不起平君辛辛苦苦为我生的奭儿！我一定要想方设法保护好我们的奭儿！否则，我百年之后在黄泉之下无颜再见平君。"

张彭祖说："你也别太多虑，不是所有女人都能生出孩子的吧，万一她根本就生不出孩子呢。"

刘病已闭上眼，沉默了片刻，幽幽地说："也有可能。"他发狠地想："就算她有能力生孩子，我也要让她生不出来！"

3

那一晚，刘病已在心中盘算又盘算，这一次要立皇后只能非霍家女莫属，为了自己坐稳位子，也为了保护他的孩子们，他没法抗拒，只能顺从接受，逢场作戏而已。他还年轻，有大把的时间熬日头，他一定能将霍光熬到西天，而且时间也不会太长，估计霍光活不了几年，霍光已经明显老态龙钟，精神不济，像是有病的样子。

没过多久，霍光真的生了一场重病，整整在家歇息了一个月。据御医禀报，大将军气血亏损比较严重，需要精心调理，不能太过劳累。刘病已为表示对大将军的敬重，亲自到霍府探望慰问，说大将军是国之砥柱，为国事操劳而使健康受损，他深感不安，恳请大将军安心养病。霍光满脸感激，之后让家眷出来谢天子恩。

之前霍显听闻刘病已要驾临霍府，指使家奴们将府中上上下下布置一新，庭前铺得花团锦簇。她还很兴奋地要成君盛装打扮，娇羞羞地拜见陛下，感恩陛下的大恩大德。

刘病已第一次见霍成君，并不动心，霍成君容颜的确华艳，毕竟是大家闺秀，气质也还高雅，但比起小家碧玉的平君，他总觉得少了一分纯真。

刘病已心情有些复杂，大将军确实为国事殚精竭虑，军务、内政、外交等方方面面，有条不紊地运作，离不开大将军的全盘操控。姜还是老的辣。他毕竟太年轻，在治国理政方面也还是需要多加历练，他还是很需要大将军的辅佐。但是看到满朝堂都是霍家的头脸，各要害部门都由大将军安插的亲信把持，他觉得自己俨然是霍家的提线木偶，他得时刻看霍家人的脸色行事，处处受牵制。他心爱的平君猝逝，他疑心也是霍家人暗中使的坏。他们不但掌控国政，还要掌控他的私人生活，往他这里塞一个霍家皇后，他活得还像个人吗？

刘病已虽然郁愤难平，但冷静下来，想起废帝刘贺的遭遇，他又竭力告诫自己一定要忍，忍，忍！忍一时，风平浪静；退一步，海阔天空。

那年隆冬，霍光的一些亲信大臣联名上书，请立大将军的小女儿霍成君为皇后，说霍氏成君容貌昳丽，温婉淑德，娴雅端庄，宜立为后。皇后之尊，与陛下齐体，供奉天地，祗承宗庙，母临天下。

刘病已将奏陈掷在几案上，这道烦人的坎终究还是要跨过去的！暗自叹息了一番，他也不再犹豫，而是在奏陈上圈了一个"可"。他还特意跟上官太后商议皇后迎娶之事，又派有关官员到霍府送了厚重的聘礼，以示对此事的重视。

第二年三月十一日，霍光和霍显如愿以偿地将小女儿风风光光地嫁进皇宫，成了刘病已的第二任皇后。当日，刘病已下令赏赐丞相以下到郎吏从官金钱绢帛各有差等，诏告大赦天下。

小女儿霍成君终于入主后宫，霍光将喜悦藏在内心，霍显却高调地将得意挂在脸上，成日满面春风。身为天子的丈母娘，她自感身上又多了一层闪亮的光环。她隔三岔五地要进宫看望小女儿。霍光告诫她不要太过招摇，不要随意进皇后的宫殿。她一般都是进长乐宫，去上官太后居住的长信宫，小女儿成君也到那里。她总是要忍不住私下打听小女儿的宫闱私事。成君向来是个听话的孩子，母亲问什么，她也总是如实告之。当霍显听小女儿说自从跟陛下圆房那天起，陛下再也不去其他嫔妃那里了，便兴奋地追问：夜夜都在一起？成君娇羞地点头，嗯了一声。

霍显听了长舒一口气，原先她还担心刘病已心中装着那个许平君，对自己的小女儿不上心，事实上不是那么一回事。男人多半都是馋猫，没有不见色起意的。她的小女儿就是一朵娇艳欲滴的富贵花，由不得那个刘病已不喜欢，才会对她的小女儿夜夜专宠。

从宫里一回到府邸，霍显就迫不及待地将小女儿的私事告知霍光，霍光将着胡子点点头，"照这个势头，要不了多久，他们两个人就能弄出个孩子来。刘病已很能生育的。你看他跟许平君在一起才几年？就生了两个孩子，还有那个华婕好，受封也不过一年，也给他生了个女儿。"

霍显说："我找占卜的为成君算了一卦，头胎必定是个男胎。"霍光两眼一亮，"灵验吗？"霍显也是两眼熠熠出彩，"灵验！上回也是找他占卜算卦，说成君必定能顺利当皇后，这不灵验了嘛！"霍光感叹说："上天真是太眷顾我们霍家了。"摩挲着霍显还算润滑的手，"这个家，之所以到今天这般昌盛，也少不了夫人的大功劳啊。"霍显扭捏着身子，偎依到霍光怀里，谄媚说："显再有功劳，也还是仰仗大将军的恩德呢。"

霍光抚摸着霍显满头乌发，满足地笑笑。他也差不多将霍显谋害许平君的事给淡忘了，一切都在向好的方向发展，若成君不日能生个男胎，那霍家的门楣又要光耀一层了！

出身豪门大族的霍成君从小养尊处优，吃穿用度都很讲究，娘家的陪嫁也是异常丰厚，进宫当了皇后，自然在消费方面更加潇洒任性。她的侍从众多，车舆礼服也是异常华美，她赏赐侍从也是慷慨大方，常以千万计。其奢华风格与之前节俭的皇后许平君相比，真是霄壤之别。尽管刘病已心下有些看不惯，但在表面上还是采用听之任之的态度。倒是霍光觉得小女儿花费有点过于随意了，便当着刘病已的面，委婉地提醒小女儿：对下人的赏赐要适度才好。刘病已闻言，马上表态说，朕和皇后一家亲，朕的财物也都是皇后的，皇后想怎么花就怎么花，随意即好。霍光笑笑，说感恩陛下对成君的偏爱。霍成君自从受到刘病已的鼓励，之后花钱更加肆意。

前皇后许平君在世，恪守妇道，曾自立规矩，每过五日都到长乐宫朝请皇太后，亲自侍奉太后进餐，捧案上食品进于太后。这个规矩到皇后霍成君这里依旧保持。只是上官太后并不感到合意。她以前跟许平君相处极为和谐，跟平君有说不完的心里话，她盼着平君有空就过来说说话。如今霍成君过来向她请安，她却倍感不自在。她的母亲跟霍成君是同父异母的姊妹，她是霍成君的外甥女，小姨母霍成君跟她请安，她也得起立向小姨母还礼。

更令上官太后感到别扭的是，每次霍成君来请安，霍显也会进宫，这对母女分明是借给她请安为由，一起相见说话。霍显还会将成君拉到一旁耳语，说完还彼此欢笑。不知道她们说些什么悄悄话，那么开心。她感觉自己就是个局外人。她希望霍成君和霍显来得越少越好。但这对母女依然故我，明说是遵守礼节，实际上是给她添烦。有时她实在厌倦了，就以身体不适为由，自个儿进内室休息。她希望霍显识相点，赶紧告辞离去。但霍显倒不以为意，说都是家里人，就不跟太后搞虚套啦，太后只管好好休息。霍显和女儿到偏殿继续聊天。上官太后也拿她们没办法。都是娘家人，又不便直接赶她们走。她越发怀念与善解人意的平君在一起的日子。

霍成君被立为皇后的前一天，女医淳于衍特意到霍府恭贺，霍显喜气洋洋地接待了她。淳于衍笑容可掬地呈上礼品，"喜闻成君明日荣登皇后大位，少夫特备薄礼一份，前来恭贺！"这是她上次到一家高门大院给老夫人诊病后主人赏赐的一盒珠宝。

霍显摩挲着礼品，打开盒子，抓起珠宝看了看，喜笑颜开，"上品。感谢少夫！"

淳于衍耳旁还响着当初霍显重谢的许诺，有点不自然地笑笑，"夫人实在太客气了。少夫实在不敢当啊。这一年多来，少夫日夜为自己祈祷，祈祷大将军府能出一个响当当的皇后，自己即便死，也无憾了！"

霍显一听，豁然想起自己曾经的许诺，忙打起笑脸，"感谢少夫啊！等忙过这一段日子，一定要重谢少夫！"

淳于衍浅浅地笑笑，也就不绕弯子了，提出为丈夫赏谋官的请求，"如果夫人能帮少夫在大将军面前美言几句，让少夫的夫君在京都谋个一官半职，少夫一家就感恩不尽！"

霍显说："哦，这个嘛，小意思。少夫尽管放心，等方便的时候我跟大将军说！"淳于衍这才满意地告辞而去。

晚上就寝时，霍显将霍光侍候得十分舒坦，趁霍光一时高兴，提及淳于衍想请大将军为她丈夫在京都谋官的事，她原以为，凭大将军的威望，这事大概也是小菜一碟，没想到霍光没有同意。霍光认为淳于衍的丈夫赏才能很有限，而且办事也不谨慎，"上次你为她丈夫求安池监一职，也是看在淳于衍的面子上，让他去当了，结果还给当地人落下不少话柄，说大将军推荐的都是什么官！你说这不是打我这张老脸吗？"

"哦，怎么会这样？"

"这事我没跟你说罢了。我现在也年老了，也不想再给自己找事。"

"重谢淳于衍的话，显已经说出去了。怎么好收回呢？"

"这还不简单吗？多送给她财物，要不再给她家盖一座宅子。这也很够面子了吧！"

"嗯，这也很够面子了。想必淳于衍一定很感恩大将军了。她不过是一个小小的女医。"霍显略略停了停，"那，大将军，什么时候送她财物比较合适呢？"

"这个时间，倒没什么讲究。你看着办吧。"霍光略作沉吟，"还是早点谢她吧，了掉这份人情。"

"好。就听大将军的。"

两三天后，霍显就派人送给淳于衍蒲桃锦缎二十四匹，散花绫二十五匹。散花绫尤其稀贵，出自钜鹿织造手艺人陈宝光家。陈宝光的妻子继承了织造这种绫的高超技艺。早在好几年前，霍显就把陈妻特意召进霍家府第，让她织散花绫。织机上用了一百二十个提综的踏板，织成一匹散花绫颇费工夫，大概需要花费两个月的时间，每匹都价值万金。后来霍显为了显示霍家慷慨大方，又送给淳于衍十串走珠、一百端绿绫、百万钱和百两黄金，这还不算，还为淳于衍兴建了一座气派的宅邸，帮她家买了不少奴婢。

霍家送了巨额财物作为对淳于衍的酬谢，但淳于衍并不满足，她觉得她冒着生命危险，助霍成君成为母仪天下的皇后，霍家应该爽快地帮她丈夫谋个京官，何况大将军权倾朝野，这根本就是动动嘴皮子的小事，结果却落了个空！

淳于衍的一个表亲见霍家这样厚待淳于衍，艳羡不已。淳于衍不屑地说："我为霍家立下了何等大功，而霍家报答我的就只是这些东西！"表亲有些好奇，"哦，你为霍家立下什么大功？"

淳于衍自知失言，忙掩饰说："救死扶伤，不是大功吗？"

表亲颇不以为然，"你作为女医，救死扶伤是你的职责，你却以此居功，不合适吧？"

淳于衍尴尬地笑笑，"哎呀，跟你开开玩笑，你还当真呢？大将军家的东西都是贵重的宝贝，我稀罕还来不及呢！怎能嫌弃呢？我是故意测试你的反应的。"表亲顿时沉了脸，"你将我当成什么人了！还需要你来测试我的反应？你这话要是传到大将军和夫人那里，你猜他们会是什么反应？"

淳于衍一看事情有点不妙，赶紧哄劝表亲，"我这不是跟你开玩笑的吗？都不是外人，我还准备送你两匹散花绫呢。这东西价值万金喽，还不易得，市面上有钱恐怕都难买到。"

表亲立马换了笑脸，"是的嘛。散花绫不易得，你上次跟我说的那蒲桃锦缎，也很贵重哦。"

淳于衍心下嘀咕，这不是明摆着讨要嘛！"你要喜欢蒲桃锦缎，也送给你两匹，怎样？"

"哎哟，你这可够大方的哟。当然喜欢嘛！"

四匹锦缎和散花绫就这么轻易送出去了。表亲临走时，淳于衍一再嘱咐他，玩笑话千万不要到外面说。表亲让她放宽心，说他将她的玩笑话都烂到肚子里，否则对不住她送给自己的这四匹贵重的缎绫。

这事被丈夫赏知道了，赏不免埋怨淳于衍："说起来你是聪明人！你那阵脑子怎么糊涂了？你在他面前怎么能说出那种话？你能保证他不在外面乱说？"

"放心，他不会乱说。"话虽是这么说，但淳于衍心里也隐隐有点不安。

霍成君被立为皇后一个多月之后，关东琅琊、北海等四十九个郡国同时发生大地震，琅琊及以西地区，山陵崩塌，洪水泛滥，琅琊沿海一带多处出现塌陷，形成多处大海叉子，沿岸多是淤积的泥滩，处于震中的琅琊郡城和琅琊港口遭受毁灭性打击，六千多人在地震中不幸丧生。北海、琅琊两郡的太祖庙和太宗庙也被震坏。

这次地震震级大，面积广，危害极大。朝廷上下为之震动，刘病已尤其寝食难安，及时派遣使者吊丧慰问灾区吏民，赐给死者棺木钱，下诏说："大凡自然灾害和反常现象的出现，都是天地示以警戒。朕继承大业，奉祀宗庙，君临于臣民之上，未能德被群生，因而地震北海、琅琊，毁坏祖宗宗庙，朕深为惶恐。丞相、御史与列侯、中二千石及知识渊博之士，提出应付灾异事变的建议，以匡正朕的过失，望不要有顾忌。令三辅、太常、中原郡国各荐举贤良方正一人。有些律令给百姓造成困难与不便的可以蠲除，望逐条上奏。因地震破坏严重的地区，免收租赋。"刘病已还宣布大赦天下。他身穿素服，避开皇宫正殿五天，以表示心情沉重。

因为这次大赦，被关押了两年的夏侯胜和黄霸也得以释放。

夏侯胜出狱后，刘病已重新任命他担任谏大夫，加授夏侯胜为给事中，以便他能随时出入宫禁以备应对。在与夏侯胜的不断接触中，刘病已也深入了解夏侯胜的为人，欣赏他正直质朴，平易近人，又见多识广，对他很是亲信。夏侯胜觉得皇上随和可亲，在皇上面前说话也不拘谨，有时竟称皇帝为"君"，或在皇帝面前直呼别人的表字。而刘病已对此也不以为意。

夏侯胜在公开场合也有意张扬刘病已的睿智。有一次，他觐见刘病已，出宫后将刘病已讲的话说给别人听。刘病已知道后有些不高兴，责备他。夏侯胜说："陛下的话说得好，所以我才转告别人。昔日帝尧的话天下传扬，至今还被人背诵。我认为陛下的话值得传扬，所以才传扬。"刘病已听了转嗔为喜。

每当朝廷商议国家大事，刘病已知道夏侯胜一向直率，希望他能畅所欲言，"先生发表高论时，不要把以前的事放在心上，有什么看法尽管直说。"不久，刘病已任命夏侯胜重新担任长信少府。

夏侯胜由衷地感恩刘病已，也极度欣赏这位年轻的皇帝在这次大地震发生后的应对能力，由于皇上对震灾的应对及时，高度重视灾后重建，赈灾措施也很得力，因而安抚了民心，稳定了社会秩序。他觉得一定是陛下的爱民之心得到上天眷顾，地震后风调雨顺，农业获得意外大丰收。

刘病已也对震后年成大好甚感欣慰，深感好年成主要靠天地施以恩泽，此次大地震让他心有余悸，他下诏罪己，也希望大地能有所节制，不要发怒降下震灾，为此他将年号更改为地节。

第九章　隐忍蓄势

1

地节元年（前69年）正月，有彗星出现在西天，离太白星有二丈之距。懂星象的人认为太白代表大将，其周围显现彗星，是毁灭的象征。这种星象预示将有重要的大将去世。刘病已私下听说这种传言，将信将疑。之后多个月过去了，传言中的事并没有发生，倒是到了十一月，楚王刘延寿因谋反罪自杀。刘病已觉得传言似乎有点可信。而到了十二月三十日，又出现令人生畏的日食，有关大将将死的传言再次在四处流传开来。

翌年正月，大将军霍光病重，卧床不起。刘病已想起之前的传言，暗想：果真要应验了？他亲自前往霍府，到霍光病榻前问候。曾经那么威风凛凛的大将军，如今形容枯槁，行将就木，刘病已还是感到有些伤感，说些宽慰的话，请大将军安心养病。霍光强打精神，缓缓地说："感恩陛下安慰。老朽这次……怕是撑不过去了，老天爷已经给我……下了请柬了。"

"大将军万不要这样说。"刘病已坐在病榻旁，握着大将军干枯的手，倾俯着上身，语气诚恳地宽慰："您会好起来的。朕还等着大将军商议国事呢。"

霍光苦笑着，断断续续地说："老朽也想……继续为陛下……效犬马之劳，无奈……力不从心。陛下聪颖，又经过……这几年的历练，能够……独当一面的。"

刘病已眼含泪花，摇摇头，"大将军万不要这样想，朕离不开大将军的辅佐。"

"陛下……是可以的。"稍微顿了顿，霍光语气沉缓，"老朽……自从卧病榻上，回望……自己这一生，竟有种……仙雾中摘花……的感觉。"

刘病已没太明白他说的意思，但没有打断他，继续听他沉缓地自语："其实……想明白了，人生一世……也不过……是草木一秋，来如风雨……去似微尘。最初……赤条条地来，终究……还是赤条条地去。"

霍光的这番话触动刘病已的泪腺，他蓦然想起自己那些不幸早逝的亲人，再也忍不住自己的眼泪。霍光看着潸然泪下的刘病已，嘴角露出几丝欣慰的笑，"陛下，不必为老朽……悲伤，老朽一时半会……还不会走的。"

刘病已抬起衣袖拭泪，说大将军安心养病，相信上苍会眷顾大将军的，大将军很快会康复。

翌日，刘病已就收到霍光派人呈上的谢恩奏书。霍光在奏书中谢恩的同时，也表达了他的愿望："希望把老臣封国中的食邑分出三千户，封给老臣的侄孙奉车都尉霍山为列侯，来侍奉骠骑将军霍去病的庙祀香火。"

刘病已看完奏书暗自叹息，昨日在大将军的病榻前听大将军说的"人生一世，草木一秋"之类的话，以为大将军真的悟透人生，原来那不过是他口头说给自己听听而已。他在病笃之时，依然惦记着为他的家族谋利益。

霍光的同父异母哥哥霍去病在武帝时期因军功显赫被封为冠军侯，他虽然没有结婚成家，但有个私生子叫霍嬗，是他跟侍女生的。很可惜，霍嬗在未成年时不幸夭折，导致霍去病的宗庙无人祭祀，香火无人侍奉。霍光将孪生儿子霍云和霍山过继给霍嬗为子（霍云和霍山名义上就成了他的侄孙），不仅让霍去病——霍嬗一脉宗庙香火得以延续，而且可以承袭霍去病的遗泽，让霍云和霍山在无功的前提下也能实现快速封侯。按当时的制度，有功才可封侯。霍光很清楚，在他死后，如果不采取这种方式，他的两个亲生的儿子恐怕永远与封侯无缘。

刘病已洞悉霍光的心思，霍光是担心在自己死后，霍家一族可能面临衰微的危险。他作为左右朝廷政局的重臣，在他权势熏天的时候，他完全可以找理由将他的两个儿子封侯，但他没有，说明他多少还是有所忌惮。如今他病来如山倒，将不久于人世，向天子表达自己的心愿，分明也是向刘病已示弱，恳求在他死后，多关照关照霍家。刘病已当即明确表态：大将军念念不忘兄长一脉的香火承继，孝悌忠义，天地可鉴！请大将军放心，朕回宫即刻召集丞相、御史廷议此事，将此事办妥。

其实这事根本不需要廷议，刘病已心中早已有谱。霍去病当初受封的冠军侯国因霍嬗早夭又无子嗣而被除名，现在要满足大将军的意愿，只能给霍山和霍云重新封侯，让他们兄弟二人以侯爵的身份为霍去病一脉续继香火。刘病已还是决定走走过场，将这件事下达给丞相、御史等官员廷议。

在廷议前，刘病已自己率先表明态度，说大将军为国事兢兢业业，功高盖世，如今不幸病倒，只有这么一个小小心愿，大家认为意下如何？

皇上此言一出，丞相和御史等人自然一致认为应该满足大将军的意愿。刘病已当天就封霍山为乐平侯，还拜霍光的儿子霍禹为右将军。霍光对此比较满意，感谢天子恩泽霍家。不过，他心下还是有一个小小的遗憾，小女儿成君贵为皇后，封后两年多了还没有子嗣，但他还是相信成君最终会有子嗣的，只是他没有机会看到罢了。

三月初八，在病榻缠绵了多日的霍光油枯灯灭，走完了自己六十多年的人生路途。

大将军病逝的消息传报到朝堂，刘病已下令按国葬规格为霍光治丧。他与上官皇太后亲自前往霍光灵堂进行吊唁，并且委任太中大夫任宣和五个侍御史一同拿着符节具体操办丧事。中二千石的大臣们在墓地上设置幕府办事。

刘病已还赐给金钱与帛绢丝绵若干、绣花棉被一百条、衣服五十箱、金缕玉衣一套，作为大将军的陪葬品。又赐给内棺、外椁、黄肠题凑各一副，作随葬的外藏枞木椁十五副。东园制作的温明秘器、内外棺椁以及随葬的外椁的材质是最好的，规格也是最高的，全都堪称帝王级别。他下令用辒辌车载着霍光的遗体，车上用黄缎覆盖，车辕的左边插上羽饰大旗，派材官、轻车、北军五校士兵列队为霍光送葬，一直将霍光灵柩护送到茂陵。

刘病已给霍光赐谥号为宣成侯。征发中央直属的河东、河南、河内三郡的士卒为霍光挖掘墓穴，盖起高大的陵墓祠堂，拨出三百家民户看护宣成侯陵园，设置长史、丞掾，按照旧法负责陵园守护和祭祀事务。

霍光极尽奢华的葬礼结束之后，刘病已不由得长舒了一口气，六年来压在他头顶上的一座大山终于被上天给收走了。但他很清醒，大山虽然没了，但留在他身边的绊脚石还有不少。他还得谨慎行事。他要下一盘大棋。他以帝王丧葬标准安葬霍光，便是他下的第一步大棋。他通过厚葬霍光来彰显他对有扶立之功的大将军的感恩，也是为了进一步稳住霍光那些握有实权的儿子女婿们，以实际行动告诉他们：大将军虽不在，但霍家会一如既往地受到恩宠。

刘病已还在霍光下葬茂陵的次日，再次追思霍光的功德，让他的子孙封荫受禄，特下诏令说："已故大司马大将军博陆侯在宫禁中侍奉孝武皇帝三十余年，后又辅佐孝昭皇帝有十多年，中间遭遇到重大的灾难，挺身执仗正义，率领三公九卿大夫决定万年大计以安定社稷，天下的黎民百姓才获得安康太平。他的功德无量，朕极为嘉许。免去他后代的赋税徭役。子孙继承他的封爵食邑，世世代代不会改变，他的功劳与萧相国相当。"刘病已特意将霍光同高帝时期的相国萧何相提并论，让霍家子弟深为受用。

霍光长子霍禹继承了霍光爵位，成为博陆侯。霍家人继续心安理得地拥有隆盛的权势。以前霍光在世，作为霍家的大家长，他对家人多少还有一点约束，自从他归西之后，霍家上下没了约束，开启了任性放飞自我的节奏。

首当其冲的是霍显，她在霍光死后，成了霍府名副其实的太夫人。霍显自信心爆满，自恃为家族最有威望的长辈，没人能妨碍得了她，她行事越发随心所欲。她擅自改变了霍光生前自己设计的墓地规制而加以扩大，命人建起三个出口的门阙，修筑神道，北面靠近昭灵，南面越出承恩。她大肆装修家族祠堂，辇车的专用道直通到墓穴中的深巷，又幽禁平民、奴婢、侍妾来守护。还大建住宅，制造乘坐的辇车，增加饰有图案的绣花坐垫、把手，并在上面涂饰黄金，又用皮裹着丝絮包住车轮，命侍从婢女用五彩的丝带拉着她所乘坐的车子，在宅院中游戏取乐。作为一个拥有尊贵身份的豪族主母，贪图享受物质生活的奢华实在不算什么，她不堪寂寞寡居，不惜违背伦理，跟霍光生前宠爱的家奴总管冯子都关系暧昧，竟至发展到明目张胆地偷腥。

上梁不正下梁歪。有霍显这个不守规矩，放纵享乐的"榜样"，霍家的子辈也个个有样学样。霍禹、霍山也大肆修缮住宅，常在上林苑平乐馆跑马追逐嬉戏。霍云作为朝官，目无朝纲，每当朝会的时候，竟多次称病私下外出，带着一大帮宾客，前呼后拥，在黄山苑囿中张围打猎。他也不将天子刘病已放在眼里，觉得刘病已的皇位是他父亲给的，没有大将军的拥立，刘病已说不定现在还在长安的街市上晃着趟子！他不屑朝见刘病已，而是委派头裹青巾的家奴代他上朝谒见，他的这种轻慢态度没有人敢谴责。

霍显因为小女儿成君是母仪天下的皇后，骨子里将皇宫当作自家的后花园，她和她的几个女儿常常不分白天黑夜，随意进出长乐宫的宫殿中，没有任何节制。有时上官皇太后看不下去，善意提醒她们，说虽然陛下宽厚，允许你们出入宫禁，但凡事也有个度，还是注意一点分寸为好。但霍显不以为意，私下还抱怨太后跟她不亲近。

刘病已在民间时就听闻霍氏尊贵强盛日子长久，心中并不认为这是一件好事。他进了朝堂，当了六年隐忍的皇帝，也深深体会到霍氏专权带给他磐石般的高压，他时常生活在忐忑不安中，直到霍光去世后，他才有机会抬起他作为天子的高贵头颅，开始亲自治理朝政。他还是继续隐忍，对霍家子弟采用放之任之的策略，作吧，让你们死劲作！天作孽，犹可违；自作孽，不可逭！

2

刘病已在隐忍期间，格外重视将自己的亲属拢在自己周围，暗地里积蓄一切可以积蓄的力量。他目前可倚重的是平君的娘家许家和他的外曾祖母史家，另外他一心希望找到他生母的娘家人。从一即位，他就一直派人寻找，只是由于时间久远，线索多似是而非。老天不负他的苦心，终于，在他即位六七年后，有了外祖母王媪的确切消息，他很欣喜，为了保证万无一失，当即派太中大夫任宣与丞相、御史的属吏到她的乡里访问诸多知情人，予以证实，都说王媪是皇上的外祖母。

王媪向太中大夫任宣细细地叙说往事，说到伤心处，不由得落泪。

她自我介绍叫妄人，出生于涿郡蠡吾县平乡。十四岁嫁与同乡王更得为妻。更得不幸猝逝，没有遗留子女。后来她改嫁广望的王乃始为妻，先后生下两个儿子和一个女儿，大儿子叫王无故，二儿子叫王武，女儿叫王翁须。三个孩子中，女儿翁须最聪明伶俐，长相也最出众，八九岁时，就被刘仲卿相中。

刘仲卿是中山靖王刘胜之孙、广望节侯刘忠之子。刘胜是刘氏皇族中子嗣最多的一个诸侯王，子女竟然多达一百二十个！按照武帝下达的推恩令，刘胜得推恩将自己的封地分封给继承王位的嫡长子以外的子孙，并上报朝廷，皇帝授予列侯封号。这些子孙不得涉足政事，仅仅收纳封地内的租税。刘忠兄弟众多，他从父亲刘胜那里得到的封地自然就很有限，到刘仲卿这里，自然得到的实惠就更受限制了。而且像刘仲卿这样的列侯之子，与现任皇帝的血缘关系也越来越远，感情也日渐疏淡，享有的赏赐也很少，生活质量自然严重下降。

为了提高在皇族中的存在感，提高政治地位和生活质量，刘仲卿像其他寂寂无名的侯门公子一样，挖空心思地找捷径，以期提高额外收入，结交王公贵族。其中一个比较时兴的捷径是办歌舞教习所，在当地挑选面貌姣好、身段苗条、有歌舞天赋的小姑娘，教她们学歌习舞，培训几年后，这些小姑娘多半能出落成才貌绝佳的美女，在合适的时机，将她们向皇宫或太子府或豪贵之家输送，从中获利丰厚。

刘仲卿时常亲自下乡挑选好的歌舞苗子，他看到王翁须眉清目秀，言行举止透露一种脱俗之气，很是喜欢，便对王乃始说："把翁须给我，我来供养并教育她成人，以后好有资质嫁入好人家。"王乃始和王媪商量了一下，觉得自己家境贫寒，也没有条件培养女儿，也就答应了刘仲卿。

王翁须就这样寄居在刘仲卿家中，学唱歌跳舞。王媪还为女儿翁须做绢质单衣，送到刘仲卿家。换季的时候，翁须自己也被允许回家取换季的衣服，跟父母说说她在刘府的生活与学习情况，一切都比较正常，好让父母放心。

四五年后，王翁须长开了，身材婀娜，样貌比小时候更加清秀可人。王乃始和王媪商量着，是不是该将女儿接回家了？就在这时，翁须突然有些仓皇地回家，对母亲说："邯郸贾长儿要买歌舞女，刘仲卿想将我卖给他。"王媪一听，如同晴天霹雳，又气又恨，但也没有好的办法，便带着翁须一起逃到了平乡的娘家。

刘仲卿很不高兴，带着王乃始一起寻找王媪母女。王媪惶恐焦急，毕竟自家生活在刘家的地盘上，要是惹怒了刘仲卿，说不定会弄出什么灾祸来，她被迫又将翁须送回刘仲卿家，很不客气地质问刘仲卿："当初是您主动提出来要教我女儿学歌舞，我才答应将女儿送到您家，并未曾收您的钱币，您为何要随随便便地将她卖给他人？"刘仲卿矢口否认，"我并没有卖她。这纯属是谣传！"王媪和王乃始相信他的话，嘱咐了女儿一番，便回家了。

几天后，王翁须乘贾长儿的车马经过自己的家门，叫道："我还是被卖给了人家，要走了，要到柳宿去！"王媪与王乃始怨恨刘仲卿出尔反尔，但又无可奈何，赶忙坐着牛车追到柳宿。看见翁须后，王媪和女儿抱头痛哭，对翁须说："我打算替你去告状。"

王翁须很懂事，她心里清楚，刘仲卿不会平白无故地白养自己好几年，他目的就是想将自己卖个好价钱。自己家境贫寒，无权无势，根本斗不过刘仲卿。父母要去告状，除了得罪刘仲卿之外，不会有好果子吃的。再说，自己学歌习舞，在贫寒家庭也没什么用武之地，也只有到大户人家，才能靠唱歌跳舞挣口饭吃。她掏出手绢揩揩眼角的泪，也帮母亲揩揩眼泪，安慰说："母亲，还是顺其自然吧，哪里不是一样安居呢？告状是没什么益处的。"

王媪不甘心，与王乃始归家筹集费用，随后又赶到中山卢奴，见到翁须与四位歌舞女同处，王媪和翁须同宿，泪水涟涟，"我和你父亲就只有你这么一个宝贝女儿，我们怎么舍得就这样丢下你？"翁须抱着母亲哽咽说："母亲，已经到这步田地了。您和父亲就算一直跟着，也没什么用。刘仲卿收了贾长儿的钱，贾长儿是不会放我走的。一切都任命吧。"王媪哭着说："早知道这样，当初就不该让你到刘仲卿家学什么歌舞！"

翌日，王媪让王乃始留在那里照看翁须，她又返到家里，变卖家产筹集路费，想跟随着翁须到邯郸，看看贾长儿到底要将翁须送到哪里，他们日后也好找寻。

王媪归家，拿出家中稍微值钱的物件变卖，但一时又不能马上脱手变成现钱。正在她心急如焚地四下寻找买主之时，王乃始失魂落魄地进了家门，有气无力地说："翁须已走，我无钱继续追随，不得不回来。"王媪难过得大哭一场。从此家里人与翁须音信中断，再也打听不到翁须的任何消息。

在太中大夫任宣访问王媪的同时，丞相和御史的属吏也分别访问其他的相关知情人，了解翁须被迫离开家乡的后续情况。

据贾长儿之妻贾贞及教歌舞的遂回忆，二十多年前，太子舍人侯明从长安到我们这里来求歌舞女，要走翁须等五人。长儿派遂送她们到长安，都送到了太子府中。还有广望三老更始、刘仲卿之妻刘其等四十五人所提供的情况，都互相印证了翁须被送到了太子府。

太中大夫任宣汇总所访寻的所有信息，向刘病已奏明：王媪是悼后的母亲属实。刘病已终于找到自己的外祖母一家，很是激动，立刻下令宣召他们觐见。王媪和儿子王无故、王武，跟随朝廷使者一同进京。

他们离开家乡时，场面很是排场，连县令都亲自带人来欢送，四里八乡的人闻讯赶来看热闹，一时间，王家因为沐浴圣恩，顿感寒门充满贵气，蓬荜生发华辉。他们坐着家养的黄牛拉的车到附近的驿站，再改乘官府的大马车赴京都长安。围观的人们看着王媪母子坐着黄牛车，在天子使者的陪同下，气派十足地启程去京城，都非常眼热，有人感叹说：黄牛媪上长安，真是奇闻一桩！

从涿郡到长安，相距大约二千余里，坐在豪华阔气的官家大马车上，踏上面圣认亲的迢迢路程，王媪不禁喜极而泣。世事变化真是太难以预料，想当初她和女儿生离死别，从来没有想到女儿后来被送入高贵的太子府，受到皇孙的宠幸，很快为太子府添丁；也没有想到太子一家遭受飞来的巫蛊横祸，貌似有福的女儿也因此遭殃丢了小命；更没有想到自己侥幸存活的亲外孙能幸运地成为当今的皇上！最没想到的是亲外孙登基之后，一直念念不忘寻找母亲的娘家人，自己才能在有生之年有机会见到亲外孙。

老太太想象着自己亲外孙的大致模样，大差不离像翁须吧？她以前一直怨恨刘仲卿没有良心，卖掉她的女儿，但如今这种怨恨消解了，她不但不恨，反而还有些感谢刘仲卿，如果不是刘仲卿教养自己的女儿，女儿也没有富贵的机会，也不会生出当今的皇上。她又想到老伴王乃始福分短，三年前他没有熬过那场病，要是他现在还活着，他该是多么欣慰啊！

刘病已见到自己的外祖母和两个舅舅是在一个多月之后。对于这种打断骨头还连着筋的血脉亲人，刘病已格外上心，他挺身舒气，理理袍服，亲自在殿外迎接他们。王媪和两个儿子知道宫里的规矩，见了皇上，要恭恭敬敬地伏拜行礼。不过他们在进宫之前，负责接待他们的谒者已经提前告知他们：陛下口谕，进见免礼。

刘病已怀着激动的心情，将外祖母和两个舅舅迎到宣室殿，血亲相见，自然是一番感慨。

王媪毕竟是没怎么见过世面的乡下老太太，初次到华贵无比的皇家殿堂，见到自己已当皇上的亲外孙，虽说很激动，但也还是有几分拘谨。王无故和王武更是如此，他们本是老实巴交的乡下汉子，如今竟能跟当朝天子面对面地坐着，虽说自己是皇上的亲舅舅，但实在是很不适应。他们俩有些局促不安地坐在那里，两手都不知道往哪里搁放才妥帖。

刘病已见到这种情景，微笑着说："都是家里人，不要拘束才好。"面向王媪询问，"外祖母这些年过得可好？"他的这句问话勾起了王媪的伤心事。王媪双眼含泪，想到初次跟外孙相见，也不便过多诉说这些年的苦楚，那会很煞风景的，便强忍眼泪说："托老天保佑，托陛下的福气，过得还好。"

刘病已又问了两个舅舅的境况，他们都在乡下务农，日子过得虽然清苦，但还算过得去，比前几年好很多了。

刘病已点点头，说："以后外祖母和两个舅舅就不用那么辛苦了，该好好过些清闲富贵的日子了。"随后赐封王无故、王武爵关内侯。短短几天之内，赏赐给他们的钱财以巨万计。

不久，刘病已封外祖母为博平君，以博平、蠡吾两县一万二千户为外祖母的汤沐邑；封大舅王无故为平昌侯，小舅王武为乐昌侯，各食邑六千户；追赐已故的外祖父王乃始谥号为思成侯，诏令涿郡为思成侯修建陵墓，建立园邑四百户，派长丞按规定奉守陵园。

刘病已重视孝道，对外祖母和两个舅舅很孝敬。他念及他们以前在民间受苦，如今可以苦尽甘来，但民间还有无数的老百姓生活依然很不易，便心生怜悯。作为帝王，他倡导以孝治天下，下诏说："引导人民以孝为先，则天下就会和顺。今百姓有时遭受父母之丧，还要负担徭役，使父母遗体不得按时入土，有伤孝子之心，朕对此深表同情。从现在起，凡有祖父母、父母丧事的可以免去徭役，使能收殓送终，尽人子之道。"

刘病已对亲情非常重视，觉得亲情出自天性。那年四月底，长安集市上发生了一起盗窃案，犯案的是一个十四五岁的毛头小子，其父爱子心切，将儿子藏匿起来，查案官吏要将父亲连同儿子一起治罪，认为"子不教，父之过"。刘病已闻讯之后，深感这个父亲爱子是情有可原的，不应治其罪，便下诏说："父子之亲，夫妇之道，是出于天性。虽有祸患，仍愿舍身与冒险相救。真诚的爱结于心，仁厚出于自然，这是不可能违背的啊！从现在起，凡儿子为首藏匿犯罪的父母，妻子藏匿犯罪的丈夫，孙子藏匿犯罪的祖父母，都可以不问罪。另如父母藏匿犯罪的儿子，丈夫藏匿犯罪的妻子，祖父母藏匿犯罪的孙子，罪不至死的，都要上报廷尉与奏明皇上后再行决断。"

那位盗窃犯的父亲，也因为这条诏令被免于问罪，但他十分愧疚，觉得自己作为父亲，没有教育好儿子，还是严重失职的。他为此特意上书请罪谢恩。刘病已批复说，知错能改，善莫大焉。

刘病已回头将这件事说给他的外祖母听，外祖母连连夸他仁厚，笑着说："你就像你母亲一样心善。"

外祖母年事高，刘病已将她安排在宫里居住，以方便自己闲暇时去看望她。在只有他和外祖母两个人的情境下，他以亲外孙的身份，跟外祖母两个人说说家常话，对他来说，也是一种难得的温馨。

有时聊起往昔的事情，提及女儿，王媪就有些伤感，"你母亲从小就聪明懂事，也长得好，那么小就被人送走，我和你外祖父一直为这事难过。你外祖父一直懊恼自己没本事，要是手头有足够的钱，将翁须赎回来，就算赎不回来，有钱做盘缠，追随她，知道她的下落，我们心里也好受一点。他临死前，还念叨你母亲。"

"都过去了，外祖母也别太难过了。"刘病已想到不幸罹难的母亲，心下也很是不好受。他控制自己的负面情绪，故作轻松地说："您看我跟我母亲长得像吗？"

王媪满脸慈祥，端详着外孙，"眉眼像极了，还有鼻子和下巴，也很像。我第一次见到你，就断定这就是我的亲外孙。"

"我母亲的讳名有点特别，有什么来历吗？"刘病已对母亲为何取名翁须，始终有点好奇。

"当然是有的。你母亲上面有你两个舅舅，你外祖父特别想要一个女儿，觉得自己也必须有一个女儿，你母亲出世后，你外祖父开心得不得了。"

"然后外祖父就为我母亲取了这个讳名，是吗？"

"你母亲的名字还是你外曾祖父取的。"

"哦？"

"你母亲天生丽质，又聪颖。她出世之前，你外曾祖父就一直生病，她出世后，你外曾祖父的病开始有所好转，等到她满月，你外曾祖父就喜欢抱她，她总是要摸你外曾祖父的胡须，轻轻地摸胡须，边摸边笑，嘴里还呀呀个不停，像是在说什么话。你外曾祖父开心得很，身体竟然也渐渐痊愈了，就觉得这大概是你母亲常常摸他胡须，将他的病给摸好了。他就给你母亲正式取名叫翁须，这个名儿也很合你外祖父的心意。你母亲就是老天爷降到我们王家的吉星啊！"

刘病已听了不住地点头，"我的好运也应该是我母亲带来的。"心下暗叹，我母亲现在要是能活着，该多好啊！

王媪在宫里住了一年有余，患病去世。刘病已给她上谥号为思成夫人，下诏迁移外祖父思成侯与她合葬于奉明顾成庙南，设置园邑长丞，撤销涿郡思成园。大舅王无故的儿子王接和小舅王武的儿子王商当时还年少，刘病已将他们都安排到太子府侍从太子，任命他们为太子中庶子，每月领六百石的俸禄。他还时时勉励他们好好读书，待人处事要肃敬敦厚，将他们作为朝廷中枢机构的后备官员加以培养。

3

刘病已为了实现自己的政治宏图，除了重视倚重外戚力量，还格外注重拉拢霍光的政敌，其中与霍光有很深过节且有能力的魏相就很入他的法眼。

刘病已很早就关注魏相，对魏相的情况比较了解。魏相是济阴定陶人，后来迁居到昭帝平陵邑。他年轻时学习《易》，做过郡里的卒史，被举为贤良，因为策问对答如流，显示他才华不俗，因而被任命为茂陵县令。

魏相做茂陵县令没过多久，时任御史大夫的桑弘羊的一个宾客来到茂陵，谎称桑弘羊要到客舍来了。茂陵县丞没有按时去拜见这个宾客，宾客竟然将县丞捆绑起来。

魏相对宾客擅自捆绑他的下属非常恼怒，见桑弘羊迟迟没有到茂陵来，就怀疑宾客搞欺诈，便将宾客抓起来拷问真相，果真是打着主人的名头招摇撞骗，一怒之下，将这个宾客在街头处死。这件事在当地引起很大的震动，也让茂陵人领教到县令的严苛，不敢轻易作恶，因此茂陵被治理得非常好。

后来，魏相被提拔为河南太守，他严厉打击坏人恶事，地方豪强对他十分畏服。

正巧当时丞相车千秋病逝，此前车千秋的儿子做雒阳兵器库的长官，他觉得父亲死了，自己失去靠山，而魏相治理郡事十分严峻，担心时间长了自己会受罪责，索性辞了官。魏相闻讯，赶紧派自己的下属追车千秋的儿子，请他回来，但未果，车千秋儿子说什么也不肯回来。魏相有些沮丧，叹息："大将军听到这个武库令辞了官，一定会以为我是因为丞相死了而不礼遇他的儿子，也会使那些当世的权贵责备我，危险啊！"

果然不出魏相所料，车千秋这个做武库令的儿子到了长安，见到大将军霍光，大概也陈述了他辞职的原因。霍光责备魏相说："年幼的新皇帝刚刚即位，认为函谷关是保卫京城最坚固之处，武器库是精良的兵器聚藏的地方，所以让丞相的弟弟做函谷关的都尉，丞相的儿子做武器库的长官。现在河南太守魏相不深切思考国家的大计，只是看到丞相死了就斥逐他的儿子，这是多么浅薄啊！"

后来又有人状告魏相杀戮无罪的人，这事下到了主管的官署。霍光准备惩罚魏相。没有想到，河南戍卒中的都官共二三千人，阻拦大将军霍光处罚他们的太守魏相，说他们愿意再留守一年来赎太守的罪。河南的老弱百姓一万多人守着函谷关，要求入关向皇帝上书请求赦免太守，守关的官吏将此事上报朝廷。但大将军霍光因为武库令的事，坚持将魏相交给廷尉治罪，结果魏相被关进了监狱里，过了冬季，正巧碰上朝廷赦免犯人，魏相才被释放出狱。

由于魏相在茂陵老百姓中颇有威望，朝廷下诏书命令魏相再做茂陵县令，后又将其升迁为扬州刺史。

魏相与时任光禄大夫的丙吉友善，丙吉写信给魏相说："朝廷已深切了解你的成绩与行为，就要起用你了。希望你处事谨慎自重，修炼自身的才能。"魏相认为丙吉的话说得很对，因而把自己的威严收敛起来，说话行事竭力保持平和持重。他当了两年刺史之后，口碑很好，果然被征召为谏大夫，又转任河南太守。

刘病已即位后，征召魏相入朝做分管农业事务的大司农，后来又将他升迁为御史大夫。当然，在这期间掌权的霍光还是起了主要作用，中央级别官员的任免权还是把控在霍光手中，霍光还是比较认可魏相的才能。所以刘病已提出提拔魏相，征询霍光意见，霍光没有阻拦，表示魏相可用。魏相虽然受到重用，但骨子里对霍光还是有个人成见，尤其看不惯霍家权势冲天，常年把持朝政大权。

霍光一死，魏相以为皇上会抑制霍家权势，结果出乎他的意料，皇上不但不加以抑制，反而还表示思报大将军的功劳与德行，对霍家更加恩宠，加封本已继承霍光爵位的霍禹为右将军，让乐平侯霍山又掌领尚书事务。魏相觉得皇上这样做会很危险，写了一份密奏，痛陈利害："《春秋》讥讽世世为卿相的人，憎恶宋三代人都做大夫，到鲁季孙的专权当道，都曾使国家处于危难祸乱。从武帝后元年间以来，王室子弟能得到俸禄，国家的政事却要由冢宰来决定。现在霍光死了，他的儿子又做了大将军，他哥哥的孙子做尚书掌握政要，他家的兄弟女婿们掌握兵权，很有权势。霍光的夫人显和他们家的女眷都在长信宫有名籍，可以自由出入，有的夜里从禁门出入，骄横奢侈，放纵不羁，这样下去，恐怕将来会难以驾驭控制了。应该想办法削弱他们的权势，打消他们的阴谋，来强固大汉万世的基业，也使功臣霍光的声名得以保全。"

按之前的规定，大凡朝臣给皇帝上奏书，必须一式两份，有正本和副本。掌领尚书事务的官员先开阅副本，如果觉得奏书的内容不当，就搁置起来不上报皇上；如果觉得内容可以上报，就将正本呈送给皇上。现在霍山掌管尚书事务，魏相呈奏的内容主要针对霍家，一旦奏书经过霍山之手，必定会被压瞒不报。魏相为了确保自己的奏书能直达天听，便绕过尚书上奏，请平恩侯许广汉帮忙抽去副本，直接将正本呈给刘病已。

刘病已看到魏相的秘密呈奏，很是嘉许。魏相所言与他的想法不谋而合，他终于找对了一个重量级棋子！魏相有头脑有谋略，必定能成为他非常重要的臂膀。当天，他就召见魏相到宣室殿私谈，"御史上次奏书痛陈霍氏隐患，朕深有同感。只是不能操之过急，得一项一项地慢慢落实，求稳求安。"

"陛下所言极是。"魏相敬服地点头。

刘病已跟魏相私谈了很长时间，对魏相非常满意，叮嘱魏相以后若有什么可行的建议，尽管一一奏来。

考虑到御史大夫属于外朝官，无特别诏旨不能随意出入宫禁，刘病已便特意在魏相御史大夫官职之外再加授"给事中"，使魏相这个外朝官同时拥有中朝官的资格，允许他出入宫禁，侍从左右，备顾问应对，参政议政。

第十章　出手抑霍

1

霍显听说御史大夫魏相被加"给事中"衔职，可以随时上朝应对，心里很不平衡，魏相曾与大将军有过节，如今得到皇上的重用，肯定对霍家不利。霍显抱怨霍氏子弟不上进，"你们这些人成日贪图享乐，不努力继承大将军的遗业，如今御史大夫又加任给事中，一旦有人在中间挑拨，你们还能拯救自己吗？"

霍显的抱怨让霍禹、霍云、霍山等人心里很不得劲，他们宽慰霍显不要太过焦虑。霍禹说："朝中的要害部门依然掌管在我们霍家子弟手中，内廷有尊贵的皇太后和皇后为我们霍家撑腰，母亲不必过于忧虑。大将军在世，也认可魏相是个有才能的人。皇上重用魏相，也算是在情理之中吧。"霍显的怨气才略有平复。

霍家人一如既往地飞扬跋扈，主子如此，连带着家奴都受浸染，在外面也是仗势欺人，蛮横无理。御史大夫魏相便深深领受了霍家家奴的嚣张气焰。有一次，他的家仆魏二上集市采买日常家用，回来的途中遇到几个霍奴出行。魏二驾驭的车驾原本在前面正常行走，为首的霍奴叫冯大，他强令魏二必须退后给他们让道，其他的霍奴也一起吼叫：让道！让道！魏二讨厌他们蛮横不讲理，不肯相让，径直走自己的路，直到御史大夫的府邸门前。不料霍奴们觉得没占到便宜，一直追随魏二，吵闹不休，强行闯进府邸，要踹坏府邸大门。

魏相虽对霍奴心生嫌恶，但不想将这事闹大，违心勒令"惹事"的魏二向霍奴叩头谢罪。霍奴冯大还不罢休，依旧强词斥责：你们魏家家奴不礼让，就是蔑视霍家，蔑视霍家就等于蔑视皇太后和皇后，要犯上作乱！

叫嚣着："御史大夫管教家奴不力，今日也必须磕头道歉方可了事，否则没完！"魏相气得浑身发抖，要是以他往日的刚直性子，将眼前这个跳手跳脚撒野的狗奴才剁成肉酱，方才解恨，只是他终究还是保持清醒头脑，在目前的形势下，霍奴一根寒毛他都不能碰，但又架不住霍奴在自己府上耍泼天的豪横，便强忍着愤怒，屈辱地叩头道歉。冯大这才哼着鼻子，朝跪在地上的魏二啐了口唾沫，恶狠狠地丢一句：下次再敢跟霍家爷叫板，小心你的狗命！不屑地也斜了一眼魏相，带着其他几个霍奴扬长而去。

霍家家奴大闹御史大夫府邸的事，很快就在周边传开了，有人将这件事告诉了霍显。霍显听了，觉得家奴确实有些过分，御史大夫本来就对霍家有成见，如今这么一闹，他还不恨死霍家了？

霍显叫来冯子都，质问他平时是怎么管教下面的家奴的？！冯子都早已听闻冯大在外面闹事，碍于冯大是他的亲属，便竭力为冯大开脱，还巧言规劝霍显："太夫人，这事乍听好像是冯大做得出格，但仔细想想，就觉得这其中不简单。您想，大将军要是在世，这种事会发生吗？"不待霍显吱声，冯子都一边为霍显按摩双肩，一边继续劝解："不管怎么说，霍家家奴在外面代表的就是霍家，他们不肯给霍家家奴让道，就是不将霍家放在眼里，这不是明摆着蔑视大将军和太夫人您吗？而我们霍家背后就是尊贵的皇太后和皇后，这事儿是不是有些严重？冯大就是考虑这些，才要拼命维护我们霍家的尊严，才跟魏家据理力争的。"

霍显默不作声，脸上的怒色分明缓解了不少。冯子都为她轻揉脊背，柔声问："太夫人，您觉得是不是舒服一点了？"霍显轻轻叹一口气，抬手朝冯子都脸上摸了一把，冯子都趁势低头将嘴唇搁在她裸露的脖子上，"太夫人，很多事，您只要想开了，就什么事都没有了哟。"

霍显扭了扭身子，半闭着眼，慢声拖气地说："唉，要是真的都像你说的这样，那就好啦。现在比不得大将军在世，凡事都得我操心，你得好生帮衬着些，要不然，会将我这把骨头给累散架了！"

冯子都的嘴唇在霍显的脖子上轻轻地移了移，谄笑着说："只要太夫人不嫌弃子都，子都愿意为太夫人效命，哪怕肝脑涂地！"

"别肝脑涂地啦，我要你给我好好活着！"霍显伸手捏了捏他的嘴唇，

"唉，我也累了，想休息一会儿。"冯子都忙出去叫来霍显贴身的女仆，嘱咐她服侍太夫人休息。霍显看了冯子都一眼，两眼半睁半闭，样子有些迷离。冯子都马上会意，回一个温情脉脉的眼神。等女仆离去，他看看周围没人，侧身闪进了太夫人的内室……

在宠奴冯子都的劝说下，霍显也不再追究冯大的事，她也很快将这事给忘掉了。但这件事在魏相那里，成了扎在他心脏上的一颗钉子，时时让他深感隐痛，他对霍家恶奴恨得牙槽骨都快迸裂，更恨恶奴主子，恶奴嚣张都是主子势焰熏天所致，霍氏就是一个积年的大毒瘤，毒瘤不除，国无宁日！魏相发誓一定要和霍家对抗到底！他感到极度欣慰的是皇上也有抑霍的强烈愿望。

自从那次被皇上亲自召见之后，魏相满脑子就琢磨着如何帮皇上出谋划策。他琢磨着目前三公中大将军一职空缺，环顾朝野，他觉得车骑将军张安世最有品相，是最合适的大将军人选。

魏相琢磨着自己推荐张安世，估计也合皇上的胃口，皇上就需要张安世这样不张扬，只顾闷头做事的股肱之臣。朝廷的军政大权如果由张安世掌管，在某种程度上，也增强了对霍家的震慑力。张安世的小儿子张延寿为人处事同父亲一样靠谱。于是，在霍光死后数月，魏相便向刘病已上了一道密奏，推荐张氏父子："圣王褒奖有德的人以招徕四方贤才，显扬有功者以劝导百官，因此朝廷得以尊荣，天下归服。国家承继祖宗之业，掌握诸侯的存亡，新失大将军，应宣扬圣德以昭示天下，表彰功臣以镇抚藩国。不要空悬大将军之位，以免争权，这有利于安定社稷，杜绝政争于未萌。车骑将军安世侍奉孝武帝三十余年，忠信谨慎，勤劳政事，日夜不怠，曾与大将军霍光共定策，天下受其福，是国家的重臣，应尊其位，让其任大将军，不要兼光禄勋事，使其专一精神，忧念天下，思考得失。安世之子延寿稳重厚道，可以任光禄勋，兼领宿卫职务。"

刘病已也思谋着重用张安世父子，一看魏相的奏书，暗叹自己果真没有看错人，这个魏相真乃深懂朕意的能臣！便欣然采纳魏相的举荐。

张安世听说皇上要让自己填补已故大将军霍光之位，不但没有丝毫喜悦之情，反而心怀忧惧，深感高处不胜寒，位高权重易给自己招祸。何况他是霍光在世时的主要帮手，大将军专权多年，霍家势力遍布朝野，难不保皇上对霍家心存猜忌，自己此番被重用，绝对不是什么好事。他为此寝食难安。趁正式任命诏令尚未颁布，他赶紧抽空求见刘病已，趋步进宣室殿，微低着脑袋，不敢抬头看端坐在天子几案前的刘病已，极尽卑微之态，摘下官帽，行稽首跪拜礼。

刘病已猜想张安世的来意，不等他开口，便故意笑问："您这急急忙忙地要见朕，有什么紧急的事吗？"随即又说，"免礼，请您起来坐着说话。"

张安世伏地不起，再次稽首，"老臣妄自听说陛下对老臣过分恩信，心下惶恐，老臣实在是自量不足居此重要官位，恳请天子裁定，以保全老臣性命。"

刘病已久闻张安世为人谦恭，也料定他会再三推托，便爽朗地大笑，"您这话实在是过谦了嘛。这大将军您要是不当，还有谁能当呢！"

张安世还是坚辞不受，恳请陛下再行裁定。刘病已笑着摇摇头，起身将他搀起，请入座，诚恳地说："朕已经将朝野上上下下都仔仔细细地打量了一遍，除了您，实在找不到再合适的人担当此任，只能劳烦您来辅佐朕治理天下。希望您不要再谦虚推辞了！"

天子已经将话说到这个份上，要是再推辞的话，那就有抗命不遵之嫌，追究起来，可是吃不了兜着走的。张安世只得稽首谢恩，依然表示："承蒙陛下如此恩信老臣，只是老臣还是心里惶恐，唯恐辜负陛下的一片厚望。如果有更合适的人选，恳请陛下准老臣让贤。"刘病已笑笑，"您看您，又过谦了！"

平心而论，刘病已内心不太欣赏张安世过于拘谨的性情，有点叽叽歪歪的，没有魏相爽快。他以前在民间，也曾一度对张安世无好感。当初掖庭令张贺称赞他，有意将孙女嫁给他，张安世作为张贺的弟弟，从中拦阻。刘病已就觉得张安世是势利小人，瞧不起无权无势的自己。等到他侥幸入朝当了天子，看到张安世跟随大将军霍光跟得很紧，更觉得张安世是个重名利之徒，为此深为嫌恶，甚至曾起意诛杀张安世，被后将军赵充国加以劝阻。赵充国认为安世原本随侍孝武帝几十年，被认为忠诚谨慎，陛下应该保全宽恕他。刘病已听赵充国这么一说，也考虑到张安世受大将军霍光的信任，他要贸然降罪诛杀张安世，估计大将军肯定也不会答应，便罢了此念。后来刘病已通过不断暗中观察，发现张安世虽是霍光心腹，但跟霍光有很大的不同，其为人谨慎小心，谨守君臣之礼，执政兢兢业业，也不贪恋权势，慢慢地对张安世的看法有了转变。刘病已甚至觉得，当初张安世奉劝兄长张贺不要在外场称赞他这个落魄的皇曾孙，其实是对他的一种变相保护。刘病已对张安世的芥蒂一消除，加上他对张安世的胞兄张贺和其小儿子张彭祖的深厚感情，便觉得张氏一门为人厚道，处事持重，还是值得信任的。再说，当下重用张安世，也有利于削弱霍家在朝中炙热的权势，鉴于张安世与霍光是昔日旧交，重用张安世，也能起到麻痹霍氏的效果。刘病已在心中将张安世如此再三称量，便笃定张安世是值得器重的臣子，必须紧紧地将张安世拉到自己的身边。

不久，刘病已下诏拜张安世为大司马车骑将军，将张安世安排在核心权力部门，让刘病已的心里踏实不少，藏在他心中很久的立储计划是时候提上日程了！他要立他和平君的爱子奭儿为储君，也是对平君在天之灵的一种慰藉。痛失平君的这几年来，他将对平君的无尽思念埋在心底，每天都戴着面具周旋于朝堂与宫闱之间，只要一忆及与平君在一起融融泄泄的时光，他就心生悲戚。如今奭儿也有七岁了，模样清秀，长得越来越像母亲。刘病已面对心爱的儿子，就如同面对挚爱的平君，心中又不由得生出几分宽慰。

2

地节三年（前67年）四月初，在刘病已的授意下，御史大夫魏相率先奏请立已故皇后许平君生的儿子刘奭为储君，丙吉、张安世等众大臣跟进，也一并请立刘奭为太子。

四月二十二日，刘病已大张旗鼓地立儿子刘奭为皇太子，大赦天下，并大肆予以赐封赏金：赐御史大夫魏相爵关内侯，凡太常、光禄勋、卫尉、太仆、廷尉、大鸿胪、宗正、大司农、少府、执金吾等中二千石官员，均赐爵右庶长，天下那些作为父亲的继承人的晋爵一级。对各诸侯王、列侯赏赐黄金，其中广陵王刘胥黄金千斤，其他诸侯王十五人黄金各百斤，列侯在封国的八十七人每人黄金各二十斤。

刘病已又封太子刘奭的外祖父许广汉为平恩侯，这个侯王的名分早在立平君为皇后时他就想封给老丈人，但当时因霍光反对而作罢，如今想来，有点滋味难言。好在时光是最公正的见证人，它将年老的霍光熬到老天爷那里，而将年少的刘病已熬成了一个能把控时局的成熟男人。天下终究不是霍光的，而是他刘病已的。不过，他还是比较感念霍光在世的辅佐之功，自然不忘兑现对霍光生前的承诺，下诏时特意颂扬"宣成侯霍光在宫禁中侍奉天子忠诚正直，为国家辛勤操劳"，为了褒奖其后代，将霍光名义上的侄孙中郎将霍云封为冠阳侯，以表明他对霍家依旧恩宠。

霍家人对刘病已此番恩宠并不感激，刘病已立刘奭为太子让他们很是不爽。霍显更是异常激愤，气得连饭也吃不下，还吐了血，将在场的家奴和家眷们都吓坏了。霍显气呼呼地说："刘奭那毛娃娃算什么！他是皇上在民间微贱时生的儿子，怎能被立为皇太子！如果将来皇后生了儿子，反倒只能做诸侯王吗?！这成何体统！"大家都面面相觑。霍禹紧皱眉头说："都是魏相那帮大臣，拍马屁怂恿皇上立太子！"

霍云骂道："一帮混账东西！"霍山没好气地说："事已至此，又有什么办法呢？"

"大将军要是还在的话，会是这个样子吗?！"霍显说着哭起来，又怨叹成君肚子不争气，"不是夜夜专宠吗？怎么两三年都生不出一个儿子来？"

冯子都忙在一旁劝说："太夫人，您别生气，保重玉体要紧。皇后肯定会有龙脉的。您就放宽心好啦。"

"就是有龙脉又怎样？现在太子都大张旗鼓地给立上了！"霍显依然气愤难平。

"太夫人消消气，消消气。人都有天命，天命难违。皇后将来定有当皇太后的命。"冯子都俯身贴近霍显，谄媚着笑笑，"戾太子呢？当年不就是名正言顺的太子？也受到孝武皇帝的宠爱，稳稳当当地当了几十年的太子，结果呢？"

霍禹接过冯子都的话茬儿说："戾太子做梦都没想到自己会是那样的结局。谁又能想到最终坐到天子宝座上的是刘弗陵那个几岁的娃娃？要不是先父殚精竭虑地辅佐幼帝，那天下还不知道乱到什么地步呢！所以，母亲，您还是别为这事太揪心，保重身体最重要。"

霍山和霍云也都劝太夫人息怒，说这不过是暂时的。

霍显的怒气虽然暂时消解了一点，但总是时时不甘，按不住内心潜藏的那个邪魔，又生发毒杀太子的恶念，自己没法亲自下手，就决定唆使霍成君去做。她带着毒药进宫，找机会跟女儿私语自己的这个计划，霍成君听后有些害怕，说这事不能做。

霍显脸一沉，说怎么不能做？你现在不做，哪天别人会将你做掉！你可以瞒着皇上，将太子招来，赐给他好吃的东西，神不知鬼不觉地在里面下点毒，太子被毒死了，你就说是你身边的宫女干的，这事不就搪塞过去了？

霍成君终于还是听信了母亲的话，背着刘病已召太子过来，赐给他食物。太子身边形影不离地跟着四个阿保，她们还随身携带专门给太子配备的餐具，太子吃的任何食物，她们都要先尝吃。霍成君不悦，说你们为什么要这样？是不信任皇后吗？阿保忙跪地解释，这都是陛下特意嘱咐，奴婢不敢不从。请皇后宽恕。霍成君没法，只得放弃下毒。霍显却坚持要女儿想办法，一次不行，多召几次，办法总是有的。霍成君又先后召过几次太子，但阿保都非常警惕，均让她无法下手，也就沮丧地断了此念。霍显对女儿非常不满，说连这点事都做不好，真没出息！

那年九月下旬，北边郡国发生地震，波及北郡二十多座城池，四五百人在地震中不幸丧生。

此次地震相比于三年前夏季发生的那场大地震造成的破坏要小得多，而且朝廷上下也积累了一定的赈灾经验，故而刘病已对这次地震不再那么忧惧慌乱，他很从容地诏令相关官员组织赈灾，由于赈灾及时，得力，受灾地区的社会秩序也很快得以恢复。不过，刘病已要利用这次自然灾害借题发挥，有意渲染此次地震带给他的惶惧。

经过一番思虑，他在十月初，下了这样一道诏令："先前九月壬申日地震，朕深感惶恐，希望群臣能指出朕的过失，并举荐贤良方正以及直言极谏之士，以匡正朕的不足，要无所讳忌，对有关部门的主管官员也不必回避。由于朕德行不足，不能使边远地区归附，以致边境屯戍事务一直不能结束。如今又重兵屯守，增加百姓的负担与将士的劳苦，这不是一种安定天下的长远之策。现决定撤除车骑将军张安世、右将军霍禹所属的两支屯戍军队。"随后又下诏："池陂禁苑皇家未曾使用的，皆借给贫民使用。为节约开支，郡国的楼台馆舍，不再拨款修建。外流人员返乡的，借给他们公田，贷给他们种子口粮，免其役赋。"

魏相很看好此次皇上下的诏令，心中直呼陛下圣明！对于地震这种引发灾难的天生异象，陛下能自认有过失，希望大家提出来，只有明君才作如此姿态。但在魏相看来，大凡圣君都无过，即便有过失，也是有奸臣蒙蔽圣君。环顾当下，老天之所以出现这种异象灾难，很大原因，都是霍氏一族扰乱朝纲！难得的是，陛下对此心知肚明。过去霍光专权，明文禁止公田借予贫民耕种，如今陛下宽厚仁慈，体恤民间疾苦，改变霍光专权时期的法令，采用一系列惠民措施，改善贫民生活处境，真乃圣明君主！

张安世对刘病已颁布的这个诏令能够理解。他觉得陛下所说的也不无道理，边境战争常年不歇，屯兵过多，的确损伤老百姓的利益，裁撤屯戍军队也是理所应当的。

右将军霍禹的感受跟张安世可就不一样了。自从父亲霍光死后，他变得很敏感，皇上此番操作，不是明摆着收缴屯戍军队的兵权吗？但他又不能表现出明显的不满，毕竟人家车骑将军张安世也被收了屯兵兵权，张安世没吱声，他霍禹能咋呼吗？只是他心里存有疙瘩。

那天朝请回家途中，霍禹特意追上张安世，提及皇上裁撤屯兵的事。

张安世不太愿意跟霍禹谈论政事。没等霍禹说完，张安世说："右将军，实不相瞒，我对边陲屯兵有点疲惫了。幸好陛下现在做出裁撤的决定，要不然我还琢磨着哪天上奏请求裁撤呢。"之后便说他家里有事，急匆匆地走了。

张安世内心向来是看不上霍禹的，霍禹才能实在太平庸，之所以能身居高位，全凭大将军霍光的声望。当年他二儿子千秋与霍禹同为中郎将，曾经率兵跟随度辽将军范明友攻打乌桓。得胜还朝，千秋拜见大将军霍光的时候，霍光问起千秋战斗方略、山川形势等细节，千秋随口回答战事有条不紊，边说边在地上画成地图，没有遗漏。霍光再问霍禹，霍禹张口结舌，根本回答不上来，敷衍说：“全有文书记录。”霍光认为千秋有才能，霍禹无能，甚至叹气说：“霍氏家世要衰败，张氏要兴旺了！”当时张安世听儿子千秋说起此事，心中暗自高兴，但口头上还是告诫千秋不要沾沾自喜。霍光死后，张安世预感皇上对霍家的态度不同于以前，他跟霍禹必须保持距离。

霍禹瞅着张安世的车驾远去，怅然不乐。对于张安世的说辞，他将信将疑，也或许皇上撤裁屯兵真是出于减轻老百姓负担考虑，不过，他又隐隐觉得哪里还是不对，只是一时又说不清。他叹叹气，是自己多虑了？

3

刘病已有张安世的通力配合，不着痕迹地削夺了霍禹的屯兵兵权，越发觉得张安世是他颇为得力的一条臂膀。他的另一条得力臂膀便是魏相，接下来他要考虑对魏相任职做新的调整，打算让魏相作为下一任的丞相人选。

其时在任的丞相是韦贤。

韦贤是鲁国邹县人，性情质朴，年轻时比较清心寡欲，一心一意做学问，对《礼》《尚书》都很精通，向人传授《诗》，曾被称为“邹鲁的大儒”。后来昭帝即位，主政的大将军霍光非常赏识韦贤，征召他为博士，授官给事中，进宫教授昭帝学习《诗》，慢慢地升迁为光禄大夫詹事，后来升任大鸿胪。昭帝驾崩之后，昌邑王刘贺仅仅被拥立二十七天就被废黜。韦贤作为公卿大臣之一，参与大将军霍光发起的尊立刘病已的计谋，因扶立之功而被新帝刘病已赐爵关内侯，有供奉的邑户。后韦贤升迁为长信少府。因为韦贤曾是昭帝的老师，因而在朝中十分受尊重。本始三年（前71年），丞相蔡义病逝，年事已高的韦贤被霍光提议接替蔡义做了丞相，被封为扶阳侯，有食邑七百户。

如今韦贤已经七十五岁了，身体不时有恙，颇感在朝为政力不从心，而且霍光驾鹤西去也有一年了，韦贤有浓浓的日薄西山的苍凉之感，更觉得官位名利是深深的羁绊，盼着早日脱离官场，过点自在放松的日子，便以自己年老多病为由上书刘病已"乞骸骨"，希望皇上允许他告老还乡。刘病已礼节性地挽留了一下，韦贤再三请辞，刘病已便同意了，为荣休的老韦贤举办了一个隆重的欢送仪式，赐给韦贤黄金百斤，另加赐韦家一座宅第，以示对老丞相的恩遇与敬重。

就刘病已本人来说，他一向希望任丞相的官员不要太过年老。韦贤之前的丞相蔡义比韦贤还要老，年过八旬，走路颤巍巍不稳，但大将军偏偏任用他，一直让蔡义在丞相任上干到死，之后又任用年已七旬的韦贤继任丞相。霍光之所以如此，本意就是要用自己信任的老臣，因为老臣好用。如今到刘病已这里，他得改一改，他要用像魏相这样的人为相，不仅因为魏相年富又有能力，更重要的，是魏相跟他坚定地站在同一阵营。

刘病已等韦贤退休之后，相位一空出来，就马上安排魏相接任，并封他为高平侯，赐食邑八百户。他经常在闲暇时召魏相到宣室殿谈论政事，每每都会谈及霍家。

魏相只要一提及霍家人气焰熏天，就想到自己蒙受霍奴羞辱，在皇上面前，他也抑制不住愤懑，眼含热泪。刘病已喟叹说："天欲使其灭亡，必先使其疯狂。张狂隆盛，是灭亡的前奏！"抚慰魏相，"这种令人烦闷的事，毕竟都过去了，丞相还是要忘却，眼光还是往前看，只要往前看，心胸会变得宏阔。朕现在接手大将军留下的这个大摊子，好的措施可以保留，不好的制度，一定要想办法革除。朕之所以任命你为丞相，也是让你有施展拳脚的机会。朕相信以你的能力，不会让朕失望的，一定能辅佐朕达成意愿。"

魏相闻言，赶忙起身对刘病已伏拜谢恩："感恩陛下对卑臣的恩信！卑臣会竭尽全力，绝不会辜负陛下的厚望！"

刘病已朝他颔首，直起上身，请他重新就座，提及霍氏隐患，十分凛然地说："之前丞相奏书痛陈霍氏隐患，朕久有同感。霍氏干的诸多奸邪之事，多半也只是坊间传闻，或是个人臆测，如能一一查实，才好落实拿办。"

"陛下所言极是。"魏相重重地点头，"陛下不妨先从言路传达这方面予以改易，"他顺势提出了一个"去副封以防壅蔽"的建议：可允许官吏百姓密封奏章上报，不必通过尚书，群臣百官进见陛下可以独自往来，这个办法非常稳妥，能有效地改变过去尚书擅自压瞒奏章的弊端，陛下可以了解诸多事实真相。

刘病已微笑着领首说："朕正有此意。以前丞相就曾委托平恩侯传奏书抽掉副本的方式，当时就启发了朕。"

魏相恭敬地说："陛下英明！"

两天后，刘病已诏令奏章可以"去副封"，官吏百姓可以密封奏章直接上报皇上，这种做法很受臣民欢迎。当时兼领尚书事务的霍山对此非常不满。他觉得刘病已打着思报大将军恩德的名义让他兼领尚书事务，表面上是给他加官职，实际上就是架空他的尚书权力，无异于玩弄他！后来他见平恩侯许广汉和侍中金安上等人都能直接出入宫禁中，而他出入宫禁还得提前上报，得到刘病已许可才能进入，这不是明摆着疏远他们霍家人吗？但他又不敢公开抗拒，只是在私下里跟霍云发发牢骚。霍云也是满腹怨愤，说你兼任这个挂名的尚书，有什么意思？！还不如尽早辞掉！

霍云说的是气话，霍山却思虑了一阵，还是觉得将尚书一职辞掉干净，省得成天生闷气。他便向刘病已提出辞呈，正中刘病已下怀，刘病已没说二话，就同意了。随后下诏让大司马车骑将军张安世兼领尚书事。霍山内心其实希望刘病已挽留一下，哪怕是假意挽留，也让他心里舒坦一点。他辞去尚书一职，并没有让他的心理负担减轻，反倒是愈加郁闷。

自从开启了"去副封"的奏书方式，有关揭发官场丑恶事件的密奏（尤其是霍家邪恶的各种密奏）纷至沓来，其中就涉及许皇后猝逝的真相。刘病已一直觉得平君死得蹊跷，当时也只是怀疑，并没有真凭实据，如今看来竟是真的！他愤恨不已，这个深仇大恨他必定要霍家加倍偿还！以前他还对霍光扶立自己上位有所感念，如今坐实了霍家暗地里谋害他最心爱的平君，所有的感念都荡然无存！但他又很清醒，霍家在朝廷中的势力很强，尤其是宫禁宿卫兵力基本上都掌控在霍家子弟手中，这对他构成直接的威胁，所以他还得沉住气，不能轻易对霍家开刀。经过一番慎重思虑，他决定采用平级或升级调离，以及先加虚职后削实权，采用明升暗降的方式，逐渐解除霍家在中朝对他的直接威胁。

刘病已首先瞄中的是霍光生前最器重的四女婿范明友。客观地说，范明友很有军事才能。始元元年（前86年），范明友跟随水衡都尉吕破奴大破牂柯叛军，授羌骑校尉。后参与平定益州羌族、武都氐族谋反，升任护羌中郎将、未央卫尉。因为他颇有军功，又仪表堂堂，深得霍光赏识，便将自己的四女儿嫁于他。有老丈人的器重，范明友于元凤三年（前78年），被授予度辽将军，因大败乌桓，又受封平陵侯。刘病已即位，对拥立有功的大臣们论功行赏，范明友受封关内侯。

刘病已对范明友的才能比较欣赏，但忌惮他位高权重，不仅拥有度辽将军的军衔、平陵侯的爵位，更重要的是他担任未央宫的卫尉，掌管未央宫的宫门卫屯兵，相当于天子的身家性命就捏在他的手中。如果他稍有图谋不轨之心，将天子掌控起来，可谓是分分秒秒的事。刘病已将范明友从未央宫卫尉岗位调离，让他担任同级别的光禄勋，总领宫内事务。再选择合适的时机，削夺他的军衔。

过了几日，刘病已将霍光的二女婿任胜调任。任胜原先在宫中担任诸吏、中郎将羽林监。诸吏为加官的一种，凡加此官号者得以出入禁中，常侍皇帝左右。而中郎将羽林监则是相当有实权的职务，羽林军这支皇家禁卫军的掌管与监控都由任胜负责，这也让刘病已很是忌惮。他思谋着任胜不宜留在宫禁，索性将任胜调出京都，出任安定太守。郡守俸禄同中郎将羽林监俸禄一样，都是二千石，属于平级调动。任胜也无话可说。

几个月后，刘病已又先后将霍光姐姐的女婿张朔和霍光孙女婿王汉调出京城，到地方出任郡守。张朔在京的原职是给事中光禄大夫，出任蜀郡太守；王汉在京原担任中郎将，调任到武威当太守。调任前后的俸禄都是二千石，同样属于平级调动。张朔和王汉二人也都顺从地领命到地方供职。

没过多久，刘病已又将霍光的大女婿邓广汉予以平级调任。邓广汉原来担任长乐宫卫尉，掌管太后的宫门卫屯兵，刘病已让他改任少府，掌管山海池泽税收和皇室手工业制造，负责皇家供养，俸禄也是二千石。邓广汉明白皇上此举是削夺自己的兵权，但少府属于肥差，他也默默地走马上任。

接下来，刘病已再调霍禹任大司马，却不让他戴大官帽，只戴小官帽，且不颁给他官印和绶带，撤销了他的右将军及所统辖的驻军官兵，仅仅让霍禹的官名与霍光一样，同为大司马。又收回范明友度辽将军的官印和绶带，只让他担任光禄勋一职。霍光的三女婿赵平为散骑骑都尉、光禄大夫，统领屯戍军队，刘病已又将赵平的骑都尉官印和绶带收回，只保留光禄大夫职位。

刘病已将所有统领的胡人与越人骑兵、羽林军，以及未央宫、长乐宫两宫卫所属警卫军队的将领，都改为由自己所亲信的许、史两家子弟担任。任命张安世为卫将军，未央宫、长乐宫两宫卫尉，以及长安十二门的警卫军队、北军都归张安世统领。

经过这样一番削夺与任命，刘病已完全拥有了属于自己的军政体系，让霍家人再也兴不起大风，作不起大浪。

霍禹被任命为大司马后，就对外称说有病，不去上朝。太中大夫任宣闻讯，前来探望问候。任宣本是霍禹的外甥，又曾是霍禹担任右将军时的长史，他是霍氏家族中不多见的清醒者。

面对自己的亲外甥，霍禹毫不掩饰地倾吐自己心中的烦闷："我哪里有什么病？天子若不是靠我家大将军的扶持，怎么能到现在这般风光的地步？如今大将军坟墓上的封土都还没有干，他就一律疏远排斥我们霍家，反而任用许、史两家的人员，还没收了我的官印，真让人死都弄不明白！"

任宣见舅舅霍禹对皇上怨恨很深，很为他担忧，便直言相劝："您得看清现实。大将军的时代怎么还能再有？还想把持国家的权柄，将生杀予夺大权操在手中？昭帝时期，廷尉李种、王平、左冯翊贾胜胡，以及车丞相的女婿少府徐仁，都因冒犯大将军的意旨而被下狱处死。史乐成这样的小户人家子弟因为受到大将军宠爱，官至九卿，爵位为列侯。百官以下只侍奉大将军的家奴冯子都、王子方等人，根本不把丞相放在眼里。大将军时代的这些人事，以您现在的眼光来看，您会作何感想呢？此一时，彼一时，这是各自有自己的时代啊。如今许、史两家是天子的骨肉姻亲，得到尊贵也是理所当然。大司马如果因此而心怀怨恨，我私下认为不应该啊。请您千万要三思。"

霍禹听后沉默不语。任宣说的也是实情，他纵怀不满，又能怎么样呢？位重权高的父亲躺在冰冷的棺椁中，恐怕早已成为一堆白骨。父亲被刘病已大肆风光地送到茂陵入土，也仅仅一年多，原先属于霍家的浩瀚天地，就渐渐萎缩成令人窒息的狭小荒原，失去父亲的强大庇护，霍家子弟就如同折断了双翅的鹏鸟，纵然有高飞的强烈意愿，也莫能奈何！

霍禹在家郁闷了几天，反复咀嚼任宣的话，想到自己的孤危处境，他觉得自己还是不能老在家称病，无奈地整顿衣冠，强打精神，去入朝，到官署处理自己应该做的一些事务。

没过几天，发生了一件令霍禹异常愤怒的事：京兆尹赵广汉竟然趁他不在府上，带人闯入霍府粗暴打砸！要说赵广汉这小子以前还侍奉过大将军，大将军待他也不薄，如今大将军一去，他就如此恶待霍家人，典型的一个卑鄙小人！霍家虽然失去了大将军，还有皇太后和皇后撑场子，他是不是吃了豹子胆？！

霍禹不愿意将此等恨事告到刘病已那里，而是派亲信向皇太后和皇后投诉。上官皇太后闻言叹叹气，没说什么话，她心下清楚，霍家一定是干了什么不法的事，才招致京兆尹上门兴师问罪。皇后霍成君听说这件事后，非常愤怒，娘家哥哥受此欺辱，她这个皇后妹妹也等于受到欺辱，她对着刘病已哭诉，泪流不止，求陛下为霍家做主雪耻。

看着哭得楚楚可怜的霍成君，刘病已将她揽到怀里"安抚"了一番。事后他也只是将赵广汉招来询问了一下，回头告知霍成君，说霍家的确违反禁令了，如果追究下去，恐怕对霍家也不利。这事就不了了之。霍成君虽有怨气，却也无可奈何。

刘病已其实内心称许赵广汉的做法。在整个长安京兆地区，霍家就是地头蛇，干不法勾当，从来没有人敢叫板，也只有赵广汉有这个胆量。

刘病已早在民间，就听说赵广汉是个顶厉害的官吏。赵广汉刚升任京辅都尉，代理京兆尹，适逢昭帝刘弗陵猝逝，陵墓需要加急修建，当时任京兆掾的是新丰人杜建，负责修建昭帝坟墓。杜建素来豪侠，颇有江湖义气，他纵容宾客从中非法牟利。

赵广汉听说这事，事先婉转劝告杜建。杜建依然我行我素，赵广汉一怒之下，将杜建逮捕下狱，判处罪罚。许多有权势者和宦官都与杜建有扯不清的裙带关系，都替杜建求情，赵广汉一概不予理会。杜氏宗族和宾客私下谋划要从狱中劫持杜建。赵广汉获知了他们全部的计议和主谋的名字、居所，派下属警告他们："如果你们敢再谋划，连你们全家老小一起被灭！"为防止节外生枝，赵广汉一横心，命令众吏卒将杜建押到闹市处以极刑。这件事使赵广汉威名四散传开，没有人敢接近他。京城的老百姓都称颂赵广汉有魄力。

刘病已比较欣赏赵广汉雷厉风行的行事作风。当初昌邑王刘贺被迎为帝，做了不到一个月的短命天子，就被霍光废黜了，转而迎立刘病已，赵广汉也积极参与商议迎立的策略。刘病已对他的印象很不错，赐予他关内侯。后来，赵广汉迁任颍川太守。郡中原、褚两个大家族横行无忌，宾客犯法当盗贼，相互缔结婚姻，官府和民间勾结成党，结成错综复杂的关系网。前任太守拿他们没办法。赵广汉到任后，仅仅用了几个月时间，将原、褚为首的恶人诛杀了，杀鸡儆猴，郡中人都震惊恐惧，没人敢再以身试法，拿自己的性命开玩笑。

刘病已听说赵广汉当颍川太守的初期，还想出很管用的一招：鼓励郡人告密，让吏卒做了一个告密筒，等收到了告密信，就削去告密者的名字，而假托豪杰大姓子弟所说。从那以后，原本互附相攀的强宗大族彼此之间结成了仇人，奸党也分散败落了，风俗大大改观。吏卒和百姓都来控告揭发，赵广汉能够把他们当作耳目，盗贼也不能像以前那样轻易作案，只要胆敢作案，立马就被人告发而被捕获。颍川的社会治安得到了很有效的治理，赵广汉的威名广为流传，以至于投降的匈奴人说匈奴中都听说过赵广汉。刘病已对赵广汉这样有作为的官吏很赏识。

本始二年（前72年），朝廷派遣五将军援军乌孙攻打匈奴，特意征用有能力的赵广汉以太守的身份领兵，隶属蒲类将军赵充国。赵广汉从军回来后，仍代理京兆尹。一年后，刘病已正式授予他京兆尹一职。那时京都要职的人事任免权主要由霍光掌管，刘病已颁布任命诏令，他极为认可霍光任命赵广汉出任京兆尹。

刘病已对敢作敢当的赵广汉颇有好感，他就需要赵广汉这样的臣子为他出面修理霍家。在削夺霍禹的兵权之后，他就在宣室殿单独召见赵广汉，说起京都风气堪忧，严肃地说："豪族大户仗势为非作歹，以前大将军在世，他们还稍有收敛，如今却越发无法无天了！京兆尹对此有什么看法？"

赵广汉知道皇帝所说的豪族大户是指霍家，也听出皇帝的话意，便也直言不讳："陛下，恕卑臣直言，豪族大户多为皇亲国戚，他们承蒙圣恩很久，理应感恩圣上才是，但他们干不法之事，分明是对圣恩的亵渎！卑臣承蒙陛下恩信，被任命为主理京兆的最高长官，有责任将京兆治理得一片清明。"刘病已颔首称许。

赵广汉属于那种心动就马上行动的急性子，得了皇帝的明确授意，他出了宣室殿，一回到京兆府，就马上派心腹暗中调查霍家，很快就查明霍家违背禁令，私自屠宰牲畜和买卖酒浆。于是他发遣长安小吏，亲自带领他们一起到了霍光之子博陆侯霍禹的宅第，连声招呼都不打，直接闯入府中，搜查拘系私自屠畜卖酒的人，用锥子砸破盛酒的酒器，拿斧子斩断门闩，然后扬长而去。仗着皇上在背地里撑腰，赵广汉干这种事干得理直气壮，但也因此得罪了不少贵戚大臣，私下非常忌恨赵广汉：这莽汉连国舅都敢下手，说不定哪天就弄到我们头上来了！

京兆尹赵广汉敢到霍府撒野，刘病已竟不予以追究。霍禹终于明白，刘病已这是明摆着针对他们霍家，纵容赵广汉欺负霍家！

第十一章　诛灭霍氏

1

霍显眼看着霍家子弟的权势一天天被削夺，犹如万箭穿心，多次哭泣，我们霍家这是要落败了吗？她几次将霍禹、霍山、霍云召集在一起商量对策，结果对策非但没想出来，还更加惶惧，彼此相对流泪，互相埋怨。

霍山说："现在丞相执政，受到陛下信赖，全部改变大将军当时制定的法令，将公田授给贫民，以宣扬大将军的过失。又有诸位儒生，大多是穷人子弟，远道而来客居京城，衣食不保，却喜欢口出狂言，不避忌讳。大将军在世时，曾对这些人忌恨如仇，如今陛下却喜欢同这帮儒生交谈，又让他们自行上书答对政事，这些人就尽说我们霍家的事。曾经有人上书说大将军在时，主弱臣强，揽权独裁，如今他的子孙当权，兄弟们更加骄横恣肆，恐怕将要危及宗庙社稷，灾异怪事频繁出现，都是因为这个缘故。他的话说得极其痛切，我当时见了奏书副本，惊得魂都掉了一半，赶紧压下没有把此书上奏。后来上书的人更加狡猾，全都使用密封奏事，皇上就叫中书令出来将密奏取走，不通过我这个尚书，陛下越来越不信任我了！我见情势很不对，只得辞掉尚书一职。"

霍显心有不甘，"丞相屡次说我们霍家的事，难道他就没有罪过吗？"

霍山长叹说："丞相廉洁正直，哪里能有罪？我们霍家的弟兄们和各位女婿大多行为不谨慎，给人落下不少把柄。"闷了闷，又是一声深叹，"又听民间盛传'霍氏毒死许皇后'，真有此事吗？"

霍显禁不住浑身一哆嗦，愣怔了一下，便说出全部实情。霍山三人听了，顿时脸色都变了。霍山惊得额头都出了汗，带着埋怨的口吻说："像这等事情，为什么不早对我们说呢?!"

"天子离散斥逐我们家的几个女婿，是因为这个缘故啊!"霍禹狠命地捶了捶几案，咬牙说，"这是一件大事，处罚可不会轻，天子绝不会放过我们!"

"怎么办?"霍显带着哭腔。

"还能怎么办? 太夫人当初有胆量干出这种事，就该想着后果!"霍云脾气向来暴躁，没好气地说。

霍禹恼火地说:"事已至此，哪有什么办法可想!"

霍云的舅父李竟是魏郡豪门大户，经常往来于魏郡与长安，他每到长安，基本上就住在霍云家。东织室令史张赦跟李竟非常要好，也不时受邀到霍府跟李竟叙话。

张赦看到霍家人惊慌不安，便对李竟说:"如今是丞相魏相和平恩侯许广汉当权，这两个人就是霍家的绊脚石。可以让霍太夫人向上官太后进言，先将这两个人杀死。废掉当今皇上，改立新君，全由皇太后决定。"两个人是在霍云府上的一间小客室里关门密谈，小客室不隔音，被霍府的一位喜好听墙根的家奴偷听了去。

也真是巧，那天这家奴有一个叫张章的市井朋友过来投靠，想请他帮着在霍府谋一个打杂的差事好混口饭吃。当晚张章就在家奴们居住的大通铺里临时住下了，想到自己原本也有冲天的豪志，无奈家道中落，竟沦落到与家奴们为伍，心下很是郁闷，又睡在陌生之舍，更是一时难以入睡，只好闭眼干躺着。

家奴以为自己的朋友睡着了，忍不住跟旁边的伙计小声说起自己偷听来的话，议论说这事要是传出去，霍家怕有大麻烦了。霍家一旦有事，咱们也不会有好日子过的。……他们的窃窃私语全被耳尖的张章听见，张章原本郁闷的心一下子豁然洞开:真是老天助我! 我张章快要熬出头了! 竟然能听到这么重要的秘闻!

第二天一大早，张章就跟家奴朋友说他想起家中有重要的事要办，先回去了。还不忘感谢朋友接待。一回到长安城北闾里的一间漏风的寒舍，张章就怀着激动的心情，写了封密奏，检举揭发张赦和李竟图谋不轨。这封密奏直接被送到刘病已手中。刘病已就把此事交给廷尉处理。执金吾拘捕了张赦等人。随后刘病已又下诏制止，不准拘捕。

刘病已此番操作自有其用意。他的最终目标是彻底摧毁霍氏势力，拿办张赦等人意思不大。先让执金吾大张旗鼓地抓人，然后又放人，弄出这么大的阵势，肯定对霍氏造成巨大的心理压力，他料想他们不会就此罢休，还会有进一步动作，做垂死挣扎。他的罗网已提前布好，就坐等他们落网。

果不其然，刘病已下令执金吾抓人又放人，让霍山和霍云等人更加恐慌。霍显召集霍家子弟、女儿们开了一个紧急家庭会议。霍山说："这是天子看重太后的面子，所以没有深究。但是凶兆已显现，又有毒杀许后的事，陛下即使宽大仁厚，就怕他左右的人不听，时间久了仍然会追查，一旦查清就要被灭族，我们不如先动手。"

霍显于是就叫几个女儿各自回去告诉自己的丈夫，做好心理准备。霍家各位女婿都惴惴不安：大祸一来，我们谁也跑不了！尤其是六女婿金赏，得知霍家可能发生的异动，忧惧不已，感觉天马上就要塌下来了！

金赏是霍家女婿中身世最独特的一个，他原是匈奴休屠王太子金日磾的长子。武帝时期，大将霍去病领命北击匈奴，重创浑邪王和休屠王所率领的匈奴军队，并挟持了浑邪王的儿子，获取了匈奴祭天所用的"小金人"。浑邪王惧怕被单于诛杀，便决定带着休屠王一起降汉，但遭到休屠王拒绝，浑邪王便杀了休屠王，挟持着休屠王妻儿归汉。当时休屠王太子日磾年仅十四岁，输黄门养马为奴，受到武帝的关注，赐姓为金，故汉名为金日磾。金日磾为人谨慎低调，做事规矩踏实，对汉廷忠心无二，深受武帝器重，先后擢黄门马监，累迁侍中、骑都尉、驸马都尉、秺侯。武帝临终前，特意选中金日磾和霍光、上官桀三人为托孤大臣，辅佐幼帝刘弗陵。

金赏深受父亲金日磾的影响，为人谦恭谨慎，进退有度，霍光其他女婿都在朝廷任军政要职，只有金赏例外。霍光曾有意将金赏往军政部门提拔，但被金赏婉拒，他心甘情愿地担任太仆，掌管舆马，也不想染指军职。金赏也从来不愿结党营私，即便跟霍家人相处，也尽可能保持通透。金赏在霍家女婿中，算得上一个对朝廷忠纯笃实的臣子。如今霍家人对朝廷有异心，金赏无论如何都不能接受。他满怀激愤地对妻子霍氏说："大将军生前再怎么功高专权，也从未生过二心，如今他长眠茂陵，霍家子弟竟心生邪谋，要毁掉大将军一世的英明，如何对得起大将军的在天之灵！"

霍氏也恨娘家人不争气，"他们要这样，成日死作，有什么办法？"她没提她在娘家的尴尬遭遇，她不同意家里人搞事，忍不住小声嘀咕说，我们霍家是忠臣之家，怎么能干不道的事？霍显当场发飙，斥骂她没脑子，天子将霍家当忠臣吗？！他是成心将霍家往死里逼啊！

"他们有没有考虑后果？"金赏连连叹气。

"他们根本就不考虑后果！"霍氏有些怨愤。

"你觉得他们能干得成吗？"金赏忧心忡忡地握着妻子的手。

"不道的事，老天能答应吗？"霍氏的眼里饱含泪水。

"你有没有考虑后果？"金赏满脸凄怆。

"大家还能活吗？"霍氏的泪水扑簌簌而下。

"不但是你们霍家，连同我们所有霍家的女婿们全家，都会完蛋！还要背负贼臣乱子的千古骂名！"金赏声音低沉悲怆。

"赏，"霍氏浑身颤抖，哭着抱住金赏说，"我们霍家要造孽，要连累你们金家！但我是霍家的女儿，又不能去告发……"

金赏没有说话，默默将妻子拥在怀里。他和妻子早在幼年时期，就被两家的家长约定娃娃亲，成年后两人结成伉俪，相处和谐，感情深厚，先后生了金尚和金赐两个可爱的儿子。妻子是霍家众多女儿中唯一不骄奢的，她性情温良笃厚，懂得守规矩，也有识见。她的几个姐姐平素喜欢跟母亲一起出入宫禁，她不愿意，除了礼节上需要进宫拜望太后和觐见皇后，她从不轻易入宫。金赏有这样低调谨慎的妻子，也很知足。他只想和妻子过平平淡淡的家常日子，白头偕老。没想到出现这种万分难堪的事情！唉，如何是好？！

霍氏哭了一会儿，抽噎着说："现在倒是有个办法，可以避免金家遭祸。"

金赏怔怔地看着妻子，他不相信妻子能想出什么好办法来。

"你将我休掉！跟霍家撇清关系！"

金赏将妻子抱紧，一字一顿地说："不可以！我金赏怎能做这种不道的事！"

"赏！这是没有办法的办法！"霍氏的泪水滴到金赏的脖子上，"如果不这样做，霍家的罪行会连累金家，不仅我们夫妻要遭受屠戮，还有我们两个无辜的孩子也会遭殃，还有金家其他无辜的人，都要受牵连！"

金赏泪眼汪汪，抚摸着妻子乌黑的鬘发，默然不应。

"你本出自匈奴休屠部落王族，万一金家遭受灭族，边境那些休屠部兵十有八九要反叛汉廷，到那时，会有更多无辜的百姓跟着遭殃。那我的罪过就更大了！你一定要答应我！"

"这种无情无义、不道的事，我实在做不了！"金赏哽咽着低语。

"赏，你不要搞错了！这不是无情无义的事，更不是不道的事！"霍氏揩揩自己的泪，又拭拭金赏的泪，"如果你一定纠结于这个，你不肯照我说的去做，那结果只会导致我们金家全灭了，你觉得你就有情有义，有道了吗？"

金赏涕泪长流。

霍氏见金赏下不了决心，她泣泪跪求金赏："赏，答应我，将我休掉！而且要赶紧，不能拖延！一拖延，怕是来不及了！"

金赏默默地将浑身颤抖的妻子抱起来，抱到卧榻上，给她盖上散花绫被。霍氏喃喃说："赏答应了？"

金赏终究还是没有答应。他抱着几分侥幸心理，巴望霍家人能悬崖勒马，放弃邪谋。霍氏清楚娘家人的秉性，既然踏上了作死的步履，准备搭弓上箭，他们是不会轻易罢手的！

那天晚上，夫妻二人几乎一宿未睡，到五更天，才勉强合了一会儿眼。

一合眼，金赏就有一种恍惚迷离感，被一阵带有浓浓马粪味的强风给裹挟到一片水涸草枯的泽地。泽地的尽头，一轮朝阳喷薄而出，顷刻，一个高大挺拔的熟悉身影出现了，他头戴胡冠，身穿汉服，正对着太阳祭拜。祭拜完毕，转过身，朝金赏走过来。金赏怯怯地叫一声：父亲！父亲威严地扫了他一眼，昂着头，一言不发地从他身边走过，很快就消失在他的视线里，但空中却回荡着父亲带着怒气的斥责：你竟然还不及你的妇人有见识！

金赏打了一个激灵，翻了一个身，妻子坐在他的身旁垂泪。梦中父亲的斥责还在他的耳边回响。他感到自己的心被锐利的尖刀一刀一刀地划割，让他痛不欲生。他躺在卧榻上，双手捂着脸，眼泪从指缝间渗出。

霍氏见状，更觉肝肠寸断，伏在金赏的身上，忍不住哭出声来，怕惊扰家里人，尽量压抑着哭声。

之后，金赏沉默了两天。第三天晚上，担任侍中的堂弟金安上过来找他，两人在书房密谈了一会儿。

金安上走后，霍氏见金赏满脸哀戚，说："赏，不管怎么样，今天你必须做决断了！"说完，便径自回内室了。

金赏在书房颓然地坐了许久，终于还是挥泪写了一封请求去妻的奏书，本着对天子忠诚无二，他在奏书中如实禀告：卑臣本来自外族，幸为大汉之臣，蒙受天子圣恩，时时感激涕零。……昔日先父做主，与霍氏约为婚姻，然霍氏一家奢侈骄横，傲慢不逊，大将军辞世之后，更是飞扬跋扈，不守法度，今灾患隐伏，终将遭天弃。奈何身为霍家之婿，无力制止霍家乱为，日夜忧惧不安。……每念先父遗训，深感愧作金氏嗣子！……若不去霍氏女，个人身损事小，辱没家国事大！……卑臣万般无奈，做出去妻艰难之抉，恳求陛下哀怜！

金赏在书房边流泪边写奏书的时候，霍氏在内室对镜梳妆，她将自己像当年出嫁时一样精心打扮。

金赏失魂落魄地走进内室，霍氏已经打扮一新，强作欢颜，一把执住金赏的手，"赏，不要哭丧着脸好不好？"金赏实在悲不自禁，紧抱着妻子哭起来。霍氏轻轻拍拍他的背，有意笑着说："你是个男子汉大丈夫，怎么像个小女子一样哭哭啼啼的呢？时辰也不早了，该安歇了。"

那晚，霍氏百般柔情地劝导金赏："赏，每个人最终都是要走的，只是迟早的事。这一点你一定要想开啊。现在老天不公，要将灾祸强加给我们，我们又无法跟老天抗争。我只有跟你分开，先走一步，才能保全金家，保全我们的孩子……我走后，你也不要难过，还有两个孩子陪着你，你将他们好好抚养成人，我就会很开心。"

"……"

"你再找一个夫人，心地要好，要对你好，也要对两个孩子好。我会很开心的。"

"我做如此不道的事，太对不起你！我也不会再找什么夫人了！"金赏难过得说不下去了。

"赏，不要这样说！你没有对不起我！自从嫁给你，我比生活在霍家还要安心很多。我在霍家所有女儿当中，是最不得家人欢心的，因为我不会油嘴滑舌，不会讨好卖乖。而嫁到金家，却是得到金家上上下下的尊重。最令我感动的是你，你为了我，竟然连偏室都不愿要，我要给你纳偏室，你还生气。连我母亲私下都说你傻不拉叽的。赏，倒是我经常觉得对不住你！我一个妇道人家，实在不值得你这样付出的。"

"值得，值得！"

夫妻紧紧相拥在一起。

"赏，就是现在，我都觉得对不住你！在这世间，说白了，其实也只有两条路：走与留。走是最容易的事；最难的，却是留下。对我来说，一走了之，将孩子扔给你，将一大家子扔给你，任何责任也不负。而你呢，留在这个世间，要忍受养家的艰辛，还要忍受外界的各种中伤，不知道你能不能挺住？"

"这些我都能挺住！但我最难以忍受的，就是你走！"金赏呜咽着说。

"没有法子的！是命运将我们推到这步田地。你我都得忍受，还是那句话，为了孩子，为了金家，我们只能这样。"

……

第二天，金赏怀揣去妻奏书，步履沉重地走进未央宫，求见天子。

刘病已似乎心有灵犀，他预感金赏会来找他，早已盛服在宣室殿等候。金赏一进宣室殿，头脑突然一片空白，双腿一软，跪伏在地。刘病已见他魂不守舍的样子，赶紧起身扶他起来。金赏浑身抖索了一下，从袖中拿出奏书，双膝跪下，双手呈给天子。

刘病已接过奏书，回到座上，让金赏也在一旁坐下。他打开奏书看了一下。转头再看金赏，金赏双肩微颤，正在垂头暗泣。

刘病已沉默了片刻，在奏书上圈写了一个"可"，看到金赏难过得有些不自禁，还是劝了一句："人生在世，有些事是由不得自己的。太仆还是往开处想才好。"话说至此，也无须多言。

金赏这才意识到自己失态，在天子面前，是不应该这种样子的。他赶紧再拜稽首，感谢天子英明圣恩。

刘病已看着金赏无限落魄，蹒跚离去，不禁心生哀怜。他之前也听闻金赏十分宜妻，开始有点好奇，毕竟霍家女儿们在他印象中多是娇宠无度，后来才知金赏妻是霍女中的特例，兰质蕙心，难得的一个好女子，对金赏妻子也生出几分敬意。唉，假如金赏的妻子不是霍光之女，假如霍氏一族安分守己，他们便也不会遭遇如此难堪的境地。他想起他的平君，谁能预料他会突然间失去平君？唉，人生无常，人生无常！

金赏突然去妻，让霍显异常震怒："我倒要问问他金赏，我女儿犯了哪条过错？要将她赶回娘家！不孝顺金家上人吗？没有为金家生子吗？与人淫乱吗？嫉妒人了吗？生恶疾了吗？饶舌多嘴了吗？偷人钱财了吗？！"霍显越说越气恨，"去妻七条理由，我女儿一条都不占，为什么要将她休回霍家？！"

霍家女儿们都住在尚冠里，当初每个女儿出嫁，霍光都为她们各配了一套宅院，这些宅院基本上都环绕霍家府邸。金赏家离霍府仅仅隔着一条巷道。霍显实在气愤不过，带着冯子都等一干家奴，亲自到金赏家，要找金赏当面质问。

让霍显万万没有想到，金赏的宅院大门虚掩，推开门，偌大院落不见一个人影，屋舍多半空空如也，除了婚房里女儿的陪嫁物品尚存，其余的物件都不见踪影！霍显一时间懵在那里，旋即跳脚斥骂金赏忘恩负义，是个虚伪、卑劣的混蛋！当年大将军怎么看上这么个狼心狗肺的东西！冯子都也跟着一起痛骂金赏。然后好说歹说，将霍显哄劝回霍府。

霍显回到府上，依然怒骂不休。霍家其他几个女儿也为六妹鸣不平，平素看金赏老实厚道的样子，对六妹也是好得不得了，连小妾都不肯纳一个，原来全是她姑奶奶的装出来的！唉，人心比那千年地下阴窨还要阴暗！没办法，都是六妹命运不好，配上金赏这么个伪善的坏种！

金赏妻将自己关在阁房里，默默流泪。她很心疼金赏，为她背负了不该背负的骂名。她早已预料她的母亲不会善罢甘休，肯定要去找金赏兴师问罪。她回娘家之前，就建议金赏不要再在这里居住，尽量离霍家远一点。为了避免母亲找金赏麻烦，她回娘家的头两天，没有说她是被金赏休回家的。直到第三天，霍显有点奇怪，女儿怎么待在家里不走了？她才流泪说自己被休了。

金赏在妻子回霍家的第二天晚上，在堂弟金安上等人的帮助下，连夜搬到未央宫北阙附近的府邸。那座府邸是他先父金日磾当年受封秺侯时，朝廷赐予的一座甲第。他作为金日磾的嗣子，在父亲过世后承袭了秺侯爵位，那甲第自然也可以一并继承。金赏跟他父亲一样谦恭低调，觉得自己无功，继承爵位已经很占便宜了，不应该再占用那么大一座豪宅，他曾经向朝廷上书请求将这座甲第收回，但没有被批准。霍光在世时，喜欢女儿们就住在他给她们陪嫁的宅院里，以方便平素来往、家庭聚会。金赏也乐意和妻子一直住在霍府附近。

如今，他迫于形势，忍痛跟妻子分离，跟霍家撇开关系，霍府附近的这座宅院是绝对不能再住了。但他还是不愿意去住北阙的那座甲第，便上书请求天子调换一处小一点的宅院，并说明为了不造成社会影响，他希望在近日夜晚搬家。刘病已批复说：北阙甲第本就是太仆的府邸，不应调换。当即派侍中金安上带人将北阙甲第打扫干净，收拾利落。又令他们到尚冠里帮太仆搬家。刘病已还差人送了一些新的生活用品过去。等金赏在北阙府邸安顿下来之后，刘病已抽空到府上，慰勉金赏。金赏见天子如此厚待自己，自然是一番感激涕零。

2

太仆金赏突然去妻的消息，很快就在长安城不胫而走。人们议论纷纷，有人猜测霍家即将大祸临头，否则金赏不会突然休妻。有人说太仆是个明白人，跟霍家早点撇清关系，免得惹祸上身。有人说夫妻本是同林鸟，大难来临各自飞。金赏不念夫妻之情，光顾着自己身家性命，也是个胆小怕事的懦夫。不管人们怎么议论，金赏都默默忍受，在无人处伤心落泪。

刘病已对金赏去妻，感到比较合意。霍家覆灭是迟早的事。他从决定对霍家动手的那一刻起，就想到金赏，金赏是所有霍家女婿中最不能受伤害的；因为金赏及其背后的家族原是匈奴休屠王族，他们低调勤勉，对汉廷忠心耿耿，天地可鉴！他也琢磨着如何将金赏从霍家的泥潭中拉出来，想来想去，除了"去妻"这一招，似乎也没有其他更好的办法。他深知金赏夫妻感情深厚，金赏不可能轻易去妻，便派侍中金安上去找金赏，好歹他们二人是血脉至亲的堂兄弟，彼此可以信任。他让金安上传达他的意见：金氏一族是大汉朝廷最为器重的功臣之族，希望金赏能从家族传承考虑，不要卷入霍氏之祸。如他所愿，金赏无论怎么痛苦，终究还是休妻了。他终于可以放心地灭霍！

金赏搬到北阙甲第的第四天，霍云的舅父李竟因受指控结交诸侯王而被朝廷治罪，审问中供词牵扯霍氏，刘病已下诏命令："霍云、霍山不适合再在宫中供职，免职回家。"

霍氏兄弟被免职之后，山阳太守张敞怀着对朝廷的忠心，向刘病已上了一道秘密奏章。

卑臣听说，春秋时期，公子季友有功于鲁国，赵衰有功于晋国，田完有功于齐国，都受到本国的酬劳，并延及子孙。但是后来，田氏篡夺了齐国政权，赵氏瓜分了晋国，季氏则专权于鲁国。因此，孔子作《春秋》，追踪考察各国的兴衰存亡，严厉批判卿大夫世袭制度。当年，大将军霍光作出重大决策，使宗庙平安，国家稳定，功劳也不算小。

周公辅政才七年，就归政于周成王，而大将军掌握国家的命运长达二十年之久。在他执掌大权的鼎盛时期，威严震撼天地，势力侵凌日月。应由朝臣明确提出："陛下褒奖、宠信已故大将军，以报答他对国家的功德，已经足够了。而近来辅政大臣专擅朝政，外戚势力过大，君臣之间没有明显的分别，请求解除霍氏三侯的官职，以侯的身份回家；对卫将军张安世，也应赐给几案与手杖，让他退休回家，以列侯的身份充当天子的老师，由陛下时常召见慰问。"

陛下则公开下诏表示对他们施恩，听从大臣所请。群臣再据理力争，然后陛下予以批准。这样一来，天下人肯定会认为陛下不忘旧勋的功德而群臣又知礼，霍氏一家也可以世世代代无忧无患。

如今，朝中听不到直言，而使陛下自己下诏，这不是好策略。现在霍氏两侯已被赶出宫廷，人情大致相同，因此以卑臣的愚心来猜度，大司马霍禹和他的亲戚僚属等必然会心怀畏惧。使天子的近臣恐慌自危，总不是万全的办法。卑臣愿在朝中公开提出自己的陋见抛砖引玉，只是身在遥远的山阳郡，无法实现自己的这种愿望，希望陛下仔细考虑。

刘病已耐心地看完张敞的密奏，觉得张敞言辞恳切，句句有理，甚为欣赏，只是他有他的盘算，所以并没有召张敞来京。

其时正是五月，山阳、济阴两地发生雨雹灾害，狂风暴雨，夹带鸡蛋一般大的坚硬冰雹，噼里啪啦自天空倾泻而下，地面的积水达二尺五寸深。这次灾害造成二十人丧生，这两地的飞鸟躲避不及，统统遭了殃，没有一只幸免于难。随后京师地区也下了雨雹，所幸只下了一会儿便歇止了，没有造成大的灾害。

刘病已对天降雨雹深以为忧，天生发灾异，绝不是什么好兆头。就在刘病已忧虑之际，东海儒生萧望之上奏，希望陛下给他一个机会，让他讲述天灾异象的意旨。

刘病已眼前一亮，他早在民间就听说过萧望之的名声。东海人萧望之好学上进，当年专门钻研《齐诗》，师从同县的后仓将近十年。根据相关制度到太常门下学习，又师从以前的同学博士白奇，还跟随夏侯胜讨问《论语》《仪礼·丧服》，渐渐将自己历练成一个博学有识的大儒，颇有声名，外界都亲热地称其为"东海萧生"。

刘病已还听说萧望之有清高刚直、不阿权贵的傲骨。当初大将军霍光把持朝政，长史丙吉向霍光推荐儒生王仲翁和萧望之等几人，都被霍光召见。在这以前，左将军上官桀与鄂邑长公主阴谋刺杀霍光，事败，霍光就诛杀了上官桀等人，之后为加强防备，大凡被他召见的人都必须接受脱衣搜身，去除兵器，由两个官吏挟持着见他。王仲翁等人都顺从，只有萧望之觉得这种方式侮辱人格，自己从小门退出，说："不愿谒见了。"官吏气势汹汹地拉他。霍光听说这种情况，就告诉官吏不要挟持他。萧望之趁机来到霍光面前，规劝说："将军凭仗功勋和德行辅佐年幼的皇帝，将要推行宏大的教化政策，以达到协调和平的统治，所以天下的士人都伸长脖颈，跷起脚跟，争相要亲身效力，来辅佐高明的您。现在要拜见您的士人都要先脱衣搜身受到挟持，这恐怕不合周公辅佐成王时'一饭三吐哺，一沐三握发'以招致寒士之礼吧。"霍光不理会萧望之的劝告，也不任用他，而将王仲翁等人都补任为大将军史。三年之中，善于逢迎跟风的王仲翁被霍光升至光禄大夫、给事中，萧望之因为考中甲科才作了郎官，代理小苑东门的门卫。王仲翁出入有奴仆跟从，下车进门，前传后呼，甚是尊崇，不免在萧望之面前嘚瑟一番，说："你就是要装那个清高，不肯遵循官场常规，反而只做了个守门官。"萧望之淡淡地回应："各行其志。"

刘病已早已对萧望之颇有好感，如今见萧望之主动上书，很重视，马上准奏，说："这是东海的名儒萧生吧？将他带到少府宋畸那里问明情况，让他不要有所隐讳。"

少府宋畸奉命向萧望之询问灾异的征兆，萧望之从容应对："《春秋》记载鲁昭公三年大降冰雹，当时季氏专权，最终流放了鲁昭公。假如之前鲁昭公能察觉到天灾的征兆，这场灾祸就可以避免。现在陛下凭仗圣明之德居于皇帝之位，思考政事寻求贤能，这是尧舜治理天下的用心。然而祥瑞之兆还未出现，阴阳不和，这是大臣执政，一姓专权所致。树枝过大会伤害树干，大臣的权势过大就会危及朝廷。只有圣明的君主亲自治理国家万事，选拔同姓，举用贤才，将他们当作心腹之人，与他们谋划政事，命令公卿大臣上朝向皇帝汇报情况，明白地说出自己的责任，来考察他们的功劳才干。如果能做到这样，各种事情就能得到处理，公正之道得以树立，奸邪之途被堵塞掉，私家的权力就废除了。"

宋畸将萧望之的对答上报给刘病已，刘病已大为赞赏。萧望之所指的"大臣执政，一姓专权"，不正戳中他的心腹大患吗？霍氏专权问题一天不解决，他就一天都不会心安。

刘病已抱定要彻底修理霍家的决心，对霍家人已经不再隐忍。霍光的几个女儿平素经常出入宫禁，论辈分都是上官太后的姨母，在长乐宫里说笑也很随意，磕头跪拜的礼节也往往省略了。霍家奴冯子都倚仗霍显的宠爱，数次犯法，霍家主子听之任之。过去这些人事根本就无人过问，也不敢过问，而今都被刘病已追究起来了。

有一天，刘病已当着其他朝臣的面，在朝堂上严厉责问霍禹：霍家妇人觐见上官太后时，为何不遵守皇家礼节?! 霍禹无言以对。紧接着刘病已又质问：冯子都是你们霍家什么人？仗着谁的权势，竟敢在长安城里凌弱欺善?!

刘病已声色俱厉的责问让霍禹无地自容，下不了台。霍禹以前从来没有受过这种当众的羞辱。他是大将军霍光的长子，刘病已羞辱他就等于在羞辱霍光，羞辱霍氏家族。这是霍禹无论如何都无法释怀的，他恨得嚼穿龈血：刘病已，你小子简直不是人！当初要不是我父亲仗着公义将你扶立上位，你现如今肯定还是一个在长安街头混日头的穷小子！如今你披着皇帝的外皮，踩着我父亲的白骨，处处对我们使绊子，针对我们！就算你不念旧恩，是不是也得念一念皇太后和皇后，好歹她们都是我们霍家人的至亲，你就这样不给我们情面！实在太不地道了！霍禹内心狂怒之后，却又异常沮丧，他发现霍家已被刘病已针对得不成样了！出手还击的拳头都是软绵乏力的。

当初，霍光的三女婿赵平有个门客叫石夏，知晓天文，善观星象。石夏对赵平说："荧惑守着御星，御星是太仆奉车都尉的星宿，他们不是被贬官就是被杀死。"赵平内心替霍山、霍云等人担忧，如今看来，石夏所言真的应验了。

霍显更是成日惶恐不安，晚上噩梦连连，她在梦中见到住宅中的井水溢出流到厅堂下，厨房里的炉灶挂在了大树上，大将军的坟墓上长出了怪异的树，树干不停地流血。又梦见大将军满脸忧愤，对她说："我不在的时候，你们一个个不谨慎，净给人家留把柄！你知道我们的儿子要被捕了吗？他们很快就会来捕人的！"霍显惊得周身冷汗，哭着说："大将军有什么办法为儿子们避祸吗？"大将军老泪纵横，"我在阳间是死了的人，已经成了一堆白骨，我还能干什么！"霍显醒来还在打着寒战。

随后霍家开始出现各种诡异的事情。住宅中的老鼠突然一下子多了起来，与人相互碰撞，用尾巴肆无忌惮在地上乱画。猫头鹰几次在厅堂前的树上叫唤，听起来像是在叫"哭哭了，哭哭了"，那声音有些诡异，让人头皮发麻。霍显所居住的府邸的门无缘无故地被毁坏，霍云在尚冠里住宅中的门也无缘无故地坏了。街巷口的人都看到有人坐在霍云家的屋顶上，揭下瓦片扔到地上，到跟前去看，却又没有见到人，令人感到非常奇怪。霍禹梦中听到车马喧喧嚷嚷，执金吾奉命来捕捉他，声音嘈杂，夹杂着怒吼声：抓住他，抓住他！别让他跑了！

各种怪异的事让霍家人都忧惧不已，已被逼到悬崖边上，又没有任何退路，只有铤而走险，放手一搏！

一家人聚在一起商议如何起事。霍山说："近期丞相魏相擅自减少宗庙供品中的羔羊、兔子、青蛙的数量，可以用这来定他的罪。"

"就是定他的罪，又能将他怎么样？我们又没有能力抓捕他。"霍云说。

霍禹咬着牙说："请皇太后帮忙！"

朝中也只有上官皇太后是他们的后盾，也只能恳请皇太后帮忙。如何帮？具体如何操作？这个得好好想想。霍显想到了皇上的外祖母王媪，"皇上从即位起，就一直找他这个外祖母，整整找了好几年，他很看重他的外祖母，封他的外祖母为博平君。咱们就让太后以表孝敬为由，设置酒席款待博平君。"

大家认为这倒是个主意。下面的设谋就比较明确了：让太后召丞相魏相、平恩侯许广汉及其属下作陪博平君，然后让范明友、邓广汉奉太后之令将这些人拉出去斩杀，乘机废掉天子而立霍禹为帝。

密谋已定，尚未发动，就节外生了枝。霍云突然被任命为玄菟太守，太中大夫任宣被任命为代郡太守。霍山又因为抄写宫禁秘书犯法，霍显甚是惶恐，为此上书，表示愿献出城西的宅第及一千匹马用以赎霍山的罪。

刘病已看了霍显奏书，冷冷一笑，在奏书上只批复了三个字：知道了。

为霍山赎罪的上书没有得到批准，霍显越发感到危险逼近，不能再等了，霍家人必须提前动手。但他们密谋的事很快被发觉，还是那个叫张章的男子从他的市井朋友——霍府的马夫那里探知的。上次张章上密奏揭发李竟和张赦等人，受到皇上的重金奖赏，让他瞬间就脱贫变富。皇上还暗示他继续密切关注霍家动静，他自然更是积极主动，穿着上回穿的旧衣服，去霍府继续"找差事做"。

这回张章获得霍家准备起事的绝密情报，觉得十万火急，写密奏上报皇上恐怕来不及，他便赶紧跑去报告给了守卫宫门的禁卫官董忠。董忠吓得魂都丢了一半，急忙跟掌尚书奏事的左曹杨恽商量。杨恽当机立断，即刻面奏圣上！面奏之前，他火速通知皇上最亲信的贴身侍卫金安上和史高。史高心急如焚，和金安上紧急磋商，提出先采取应急措施，关闭宫门，先行严禁霍氏家族成员出入宫廷。史高的这个措施得到金安上的积极响应。

事情到了这步田地，必须马上动手了！刘病已派兵前往霍府，要将谋反者一网打尽。

当时在宫廷的光禄勋范明友率先得到消息，慌忙骑马飞奔到霍家告警。霍山、霍云没想到谋划还没施行，就惨遭夭折，悔恨交加。外面传来一片嘈杂声，霍家宅第已被官兵团团围住。范明友和霍山、霍云见无可遁逃，又不愿被捕受辱，三个人决计自行了断，自杀身亡。霍显、霍禹、邓广汉等人被逮捕。刘病已将霍家谋反事件交廷尉处置。

3

霍氏谋反的消息像霹雳惊雷在整个长安城炸开了。很快，这消息传到皇后霍成君耳里，她惶恐不已，整个人都瘫软在地。她本能地想到她必须为她的亲人们向皇上求情，但她不知道到哪里去找他。自从立过太子之后，皇上就愈加繁忙，到椒房殿的次数也愈来愈少。她差不多有快两个月都没有见到他了。

她六神无主，哭了一会儿，还是爬起来，去找上官太后，好歹太后是自家人,这个忙太后肯定还是会帮的。

她一见太后的面,就伏地哭泣,"霍家人怎么会谋反?我不相信霍家人会谋反,求太后帮着在陛下那里为霍家求求情,好不好?"

太后神情冷峻,"我也不愿意相信霍家人会谋反,但事实摆在那里!你让我说什么呢?"

"太后,这其间是不是产生了误会?"

"霍家奢侈无度,飞扬跋扈,不守规矩,连家奴都敢在光天化日之下到御史大夫的府邸上撒野,谁敢误会霍家!大将军在世,倚仗有大将军这棵大树庇护着,随心所欲,胡作非为,没人敢说,就是皇上也是在隐忍!现在大将军作古了,大树没了,霍家人还不应该收敛一点?可是霍家人收敛了吗?!"太后越说越气,"太夫人作为霍家的长辈,不给下辈做良好垂范,而是肆意作乐!不说别的,她乘坐的辇车就奢华得令人咋舌,都用黄金为涂饰,车轮用丝织绸缎来包裹,辇车本来用马来拉,可是霍家太夫人的辇车却让家奴们用五彩的丝带来拉。皇家的御辇都不曾有这样的豪奢!如此作劲,连老天都看不过眼!"

"……"

"生活上奢华也就罢了!竟然饱暖思邪谋!还将我这个皇太后往泥坑里拽!时时打着皇太后的名义招摇,往死里作!真的以为我是霍家的靠山吗?!"上官氏眼含泪花,"一个个就像贪婪的豺狼一样!眼里只有权势,只有利益!全然不顾念亲情!我六岁,还没来得及享受无忧无虑的童年生活,就被贪图权势的大人送进深宫当了皇后,仅仅过了八九年,先帝就驾崩了!我不过才十五岁,就成了寡居的太后!表面上我无比尊贵,可是谁能知道我心里的苦楚!谁能知道我除了这身尊贵的太后华服,其实一无所有!"上官氏声音哽咽,眼泪扑簌而下,"就是我如今这般凄冷的光景,霍家人还不想让我安宁!还要让我难堪!我有什么颜面去向皇上为霍家求情?!"

霍成君掩面哭泣。

"你现在哭泣有什么用?"上官氏抬起衣袖拭了拭泪,"你自从进宫当皇后,也是沾染了霍家的豪奢作风。还有,你总是听信你的母亲,你母亲让你干什么你就干什么，你以为她是真爱你吗？她是打着爱的名义害你！论家族辈分你是我的小姨母，我不应该这样说。现在到这个份上，我不得不说！你母亲为了让你进宫当这个皇后，可谓费尽心机，丧尽天良！"

"太后，我，我一点都不知道……"霍成君睁着泪眼，满脸惶恐，"我母亲，她到底做了什么？"

"你知道许皇后是怎么走的吗？！"两行清泪顺着上官氏的脸颊流下来，"那么好的一个皇后，又温柔又贤惠，她竟然能下得了手！她竟然还不知悔改，还敢在太子身上动歪点子！你竟然还听她唆使！"

霍成君顿时全明白了，浑身发抖，伏在地上号啕大哭。上官氏也流泪不止。

两个人哭够了，彼此茫然地互相对视。上官氏走到霍成君身旁，双膝屈伏下来，抱住霍成君，呜咽着低低地叫一声："小姨母！"哽咽着说，"我们俩都是最可怜的人！"霍成君哭着说："再怎么样，他们都是我的亲人，我不知道现在怎么办！我这个样子，活着还有意思吗？"

上官氏深深地长叹一口气，"听天由命吧！"

她骨子里觉得霍家人是咎由自取，根子就在她的外祖父身上，实在是太过贪心了！她年幼进宫当小皇后，什么也不懂，等到略略大一点，她开始懂得当皇后的女子要贤德温厚，自己不能一个人独占皇上，皇上也应该有其他嫔妃，但外祖父不允许皇上纳妃，她有一次傻傻地问为什么，外祖父沉着脸，说因为你们还没有生皇子！皇上的身体经常不舒服，左右的侍者和医官都阿附外祖父的心意，说皇上应当节制欲望（少近女色），保重龙体为要。为了防止宫女与皇帝亲近，外祖父还起意改革宫中女服，要将过去宫女们下身穿的那种无裆裤改为绲裆裤，即改为有裆并在前后束上许多衣带的袴裤。她私下觉得这样是不是有点过了，但面对威严的外祖父，她不敢有任何的违逆，而是顺从地遵照他的意思，下令宫女们都改穿绲裆裤。

她如今想来，当初外祖父指令她这样做，其实也是变相地让皇上断了子嗣。假如当初外祖父能够有一颗宽厚的公心，不干预皇上的私生活，允许他像其他帝王一样宠幸其他女人，皇上不至于没有子嗣。她的外祖父就知道一味自私自利，希望她得到皇上的专宠，生下嫡长子，嫡长子立为太子，将来即皇帝位，这样就能让霍家永世享有最隆盛的权势与冲天的荣华富贵。唉！怎么可能呢？这世间从来就没有永远的圆满，何况靠贪心来维持既得的权势，是断然不能长久的！

霍氏谋反被处以灭族重罚，相当酷烈。霍禹被腰斩，霍显及霍氏兄弟姐妹全部被当众处死，包括家奴总管冯子都和毒死许皇后的女医淳于衍在内，凡是与霍氏谋反有牵连的，都被毫不留情地悉数诛杀，被诛杀的有数十家。

太仆杜延年因为是霍家旧友，刘病已也想将他贬黜。丞相魏相揣知圣意，也奏了杜延年一本，说延年多年担任朝廷要职，在任期间有很多不法行为。刘病已派官吏对杜延年立案审查，结果查了半天，也只查出他管辖的宫廷苑中马死了很多，官奴婢缺衣少食，有这两条过失，杜延年被认定不忠于职守，辱没圣恩，获罪，被罢免官职，其食邑被削户二千。

事后刘病已突然想起杜延年的二儿子杜佗，那是他少时的好朋友，很可惜杜佗早在他登基的那年初冬因患急病早逝。刘病已念及杜佗，觉得自己如此不善待杜佗的父亲，杜佗在天之灵会不会怨恨自己？他不由得有点心虚，旋即又想，自己贵为天子，不能如此纠缠于儿女情长！

下令对霍家霍霍开刀的那天，刘病已并没有预想中的那样如释重负，而是一个人待在宣室殿里，脑子里几乎一片空白，坐坐，站站，来回踱踱步，不知自己究竟要干什么。白日心神不宁，夜晚睡觉也很不踏实，还特意召张彭祖来陪侍，跟张彭祖有一搭没一搭地说着话。

在张彭祖轻柔的按摩下，他好不容易有点睡意，迷迷糊糊，灵魂似乎出窍了，狂风骤起，呼啦啦，地面上所有的建筑物纷纷被刮倒，他也被狂风卷到半空中，等他回过神来，他已从半空中坠落到地面，眼前是一片幽暗的森林，林间隐约闪烁着一些幽蓝的光点……

正在他心生疑惧之时，一个熟悉的身影飘落在他的跟前，那身影背对着他，随即他听到低沉而又悲怆的声音：你现在称心如意了吧！将霍家除得一个不留！

"他们谋反啊。我也没有办法。"刘病已有点怯怯地辩解。

"哼!"对方阴冷地一笑,"什么没有办法?!你明明握有生杀予夺的大权,杀谁不杀谁都凭你一张嘴说了算!还要安什么谋反的罪名?!他们在中朝和外朝的兵权都被你处心积虑地削夺了,全部换成你亲信的人马,他们靠什么力量谋反?!是你一步一步故意为他们设套,你就是成心要灭他们!我实在没有料到,你原来也跟你那冷酷无情的曾祖父一样,坐稳了皇帝位子,就对功臣之族心存猜忌,欲除之而后快,实在是太过刻薄寡恩!但凡你能存一点点善心,你都不会这样对他们赶尽杀绝。你可以削夺他们的兵权,翦除他们的势力,让他们对你构不成威胁;你可以将他们贬斥,放逐到边野荒漠。可是你竟然将他们,将他们,全灭掉了!"声音开始呜咽,"你好歹是大将军扶立上位的,大将军曾经愿意归政给你,可你自己拒绝接受。之后他殚精竭虑地辅佐你理政,天下也被治理得井井有条,你也多次在朝堂上公开颂扬大将军的巨功伟绩。你也承认他是一个忠心耿耿的股肱之臣!可是你竟然不念一点旧恩,不给大将军留丝毫血脉,你哪怕给他留一个男孙,也能显示你还是个有点人性的人!如今由于你的残酷无情,导致霍家连一个祭祀香火的人都没有!你刘病已还是个人吗?!"

你刘病已还是一个人吗?!——这句悲怆的控诉在苍茫的夜空上回荡不息……

啊,啊!刘病已凄厉地大叫。刚刚合上眼的张彭祖吓得慌忙爬起来,将大汗淋漓的刘病已抱在怀里,"陛下,陛下,您怎么了?"

刘病已满脸惊恐,半晌才回过神来,闭着眼摇摇头,始终没有说话。张彭祖也不敢多问,默默地给他轻轻揉按肩背。

"你相信人死后真的有魂灵吗?"刘病已突然开了口。

张彭祖猜测他一定是做噩梦,梦到什么对他不利的人了,便说:"人死如灯灭。我不相信有什么魂灵。"

"那人为什么会在梦里见到已经死去的人?"

"那是因为白日里思虑过度,可能牵扯到死去的人,晚上一做梦,就可能梦到这个人了。其实还是做梦的人自己的问题。"

"我梦到大将军了。"刘病已重重地叹气,"他责怪我诛杀霍家的人。"

"霍家人骄纵狂为,图谋不轨,自己惹下祸端,怎么能怪陛下呢?陛下也是秉法执事,不得已而为之啊。"

刘病已不再言语了。张彭祖的话并不能让他感到释然。

接连两天,刘病已都感觉有磐石压心,郁闷得慌,便召张安世过来聊聊。

张安世以前和霍光关系交好,曾做主将自己的孙女张敬嫁给霍家一个外亲的儿子为妻,霍氏谋反事件发生后,按当时谋反灭三族的残酷律法,张敬也将连坐被诛。张安世为无辜的孙女受牵连即将被冤杀痛彻心扉,日夜忧惧,原本清瘦的面容就更显瘦弱憔悴。刘病已看在眼里,有些诧异卫将军怎么一下子就变得形容枯槁了?是不是身体出了什么毛病?便问左右的亲信。亲信就将卫将军愁闷的原因如实告知他。刘病已便下令将张敬从诛杀名单中剔除,赦免张敬,并告诉张安世:卫将军的孙女可以安然无恙。请卫将军宽下心来,不要担忧。

张安世对刘病已特赦自己的孙女感激涕零,原本一向谨小慎微的他就更加小心畏忌,生怕哪里出了差池,给自己和家族带来祸端。听说刘病已召见自己,张安世心下就紧张万分,当下非常时期,霍氏一族被灭,老臣们以前好歹跟霍光多少都有交集,怨恨霍光的毕竟是少数,大家心情都十分凝重。张安世也不例外。他原以为,霍显、霍禹、霍云、霍山等人犯下谋逆大罪,诛灭全族也没的说,但立下大功的忠臣霍光却不能没人祭祀,没想到皇上竟将霍家全族老小全部处死,一个也不留,让霍家绝嗣,也未免是太狠了!但这种心迹只能深藏于心。他去面圣的路上,心里一直琢磨着皇上可能要问的话题,十有八九要问他对灭霍的看法,自己该如何应对?

一到宣室殿门口,张安世就整顿衣襟,挺胸敛容,微低着头趋步前行,到皇上跟前,行稽首礼。刘病已请他入座,见张安世依然局促不安,便说:"朕这两天心意不佳,想跟卫将军说说话解解闷。卫将军在朕面前露胆怯之色,朕心里有些难过。"叹叹气说,"莫不是灭霍的事让卫将军产生畏惧之情?是不是觉得朕对大将军一族太无情?"

果真是问灭霍的事。张安世暗自平心静气，从容地答道："陛下，卑臣不这么认为。陛下已经相当大度仁慈了，如果不是这样，卑臣的孙女张敬肯定不能保全，是陛下大发慈悲，才特赦张敬。卑臣全家永世感恩不尽！"说到这里，张安世又起身稽首再谢圣恩。刘病已再次请张安世入座，说："卫将军不必太过拘礼，还是随意一点的好，否则就显得君臣之间太生分了。"他面容柔和，示意卫将军接着往下说。

　　"霍家谋逆不止一次，第一次事泄，陛下没有追究，就是因为顾念大将军的情面，霍家人偏偏不知感谢圣恩，依然不知悔改，继续犯上作乱，天理难容！陛下如果不出手，必将危及社稷。天下是陛下的天下，也是刘氏皇族共同的天下，陛下出于守护刘氏祖宗传承的大汉基业，才不得不忍痛下手，铲除祸患，怎么能说陛下无情呢？"刘病已微微颔首，等着张安世继续说下去。

　　张安世神情凝重，深深叹气，"不过，卑臣心里还是为大将军感到难过，他对朝廷忠心耿耿，是个不折不扣的忠臣，很遗憾的是他在世时对他的家妻与家族子弟过度放纵，从不约束他们的言行，使他们骄纵狂妄，目无法纪，在他仙逝后，不但不加以收敛，反而变本加厉地作乱，以身试法，让大将军辛辛苦苦积攒的家业与美名毁于一旦！大将军地下若有知，一定会怨恨他的那些不肖子弟毁家灭族，他一定也会觉得愧对霍家的列祖列宗，是他没有管教好自己的妻儿，才落得如此惨败的下场。唉，卑臣真的为大将军深感痛心！"

　　"是啊，朕也深为之痛心，所以这两天心意才不佳。唉，朕真的不想对霍家下手，实在没有办法。"刘病已接连叹气。

　　"陛下大度仁慈，才有如此感受。不过，卑臣私下以为，陛下是天下人的陛下，心怀天下苍生，心怀社稷大业，这种私事过去也就过去了，恳请陛下不要惦挂，更不能因为这事影响陛下的心情。"张安世语气很恳挚。

　　刘病已连连点头，"卫将军说得没错！朕以后要将心思都放在治国理政方面。军政这一块，还多请卫将军费心辅佐，希望卫将军多提提建议性的意见！"

　　"谢陛下恩信！卑臣虽不才，一定竭尽全力，不辜负陛下的厚望！"

君臣之间一番面谈之后，彼此都有所释怀。

刘病已决定对霍氏事件做一个彻底了结，对粉碎谋反有功的人员予以封赏，便正式下诏："前不久，东织室令史张赦指使魏郡的大户李竟给冠阳侯霍云回话，密谋犯上作乱，朕因为大将军的缘故，就将事情压住没有公开，希望他们能改过自新。如今大司马博陆侯霍禹和他的母亲——宣成侯的夫人霍显以及堂弟的儿子冠阳侯霍云、乐平侯霍山和他们姊妹的女婿们谋反，差点连累了百姓。幸亏祖宗的神灵保佑，被事先发觉并捕获，全部都伏法处决。朕对这件事很痛心。所有被霍氏所连累的人，如果事情发生在丙申以前，还没有发觉报官在押的，一律赦免。男子张章先发觉了这件事，把它告诉了期门董忠，董忠又报告给左曹杨恽，杨恽报告给侍中金安上。杨恽被朕召见陈述情况，后来张章又上书报告。侍中史高与金安上建议告发这件事，说不准霍氏进入宫禁中，霍氏的阴谋才没有成功，他们都同样有功。特封张章为博成侯，董忠为高昌侯，杨恽为平通侯，金安上为都成侯，史高为乐陵侯。"

当初，霍氏一家骄横奢侈，茂陵人徐福就曾指出："霍氏必亡。凡奢侈无度，必然傲慢不逊；傲慢不逊，必然冒犯主上；冒犯主上就是大逆不道。身居高位的人，必然会受到众人的厌恶。霍氏一家长期把持朝政，遭到天下人厌恶，又做出大逆不道的事，怎么可能不灭亡呢！"于是徐福上书朝廷说："霍氏一家权势太大，陛下既然厚爱他们，就应随时加以约束限制，不要让他们发展到灭亡的地步！"上书三次，刘病已都看到了，未加采纳。

如今霍氏一家果真被诛杀，曾告发过霍氏的人都被封赏，有人上书刘病已，为徐福鸣不平说："卑职听说，有一位客人到主人家拜访，见主人家炉灶的烟囱是直的，旁边又堆有柴薪，这位客人便对主人说：'您的烟囱应改为弯曲的，并将柴薪搬到远处去，不然的话，将会发生火灾！'主人默然，不予理会。不久，主人家果然失火，邻居们共同抢救，幸而将火扑灭。于是，主人家杀牛摆酒，对邻居表示感谢，在救火中烧伤的被请到上座，其余则各按出力大小依次就座，却没有请那位建议他改弯烟囱的人。有人对这家主人说：'当初要是听了那位客人的劝告，就不用杀牛摆酒，终究不会有火灾。如今论功请客酬谢，建议改弯烟囱、移走柴薪的人没有功劳，而在救火时被烧得焦头烂额的人才是上客吗？'主人这才醒悟，将那位客人请来。茂陵人徐福多次上书说霍氏将会有叛逆行为，应预先加以防范制止。假如陛下接受徐福的劝告，则国家就没有划出土地分封列侯的费用，臣下也不会谋逆叛乱，遭受诛杀的大祸。现在事情已然过去，而只有徐福的功劳没有受到奖赏，希望陛下明察，嘉许其'弯曲烟囱，移走柴薪'的远见，使他居于'焦头烂额'者之上！"刘病已看完这封奏书，撇撇嘴巴，漫不经心地批复了一个"可"字，赐给徐福绸缎十匹，又自感这样有些轻赏徐福，容易让人觉得自己是在敷衍，后又任命徐福当了个郎官。

在整个灭霍期间，刘病已唯一感到对不住的是太仆金赏。

金赏在妻子霍氏被诛那天，一个人将自己关在书房里，无声地哭了很久，之后便病倒了，病了整整一个多月。刘病已曾经亲自登门看望金赏，也让金赏得到些许抚慰。

金赏花了很长时间才慢慢地从丧妻之痛中走出来，他悉心抚养他的两个儿子，希望他们能顺利长大成人，以告慰妻子的在天之灵。但命运对他实在不公，他的两个儿子在未成年相继夭折了，对他的打击相当沉重，他曾一度变得非常消沉，直到有一天夜里梦见他的父亲金日磾。金日磾跟他谈了很久，谈自己幼时的坎坷经历，谈自己最大的人生愿望，谈休屠部族的信仰……父亲还带着他一起祭拜太阳。

大梦醒来，金赏回想着梦中的情景，怅然若失，但很快他便恢复了理智。他觉得冥冥之中，父亲一直在他身边护佑他。从那之后，他没有再续弦，将对妻儿的无尽思念埋在心底，在做好本职工作的同时，余力都投入休屠部族的事务上，从中求得心安。

霍氏谋反导致整个大家族覆灭，唯一幸存的是霍成君。在张章揭发霍家蓄意谋反之后，刘病已就命人监视霍皇后。霍成君到上官太后那里求情，双方所说的话，全部被监听的人记录下来，上呈刘病已。刘病已看完，沉默良久。

他决定放霍成君一条生路，并不是因为顾念曾经的夫妻情义。他从来就没有真正爱过她。即便对她专宠，也不过是出于隐忍的需要而逢场作戏。他从头到尾都将她视为霍家的一枚棋子，视为霍家人用来拿捏他的工具人。

当初他被迫将她纳入后宫立为皇后，最惧怕她生孩子，她一旦生了孩子特别是儿子，他的奭儿就危险了，不但无缘于太子位，可能小命都有危险，他自己恐怕也不安全。霍家人肯定要将她生的儿子立为储君，甚至会逼他提前退位，他一辈子都只能仰霍家人的鼻息！

霍家人最巴望霍成君赶紧生儿子，自从将她送进宫里当上皇后，时时盯着她的肚子。霍显更是热衷于私下从霍成君那里打探她和刘病已的房中私事，霍光也会旁敲侧击，希望他们能尽快开枝散叶。刘病已内心十分嫌恶，但表面上还得装出对霍成君非常恩爱的样子，让她独享专宠。

为防止她怀上他的龙种，刘病已不得不私下做做手脚。他最初以滋补她身体的名义，哄她喝滋补汤，那汤中悄悄添加了阻碍她受孕的药物。

霍显见女儿专宠了大半年，肚子老没动静，很是着急，请女医淳于衍为皇后诊治。淳于衍进行了一番把脉问诊，建议皇后停喝补药，而是给她另配了有利于怀胎的调理药丸。

刘病已不便公开阻止皇后吃调理药丸，便私下找有经验的可靠老御医询问女人什么时候最容易怀胎，老御医以为皇上迫切想要让皇后怀龙胎，便细心作答，说了一些妙方，听得刘病已心烦意乱，忍不住问什么时候不容易怀胎？老御医愣了愣，说这个可说不准啊，陛下。刘病已只好作罢，感觉也没什么好招，索性咬咬牙，限制自己"纵欲"，有意在安抚女人方面大做文章，拥抱，亲昵，说软话，甚至屈尊给她按摩，让女人超级受用。等到两人行房事，他就草草结束，做到惜精如金，不将他的宝贝小虫种到她的体内。跟霍成君同床共枕，刘病已虽很心累，但效果很显著，她的腹部总如平原一般。这点让他暗生宽慰。

霍光死后，他有一种难言的释然。尽管他对霍成君还是做做表面文章，但至少他不必像以前那样刻意去讨好她，夜夜跟她同房，他可以以国事繁忙为由，留宿宣室殿，召张彭祖过来跟他聊聊家常，说说心里话。张彭祖的按摩让他感到非常舒服。有时他也会去其他嫔妃那里过过夜。因为被迫专宠皇后，他已经冷落她们很长时间了，她们虽不及平君那样让他刻骨铭心地挚爱，但也还是觉得她们自有她们的可爱之处。

如今霍家势力已被彻底清除，刘病已消了心头大恨。眼下如何处置霍成君，刘病已也无须多想，皇后肯定是不能让她再当了！只是一想到她竟然企图谋害他的奭儿，他就很痛恨，恨不能将她也给灭了，但转念一想，她一个如花似玉的贵胄少女，本该拥有安稳祥和的生活，但被她那贪婪的父母给毁了，他又觉得她其实很可怜，还是让她活下去好了！

八月初一，刘病已下诏废除皇后霍成君，派法吏赐霍成君命令说："皇后居心不良而失道，生性狠毒，持毒药与其母霍显同谋要暗害太子，无人母之恩，不能奉宗庙祭服，不可以承皇后大位，实在是可悲啊！现在打入冷宫，收缴皇后玺绶。"诏令一下，就有随同的侍从上前将霍成君身穿的皇后华服扒下，将她头上的发冠摘下，尊贵的皇后瞬间就成了一个落魄的素衣平民女子。

霍成君流着泪，跪拜叩谢圣恩，当天就被一辆无装饰的马车送到上林苑昭台宫。

她被赶出未央宫椒房殿的时候，征得刘病已许可，到长乐宫同上官太后辞别。

无比哀戚的霍成君一见周身华贵的外甥女上官氏，按宫廷的礼节，双膝跪地，伏在地上叩请太后圣安。上官氏抑制住内心的悲楚，赶紧将成君搀起，二人相对无言，只是彼此默默垂泪。她昨天就亲手收拾了几个很大的包裹，里面装有百两黄金、四十匹锦缎，以及一些衣装鞋帽、日用品、常备的保健药丸等，送给小姨母霍成君。临别时，上官氏哑着声音说，到那边，好自为之，多多保重。成君泪雨刷脸，抽噎着点点头。

刘病已看在上官太后的面上，也指派了六个侍从跟从霍成君到昭台宫，其中四个侍女还是当初霍成君进宫时陪嫁的霍府奴婢。

霍成君离开未央宫的宫门，再也没有回头。回望五年前，她是权倾朝野的赫赫威武的大将军宠爱的小女儿，风光无两地做当朝天子的新嫁娘，皇家庞大的接嫁队伍迤逦了长安整条主道，浩浩荡荡地进入气势恢宏的皇家宫殿。她仅仅当了五年尊贵无比的皇后，还没来得及品味复杂的人生，一切全都变了样！她才二十四岁，美好的青春本应正当其时，可她成了一只落光丽毛的凤凰，还不如寒门一只羽毛丰满的雏鸡！残酷的命运将她打入万丈深渊，但她心中尚存一丝希望。她心里依然装着刘病已，昔日那恩爱的一幕幕恍若眼前，她始终相信刘病已是爱她的。也许有一天，他还会回心转意来看她。带着一种虚幻的憧憬，她走进了上林苑昭台宫。

昭台宫是武帝于建元二年（前139年）在秦代的一个旧宫苑的基础上扩建而成的，它位于建章宫的正南方，面积相当于建章宫的五分之一。宫苑中森林繁茂，杂草丛生，熊罴、豪猪、虎豹、牦牛等各种野兽出没，平素很少有人光顾这里。霍成君的心里极度悲凉，自己被撂在这样一个不宜居的荒凉之地，注定每日都将在煎熬中度过。

第十二章　昭昭日月

1

诛灭霍氏，将皇后霍成君废置于昭台宫，刘病已有一种被解绑后的松快感，八年来压在他头顶的大山和小山都被搬走了，他从此可以不用再戴着面具伪装了，他可以按自己的意愿来行事，放手做真实的自己！他感觉自己眼前是一片广阔无边的世界，心中涌出要立功立德的万丈豪情，朗朗乾坤共老，昭昭日月争光！

他特意将年号改为元康，"元"是开始之意，"康"意为安宁、和乐，希望从此开启新气象，上天能赐祥瑞，治下一派祥和。

元康元年的正旦朝贺，对于刘病已来说，便预示着一切都是从新开始。除了本朝的文武百官前来朝贺，一些藩属国也遣使来朝庆贺正旦。其中最引人注目的是龟兹王绛宾，其相貌迥异于汉人，高鼻梁，深目薄唇，皮肤白皙，他的夫人弟史是解忧公主和乌孙王翁归靡的长女，相貌端丽，气质高雅。

七八年前，解忧公主派聪明伶俐的大女儿弟史到长安学鼓琴，学成之后，刘病已派侍郎乐奉送弟史回乌孙，路过龟兹。龟兹王绛宾以前就曾派人到乌孙求娶公主弟史，得到的回复是公主还未回来。正巧弟史返国经过龟兹，绛宾大喜，感觉天赐良缘，就留住弟史不让走，同时又派使者到乌孙报告解忧公主，请求允许他娶弟史为妻。解忧公主见龟兹王真心实意，便答应将女儿嫁给他。婚后，绛宾和弟史相敬如宾，生活和美。后来解忧公主上书刘病已，希望她的女儿能以皇族的身份入朝觐见。绛宾很爱夫人弟史，一天都不想同她分开，便上书给大汉天子，言辞恳切地说自己得以娶汉公主的女儿而成为汉朝女婿，希望能与解忧公主的女儿一起入朝。刘病已觉得龟兹王向往大汉，说明大汉魅力所在，便欣然同意龟兹王绛宾的请求。

绛宾和弟史在侍从的护卫下，从龟兹国都延城出发，一个多月后，他们的精良马队到达长安，行程七千四百八十里，受到汉廷的热情接待。刘病已赐予龟兹王绛宾和夫人弟史印绶。弟史号称公主。刘病已赐给他们车马、旗鼓，歌舞、作乐的数十人，丝绸珍宝共值数千万钱，还留他们在长安住了一年。绛宾和弟史流连于长安的繁华与富庶，恋恋不舍地离去。刘病已派使臣送他们回龟兹时，又赠予了大量的礼物。以后绛宾和弟史数次来长安朝贺。

绛宾喜欢汉朝的服饰和各种制度。归国后，他修建宫室，设置禁道环卫，出入传呼，击钟鼓，效仿汉朝礼仪。外国的胡人羡慕之余，又有些嫉妒，酸溜溜地说："驴不是驴，马不是马，就像龟兹王，是个非驴非马的骡子。"绛宾听说胡人议论，也不以为意。这些话后来传到刘病已耳里，刘病已觉得很有趣。

充满喜气的正旦朝贺之后，刘病已的确有气象万千的感觉，他自己也开始忙碌起来，许多被搁置的重要事项都逐一提上日程。其中一项就是修建皇陵。

按惯例，天子从正式登基的次年起，就可以着手修建自己的陵墓。刘病已被推上皇位的第二年，霍光倒是也建议他修陵墓，但被他婉言拒绝了，他的理由是皇陵修建必将耗费巨资，目前国家财力有限，边祸不息，修建皇陵不合时宜，还是等国家整体经济富足之后再修不迟。对于刘病已的这个理由，霍光也是深信不疑。朝廷财政的确有些匮乏，以至于昭帝刘弗陵猝逝后赶工修建的陵墓资金紧张，刘病已不得不动用皇家的私藏钱。

其实刘病已当初不修陵墓的真正内因是忌惮霍光。当时的朝政大权都紧握在霍光手中，他不过充当一个提线木偶的角色，根本就没觉得自己是万姓至尊，也体验不到君临天下的霸气，帝王的位子坐得惶恐心虚，生怕哪天被霍光捏造个什么罪名，像废刘贺一样将自己给废了，他哪有什么底气建皇陵！他甚至觉得霍光提议建皇陵，也不过是在测试他的态度。他必须将自己真实的欲望隐藏起来，将年少轻狂的锋芒与锐气包裹起来，展现在霍光面前的就是一个好拿捏的面团。他看着白发苍苍年老不堪的霍光，不觉自我安慰：我刘病已是个翩翩少年，正当青春年少！

如今老霍光已经归西，霍氏一门也已覆灭，大权回归到他刘病已自己的手中，他终于成了一个名副其实的大汉天子，拥有至高无上的权力，而且他经过这几年励精图治，整个社会经济快速发展，国库渐渐充实起来。是时候效仿列祖列宗，考虑给自己修建恢宏的陵墓了！

人固有一生，也固有一死。这是任何人都逃避不了的自然规律。刘病已相信民间普遍流传的一种说法：人就算死了，化为白骨，魂魄还是一直存在的。人在生前享用的所有一切，死后魂魄（鬼魂）可以通过祭祀的方式继续享用。所以儒家重视丧葬礼仪，倡导孝道，所谓"事死如事生，事亡如事存，孝之至也"——侍奉已经去世的长辈亡灵，好像他们在世时一样，这就做到了孝顺。作为九五至尊的帝王一旦死后，他的丧葬仪式自然是人世间最隆重的，他的亡灵享受的祭祀自然也是无人能及的。刘病已想起自己少时在鸿固原一带游玩的时候，就听当地一个爱讲古的老人津津有味地讲述秦始皇死后在阴间过着神秘、奢华的生活，说秦始皇的地下寝宫内"上具天文，下具地理"，"以水银为百川江河大海"，并用金银珍宝雕刻树木鸟兽，一切景象与现实世界并无二致，陵区内设殿堂收藏秦始皇的衣冠、用具，安排宫人按时进献食物，也与始皇生前一模一样。他当时听了很感惊奇。随后他听说他的曾祖父武帝的皇陵，与秦始皇寝陵相比，有过之而无不及，毕竟他的曾祖父从自己即位的次年就开始修建寝陵，直到去世，整整修建了五十三年，极度奢华是不言而喻的。

当初刘病已根本就没有想到自己有朝一日会加入帝王的行列，命运真是很神奇的东西啊！如今他有幸在帝王的宝座上坐了九年，有了足够的底气来为自己的"后事"提早做安排！

刘病已决定给自己修陵墓。首先考虑的是陵墓选址。按照当时的宗法制度，陵墓选址一般遵循"昭穆制度"。依照这种制度，开创大汉基业的始祖刘邦的陵墓长陵在渭河北岸的咸阳原上，属于祖陵，继承国祚的刘氏子孙后裔分别排列在祖陵的左右两列。当时以右为尊（与《周礼》以左为尊有所不同），始祖的儿子位居右列，为昭，始祖的孙子位居左列，为穆；始祖孙之子又为昭，始祖孙之孙又为穆，以此类推，父子始终异列，祖孙始终同列。到了景帝阳陵排位，排到了咸阳原的东端，考虑地势局限，之后的帝陵布局略有调整，不再以长陵作为唯一的祖陵，而是重新设武帝茂陵为祖陵，刘弗陵作为武帝之子，其陵墓平陵就设在昭位。刘病已是作为昭帝的后继人继承大统的，名义上是刘弗陵的"儿子"，但实际上刘弗陵是他祖父刘据的同父异母弟弟，刘弗陵与刘病已应该属于祖孙关系。依照"父子始终异昭穆而祖孙始终同昭穆"，刘病已的陵墓也应该排列在昭位，只是昭位已经被昭帝的平陵占据，也就是说，在大汉帝王的祖陵地，没有刘病已陵墓合适的位置。他也只能为自己的陵墓另外选址。实质上，祖陵地也不是刘病已最想要的安息之地。他只想将陵墓选在长安城东南的鸿固原（又称杜东原）。他因巫蛊之祸而遇害的曾祖母孝武卫皇后、祖母史良娣、父亲史皇孙刘进、母亲王夫人王翁须等直系亲人，均葬于长安城东南。他将自己的陵墓修建在鸿固原，也是希望自己大限之后能离亲人们近一些。还有更重要的一个原因，鸿固原是他年少时期最喜爱的去处，他心爱的发妻平君也安息在那里。他将自己的陵墓建在平君陵墓的北面，彼此相隔十多里，南北遥遥相望，魂灵彼此相映。

刘病已参照先辈陵邑制，还要在陵墓周边建造陵邑，以杜县东边的鸿固原为初陵，更名杜县为杜陵。

陵墓建造与徙户建陵邑是一项大工程。为了让工程顺利实施，必须提前做好必要的动员工作，刘病已特意举行一次廷议，专门讨论陵邑建造和徙户迁居的具体方案。卫将军张安世、丞相魏相、在京的列侯以及二千石官员都列席参加会议。

杜陵建造方案沿袭以往帝陵规制。刘病已特别强调，建陵原则上绝不能侵扰老百姓，主要征发士卒参建陵邑（后期因为建陵需要，也征召赦免的刑徒参与杜陵建造）。

陵邑徙户迁居方案相对陵墓建造来说，要复杂一些。陵邑迁徙的对象主要是长安及周边一带的权贵和豪富大家，对他们来说，迁徙是伤筋动骨的大工程，触动他们的既得利益，他们内心上是极不愿意的。刘病已很希望张安世和魏相等朝廷重臣带头主动迁到陵邑，但他并没有当场将自己的真实想法表露出来。

张安世深谙刘病已的性情与心理，率先表态说："陵邑是陛下的千秋伟业，有利于社会安定和经济发展，也有利于缓解长安人口过于稠密的压力，所以陵邑必须建设好。如果陛下不反对的话，老臣很希望能够迁居到那里。"张安世此话并不完全是逢迎，有一半也是出于真心，因为他老家原本就在杜县，他在侍奉武帝时迁到武帝陵邑茂陵，后又举家迁居昭帝的陵邑平陵，而今应杜陵邑建造需要，再度迁徙，绕了一圈，又迁到老家，对他来说，最终能叶落归根，也是一种认祖归宗意义上的回归。

张安世话音一落，魏相重重颔首说："卫将军所言极是！陵邑的确是陛下的千秋伟业。当初高帝接受郎中刘敬的建议，出于'强本弱枝'和'防御匈奴'的战略需要，将关东地区的二千余名朝廷大臣、富豪举家迁徙关中，侍奉长陵，并在陵园四围修建长陵县邑，供迁徙者居住。自那之后，惠帝、文帝、景帝、武帝也都相继在各自陵园附近修造安陵邑、霸陵邑、阳陵邑、茂陵邑。昭帝因为早逝，他的平陵和平陵邑是在他驾崩后，由陛下诏令修建的。这些陵邑分布在渭河南北岸，除了担负着强本与御敌的重大作用之外，还极大地促进区域人口的增加与经济的繁荣。如今陛下建造杜陵邑，是一项承前启后的盛举，必将得到朝廷上下的支持，老臣同卫将军一起携手带领大家共襄盛举！"对于迁居杜陵邑，魏相也是发自内心的支持。他没有显赫的家世，从做茂陵令起家，最终能得以封侯拜相，除了个人努力之外，主要得益于圣上的赏识与不断拔擢，圣恩如此深厚，唯有竭尽全力地顺从圣意，做好每一件该做的事，让圣上满意，他方才心安。

卫将军和丞相都率先积极表态全力支持，列侯、二千石官吏自然都没有任何异议。这事算是一锤定音，刘病已很是欣悦。

这次廷议还议定了鼓励迁徙的补偿办法。对于朝廷官员，按官职级别高低，朝廷予以每户迁徙者高额的迁徙补偿金。对于每户迁徙陵邑的豪富，朝廷除了予以相当可观的经济补偿之外，还予以政治奖励，允许他们脱去商贾身份，跻身世家大族。

参加此次廷议的大臣中，有一个皓首苍颜的老者尤其令人注目，他就是大名鼎鼎的典属国苏武。

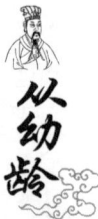

刘病已对苏武极为敬重，曾经多次在朝会称赞典属国忠贞义烈，昭昭日月，必将名贯千古。

苏武在武帝天汉元年（前100年）以汉使身份出使匈奴，因一场意外的事变而被扣押、滞留匈奴十九年，其坎坷经历以及始终自守节操的精神，实在令人感佩。

天汉元年，匈奴单于且鞮侯刚继位，害怕汉朝趁机侵袭，便假意说："汉朝天子就是我的长辈。"并将所扣留的汉使路充国等人全部遣归汉朝。武帝赞赏他的做法，也将扣在汉朝的匈奴使者放还，于是派苏武以中郎将的身份持旄节出使护送，并借此机会给单于送去丰厚的礼物，以示对单于和平意向的一种积极回应。苏武与副使张胜以及属员常惠等人，招募了一百多名壮士作护卫一同随行。他们到匈奴后，将带来的礼物呈献给单于。然而事与愿违，单于以为汉朝送礼是想笼络自己，为此更加傲慢无礼，全然没有一点同汉朝结好的意愿。

就在匈奴准备派使者送苏武等人回国时，发生了缑王和长水人虞常等人的谋反事件。缑王是浑邪王姐姐的儿子，本来同浑邪王一起投降了汉朝，但后来跟随浞野侯赵破奴出征匈奴，兵败后又流落在匈奴。他暗中串通了卫律手下的汉朝降兵，策划劫持单于的母亲后再归降汉朝。恰逢苏武一行抵达匈奴，虞常在汉时便与副使张胜熟识。缑王在虞常的陪同下，私下拜访了张胜，对张胜说："听说汉天子非常痛恨卫律，我可以替汉朝除掉这个叛逆，设伏将他射杀。我母亲和弟弟在汉朝，希望朝廷能赏赐他们。"张胜同意了缑王的计划，并送给他一些财物。

一个多月后，单于外出游猎，宫中只留下后妃及王室子弟。缑王和虞常等七十多人准备趁机发难，不料其中有一人夜里逃出去向单于告了密。单于子弟调来军队同他们战斗，缑王等人都战死了，只有虞常被活捉。单于派卫律审理此案。张胜听到这个消息，害怕虞常供出以前和他所说的话，就把事情经过告诉苏武。苏武说："事已至此，必然也要牵连到我。受匈奴污辱而后死，就更有负于国家。"他想马上自杀，被张胜、常惠拼命劝阻才作罢。

虞常被审讯时，果然供出了张胜。单于大怒，要杀掉汉朝使者，便召集百官商议。左伊秩訾说："谋杀卫律未遂，便要处死，那谋杀单于，又将如何加罪呢？最好是劝他们全都投降。"单于便派卫律提审苏武，苏武对常惠等人说："如果丧失气节有辱君命，即使活着，又有什么脸面回汉朝去！"说着拔出佩刀自刺。卫律惊骇不已，急忙抱住苏武，又叫人飞马请来医工。

医工在地上凿了个小坑，坑中放上炭火，将苏武放在坑上，轻拍其背放出淤血。苏武昏死过去，半天才苏醒。常惠等人失声痛哭，将苏武抬回了营帐。

单于为苏武的气节所感动，早晚都派人前去问候，但关押了张胜。苏武伤渐愈后，单于派人通知他，参加对虞常和张胜的审判，想趁机诱他投降。

卫律用剑斩了虞常后，说："汉副使张胜图谋暗杀单于近臣，该当死罪，如受招抚投降单于则可赦免。"说罢举剑欲刺张胜，张胜贪生怕死，请求投降。卫律又对苏武说："副使有罪，你也应当连坐。"苏武说："我一不与他同谋，二不是他的亲属，何来连坐之有？"卫律又举剑作势要刺杀苏武，苏武怒目而视，丝毫不为之所动。

卫律口气软和了一些，放下剑，劝说苏武："苏君，你看我背叛汉朝归附匈奴后，承蒙单于大恩，赐给王爵封号，拥有部众数万，马牛牲畜满山，这般荣华富贵。你如今日归降，明天就和我一样。反之，白白葬身荒漠，化为粪土，谁还知道你呢！"见苏武不予理睬，卫律又接着说，"你如听从我而归降，我即与你结拜为兄弟，如今天不听我的劝告，日后再想见我，难道还能有机会吗？"

苏武咬牙痛骂卫律："姓卫的！你身为汉臣，不念朝廷恩典，抛弃君臣信义，反叛国家，背弃亲友，投降匈奴，卖身为奴，我怎么会见你？！况且单于信任你，委以生杀大权，派你办理此案，你不但不平心持正，反而想挑起两国君主互斗，坐观成败，包藏祸心。南粤杀过汉朝使者，结果被汉朝消灭，变成了汉的九郡；大宛杀了汉使，其国王的头颅被汉朝悬在城头示众；朝鲜杀了汉使，也旋即被诛灭。只有匈奴没有杀过汉朝使者。你明知我不会投降而假意相劝，其实是想杀掉我以挑起两国战争，看来匈奴的灾祸就要始于我之被杀了！"

卫律被苏武骂得无地自容，只得灰溜溜地回去报告单于，说苏武软硬不吃，拒绝投降。单于向来钦佩骨头硬的强汉，苏武越不投降，单于就越发想招降。实在想不出好招，单于就命人将苏武囚禁在一个大地窖中，断绝他的吃喝，看苏武能坚持多久。

当时天下着雨雪，苏武躺在地窖中一动不动，把雪和着毡毛一起嚼碎咽下，竟然数日不死。匈奴人都感到很神奇，认为一定有天神在暗中护佑这个汉朝使节。单于不得不暂时放弃对苏武的招降，又不敢杀苏武，怕遭天谴。为了惩罚苏武，单于将苏武流放到匈奴北边荒无人烟的北海，要他放牧公羊，声言等公羊生了羊羔才让他归汉。单于还将苏武的随从常惠等人分别流放到其他地方，不准他们彼此之间有联系。

苏武到了北海边，已是暮春。这里过了冰裂雪融的苦寒时节，大自然已经真正回暖，呈现勃勃生机，草地嫩绿，林木苍翠，一些不知名的野花绽放，空气中散发着一股淡淡的清香。

苏武看着眼前的景致，想起遥远的故土，不由得心生惆怅。突然，他的耳畔传来一阵阵鸟群清亮的叫声，那是此起彼伏有节律的和声。苏武引颈远望，循着鸟声望去，在南方明净无云的天空，一群黑压压的候鸟出现了！苏武有些激动：它们一定是从大汉那边来的！一路辛辛苦苦地集结飞来，为他带来了和煦的暖风，带来故国的问候，也带来生的希望。

苏武眼里渐渐泛起了泪花，他的目光一直追随鸟群，看它们在广阔的北海上空飞旋，有些鸟飞旋了一会儿，继续往北飞去，而有些鸟滑翔着飞落在水面上，划出的一道道水波互相交织在一起，洋溢着一种难以名状的轻快。

眼前美好的景象唤起苏武更加强烈的生存愿望：一定要好好活下去！相信总有一天会回到长安！他在北海附近的山坡找到了一个可以容身的洞穴，将洞穴布置成简陋的住处，用一些晒干的藤条与枝叶编织草席、草鞋、草衣。没有食粮，他就挖野鼠洞中的草籽和果实充饥，在溪涧中抓鱼虾吃，还将一时吃不了的鱼虾晒干贮藏起来。随着时间的推移，附近山林里的野果渐次成熟了，他就采摘野果当食物，还将它们晒干，充当余粮。

他一直牢记自己是大汉的使节，每天去牧羊，他都挂着汉朝使者的旄节，时间长了，节上的旄尾都掉光了。他时常梦见自己回到了繁华的长安，醒来却是孤零零的一个人和几只公羊。他时常凝视着南方的天空，心里默念着：总有一天，我能南归，回到我的大汉！

苏武在北海度过了五六年极其艰难的日子之后，开始出现转机，单于的弟弟于靬王带着部众打猎来到了北海，一度驻扎下来。于靬王早已听闻汉使苏武的忠烈声名，很佩服苏武的刚正与节操，对苏武非常礼遇，还主动送给苏武一只母羊。苏武在汉朝曾经学习过很多技能，比如会编结打猎的网、弋射时系在箭上的丝绳，还会矫正弓弩。为感谢于靬王对自己的善待，苏武就帮于靬王结网、纺线、矫弓正弩，大大提高了打猎的效率。

于靬王见苏武这么能干，很是器重苏武，就供给他衣食。他们处得很和谐。这样过了三年多，于靬王病重，恐怕自己去日无多，念及苏武一个人生活孤苦，便赏赐给苏武一些牲畜、盛酒酪的器具和圆顶的毡帐篷。那年冬天，于靬王就病逝了，其部众也四散离去。

单于始终没有放弃对苏武的招降，在于靬王死后，授意卫律唆使丁令人盗去了苏武的牛羊，让苏武生活又陷入穷困。单于趁机派李陵去北海，劝说苏武。

当年，李陵与苏武都在汉朝当侍中，彼此知根知底，关系很好。苏武出使匈奴的第二年，李陵率五千步兵同匈奴血战多日，在没有任何后援的情况下矢尽粮绝，被迫投降匈奴。单于很器重李陵，封他为右校王，还将女儿嫁给了他。李陵最初觉得自己无颜面见对大汉忠心无二的苏武，如今苏武滞留北海也有十年了，他也很想去看望昔日的好友，单于要他前去北海，他也就答应了，为苏武安排了酒宴与歌舞。

两人相见，彼此都百感交集。趁着酒兴，李陵对苏武说："单于听说我与你交情一向深厚，所以派我来劝说足下，单于不抱成见，要以礼待你。你终究不能回归汉朝了，白白地在荒无人烟的地方吃苦受罪，信义在哪里表现出来呢？前番你的长兄苏嘉做奉车都尉，跟随皇上到雍地的棫阳宫，扶着御辇下台阶的时候，不慎碰到柱子，折断了车辕，被检举为大不敬之罪，用剑自杀了，朝廷赐钱二百万用以下葬。你的弟弟孺卿跟随皇上去祭祀河东土地神，宦骑（骑马侍卫皇帝的宦官）与黄门驸马（在黄门任职的驸马都尉，主要掌管皇帝出行时的副车）争船，把黄门驸马推掉河中淹死了，宦骑畏罪逃走。皇上命令孺卿去追捕，孺卿抓不到，因惊慌害怕而服毒自杀。我离开长安的时候，你的母亲已去世，我送葬到阳陵。你的夫人还年轻，听说已经改嫁了。你的家中只有两个妹妹、两个女儿和一个男孩，如今又过了十多年，生死不知。人生就像早晨的露水，何必长久地像现在这样折磨自己！我刚投降时，迷惘恍惚，痛心自己对不起大汉，老母被囚禁在保宫狱，我极度愧对老母，你不想投降的心情，怎能超过当时我李陵呢！况且皇上年纪大了，法令没有规律，大臣没有犯罪而被灭族的有数十家，即使你回到汉朝，生死安危也不能预料。你还为谁呢？希望听从我的主张，不要再说什么了！"

苏武叹息说："我们父子几个没有什么功劳和好的品德，全是由于皇帝的栽培提拔，得以位于将军之列，封爵为通侯，兄弟三人都充当皇帝的近臣，一向愿意粉身碎骨，为国牺牲。如今能得到牺牲自己报效国家的机会，即使受到大斧砍杀、汤锅烹煮的极刑，也实在是我甘心乐意的。大臣为君王服务，就像儿子效忠父亲，儿子为父亲而死，没有什么可遗憾的。希望你不要再说了！"

李陵与苏武在一起待了几天，饮酒叙话，希望能打动苏武的心，又劝告说："老兄啊，你务必要听从我的话。"

苏武决然地说："我早就很想死了！如果右校王您一定要逼迫我投降，那就请让我和您结今日之欢，然后死在您的面前。"

李陵见苏武对汉朝如此挚诚，慨然叹息："唉，你真是个不折不扣的义士！我李陵与卫律的罪恶滔天啊！"想到自己不堪的过往，李陵忍不住热泪横流，把衣襟都打湿了，挥泪辞别苏武而去。

那日同李陵相见之后，苏武心情非常沉重。他从李陵那里得知自家的凄凉境况，老母不在了，兄长和弟弟也不在了，他的妻子抛弃儿女改嫁了，他在李陵面前竭力不表现他内心的悲痛，等到李陵一走，他再也忍不住了，跪对着南方，放声号啕痛哭！多少个日夜，他企望着他的亲人们能安然无恙，他在日里祈祷，梦里憧憬，如今梦碎落一地，现实竟是如此的残酷，他的所有愿景全都化为泡影！

李陵因羞愧而不好意思送礼物给苏武，过了一些天，他让他的妻子出面赠送给苏武几十头牛羊，还挑了一个品貌不错的匈奴侍女，照顾苏武。苏武也没有拂老友的好意，都予以接受。其实之前于轩王在北海的时候，就曾提出选一个部落女子照顾苏武的起居，甚至提出要将女子送给苏武做妻子，但被苏武拒绝了，因为他内心满当当地装着一个女人，他深深眷念的原配妻子。当初他奉命出使匈奴，深知从长安出发到匈奴，就算一切顺遂，一来一去，也少不了一年半载，何况路途遥远，穿越大漠黄沙，难免遭遇不可知的凶险，苏武实在舍不得同爱妻分离。出使匈奴的头一天晚上，两人缠绵夜深，他满怀柔情，写了一首《留别妻》送给爱妻。

> 结发为夫妻，恩爱两不疑。
>
> 欢娱在今夕，嬿婉及良时。
>
> 征夫怀远路，起视夜何其？
>
> 参辰皆已没，去去从此辞。
>
> 行役在战场，相见未有期。
>
> 握手一长叹，泪为生别滋。
>
> 努力爱春华，莫忘欢乐时。
>
> 生当复来归，死当长相思。

他在北海这么多年，无论生活多么艰难，只要想到跟她在一起的欢愉时光，就心生丝丝温暖。他原以为她会带着儿女一直等他归来，没想到她竟然改嫁，而且那么快就改嫁了，他感到非常失落，他对她的爱始终没变，而她对他的情却早已凋零。两情本相悦，她早已不再悦他了，他也该将她放下，让昔日那些如水的恩爱都沉浸于岁月的尘埃中。

李陵妻子带来的这位匈奴女子性情温柔，对苏武也非常敬佩，她将苏武照顾得无微不至。苏武也对她渐生好感，两人相互依靠，日久生情，顺理成章地结为连理。

后来李陵又到北海看望苏武，对苏武说："边境上抓住了云中郡的一个俘虏，说太守以下的官吏百姓都穿白戴孝，说：'圣上驾崩'。"苏武听到这个消息，面向南方放声大哭，口吐鲜血。

李陵两眼也饱含热泪，悲不自禁。他不是为死去的汉朝皇帝刘彻而哭，他一直恨刘彻刻薄寡恩，恨刘彻在他被迫投降匈奴之时残酷地灭他的家族。他是为他那不堪回首的过往而哭，为他那不幸惨遭斧钺的亲人们而哭。他哭命运的无常，哭尘路的坎坷，哭他忍辱含羞做背叛汉朝的逆臣，哭他一身汉骨却无法埋骨汉地……

李陵哭着哭着，渐渐恢复了理智。人如蝼蚁，终是一抔黄土；浮生似梦，一切如烟如云。连刘彻那样呼风唤雨的万姓至尊，也不过如此结局。他悟透红尘往事，也看清自己的来路。当昭帝刘弗陵即位，辅政的大将军霍光和左将军上官桀一向与他交好，迫不及待地派他昔日的好友陇西人任立政等三人去匈奴招他归汉，他断然拒绝了。即便他的身可以归汉，但心已经回不去了。大汉是他的故国，但也是他的伤心地，他在大汉的所有至亲都已成埋在荒野坟冢中的白骨，他回去干什么？他遗落在匈奴十多年，已经成了匈奴单于宠信的臣子，单于公主挚爱的丈夫，他们将他当成自己人予以爱护。他有赏识敬重自己的单于，有温柔贤惠的爱妻，有生龙活虎、活泼可爱的几个儿子，他在大漠黄沙之地可以享受温馨可亲的家庭之乐，实实在在的人间天伦。他是一个大丈夫，对家庭有着不可推卸的责任心。对汉朝的所谓忠义却是无法把握的东西，因为忠义是需要被帝王和权臣定性的。在他们眼里，你今天是忠义之臣，说不定明日就成了逆臣罪子。他终究横了心，既然已经背叛汉朝了，那就索性背叛到死了！他不能反复无常，再次蒙羞。

李陵劝苏武不要再哭了，要节哀顺变。苏武听不进去，依然号哭，如丧考妣。他的心境跟李陵完全不同，他对大汉，对天子刘彻是竭尽他的忠诚，他在匈奴的北海之地，依然坚持以国丧之礼为刘彻守孝，每天早晚哭吊，一直持续了好几个月。

几年后，匈奴与汉朝议和，缔结婚姻关系。汉廷向匈奴提出要释放苏武等人回国，匈奴欺诈说苏武已死。昭帝和霍光有些愤怒，又派汉使到匈奴，要求匈奴归还汉使苏武，称大汉习俗，活要见人，死要见尸。如果死了，怎么死的？埋骨在哪里？须得一一明了！

其时，常惠听说朝廷派使臣来匈奴要人，觉得这是回国的绝佳时机，决不能错过！他请求看守他的人一道去见汉朝使者，他要将事情的真相告知汉使。

常惠在夜晚见到汉使，像见了自己的亲人一样，激动得热泪盈眶，一度不能自制，涕泪交加。汉使劝了一会儿，他才止住眼泪，对汉使讲述自己和苏武等人这些年的艰难经历，教使者告诉单于，说："天子在上林苑中射猎，射得一只大雁，脚上系着一封用丝绢写的信，上面说苏武等人在水草汇集的地方。"汉使非常高兴，按照常惠所教的话去责备单于。单于看着身边的人十分惊讶，向汉使道歉说："苏武等人的确还活着。"

李陵听说苏武等人要归汉，安排酒筵向苏武祝贺说："今天你回归，扬名于匈奴，显露功绩于汉朝，即使史籍所记载，丹青所绘，怎能超过你？我李陵虽然无能和胆怯，假如当初汉廷姑且宽恕我的罪过，不杀我的老母，让我得以施展在奇耻大辱下所积蓄已久的心愿，或许也能像曹沫在柯邑结盟时的举动一样，报效汉廷，这是我每天从早到晚所不能忘的！收捕并处死我全家，成为人世间最大的耻辱，我还有什么可留恋的呢？算了，让你了解我的心思罢了！我已成异邦之人，这一次我们就要永远分离了！"说完，李陵起舞，悲怆地唱道：

> 走过万里行程啊穿过了茫茫沙漠，
>
> 为君王带兵五千啊奋战三万匈奴。
>
> 归路被断绝啊刀箭摧折已无兵器，
>
> 兵士们全部战死啊我的声名狼藉。
>
> 慈爱老母已死，虽想报恩何处归！

李陵泪下纵横，苏武也泪流满面，起身上前握着李陵的手，"你孤军深入敌域，以五千抵挡三万，是当之无愧的英雄豪杰！无奈命运不公，让你遭受厄运，令人扼腕叹息！但你耿耿之心，昭如日月，这是毋庸置疑的。"

李陵很是感动，抚着苏武的双肩，唤着苏武的表字，哭着说："子卿，还是你最懂我！"挥泪同苏武诀别。

3

被迫滞留匈奴的苏武历经各种磨难，终于在昭帝始元六年（前81年）春，回到长安。同他一起归国的还有常惠、徐圣、赵终根等九人，朝廷举行隆重的仪式欢迎他们归国。当时昭帝还下诏让苏武供奉一份太牢谒拜武帝陵庙，任命他为典属国，俸禄中二千石，赏给钱二百万、公田二顷和住宅一所。常惠、徐圣、赵终根都任为中郎，各赐帛二百匹。其余六人因年老返乡，各赐钱十万，免除终身徭役。

苏武被匈奴扣留共十九年，离汉时正当春秋鼎盛、意气风发的壮年，归来时，已是一个须发全白、满脸沟壑的老者，实在令人嘘唏不已。

苏武归国的第二年，上官桀、上官安父子与桑弘羊及燕王、鄂邑长公主等谋反，苏武的儿子苏元卷入其中，被牵连处死。起初，上官桀父子与大将军霍光争权，屡屡将霍光的过失记下来交给燕王，要燕王上书告发，又说苏武被匈奴扣留近二十年而不降，回国后只做了个典属国，而大将军府中的长史没有功劳，却被封为搜粟都尉，霍光真是专权而又放肆。燕王等人谋反事发被诛之后，朝廷追查同党，因苏武与上官桀、桑弘羊等人一向交好，燕王又几次上书为他鸣不平，加上苏武儿子又参与了谋反，于是廷尉上奏要逮捕苏武。霍光向来尊敬苏武，对廷尉的奏章未加理睬，只罢免了苏武的官职。

几年后昭帝驾崩，苏武以前任二千石官员的身份，参与了谋立刘病已上位而被赐给关内侯爵号，封食邑三百户。不久，卫将军张安世推荐说苏武通晓朝章典故，出使不辱君命，昭帝遗言曾提及于此。刘病已立即召苏武为典属国并加封为右曹，因苏武是节操卓著的老臣，命他只需要在初一、十五上朝，还尊称他为"祭酒（长者）"，可谓优礼有加。苏武淡泊钱财，将所得赏赐全都送给了亲戚朋友，家中没有余财。平恩侯许广汉、平昌侯王无故、乐昌侯王武，以及车骑将军韩增、丞相魏相、御史大夫丙吉等贵戚大臣都很敬重苏武。

如今，刘病已召集群臣廷议商讨杜陵邑迁徙事宜，苏武本来不需要参加廷议，因为他没有子嗣，也没有余财，住的宅邸还是朝廷赏赐的，刘病已口谕准许他留在长安养老。但苏武还是坚持参加廷议，当众表态自己要迁徙到杜陵，说作为蒙受圣恩的老臣，应该跟大家一样，不能搞特殊化。

刘病已看着白发苍苍，日渐衰老的苏武，念及没有子嗣为他养老送终，奉祭他的家庙，心里很是怜悯。廷议结束后，刘病已便询问左右："苏武在匈奴待了那么久，听说也娶了妻子，有儿子吗？"

皇上的询问很快传到苏武耳里，苏武很是感动，陛下日理万机，还对他的私事这么关注。

留在匈奴的妻儿是苏武多年来的一块心病，他每每念及妻儿就心怀愧疚。当初他离开匈奴时，匈奴妻子刚刚为他生了一个儿子，老来得子，让他十分欣慰，为儿子取名通国，有"通向故国"之意。归汉的路途遥远，他不敢将身体虚弱的产妇与襁褓中的婴儿一同带回来，怕中途出意外，也有点顾忌他自己的汉使身份，怕人背地里说闲话，便请托李陵和其妻子帮着照顾他的妻儿，等时机成熟他再接母子回大汉。李陵夫妇欣然答应。通国母亲本来就是他们帐下的侍女，也算是自家人。苏武安顿好妻儿，这才依依不舍地同常惠等人归国。

苏武回到大汉，刚过了一年稍稍安稳的生活，就发生了上官父子等人的谋反事件，他的儿子苏元被牵连其中遭诛，他也被免官，让他备受打击。他越发感到自己处于不可知的危险当中，原先接滞留在匈奴的妻儿回大汉的意愿也渐渐减弱了，就算他想办法将母子接回来，他能保证他们过得幸福吗？他年岁已老，随时都有可能离世。通国母子有李陵一家人照顾，生活肯定不会差的。他从此将对母子二人的思念藏在心里。

李陵那边也听说苏武丧子的悲剧，辗转地来过信，劝慰他，告知通国和其母亲一切都好，让他不要牵挂。苏武见信后，深感欣慰，也感恩李陵的大义。

六年后，李陵病逝，临终前一再嘱咐妻子：通国是苏武唯一的血脉，要好好照顾通国母子。过了三年，李陵夫人也病逝了，同她的夫君一样，临终前嘱咐她的儿子们：要善待通国母子俩，不要辜负你们父亲的临终嘱托。

通国十五岁的时候，其母一病不起，很快就撒手人寰。她病重期间，一再跟李陵的儿子们表达她的愿望：通国的根在大汉，希望有一天通国能回到大汉。

李陵的长子经过再三打听，得悉通国父亲苏武还活着，便写信给苏武，说明通国的境况以及通国母亲的遗愿。这封信辗转到苏武的手中，已是第二年仲春了。苏武百感交集，老泪纵横。他的儿子如今已经十六岁了，想必已是一个身板结实的大小伙子了吧！他这辈子实在对不起他们母子，他不配当丈夫，更不配当父亲！

他想马上将儿子接到自己的身边，可是儿子在匈奴，不是他想接回就能接回的。正当他有点犯难之际，有人将皇上询问他在匈奴是否有子嗣的话传给他，让他顿感眼前一片豁亮：这正是天赐良机！他自己不好意思直接去禀报皇上，就通过关系交厚的平恩侯许广汉向皇上陈说："当初老臣从匈奴出发时，匈奴妻子刚生一子名叫通国，现有音信来，希望通过使者送金帛赎回他。"

刘病已非常高兴，马上答应苏武的请求，翌日就派使者携带重金去匈奴，安安稳稳地将通国接到长安，并将通国封为郎官，同时考虑苏家存世的子嗣稀薄，将苏武弟弟孺卿的儿子加封为右曹。

苏武择了个吉日，带着儿子和侄子进宫向皇上叩拜谢恩。刘病已看见颤巍巍的苏武终于不再是孤寡老人，觉得自己又干了一件积德行善的好事，很是开心。

重大的杜陵邑迁徙活动进行得非常顺利，大家都比较满意。最满意的自然还是刘病已本人。但想到二十七年前他的亲生父母不幸罹难，他们的冤魂至今都没有得到很好的安抚，他的心情又变得异常沉重。

九年前，他刚即位时，想着自己已是天子了，就迫不及待地下诏要设墓园，祭祀自己的祖父、祖母和父母，掌管立庙祭祀的官员以不合礼制规定为由加以劝阻，让他未能如愿。

九年后，刘病已已有足够的底气掌控天下，掌管立庙祭祀的官员见风

254

使舵，又主动上奏："礼制说，'父亲是士，儿子是天子，要用天子的礼仪祭祀父亲'。悼园应该称尊号为皇考，立庙，在陵园建寝庙，按时祭祀供奉。"

那年五月，刘病已将父母重新安葬在长安城东的奉明园，建立皇考庙。增加奉守陵园的百姓达到一千六百家，墓园建成后，设立奉明县。尊祖母戾夫人为戾后，设置园邑奉守，与奉守戾园的百姓各增加到三百户。

与此同时，刘病已为了彰显圣恩浩荡，还下诏免除高帝时期的功臣绛侯周勃等一百三十六家的嫡长子孙的赋役，让他们以此来供奉家庙祭祀，世世都不得间断。要是没有嫡长子孙的功臣之家，就免除其庶子孙的赋役。

刘病已在下达这封诏令的时候，突然间想到废帝刘贺，自己对高帝时期的功臣都这么优待，对刘贺这样血缘亲近的皇叔，自己是不是也应该彰显一下浩荡皇恩？不过，他又下意识地摇摇头，不可以！至少现在不可以！

第十二章

昭昭日月

第十三章　废帝刘贺

1

刘病已在霍光死后亲政，经过一年左右的精心布局，在地节三年（前67年）四月正式确定长子刘奭为储君，至此，大体掌控了政局。他内心还有一个潜在的对手，那就是废帝刘贺。他对刘贺有些忌惮，担心刘贺心怀不服，图谋不轨，于这年五月特令张敞为山阳郡太守，暗中监视刘贺的一举一动，若发现刘贺有什么异常情况，随时向他禀报。

张敞出身官宦之家，有才学，为人耿直又机敏。昭帝时期，凭乡官身份补为太守卒史，选拔廉士时被举作甘泉仓长，逐渐升迁为太仆丞，做太仆杜延年的下属，得到杜延年的赏识。昭帝猝逝之后，昌邑王刘贺被征召入京即帝位，其言行举止随心所欲，不遵守朝廷法度，大肆封赏自己从昌邑带来的旧臣随从。张敞看不惯刘贺作为，也很为大汉前途担忧，便不顾个人安危，上书直言劝谏刘贺："孝昭皇帝早崩，没有继承人，大臣们忧惧，选择贤圣的人继承王室，迎接皇上的那一天，唯恐随从车子走得慢。现今天子于壮年初即位，天下人没有谁不拭目倾耳，想闻见善政的。国辅大臣还来不及受嘉奖表彰，可是昌邑挽辇小臣就要先升官，这是过失之中的大过。"刘贺对张敞劝谏置之不理，十来天后，大将军霍光决定将刘贺赶下台，禀告上官太后下诏，废掉刘贺，遣返昌邑国旧地，赐给他汤沐邑二千户，已故昌邑王——昌邑哀王刘髆的家财全给了儿子刘贺；对昌邑哀王的四个女儿也各赐汤沐邑一千户。随即废除昌邑国，更名为山阳郡。

张敞因恳切地规劝刘贺而显名，被提拔为豫州刺史。后来他多次向朝廷上书谏言，刘病已很赏识他的耿耿忠心，就拔擢他为太中大夫，与光禄大夫于定国共同处理尚书事。当时大将军霍光专权秉政，张敞由于守正不阿，得罪了霍光，受到排斥，被派去主持节减军兴用度的差事，后又被调出京都，担任函谷关都尉。刘病已重新重用他，并将监视刘贺的任务交予张敞。

其时刘贺和亲属住在昌邑旧宫中，平素宫中大门紧闭，仅仅开启小门。他手下的奴婢不少，但每天只允许一个廉洁的差役领取钱物，赶着马车到集市上采买各种食品和日常生活必需品，其他人员不得随意出入。安排一名督盗另管巡查防盗，察视往来行人。用故王府的钱雇人当护卫，防备盗贼以保宫中安全。张敞多次派属下官员前去刘贺的府中察看，刘贺的生活没有任何异常。

地节四年（前66年）九月中旬，张敞亲自到刘贺府中，察看他的情况，顺便了解一下他家的财产和人口，好向刘病已汇报。

刘贺看上去二十六七岁的样子，面容黝黑，眯缝着一双小眼睛，他的鼻子尖而略塌，胡须很少，身材高大。他走起路来有些困难，看样子腿脚有毛病，据他自己说患了风湿病。他身穿短衣大裤，头戴着惠文冠，佩玉环，头插簪笔，双手持着木牍，趋前谒见天子派来的使臣张敞。拜过之后，他恭敬地请张敞坐在厅堂的正座上，有些拘谨地与张敞谈话。

张敞见他样子木讷，问一句才答一句，就想用话触动他，观察他的心意，便用恶鸟试探他，说："昌邑有很多猫头鹰。"刘贺舔舔有点干裂的嘴唇，答道："是的，以前我西行到长安，根本没有猫头鹰。回来时，东行到济阳，就又听到猫头鹰的叫声。"

张敞随即又问："您觉得猫头鹰的叫声是不是很烦人？"

刘贺又舔舔嘴唇说："有时睡觉时，它们也在叫，让人半天都睡不着。时间长了，习惯了，也就没感觉了。"

"您现在府上都有一些什么人？"

刘贺觉得张敞说这话的真实意图是想清点他家的人口，明显有点紧张，"您是要检视一下吗？"

"您不介意吧？"张敞客气地说。

"怎么敢介意呢？"刘贺吩咐左右随从将府上人员全部集中到厅堂。

不多会儿，刘贺的家眷及奴婢都面带怯色，鱼贯到厅堂，妻妾和儿女站在右边，奴婢在左边站成几排。张敞目测大概有二百多号人。接下来，张敞就拿着刘贺家仆提供的名册逐个查点，先查点刘贺的妻妾儿女，后清点奴婢。刘贺妻妾有十六人；儿女有二十二个，其中有十一个儿子，十一个女儿；奴婢有一百八十三人。

在张敞清点府上人员的过程中，刘贺面无表情，只有当张敞清点到眉目如画的儿子持辔时，刘贺突然变得有点悲戚，对着张敞跪下了。张敞急忙将他扶起，问："您此举何故？"刘贺声音低沉，"持辔的母亲，是严长孙的女儿。"张敞闻之心中一动，抚慰说："我只是了解一下您的家眷子女，等陛下那边问起来，我也好应对。您不必有过多顾虑。"刘贺这才略略舒了口气。

严长孙是张敞的故交好友，本名严延年。张敞熟知严延年的情况。

严延年是东海郡人，因为父亲曾任丞相掾，从小就得以在丞相府学习法律，回到东海郡做了一名地方小吏。通过考核，他被提拔为御史掾，后又升任为侍御史。严延年性格刚烈，敢于在朝堂上直言谏诤，连大将军霍光都有点忌惮他。当初霍光起意要废掉刘贺，考虑到严延年是刘贺的岳父，为了防止严延年从中添乱，索性将严延年从侍御史的位子上调任为执金吾，名义上让严延年主管京城治安，指挥禁卫军，负责京师安全，实际上宫禁的主要防卫岗位都被霍家子弟所控制，严延年当执金吾也不过是个被架空了的虚职，霍光此举的目的是有意将严延年置于自己的直接掌控之下，让严延年无法干预自己的废帝计划。等到霍光成功地废掉刘贺，并将二百个昌邑旧臣诛杀以绝后患，严延年也只有无限愤恨的份儿，但他无论如何都咽不下心中的这口恶气。

在刘病已被拥立上位，严延年咬牙上书弹劾霍光，说霍光"擅自废掉皇帝，没有臣子应有的礼节，不守道义"。严延年弹劾霍光的奏章虽被扣留没有批复，但是满朝官员对他很敬畏。而刘病已本人作为一个毫无根基的新帝，处处都得看大将军霍光眼色行事，对大将军也是心存畏惧，如今见一个叫严延年的臣子冒死弹劾权倾朝野的大将军，心中着实十分暗爽，异常佩服严延年的果敢与勇气。

霍光笃定自己能把控全局，根本没将小小的严延年放在眼里，对他的弹劾也置之不理。严延年并没有罢休，接下来弹劾霍光亲信的大司农田延年带兵侵犯了皇帝的仪仗，田延年矢口否认，辩解说没有侵犯皇帝的仪仗。霍光将此事交给自己亲信的御史大夫田广明来查办，而田广明命自己的下属御史中丞按大将军的意图来核查。御史中丞找了个谴责严延年的理由：你严延年作为执金吾，担负着维护京师地区的治安，维护天子出行车驾的安全，你为什么不通知宫殿大门的侍卫禁止田延年通行，而让他得以出入宫殿——冲撞了天子车驾，也威胁天子的安全?! 你这分明就是严重渎职！于是御史中丞又弹劾严延年是宫内的罪人，按照律法应该处死。

当时张敞很为好友严延年捏着一把汗。严延年也算得上一个能屈能伸的汉子，他见御史中丞给他定的"罪状"，知道大事不妙，硬抗只能让自己成为刀下之鬼，所以他赶紧逃亡。为躲避霍党的追捕，他将他的字由"次卿"改为"长孙"，隐姓埋名，过了一段鲜为人知的逃亡生活。后来霍光一死，刘病已亲政，气焰嚣张的霍家势力被刘病已列为重点打击对象，严延年这个昔日因为硬核对抗权臣霍光而获罪的政治"罪人"，在刘病已大赦天下之后，一下子就变成了香饽饽，丞相府和御史府同时给他发征聘文书。严延年因为御史府的聘书先到，于是拜见御史府长官，依然担任御史掾。

对于严延年的女儿罗紨，张敞造访严家时也曾见过两次，严家的女儿貌若天仙，那面容与身段，像是被老天亲自抚摸亲吻过的，美得无可挑剔，是东海郡一带赫赫有名的美女，其聪慧贤淑也是出了名的。对于她如何进入昌邑王府，成为刘贺的正妻，以及后来为刘贺生了一个儿子后不幸猝逝等情况，张敞大体也有耳闻，深深为之惋惜。

当初昌邑王刘贺到了该婚配的年岁，以龚遂为首的郡国重臣都非常重视王后遴选，经过多方打听，打听到东海郡严家有女初长成，品貌无双，便向刘贺进言，刘贺也非常动心，即派昌邑国负责礼仪的臣子作为使者陪同媒妁前往东海郡，到严家提亲。

严延年最疼爱自己的女儿，他不希望女儿受半点委屈，表示这门婚事须征求女儿本人同意才行。略施粉黛的罗紨落落大方地从闺房出来，礼貌地拜见昌邑国使者与媒妁。使者与媒妁只觉得眼前一亮，互相对视了一下，点头赞许，这位严家女儿的确异常貌美雅贤，大王一定十分中意。他们问罗紨有什么愿望，只管提出来，他们好回去向大王复命。罗紨脸颊绯红，朱唇轻启，声音如莺啼般悦耳动听，言谈举止不卑不亢，她说婚姻大事非同儿戏，当遵从父母之命，媒妁之言，也当彼此两心相悦，方能成就美好姻缘。如果大王能屈尊劳顿前来敝舍一趟，跟罗紨当面叙谈，相互了解，才有可能不彼此辜负。若与大王有前世的缘分，今生也能相约，罗紨才敢放心高攀。

使者与媒妁回昌邑国向刘贺如实禀报，刘贺激动不已，当天中午就带着一队人马，携带丰厚的礼品，意气风发地启程前往东海郡，车马几乎是日夜兼程，随从人员的马一匹接一匹地累趴下，在第二天黄昏时分到达东海郡。严延年也有感于年轻王爷的诚意，组织所有家族成员在道上列队迎接。

刘贺如愿以偿地见到气质非凡的严家女儿，果然是楚楚可人，令他格外倾心。应罗紨的建议，两人坐在庭院藤萝架下的石凳上交谈，谈个人的爱好，竟然志趣相投，他喜欢读书，她也喜欢，而且都喜欢读《论语》，读《孝经》；他还喜欢音乐，尤其喜欢听雅乐，她也懂音乐，特别强调，她非常感谢自己的父亲，父亲在她很小的时候，就重视培养她，专门请先生教她读书，学习音乐。

年轻王爷俊朗的形象与不俗的谈吐都不出罗紨的预期，她自然对年轻王爷也心有所许。

之后便是按照一系列的婚聘礼仪，刘贺风风光光地将罗紨娶进王府，成了他的结发妻子。从那之后，罗紨带给他不一样的情感世界。

他幼年失怙，五岁从早逝的父亲刘髆那里继承昌邑王爵位，父亲在他的心目中的印象完全是模糊的。生母仅仅负责将他生下来，抚育的任务完全由乳母和阿保承担，他跟生母没有什么深厚的感情，也仅仅按照礼节，定期到生母居住的宫殿请请安而已。作为一个诸侯王，他从记事起，就受到两种极端的对待：一方面是王府的奴婢们对他除了逢迎还是逢迎，不管他干什么，只要哄他高兴，奴婢们都是一个劲地说好，让他觉得这天下就是他刘贺的天下，他为此而常常忘乎所以；另一方面是朝廷委派到昌邑国的官员，诸如丞相安乐、郎中令龚遂、中尉王吉等人，对他却是另一副面孔，他们总是以挑剔的眼光看他，以各种理由限制他做这做那。他喜欢出去打猎，他们要限时限次；跟王府里的女孩子玩耍，他们要拘管，说男女有别，尊卑有序；读书读累了，临时偷个懒，他们批评他嬉戏丧志。本来他想开开心心地玩一玩，却总担心被他们拿捏说教，弄得他每次玩耍都跟做贼偷盗一样，提着心吊着胆。稍微长大了，他就开始叛逆，怎么开心怎么来，他们批评也好，恼火也罢，反正他都不放在心上，由着他们去批评谏诤，他都当耳旁风，谅他们也不敢将他怎么样。丞相和中尉对他劝导都劝得疲软了，也都变得懒得说他了。只有那个郎中令龚遂，一个地道的管家翁，该管的，不该管的，龚遂都要管一管。最令他头疼的是，龚遂劝谏时还不依不饶，劝谏劝到悲切处，顿首，流泪，弄得他常常下不了台，最终他不得不服软，唉，好烦哦！他有时都怀疑自己是不是一无是处。

自从跟罗紨朝夕相处，他才真正体会到什么叫人生胜景。罗紨是他人生中第一个能带给他真正快乐的人。她不像王府的那些奴婢卑躬屈膝，对他总是一味地逢迎拍马，也不像王府的朝官，成日端着架子，对他进行一味地道德说教，她将他当成自己的知己，委婉地指出他的不足，对他的长处也予以热烈地夸赞。他在罗紨面前，感觉自己很放松，就是一个很真实的人，他不会得意忘形，也不会自我怀疑。他们在自在、平等的氛围中相知相爱，那是发自灵魂的互相吸引。他们同案共食，同榻而眠，一起读书，一起听乐，他敲钟磬，她随着节律歌舞。他以前脾气急躁，说话做事难免毛毛躁躁，她总在一旁柔声劝解。以前沉闷无趣的日子莫名地有了意趣，以前他看人看事都觉得嫌弃，但现在他觉得周边的人好像也都还有些可爱之处。

郎中令龚遂和中尉王吉等大臣都对年轻的王后很满意，是贤德的王后让昌邑王变得比以前稳重，开朗。

2

罗紨入王府不到三个月，就怀上刘贺的骨血。刘贺欣悦不已，他轻轻抚摸着妻子的腹部，要为孩子起个有内涵的嘉名，"罗紨，你觉得'持辔'这个名字怎么样呢？"

"持辔？嗯，手持马辔御马，寓意男儿建功立业，这是个男儿的名字嘛。"罗紨满面含笑，"万一生的是女儿呢？"

"女儿也叫持辔。"刘贺轻拥爱妻入怀，"不论生儿还是生女，都是我们的骨血，有出息的女儿不亚于男儿。"他随后说起文帝时期齐国有个女孩叫缇萦，就很有出息。"文帝四年，缇萦的父亲淳于意遭人控告，根据当时的刑律罪状，要用传车押解到长安，受肉刑的惩罚。淳于意有五个女儿，都跟在他的传车后面哭泣。淳于意发怒而骂道：生孩子不生男孩，到紧要关头就没有可用的人！缇萦是他最小的女儿，听了父亲的话很感伤，就跟随父亲西行到了长安。她大胆上书朝廷，说我父亲是朝廷的官吏，齐国人民都称赞他的廉洁公正，因为不慎犯法被判刑。我非常痛心处死的人不能再生，而受刑致残的人也不能再复原，即使想改过自新，也无路可行，最终不能如愿。我情愿自己没入官府做奴婢，来赎父亲的罪，使父亲能有改过自新的机会。她的这份上书传到文帝手中，文帝看完奏书，生发怜悯之心，便赦免了淳于意，并在这一年废除了肉刑。"刘贺一口气讲完缇萦的故事，笑着问罗紨："你觉得缇萦这个女孩子是不是很有出息？"

罗紨笑着点点头，"的确有出息，不简单！"开玩笑说，"如果我生的是龙凤胎呢？都叫持辔吗？"

"都叫持辔。"刘贺哈哈大笑，"叫男持辔、女持辔，或者叫大持辔、小持辔。如何？"

夫妻二人相对大乐。

刘贺成日沉浸在难言的幸福当中。他早早地命人为罗紨准备好产房，墙壁绘上罗紨喜爱的莲花，莲花被绘成五色，还在莲花座上绘上一母多子女的图画。他期盼着他和罗紨的骨血早日降临人世。只是看着罗紨日渐隆起的腹部，他又隐隐担忧，听说女人生孩子是凶险之事，不亚于闯鬼门关，他每天都要焚香祷告，祈求上苍保佑罗紨能平安无事。

等到罗紨临产，为了保险起见，他除了命王宫里的御医们随时待命，平素给王府眷属看病的女医也被他宣召过来，带来大量的止血草药，捣烂备用。他还特意差人找来郡国最有名的接生婆。接生婆检查了一下罗紨的胎位，脸色立马就变了，跌撞着趋步出产房，对守在门口的王爷扑通跪下叩头，眼泪瞬间掉落，"请王爷饶老奴一命！"刘贺大吃一惊，声音都变调了，"起来！王后如何？！"

"王爷，"接生婆带着哭腔说，"胎儿头上脚下！异常凶险！"

"给本王务必保住王后和孩子！"刘贺咬牙说。

接生婆伏在地上，呜咽着说："王后和孩子，很难都保全。大王就是将老奴杀了，老奴也没有办法的。"

刘贺脸上抽搐了一下，吼道："保王后！"刘贺有一个本能的意愿：孩子保不住，以后还可以再生，罗紨绝对不能有任何闪失！

接生婆呜咽着叩谢，几乎是爬进了产房。接生婆和刘贺的对话罗紨听得真切，禁不住泪流满面。她强忍腹痛，小声对接生婆说："保……孩子！"

接生婆连连叩头，"王后，对不住！王爷说要保王后！"她颤抖着手，将小巧而又锋利的产剪放在铜锅里煮沸的盐水中，准备做她最不忍心做的事：肢解母体中的胎儿。只有用这种残忍的方式才能保住王后的命。她在二十余年的接生生涯中，这种难产她碰到过多起，大凡家主都意图保孩子不保大人，唯一的一次是家主提出保大人，也是因为胎儿早已在娘胎中死掉了，也只能保大人。像这种王爷府的王爷和王后她还是第一次见到，大王要保王后，王后自己却要死活留孩子！她只能听命于大王，她的老命捏在大王手中。

罗紨也知道接生婆为难，为了打消接生婆的顾虑，她叫过旁边的贴身侍女，命她速速拿来绢布和笔墨，颤抖着手写下一行字："保孩子！大王多保重！"她将绢布给接生婆，腹部疼痛难忍，从牙缝里挤出几个字："求……婆婆……成全！"

罗紨的绢书分明是一道护身符，接生婆哭泣着伏在地上，对产床上的罗紨重重地连叩三个头。接生婆很理解罗紨的心意，孩子就是她的命根子，失去孩子，她必定郁郁寡欢，生不如死。接生婆打定主意，也不再犹豫，横下心来实施既定的方案保胎儿。

罗紨将濡湿的枕巾死死咬在嘴里，尽量不让自己疼痛出声，她知道夫君始终守在门外，他要是听到她的呻唤，会很心疼的。

刘贺在产房外像发疯的困兽一样走来走去，满脸是泪，他实在太痛苦了！原先他的周围都是一帮侍从，他看着心烦意乱，将他们都呵斥到一边去了。

产房里隐隐传来极度压抑的啜泣声，那是他的罗紨为生他的孩子在受苦受难，他想进房产抚慰抚慰他心爱的罗紨，可是令人讨厌的占卜老头说，妇人生产，他不能进产房，对大人孩子都不利！

三个时辰快要过去了，孩子还没出来，他快要崩溃了！早知道让他的罗紨这么遭罪，他宁可不要她生孩子！

如血般的残阳落山时分，哇，产房终于传出一声清脆的啼哭，刘贺浑身颤抖，冲进产房，不看孩子，只扑到产床看他的罗紨。罗紨脸色煞白，产床血糊糊一片，她的下身渗血不止。刘贺摩挲着罗紨渐渐冰凉的纤纤素手，哽咽着说不出话来。罗紨的脸上浮现一丝欣慰的笑意，轻轻地说"持……謽"。女医准备的止血草药对产妇的血崩根本不起作用。女医和接生婆因为惧怕被王爷诛杀，都哭成了泪人。罗紨气若游丝，为她们求情，"大王……不要……怪……她们，都……尽……力……"她的两眼疲惫地合上，再也没有睁开。

刘贺彻底崩溃了，俯身疯狂地亲着罗紨冰凉的脸颊，将罗紨紧紧抱在怀里，歇斯底里地哭喊：罗紨！我的罗紨！你怎么，你怎么就这样一走了之！丢下我！我怎么办？我怎么办啊！……

罗紨猝逝后，刘贺像变了一个人，酒饭不思，嘴里总是念叨着罗紨，对任何人和事都不感兴趣。

龚遂、王吉和安乐等臣子忧心忡忡，人死不能复生，昌邑王这成日陷在对王后的无尽思念中，时间长了，脑子会出问题的。他们商量着如何帮大王从失去王后的阴影中走出来。龚遂说，王后为了给大王留下骨血，宁可舍命也要生下小王子，小王子或许能给大王一点精神慰藉。他们让乳母每日抱着襁褓里的持謽过来给大王请安。持謽也很乖巧，看见父亲就咧着小嘴笑。

刘贺想起罗紨临终前面露笑容，说"持……辔"，悲不自禁，泪如雨下，这个孩子是他的罗紨硬生生用命换来的，他要对孩子倍加爱护，才能对得住爱妻。龚遂趁机劝导大王一定要节哀，以后的人生路还很长，大王现在最需要做的是保重自己的身体，将持辔抚育教导成人，王后一定会含笑九泉的。

在持辔每日动人的微笑中，刘贺也渐渐恢复了理智。儿子面相长得像罗紨，性情像他一样活泼好动。小家伙似乎对小动物和车马很感兴趣。刘贺就命能工巧匠制造了很多铜制的小动物，譬如小羊、孔雀、小老虎、野猪、小狗，并且在这些铜制的小动物的肚子里放置小铜珠，摇晃起来，发出清脆的响声。幼小的持辔只要一听见动物玩具的脆响，就会手舞足蹈。刘贺看着儿子开心的样子，眼里满是慈爱。

等持辔稍微长大一些，学会走路了，刘贺又命工匠为儿子制造了一辆很精美很气派的虎车。虎车整体用青铜铸造，车子下面安装四只可以滚动的轮子，车子上部是一只镏金的雏虎，雏虎看上去憨嫩可爱，它的脖子下面有一个小项圈，圈系结实的彩带，以便拉拽车子前行。虎车制作好之后，工匠还特意做了一个精美的大包装盒，将虎车装进盒子里送进王府。刘贺见了虎车，惊叹工匠技艺的高超，车子铸造得太华美了！给了工匠丰厚的奖赏。他亲自将虎车推到儿子面前，"持辔想不想坐车？"持辔见了虎车，兴奋得直拍小手，点头，奶声奶气地说，想。

刘贺抱起持辔，将他放在老虎背上坐好，一个阿保在车前拉着彩带，另一个阿保跟在车后，还有两个阿保一左一右跟随在虎车两旁，护卫持辔，防止持辔从车上跌落下来。虎车在庭院来回畅通无阻，庭院中不停地响起持辔天真无邪的大笑和喊叫：虎，走！虎，走！……

在所有子女中，刘贺最疼爱持辔，他看到天真可爱的持辔，就仿佛见到了心爱的罗紨。那天张敞到他的府上清点人口，他开始以为张敞是朝廷派来抄没他的财产和子女，当张敞清点到持辔时他突然情绪失控，对着张敞下跪，说明持辔的母族，他希望能开恩放过持辔，因为持辔是他最心爱的罗紨生的孩子。

罗紨走后，差不多有半年的时间，刘贺的生活才渐渐恢复正常。在龚遂等股肱之臣的建议下，刘贺开始接受新人，以承继昌邑国的子嗣，他挑选新人的标准就是脸模子要像罗紨。昌邑国的家臣们费心费力地四处寻找，终于找到几个大模样长得像罗紨的年轻女子，刘贺见了比较认可。他将对罗紨的感情都投放到这些女子身上，又开始重新享受男欢女爱，性情又像以前那样放浪。之后他不断让家臣到民间为他挑选美貌的年轻女子充实他的后宫，仅仅一年时间，前前后后一共收纳了十五位侍妾。

龚遂对刘贺的变化有些忧郁，之前贤德的罗紨在世，他迷恋罗紨，乐意听罗紨劝导，变得持重而行为有度，而今他又变回从前那个放浪不羁的样子。龚遂苦口婆心地劝谏刘贺不要沉湎女色，纳妾适可而止，一个诸侯王有这么多侍妾也差不多了，子嗣也会接二连三地问世，王后若地下有知，一定也很满意了。刘贺一听龚遂提罗紨，眼神顿时黯淡了，点点头，叹叹气。龚遂见状，也不再多言。

一个多月后，刘贺到郊外打猎，陪同他的是跟随他多年的亲信家奴善等一干人。善身材高大，眉清目朗，会察言观色，能说会道。他知道王爷近日心情不佳，估猜王爷又在想念王后，便一再劝说王爷去郊野散散心。

在打猎归来的途中，经过一个村庄，为王爷头前开道的善看见路旁有三四个姑娘，其中穿着华丽的那个姑娘，十四五岁的样子，身段和面相竟然酷似已故王后罗紨，善心下大喜，便下马上前搭讪，问及姑娘的家境，有没有许配人家。姑娘开始有些警惕，经不起善的巧言诱导，坦言她是富商的女儿，父母准备将她许配给一个府吏。

善将她带到刘贺跟前。刘贺顿觉眼前一亮，盯着女孩看了又看，问她可愿意跟他一起走。善在一旁说："这是昌邑王，看中你了。你好有福气哟。"

女孩起先愣了愣，而后对着刘贺拜了拜，迟疑着说："容待回家跟父母商量一下好不好？"刘贺笑了，"你叫待？"女孩有点羞涩地点头。刘贺说："这个名字有意思。待本王吗？"女孩羞得满脸绯红。

"你家在哪里？"刘贺眼含柔光。女孩指了指不远处一个看上去有点派头的小庄园。

刘贺让善去跟女孩的父母说一下，说回头将聘礼补送过来。女孩的父母听说是大名鼎鼎的昌邑王要自己的女儿，自然喜不自禁。

刘贺让待跟自己同乘一辆车驾，临到王府的时候，他又让待下车，让善带着她步行进王府，将她临时安排住下。他怕郎中令龚遂当众责怪他，让他下不了台，便拉下身段先找龚遂通个气，向龚遂保证这是最后一个，以后再也不找了。

龚遂严肃地盯着他看，没说话。刘贺躲开龚遂犀利的目光，有点低声下气地说："郎中令不要生气。这真的是最后一个。"招呼善将待带来，拜见郎中令。龚遂一见，顿时明白刘贺为何要坚持留下这个姑娘，这姑娘实在太像罗䌷了！简直是罗䌷的替身啊！

待有点怯怯地对郎中令行礼。龚遂一改肃容，微笑点头还礼。刘贺见龚遂改变态度，也就松了一口气，吩咐善给待安排合适的住处。

等善和待一走，龚遂又严肃起来，"外表看上去的确不错。学识和品行怎么样？"问起女孩的来路。刘贺也不加隐瞒，如实相告，不等龚遂说话，急切地说："郎中令别担心，富家出生的女子，应该不会粗鄙。"

龚遂皱皱眉，摇头说："臣看未必。商贾之家普遍重利轻义。"

刘贺舔舔嘴唇说："可以调教。"

龚遂摇摇头，有点无奈地说："臣就等着看大王如何调教。"

刘贺心里没底，也不好再多言。

因为是动了感情，刘贺真的很重视调教这个出身富商之家的女孩，专门找了几个老师教她学礼仪，教她读书写字，让她学弹琴，学歌舞。待原本就粗通文墨，小篆写得也不差，也曾学过一段时间的音乐舞蹈，加上人又很聪慧，学什么都进步非常快，不出一年，她的言行举止有王府风范，待人接物也比较得体。更让刘贺欣慰的是，待对持辔也非常爱护，很快，待在王府的所有侍妾中脱颖而出，最得刘贺的宠爱。

待入王府的三年间，接连为刘贺生下两个儿子，刘贺分别取名为充国、奉亲。奉亲满月后，刘贺将待扶立为正室，将原先给罗䌷的名分转移给了待。但是待是无论如何都无法替代罗䌷在刘贺心中的地位。待跟他在一起，就像奴婢对待主子一样，对他总是一副仰望的姿态，处处对他都是迎合逢迎。时间稍长，刘贺也滋生了一些厌倦。

3

待被刘贺带入王府的那年季夏，年仅二十一岁的昭帝刘弗陵猝逝，没有子嗣。大将军霍光选定昌邑王刘贺为继承人，征召刘贺进京主持昭帝丧礼。

刘贺接到征召玺书是在凌晨一点左右，他马上吩咐亲信用火烛照着打开玺书，简直被这个天降的喜讯砸晕了头！整个昌邑国上上下下都欢呼一片，恭贺大王荣登帝位。刘贺传令群臣尽快拾掇行装，做好进京的准备。

第二天晌午，从昌邑国完全洞开的城门中，涌出了一支悬挂彩色旌旗的车队，昌邑王刘贺带着昌邑一大帮臣子，前呼后拥，马夫一路策马狂奔，下午四五点，赶了一百三十五里，到达定陶。侍从人员的马经不起长时期超负荷的飞跑，接二连三地倒在路旁，再也爬不起来，不得不在途经的驿站更换马匹。

郎中令龚遂看着进京队伍呼啦啦一长溜，实在太招人眼，便向昌邑王进谏，说大王，咱们这次进京，非比寻常，还是要低调一点的稳妥。如此大张旗鼓，鞍马劳倦，势必造成不良影响。建议不如先精减五十多人，等合适的时机再让他们进京也不迟。刘贺觉得龚遂说得也有道理，便传令郎官、谒者等五十多人先返回昌邑，何时进京等候诏令。

车驾行至济阳，刘贺听说当地有一种公鸡非常善斗，也善于打鸣，啼鸣声响亮悦耳，还有一种聚竹合成的手杖（积竹杖）也很出名，对这二物很感兴趣，便让随行的奴仆去买来消遣。

车驾经过弘农，喜欢讨好卖乖的奴仆善为刘贺找了几名年轻美貌的女子，刘贺心下觉得有点不妥。善说，大王马上就是天子了，带几名女子进宫，有什么不可以的呢？刘贺也就没再说什么，就让善将女子藏在围有帷帐的车厢里，以防龚遂他们瞧见，又要数落他。

霍光派来的使者一路上都密切注意昌邑君臣的举动，尤其看不惯刘贺私自搜罗民间美女进京。到了湖县临时休息期间，使者终于忍不住了，就这事责备昌邑丞相安乐，安乐告诉龚遂。龚遂沉着脸，马上进入刘贺的帐中质问刘贺，刘贺矢口否认，说没有这事。龚遂说："既然没有这事，为何舍不得一个善，让他来败坏大王的名声呢？请大王把善交出来让法官处置，来证明大王的清白。"刘贺没办法，只好任由龚遂揪住善，交由卫士长依法处置。

刘贺一行到了灞上，距离京城已经很近了，大鸿胪在郊外迎接，主管车马的驸官奉上皇帝乘坐的车驾。刘贺强行抑制住内心的兴奋，坐上只有帝王才能乘坐的豪华御驾，令他的仆从寿成驾车，郎中令龚遂陪乘。

天明时分，刘贺一行的车驾到了广明东都门。龚遂说："按大汉礼制，奔丧望见国都就要哭泣。这已是长安的东郭门了。"刘贺说："我咽喉痛，不能哭。"到了城门，龚遂又说要哭丧，刘贺说："城门和郭门是一样的。"将到未央宫的东门，龚遂催促刘贺必须哭丧，"昌邑国的吊丧帐篷在这个门外的大路北，吊丧帐篷的近旁，有南北方向的人行道，离这里不到几马步远，大王应该下车，朝着未央宫伏地痛哭，哭到尽情哀伤为止。"这回刘贺没再含糊，答应按礼制要求为昭帝哭丧。

随后，按照有关流程，刘贺接受皇帝玺印和绶带，登上帝王宝座。仅仅二十七日，帝座还没坐热，九五至尊的帝王生活还没正式开始，他就被废黜了！他切切实实地感觉自己如同做了一场春秋大梦，梦中如坠五彩迷云，浑浑噩噩，不思前程来路，不辨东西南北，不识世道人心，直到梦碎时分，陡然清醒，悔恨无度！

他至死都忘不了被废黜那一刻的恐惧与无助！殿前兵戈陈列，周围异己环伺，他在朝中唯一的姻亲——岳父严延年没有露面。时任执金吾的严延年负责在京城一带巡察，压根儿就不知道未央宫承明殿中发生的大事！其时，年仅十五岁的上官小太后披着珍珠缀成的短袄，身着华服坐在布置兵器的帷帐中。在她的面前，霍光同各位大臣一起联名奏劾他，尚书令宣读长长的奏章，历数他种种失德之行。他听得晕晕乎乎，脑袋里似有无数只细蜂嗡嗡作响。开始他一句也没听进去，直到后来稍微镇静下来，才听得真切一些："接受皇帝玺印以来的二十七天中，使者往来不绝，拿着符节向各个官署下达诏令征索物品，共有一千一百二十七起。文学光禄大夫夏侯胜等臣子，以及侍中傅嘉几次为他的过失进言规劝，他就派人拿着文书责备夏侯胜，并把傅嘉绑起来关进牢里。他荒淫昏乱，失去帝王的礼仪，破坏了汉朝的制度。臣子杨敞等人几次进言规谏，他都不改正过错，反而一天比一天厉害，恐怕要危害国家，天下不安！……如今陛下继承孝昭皇帝之后，行为放纵不合法度。……宗庙比君王更重要，陛下没有到高庙接受大命，就不可以继承上天的意旨，就没有资格奉祀祖宗宗庙，统治天下万民，应当废黜。"上官小太后听完群臣对他的弹劾，下诏说："准奏。"

听到这里，他终于彻底清醒过来了，有十二分的不甘！当霍光叫他起来跪拜接受诏令，他忍不住以《孝经》中的一句话为自己辩解："闻天子有诤臣七人，虽无道，不失天下。"霍光有些恼羞成怒，说："皇太后已下诏令废黜你，哪里还是什么天子?!"上前抓住他的手，解下他身上的玺印绶带，捧上交给皇太后。到了如今这步田地，他也只能听从摆布。霍光倒会表演，竟然做出一副无奈伤感的样子，扶着他下了宫殿。

他两脚高一脚低一脚地走出金马门，群臣默然无声，跟在他身后送行。如同上演了一场短暂的闹剧，如今剧终，大幕拉上，此情此景，令他倍感凄凉。他抬头看了一眼西天的乌霞，强作平静，向西面俯首拜了拜，自我愧怍："我愚昧不明事理，不堪担当大汉的重任。"起身坐上皇帝侍从的车辆。大将军霍光把他送到昌邑王宫之后，还告罪说："您的行为自绝于上天，臣下等怯懦无能，不能自杀来报答您的恩德。臣下宁可有负大王，不敢对不起国家。但愿大王能够自爱，臣下将再也不能见到您了。"霍光跟他告别时，还抹着老泪。他看出霍光是真伤心，但他断定，霍光绝不是为他伤心！

后来他听说自己被赶出京城之后，有些对他不怀好意的大臣又上奏，说古代被罢黜放逐之人都流放到很远的地方，不使他干扰国家政令，他们提出要将他放逐到汉中房陵县。他对房陵多少有些了解，那是一个鸟不拉屎的鬼地方，纵横千里，山林四塞，人一旦进去，就不容易出来。他不敢想象，自己要是被放逐到那里，会生不如死！好在上官小太后还是比较心善，她没有同意放逐他，而是下诏命他回到昌邑故宫，还赐给他收取赋税的私邑二千户。

他觉得最对不住的是他带到京城的那二百多个昌邑旧臣，他们对他忠心耿耿，到头来都惨遭毒手，被霍光这只狡猾又狠毒的老狐狸以"没有尽辅佐教导君臣之谊，使王误入歧途"的罪名，全部诛杀。他们临死时都极度不甘，哭泣呼喊："当断不断，反受其乱！"埋怨他在关键时刻优柔寡断。他被贬回昌邑的当天晚上，做了一个令他多日都无法释怀的凶梦：一大批满面带血的浪荡鬼魂，在未央宫前大声泣告：冤枉啊冤枉！大王不英明，梦断，梦碎！

回望放浪的过去，刘贺除了懊悔还是懊悔，他觉得自己实在是十足的昏聩。当老天将帝王这块巨型的香饽饽砸到他的头上，他就应该恪守礼仪，在居丧期间，管住自己的嘴，坚持吃素食，不应私下买鸡肉、猪肉来吃；管住自己好逸乐的毛病，忍着不听音乐，不观歌舞；不应该驾着皇帝出行时的专用车马，驱车到北宫、桂宫，追野猪，斗老虎，那御用车马蒙着虎皮，插着鸾旗，的确很飒爽很威风，可是飒爽威风得不是时候啊！也不应该招来皇太后用的小马车，叫官奴骑乘，在昭帝嫔妃居住的掖庭中嬉笑娱乐；更不应该让随从的官员拿着符节，带领昌邑国的从官、马官、官奴二百多人进未央宫，经常与他们在禁宫中玩戏。这可是触犯禁忌的要命的行为！

他反思又反思，自己当初干的这些吃喝玩乐的事似乎还不足以让他丢掉帝位，他最最不应该做的是取出诸侯王、列侯、二千石的绶带以及黑色、黄色绶带一起给昌邑国的郎官佩戴，将他们免为良人，大肆重用昌邑的旧臣子而将霍光等重臣晾在一边，这显然触动了霍光敏感的神经。

他痛恨自己不将中尉王吉的话搁在心上！在他进京前，王吉就特意上书予以忠告："大王因为丧事被朝廷征召，应日夜哭泣悲哀，慎勿兴举众事。"王吉又将大将军霍光歌颂了一番："大将军仁爱勇智，忠言之德天下没有谁不知道，侍奉孝武皇帝三十余年。先帝舍弃群臣，而把天下嘱托给他，把幼帝寄托于他，大将军抱着襁褓之中的幼帝，发布政令施行教化，海内平安，即使周公、伊尹也不能在他之上啊。现在帝崩无后，大将军考虑可以承受宗庙的人，提拔而立大王，他的仁厚真是深重啊！"王吉说此番话，显然是在提醒他：现在天下主要掌控在大将军手中，大王能当这个皇帝，全拜大将军所赐！并且明确地告诉他今后如何和大将军相处："臣希望大王侍奉他，敬重他，政事专一听从他的，大王只管垂衣拱手做皇帝罢了，希望大王留意，常常以此为念。"

他当时看完王吉的上书，觉得王吉说得也不无道理，但一转眼，就将王吉的忠告抛之脑后。他恨自己不知深浅，实在愧对中尉。现在再看刘病已，自从替代他成为新帝，成日俯首低眉，将霍光奉在头顶膜拜，他刘贺当初怎么就做不到？唉，唉！可恨世间没有后悔药！

他又思念起他的罗紨，如果罗紨还活着，有她在一旁温柔劝导，他也不会如此放浪不羁，这世间，他最爱的是她，也最愿意听她的话，他这个天子之位肯定不会这样轻而易举就失去。可是老天有意惩罚他，早早地将罗紨从他身边夺走，他纵有一万个不情愿，又有什么方法呢！

他觉得自己之所以从云端被重重摔到平地，一方面是因为自己愚钝莽憨，最主要的原因还是老天要抛弃自己！而且凶兆早已呈现！他当初在封国时，屡次听说出现怪异的事情。有人说曾见到一只三尺高的白狗，看不到它的头，狗脖子以下像人，却戴着一顶白帽子。后来又见到一只白熊，身边的人却都看不到。又有黑色大鸟飞来，停在宫中。身边的亲信向他报告这些怪事，他听了很是厌烦，就去问郎中令龚遂。龚遂说这些都是不祥的征兆。他仰天叹息："不祥的事为什么屡次到来？"龚遂叩头说："臣不敢隐瞒忠心，多次陈述危亡的诫鉴，大王不高兴。希望大王仔细思量自己的言行。大王学习《诗》三百零五篇，《诗》中人事透彻，王道齐备，大王的行为符合《诗》中的哪一篇？大王贵为诸侯王，行为却比庶人更污秽，想凭这样的行为保存国家很难，要灭亡则很容易，应该好好想想。"他听后心里很不自在，但很快就将龚遂的劝诫给忘掉了。

过了一段时间，他的座席上有一摊血，让他心生疑惧，询问龚遂，龚遂大声叫号说："宫室不久将空，凶兆屡次来到。血，是阴忧凶象。大王应该畏惧，谨慎反省自己！"他虽然很不开心，但终究还是没有改变自己随心所欲的行事作风。

这之后不久，他就被征召到长安。即位以后，他成天热衷于和昌邑旧臣打成一片。有一天夜里，梦见西阶的东面堆积着一些东西，五六石之多，用大瓦覆盖，揭开瓦一看，全是令人作呕的苍蝇屎。他很是疑惑，将此梦告知龚遂，询问这是什么征兆？龚遂说："陛下读过的《诗》不是说过吗？'往来不停的苍蝇，停在篱笆上，平易近人的君子，不要听信谗言。'陛下身边进谗言的小人很多，这些人就像苍蝇一样可恶啊！应该选拔先帝大臣的子孙与先帝亲近的人作为侍中人员。如果不能疏远昌邑旧人，听信采纳谗言和阿谀奉承，一定会有凶祸。希望反祸为福的话，应全部放逐他们。我应当先被放逐啊。"他不以为然，觉得龚遂不过是借题发挥，龚遂向来看不惯他和那些家臣在一起。十天之后他就被废黜。如今想来，这个不吉利的梦也是老天要抛弃他的预兆。

被废后一年多时间，经历了多个难挨的日夜，刘贺也渐渐调整了自己的心态，事已至此，一味懊悔有什么用呢？想得再多也无益！人生苦短，还是及时行乐罢了！他每天和侍妾、子女们玩乐玩乐，喝喝酒，下下棋。有时兴致来时，组织奴婢歌者娱乐一番，敲钟击磬，吹箫弹琴，鼓瑟拨筝，一时沉浸在热热闹闹的乐音中，暂且忘却那些烦恼之事。他也让下人温一壶小酒，边喝酒边赏乐，喝得微醺，也和着乐队的节拍，仰天击磬，嘴里呜呜啦啦地吟唱一气。他最爱吟唱的是《诗·鼓钟》中的那几句："鼓钟钦钦，鼓瑟鼓琴，笙磬同音。以雅以南，以籥不僭。"

当初老师王式朝夕都给他讲授《诗》三百零五篇，那些教人做忠臣孝子的篇章，王式一而再，再而三地对他反复讲诵，希望他做一个受到感化而重孝道的诸侯王；而那些描述无道昏君的篇章，王式向他痛心地深刻剖析，目的是想劝导他作为诸侯王，如何引以为戒，避免成为昏君。可惜他当初对这些都不太感兴趣，只是在老师的一再督促下被动学习，倒也能记能诵。他发自内心喜欢的是那些写人之常情的篇章，譬如这首《鼓钟》，他就觉得读起来兴味盎然。

更多时候，他也竭力让自己耐下性子，执执书卷。他回想自己年少时轻狂，不怎么爱读书，在王宫里待不住，总喜欢出宫打猎，坐在马车上，奔跑不息，常常一大早，雾霜未散，就在家奴们的簇拥下出宫了，不论严寒酷暑，都要在外面浪荡一番，否则就觉得浑身不自在。他带领一帮家奴，每次在封地中策马驱逐，动作行为不注意节制，横冲直撞的，不到半天竟然跑上二百多里，每到一处，都惊扰当地的老百姓，使得他们停止种田养蚕，修路牵马，弄得老百姓也很有怨言。中尉王吉多次上书规劝他：频繁出宫打猎，不是保全寿命的好办法，也不是提高仁义的好手段。王吉奉劝他要多多读书，陶冶自己的性情，学学治理政务的本领。唉，他那时为何总也听不进去呢？等到栽了大跟头，才知收敛放荡的心性，在书籍中寻找安慰。读书也的确让他变得安静不少。

王吉是赫赫有名的《齐论语》研究专家，循循善诱地引导刘贺读《齐论语》，刘贺也渐渐读出了兴趣。王吉手头有一部《齐论语》，全本一共有22篇。他每讲授完一篇，就劝导刘贺将它抄写下来，这样学一篇，抄写一篇，最终汇集成册，成了刘贺最心爱的珍藏本。他始终随身携带。被废黜之后，他每天都要将这本册子翻一翻，重温孔子说的一些经典的话，特别是孔子跟弟子颜回的对话，他颇有心得。

为了时时提醒自己，他找手艺精湛的工匠特制了一座可以开合的孔子屏镜。屏镜正面是长二尺一寸、宽一尺二寸的青铜大方镜。铜镜四围镶饰着玛瑙、绿松石和宝石，嵌在漆木边框之中，边框绘有东王公、西王母以及青龙、白虎、朱雀、玄武四神图。屏镜的背面是一块形似屏风的漆木屏板，上面绘有孔子、颜回等人的图像和传记，漆面上非常醒目地镌刻着孔子的语录："用之则行，舍之则藏。"他非常欣赏这两句话，说得没错！受重用时，就积极进取；被舍弃时，就韬光养晦。他现在就应该这样。屏镜就摆放在他的卧榻旁，每天晨起，他都要打开屏镜，照照正面的铜镜，整理自己的仪容，看看铜镜背面的孔子语录，以此慰勉自己。

让他万万没有料到，就在他磨炼自己的心性，竭力归于平静的时候，发生了突如其来的巨大变故：他最疼爱的儿子持辔不幸得急病早夭了！他欲哭无泪，老天为何对他这么残忍！夺走他最心爱的罗紨，夺走他侥幸得到的大位，如今又夺走罗紨留给他的骨血！老天分明是不想让他活下去！他感到万念俱灰，一病不起，医治也不见好转。他不吃不喝，彻夜不眠，嘴里不时地说着胡话：罗紨，你在哪里？持辔不见了！……你没有带走持辔？持辔去了哪里？……

妻妾儿女们都哭成一团，以为他好不了。张敞闻讯，亲自登门来探望，百般劝解，希望他能节哀顺变，无济于事，张敞只得叹息而去。

后来还是府上最忠实的老家奴一心要救大王，辗转请来一个道行很高又懂医术的长者，来为刘贺疗治。

长者是在日落时分走进暮霭沉沉的昌邑故宫，先将一包草药交给待，让她差家人在半个时辰内煎熬出半小罐汤药，然后他在刘贺的病榻前盘腿而坐，面朝刘贺，微闭双目，凝神作法。等奴婢将汤药端上来的时候，长者结束作法，扶起刘贺，哄劝刘贺将汤药喝下，随后让刘贺平躺下，先后点按刘贺耳后的睡眠穴、头顶的涌泉穴、百会穴以及大脑后枕部的风池穴，按摩完头部穴位，又按压刘贺腕部的神门穴、内关穴，接着又按压下肢内踝上的三阴交、膝关节外侧的足三里穴位，长者凝神静气地按摩约一个时辰，再看刘贺，已经沉沉地睡去了。

待领着侍妾和子女们对长者跪拜感恩，给长者丰厚的酬劳，长者摆手不收，他在刘贺身旁守了一夜，见刘贺没有大碍，第二天一大早，便悄然离去。

刘贺醒来，已是日悬中天。待跟他激动地叙述长者施恩不求回报的懿德，他怅然良久，对着长者来的方向拜了拜。他坚信长者一定是老天派来拯救他的，老天打压他，又来扶助他，他还是要坚强地活下去。

4

曾经狂放不羁的刘贺彻底变得低调，对于他这样的罪臣来说，低调就是对自己和家人的一种保护。他也知道，刘病已一定对他是不放心的，山阳郡太守张敞就是刘病已安插的眼线。

刘病已曾密令张敞对刘贺监视了四年，没有发现刘贺任何不对劲的地方。但刘病已对刘贺的忌惮依然不减。元康二年（前64年），他派使者赐给山阳郡太守张敞玺书说："诏令山阳郡太守：要谨慎防备盗贼，注意往来过客，不要泄露这条诏令！"张敞一看刘病已密诏，心领神会，皇上表面上是不放心山阳郡社会治安，其实是对废帝刘贺一如既往的不放心。他写了封上书，如实奏报前昌邑王及其家人非常低调，平素基本不出门，山阳郡也专门派遣督查在昌邑王府长期巡逻。

此封奏报没有得到刘病已的回复，很显然，刘病已对奏报不满意。于是张敞又上了一份奏书，详细报告他自己亲自到刘贺府上所了解的具体情况，他观察刘贺穿着拉胯，面色暗黑（有病容），言语木讷，腿脚不灵便，整个人看上去有些呆傻。他还仔细查点了刘贺家的人口以及财物，并在奏书中附上刘贺妻妾子女的名籍以及奴婢、财物簿册。

第二份奏书上报之后，张敞想起刘贺对昌邑哀王刘髆的女乐的冷漠态度，又补写了一份奏书："臣敞以前上书说：'昌邑哀王的歌女、舞女张修等十一人，没有子女，又不是姬妾，只是良人，没有官名，昌邑哀王死后应当放她们回家。太傅豹等擅自强留，认为是昌邑哀王园中人，我认为按法不当留，请求放她们回家。'前昌邑王听到后说：'宫中人守陵园，病了的应当不治疗，互相杀伤的应当不处罚，本来就想让她们快点死，太守为什么却想放了她们呢？'可见他的天性就是喜好败乱伤亡，最终也看不到一点仁义。后来丞相和御史把我的上书奏上，奏折被批准。她们才被送回家。"

刘病已看完张敞的两份奏报，知道刘贺不值得忌惮。不过，他内心还是有点不踏实。当初霍光变相采用宫廷政变的方式废黜刘贺，并非得到所有朝臣的认可，严延年就上书弹劾霍光擅自废帝，对霍光提出严重质疑。他是霍光扶立上位的，质疑霍光，就等于质疑他刘病已登基的合法性。刘贺虽成废帝，但依然住在昌邑国的故宫里，其在京城的政治影响或多或少还是有的。不能完全排除有图谋不轨的人暗地里利用刘贺搞事，必须妥善安置刘贺，杜绝所有隐患。

打定主意，刘病已宣召丞相魏相，想听听魏相对安置废帝有什么看法。魏相说："这件事陛下是得要好好考虑了。前昌邑王被废已有十来年了，一直让他住在昌邑国都，显然是不太合适的。"

"丞相觉得如何安置才妥帖？"

"当初有人提出将他迁居房陵，皇太后对他开恩，没有同意。卑臣觉得，陛下可以考虑将他迁到南国。"

刘病已点点头，说："丞相觉得南国哪个郡县合适？"

"南国有个豫章郡，属扬州刺史部管辖。陛下可以在豫章选一个县。"

刘病已命人拿来各郡县地图，找到豫章郡，看了下设的十八个县，目光最后定格于"海昏"，略有所思，问魏相："'海昏'这个地名，可有什么特殊含义？"

魏相说："'海昏'作为县域之名，并没有什么特殊含义，只是标示它的地域方位。'海'当指彭蠡泽那一片水域，'昏'当指日落的方向，即西南方。"

刘病已看了一眼地图上海昏的方位，微微颔首，"海昏的确在彭蠡泽的西南方。将前昌邑王迁至此地，丞相以为如何？"

魏相恭敬地说："请陛下定夺。"

经过和魏相商议，刘病已决定将刘贺迁到豫章郡的海昏县，离长安有两千多里之遥的一个南蛮之地。当然，他对外不能暴露他的真实意图，他以顾念骨肉亲情的名义，来抚慰自己这位落魄的皇叔。

第二年三月，刘病已正式下诏："听说象（舜的同母异父弟，曾陷害过舜）有罪，舜封了他，骨肉之亲，分而不断。封前昌邑王刘贺为海昏侯，食邑四千户。"诏令一下，赢得诸多朝臣的一片赞赏，都称颂陛下至仁至善，刘病已自然也暗自得意。

侍中卫尉金安上心思缜密，他上奏了一本，说："刘贺是上天抛弃的人，陛下至仁，又将他封为列侯。刘贺是个愚顽废弃之人，不应该奉行宗庙及入朝行朝见天子之礼。"金安上的奏书很合刘病已的心意，马上得到刘病已的准奏批复。

刘贺接到封侯迁徙诏书，心情很复杂。昌邑是他生活了将近三十年的故土，这里有他难以磨灭的情感记忆，现在突然要举家迁居南方一个陌生的地域，实在是百般不舍。但是昌邑故土又是他的梦魇所在，他被强夺大位之后的整整十一年，被软禁于昌邑故宫，像一只被扒掉外皮的病虎，国除爵夺，受到朝廷严密的监视，在凄惶中苦熬光阴。如今刘病已发了"善心"，将他由一个废黜为庶民的罪臣重新封为享有四千户食邑的列侯，也让他看到了自己的未来尚有一线曙光，还是感到些许欣慰。

接下来，刘贺和夫人待最操心的是举家搬迁。昌邑故宫的所有东西，

第十三章 废帝刘贺

刘贺都想全部带走。自从遭遇人生巨变之后，他变得异常念旧，宫中的每件物品，只要能搬得走的，他都舍不得抛弃。特别是他的祖母和父亲遗留下来的物品，他尤其倍加珍惜。在软禁期间，他不时进府库端详它们，还特意将它们重新分门别类，整整齐齐地摆放在特制的陈列架上。他小时候记事时，就曾听昌邑王府的一个很老的管家对他讲述他的祖父武帝和祖母李夫人的故事，说他的祖母像天仙一样美貌，歌唱得妙，舞跳得好，又温柔又贤惠，最得他的祖父宠爱了，时常给她很多的赏赐。他的父亲昌邑王出生以后，武帝也是特外疼爱，也时不时赏赐昌邑王。府中收藏的马蹄金、麟趾金、盛酒的器皿（譬如凤鸟纹提梁卣）等等珍宝都来自当年祖父的赏赐。如今即将离开故土，他亲手整理这些稀世珍宝，感受到一种跨越时空的绵绵亲情，心生难言的怅惘。他亲自小心翼翼地用丝绸或锦缎将它们逐一包裹好，放在大大小小的箱箧里，嘱咐家奴将箱箧搬上马车。

刘贺深知，此次离开故土，恐是永别。他舍弃不下属于他的所有器物，更舍弃不下他身边的每一个人，哪怕一个卑贱的奴婢。他舍弃不下的还有长眠在这里的人——他最爱的发妻罗紨和儿子持辔。他原先在昌邑附近的山崖开造了自己的陵墓，将罗紨母子放在这座陵墓里，眼下他要南迁，这座陵墓也不得不废弃。后来，他在豫章安顿下来之后，就着手建造自己的新陵墓，等陵墓一建好，他就派人回昌邑，将罗紨和持辔的遗骨以及陪葬品一起迁到豫章新陵墓重新安葬，跟自己同墓异穴合葬，永不分离。

那年初夏一个薄雾轻飘的晨曦，刘贺带着昌邑的全部家当和二百多人，带着对昌邑故土的无限眷恋，开始了千里迢迢的远徙，风尘仆仆到达彭蠡泽畔的豫章。

一下马车，入眼所见，白茫茫一片泽国，遍处蛮荒景象，和繁华富庶的昌邑故土简直天壤之别。刘贺意志消沉，此生就老死在这个陌生的偏远贫瘠之地？他不得不提醒自己：命既如此，运也难为。既来之，则安之！但他一直怀念昌邑故土。在他的心目中，不论身处何处，他都觉得自己还在昌邑，只是以前的那个昌邑居北，他就称为"北昌邑"，而如今他所处的彭蠡泽畔的海昏位居南方，他就称为"南昌邑"。家中每添置新的铜制日用品，像青铜豆型灯灯座之类的器具，他都会让人用汉隶刻上"南昌"二字作为标识。

初到南方，刘贺严重水土不服。南方夏季燠热难耐，虫蚊肆虐，传播病菌，容易致人肠胃生病；冬季湿冷难熬，他原本就患有的风湿之症逐渐加重，常年需要吃药调养身体。

即便身体状况堪忧，又身处穷乡僻壤，远离长安，但刘贺依然非常重视朝廷举行的秋请、正月祭祀与纳贡等各项朝请。其中他最看重每年秋八月的祖庙献祭仪式，这是彰显他作为高祖正宗后裔的无上荣耀。早在文帝登基之后，就大力弘扬孝道，诏令各地诸侯王与列侯在每年秋八月，携带黄金祭礼前往长安，到高祖庙祭拜，以表达对高祖皇帝的怀念与崇敬之情。为彰显皇恩浩荡，当朝天子也会对不辞劳苦，远道而来以黄金为礼祭祖的诸位王侯，给予极为丰厚的赏赐，请他们喝最上等的精酿美酒，时称为"酎"，这项秋请饮酎制度被朝廷称为"酎金制度"。

刘贺从刚到海昏的那一天起，就惦记着当年的秋请献祭。他也知道自己不被允许前往长安亲自参加祭拜，思忖着派人代为秋请总是可以的吧。给老祖宗献祭的酎金一定用最高纯度的黄金打造，以示虔诚。他亲自监制工匠打造酎金，以确保酎金的绝好品质。他让工匠精心打造了五块金板作为酎金，每块金板上刻有"南海海昏侯臣贺 元康三年 酎金一斤"字样。酎金打造完毕，他马上派仆臣饶居携带酎金前往长安参加秋请献祭。让他没有料到，多日后饶居从长安返回海昏，五斤酎金竟被原封不动地带回，不过饶居也带回皇上给他的一点赏赐。

饶居见刘贺有点闷闷不乐，劝解说："想必陛下是念及海昏贫瘠，出于对您的关照，才不接受酎金。您对高祖的孝心到了即好。"刘贺略略点头，"权当就这么想吧。你辛苦了。好好休整休整。明年的正旦还要参加，还得劳顿你再往长安代跑一趟。"饶居对君侯的信任表示感恩。

那年初冬，饶居再次作为海昏侯刘贺特派的使臣，携带刘贺亲书的恭贺皇帝陛下的奏牍与丰厚的献礼，乘坐良马拉的马车，从海昏国都城出发，千里迢迢地到长安，参加朝廷正月初一举行的正旦会。结果与头年秋请一样，献礼和恭贺的奏牍又被原封不动地退回。这回饶居也很垂头丧气，又白跑一趟！冒着冬寒长途奔波，好不容易到了帝都，原想着能到热闹的朝会现场看一看，结果连未央宫的门都没让进，负责接待的官员奉命直接拒绝接待他这个海昏侯的使臣。上次好歹皇帝还给了点赏赐，这回什么都没有！

刘贺更是感到深深的委屈与失望，但他还是心存几丝不甘，坚持上奏书给皇上，请求能允许派仆臣参加元康四年的秋请，不但没有得到许可，连奏牍都被退回。皇帝如此这般地对待他，分明是将他彻底排斥在权力中心之外。这倒也罢了，他最不济也就死心当个僻壤地的列侯，最让他难以忍受的是皇帝不接受他祭祖的酎金，分明是变相剥夺他的皇族身份。

刘贺在郁郁寡欢中自寻精神慰藉，他觉得自己变成了刘氏皇族中的特殊成员，皇帝不待见自己也就罢了，自己得重视自己，他索性自称为"大刘"，给自己镌刻了一枚玉印，镌文为"大刘记印"。他还特制了一套铜环权（铜制的砝码），其中最大的一个铜环上铸造了"大刘一斤"的铭文。他有时端详着玉印和铜环上的"大刘"，暗自苦笑，没人跟自己玩，只能自己哄自己玩罢了。

刘病已始终没有放弃对刘贺的监视，在封刘贺为海昏侯之后，密令扬州刺史柯注意海昏侯的动静。

刘贺迁居海昏侯国的第五个年头，扬州刺史柯向刘病已奏报刘贺与前太守卒史孙万世来往时的交谈密语，惹得刘病已雷霆震怒，交有司审讯核实后，有司请求逮捕刘贺。刘病已倒没有将刘贺下狱，而是下令给予刘贺削夺三千户食邑的惩罚。

刘贺懊恼万分，后悔自己太不谨慎，不应该跟孙万世这样的小吏过往甚密，招致灾祸。回想他跟孙万世之间的交往，是从他带着家人与随从刚到海昏时开始。当时的豫章郡太守奉命将他们临时安顿下来，海昏侯国的都城和宫殿要尽快着手兴建，他的陵墓也要同时动工，考虑他人生地不熟，太守就派下属孙万世帮他筹划。孙万世倒也手脚勤快，也能吃苦，鞍前马后地跑上跑下，人也直爽。他觉得孙万世比较靠谱，渐渐对其比较信任。等到新的宫殿落成，新的陵墓也随之建好了，他和孙万世之间的关系也密切起来，孙万世成了他宫殿的熟客，他和孙万世之间也说一些比较私密的话。

他觉得自己跟孙万世是关起门私下交谈，应该没人听见。他们私谈的话，怎么就被扬州刺史柯知晓了？明摆着就是孙万世告诉刺史的。孙万世莫不是刺史安插的耳目？

他回想起跟孙万世的那些谈话，越发觉得孙万世是故意挑起禁忌的话题："君侯从前被废时，为什么不坚守不出宫，斩大将军，却听凭别人夺去天子玺印与绶带呢？"他当时一点也没设防，如实应答："是的。错过了机会。"

孙万世又说："您将在豫章封王，不会久为列侯。"刘贺听了比较高兴，这也正是他所希望的，但他也知道这种事不能随便说，便回答："将会这样，但这不是我们应该谈论的。"

那次交谈之后，刘贺送客时，还一再叮嘱孙万世："我们私下闲聊的话，请不要外传，以防不怀好意的人添油加醋。"孙万世拍着胸脯保证绝不外传，当面信誓旦旦的，背地里使坏，人心叵测！人心叵测！孙万世就是个袖里藏刀的宵小之徒，唉，都怪自己识人不善啊！刘贺心灰意冷之余，遂发毒誓，从此关门不再纳客！

刘病已也知道刘贺现在已经俨如瘸腿无羽的雄鸡，根本就蹦跶不起来，对自己也构不成什么威胁。他也没有必要将刘贺置于死地，只是很嫌恶刘贺不知足，还梦想着封王，封王之后呢？是不是还会惦记着重新当皇帝？削户三千对刘贺重罚，也是对刘贺予以严厉警告。

几个月后，传来刘贺死亡的奏报。刘病已倒是感到有点意外，他也听说刘贺身体不太好，但也不至于这么快就殁了吧？

朝廷派到海昏国吊丧的官员还在路上，海昏侯的宫殿里又传出令人意想不到的噩耗，刘贺的嫡长子充国突然死亡，没过两天，充国的弟弟奉亲也追随哥哥而去。侯夫人待一时接受不了沉重的打击，昏死过去，医工费了半天劲医治，才让她缓过气来。她除了哭，还是哭。她想不明白，她的夫君怎么说没就没了？平素他的身体也确实一直欠安，常年需要进补调理，但她觉得他的身体总体还不算太坏。近期他也有些不适，先是发冷寒战，接着又高烧发汗，好歹后来症状缓解，他也似乎有了点胃口，特别想吃甜瓜，她以为他没什么大碍了，就赶紧差人去瓜农那里买了几个新鲜的甜瓜。他还说甜瓜好吃，多吃了几块，万万没有料到，他后来就突然不行了！她也吃了甜瓜，她怎么就没事？更令她肝肠寸断的是两个宝贝儿子的先后离世，症状竟然跟她的夫君相似，难道是老天有意作祟？

刘病已听闻刘贺嫡出的两个儿子也先后追随刘贺而去，觉得有点蹊跷，又恐外界生发有损自己仁义的流言，便打算让豫章郡太守廖调查一下，但转念一想，人都没了，调查欲意何为？也不过多此一举，便放弃了。

关于刘贺父子的死因，民间众说纷纭，有一种比较普遍的说法，父子仨死在那年的夏秋之交，豫章一带湿热交蒸，瘴气弥漫，命薄的父子仨极有可能感染了某种急性传染疾病而相继撒手人寰。

海昏侯刘贺死后，豫章郡太守廖上奏朝廷，报请刘贺的嗣子刘充国继承他的侯爵之位，但奏书发出去没两天，充国突然离世。廖嘘唏之余，又上奏书，报请充国的弟弟奉亲继承海昏侯爵位。这份上奏还没等刘病已批复，奉亲又意外去世。

按照当时相关的礼制规定，像刘贺这种父子相继亡故的，要先安葬儿子，再安葬父亲。两位合法的爵位继承人都不在了，原先本该下一代海昏侯继承的那些带有王室印记的财物，不能流传到民间，于是主持葬礼的官员索性就将它们作为刘贺的陪葬品，全部埋进他的陵墓。

豫章郡太守廖又上了一份奏书："舜封象在有鼻，象死不为他设立后继者，认为暴乱之人不应该当一国的始祖。海昏侯刘贺死，上报有关部门，应当作为他的后继者的是他的儿子充国；充国死，又上报他的弟弟奉亲；奉亲又死，这是上天要断绝他的祭祀。陛下聪明仁爱，对于刘贺很仁厚，即使是舜对象也没法超过。应该按礼制断绝刘贺的后继，奉行天意。希望交给有司商议。"有司讨论的结果，都认为朝廷不应该为刘贺立嗣，海昏侯封国随后被撤销。

等到十年后，太子刘奭即位，有一次跟张敞聊起叔祖父刘贺，对叔祖父及其后代很怜悯，又特封刘贺庶子代宗为海昏侯，之后传子到孙。对于自己的子孙被善待，刘贺若有在天之灵，大概会有几分欣慰吧。

第十四章 立后·教子

1

在刘病已的人生地图中，朝堂和后宫是两个重要的领域，在他看来，家事和国事同等重要。他非常重视他的家庭建设。

他虽然始终将许平君装在心里，但他又是个现实的男人，一个帝王，他需要女人滋润，更需要为他的皇族不断增添子嗣，他该宠幸女人的时候也会去宠幸。但他不贪色，按相关制度，每年八月都有新的美女充实后宫，他总是有意精简后宫人员，根据宫女们意愿，放她们出宫自行婚配。他的后宫虽然佳丽成群，但他宠幸的女人也屈指可数，比如华婕妤、张婕妤、卫婕妤、王婕妤，而且他不专宠她们中的任何一个，竭力做到雨露均沾。

他的这几个婕妤中，华婕妤、张婕妤和卫婕妤都是精挑细选上来的，个个闭花羞月，美得不可方物。只有王婕妤例外，中人之姿，却是他直接钦点的，因为王婕妤是他昔日微贱时的好友王奉光的宝贝女儿。

王奉光在女儿十四五岁时，就开始为她挑选合适的人家。令王奉光非常沮丧的是，他的女儿每次在即将要出嫁时，男方不是突然病亡，就是意外而殁，前前后后竟有五次之多，女儿也耗到了快二十岁。外界都一致认为他的女儿严重克夫，没有人家敢再找他的女儿婚配。按当时的法令，女子在十五岁至三十岁之间如果还不出嫁，每年要交六百钱的单身税。王家因为女儿没嫁出去，已经交了不少钱了。经济损失姑且不说，更重要的是照这样下去，他的女儿怕是一辈子都是光杆儿。虽然他的女儿上有一个兄长，下有一个弟弟，毕竟她的兄长与弟弟都各自成家立业，各有各的生活，指靠他们将来照顾她，也不太现实。他这个做父亲的身体也越来越不好，经常生病，要是自己哪天走了，丢下女儿一个人，那可真是孤苦无依。再退一步说，即便他身后多给女儿留些钱财，雇女仆来照顾她，也不是个好办法，女儿应该有属于她自己的家庭生活。爱女心切的王奉光深为女儿的终身大事忧虑，成天琢磨着怎样为女儿找个可靠的安身之所。

王奉光想来想去，突然想到了一条不错的路：将女儿送进皇宫？只是进皇宫可不是一件容易的事，据说挑剔得很呢！他女儿也不是特别漂亮，万一选不上呢？

王奉光想，直接找皇上帮帮忙？哦，这件事是不是有点不合适？他想了又想，还是决定先写份上书试试，也想到今非昔比，刘病已经是万姓至尊，绝对不能像以前那样随意地称兄道弟，他斟酌一番，写了封上书，陈述自己的意愿。

恭请陛下圣安！奉光此次冒昧烦扰陛下，心中诚惶诚恐，恳请陛下多多宽恕！奉光有一私事相求，小女年近二十，因婚运不佳，屡次出嫁前男方猝逝，故小女不幸得克夫之名而难以嫁人。奉光年事渐高，身体不时有恙，恐在日时短，念及小女终身大事无着落，故忧心如焚。小女为人谨厚，手脚勤快，精通女工，也懂印染。恳请陛下开恩，准许她入宫做工，令小女日后有个安身之所，奉光感激涕零！

那时刘病已登基刚半年，看到王奉光这封上书，摸着下巴琢磨了一下。他是个念旧的人，好友此番请求，不能不答应，但让好友的爱女到宫里做女工，实在不合适。又觉得王奉光大概本意是希望自己收纳他女儿，只是碍于情面不好直说而已。他批复请奉光带爱女入宫觐见。

王奉光住在长陵，离长安也不太远，收到刘病已的批复，欣喜不已，即刻让女儿好好拾掇一番，带着女儿进了气势恢宏的未央宫。昔日一起混江湖的小弟如今成了高高在上的天子，让王奉光既感到无比荣耀，又十分忐忑。他知道宫里的一些规矩，也在家里一再嘱咐女儿进宫面圣要谨小慎微。父女俩被内侍传进宣室殿，跪拜端坐在帝座上的刘病已。

刘病已屏退左右，起身搀起王奉光，笑说："多日不见，怎么感觉生分很多呢！"王奉光依然有些拘谨，"奉光生性鄙陋，无才无识，却承蒙陛下如此厚爱，实则三生有幸！"

想起昔日同王奉光、陈遂他们一起度过的逍遥无拘的时光，如今故友相见，却隔着一层厚厚的尊卑屏障，刘病已不禁笑着感慨："看来过去的那些自在日子，真的是再也回不来喽。"

王奉光由衷地恭维说："陛下是天选之子啊。天将大任降于陛下，必将让陛下为天下黎民百姓操心劳碌。"

刘病已笑笑摇头，"是啊，命中注定当不了逍遥翁，没办法，只能顺天从命当个劳碌工。"看了一眼微低着头垂立的王氏，又笑着对王奉光说，"朕为天下老百姓当劳碌工没的说，奉光在奏书中说让爱女进宫当劳碌工，那可就不合适了，怎么着也得给个名分吧？"

王奉光闻言，激动万分，马上拉着女儿跪伏谢恩："陛下如此厚恩，奉光和小女就是肝脑涂地，也无以为报！"

昔日好友王奉光的女儿，就这样被刘病已很干脆地收进自己的后宫，封了个婕好。刘病已的出发点很简单，就是想帮着好友王奉光解决嫁女难的问题，他骨子里压根儿就没想着跟王家姑娘有什么实质上的瓜葛，将王氏安顿好之后，就将她晾在一旁。皇后许平君对此有意见了，说："你将人家姑娘收进来，又老对人家不理不睬的，这不合适吧？"

"怎么不合适？"刘病已颇不以为然，"我是看在好友情面上，帮他一把，让他女儿过上安稳富贵的日子，有什么不合适的啊？"

许平君一个劲摇头，"就是不合适嘛。你既然帮人家，就得要帮到底，你得让人家心里舒坦才行。"

刘病已瞅着平君，笑眯眯地说："她心里应该很舒坦的，她本来是嫁不出去的，现在终于嫁到皇宫里，多有面子啊。"

许平君哭笑不得，"你别开玩笑了。反正你一个堂堂天子，既然好心娶昔日好友的女儿，就不能逢场作戏，就得真娶。你也得考虑让人家有个一男半女，一辈子也好有个依靠，再说，给我们多添子嗣，不也很好吗？"催着刘病已跟王婕好圆房。起先刘病已不乐意，经不起许平君再三开导与催促，也就勉强跟王婕好圆了房。有了婚姻之实之后，加上王婕好谨厚勤勉，处处都能为别人着想，刘病已对她也有了点好感，好歹是自己的女人，也没过度冷落她。但王婕好就是一直没开怀生育，让他也感到有些遗憾。

皇后霍成君被废之后，整整两年，皇后之位一直空置。刘病已请托上官太后帮着打理后宫。上官太后也非常情愿帮衬他。她骨子里对刘病已有一种特殊的情感。刘病已是一个很有人情味的帝王，始终对她给予应有的尊重与关照。尽管她比他还小几岁，但他始终以太后之礼待她。他每日都派人向她问安，他自己有空的时候，也会亲自来长乐宫看望她。她在他的身上，总能看到昭帝的影子，那个在深宫中唯一能带给她快乐的人，可惜，那个她本该托付终身的人，早已不在了，她对昭帝的思念始终不减。很多时候，她不由自主地将对昭帝的思念投射在刘病已身上，她潜意识中将刘病已当成自己的终身依靠。他不管做什么，她都无条件支持他，即便是灭她外祖父全族，她虽然心里很难受，但她也没有出面为霍氏说情。她从六岁开始一直待在宫闱中，经历过很多人事，也渐渐明白为人处世之道。她知道，作为霍氏的至亲，她是断然不能卷入灭霍的旋涡，她得学会保护自己。

在她的眼里，刘病已是一个很值得信任和托付的人，这一点很像昭帝，而且他也很勤政，她发自内心地敬服他。她愿意为他分忧，希望能给他力所能及的帮助，减轻他身上的担子。跟他相处这么多年，她也从情感上将他视为自己的亲人。他的皇后之位暂时空置，她自然义不容辞地帮他打理后宫的诸多事务，将后宫管理得井然有序。

刘病已内心也不想后宫的事务老烦扰上官太后。他也想早点立皇后，但他对立皇后是有所顾忌的，如果不谨慎，不但对太子不利，也会引发后宫钩心斗角。女人都有偏私的一面，特别是做母亲的都会惦记着为自己的孩子谋私利。当初掖庭令张贺跟他闲聊时说起高帝的家庭悲剧，给他留下深刻印象。掖庭令说，听家族的高辈老人讲，当年吕后和戚夫人之间争得你死我活，跟高帝是脱不了干系的。戚夫人年轻貌美，善歌舞，又生了一个酷似高帝的儿子如意，因而戚夫人母子深得高帝的宠爱。吕后生的太子刘盈为人仁弱，为高帝所不喜。高帝有改立如意为太子之意，在戚夫人面前也毫不掩饰他的这种心迹。大凡人都是有欲望的，戚夫人也不例外。她是一个世俗的女人啊，并没有多少长远的识见，也谈不上有多贤惠。作为母亲的她自然不满足自己的儿子当一个诸侯王，而是渴望儿子有朝一日能登上帝王的宝座。高帝对如意的偏爱无疑使戚夫人的欲望膨胀。为了满足己欲，戚夫人也就依仗高帝对她的宠爱，日夜对高帝啼泣，央求高帝让儿子如意代替太子。高帝呢，竟不计后果地答应了！吕后为人很刚毅，她怎么能容忍她儿子的太子位被戚夫人的儿子替代？你想想，她能善罢甘休吗？高帝一驾崩，她就死命地收拾戚夫人。唉！如果高帝能站在大局、长远的角度，深思远虑，他就不应因为个人偏私而轻易产生废太子之心，从而激发戚夫人与吕后激烈的宫闱内争，为日后埋下很深的隐患。高帝在处理后宫问题上，确实不够英明睿智啊。

刘病已立志要做一个英明睿智的帝王，他绝对不能允许他的后宫出现内斗争宠的麻烦。眼下对于立皇后，他是慎之又慎。他想到奭儿早早就失去母亲，还差点遭霍氏毒杀，就非常难过。出于对奭儿的百般哀怜，也为了慰藉平君的在天之灵，他决定给奭儿找一个好后母，能对奭儿视如己出。他不敢选有孩子的妃嫔为皇后，担心她们不会真心实意地对奭儿好，他要选谨厚勤勉又没有孩子的妃嫔，这样他才能真正放心。王婕妤无疑是最合适的皇后人选。他便毫不犹豫地立她为后，令她做奭儿的母亲，悉心教养太子。

2

刘病已是在元康二年（前 64 年）二月乙丑立王婕妤为皇后的，当时下令赏赐丞相以下至郎从官钱帛各有差等。他还特意对华婕妤、张婕妤和卫婕妤都予以丰厚的赏赐，以示同样恩宠，而且他还趁闲暇专门一一去看望她们。

刘病已首先看望的是张婕妤。

许平君走后，在所有婕妤中，刘病已最喜欢的是张婕妤，她不仅性情大方，长得俏丽，而且多才艺，能歌善舞，还会弹筝下棋，刘病已每每跟她在一起，感觉放松，惬意。等到张婕妤给他生了活泼可爱的龙子刘钦，刘病已对她的感情更加浓烈了，平素再忙，也不时要抽空去看张婕妤母子。

张婕妤受着刘病已的格外恩宠，也渐渐滋生一种优越感，在霍成君被废后，她自然就有了属于自己的小心思，憧憬有朝一日她会母仪天下，甚至有几次梦见自己身穿尊贵无比的皇后华服，晴空丽日下，在未央宫大殿前的宏阔广场上，接受黑压压的臣民的朝拜，她醒来都有种陶醉感。然而，梦想终究是梦想，让她没有料到的是，她的梦想终究像七彩泡沫一样，憧憬变成一场空。

王婕妤封后的时候，张婕妤就卧榻不起。她躺在华榻上，一副病恹恹的样子，昔日笑靥如花的俏丽脸庞笼罩着一层愁怨。刘病已知道她得的是心病，便坐在她的身旁，握着她的玉手，轻轻摩挲着她纤纤如嫩黄的手指，没说话，只是笑微微地看着她。张婕妤两只凤眼蓄满泪水，长睫毛扑闪两下，那泪水便决堤般地扑簌簌而下。刘病已将她抱在怀里，抚摸着她乌黑如云的秀发，依然微笑着不说话。张婕妤将头埋在他的臂弯中，哭得梨花带雨，满腹的委屈和伤心在此刻全都化为清亮的泪水。

等她哭够了，刘病已拿绢巾替她拭干泪，爱怜地撩撩她额头的发丝，这才轻声说："现在好受些了没有？"张婕妤不好意思地点点头。

刘病已聊了几句家常，说了一番体己话，便提及立皇后的事，笑着说："朕忘了跟你说了，朕原本是考虑你的。但想到你有钦儿需要养育，已很辛苦，再要将奭儿托付你照护，那会让你累坏的。你本就弱不禁风，经不起过度劳累的。而且呢，当皇后表面看起来风光无限，但其实是非常累的，整个后宫，内内外外都得皇后费心费力操持，稍有不慎，还会招来非议。朕心疼你，所以也就放弃这个打算了。你应该懂得朕的心意吧？"

"懂得懂得。感恩陛下对妾的关爱和恩宠！"张婕妤很是识趣，皇上的此番话如此得体，她必须消掉所有愁怨，要起身跪拜行礼，被刘病已笑着制止了，说就咱俩，免了哦。只要你懂得朕的心意，你开心，朕就开心。

张婕妤脸上开始浮现甜美的笑容，呈现原先活泼的姿态。

刘病已安抚好张婕妤，翌日又去看望卫婕妤。

卫婕妤比张婕妤晚一年入宫。她的美貌与张婕妤不相上下，也会歌舞，还写得一手娟秀的小篆。刘病已对她的书法尤为欣赏。

卫婕好入宫一年之后，就生下皇子刘嚣，为皇家又添了一名子嗣，让刘病已对她更为看重。在当时的后宫里，只有三位皇子，除了太子刘奭，便是张婕好生的二皇子刘钦和她生的三皇子刘嚣。

卫婕好心地纯良，与活泼开朗的张婕好相比，性情比较内敛。她有点不喜欢张婕好的外向性格，觉得张婕好喜欢招摇，邀宠。她每当听到皇上夸二皇子，心里就有点不服气，暗地里同张婕好较劲比教养孩子，她一定要将她的嚣儿调教好，绝不比张婕好调教的刘钦差。她有意私下早早教孩子开蒙识字，嚣儿聪明乖巧，记忆力很强，她教他的，他基本听两三遍，就记住了，让他复述，他基本上能准确无误地说出来。她还时时教导她的嚣儿要孝顺仁慈，做个有德行的人，使得她的儿子在后来成人之后也不负她的殷切厚望，从未有过失，是当时所有诸侯王中风评最好的王爷。

刘病已踏入卫婕好的寝殿时，卫婕好正坐在梳妆镜前发着呆。听到贴身侍女汇报陛下驾到，她忙整整衣冠，趋步伏拜迎驾。刘病已忙屏退侍女，将她扶起，拥之入怀，抚摸着她的脸颊，说："嗯，怎么好像见瘦了？"

卫婕好笑了笑，微低了低头，小声答道："感谢陛下关爱。没有瘦的。"

刘病已见她笑得勉强，也知她有点小情绪，便笑笑说："朕想讨你一幅字，可否？"

卫婕好眉宇动了动，有些羞涩地笑了，"陛下这样说，让妾很难为情呢。"走到特设的几案旁，拿出一块长方形的白色丝帛，铺在几案上，"陛下要哪幅字呢？"

刘病已略一沉吟，笑说："嗯，就写'知足常乐，能忍自安；无欲则刚，有容乃大'。"

卫婕好抿抿嘴，凝神静气，挥笔一口气写了下来。刘病已两眼放光，拿起帛书上下端详，笑着连连赞赏："写得好！写得好！字是人的门面。以后让嚣儿多跟你学学！"将帛书放下，伸开双臂，熊抱卫婕好，"朕太开心了，婕好可开心？"

"妾得陛下鼓励，很开心！"卫婕好这回真正是心情舒畅了，"谢陛下恩宠!"她懂得皇上如此这番又夸又抱的,是在宽慰她。她虽然也有点小心思,但毕竟不像张婕妤那样强烈,只是隐隐觉得皇上立王婕妤为后,分明对自己冷落了。如今见皇上还这样顾及她的情绪,她也心生几分感动,不禁释然了。

抚慰了卫婕妤,刘病已也不忘去看望华婕妤。

华婕妤同张婕妤和卫婕妤感受完全不一样,她生的是小公主,她从来没有过多的奢望,她只要皇上心里还能装着她,她就很知足。如今皇上立王婕妤为皇后,她发自内心地为王婕妤高兴。在几个婕妤中,她觉得最亲近的是王婕妤。

在华婕妤的印象中,王婕妤平素深居简出,有时不得已公开露面,也是默默地站在最不起眼的位置,乍看上去,同普通的宫女无异。她喜欢做女工,擅长用彩色丝线编织手套、袜子、五彩丝带等物件,做工精细,令人爱不释手。她为人随和,经常将自己编织的物件送给侍女。华婕妤跟她处得很好,她经常看望华婕妤的小公主,还特意为小公主编织漂亮的小帽子和丝绸鞋子。

两天之后,刘病已去看华婕妤的时候,华婕妤正在教女儿刘施用五色彩丝编织彩带。小女孩七八岁光景,长得酷似母亲,明艳可爱。一见父皇,她就欢笑着起身撒腿跑到跟前,扑通一声双膝跪下,趴在地上给父皇叩头请安。华婕妤随即也行叩拜大礼。刘病已赶紧将她们扶起,满脸慈爱地摸摸女儿的头,笑问:"施儿,在干吗呢?"

"编织丝带。"小女孩将编织了一半的彩带拿起来,"父皇,好看吗?您说皇后母亲会喜欢吗?"

刘病已一听,笑得更开心了,"当然好看啦。皇后母亲肯定会喜欢的。"

一旁的华婕妤含笑看着女儿,对刘病已解释说:"上次皇后给她送了一顶漂亮的丝线帽子和鞋子,她喜欢得不得了。我就逗她,说我们应该讲究礼尚往来,皇后母亲给你送了那么好看的帽子和鞋子,你是不是也应该给皇后母亲送个礼物呀?"

小女孩马上插嘴,对父皇汇报:"我看母亲上次给父皇编织的丝带好漂亮，我就说我也要学着编织一个送给皇后母亲！"

刘病已赞许地笑着点头，"施儿这个主意好啊！回头你也编织一个送给父皇，好不好？"

"好呀好呀。等我将这个编好，我就再编一个送给父皇！"小女孩兴奋不已。

"施儿真是个好棒的孩子！"刘病已轻轻抚摸着施儿白里透红的小脸蛋，"施儿先到外面玩一会儿，父皇和母亲单独说几句话，好不好？"施儿乖巧地点头。华婕妤让侍女带施儿去偏殿玩一玩，回头她再去找她们。

刘病已和华婕妤看着施儿欢快的背影，彼此微笑着对视了一下。刘病已执着她的手，坐在卧榻上说："施儿被你教养得很好！你辛苦了！"华婕妤笑着应道："陛下过奖了。教养女儿是妾应做的本分。陛下日理万机，才最辛苦啊。"

刘病已将她环入自己的臂弯，温存了一番，便说到立皇后的事："王皇后初立，后宫事头也多，必要的时候，婕妤要多辅佐王皇后。"

华婕妤嫣然一笑，"请陛下放心！妾一向同皇后亲如姐妹的。"

刘病已满意地点点头。

立王婕妤为皇后，又先后将其他几个婕妤都各自安抚宠幸一番，刘病已感觉踏实很多。后宫风平浪静，安乐祥和。

刘病已将王婕妤选为皇后，之后就很少跟她见面，也不再宠幸她。这让其他婕妤感到有点意外。刘病已有他自己的一套逻辑：天下好事不能全让一个人占尽，他将最尊贵的名分给了无子嗣的王婕妤，让太子做她的儿子，让她以后老有所依，就已经很可以了，也对得住他的老朋友王奉光。他对其他有子女的嫔妃更多的是情感上的亲近，也算是对她们的一种补偿，使她们在心理上感到平衡。这其间他还有自己的另一层私心。他曾听御医提及，王婕妤不生育不一定是生理原因，也有可能是心理因素导致的，如果陛下为她找一个继子，她在心理上放松，反而还有可能怀胎。他既然选定她做太子的后母，就不希望她真的生育，万一她当皇后之后再侥幸生个儿子，她就很难做到一心一意地照护太子，说不准她还会生发小心思，为她自己的亲生儿子谋太子位。这是刘病已最忌讳的。他索性不再碰

第十四章

立后·教子

她，这样就完全避免不必要的麻烦。

对于王氏来说，自从被立为皇后，皇上很少见她，也不再宠幸她，她没有丝毫怨言。她原本在老家就是一个嫁不出去的姑娘，长得也不是很好看，"嫁"进皇宫主要靠的还是走后门，是皇上念着跟她父亲早年交情才给她一个婕妤的名分。单凭这点，就够让她感激涕零了。后来能跟皇上有婚姻之实，主要还是善良贤惠的许皇后从中竭力促成的，她一辈子都记着许皇后的贤德。对于当皇后，她从来就没敢有一丝一毫的非分之想。她自然做梦都不会想到自己会成为后宫之主，直到那一天，皇上召见她，非常明确地告诉她：以后你就是奭儿的母亲，奭儿就交给你来养育。被皇上如此恩信，她不知如何表达自己万分感激之情，当场叩拜谢恩，更是不自制地感动落泪。

刘病已为太子选母亲没有选错人，王皇后是个特别靠谱的后母，她将自己所有的心思都放在太子身上。对于太子日常饮食、起居，她都密切关注。每餐饭食，她都先亲口尝试，确保没有任何问题，才让太子进食。太子自幼体弱多病，她就想方设法地调理太子的身体，到处打听靠谱的食疗方子，亲自做成药膳给太子吃。经过她悉心调理几个月，太子的脸色明显变得红晕有光泽，个子长高了，体重也增加了，性情也开始比以前变得活泼一些。

刘病已见太子身体变得健壮，脸上的笑容也比以前多了，对王皇后将太子的生活起居照顾得无微不至，很是高兴，也不时派人厚赏王皇后。

3

刘病已对长子刘奭的教育非常重视，当初册立太子时，亲自为儿子挑选学德兼备的良师，挑来选去，他的目光最后落在光禄大夫兼任给事中的丙吉和太中大夫疏广身上。丙吉精通律令，为人又十分忠厚可靠，刘病已就选他做太子太傅。疏广学识渊博，儒学领域造诣很高，性情通达，刘病已就让他做太子少傅。疏广的侄子疏受，为人也谦恭谨慎，思维敏捷且有口才，对《礼》的研读尤为精深，也被举荐做太子家令。

太子宫在长安城内的北宫，与未央宫仅隔着一条直城门大街，且有上下两重通道的复道将太子宫与未央宫联结，以方便皇太子随时接受皇帝的教诲，好让皇帝放心。

刘病已有空也会驾临太子宫，看望儿子。疏受就陪着太子进见迎驾。刘病已随口提一些比较深奥的问题，疏受均能对答如流，刘病已对疏受大为赞赏。等到设置酒宴，太子陪同皇上一起用餐，疏受就教太子捧着酒向皇上说祝福的话，语言孝敬优雅，刘病已非常开心。

两个多月后，刘病已调任御史大夫魏相为丞相，就让丙吉担任御史大夫，疏广则升任太子太傅，太子少傅一职就由疏受担任。

那时太子的外祖父平恩侯许广汉觉得太子年纪幼小，便向刘病已建议，让自己的弟弟中郎将许舜监护太子家。刘病已就此事询问疏广什么看法，疏广直言不讳地说："太子是国家的储君，太子的老师、朋友必须由天下的优秀人才来充任，不应只与其外祖父许氏一家亲密。况且太子自有太傅、少傅教导，官属已经齐备，而今再让许舜监护太子家，将使人感到浅陋狭隘，不是向天下传扬太子品德的好办法。"刘病已认为疏广的话很有道理，便将此语转告丞相魏相。魏相摘下帽子，谢罪说："这种高超的见识是我等所不及的。"疏广因此受到刘病已的器重。

疏广和疏受叔侄二人通力合作，悉心引导太子研读儒家经典，采用明白晓畅的语言为太子阐释经典内容，并有意将经典同现实生活结合起来，教导太子懂得学以致用，同时也在潜移默化中使太子懂得为人处事的一些道理。

太子在二位老师的用心教导下，学识日见长进，待人彬彬有礼，有储君风范。每次太子朝见皇帝时，太傅疏广在太子前引导，少傅疏受在太子后跟随，成为朝堂上一道亮眼的风景。叔侄俩一起担任太子的老师，在朝臣们看来是非常荣光的事。

刘奭作为皇太子，接受疏广、疏受二位老师的教诲五年，到十二岁，学业有成，通晓了《论语》《孝经》等儒家经典。刘病已对太子的两位老师很满意。但此时的疏广却萌生了退意，他对侄子疏受说："你理解'知足不辱，知止不殆'，'功遂身退，天之道'这几句智慧之言吗?"

疏受点头，"如果一个人知道满足，他就不会受羞辱，知道止步，就不会有危险。一个人一旦功成名就，就应该及时隐退，这是天意常规。"

疏广微笑颔首，"现在我们的官俸已达二千石，官居高位，名声树立，到这时仍不想离职，将来恐怕会后悔的。倒不如我们叔侄告老引退，荣归故里，颐养天年，终老此生，这样不也是大好事吗？"

疏受叩首说："谨遵叔叔教诲。"当日叔侄一起借口有病请假。

叔侄二人请病假满三个月之后，刘病已准许他们续假回家治病。疏广就说病情加重，上书请求辞职退休。刘病已考虑他们叔侄年纪确实也老了，准许他们二人都退休，在恩赐时还特地增加了二十斤黄金，太子刘奭也赠送了五十斤黄金。

公卿大夫和故交好友纷纷到长安东郭门外为叔侄二人设祖道（祭祀路神和设宴送行），当时送行的马车有几百辆之多，场面不失壮观。一时间，举觞频频，道别声不断，四周的百姓争相围观捧场，赞叹说，有这么多官家为他们饯别，依依不舍，看来这二位大人是真贤德啊！有的人还为此感怀落泪。

这之后，刘病已重新考虑为太子找更合适的老师，找来找去，最后还是决定请德高望重的长信少府夏侯胜来教太子。虽然夏侯胜时已八十多岁，但精神矍铄，思路清晰，能堪当教育太子的重任。刘病已便调任夏侯胜做太子太傅，教太子《尚书》之类比较深奥的儒经。

刘病已对太子能够在夏侯胜这个高级名师的指导下学习儒经精义，很满意。他也很希望皇家其他子弟能有机会学习儒经，考虑到他们不能亲耳聆听夏侯胜讲学，便诏令夏侯胜撰写比较通俗易懂的《尚书》和《论语》的导读教材（《尚书说》《论语说》），以供皇家子弟们学习。夏侯胜将两部教材写成后，刘病已大为高兴，赐给夏侯胜黄金百两作为奖赏。

夏侯胜在太子太傅的任上去世，时年九十岁。上官太后特赐奠仪二百万钱，并为夏侯胜穿了五天素服，以报答昔日夏侯胜对她的教导之恩。尊贵无比的太后如此铭记师恩，让儒生们都引以为荣。

夏侯胜离世后，刘病已给太子找的老师是太中大夫孔霸，也是相当有学问的。孔霸出自孔子世家，是孔子的十三世孙。武帝年间的儒学巨擘孔安国是他的叔祖父，当年太史令司马迁撰写上古三代（夏、商、周）历史时，曾向孔安国求教过上古的典章制度。孔霸的父亲孔延年是孔安国的侄子，与孔安国都以专研《尚书》而出任武帝年间的博士。孔霸接受良好的家学传承并有所阐发，对《尚书》的研究非常精深且有自己独到的理解。

太子刘奭崇尚儒学，对孔霸这个孔子第十三世孙亲自来教导他，很感荣幸，因而学得十分用心。刘奭后来即位，因感念师恩，赐孔霸关内侯爵位，食邑八百户，并授予孔霸"褒成君"名号，加给事中，加赐黄金二百斤，另赐宅邸一座，将他的户籍迁到长安。

刘奭年少时期勤奋好学，除了学习儒家经典，还学习音乐、书法等课程，且均有很高造诣，他能写一手漂亮的篆书，会弹琴鼓瑟，吹箫度曲，甚至会辨音协律。他还会一手飞丸击鼓的绝活。他曾让人将鼙鼓放在太子宫前的台阶下，自己站在殿堂的长廊上，远距离投掷小铜丸击打鼓面，鼓声能够与庄严的鼓节音乐完全合拍，就连教他音乐的老师都没法做到，其他宫廷一流乐师也都自愧弗如。

刘病已对儿子年少就学有所成甚感欣慰，不免暗自感慨自己学业方面远不及儿子学得好，年少时学习条件极为有限，多半在民间游逛，幸好还有机会跟当时的东海大儒濩中翁先生研学《诗》，颇有收获；此外对《论语》《孝经》也有比较深入的了解，肚子里好歹装了一点学问。至于音乐、书法之类，那就有些遗憾了，自己根本就没有机会学习。他又情不自禁地想起自己不幸的家世，颇有些伤怀，假如祖父一族都不出意外，自己自幼就生活在皇宫里，一直过着天潢贵胄的富贵生活，是不是也会像儿子这样多才多艺？

尽管刘病已内心对奭儿多才多艺很欣赏，但当着儿子的面，他并不过多褒扬。在他看来，才艺这东西适合调适身心，娱情悦意，但不一定利于治国理政。帝王如果成天沉湎乐舞之类的娱乐，那必定无心治国理政，导致朝政松弛。儿子作为储君，未来的皇位继承人，最需要习得的是帝王之术。何况他也十七岁了，也该像成年人那样要求他，让他有一种担当意识与责任感。那时贵族男子一般是在二十岁正式行冠礼，但刘病已还是决定提前给长子举行加冠礼。

在当时，加冠礼是很庄重的仪式，有一套固定的礼仪：筮日，戒宾，筮宾，沐浴，行"三加"之礼，取字，拜谒尊长。

刘病已对太子刘奭的加冠礼非常重视。他亲自挑选精通易经卜筮的人为太子刘奭"筮日"，通过卜筮确定加冠的黄道吉日。吉日一定，他让刘奭"戒宾"，去上门逐一拜访亲戚朋友，告诉他们自己要加冠的具体日期，邀请他们前来参加加冠大典。对于"筮宾"，刘病已也是亲自过问，太子加冠的前三天，通过卜筮，在所邀请的亲朋中挑选一名德高望重之人作为冠礼的正宾，同时邀请一名"赞冠者"，协助正宾加冠。与此同时，刘病已还命人精心准备祭祀天地与祖先的供品。

刘奭在加冠礼之前先沐浴，洁净身体，穿上红色丝绵做的童子服，梳着发髻。而刘病已作为父亲，身穿黑色礼服和雀色（赤而微黑）蔽膝，神情庄重地引领太子刘奭进入太庙，祭告天地与祖先，之后刘奭进东房，面朝南而立，等待加冠典礼开始。刘病已则按照礼仪规定，站在庙堂的东阶之下，将如约前来的正宾和赞者迎接入太庙。他虽然贵为帝王，但在眼下这个特殊的场合，他还是要恪守礼仪，不论君臣，只论主宾。

来参加典礼的亲朋都身着黑色的衣裳、大带和蔽膝。

担任正宾的是太子的小外祖父许延寿，身穿与刘病已一样的服装。

典礼即将开始。赞者把即将加冠的刘奭的席子铺在东向略朝北的位置，席面朝西。此时，刘奭从东房里走出，面朝南，西向而立，等待加冠，行"三加"之礼。

赞者将包头发用的帛、簪和梳子放在席子的南端。站在西阶的正宾许延寿，庄重地向刘奭拱手行礼，请他入席。刘奭还礼，即席就座，接着赞者也坐下，为他梳头，然后用帛将他的头发包好。

正宾许延寿走下西阶，准备盥手，作为主人的刘病已也走下东阶。按礼制规定，正宾请主人留步，主人婉言谦辞。正宾盥手完毕，宾、主拱手行礼一次，谦让一次后登阶。

上堂后，刘病已回到原位。许延寿则到刘奭的席前坐下，亲自扶正他头上的包发之帛，然后起身，从西阶上走下一级台阶。西阶下边捧缁布冠（黑麻布材质做的布冠）的有司则走上一级台阶，面朝东，将缁布冠双手递给许延寿。许延寿右手执着冠的后部，左手执着冠的前部，走到刘奭的席前，端正其容仪，然后致祝词："令月吉日，始加元服。弃尔幼志，顺尔成德。寿考惟祺，介尔景福。"（大意：在这吉月吉日，开始为你戴缁布冠。抛却你的童稚之心，慎养你的成人之德。愿你长寿吉祥，广增洪福。）

祝完词后，许延寿像先前一样坐在席前，亲自为刘奭戴上缁布冠，然后起身回到西边东面的位置，赞者为刘奭系好冠缨。刘奭起身，许延寿拱手行礼，刘奭进东房，脱去童子衣，换上黑色礼服和雀色蔽膝，显得比以前老成不少。他走出东房，面朝南而立。至此，始加之礼宣告完成。许延寿还要向刘奭行一醮之礼——敬酒并致辞："美酒清澄，祭献真诚。首次加冠，亲戚皆到。谨守孝友，永远保持。"

接下来进行"二加之礼"。许延寿向刘奭拱手行礼，为他扶正包发之帛，仪节与始加礼时一样。许延寿从西阶走下两级，从执冠者手中接过白鹿皮缝制的皮弁（皮帽），右手执其后部，左手放到刘奭面前，再致祝词："吉月令辰，乃申尔服。敬尔威仪，淑慎尔德。眉寿万年，永受胡福。"（大意：在吉月良辰，再次为你加冠。端正你的威仪容貌，好好慎养你内在的德行。愿你长寿万年，永受洪福。）

许延寿祝词完毕，将皮弁戴在刘奭的头上，然后回到原位。赞者将刘奭下巴下的带子系好。刘奭起身，许延寿拱手示意，请刘奭更衣。刘奭进东房，穿上用白缯制作、腰间有褶的裳和白色的蔽膝，赞者为他整理衣装。刘奭一袭白帽白裳，英姿飒爽，走出东房，依然面朝南而立。二加之礼至此完成。许延寿还要行二醮之礼——敬酒并致辞："美酒清澄，脯醢敬献。再次加冠，礼仪井然。祭献佳酒，受天赐福。"

随后是"三加之礼"。许延寿从西阶走下三级台阶，从执冠者手中接过爵弁（亦作"雀弁"），右手执其后部，左手放到刘奭面前，三致祝词："以岁之正，以月之令，咸加尔服。兄弟具在，以成厥德。黄耇无疆，受天之庆。"（大意：在这吉岁吉月，把成人的三种冠都加给了你。兄弟亲人们都到场祝贺，以成就你成人的美德。愿你长寿无疆，永得上天的赐福。）祝词之后，他将爵弁戴在刘奭的头上。刘奭走进东房，穿上浅红色的裳和赤黄色的蔽膝之后，走出东房，同前两次一样，面朝南而立。三加之礼完

第十四章

立后·教子

成后，许延寿第三次行醮礼，敬酒致辞："美酒芳醇，笾豆齐整。三冠均加，敬献祭品。承天之庆，福佑无疆。"

赞者将刘奭换下的皮弁、缁布冠以及梳篦、席等撤至房内，然后在户西铺席，席面朝南，准备举行"醴礼"仪式。赞者先在东房中盥手后将酒器洗净，倒入醴酒。许延寿朝刘奭拱手行礼，请刘奭站到席的西边，面朝南。此时，赞者捧着酒器从东房出来，许延寿在室户东边接过酒器，走到刘奭席前，面朝北。

刘奭在席的西端，向许延寿拜礼后接过酒器。许延寿回到西墙之位，面朝东答拜还礼。赞者向刘奭呈上干肉和肉酱。刘奭即席而坐，左手执酒器，右手取干肉蘸上肉酱，放在笾（用来盛肉干、枣栗之类的小竹筐）和豆（盛菹醢之类的高脚木盘）之间，又用兽角制成的小勺子挹取酒器中的醴酒，往地上浇洒三次，祭祀先世，表示不忘本。然后起身，到席的西端坐下，尝一口醴酒，再把小勺插入醴酒中，表示饮用完毕。他起身离席，坐在地上，将酒器放在席上，为冠礼成而拜谢正宾许延寿，许延寿答拜还礼。

刘奭回席拿起酒器，起身。他将酒器放在笾豆的左边，离席，到席的前面朝北坐下，取笾中的肉干，然后从西阶下堂，折而东行，出东墙，面朝北，此时作为母亲的王皇后在东墙外等候，刘奭向她行拜见礼，并献上肉干，表示敬意。王皇后拜而受之，刘奭拜送王皇后，王皇后以成人之礼回拜。刘奭回到西阶下的东侧，朝南站在那里。

许延寿从西阶下堂，站在正对西墙之处，面朝东。一直含笑注目太子加冠礼的刘病已此时从东阶下堂，回到正对东墙之处，面朝东而立。

许延寿为刘奭取表字，致辞："礼仪既备，令月吉日，昭告尔字。爰字孔嘉，髦士攸宜。宜之于假，永受保之。曰伯盛甫。"（大意：礼仪已经齐备，在此良月吉日，宣布你的表字。你的表字无比美好，适宜英俊的男士拥有。适宜就有福佑，愿你永远保留。你的表字就叫"盛"。）刘奭回应说："谢您美意。"

加冠典礼结束后，刘病已设酒宴酬谢宾赞等人，并且赠予正宾五匹帛和两张鹿皮以表达谢意。

许延寿出庙堂的大门，刘病已将他送至门外，以再拜之礼相别，派人将礼俎（礼器上的三牲）送到许延寿的家中。

已加冠的刘奭以成人的身份拜见亲朋，亲朋向他行再拜之礼，刘奭答拜还礼。

刘奭脱去爵弁服，换上玄冠、玄端和雀色的蔽膝，拜见上官皇太后。上官皇太后向来将刘奭视为自己的血脉至亲，见到刘奭举手投足俨然一副谦谦君子的样子，也是发自内心的高兴。为了庆贺皇太子加冠成人，上官皇太后下令赐丞相、将军、列侯、中二千石官员每人一百匹帛，大夫每人八十匹帛（夫人六十匹），又赏赐列侯嗣子五大夫爵位，对天下所有应当作为父亲继承人的嫡长子赏爵一级。

刘奭又去礼拜自己的父皇。

面对个头比自己还要高、温文尔雅的长子，刘病已很欣慰，语重心长地教诲说："奭儿，行三加礼之后，你就是一个成年人了。给你加的三顶帽子，你应该都明白它们的内在含义吧？你该明白你肩上要开始担负重担了！"

刘奭之前精心学过《仪礼》，懂得三加冠的意义：最先加的那顶缁布冠，表明自己在弱冠之年具备参政的资格，有责任参与治国理政；第二次加的皮弁，本是将士们戴的军帽，表明自己作为成年男子，从此有责任和义务保卫大汉的疆土；最后加的那顶红中带微黑的爵弁，是贵族男子通行的礼帽，表明自己从此有资格参加庄重而又神圣的祭祀大典。

父皇说话的时候，神情威严而又不失慈爱，刘奭心中感觉暖暖的，恭敬地回应："父皇，奭儿明白！"

刘病已额首说："明白就好。"他知道儿子接下来还要按照礼仪，逐一去拜见尊长，特别是那些在任的和已退休的公卿大夫们，由于儿子是行成人礼后初次拜见公卿大夫们，需要带雉（野鸡）作为见面礼。刘病已便嘱咐儿子要对公卿大夫们恭敬有加，"虽然你贵为太子，但他们都是你的尊长，你拜见他们时，要将雉放在地上，表示自己刚成年，有些卑微，不能亲授尊者。"这些礼仪刘奭都是知道的。对于父皇的嘱咐他还是非常上心，连连点头，"奭儿谨遵父皇教诲，请父皇放心！"

望着儿子离去的背影，刘病已突然有些伤感。在奭儿加冠礼现场，他看到奭儿拜见王皇后——他给奭儿钦点的后母，他的心情有些复杂，尽管王皇后视奭儿如己出，但终究不是奭儿的生身母亲，终究不能完全替代他最爱的平君。如果平君还活着，她亲眼看着奭儿加冠成人，不知道该有多开心！他和平君生死两茫茫，屈指算来，竟也有整整十四年了！虽然与平君在一起也只有短暂的几度春秋，却是他有生以来最感到幸福快乐的几年，给他留下了刻骨铭心的记忆，让他感觉经历了漫漫的一世光景。

他又想到了张彭祖，心中的感伤更添几分。那个在平君走后能够抚慰他心灵创伤的同性挚爱，竟然有一天也突然离他而去。他很清晰地记得，两年前的暮春之夜，他跟彭祖卧榻闲话，聊及奭儿渐渐长大了，彭祖笑说："陛下可知道彭祖有一个小小的心愿？"

"什么心愿？只要合情合理，我一定帮你满足。"

"陛下未必能满足彭祖这个心愿呢。"

"哦，我都不能帮你满足？"刘病已笑言，"别卖关子，赶紧说来听听。"

"等奭儿举行加冠典礼，彭祖想当他的正宾。"

刘病已大笑，"弄半天，原来是这么一个小心愿！我邀请你不就行了嘛！"

彭祖正色地说："不是陛下邀请的问题。陛下可别忘了，这个正宾是需要提前卜筮的，彭祖能不能通过卜筮选上，那是个未知数啊。"

"哦，说的也是。不过，心诚则事成。你对奭儿这么有心，相信你一定能选上。"

"不过，就算选不上当正宾，也没什么。"彭祖舒心地笑起来，"彭祖肯定是第一个到场为奭儿祝贺的！"

……

跟彭祖两年前的卧榻闲谈如今历历在耳，言犹未绝。可是彭祖却从这个世间消失了，埋骨已经两年多了！刘病已也竭力不去想那些令他伤感的过往岁月。儿子加冠成人，让他又情不自禁地想起彭祖。他想到彭祖唯一的儿子张霸也不幸夭折，没有子嗣，阳都侯爵位和封国都无人继承，只能收回。又想到昔日的恩人张贺连这个孤孙都没能留下，刘病已就非常难过。唉，他长叹一口气，过去了就都过去了，想也无益的！

他将思绪又拉回到长子刘奭身上，长子已经行过成人礼了，他希望能尽快抱上孙子。他在儿子的这个年纪，已经当上父亲了。

两年前，在刘奭过完十五岁生日之后，他也有意让儿子接触女人，就让王皇后派人选几个年少貌美伶俐会歌舞的女子作为家人子，送进太子府侍奉太子起居（家人子，属于西汉宫廷的侍妾阶层，一般从良家女子中遴选，没有正式职号。其地位虽低，但有晋升的机会——有可能晋升为有品级的宫廷女官，甚至有可能成为嫔妃或皇后。而选入太子府的家人子，一般都是太子妃和太子妾的候选人）。但令他有点意外的是，他的这个长子对这些女子似乎兴趣不大。他倒是觉得有点纳闷，正处于青春懵懂期的少年，见了如花似玉的少女，还不都心跳眼热的？想当年他自己年少时期，对好看的女孩子是很有感觉的。特别是第一次见到平君，可是心动得不得了，恨不能直接上前搂抱。可他的长子怎么就与众不同呢？他觉得儿子大概有点晚熟，越是这样，越不能由着儿子的小性子。他又让王皇后选第二批女孩子进太子府。刘奭竟然还有点意见了，在王皇后面前嘀咕说，不要弄这么多女人来，看得人头晕眼花。王皇后耐心规劝，说这是你父皇的意思，他觉得你这么大了，应该多跟女孩子接触接触。你跟她们好好处处，深入了解一下她们，也好从中选一个最合适的，将来做你的太子妃。

刘奭一听是父皇的意思，也就不敢再嘀咕，有点蔫蔫地说，那好吧。

他有些不情愿地将几个女孩子逐个招到丙殿来面试。所有女孩子长相都没的说，都会跳时兴的折腰舞，会弹琴、鼓瑟、吹箫，毕竟美貌和能歌善舞是女孩子入宫的基本条件。像这样的女孩子，刘奭在深宫中见得多了，也不太在意这些。他面试时就问三个问题：会自度曲吗？篆体字写得怎么样？读过哪些诗书？这三个问题就将绝大多数女孩子给难倒了。只有一个姓司马的女孩子表现从容，出色。她自度曲不在刘奭上下，一手篆书也很娟秀，甚至碾压刘奭书法，让刘奭对她刮目相看。他不由得仔细端详起这个女孩子，肤色藕白，气质不俗，闲静时如姣花临水，行动处似弱柳扶风，便心生欢喜，问起她是如何学这些才艺的。

司马氏说起自己的家世，虽不显赫，但也是书香门第出身，她的父亲很重视对子女的教育。她从懂事时起，父亲就开始对她进行音乐、书法等方面的启蒙，稍微长大点，父亲请人教她学习唱歌跳舞。父亲常说，女孩子不能光图外表，要同男孩子一样，注重内外兼修，不能被人看成是花瓶摆设。

刘奭由衷地赞赏说："你父亲将你教养得如此出色，很了不起！"他之前很爱看司马相如（字长卿）的辞赋，也爱看太史公司马迁（字字长）的《太史公书》，对司马这个姓氏也颇有好感，便兴趣盎然地跟她聊起司马相如和司马迁，说："你们司马家族出了不少有才华的人啊！长卿先生和字长先生当是他们中的翘楚。"

司马氏微垂着头，声如莺啼："太子殿下说的是，二位先辈品行才学令我们后人无比敬慕。《诗》有之：'高山仰止，景行行止。'虽不能至，然心向往之。"

刘奭接过话茬儿说："这话本是太史公在《孔子世家》中称赞孔子的话，用来称赞你们司马家族的二位先辈，也是很合适的。"

"是的。"司马氏头依然微垂。

刘奭见她有点拘谨，便笑笑说："你不要垂着头，看着我说话好不好？"

"妾出身微贱，不敢在殿下面前无礼。"

刘奭起身，挪到她的身旁坐下，"这里没有旁人，只有咱们俩，你真的不必拘礼。"

司马氏低头，有些娇羞地笑笑，没有说话。

刘奭忍不住握住她的纤纤玉手，"你愿意留在我这里吗？"

司马氏忙伏地跪谢。刘奭慌忙去搀她起来，"我说过，这里就咱俩，你不要这么拘礼，弄得我有些难受呢。"

那天，刘奭特意带着司马氏去拜见王皇后，王皇后很高兴，即刻给司马氏丰厚的赏赐，并将她安排在太子寝宫侍奉太子。

司马氏可以说是刘奭的初恋。她与刘奭志趣相投，相处十分和谐，成天如胶投漆，形影不离。

刘病已见儿子终于有了喜欢的女孩子，也就放下心来，照这样的势头发展下去，要不了多久，司马氏会开怀生育，给他添个孙子抱抱。

在刘奭行加冠礼之后，司马氏便被封为良娣（太子妾的称号，地位在太子妃之下）。其时，太子府已经有了十几位家人子，刘奭独宠司马良娣，对其他女子一律视而不见。那些家人子自然很郁闷，有司马氏在，她们就没有机会得到太子的宠幸，不由得对司马氏心生羡慕嫉妒恨。

刘奭忙于学业，或参与政务的时候，司马良娣一个人独居深宫，她最初也想跟太子宫的那些姐妹们来来往往，说说话，但她们见了她都纷纷绕道走，有意疏远她，司马氏对此有点难过，但在太子面前，她将不愉快藏在心里，自己有太子的爱就够了，别人不喜欢她，也没有关系。太子繁忙，不在她身边的时候，她就自个儿弹琴鼓瑟，读书写字，自娱自乐。这样单纯的日子一过，便又是两年。

刘病已见司马良娣受太子独宠好几年，也没有生下一男半女，心下有点着急，便让王皇后过问一下。王皇后其实心里也着急，但又不便直接询问太子，她知道太子的性情，怕伤太子的自尊心，就派人给司马良娣送了不少滋补品，要她和太子好好滋补身体，说身体调理好了，生的娃娃身体都会健壮。

司马良娣对王皇后说的话很在意，自己迟迟不能给太子生儿育女，总是令她忐忑，让她有些抑郁。刘奭对此不以为意，安慰她不要担心，顺其自然。她心里依然有些不安，总觉得有什么东西堵在心口，让她郁闷。刘奭白日有很多事要做，也无暇顾及她的情绪。她常常独自在太子宫的后花园闲步散心。有一次到后花园闲步，非但没有让她心情放松，反倒还加重了她的心理负担。

那天她将身后跟随的两个侍女打发走了，她想一个人静一静，坐在假山旁边半月形的莲池旁，看着池中一半青碧一半枯萎的莲叶，不禁心生叹惋，自己貌似受着盛宠，其实何尝不同这半枯莲叶一样？看见莲叶间有小鱼自在地游弋，她更加感伤了，自己怎么就不能像小鱼那样悠游快活？

就在她心情抑郁之时，假山那头有女声在低低地闲谈，她向来听觉灵敏，还是听得清闲谈的内容。

"唉，成天困在这深宫里，好没意思！"

"别急，耐心等着吧。兴许有被召见的一天。"

"哼，哪会有！殿下的心都被那狐狸精给迷死了！也想不出她有什么狐媚的法子，将殿下给迷成那样！对我们这些姐妹，殿下从不拿正眼瞧过！"

"我也想不通，这殿下怎么就那么专一呢？不是说男人都是好色之徒吗？"

"只能说不太正常。"深深叹气。

"你还不知道吧？咱们东头的那姐妹，在悄悄地做那事呢！"

"什么事？"

"扎小人呗。"

"哦，那不太好吧？要是被殿下知道了，那可要大祸临头的。"

"这是咱俩私下闲聊，可不要在外面说。咱们都是苦命人，都不容易！"

"放心，不会的。多一事不如少一事。再说咱也不做那种嘴欠多事的小人。"

"其实，我还是有点替她担心的。别看她现在得宠，不代表就一直得宠。"

"那确实是。你看她独宠也有好几年了吧，一直没生孩子。在这深宫里，再怎么得宠，不生孩子，时间长了，肯定是不行的。就算殿下那边不在意，但皇上和皇后那边能过关吗？"

"是啊。肯定过不了关的。"

司马良娣听不下去了，默默起身离去。回到寝宫，越想越难过，伏在榻上哭了一场。从此之后，她就再也没有真正开心过，在刘奭面前，她总是强作欢颜。

从幼龄囚徒
到中兴之主

璩静斋

著

汉宣帝的传奇人生

—— （下）——

中国文史出版社

第十五章　治吏·虎臣赵广汉之死

1

刘病已自幼惨遭巫蛊之祸，小小年纪就历经牢狱之灾，十八岁之前一直生活在民间，对底层民众的疾苦有深切感受，此番经历对他治国施政有直接影响。他荣登大位之后，始终对民间疾苦怀有悲悯情怀，有志要治好国，理好政，让他治下的百姓生活富足，安居乐业。

刘病已曾与丞相魏相进行过一番深入交谈。他问魏相："丞相认为，治国理政成败的关键在哪里？"

魏相不假思索地回答："在于如何治吏。"

刘病已马上喜形于色，"缘何在于治吏？"

"韩非子曾说过：'吏者，民之本、纲者也，故圣人治吏不治民'。"见皇上点头，魏相继续说，"韩非子此话颇有内涵。为什么说官吏是民众的本和纲？因为官吏是一方的执政者，官吏能否很好地治理一方，很大程度上取决于该官吏的德行与能力，无能无德的官吏必定祸害一方。与此同时，官吏作为一方执政者，也相当于一方民众的领头羊，其一言一行都会潜移默化地对民众产生影响，好的官吏能对民众起到示范的表率作用，坏的官吏自然会产生恶劣影响。只要将官吏管理好了，让他们能以民为本，兢兢业业，就会把地方事务管理好，这样朝政就会清明，社会就会安宁。"

刘病已微笑颔首，"丞相所言极是！据此道理，朕当是整个天下的总领头羊，要想将下面各级官吏管理好，首先朕这只总领头羊必须以身作则，勤勉理政，丞相以为，是不是应该如此？"

魏相夸赞说："陛下圣明！陛下自从大将军走后，亲自主政，奋勉作为，除了日常审看、批阅大量的奏书之外，还制定五日一听事制度，实在令人耳目一新！"

刘病已笑笑，"这个五日听事制度如何令人耳目一新？丞相不妨说说。"

"陛下实行的这个听事制度，每隔五日召集群臣，当面仔细听取他们对朝政事务的真实意见，要求各个大臣就自己负责的事务分别奏报，再将他们陈述的意见分别下达有关部门试行，考查、检验其功效。凡任侍中、尚书的官员有功应当升迁，或有特殊成绩，就厚加赏赐，甚至恩泽惠及他们的子孙，长久不改变，通过这种方式激励官员，会有显著成效。有陛下亲自带头督促，朝廷中枢机构严密，法令、制度完备，上下各司其职，相安无事，没有人抱着苟且敷衍的态度办事。大汉臣民能有陛下这样贤德勤政有作为的明君，真是三生有幸！"

刘病已微笑着倾听，待魏相说完，微叹："朕是有志做个明智的君主，但前提是离不开贤德之臣的共同辅佐啊。偌大的国家，方方面面的事务繁杂，就算朕有三头六臂，恐怕也无法一一理顺。对于这一点，朕还是有自知之明的。既然无法做到事事躬亲，就必须制定合理有效的制度，严明纲纪，赏罚分明，督使各部门各级官员做到恪守本分，各司其职，希望天下能得到大治。"

"陛下惇信明义，崇德报功，天下必能大治！"魏相语气很笃定。

刘病已笑说："需要君臣共同努力才行啊。中央一级，有丞相等有能力又有责任心的股肱大臣在朕的身边辅佐，这个比较好把握。主要是地方郡县，想治理好，并不那么容易，所以郡太守这个职位就显得至关重要。如果郡太守能为辖区百姓们的长远生计着想，不搞虚头巴脑的那种空架子，实实在在地办实事，办好事，那地方上必定能得到有效治理。"

"陛下为了防止这些地方官追求短期政绩，让他们的任期相对比较长，不频繁更换，这样就能让其治下的百姓比较心安。百姓们知道他们的郡太守将长期留任，不可欺罔，才能服从郡太守的教化。陛下的这种举措实在英明！"

刘病已笑容可掬，"朕的印象中，这个举措还是丞相提出来的吧？还得归功于丞相。"

"卑臣也仅仅是说了一嘴，无任何功可言。能将它落实成一项明确的政策，并付诸实践，还在于陛下的英明啊！陛下还有更英明的举措，让群臣们私下都大加赞赏。"

"哦，哪一项举措？"刘病已笑眼弯弯。

"陛下制定的那套绩效考核制度啊。"

刘病已开心地笑起来，他自己对这个制度也比较满意。为了提高郡太守、各封国丞相等地方二千石官员的积极性，每到年终，朝廷按绩效对这些地方高级官员们进行考核：凡治理地方有成效的，由皇上正式颁布诏书加以勉励，增加其官阶俸禄，赏赐黄金，甚至赐爵为关内侯，遇有公卿职位空缺，则按照他们平时所受奖励的先后与多少，依次挑选补任。这种制度一颁布执行，极大地调动了那些地方高级官员的工作积极性，都使出浑身解数，尽心尽力地发展地方经济，让辖区里的老百姓能够安居乐业。当然，这其间也不排除极个别官员不诚实，虚报政绩，一经发现，定要追究其原因何在。总体来看，这个绩效考核制度很有用。

刘病已不禁对魏相感慨："老百姓之所以能安居家乡，没有叹息，也没有怨愁，主要就在于地方官吏为政公平清明，处理诉讼之事合乎情理。能与朕一起做到这一点的，不正是那些优秀的郡太守和封国丞相等二千石官员吗？"

魏相点头说："陛下说的是。地方二千石官员贤能很重要。不过，在卑臣看来，二千石官员之所以贤能，也多是拜陛下所赐，只有像陛下这样的明君，治下才会聚集很多贤臣。"

刘病已很认真地说："这个真要讲起来，应属双向奔赴，贤能之臣希望得到明君的赏识，而明君也希望得到贤能之臣的支持，两相合拍，步履一致，共同努力，才能彼此有所成就。"

"陛下说得太对了！"魏相差点想击掌，只是顾及面前是九五至尊，不可太忘形，也就忍住了。

"不说别的地方，就说京兆地区的治理，之前京兆尹也有过多任，治理都不力。等到赵广汉来治理，就很得力。你看现在京兆地区的治安就没的说，一片清明。"刘病已一提起赵广汉，不由得由衷地赞赏。

"广汉治理京兆，确实颇有政绩，这是大家都有目共睹的。卑臣曾到京兆一带巡查，京兆府的官员和京兆的老百姓都对广汉赞不绝口。"

刘病已笑着感慨说："如果二千石官员都能像京兆尹赵广汉这样尽心尽责，辖区的治安没有治不好的。"

2

被刘病已和魏相盛赞的京兆尹赵广汉的确有几把刷子，京兆地区的一些长老对其予以高度评价，认为自汉兴起以来管理京兆的人，没有谁能赶得上赵广汉。

当时京畿地区设"三辅"，即京兆尹、左冯翊、右扶风（本指官员名，后也指他们管辖的政区名）。三辅所管理的区域主要包括长安城和京郊的陵邑及郊县，管理官员都属于京官。京兆尹主要掌管长安城的一切事宜，左冯翊和右扶风管理京郊的陵邑及郊县。三辅的治所都设在长安，左冯翊和右扶风的犯法者经常流窜到京兆地界作案，成为京兆治安最大的隐患。赵广汉感叹说："扰乱我的管理的，往往是左冯翊、右扶风啊。如果能让我兼治这二辅，治理长安就容易了。"

此话传来传去，就传到左冯翊和右扶风的耳里，自然让他们心下都颇为不悦，这不是公开宣扬他们治理无能吗？芥蒂一旦存于内心，就像心头长了一根肉刺，感觉不适。左冯翊和右扶风跟丞相魏相相处得不错，只要有机会，他们就在魏相跟前抱怨赵广汉不顾及同行情面，在外张扬他们的过失，让那些心怀不轨的奸邪之人更加藐视他们。

魏相为人向来有城府，对左冯翊和右扶风的抱怨耐心倾听，顺便劝慰他们几句，说广汉就是那么个脾气，人倒也不坏，不过是随口说说而已，你们别往心里去。魏相表面上为赵广汉说话，实际上对赵广汉的好感却在无形中打了折扣，觉得赵广汉为政虽勤勉，也不贪财，但为人处事太过刚劲，喜欢处处宣张自己的功绩，当京兆尹还不满足，还想兼治左冯翊和右扶风二辅，野心可谓不小，就怕到头来让他统管了关中整个京畿地区，他还不知足，还会想着当百官之长。魏相预感以赵广汉的性情，怕是迟早会出纰漏。

魏相看人的眼光还是比较毒辣的。赵广汉自以为自己才能过人，非常自信。他的门客摸准他自矜的脾性，时不时当面逢迎他，夸赞京兆尹有治世之才，赵广汉听了很是受用，对门客也是十二分的信任和关照。门客违反禁令，私自在长安市场上卖酒，提前也跟赵广汉打了个招呼，说家里上有老下有小，负担实在太重，实在没有别的招儿，就想偶尔做点小买卖，贴补一点家用。保证注意影响，不给京兆尹添麻烦。门客说得可怜兮兮，赵广汉也很同情，就未加阻止，算是默许了。

赵广汉管辖的长安城虽是首善之区，但情况非常复杂，因为居住着皇亲国戚、达官贵人，以及攀附王公贵族的诸多宾客，一些盗贼奸人随处藏匿。赵广汉是个强悍的虎臣，他最初接管京兆尹一职，凭借刘病已的授权，敢于采用雷霆手段打压豪强，惩处奸佞不法之人，但也得罪了一大批人。这些人都密切注视赵广汉及其下属、门客、家人的一举一动，只要发现有任何不法行为，他们立马向丞相府举报。

赵广汉的门客在长安市场私卖酒浆，自以为做得隐秘，但也逃不过赵广汉对头们的监视，门客刚卖酒浆没两天，丞相府就接到举报。魏相派下属赶走了门客，勒令门客以后不准再做不法之事，否则将予以严惩。

门客沮丧之余，怀疑是男子苏贤告发的，因为他偷偷卖酒的时候，苏贤从旁边快步闪过，分明就是有意窥探。他越想越生气，便将这件事告诉了赵广汉，当然还要添点油加点醋，说苏贤之所以举报他，分明是冲着京兆尹来的，分明是受什么人指使。赵广汉听后心生忌恨，派下属追查苏贤。尉史禹按照赵广汉的指示，弹劾苏贤作为骑士屯驻灞上，却擅自不到屯所，军需储备也不足。

苏贤受到无端指控，很是惶恐。其父知道尉史此番弹劾罪名不轻，但他毕竟在社会上摸爬滚打过，也历练出了一些处事的经验，安抚儿子不必过于惊慌。他跟赵广汉的同乡荣畜颇有些交情。荣畜家资颇丰，有些智谋，社会关系广，跟赵广汉有很深的过节。苏贤便私下请托荣畜帮忙出出主意。荣畜略一沉吟，对苏贤父亲支招：此事可大可小。你万不要你儿子到京兆尹那里申辩。你就以苏贤父亲的名义，上书控告赵广汉作为堂堂的京兆尹，不问青红皂白，随意利用职权指控苏贤。你写奏书的时候，一定要多颂扬陛下英明，相信英明陛下明察秋毫，还犬子苏贤一个清白。苏贤父亲赶紧回去照荣畜的意思，写了一封言语恳挚的上书。

苏贤父亲的这份上书直接呈递到刘病已手中，刘病已下令有关部门调查弹劾苏贤案，负责调查的官员也明白皇上的意思，只调查弹劾苏贤的尉史禹，结果尉史禹获罪，被判诬告苏贤。

刘病已向来对诬告深恶痛绝。当年血腥的巫蛊之祸就是奸佞诬告而引发的政治大冤案，让尚在襁褓之中的他家破人亡，失去所有的直系血亲，还遭受牢狱之灾。他上位之后，吸取巫蛊之祸的惨痛教训，对臣民的诬告行为予以立法严惩，将诬告同杀伤人等重罪相提并论。

尉史禹被判诬告，因平素赵广汉对他很不错，他也就认了罪，等到临刑被腰斩时，他却又表示强烈不服，推翻之前的口供，说自己只是奉京兆尹赵广汉指派弹劾苏贤，如今却成了替罪羊，他请求应该逮捕赵广汉。

刘病已原本暗地里偏袒赵广汉，一看尉史禹公开质疑审判不公，也只好再下诏，命令廷尉府就地审讯赵广汉。廷尉府奉命派人到京兆府逮捕赵广汉，一些京兆百姓闻讯迅速聚集到京兆府门前抗议，赵广汉不想将事情闹大，将他们都劝退了。他也必须面对现实，的确是他教唆尉史禹状告苏贤的，因而在狱中承认自己的罪过。正巧遇上大赦，赵广汉逃过死劫，只是被降了一级俸禄。

刘病已以为赵广汉事件至此就翻篇了，他希望赵广汉能够通过这次事件吸取教训。

赵广汉没有领会是皇上暗地里袒护自己，他反倒觉得自己被陛下冷待了，对此事耿耿于怀。他一直不能释怀尉史禹在临死前翻供，给自己使个绊子，他怀疑这件事与自己的同乡荣畜脱不了干系，便暗地里调查，果然是荣畜背地里使坏搞他！尉史禹坐监期间，荣畜探过监，一定对尉史禹说了他的坏话，而且荣畜在尉史禹临刑前两天，去过尉史禹家，送了不少钱财给尉史禹的家人。赵广汉为泄私愤，后来趁荣畜犯了点小过失，将荣畜抓起来，给荣畜安了个罪名，将荣畜给杀了。此事性质比以前弹劾苏贤案更严重，很快就有人上书告发赵广汉谋杀荣畜。

刘病已一看奏书，眉头皱得老深，怎么又是赵广汉？这个赵广汉是怎么回事?!他这回也不偏袒了,直接将案件交给丞相魏相负责办理,御史大夫丙吉协助查办。

魏相和丙吉领命,积极追查。赵广汉为此惴惴不安,派自己所亲信的长安人混进丞相宅邸当门卫,让他私下打探丞相家中违法的事,收集魏相的黑材料。

这年(地节三年)七月中旬,丞相魏相的随身婢女有过失,自缢而死。赵广汉听说了这件事,怀疑是丞相夫人因嫉妒婢女而在府宅内将她杀害。而丞相魏相正在僻静的斋室斋戒三日以便参加宗庙酹祭。赵广汉便派中郎赵奉寿前去劝导魏相,说京兆尹这边已经掌握了丞相府婢女的死亡真相,以此挟制魏相,让魏相不要一直追究荣畜事件。魏相一听赵奉寿的劝告,更加断定这其间有隐情,荣畜十有八九就是被冤杀的,便坚定地要追查下去,而且追查得更加紧迫。

赵广汉想要告发魏相,先向懂得星相的太史占问,太史说今年当有大臣被杀戮,赵广汉信以为真,觉得魏相肯定过不了这道死槛,瞬间便来了底气,立即上书告发丞相府杀婢的罪行。

刘病已一看赵广汉的奏书,不知就里,心中颇为不悦,堂堂的丞相之家怎么能出这种知法犯法的事?便批示说:"交由京兆尹处理。"

赵广汉知道这件事情要尽快解决,免得夜长梦多,于是便亲自带领吏卒直闯丞相府,召令丞相夫人跪在庭下听取她的对辞。丞相夫人深受其辱,丞相不在府上,无人为她撑腰,她有些惧怕铁面威严的京兆尹,只得暂时忍受羞辱,很不情愿地跪下,回答赵广汉提出的一些令她很不爽的问题:

死的可是丞相的贴身奴婢?

她犯了什么错,遭此厄运?

你贵为丞相夫人,为何不能容忍丞相贴身婢女?

你知道后果有多严重吗?

……

赵广汉讯问丞相夫人之后,带走了十多个奴婢,就丞相夫人杀死婢女的事责问他们。奴婢们都慑于赵广汉咄咄逼人的气势,都老老实实地回答赵广汉的问题，甚至有个别奴婢为了避免被赵广汉行刑逼供，胡乱作伪证。

3

丞相魏相斋戒后，参加宗庙酎祭，回到丞相宅邸。夫人一见他的面，就对他大放悲声，哭诉京兆尹带人上门撒野，"外界都传京兆尹如何如何秉公执法，原来都是虚传！他诬陷妾谋害奴婢，还将十几个奴婢带走讯问！妾平日做人做事都是小心翼翼，生怕给夫君招惹丝毫祸端，如今却被人强闯府门，平白无故地被人羞辱，叫妾有何面目出去见人！"

魏相一听，气涌如山，但竭力忍着，不在夫人面前发作，他将夫人抚慰一番，说："夫人消消气，消消气，跟姓赵的这种鲁莽之夫，犯不着生气！那莽夫周身也不干净，他做了一些阴事，待为夫奏他一本，让他站不住脚，只能爬着走！"

夫人恨恨地嘀咕："这种人纯属是活得腻烦了，滋生事端。"魏相一哼鼻子，说："他不仁，就别怪我不义！"说着便进了书房。

夫人知他要写奏本，便前脚跟着他的后脚进了书房，帮着碾墨，铺展竹简。魏相看她一眼，说："现在不生气了吧？"夫人说："犯不着跟这种人生气。"魏相说："这就对了嘛。遇事不要生气，得想着如何解决问题，为自己正名。"

魏相提笔蘸墨，写起奏书，向皇帝陈述事实："恭请陛下圣安！卑臣妻子谨厚贤淑，从来都善待家里的奴婢，根本不存在杀奴婢的事。广汉却偏偏诬陷她杀奴婢。而广汉本人多次犯罪，依法未能服罪，他以欺诈手段胁迫卑臣，卑臣宽容没有上奏。希望陛下派清明的使者来处理卑臣的家事，还卑臣妻子一个清白。"

刘病已很是恼怒，真没想到，赵广汉原来是这种人！他将此案交由廷尉于定国处治。

于定国精通法制条文，为人谦恭持重，他解决疑案量法定刑时，力求同情鳏寡弱小，定罪有疑问的从轻，避免制造冤假错案。很多人将他同文帝时期的著名廷尉张释之相提并赞："张释之做廷尉，天下无冤民；于定国做廷尉，百姓没有怕受冤的顾虑。"

于定国嗜酒多饮，别人是越喝越糊涂，他是越喝越清醒，在他任廷尉的十八年中，每逢冬月实施法制评议罪犯，他便有意多喝酒，以便审案更加精细明察。

刘病已对于定国非常信任，大案要案都交给于定国处理。如今丞相与京兆尹之间竟然互掐，朝臣之间不团结，刘病已很为之忧虑，特意宣召于定国，命他仔细查办。

于定国接案后，深感责任重大，一边是令人敬重的百官之长，一边是名动京都的京兆尹，他必须奉行秉公执法的原则，做到不偏不袒，尊重事实，不偏私哪一方，要让双方都心服口服。

于定国带领下属经过多日认真的走访调查，多方讯问核实，最终大致还原案件经过：丞相的随身婢女因犯了大错，受到鞭笞并被赶了出去。这个婢女幼时失母，家有父兄，因其长相清秀，等她稍微长大一点，父亲托人将他送到魏相家做婢女赚取家用。魏相和夫人平素待这个婢女不错，经常给她赏钱。她的哥哥另立门户，对她不闻不问。她的父亲好赌博，她得到的赏钱都被父亲拿去做了赌资。她被赶出丞相宅邸，她的父亲非常恼怒，责骂她愚笨无用，还拿脚踢她。婢女觉得自己生活没有一点盼头，到母亲的坟头痛哭了一番，便在母亲坟茔旁边的树上上吊自尽。事实就是如此，并不像赵广汉所说的那样。

于定国将调查结果如实奏报刘病已。刘病已认为赵广汉分明是构陷丞相，心生厌恶，再加上赵广汉又有杀害无辜，故意不据实情审问案件，擅自斥责骑士缺乏军备等几项罪名，便将赵广汉下了廷尉牢狱。

赵广汉获罪下狱的事传开之后，为他求情的上书不断传到刘病已的手中，奏书的主要内容基本上都是称赞赵广汉，为赵广汉说好话，恳求陛下开恩，对京兆尹网开一面，从轻判罚。

有的人在奏书中称颂京兆尹赵广汉是个难得的好官，对待下属和老百姓像对待自己的亲人一样和颜悦色，心怀真诚。他曾上奏书，请求将长安游徼（巡查、捕捉盗贼的乡间小吏）和狱吏等基层小吏的俸禄增加到百石，以前他们的俸禄都很低，不能激发他们工作的积极性。增加俸禄之后，食俸百石的属吏都比较自重，不敢枉法任意拘系人。

有的人在奏书中称赞广汉知人善任，治吏严明。他先摸清属下官吏的性情与能力，很清楚地知道他们的能力都适合做什么，能否尽力，竭力做到人尽其才，才尽其用。他善待下属的同时，也有一定原则，就是必须恪尽职守，若玩忽职守，他先予以劝告，对劝告不改的，才严肃处置。

有的人上奏称颂京兆尹明察秋毫，精明过人。尤其擅长以钩距之术破案，他善于根据现有的已知线索进行盘问推理，达到成功破案的效果，或者将违法乱纪的事消灭于萌芽状态。郡中的盗贼，里闾的轻侠，他们的根基和老巢所在地，以及属吏枉法收取财物，哪怕所干的极其轻微的坏事，京兆尹都能知晓。最令人惊叹的是有一次长安几个不良少年在里闾隐蔽处的屋舍中谋划共同劫持某人，话还没说完，京兆尹便派属吏收捕整治，使他们全部伏法。

有的人上书称赞京兆尹铁面办案的同时，也很有人情味。特别提及苏回绑架案，京兆尹成功解救人质。富人苏回被任命为郎官，有两个赌徒劫持了他，要他家拿巨款来赎回他的性命。这边劫匪刚将人质劫持到屋里，不一会儿，广汉就带着属吏到了他们的藏身处。广汉站在庭下，让长安丞龚奢敲堂门告诉劫匪："京兆尹赵君拜谢二位，请不要伤害人质，这个人是皇帝的侍卫。如果释放了人质，不抵抗，就会好好对待你们，有幸遇上赦免的命令，或者那时可以免罪。"两个劫匪很惊愕，素来又听闻京兆尹赵广汉的威名，立即开门出来，下堂叩头请求恕罪。赵广汉跪下拜谢说："很高兴保全了郎官的性命，你们待人很厚道！"把二人送到监牢，嘱咐狱卒殷勤相待，每餐供给他们二人酒肉。到了冬季，二人应当出狱受刑。广汉预先为他们备办棺木，供给殓葬的器具，并承诺为他们善后，两名劫匪感激叩拜："您这样善待我们这两个将死的刑徒，我们死而无怨！"

……

刘病已耐着性子，将有关为赵广汉求情的奏书一一看完，上奏求情的基本上都是曾经受惠于赵广汉的基层官吏和京兆的老百姓。刘病已心情有些复杂。当初霍家势力没有铲除前，他是异常看重赵广汉，那时他觉得赵广汉是独一无二的存在。但如今他对赵广汉的看法起了很大的变化。赵广汉原本是大将军霍光的旧属，大将军一死，赵广汉就对霍家翻脸，当初站在他的角度来看赵广汉，觉得赵广汉不畏强权，刚硬正直；若站在霍家那边看赵广汉，赵广汉就是典型的过河拆桥的小人。

尽管刘病已对赵广汉的作为嫌恶，但他还是觉得赵广汉作为京兆尹，有其他官员不可替代的优点，那就是赵广汉有魄力，能够震慑住那些企图干不法之事的权贵们和邪恶之徒。他骨子里还是不想马上处死赵广汉，所以将他一直关在监狱里，这个案件一度被搁置。

魏相和夫人心里始终憋着一口恶气，这口恶气不出，他们觉得这辈子都算白活了！那些痛恨赵广汉的政敌们也都巴望着赵广汉马上身首异处。

一转眼到了冬月，似乎是一夜之间，天气就变脸了，朔风骤起，寒气袭人。魏相坐在丞相府的几案前，下属萧望之坐在他的对面，两人谈起赵广汉的案子，魏相神情有些郁闷，叹息说："我无端被构陷，夫人被侮辱，我还贵为百官之长呢！"

其时萧望之担任丞相司直，协助丞相纠察举报官员违法乱纪行为，他也有些愤愤不平，"赵广汉作为受陛下器重的京兆尹，如此目无法纪，实在太过分！"魏相半垂着眼，既愤然又无奈，"有什么办法！我本人又不能去纠举！"

萧望之默然片刻，说："望之的职责就是纠举官吏的不法行为。"隔日他就上奏弹劾赵广汉："广汉侮辱大臣，想胁持丞相，违逆节律伤害风化，是不道之罪。"刘病已看了萧望之奏书，暗自叹气，终究还是批复了萧望之的上奏。京城上下开始风传，京兆尹赵广汉不久将被处死。

魏相私下授意自己亲信的门客，让他们联络那些受恩于赵广汉的基层官员，说："丞相虽同广汉有私人恩怨，但作为百官之长，丞相还是大度包容，以朝廷大局为重，并不计较个人恩怨。广汉当京兆尹期间，治理京兆颇有功绩，大家有目共睹。诸位平日多受恩于京兆尹，如今京兆尹遭此大劫，希望你们还是继续为京兆尹呼吁。"那些基层官员都说已经上书为京兆尹求情，但不济事。

魏相的门客说："如果大家都聚集到未央宫外的大道上请愿，肯定比上书效果好。是不是可以考虑一下？"大家都觉得这个办法不错。于是这些基层官员都四处奔走，积极呼吁京兆的老百姓，老百姓们都愿意为京兆尹出面求情。

到了约定的日子，整个长安城有数万老百姓走出家门，一些基层小吏走出衙署，一起涌到长安城未央宫门外的大道，齐刷刷跪下，黑压压一片，还有很多人情动于中，哭出声来。有的边哭边说："我等活着对朝廷没有益处，愿意替赵京兆去死，让他继续治理京兆，保护百姓吧。"

丞相魏相听闻大批的人在道上跪倒请愿，断定这回赵广汉百分之百活不了！

负责未央宫城门警卫的兵卫被眼前强大的请愿阵势震住了，紧急请示卫尉。卫尉为防止请愿者闯宫门，发生骚乱，赶紧命令兵卫关闭宫门，将具体情况汇报给刘病已。刘病已闻言脸色铁青，下令卫尉将请愿者予以劝离，遣散。

此次数万人请愿，不但没有达到他们轻判赵广汉的意愿，反而让刘病已对赵广汉的恶感更添几分。外界都称颂赵广汉秉公执法，但赵广汉私下里却纵容自己的门客做违法之事，这就说明他有巧伪之嫌。为什么有那么多的小吏和草民聚集在宫门外为他求情？就是因为他善于变着法子收买人心。刘病已不再犹豫，而是下定决心处决赵广汉，两天后，赵广汉被残忍地腰斩。

魏相在丞相府办完公，回到宅邸，夫人已经命庖厨准备好了比平素要丰盛一些的晚餐。夫妻俩对坐于紧挨暖壁的食案旁，默默地小酌，用餐，谁也没有说话。赵广汉没死的时候，他们巴望着赵广汉快点死；如今，赵广汉真的死了，他们并没有预想中的那样兴奋，反倒有一种难言的压抑感。生死不过就在一瞬间。谁知道他们以后又是什么样的呢？谁能保证他们一定就能善始善终？

赵广汉被行刑的那天，阴风飒飒，长安城上空愁云惨淡，白日无光，老百姓都心怀悲戚，觉得京兆尹被诛杀，不合天意，老天都在为京兆尹默哀。

刘病已整日也心神不宁。晚上，他将张彭祖招来陪侍。

张彭祖知他心事，但不知从何劝起，便默不作声，给他轻柔地按腿摩背。刘病已叹息一声，"你说老天为何这般阴沉？"

"是不是因为陛下心情不好？"

刘病已摇摇头，"你怎么也说虚话了？"

"彭祖要是说实话，陛下会不会怪罪？"

"怎么会？我就想听听真话！"

"陛下本意并不想杀京兆尹，但无奈京兆尹犯了法，又不能包庇，不得不将京兆尹法办。陛下的这些苦衷，那些小吏和老百姓不理解，他们只记得京兆尹的好，却忽视京兆尹干了不法的事，所以聚集在宫门外为京兆尹请愿，让陛下心里难受。适逢天公也摆脸色，更让陛下闷闷不乐。彭祖以为天公迟早会理解陛下的。"

刘病已听了依然叹气。张彭祖说："自古明君都讲究赏罚分明，公正严明，京兆尹治理京兆很有政绩，值得肯定，但他不自律，触犯律令，自然会受到严惩。陛下实在不必闷闷不快。陛下贵为天子，胸怀天下，放眼海内，展望来日，而不应纠缠于已过去的人事，不但于事无补，而且还徒增烦恼。恳请陛下放宽心意。"

那晚张彭祖竭力劝慰，刘病已郁闷稍有缓解。

第十六章　报恩·忠谨重臣张安世

1

赵广汉被腰斩的第二天，天气一改头日的阴沉，变得响晴。刘病已心情开朗不少，踏踏实实地处理成堆的奏章。其中有一份奏书比较特殊，上书的人自称是掖庭宫一个叫则的老宫婢的平民丈夫，妻子则让他代她上书皇帝，声称自己曾经对皇帝幼时有保育之功。

刘病已看完奏书，心中有些疑惑，他对幼时的人事没有什么印象，便将奏书下发给掖庭令，让掖庭令仔细询问此事。这个名叫则的老宫婢在供词中说以前的使者丙吉知道详情。掖庭令于是带着则到御史大夫府，让御史大夫丙吉看看她说的情况是否属实。

丙吉一见则，不仅有些感慨，当年年轻的婢女则如今变老了，但她的大模样还没变，丙吉还是能认出来，听她说自己保育有功，便说："你曾经因为犯了养育皇曾孙不谨慎的罪过而被罚鞭打，怎么能说你有功劳？只有渭城的胡组、淮阳的郭徵卿有功劳。"

掖庭令见状，便说："请御史不妨将当年保育的具体情况详呈给陛下。"丙吉于是上书刘病已，详细叙说胡组、郭徵卿等人以前供养皇帝是多么尽心尽力，不辞劳苦。刘病已很是感动，便诏令丙吉寻找胡组、郭徵卿，但二人都已死去，只有子孙还在。刘病已便对她们的后人赏以官禄田宅财物。诏令赦免名叫则的老宫婢为平民，赏给她十万钱。

刘病已虽然不太记得自己幼时的经历，但他多少还是有些依稀的印象，因为他以前做梦有时会梦见小孩，梦见一个身穿官服的中年男子抱着小孩，给小孩好吃的东西，带小孩在郊外玩耍。如今他回想起来，觉得那个小孩一定就是幼时的自己，那个穿官服的中年男子应该就是丙吉。他还想起第一次在朝堂上见到丙吉，就有一种似曾相识的感觉，难怪啊，原来自己幼时就跟他在一起！

刘病已有点激动，亲自向丙吉询问自己幼时被保育之事，丙吉也不敢有丝毫隐瞒，如实详细告知。刘病已这才清楚地得知自己幼时的坎坷经历，丙吉对自己有如此厚恩，但他却始终不对外透露，刘病已深深为之感激，"您施恩却从不外显，不求丝毫回报。您真是一个大贤大德的人啊！"

丙吉说："陛下太抬举老臣了，这不过是老臣的本分啊。"

刘病已向来觉得自己最初的名字有点特别，忍不住问："细品朕最初的名字，感觉朕幼时是不是体弱多病？"

"是的。那时陛下从娘胎降世才几个月，就不幸遭遇大劫，孤苦伶仃的，贵体幼小羸弱，在狱中几次得了重病，所幸老天爷眷顾，都化险为夷，挺了过来。"丙吉想起当年皇曾孙的孤苦可怜，自己抚育的艰难，忍不住悲慨拭泪。

曾几何时，刘病已将自己不幸的身世淡忘了，但如今丙吉的追忆让他又豁然想起，也不禁暗自伤感。二十八年前，他的曾祖父制造的那场血腥的无妄之灾，让他这个降临人间才几个月的婴孩失去了所有至亲，成了一个遗落在尘世间的孤苦伶仃的弃儿。如果没有温良的丙吉的鼎力救助与悉心抚养，那他恐怕早就成了黄泉路上的一个幼小孤魂，根本不可能长大成人！

刘病已两眼也有些湿润了，从座上站起来，走到丙吉面前，俯身抓住丙吉的手，很是动情，"我能有今天，全赖您的劳苦大功！"皇上以"我"自称，让丙吉很感动，忙伏地跪拜，"陛下万不要这么说！"刘病已赶忙将他搀扶起来，"请您不要拘礼才好。"君臣重新面对面就座。

"陛下，说实在的，那并不是丙吉的功劳，一切都是天意，也有赖于陛下先辈广积阴德，感动了老天爷暗中护佑！"丙吉诚恳地说。

"您太过谦了！"刘病已亲切地握着他的手，"如果我没有猜错，我最初的名是您起的吧？"

丙吉迟疑了一下，说："当年老臣第一次在郡邸狱见到襁褓中的陛下，询问狱卒，都说不知道陛下的名讳。因为陛下幼时常常生病，老臣总在心中祈祷老天护佑，保护陛下贵体以后不再得病遭灾，所以就冒昧地为陛下取名。恳请陛下宽恕。"

刘病已笑了，"我必须真心感谢您才是！您当年给我取的名很吉利。"伸伸自己的胳膊，握握拳头，"您看这些年我的身体都是比较康健的。"

丙吉也笑着点头，"陛下现在的确很健康吉祥！"他内心还是觉得当初给皇上起名叫"刘病已"确实俗气了点。皇曾孙日后能成天下至尊，倒是他当初万万没有想到的。当时要是有预见的话，他倒是应该给皇曾孙琢磨个更响亮气派的名讳。皇上自己大概也不是真心喜欢这个太过普通的名字，也为了方便天下老百姓避讳，去年夏四月就下诏改名刘询："听说古代的天子之名，难知而易讳。现在百姓中有不少因上书触讳（病已）而犯罪的，朕十分同情。朕将原名'病已'改为'询'。凡是在此诏令之前触讳而蒙罪的，一律赦免。"

刘病已似乎揣知丙吉的心事，便提及自己改名的事，"我去年之所以改名，主要还是考虑到给天下臣民平素交流，上书言事减少麻烦。其实我还是很喜欢您取的原名，虽说不是怎么文绉绉的，但很朴质啊。"

丙吉如释重负，笑说："陛下贤明大度，老天派陛下治理天下，是老百姓的福分。"

跟丙吉谈话之后，刘病已心中久久不能平静，丙吉是他的救命恩人，他必须重重地加封厚赏丙吉，方能报答丙吉的大恩，便给丞相魏相下诏书说："朕没有显贵以前，御史大夫丙吉对朕有厚恩，他的德行真美啊。《诗》上不是说过'无德不报'吗？朕封丙吉为博阳侯，食邑一千三百户。"

临到丙吉受封时，丙吉病了，刘病已担心丙吉死去无法对他加封，想赶在丙吉活着的时候，派人拿着侯印去封侯。丙吉却抱病上书皇帝，坚决推辞，说自己不应该靠这空名受赏封。刘病已马上派人送去回复说："朕封您为侯，不是空名，而您上书送回侯印，却会彰显朕无德无义，知恩不报。现在天下没什么乱事，希望您集中精神，少思虑事情，多注意用药，好好将养自保。"

刘病已担心丙吉的病好不了，很是忧虑。太子太傅夏侯胜宽慰皇上说："丙吉是不会死的。臣听说积阴德的人，一定会享受到那阴德带来的欢乐，还会延及子孙。现在丙吉的阴德还没有获得报答，就病得这么厉害，这不是要命的病。"后来丙吉的病果然好了，让刘病已欣慰不已。

刘病已在感恩重赏丙吉的同时，也感恩于自己在民间受到外曾祖母史家、岳丈许家等多人的照拂，一并下诏将他们加封厚赏："朕身处卑微时，中郎将史曾与史玄、长乐卫尉许舜、侍中光禄大夫许延寿都对朕有旧恩。现封史曾、史玄、许舜、许延寿都为列侯。"

刘病已自即位以来，不时追念已故掖庭令张贺对自己的厚恩，想追封张贺为恩德侯，设守冢二百家。卫将军张安世的小儿子彭祖作为张贺的养子，刘病已也想封赏他，便先赐张彭祖为关内侯。

张安世不希望皇上过于恩宠张家，便坚持向皇上推辞对彭祖的封赏，又请求减少哥哥张贺守冢的户数，希望减至三十户。

刘病已面对张安世的一再推辞与请求，委婉劝说无效，便沉下脸，有些生气地说："朕自己赏给掖庭令的，又不是给将军您的！"张安世这才罢休，不敢再说什么了，转而稽首再拜谢恩。

刘病已随后又觉得自己对卫将军发火，似乎有点过分了，卫将军毕竟年事已高，他也是恭谨低调之人，自己过度封赏张家人会使他惶恐不安，于是刘病已还是遵从张安世的意愿下诏："特为前掖庭令张贺设守冢三十家。"

刘病已出于对张贺的无限崇敬，亲自过问守冢三十家的住处，将他们安置在张贺墓西的斗鸡翁舍南的地方居住。刘病已少年时期曾经在那里游玩过，很喜爱那里优美幽静的自然风光。

刘病已在封赏丙吉等当年保育有功者的同时，也特意再次追封张贺，下诏说："朕年幼时，前掖庭令张贺亲自悉心照护，辅导朕修研文学经术，恩惠卓异，其功重大深厚。特封张贺弟子侍中、关内侯彭祖为阳都侯，赐张贺谥号阳都哀侯。"当时张贺有孤孙张霸，年七岁，拜为散骑中郎将，赐爵关内侯，食邑三百户。

2

张安世因为和小儿子张彭祖都被封侯，地位太显赫，心下有些不安。

不久，谏大夫盖宽饶上奏弹劾卫将军张安世的儿子阳都侯张彭祖过殿门不下车，并牵连到张安世居高位而无补朝政，更是让张安世坐卧不宁。刘病已派人核查，证明张彭祖当时过殿门其实是下了车的。盖宽饶因举奏大臣不实而获罪，贬任卫司马。不过后来盖宽饶因为工作出色又接连被提拔，官至二千石的司隶校尉。

小儿子彭祖被盖宽饶弹劾之事虽然有惊无险，但让张安世颇受刺激，他想到霍氏之祸，深感惶惧，便上书请求辞去俸禄。当然，张安世也有不领俸禄的底气。他家有内置的家庭产业，夫人亲自纺纱织布，家奴七百人，也都各自凭手艺做事，他们家能生产质地精良的纺织品，制作各种好看又耐用的日用器物。这些产品在长安的集市上销售，因为质量过硬，又出自张府，因而很受顾客的欢迎。由于张安世在官场上的口碑很好，朝廷的同僚以及下属也都有意争相购买张府产品。那些受惠于张安世的官员们更是不遗余力地为张府产品进行大力推销，使张府获取厚利。没过几年工夫，张家的财产就极为丰厚，比当时的大将军霍光还要富裕。张安世从不露富，他尊为公侯，食邑万户，但总喜欢身穿黑色粗厚的丝织物，也要求家眷穿着素朴，以示张家人秉性清廉。

刘病已对于张安世请求不领俸禄的上书，不予批复。他也知道张安世和夫人勤俭持家，府上又有作坊，家底定然不菲，但一码归一码，俸禄张安世还是要领的。于是便召见张安世，诚恳地说："将军对朝廷忠心耿耿，劳苦功高，不遗余力地辅佐朕，怎能不领俸禄呢？将军要不领俸禄，朕心里实在过意不去。"张安世说："安世一族承蒙陛下恩信，享受浩荡圣恩，不胜感激涕零。如今国家边祸，再要领取俸禄，安世将寝食难安！恳请陛下将老臣的俸禄充入内帑，成全老臣的一片忠心。"

刘病已笑着叹叹气，"既然将军执意如此，朕也不好再勉强。"他便下诏给都内府库，另外收藏张安世俸禄，达到上百万。他打算等以后合适的时候，这些钱还是要归还给张安世。为了让张安世安心，到时候他准备采用赏赐的方式返还。

张安世谨厚忠信，让刘病已不由得想起昔日大将军霍光，不禁暗自叹息。平心而论，没有霍光的推举，他这样一个流落民间的没落的皇曾孙，是不太可能登上天子之位的，霍光对于他刘病已来说，可谓是让他逆袭翻盘的贵人；霍光作为大将军，辅佐他治理天下，也是尽心尽力，将内政外交治理得井然有序，霍光对于整个大汉而言，可谓功高盖世。但霍光带给他的是极为复杂的感受，照理说，他应该发自内心地尊敬和亲近霍光，其实不然，他内心对霍光满怀畏惧。在霍光面前，他将真实的自己极力隐藏起来，看霍光的脸色行事，设法逢迎霍光，每天都有无形的巨大压力，压得他喘不过气来。而张安世，却令他感到莫名的亲切，跟张安世相处时间长了，他将张安世当成一个长辈来亲近，大凡朝中重大决策，他都要征询张安世。

张安世深受天子刘病已的信任和器重，深怀感激，殚精竭虑地辅佐天子。但他又总是做到谨慎周密，内外都没有疏漏。每次与刘病已商议大政方针，等刘病已裁决后，准备交由丞相府颁布执行，他就马上称病移居别处。一听到最新诏令下达，他便装作有些吃惊，赶紧派人到丞相府中询问是否属实，以至于朝廷大臣们都不知道张安世参与了大政谋划。

张安世之所以要故意如此表演，就是想将拟定国策的功劳全归圣上，诏令大多都深受黎民百姓的欢迎，自然也是圣上英明；即便诏令遭受非议，他自己也能置身事外，没有心理负担。此外，他此番表演，也能让百官之长的丞相刷刷存在感。

当时中央机构有中朝（又称内朝）与外朝之分。中朝由皇帝直接领导，行使大政方针的决策权。大司马、左右前后将军、侍中、常侍、散骑诸吏等都为中朝官员，属于宫廷官系统，他们可以随侍皇帝左右，听候皇帝意旨办事，因而享有出入宫禁的特权，并且能在宫中办公。外朝是以丞相为首组建的行政机构，属于政府官系统，衙署一般设在宫外，他们不参与决策，只行使执行权，负责颁发皇帝的正式诏令，处理相关的具体政务。

张安世位居大司马卫将军，是中朝最有权势的官员，他的声望与威势远超外朝的百官之长——丞相。但张安世极不希望自己的风头盖过丞相，而是尽量保持低调。每次他派人到丞相府打听新诏令颁布，丞相魏相都颇感有颜面，热情洋溢地亲自接待张安世的下属，当面宣讲圣上的新诏令。

其实魏相心里清楚张安世是在演戏，他明白张安世的用心，也乐于配合表演。

张安世只要有机会见到魏相，都免不了夸赞陛下决策英明，也顺势夸一下丞相雷厉风行，执行有力，保证新政畅行天下，让天下百姓都能沐浴圣恩。魏相听了很是舒坦。虽然他也知张安世说的是逢迎话，但也自信张安世逢迎得不虚。圣上亲自处理朝廷政事，励精图治，选择贤臣，考核名实；而他魏相作为丞相，确实也算得上一把好手，总管各官署的事务，全身心投入，不负圣上的厚望，各项工作都做得合乎圣上的期许，让圣上很是满意。

张安世早些时候担任朝廷要职，爱惜贤才，积极向朝廷举贤荐能，且不图任何回报。有一个有才能的地方小吏，经他举荐到中央官署任职。这个小吏为感念他的举荐之恩，特意携带厚礼登门拜谢，这也循了当时官场知恩图报的惯例，但张安世深为之所忌，勃然变色，对小吏说："举贤达能，岂有私谢之理？我举荐为公不为私，为国不为己，凭的是公心，看的是贤能！我觉得你是个难得的人才，所以才举荐你！你怎能曲解我的本心呢？"不由小吏解释，他直接将其拒之门外，此后与小吏形同陌路，断绝一切来往。小吏虽有点尴尬，但内心对张安世非常敬服。他的家境并不富裕，他准备的这份厚礼可抵他一家人几个月的生活费用，如今张安世拒收，倒也让他感到如释重负。他从此兢兢业业地做好本职工作，以此来表达对张安世的报答。私下里，只要有机会，他就称颂张安世正直清廉。

张安世是历经过武帝、昭帝的元老重臣。在昭帝早年，他举荐的官员不少，这些官员私下都自称是他的门生，他不以为喜，反以为忧。天下大小官员都是天子的门生，他张安世怎么敢抢天子的名头？此后，他为避免招惹祸端，不再以个人名义举荐人才。尤其在霍光死后，张安世被刘病已委任高位，掌握最高军政大权，更是谨言慎行。

张安世属下有一名郎官，自视功劳很大，官职得不到升迁，自己找张安世谈起这事，张安世严肃地告诉他："您的功劳大，英明的皇上是知道的，自然不会薄待您。臣下是供职的，拿着朝廷的俸禄，有什么功劳大小可以自夸呢?"他表面上拒绝给郎官升职,可是不久又悄悄地将这个郎官升迁。郎官是个精明人,对张安世的暗地里操作心知肚明,很是感激,但口头上却到处称颂陛下圣明。张安世对此很觉合意。

张安世的幕府长史调任他职,准备辞官赴任时,张安世向他征询自己有何过失。长史说:"属下本人没觉得将军有什么过失,但外人对您倒是有点非议。"张安世忙追问:"哦,什么非议?您但说无妨。"

"将军非得要属下说出来的话,属下也就实不相瞒了。外界非议将军您枉为明主器重的股肱之臣,而有才德的人得不到您的举荐,外界有些人都拿这个事儿来嘲笑您呢。"张安世听后微微一笑,说:"明主在上,贤才与不肖之人,慧眼独具的明主分得很清楚。我们做臣子的应该加强自我修养,恪守各自的本分,不要自以为识人就去推荐。"

张安世为人处事都很低调,不论对上还是对下,都一律谦恭相待,奉行多一事不如少一事的处世原则。当初他任光禄勋时,对属下的郎官很宽容,即便犯了过失,他都尽量给掩饰过去,不予追究。

有个郎官醉酒犯迷糊,竟然在大殿上小便,负责大殿值卫的主事很气愤,向张安世汇报此事,要求按法处置郎官。这事若严厉追究起来,够得着安上"亵渎圣地,藐视圣上"的罪名,郎官的脑袋恐怕会搬家。张安世抱着大事化小,小事化了的态度,有意为郎官遮掩说:"怎么知道他是不是打翻浆水造成的呢?怎么轻易拿人家小的过失来治罪?"郎官酒醒之后,得知自己醉酒闯祸,吓出一身冷汗,对张安世万分感激,跑到张安世跟前跪谢。张安世将郎官训导一番:"不要谢我!你要感谢的是明主,现在是明主治天下,注重自我教化。你以后务必要引以为戒,要谨慎自律,时刻注意自己的言行,不要给自己惹来不必要的麻烦!"郎官唯诺着,再次拜谢张安世。

张安世手下的另一名郎官品行不端,他见一名官婢容貌端正秀丽,顿时春心摇荡,瞅个机会竟将官婢奸污了。官婢本出身大户人家,因家父犯罪而受牵连,同兄长被没入官府为奴婢,她遭郎官欺辱,悲愤不已,向自己的哥哥哭诉。官婢的哥哥恨得牙痒,无奈自己沦为低贱的奴仆,也无力为妹妹做主,便去找时任光禄勋的张安世,恳求光禄勋为他妹妹主持公道。

张安世心下也十分恼怒郎官行径卑鄙，但转念一想，此事要是传出去，定会产生负面影响，自己作为郎官的上司，下属做出如此无耻之事，自己也有管教不严，失责的罪过。于是张安世板起面孔，对官婢的哥哥说："郎官本是讲究品行操守的人，怎么会做出如此缺德之事？分明是你这奴仆一时恼羞成怒，污蔑郎官吧！"还让官署的相关官员责备官婢的哥哥无端生事。

当天晚上，夜深人静，张安世回想起这件事，心中隐隐有点不安，自己包庇袒护郎官，还对受害方反打一把，实在是有违公理。官婢和她的哥哥肯定恨透了自己，保不准在背地里说自己的坏话，坏话会一传十，十传百，如同长翅四处乱飞的鸟儿，有关自己的坏话会传得遍处都是，那也会让自己的名声严重受损。

张安世素来爱惜自己的羽毛，思忖再三，第二天又派人将官婢的哥哥找来，向他道歉，说自己昨日心情不好，说话语气重了些，希望你不要往心里去。还送了一些钱财给官婢哥哥，讲了一些体恤的话，最后还说："你们若生活上有什么难处，可以来找我。我当尽力相帮。"

官婢哥哥被张安世如此低姿态地一番安抚，心里的怨恨也就消解很多，趁机提出一个请求："希望光禄勋约束一下郎官，以后不要再欺负我可怜的妹妹。"

张安世心下有些不悦，但口头上还是答应了。他回头叫来那个郎官，也没有苛责，而是好言规劝了一番："明主治世，选官任职，第一注重的就是品行教养。希望你日后一定要加强个人修养，言行要有君子风范。万不可做不法之事，自毁前程，甚至殃及性命。那样就太不值当了，你说是不是？"郎官满脸愧色，连连点头称是，行了个大礼表示崇敬，"感恩光禄勋仁厚，谨遵光禄勋教训！"

3

张安世在官场上驰骋几十年，深谙官场为人处事之道。他很注重与丞相魏相等朝廷要员和睦相处，也很注重与下级官员打成一片，甚至也很在意奴婢对自己的评价。他为人处事的底线，是不树敌。这是他父亲张汤留给他最大的人生教训。

张安世的父亲张汤是武帝时期有名的能臣，深受武帝器重。武帝为了加强中央集权，在政治、法令、经济等方面，先后进行一系列的改革，张汤都积极参与其中。他最突出的成绩是在法律条文方面，他和关系较好的同僚赵禹编定了宫廷守卫的法律《越宫律》、朝贺礼仪的法律《朝律》等律法文本，后来又制定了不少法规，比如"知罪不举发"（规定官与民对犯罪行为有举报的责任与义务）、"官吏犯罪上下连坐"（官吏犯法，上下负连带责任）等律法，这些律法条文都很符合武帝的意愿，得到武帝的高度认可。

在很多人的眼里，赵禹为人廉洁倨傲，比较坦荡；而张汤是一个不折不扣的阴鸷酷吏，因为他为人狡诈，执行法律的时候过于酷烈。

张汤作为既立法又执法的官员，并不是真正执法办案，而是喜欢揣摩武帝的心思，投武帝所好，常用《春秋》中的儒家思想来加以掩饰，实则以武帝的意志作为量刑准绳。他为了能精准地揣摩武帝的意志，颇下了一番功夫，专门将武帝原来对疑难案件的批示予以分类，分别定为律、令、程、式，以此作为将来办案参照的最高法律标准。很多时候，他办案为了让武帝满意，不惜破坏既有的法律条文。大凡有需要审理的案件，他先摸准武帝的态度。如果是武帝想宽容的案件，他就吩咐执法较宽的属下去查办，即使本身性质很严重的案件，经张汤授意，结果也会予以轻判。倘若是武帝想严办的案件，他就交给严厉的属官去审理，往往一些性质并不严重的案件，经过酷吏审理，有意上纲上线，罗织各种罪名，给办成骇人听闻的大案，最终结果重判，或腰斩或弃市，甚至诛族！

张汤最令人诟病的是置正直无辜的大司农颜异于死罪，竟发明了"腹诽罪"。这就是一度震动朝野的颜异案。

说来有点话长，当时大汉连年与匈奴作战，人力与财力均损耗巨量，导致国库空虚，老百姓实在不堪重负，也没余财可供朝廷再搜刮。武帝急于缓解财政困难，又苦于没有好的敛财之道，正在一筹莫展之际，张汤帮武帝出了个绝妙的招儿，说古时诸侯之间往来聘问与向上献享，用的都是皮币。陛下也可以考虑以"师古复礼"为由，发行皮币。

武帝茅塞顿开，兴致益然地和张汤商研发行皮币，取皇家苑圉独有的珍贵白鹿之皮，裁成一尺见方，上面绣上精美的水草纹图案，名为白鹿皮币。每块白鹿皮币定价高达四十万钱。规定王公贵族朝请圣上与祭祀宗庙献享的时候，都必须奉上白鹿皮币包裹的玉璧，作为献礼和入场券。这无疑是对王公贵族们的一种变相勒索。武帝让张汤造好白鹿皮币，决定颁布诏令予以施行，不过他还是想走个过场，征求一下主管经济的大司农颜异的意见。

颜异是孔子贤徒颜回的后裔，秉承了祖上的耿直和节操，他一眼就看穿了武帝发行大面值白鹿皮币背后的真实用心，这不等于巧夺豪取吗？耿直的他没有附和武帝，而是表示异议："陛下，恕臣直言，如今诸侯王朝见天子有苍璧，价值不过几千钱，而作为垫衬的皮币反而值四十万，本末不相称。"武帝听后非常不高兴，只是当时忍着没有发作。

张汤知道武帝嫌恶颜异，有诛杀颜异的意图。他本人也与颜异有过节，碰巧有人告发颜异，武帝命令张汤审理颜异一案。张汤审理来审理去，发现颜异清清白白，实在找不出什么罪名。但张汤有的是办法！他听说颜异曾经与客人闲谈，客人说到某法令初颁布时有些弊病，颜异没有回应，客人以为他与己见不同，反唇讥刺几句。张汤知道此事后立马上奏武帝，给颜异定了个"腹诽"的罪名，说颜异身为九卿，知道法令有不妥之处，不向朝廷进言，只在心中诽谤非难，大逆不道，其罪当死！清廉耿直的颜异就这样被冤杀了，使得公卿大夫都深感惶恐，不敢在公开场合表露自己的真实想法，而是谄媚逢迎，取悦于人。

张汤是武帝手中的一枚重量级的棋子，他能通过各种手段帮武帝完成币制改革以及盐铁官营、算缗、告缗等事务，打击富商阶层，充实国库以维持同匈奴作战。张汤可谓武帝的红人，被武帝任命为御史大夫，他的权势一度威震朝野，甚至超过了当时的丞相庄青翟，以致当时有了"天下大事都由张汤来决断"的说法。

张汤得势的同时也是四面树敌，得罪了很多人，其中就包括御史府和丞相府的一批官员，还有一些诸侯王，他们私下里对张汤恨之入骨，总想找机会报复张汤以解心头大恨。

在张汤当御史大夫的第七年，御史中丞李文、丞相府的三个长史（朱买臣、王朝和边通）以及赵王刘彭祖，共同告发张汤和其属吏鲁谒居关系可疑，似有奸邪阴谋，还告发他和大商人暗地来往，牟取暴利。武帝几次召张汤来问，张汤都拒不认罪。武帝便怀疑张汤假装忠诚，最后派跟张汤曾经关系交好的赵禹审讯张汤。

赵禹明白武帝的用意，提审张汤。昔日的好友四目相对，彼此都感觉十分尴尬。张汤诉说自己是被诬陷的，希望赵禹明察，还他一个公道。赵禹心中叹息，公道？这么多年，你手握权柄，一心效忠皇上，唯皇上意旨是瞻，制造多少冤假错案，害死了多少人！如今你落得如此狼狈的下场，才想起要公道？

张汤神情郁愤，赵禹两眼紧紧盯着张汤，带着责备的口吻说："你为什么不知本分呢？你好好回想一下，你所治罪夷灭的有多少人了？现在人家状告你都有证据，天子感觉把你下狱后不便处置，是想让你自行了断，还用得着对簿公堂吗？"

张汤一声长叹，便沉默不语。自行了断？对他来说，这或许是最好的结局，否则下狱遭受严刑拷打，受尽折辱，最后被诛杀，甚至连累家人——这些都不是他能够承受的！只是想到自己由昔日威风赫赫的执法者成为被审讯的犯人，情何以堪！他越想越生发怨恨，怨老天待自己不公，自己兢兢业业，夙夜劳碌，老天却让自己有如此下场！他恨三个陷害他的长史，我张汤死了，你们恐怕也活不了多久！

张汤决定在临死前向圣上奏明他的死因，他向赵禹讨来竹简笔墨，写了平生最后一道奏书："臣张汤本为低贱的小吏出身，蒙圣上不弃，侥幸位列三公。事情到了今天这个地步，臣责无旁贷，理应一死。但是，圣上您要知道，陷害臣的，是丞相府的三名长史！"写完奏书，张汤便自杀了。

张汤死后，他的家产价值不过五百金，都是自己的俸禄和皇帝的赏赐，没有其他资产。他的兄弟和儿子们商量着要厚葬张汤，张汤的母亲揩了揩眼泪，带着怨气说："张汤身为天子大臣，被污言恶语陷害至死，有什么好厚葬的！"只安排了一辆牛车装载张汤的遗体，下葬时有内棺而无外椁。

武帝听说这件事，洞悉张母的意图，叹息："有其母，必有其子啊！"派人深究张汤案，得知张汤被诬陷的真相后，异常恼怒，将朱买臣等人诛杀。丞相庄青翟也畏罪自杀。武帝对张汤之死很感惋惜，就通过逐渐升迁张汤的儿子张安世来加以补偿。

张汤的母亲在儿子死后，将家族的希望寄托在孙子张安世的身上。孙子安世非常好学上进，做事有板有眼，更让老太太欣慰的是孙子安世遗传了儿子张汤的超强记忆力，什么学问学一遍就能记住，他的性情也比他父亲温和。她经常以儿子张汤的遭遇告诫孙子安世：你父亲生性喜欢争强好胜，盛气凌人，我曾经多次责骂他不要四处逞能，他都听不进去，结果遭人诬陷，连小命都丢掉了！你现在也走宦途，一定不要像他那样张扬，要夹着尾巴做人，要低调！尤其注意不能树敌！人心叵测啊，你自己踏踏实实地做好本分的事还不够，还要注意跟上上下下搞好关系。你即便做出一点成绩，也不能炫耀，要藏着掖着才妥帖。这世间害红眼病的人很多，他们原本跟你无冤无仇，但见到你比他们做得好，他们就会心生嫉妒，背地里说你坏话，搬弄是非。你是防不胜防的！

张安世一辈子都忘不了祖母的教诲。父亲张汤之死如同一面镜子，照出世情的复杂与官场的险恶，时时给予他警醒。多年来在官场的摸爬滚打，让他历练了一套非常适合自己的生存法则，这套法则的核心就是两个字：低调。而今他已步入晚年，身居高位，一如既往地保持谨厚与持重，为人处事极度低调，恨不能做个默默无闻不染权势的纯粹官吏。

元康三年（前63年）晚秋，张安世身体非常不适，患了重病，心情抑郁，感觉自己老命危浅，朝不虑夕，实在无力再为朝廷效忠，便上书辞官，请求告老还乡。

刘病已看到张安世的上书，心情有些沉重。对于张安世这样一位忠心耿耿的重臣，刘病已很希望他健康长寿，能继续辅佐自己。无奈他年事已高，身体状况堪忧，的确需要好好休养。只是他以此为由要交还爵位官印，刘病已不能答应，便回复说："将军年老生病，朕十分怜悯。将军虽然没有精力再处理政事，却仍然有折冲万里的谋略和智慧，为朝廷出谋划策，克敌制胜。您是先帝的重臣，明晓治乱之道，这方面朕比不上您，所以多次向您征求意见。您为什么突然这么伤感呢？还要上书归还卫将军、富平侯的官印？您这样做是逼朕忘记故交，这不是朕所期望的啊！希望将军加强饮食，及时就医服药，打起精神，以便颐养天年。"

之前张安世的长子延寿任中郎将侍中，张安世觉得父子同为中朝高官，过于尊贵显耀，心怀不安，便向刘病已请求将延寿调出京城，出任地方官。刘病已起先没有同意，经不住张安世一再请求，才同意将张延寿调任为北地太守。过了一年多，刘病已怜悯张安世年老，又将张延寿召回京城，让他担任左曹太仆，以便必要时就近照顾老父亲。

如今张安世身体有恙，一时又不能辞官回家休养，只得带病坚持上班。刘病已建议他就住在宫里，安排医术最好的御医给他诊治，嘱咐张延寿每天悉心照顾父亲。刘病已一有空就去看望张安世，也顺便征询一些重要事项。

第十七章　直臣盖宽饶

1

张安世经过一段时间的精心医治与调理，到了第二年春季，病情大有好转，也能坚持上朝，到衙署处理事务。刘病已很高兴，嘱咐卫将军要多加强营养，注意劳逸结合，保重好身体。张安世感恩陛下的关爱，他觉得自己命不该绝，老天眷顾自己，心里也比较安敞。

那年春末的一个休沐日，平恩侯许广汉乔迁新居，大摆喜宴，向丞相、御史、将军、中二千石官员都发出邀请，张安世也欣然应邀前往道贺。

他有意四下看了看，该到的都到了，只有司隶校尉盖宽饶没见人影。虽然上次盖宽饶弹劾过他的小儿子彭祖，但张安世对盖宽饶还是很在乎，甚至想着跟盖宽饶套套近乎。他小声提醒许广汉：盖司隶怎么没来呢？

许广汉哦一声，赶紧派亲信专门去请盖宽饶。他知道盖宽饶很有个性，负责监察京城的皇亲权贵和大小官吏，是个铁面无私的著名虎臣。今天的宴会不能缺少盖宽饶。

盖宽饶原本也收到许广汉的宴会邀请，只是他并不想参加，如今见平恩侯又特意差人上门来请，要是再不应邀，就有点不合适了。何况平恩侯也是个谨慎厚道之人，平恩侯的面子他还是要给的，便很快到了宴会现场。

盖宽饶瞅了一下厅堂，主座已经满客，都是京城响当当的权贵豪族，平素他因为职业习惯，跟这些人都保持一定距离，这回自然也不愿跟任何人客套，便从西边的台阶上，东向独坐。

许广汉见盖宽饶有些落落寡合，觉得不能怠慢盖宽饶，忙从家仆手中接过大酒壶——酒壶很亮眼，是铜制精品，敞口，长颈，圈足，壶身圆鼓，还有三道凸弦纹带做装饰，壶身两侧有对称的铺首衔环。许广汉笑容可掬地走到盖宽饶身旁，要亲自为盖宽饶斟酒。

盖宽饶对平恩侯屈尊招待自己，有点不自在，"平恩侯如此高看在下，让在下担受不起！"

许广汉笑着开玩笑说："因为您晚来，得罚酒三杯。"

盖宽饶闻言，一脸严肃，赶紧用手捂住高足杯（下腹内收的高脚玉质酒杯），"您不要给我多斟酒，我是酒狂，我要是喝多了，会发酒疯的。"许广汉虽觉有点小尴尬，但脸上笑容依旧，"瞧您这话说的，您性情豪放，喝酒海量，哪至于喝醉呢？"

丞相魏相呵呵一笑，半打趣地说："次公（盖宽饶的字）就是滴酒不沾，头脑清醒的时候也敢发狂，为什么一定要借用酒呢？"

张安世一旁笑着附和："次公刚直奉公，正色立朝，令人崇敬。"

御史大夫丙吉笑说："卫将军说得没错！次公刚直廉洁，一心为公，是本朝有名的忠直之臣，的确令人推崇。"

盖宽饶一字眉微微扬了扬，依旧正颜厉色，不接话茬，只是以左手抱右手，朝丞相和卫将军、御史大夫拱了拱手。

在座的其他宾客都看着盖宽饶，神情多半谦敬。

素来跟盖宽饶交好的中郎将杨恽笑着说："今天是平恩侯乔迁华宅的大喜日子，大家喝点酒助助兴。次公就是喝醉了又何妨？我驾车送次公回家！"

"中郎将说得没错！今天大家都给我面子，好不容易有这个机会，聚到一起，喝酒助兴。"许广汉又笑漾漾地端起铜制酒壶，"盖司隶，您这酒杯，还是再加点酒嘛。"盖宽饶这才将手从酒杯上挪开，请许广汉将酒杯斟满。

醇酒味正，菜肴丰盛，许广汉殷勤地招呼大家吃好喝好。众人吃得开心，酒喝得尽兴，此时乐队奏起悦耳动听的音乐，宴会的热闹气氛几近高潮。

长信少府檀长卿素来性情洒脱，今日趁着酒兴，也有意讨好平恩侯，笑嘻嘻地起身，和着乐拍兴奋地手舞足蹈，模仿沐猴（猕猴）与狗相斗的动作，滑稽有趣，逗得座中宾客都拊掌大笑。许广汉更是笑得前仰后合。

只有盖宽饶看不过眼，板着脸，端起喝剩的半杯酒，一饮而尽，环视周围皇亲权贵们一个个喝得原形毕露，得意忘形的样子，心下深叹，他置身在平恩侯这栋新建的豪宅中，仰头打量着高大敞亮的华美厅堂，忍不住暗自发了一通感慨：这华屋真美啊！华贵气派！可是富贵这东西，实在太变化无常啊。今天属于你，说不准明天就成别人的了。大家不过都是茫茫尘世中的匆匆过客罢了！谁要想长久拥有富贵，不可肆意张狂，还是得多加谨慎啊。这个道理，你们这些君侯们想必都懂，怎么就不引以为戒呢！一番感慨之后，盖宽饶起身离座，一拂袖，快步走出宴堂。等大家反应过来，盖宽饶早已不见人影。

许广汉有点不爽，这盖宽饶真是不给人一点面子啊，本来乐呵呵的事情，给他弄得无趣了，早知如此，还不如不请他来呢！

宴会散场，宾客们先后告辞而去。张安世特意最后一个告辞，跟许广汉说了一会儿话。他担心盖宽饶会去弹劾长信少府，许广汉说，不至于吧？张安世说，依他的性情，十有八九会弹劾的。许广汉皱皱眉说，这人也真是太较真了！张安世说，没办法，他就是那种较真的人。到时候您得帮着少府在陛下那里说说好话啊。

真让张安世猜准了。盖宽饶第二天一上班，就上书弹劾长信少府檀长卿作为列卿，丝毫不注重礼仪，竟然在平恩侯家的宴会上扮沐猴，扮野狗，跳沐猴舞，太不成体统！

刘病已有些生气，去年就有人弹劾过檀长卿，说檀长卿迷恋看杂戏，还学跳沐猴舞，有辱列卿的尊贵身份。当时刘病已派人责问过檀长卿，因为上官皇太后从中求情——檀长卿总掌皇太后宫里的供给，也是尽职尽责的，他也就没再追究，毕竟皇太后的面子他还是要给的。如今这檀长卿又在平恩侯家的宴会上当众跳什么沐猴舞，分明是明知故犯，不将他上次的责问放在心上！这回他怎么着也要惩罚一下檀长卿！

许广汉听说檀长卿被弹劾，感觉头皮都有点发麻，檀长卿是在自己家的宴会上跳沐猴舞，主要也是想逗大家开心，这还不是看他平恩侯的面子吗？要不然人家少府怎能辱降身份当众"耍猴"？要是檀长卿因为这事被降职或免职处分了，那他的这张老脸往哪里搁啊！许广汉赶紧进宫求见刘病已，想恳求皇上不要处罚少府。

刘病已知道老丈人来意，没等许广汉开口，就说："长信少府那天在您家跳沐猴舞，倒是博了不少眼球。去年就有人弹劾他痴迷百戏，还跟着倡优学起来了，朕没追究。今年在您家现场直接表演起来了。朕看他那么爱表演，就准许他上百戏团去跳得了！"

许广汉不知说什么好，伏在地上请罪，"陛下宽恕！这事老臣首先有责任，要不开那个宴会，也不会有这种事。"

刘病已忙请他起来，严肃地说："这事与您无关。您不要往自己身上揽事。"

许广汉不敢再吱声了。

求情无果，许广汉异常沮丧。这也不是什么多大的事，皇上怎么连自己面子也不给了？

那天，许广汉坐车回家的途中，碰见张安世进宫的车驾。两人都下了车，聊了几句。许广汉简要说了说进宫面圣的情况，叹气说："原来觉得这事简单，找陛下求求情，也就过去了，没想到陛下好像铁着心要处罚少府。卫将军，您看这事怎么办才好？要不您帮着在皇上那里说一说？"

张安世说："您去求情都不行，那我就更不行了嘛。我看这事您稍微缓一缓。陛下正在气头上，求情恐怕会让他更生气。"

许广汉又叹气说："您看，本来那天我是想着将大家凑到一起热闹热闹，没想到就这么一件娱乐的事，惹出了麻烦。"

临别时，张安世安慰说："您也别太往心里去。这事也没您想的那么严重。"

许广汉摇头叹气。皇帝女婿不给他面子，让他感觉十分扫兴，很自然地又想起女儿平君来，竟伤感了好一阵子。要是平君还活着，像这种鸡毛蒜皮的小事，他犯不着觍着张老脸低声下气地去求皇上，他只需要私下跟女儿说一说，让女儿为他出面跟皇上求求情，他就不至于这么尴尬，落个老大的没趣。

那天张安世进宫，是应刘病已宣召商议国事的。

国事商议完毕，刘病已也跟张安世说了一会儿闲话，提及长信少府的事，问张安世什么看法。张安世说："少府那天喝多了酒，一时兴起，跳沐猴舞，的确失礼，也难怪被弹劾。"

"去年皇太后为他求情，这回又是平恩侯为他求情，您看他这个少府是不是很有头面？一而再地做违礼之事，是不是还有再而三？是不是还有人再为他求情？"刘病已有点愤然。

张安世不假思索地说："绝对不会有'再而三'！除非少府脑子出了大毛病。如果还有'再而三'，陛下就直接诛杀！"

刘病已叹气说："如果所有官员，都能像将军您这样就好了！不论在什么场合，都能做到恪规守矩，那朕就省心很多了。"

张安世忙离座稽首谢恩说："陛下高抬老臣了，让老臣深感惶恐！平心而论，老臣也有不检点之处。就说这次赴平恩侯宴会，少府跳沐猴舞，老臣深受陛下恩信，当时不但没有制止少府失礼行为，竟然还跟着大家一起哄笑，这本身就是一种失礼。老臣也应该受到责罚。恳请陛下宽恕！"

刘病已忍不住笑了，"卫将军请起！卫将军真是善于给自己找过错嘛！"

刘病已到底还是没有惩罚檀长卿。

张安世特意拜见许广汉，说还是平恩侯您有面子啊，陛下看在您的面子上，才放了少府一马。许广汉感觉心里熨帖多了，皇上到底还是讲人情的嘛。

张安世还私下找檀长卿，跟他推心置腹地谈了谈，提醒他以后千万不要再在外场上跳什么沐猴舞了，事不过三，否则真有大祸临头了！到时候恐怕谁也救不了你的。切记要时刻注意自己的言行，你自己可能觉得事小，可一旦被弹劾，往往就被弄成了大事。檀长卿很是感激，连连拜谢，说卫将军教诲，长卿一定谨记在心！

2

檀长卿内心对盖宽饶有些怨恨。外界都说盖宽饶为人性格刚直，廉洁奉公。在檀长卿看来，盖宽饶就是一个纯粹的憨头蛋！

　　盖宽饶是二千石官员，每月俸禄几千钱，照说日子过得也应该不差。可他却偏偏装作慷慨大方，将自己的一半俸禄拿出来做赏金，奖给那些为他充当耳目提供消息的吏民，弄得自己家中很贫困。他的家里人都跟着他没好日子过。别的不说，就说子弟服兵役，别的官宦家庭，一般都不舍得让自己的儿子吃苦服兵役，可以花上三百钱或四百钱的，雇人代自家儿子服兵役，也不违规。他盖宽饶的儿子就没这个福气，因为他没钱。他儿子只能像那些底层的贫寒子弟一样，自己背着铺盖卷，历尽艰辛，长途步行去北方边境服兵役。说实在话，作为一个二千石官员，私下托个关系让自己的儿子搭个免费的公车，也在情理之中，外人也不会非议的。但搁在盖宽饶那里也行不通，他绝对不能让儿子搭乘公家的车，以权谋私的事，他绝对不会干！像他这种公正廉洁、不徇私情的官员，在朝廷中，打着灯笼都难找！但檀长卿却觉得盖宽饶公正得有点过头，人心都是肉长的，一点私情都不徇，那还是真正的人吗？

　　檀长卿之前听同僚私下议论盖宽饶，说这个人严酷苛刻，喜欢揭人隐私，陷害人，当时不以为意，如今被弹劾，亲身感受盖宽饶的确如此。他与人相处，如此不讲丝毫情面，势必弄得在位官员及贵戚人人跟他结怨。他又喜好借事批评朝政，冒犯皇上旨意。他的同僚后进有的官至九卿，超越他的职位，他自以为清正廉洁，才能过人，为国效忠，却被平庸之辈超越，更加失意不快，多次上疏谏净，发牢骚。

　　太子庶子王生赞赏盖宽饶的节操高尚，但不同意他的这些做法，写信规劝他："明主知道您廉洁公正，不畏强暴，所以才把司察的官职授予给您，把奉行使命的大权交付给您，高官厚禄也给了您。您应该日夜思虑当世急务，执行法律，宣扬教化，担忧天下，即使日日办好事，月月有功劳，但您还是不足以称职和报效圣恩。您要明白，自古以来，三王之术各有制度。现在您不努力循职也就罢了，却想用太古久远之事匡正辅佐天子，屡次上书一些不实用的难听之言摩擦左右，不是用来宣扬好名声保全寿命的好办法。现在当权之人通晓法令，言足以粉饰你的言辞，文足以坐实你的过错，您不思蘧伯玉的高尚踪迹，却羡慕伍子胥的末行，用贵重无比的身躯，临意外的险境，我私自替您痛心。君子直却不顶撞，曲而不屈服，《大雅》云："既明且哲，以保其身"。狂夫之言，供智者择之，希望您裁夺审察。"

盖宽饶见了王生的信，郁郁不快，他一时接受不了王生的意见。

之后，卫将军张安世出于好意，也找了个合适的时机，委婉地劝说盖宽饶学会明哲保身，"盖司隶为人耿直忠信，令人敬服！只是世俗人心形形色色，总难免有些鼠肚鸡肠之人，曲解您的忠行节义。您还是谨防这种小人为好。有些心里话最好还是不要外传，免得被小人抓把柄，给您扣脏盆子。"

盖宽饶叹息说："谢谢卫将军的忠言劝告！宽饶也知道世道人心阴恶，公开场合还是闭嘴少言，少上书言事，以免灾避祸，求得自安。但心下总有不甘，自感作为一介堂堂男儿，长着一张嘴，不只是为了吃喝，更重要的是为了说话，说心里话，表达自己的逆耳忠言，至于被一些人误解，那原是没有办法的事。宽饶只要自己做到坦荡磊落，问心无愧，就心安理得了！"

张安世点头，心下暗自叹气，盖宽饶脑子一根筋，自己劝说也是徒劳无用的。也就不再多说什么了。他预感盖宽饶这样下去，迟早会吃大亏的。

那年季夏的一个阴雨天，张安世旧病复发，这回比较凶险，卧床不起，良医无论怎么诊治，都没见什么疗效。刘病已闻讯，亲自前去卫将军宅邸探望慰问，此时张安世神志清醒，但口不能言，面对刘病已，两眼蓄满老泪。看着忠心耿耿的重臣被疾病折磨得不成人样，刘病已也不禁潸然泪下，他握着张安世枯竹枝一般的手，还是宽慰他好好养病。

八月十一日，病入膏肓的张安世撒手人寰，从此长眠九泉。

刘病已对张安世病逝有些伤感，下令厚葬卫将军，赠送卫将军印绶、两辆豪华装饰的"驷马一车"、六金六铜的青铜钟、穿各式服饰的千军战俑等做陪葬，赐予张安世谥号为敬侯。将张安世的墓地安置在杜县东，挖土起冢，建造墓园祠堂，特许使用皇家级别的"长乐未央"的瓦当。为表示对卫将军张安世的崇敬与哀悼，刘病已还和上官皇太后亲临将军宅邸吊唁。

张安世在世时，刘病已很多重大国政军政都倚仗张安世的辅佐，如今张安世故去，刘病已就感觉自己突然少了一只臂膀，便诏令前将军韩增接替张安世任大司马车骑将军，领尚书事，但想到韩增年事也比较高，还有魏相、丙吉等一些可倚重的老臣，也都处于迟暮之年，这些重臣迟早会一个个离他而去，他就有一种空落落的感觉。他需要考虑进一步巩固集权，有效治吏，便有意重用刑法，信任中尚书宦官弘恭等人。

弘恭年轻时因犯法受过腐刑，最初担任中黄门，他熟知法令典章制度，性情机敏，善于揣摩圣意，适时请安进言，积极帮刘病已推行刑法，颇得刘病已的信任，任命他当中书令。

司隶校尉盖宽饶对皇上重用宦官推行刑法很有异议，便上了一道密奏说："当今儒家的圣道衰微，儒家学派治国理政的方法得不到推行，以至于陛下以刑余之人（宦官）代替周公、召公，以法律条文代替《诗》《尚书》。"又引用《韩氏易传》说，"'五帝官天下，三王家天下'。'家天下'就是把政权传给子孙，'官天下'则把政权让给贤能，这就如同四季转换，功成者离开，不得其人就不居其位。"

盖宽饶的奏书触碰了刘病已的逆鳞，戳中他的敏感神经。之前盖宽饶批评时政，他尚可容忍，但盖宽饶的这份奏书，让他异常恼怒，认为盖宽饶怨谤朝政的毛病始终不改，如今直接怨谤刘家天下来了！什么"官天下""不得其人就不居其位"！刘病已盛怒之下，将盖宽饶的奏书下给中二千石执金吾查办。

执金吾跟檀长卿和弘恭等人交好，而且他曾经也受到盖宽饶的弹劾，虽然没被追究罪责，但对盖宽饶的怨恨始终没消，而今圣上让他查办盖宽饶，这倒是个报复的绝好机会。他私下将盖宽饶的奏书给檀长卿和弘恭看，问他们有什么看法。

弘恭见盖宽饶在奏书中指摘皇上重用像自己这样的"刑余之人"，不由得心生愤恨，"当今人心不古，光靠儒家那套流于空谈的迂腐之论，根本不起作用！所以陛下才重视推行刑名之学。事实证明，只有推行刑法，才能有效震慑那些不法之人，维护社会治安。他盖宽饶是个什么东西，竟敢非议陛下圣明的理政之策！"

檀长卿慢条斯理地说："中书令说的这点恐怕还不是最严重的，最严重的是盖宽饶胡乱引用《韩氏易传》上的话！"

执金吾说："少府说得没错！《韩氏易传》上的话能随便引用吗？"

弘恭眯缝着小眼睛，说："'五帝官天下，三王家天下'，尤其这个'官天下'，说什么把政权让给贤能，用意何在？"满脸鄙夷，"他盖宽饶不是总觉得自己很贤能吗？他这意思不是明摆着吗？"

执金吾说："那不就是想让皇上将位子让给他这个贤能来坐呗！中书令和少府看看，盖宽饶奏书是不是有这意思？"

弘恭点头说："细品品，就是有这意思！"

檀长卿默然片刻，说："皇上为何将他的奏书下给执金吾查办？还不是因为这个生气吗？"

弘恭说："不用说，皇上就是有法办盖宽饶之意！"

三人统一了看法，执金吾便心安理得地将"查办"的结果上奏刘病已：盖宽饶奏书的主旨再明显不过，就是想要求陛下将天下禅让给他，实在是大逆不道！

这罪名可是够大够吓人的，能直接致盖宽饶死罪！明眼人都知道这是纯属诬陷。御史大夫丙吉对丞相魏相摇头叹息说："盖宽饶应该不是那个意思，执金吾怕是曲解了！"

魏相平素就不怎么看好盖宽饶。盖宽饶性子太刚直了，说话做事都不讲究策略，四处树敌，还听不进别人的好言相劝，这回被扣上这么吓人的大帽子，他一点也不觉得意外。执金吾跟盖宽饶有过节，皇上是知道的，有意让执金吾来查办盖宽饶，不正说明皇上的用意吗？执金吾是个八面玲珑之人，自然能揣摩皇上的意图，便查办出这样的"结论"。魏相觉得自己还是不能背地里议论这事，见丙吉同情盖宽饶，便说："陛下圣明，对这事会自有公断吧。"丙吉闻言，也就不再说什么了。丙吉清楚魏相城府深，魏相不愿说的，自己也就不要再聒噪了。

谏大夫郑昌向来正直，哀伤盖宽饶忠直爱国，因议论国事不注意措辞而遭文墨之吏诋毁陷害，便上书称颂盖宽饶，为盖宽饶鸣冤："臣听说，山有猛兽，人们因此不敢去摘采藜藿之类的野菜；国有忠臣，奸邪之辈因此不敢抬头。司隶校尉宽饶，居不求安，食不求饱，出仕则有忧国之心，退隐则有死节之义，上无陛下亲属许、史两家那样的皇亲的庇护，下无作为皇家近侍的金、张两家那样的重臣的支持；职责只在司察，秉公行事，所以仇人多而朋友少。他上书陈述对国事的看法，却被有关官员用大辟之罪弹劾。臣有幸能跟随在各位大夫之后，身为谏官，不敢不说出自己的真实看法！恳请陛下明察！”

刘病已对郑昌的谏言置之不理，下令逮捕盖宽饶。

3

刘病已下令将盖宽饶投进监狱治罪，让盖宽饶悲愤交加。他实在没有想到，自己耿直忠谏竟招致这样的无妄之灾。明明是那些宵小之徒公然诬陷他，要置他于死地，皇上不是圣明吗？会看不出来？他想来想去，觉得他得罪了很多人，连皇上都得罪了，皇上有意要法办他，那些宵小之徒不过是揣摩皇上的意思诬陷他而已！明白了这一点，盖宽饶痛苦万分，万念俱灰。他一贯坚持的儒家理想瞬间灰飞烟灭。

他年少时就爱读儒家的圣贤书，通晓儒家经义，当初也是靠着“明经”的出身，当了郡文学（官名，其职责专司所管辖地区的教育行政事务），进入仕途。他最爱读《孟子》，非常欣赏孟子的刚直不阿、恢宏磊落的个性，以及独善乐道的大丈夫气概。他将孟子说的那句“自反而缩，虽千万人，吾往矣”作为自己的座右铭。他也每每在自我反省之后能够理直气壮，无愧于自己的良心与社会公义，即使前面有千军万马挡着，他也要勇往直前，决不退缩！所以他才敢于不畏强暴，不媚权贵，甚至不媚皇上。如今看来，自己不过空有一腔孤勇，即便挡得住千军万马，却挡不住皇上默许下的小人诬陷！但他绝不能接受下狱，被人侮辱，然后被押上法场，行大辟之刑！他就是死，也要死得干爽！

头顶是悠悠的青天，足下是苍茫的大地，挂在中天的太阳也很明耀，面前的未央宫一如既往的富丽堂皇，来抓捕他的吏卒近在咫尺。盖宽饶从容地整整衣冠，眼含热泪，仰头向着青天，发出凄厉的一声长啸，吏卒们吓得不由得后退一步。他叉着两腿，泪眼怒对北阙（未央宫北面的门楼）——这是当初他和一些朝臣等候朝见或上书奏事的地方，也是罪臣被拘禁听候发落的地方，自己竟然现在还站在这里，是要抱什么幻想吗?! 还是要乖乖地等候受辱?! 此生休矣! 此生休矣!! 他猛地从腰间拔出佩刀，朝自己的脖子上狠命地一抹，顿时鲜血飞溅，这个身高八尺的伟岸汉子轰然倒地。从此，世间再无盖宽饶!

盖宽饶的那些政敌虽报了怨仇，但内心也有一种难言的复杂感受，他们心中清楚，盖宽饶就是硬生生被诬陷致死的，人心叵测，谁以后能保证自己不遭他人诬陷?

那些生性正直的官员都为盖宽饶悲伤难过。

太子庶子王生唉声叹气，峣峣者易折，皎皎者易污。当初他写信劝告盖宽饶明哲保身，盖宽饶不听，才导致如此不幸的下场。唉，这么难得的一位忠臣，太可惜了!

谏大夫郑昌听说盖宽饶悲壮自杀，当场就落了泪。他冒着风险上书为盖宽饶鸣冤叫屈，没有起到任何作用。皇上还是要治盖宽饶的罪! 他内心对皇上是颇有微词的。以前总觉得皇上圣明，宽容睿智，如今看来，并非如此! 或许再睿智的人在帝王宝座上坐的时间长了，都会逐渐变得冷酷无情! 他哀怜盖宽饶，也哀怜自己。他作为一名谏官，本分的职责就是进言谏诤，盖宽饶是因言获的罪，这种祸患下回指不定会落到他自己的头上!

杨恽好多天都为好友盖宽饶遭遇不幸伤怀不已。以前盖宽饶经常和他一起谈论儒家道义，盖宽饶最爱谈孟子，眉飞色舞，踌躇满志。他有的观点跟盖宽饶不一样，盖宽饶就拼命地要说服他。印象中有一次谈孟子所说的"尚志"，他跟盖宽饶有些分歧。盖宽饶认为，贤人君子，高尚其志，不屈于世。如果一个人时刻能想着仁和义，住在仁的屋宇里，走在义的大道上，自然就会变得高尚，成为贤人君子也就为时不远。杨恽忍不住笑他太天真，这世间上的人，都是俗人，怎么可能那么容易高尚? 盖宽饶很是不服，说怎么不能? 你不觉得我现在正在朝这个方向努力吗? 杨恽想起这些，就悲慨不已，老兄啊老兄，你生活在这个俗世上，周围全都是卑俗自私的人，你一厢情愿地想当高尚的人，有用吗?

杨恽也是个直性子，对盖宽饶遭诬陷自杀始终怀抱不平，逢到能跟他说得上话的同僚，他就忍不住为盖宽饶深表惋惜，说像盖宽饶这样廉洁奉公的好官，从来都不愿意揩公家一丝一毫的油水，现在怕是打着灯笼都难找！唉，就因为人家性子耿直，说了几句大实话，就不依不饶地给人家扣上可怕的罪名，完全是有意曲解盖宽饶的话！盖宽饶对朝廷对圣上忠心耿耿，怎么可能有哪种不道的心思？真是小人阴恶，成心逼迫人家盖宽饶自杀！天理都不容！同僚们都有些小心翼翼，劝说杨恽还是别再议论这事了，再说也都已经过去了，说什么盖宽饶都活不过来了。杨恽想想就很郁闷感伤。

对于盖宽饶"畏罪自杀"，刘病已心里其实也有些闷闷不乐。当时执金吾将这个消息报告给他，他一言不发，只摆了摆手，让执金吾退下去。

他承认盖宽饶是个忠直之臣，志在奉公，而且不党不群，一度让他很是赏识。盖宽饶曾因对他的知交张彭祖不实弹劾而由谏大夫被降为左司马，也毫不沮丧，工作任劳任怨，极度关爱下属。等到岁末交接工作，他作为天子亲临慰劳军队之后，几千名士兵都叩头自愿请求多服役一年，来报答左司马的厚德。他嘉奖了盖宽饶，并让盖宽饶做太中大夫，巡察世风。又因为盖宽饶尽职尽责，无可挑剔，他再次将其提拔为司隶校尉。盖宽饶追查检举没有什么回避的，无论大小事情都要检举，因此被他弹劾的人很多。皇亲国戚以及郡国官员到长安，都畏惧他而没人敢触犯禁令，京城非常清明。这让刘病已也很满意。

刘病已唯一不满意的就是盖宽饶太过憨直，憨直得没有边界。这就非常麻烦。该说的，不该说的，盖宽饶都要说。大汉天下就是刘家的天下，代代子孙相传，这是天经地义的，这是不可触碰的红线，容不得任何人非议！你盖宽饶偏偏没有底线地引经据典，说什么"官天下"，禅让什么贤能，你这不是成心跟朕过不去吗？！你要是不触碰这条红线，朕会不饶恕你吗？！你为什么就不能圆通一点呢？像卫将军张安世那样？刘病已不由得怀念起张安世来。

刘病已闷了一会儿，觉得是盖宽饶自己找死。他是天下至尊，也犯不着因为盖宽饶自裁而影响自己的心情，盖宽饶的事也就如同翻案牍一样翻过去了，毕竟他要操心的事一大堆。

第十八章　行刺·伤逝

1

盖宽饶自杀之后没过多长时间，丞相魏相病倒了。刘病已派医术高明的御医为魏相诊治，开始有些起色，但后来病情又反复，让刘病已心情很是沉重。以前很多事有魏相鼎力辅佐，他也省心不少。如今魏相卧病床榻，他就感觉自己似乎少了一条强有力的臂膊。他很惦记魏相的病情，便抽空驾临丞相府邸看望魏相。

魏相躺在病榻上，见皇上亲自上门探望自己，很是感动，挣扎着要起来行礼，刘病已忙制止，"丞相免礼，好好安歇，调息。朕等着丞相尽快康复呢。"

魏相叹口气，"卑臣怕是……好不了了。"

刘病已说："朕相信丞相会好起来的。"原本他也想跟魏相说点国事，见魏相满脸病容，说话都有气无力，看样子病情笃重，也不宜多打扰，就宽慰一番，告辞回宫。

在未央宫前下了御驾，刘病已抬头瞧见日薄西天，晚霞将西天渲染得绚丽多姿，想起缠绵病榻的魏相，心生难言的惆怅，他凭直觉，能臣魏相这回怕是凶多吉少。万一魏相有不测，他预备让自己的恩人丙吉填补丞相之位。想到丙吉年纪也已高，又不由得叹叹气，说不定哪天丙吉的身体也会出状况，但不管怎样，他必须让恩人做这个百官之长，这也是他的一种感恩方式。他也相信丙吉能胜任丞相。

魏相病了将近半年，次年（神爵三年）三月初六病逝，刘病已下令将他厚葬于杜陵。

刘病已痛失魏相这样得力的能臣，一时也是心意沉沉。他向来对病殁衰亡很敏感，总不由得令他联想起他那些不幸早逝的亲人，更是心生莫名的情凄意切之感。

阳都侯张彭祖深谙他的心思，在一旁软语劝慰，才让他有所宽解。不久，他任命丙吉为丞相，心态才渐渐恢复如常。

日子一如既往地往前过，一晃就到了立秋。

按往年惯例，刘病已要在立秋日这天带领群臣举行秋祭，行"白郊礼"。

夜漏未尽五刻，京都文武百官都身穿白袍，内搭的衬衣一律配黑色衣领，阵容整饬，在郊野举行祭祀上天的仪式，远远看去，齐刷刷一片白，很是严肃庄重。

肃穆的白郊礼之后，作为帝王的刘病已要展现他的赫赫威武，他要按祭祀要求，亲自射杀一只麋鹿，进献昭帝陵庙，以示祭祀的虔诚，表达对先帝刘弗陵的孝心。他内心其实并不想猎杀麋鹿，因为他实在太喜欢麋鹿了！他十多年前第一次见到麋鹿，就被麋鹿的美丽容颜所深深吸引：眼前的麋鹿高大健壮，体态优雅，它头上的角又大又特别，像分叉的大树冠，有一股难以掩饰的英武之气。当他听说麋鹿头上的大角到冬至时就会脱落，开春后新角又能迅速长出来，而且新角的质地坚如磐石，让他很感神奇，这真是一种神奇的物种，分明是一种祥瑞的征兆啊！

天子刘病已亲自射猎的现场很是威赫壮观。他乘坐高大的红鬃白马拉的军车，由孔武健硕的甲胄之士驾驭车马，经过城郊东门外的大道，前往皇家园囿准备狩猎。这之前，早已有一群甲士助阵，他们将园囿的一群麋鹿驱赶到大道上。那些麋鹿一直活动于皇家园囿，平素由专人精心豢养。麋鹿活着的任务就是负责吃喝长膘，等到关键时候随时准备牺牲自己的性命，成为帝王弓箭下的猎物。

为了保证皇帝能迅速地成功猎鹿，负责管理园囿的官员事先命下属将几只高颜值的麋鹿的四足缠上藤蔓，让它们行动有些不便，无法快速逃跑。这些麋鹿一出现在刘病已的视线中，刘病已感觉眼前一亮，这些麋鹿长得太好看，太养眼了！他有些舍不得猎杀，怜悯之心顿生，但理智提醒他还是要尽快下手，祭祀是有时限的，麋鹿是必需的祭品。

当刘病已射中了麋鹿之后，随行的太宰令、谒者马上用驷马拉的车子将新鲜的麋鹿送到孝昭帝陵庙，作为天子祭祀孝昭帝的祭品。此时刘病已暂时乘御驾回到附近的行宫歇息，派遣使者给武官赠送束帛作为赏赐，鼓励他们用心练兵，习战阵之仪、斩牲之礼（名曰貙刘）。当时的兵将都练习孙吴兵法六十四阵（名曰乘之）。

按以往的制度，陵庙祭祀在夜间举行。陵庙的东南西北四角都有高举的燎火，幽暗的陵庙被照得通明，现场有铿锵的鼓舞乐，置身其中，油然产生一种神秘肃穆感。

那天暮色四合，刘病已诏令车驾启程前往孝昭陵庙，车驾刚行进没多会儿，出现了意想不到的情况：先驱旄头骑兵的剑脱出剑鞘坠落地上，剑头落在泥土中，剑锋对着乘舆车，驾车的马匹受了惊吓，抬腿嘶鸣，引起了短暂的骚乱。刘病已心中不悦，命令车驾停止前进，并急召郎官梁丘贺来面圣。

梁丘贺是刘病已比较赏识的亲信。当初梁丘贺会心算，做了武骑。后又跟太中大夫京房学《易经》。

京房本姓李，后来自改姓京。京房聪慧敏悟，精通乐律、《易经》六十四卦，精研术数，他还对传统的易卦卜筮法进行了大胆革新。以前普遍推行的传统卜筮法是大衍揲蓍布卦法，即用五十支蓍草来筮卦，三演十八变才得到一卦，这种方法太过繁琐，费心耗时。京房就根据易卦占筮原理，创立金钱代蓍法，就是摇掷三枚相同的钱币，替代五十支蓍草筮卦。由于此法简便易行，很快就在民间广为流传。

梁丘贺非常仰慕京房，师从京房，得了不少真传。后来京房做了齐郡太守，梁丘贺又跟随另一个易学大师田王孙继续学习，也深得其精髓。

刘病已即位后，听说京房研究《易经》很透彻，便在京都寻找京房门人，就找到了梁丘贺。梁丘贺当时是都司空令，因事获罪被免为庶人，在黄门待诏。梁丘贺曾多次入内朝为诸位侍中讲授《易经》，侍中们对他评价很高。刘病已听说后，亲自召见梁丘贺，命梁丘贺入宫讲《易经》。刘病已认为梁丘贺讲得很好，确实有真才实学，就任命他为郎官。

眼下前往陵庙途中出现剑出鞘坠地的意外情况，刘病已有种不祥的预感，他平素对卜筮比较看重，也看过司马迁在《太史公书》中专章写的《龟策列传》。司马迁认为人谋与卜筮二者要并重，刘病已对此深以为然。为了验证他的预感，他令梁丘贺对此进行卜筮。

梁丘贺领命，闭目养神片刻后，双目微眨，从腰带系挂的兜中摸出三枚相同的五铢钱（正面铸有"五铢"小篆字样），合扣于虚空的两掌中，上下摇动两掌数下，使掌中的钱币翻滚摩擦，然后分开双手，随意将钱币撒落在平盘上，让钱币自行滚动，待钱币停止后，钱币朝上的正反面有可能出现四种情况：三币摇出一个正面（奇数），为阳爻，记作"—"；三币摇出两个正面（偶数），为阴爻，记作"－－"；三币都是正面向上（奇数），比较特殊的阳爻，称老阳，记作"○"，为变爻；三币都是反面向上，0个正面（偶数），比较特殊的阴爻，称老阴，记作"X"属于变爻。

梁丘贺第一次摇币，得到的初爻（第一爻）是阴爻，随后他又连续摇了五次钱币，得到六个爻，他将六爻按从下到上的顺序加以排列，得到一个完整的卦象，他将最终推演的结果禀报刘病已：剑出鞘坠地是凶兆，预示将有兵谋！为保平安，请陛下必须即刻防范，不可再入陵庙。

刘病已闻言色变，立刻诏令掉转车马回宫，让专司祭祀的太常代理祭祀事务。他同时密令陵庙护卫暗中盘查夜晚进入陵庙的所有人员，进入陵庙的每一个人都必须亮明自己的身份，发现可疑之人要立刻拘捕，严加讯问，不得有误！

进入陵庙的人员都受到严密盘查，没有发现异常情况。负责巡查的官员不甘心，不由自主地将眼光投向守庙门的一群郎官，郎官们身穿清一色的黑色服装，执戟立在庙门的两旁，一个个身形挺立，看上去很是肃穆。他的脑海中不由得晃过一个念头：这些黑衣人当中，混入一个刺客可不是件难事！他马上命人手举燎火，挨个儿查看守门郎官的容颜与神态，查到庙门左边最后一个郎官，感觉其神情不太自然，便要他速速报上姓名、年纪、籍贯、家父、何时为郎等一连串的信息。

那位郎官开始有点慌乱，旋即镇静下来，自报：姓杨名章，年已二十五，河东人氏，家父杨林，一年前为郎。主查官员盯着他手中的长戟，突然一把夺过来，掂了几掂，拉了拉戟柄，喝问："你这家伙，哪里来的?!"不等郎官回答，他喝令左右将其拿下。郎官见事已败露，反倒镇静下来，冷冷一笑，哀声长叹道：惜哉，惜哉！

这位冒牌的郎官是霍光的外孙任宣之子任章，曾经任公车丞。当初受霍氏谋反案的牵连，任宣一家也在被诛之列。时任代郡太守的任宣早已预料霍家迟早会遭殃，他早早对妻儿做出交代：万一遭遇不测，一定要想办法逃命。

任章性情比较机敏，在霍氏谋反案发生后，牢记父亲的嘱托，悄悄地带着母亲逃亡到渭城，一度隐居下来，日子过得非常艰苦。十八岁的他对自己的前途很是忧虑，常常回想起父亲在世时的点点滴滴，父慈子孝，亲情深厚，他觉得父亲根本就没有参与谋反，完全是被冤杀的，他为此对刘病已满怀怨恨，一心思量着为父复仇。但他的母亲绝不允许自己的儿子再去冒险复仇，复仇只能是送死。这位经历人间大劫难的母亲，将愤懑凄哀埋在心底，她唯一的奢望就是自己唯一幸存的儿子能够好好活下来，将这个家族的香火延续下去。

任章对母亲很孝顺，也遵从母亲的意愿，努力过日子。两年后，在母亲的操持下，娶了一个出身寒门的贤惠妻子，过了一年就有了个白胖胖的儿子。眼见着生活也有了点起色，老天似乎成心跟他们过不去，就在他的儿子两岁时，妻子带着儿子在周边的野坡玩耍，误食了一些有剧毒的野果，回到家出现症状，等任章惊慌失措地找来医工，儿子和妻子已经不行了，先后中毒身亡！

任章顿感整个天坍塌半边。他的母亲原本就体弱多病，更是经不起这个天降灾祸的打击，一病不起。任章涕泪交加，埋葬了妻儿，忍着哀痛照顾病母，也仅仅是一月之余，母亲也与世长辞。一无所有的他，除了生发人生无常的悲慨，便是对人生产生深深的厌弃，那曾经深埋在心底的仇恨豁然复苏，他的家之所以如此败落，最初的根源在于他的父亲被冤杀！此仇不报，誓不为人！

或许是与母亲的亡灵心有灵犀，母亲竟然托梦给他了，母亲比生前要年轻很多，她提及他的父亲，流着泪说，章儿，你父亲死得冤啊！我在阳世苟活了那么些时日，也无法为他申冤，我现在到了阴间都无颜去见他啊。任章也是两眼潮湿，说母亲，您不要担心！父亲的冤，儿一定要去申的！

　　将母亲安葬之后，任章就开始施行自己的复仇计划，他觉得秋祭动手是比较合适的时机，他为此做了仔细的筹划。为了方便行动，他提前一年就在昭帝陵庙附近租居下来。他将昭帝陵庙周围的布局都了解得十分清楚，对皇帝祭祀昭帝陵庙的所有仪式也都大致了解。后来，他想方设法弄来一套郎中的黑色服装，又弄来一柄郎官守卫时手执的长戟，戟柄顶端的铁制枪尖以及附装的月牙形锋刃，都被他削磨得十分锋利，他对戟柄重新进行了设计，弄成可折叠的样式。他还将枪尖和月牙锋刃浸在毒药汁中，他铁着心要让仇人偿他父亲的命。他还给自己卜筮了一下，卦象显示他的得与失机会各占一半，他没有犹豫，因为他非常清楚自己此举意味着什么，意味着不管是成功还是失败，他都必有一死，只要能替父亲报仇，他就算死，也都值了！这些年，他过着生不如死的日子，也该了结了！

　　那天下午，他到母亲和妻儿的坟前祭奠了一番，又面朝父亲被诛杀后埋葬地的方向跪拜，默泣：章儿要为您报仇雪冤了！

　　黄昏时分，他吃了一顿饱饭，将居室中仅存的半壶酒倒在堂中，为自己提前祭奠了一下，又将家中略略值钱的家当送给温良的房东。房东以为他要出远门，便爽快答应，让他放心，他们会帮他照看好他的物品和他的门户。他凄然地笑笑，为避免节外生枝，没敢对房东说他一去不回，只是与房东道谢相别。

　　如血的残阳冉冉落山。他将黑色的郎中服装塞在包裹里，又将折叠的戟裹上他的旧衣服，提在手中，出了门。他走得很慢，慢慢地看着天色渐渐暗下来。也似乎是天意，原本响晴的天渐渐变了些脸，夜幕垂挂下来的时候，便是天高月黑的景象。

　　他到了陵庙附近，分明听到陵庙那边传来嘈杂的脚步声，心跳不由得加快，一定是相关祭祀人员进入陵庙。他在一个僻静的角落停下来，迅速换上黑色的郎中服，扔掉裹戟的旧衣服，执着戟，趁着天黑人多，进入陵庙园区，闪到庙门守卫的郎官队伍中，他像其他郎官一样，挺胸站立，没人注意他，他的心，激动得狂跳，他就只等他的杀父仇人一到，他手中锋利的戟猛刺过去，仇人必死无疑！

让他没有料到，他自备的戟让他露了马脚。他临死前很是懊悔，自己聪明反被聪明误！那戟上的枪尖比那些郎官的戟的枪尖要略长一点，那月牙形锋刃也要略尖一点，还有那折叠的戟柄拉出来也比别的戟略长一些。跟那群郎官并排站立，在通明的燎火映照下，他的戟显得有点与众不同。唉，唉，煞费苦心的复仇到头来化为泡影，让他觉得愧对黄泉之下的双亲，他这个无能又无用的儿子，也算是白活了一场！

陵庙行刺事件在朝野引发剧烈的震动，谁也没料到灭霍七年之后，还会有如此可怕的谋逆发生！回想元康四年河东郡霍徵史纠集霍氏余党谋反，那完全是鸡蛋碰石头——不自量力，到头来就是一场赌性命的闹剧。但霍光外孙之子企图在陛下夜祭陵庙时偷袭行刺，却是处心积虑的阴险谋划！实在是太可怕了！公卿们纷纷奏请：以前夜祭的制度要更改，陛下不宜在晚上入庙，应该将祭祀改到天明之后再举行。奏请立刻被刘病已采纳。从那之后，陵庙祭祀一律改在白日进行。

对于霍光的外孙之子企图行刺自己，刘病已深受刺激。要不是梁丘贺卜筮灵验，及时提醒自己，他没准现在就躺在灵堂中了，天下会是一片缟素！想想他就很后怕！他打心里感激梁丘贺，也由衷地钦佩梁丘贺有学问，由此对梁丘贺产生一种亲近感，拜他为太中大夫、给事中，官至少府。梁丘贺为人小心周密，深得刘病已的器重。

遭遇行刺，又重新勾起刘病已对霍氏一族的厌憎之心。这之前，他已经逐渐消解对霍氏的恨意，毕竟也已经过去这么多年了，霍氏以及与霍氏相关的姻亲、亲信、党羽基本上都被他铲除掉了，他自以为从此可以不受霍氏的丝毫威胁，没有想到，还有漏网小鱼！如果这条漏网小鱼始终能够安分守己，他即便知道其真实身份，也会放其一马，但是这小鱼图谋不轨，那自制的戟，那锋利无比的枪尖与月牙锋刃，还有那枪尖与锋刃竟然还带着剧毒！这一切的一切，无非是一心要置他于死地，小鱼何其歹毒！刘病已越想越愤怒，越想越觉得当初他还是手软了一点，他应该追查到底，不留任何漏网小鱼，彻底将他们统统消灭！

他还留着一个人，那个人现在还安然地住在昭台宫。他当初就应该将她一块儿给灭了！要不是因为她，他的平君不会惨遭毒手，她的父母一心想让她当皇后，丧尽天良，害掉他的平君！因为有这份血海深仇，所以他才痛下狠手灭她的整个家族，灭与她的家族联姻的家家户户——他们都是帮凶！他当时将她留了下来，是看在上官太后的面上，也是念及她无辜，她是被她那贪得无厌的父母害的。如今，他不再那样想，她并非无辜！她进宫之后，肆意挥霍，更可恨的是，她还听信她母亲的教唆，企图谋害他和平君心爱的奭儿，她是有大罪的！他怎么还怜悯她？还留她活到现在?!

心中的恨意犹如涨潮的水，呼啦啦扑面而来，刘病已一时控制不了自己的情绪，一个声音在心中赫然响起：不能再留她！但他向来又是很理性的人，他在宣室殿走来走去，等愤怒的情绪渐渐有所平复，他还是提醒自己：都这么多年了，当年都放过了她，如今突然要杀她，是不是也不合适？是不是也有损自己仁厚的声名？她作为一个女人，被扔在孤冷的宫殿里，面对孤阳冷月，也是一种精神折磨，还是让她自生自灭罢了！

2

未遂的行刺事件让刘病已多日都忧闷不快，幸好张彭祖在一旁劝慰，他才渐渐释然。

不测之事随时都在发生。张彭祖家中发生重大变故，他不得不暂时回家处理。

在张彭祖回居阳都侯府的那段时间，刘病已不时有一种不祥的预感，总觉得有什么事要发生，便召梁丘贺来卜筮。梁丘贺卜筮了一番，说陛下安然无恙，不要担心。刘病已这才放下心来。

到了枯叶飞扬的晚秋，刘病已接到一个令他深感震惊、悲痛又震怒的奏报：阳都侯中毒身亡！是他的小妾下的毒！

一个小妾何来的胆子敢谋害自己的亲夫，谋害天子心尖上的人?！刘病已强行收住泪，下令彻查！他要灭这个贱女人三族！

奉命查办案件的狱吏很快就搜到小妾的遗书。小妾在写完遗书，毒杀阳都侯之后，就投井自尽了。那是一口深不见底的古井。查案的狱吏费了半天劲，也没能将小妾的遗体打捞上来，只好回宫向刘病已复命。

刘病已看完小妾的遗书，雷霆之怒被难以言说的复杂情绪所替代。他没法为彭祖复仇，因为这个小妾根本没有一个亲人存世；他也无法再切齿痛恨这个小妾，因为小妾之所以敢对彭祖下狠手，也是有缘故的。

小妾是长安间里一家富户的独女，生母早逝，生父怀着对挚爱妻子的深深眷恋，亲自抚育独生女儿，对女儿倾尽慈爱。自从女儿开始记事时，他就悉心地教养她，请老师教她识字，跳舞，学琴，大凡贵族女孩子要学习的内容，他的女儿一概都不会落下。女孩活泼聪颖，长大成人后，也出落得如水中芙蓉一般脱俗柔美。长安城有多位富家子弟上门提亲，都被她一一拒绝，她要嫁自己喜欢的儿郎。父亲也尊重女儿的意愿。

在她十六岁的那年的一个阳春日，一次偶然机缘，让她在外出踏青游玩的途中与张彭祖相遇，也仅仅只瞥了他一眼，她就对这个面如凝脂、眼如点漆的俊朗男人心生恋慕，发誓非他不嫁，哪怕当个低贱的小妾，她也心甘情愿！其父向来宠溺女儿，知女心意，想方设法成全女儿，最终将爱女送进阳都侯府，如愿以偿地成为阳都侯张彭祖的妾室。

让她万万没有料到，张彭祖对她竟毫无兴趣，只是给了她一个小妾的名分而已。自从她进门，他从来都没有同她圆过房。他总是以公事繁忙为由，流连于深宫。她守了三年的活寡，实在闷恼，忍不住跟张彭祖的正室夫人倾诉。

夫人是个大家闺秀，人也温婉，叹息说，他的心里只有朝堂啊，容不下我们的。她清泪涟涟，"夫人好歹还跟他有过夫妻之实，好歹还生了一个儿子。"

夫人凄然一笑，"那又怎样呢？他不过是为了续承张家的香火而已。张家上人原本有一个儿子，不幸早逝，也没有留下子嗣，上人将他这个小侄子过继作为自己的儿子，病重时期，时不时叹息自己膝下没有孙子，说张家门庭衰微，每每念念于兹，临终前希望他这个继子重视子嗣，希望家庙香火能得以延续。不瞒你说，他跟我在一起同房的次数也屈指可数！你看我到张家多久了？已经十五年了啊！"

小妾沉默了，原来夫人也是备受他冷落的！

夫人叹叹气，"跟你一样，我也是守了两三年空房，我不想再这样过下去，我就跟他摊牌，让他将我休掉，但他好面子，又不肯。后来他生父知道了，将他狠狠地训斥了一顿。他才不得不转身哄我，后来才有了霸儿。有了霸儿之后，他又跟以前一样。我也懒得计较他了。守着孩子，过自个儿的日子算了！"

小妾脸上凄凄地挂着泪，夫人怜悯之心顿生，从袖间掏出白绢替小妾拭了拭泪，温声说："我将你视为自己的亲妹妹，跟你说说心里话，外人都说他厚道矜持，可是他对我们的心已经彻底冷掉了！我不希望你在这里白白耗费光阴，你还这么年轻，重新找一个疼自己的男人，才是紧要的。"

小妾知道夫人说这些也是为她好，但她死也不甘心，她实在是太不为自己争气，她就只爱他这个人！她还是决定再忍耐忍耐。好在她跟夫人惺惺相惜，还能说上点话，日子似乎过得也不是太难堪。

在阳都侯府又熬过了三年，她的生父病逝。生父临死前握着爱女的手，眼里满是泪水，他已经说不出话来。她知道父亲想说什么。父亲是割舍不下她，她既无兄弟，也无姊妹，除了父亲，她在这个世间再也其他亲人。尽管她从来不向父亲说她在张家的尴尬遭遇，但心明眼亮的父亲看出女儿过得很不好，未出嫁前女儿两眼如汪汪秋水，充满神采，如今嫁出去也有五六年了，也没生个一男半女，女儿眼神都变得黯然无光。他曾经试探着询问女儿，女儿除了流泪，便是沉默不言，他也不便多问，暗地里叹气不止。父亲断气时，两眼睁得大大的。她忍不住放声痛哭，用手轻轻地将父亲的双眼抹着合上，嘶喊着，女儿不孝，女儿不孝！

在一群家仆的帮助下，她安葬了父亲，将家当都处理了一下，雇请了几个忠实可靠的家仆帮她看护父亲的陵墓。

回到阳都侯府邸，她的心变得出奇的平静。她告诉自己：再给张彭祖半年时间。

半年时间内，发生了令她意想不到的变故：夫人唯一的子嗣张霸得了凶险的急症，医治无效，仅仅两天就断了气！时年近十一岁的张霸是夫人活着的唯一希望和最大的靠山，如今希望没了，靠山坍塌，原本身体就羸弱的夫人承受不了这个晴天霹雳般的沉重打击，昏死过去，三天后，竟也悄无声息地追随爱子而去。

作为家主的张彭祖不得不回家料理丧事。刘病已也替彭祖感到难过，不过三五天的时间，彭祖丧子又丧妻，实在是太不幸了！他特意派人到阳都侯府邸吊丧。

小妾为夫人的离世哀戚不已。她看到张彭祖也是满脸哀伤，原先对他的怨恨顿时消减了不少。看来他还是有点良心的。

丧事料理完毕，张彭祖和小妾都需要为夫人服丧。服丧期间，他们表面上各自相安。

张彭祖日日都派人往外送信。她有一次偷看他写信时拭泪，心生疑惑，他为谁流泪？那泪似乎不是为他的儿子和夫人而流。那信又是写给谁的？她暗地里窥伺，甚至贿赂为他送信的下属，偷看了几眼信件，才知他日日给皇上写信，他因日夜思念皇上而心生感伤。她这才明白，这么多年，他的心全在皇上那里。天啦，她爱上的是个什么样的男人！她恨自己，恨自己怎么爱上这么一个奇怪的男人！

明白了真相，她觉得一切突然间变得全无意义！这个赫赫的阳都侯府邸将在他的手中彻底败落！她却又强迫自己还是先跟他当面谈一谈，便到他的居室，很温婉地行见面礼。他显然不愿意她打扰他，因为他要写信。她很牵强地笑笑，"君侯有什么吩咐？"他有点厌烦，表面上还是竭力表现出温色，说："没什么吩咐的。"他希望她赶紧离开。

相对不再有言。她还是忍不住柔声询问："君侯要喝水吗？"

"不喝。我想静一静！"他皱眉朝她扬手，"下去吧！"

他凛若冰霜的样子，将她像叫花子一样打发，让她倍感无趣，她退出来，受伤的心又落了层盐巴，让她对他的怨恨又添了一层……

那之后几天，她每日都将自己关在室内，在帛上书写，写她的家世，写慈父对她的悉心栽培，写她如何成为阳都侯的小妾，写她在侯府守活寡的难堪境遇……她越写越感到哀怨、愤懑与绝望，"妾已无父母，更无兄弟姊妹，在苍茫人世，孑然一身，生亦如死，无所眷恋！原先入阳都侯府，以为此生有所依靠，却是所遇非人，终身为其所误！……"

爱之深，恨之切，她终于下了决心，一同毁灭！她原本打算同他一起吃下那有毒的食物，一同去死。但很快她就否定了自己的这个想法，她想到她死后，皇上肯定不会放过她，肯定要戮尸枭首，她便决定在侯府附近的那口古井里了断自己。

她听说那口古井很是神秘，以前有人想各种办法勘测过它的深度，根本就测不到底，她猜想那口古井一定是通向黄泉的，那就是她最理想的埋葬地。她相信一定有神灵护佑那口古井，她有些担心自己跳井会不会亵渎神灵，便乔装成侯府的男仆，趁着溶溶月色，悄悄地在井口旁祭奠护井的神灵，乞求神灵宽恕她的罪过。

两天后的夜晚，她下狠手毒死了阳都侯，将自己盛装打扮了一番，穿上自己依旧如新的嫁衣，却又心生几丝悔意，她转身紧紧地抱着他的遗体，泪如泉涌。你为何辜负我的一片痴情？你既然不爱我，为何又愿意纳我为妾？我们在阳间做不成真正的夫妻，只能在黄泉相见了！

3

张彭祖的死，让刘病已多日都有些精神不济。他以前不知道彭祖如此冷待他的妻妾，他要是知道，肯定会要求彭祖同家中的妻妾处理好关系。女人的心眼多半像针眼一般小，成天不理人家，自然会招致妻妾的怨恨。尤其对小妾太过冷漠，六年前将人家纳进门，竟然将人家始终撂在一边，从不跟人家圆房，这实在不合情理！唉，彭祖你怎么能这样呢？你就不能逢场做做戏吗？你不知道女人都是兴哄的吗？你这不是给自己埋祸根吗？

他听说凶死者的魂魄不能进地府，也不能享受阳间香火的奉祀，不能接受食物的奉养。他想到凶死的彭祖魂魄四处游荡，心如刀割，便诏令负责祭祀的太常协助张家为阳都侯举行招魂仪式。

这次仪式主要由张彭祖的哥哥富平侯张延寿出面主持。张彭祖的遗体陈放在正寝之室。覆盖遗体的是大殓时用的丝绸单被。张延寿负责招魂，他拿着弟弟的爵弁服，将衣和裳缀连在一起，再搭在自己的左肩上，将其交领插入自己的衣带内固定，随后从东边屋檐翘起的地方上房，再到屋脊之上，手拿彭祖的衣服面向北方招魂，大声呼喊："噢——彭祖，回来吧！"接连呼喊三遍，之后将彭祖的衣服从屋前扔下，堂下的人连忙用敞口的小箱子接住衣服，再从东阶上堂，将衣服覆盖在彭祖的遗体上，表示魂魄已回到他的身上。而招魂的张延寿从屋北边西侧的屋檐翘起的地方下去。招魂仪式大致就结束了。

张府举行招魂仪式的时候，刘病已在未央宫的宣室殿暗自神伤，他已经三天没有上朝了。他的心里淤积了太多的伤感，需要花点时间自我排遣。当年心爱的平君猝逝，他悲不自禁，一时难以自拔，是挚爱的彭祖在一旁百般劝慰，帮他渐渐走出情绪的低谷。如今挚爱的彭祖突然去了，再也没有真正的知心人帮他解忧消愁了！

丞相丙吉很理解刘病已的心境，但不知道如何规劝皇上。他听说皇上几日都没有胃口用餐，有些着急。他想起皇上小时候喜欢吃一种蒸饼，他的夫人很善于做饼，便跟夫人说了自己的意愿，想给皇上做一款好吃的蒸饼。夫人说她可以尝试，她拿箕形铜勺将糯米粉和小麦粉各取一勺，加适量的温水和起来，将一把韭菜切碎，三个鸡蛋打碎，放到面粉中，加调料，搅拌均匀，做成一些小圆饼，搁在铜釜甑上蒸煮。

等面饼蒸煮九成熟，夫人将每个小圆饼两面刷了点豆酱，待全部熟透，丙吉迫不及待地尝了尝，味道可口。夫人说："这样可以吗？"丙吉点头说："嗯，手艺不错！"夫人很高兴，挑了八个蒸饼装在干净的器皿中，扣上盖子，放在竹篮中。丙吉带着蒸饼进宫，请求见皇上。

刘病已原本不想见任何人，但听内侍汇报说丞相求见，他还是让内侍宣召丞相进殿。在他的心目中，丙吉是最可信任和亲近的长辈。自从他得知丙吉是自己的大恩人，就对丙吉异常亲近，空闲的时候，常请丙吉到宣室殿说说话，他也有意放下帝王的架子，不自称"朕"，而是自称"我"。

丙吉趋步进殿，行过稽首礼，见刘病已脸上的忧伤依稀可见，便说："老臣听说陛下这几日饮食不佳，心下着急，昨夜又梦见陛下想吃蒸饼，就让夫人做了几个，送给陛下尝尝，不知合不合陛下胃口。"

刘病已眉宇动了动，心下感动，"丞相和夫人费心了。"

"老臣记得陛下小时候最喜欢吃蒸饼。"

"哦，我不记得了。"刘病已坐直了腰身。

"这蒸饼刚一出甑，老臣就拿过来了，热着呢。陛下现在尝尝，可好？"

刘病已实在没什么食欲，又不想拂丞相和夫人的一番好意，便拿了一个，吃了两口，"嗯，味道的确很好！"

丙吉说："对陛下的胃口就好，陛下不妨多吃点。"

刘病已能真切地感受丙吉对自己是发自内心的关爱，他哪怕不想吃，也坚持将手中的那个蒸饼吃掉了。这让丙吉很欣慰。他念及陛下由一个孤苦伶仃的婴孩成长为一代明主，尽管帝业有成，但个人情感总难免要受些打击，觉得陛下很不容易，"老臣知道陛下这几日心里难过，老臣也很难过，不知道怎么为陛下分忧……"说到动情处，丙吉眼里不由得泛起泪花。

丙吉微微垂头拭泪，刘病已见他头发全白，想起自己的祖父，如果祖父还活着，大概也会是这个样子，一股温情瞬间在刘病已的心间弥漫。他不由得起身，坐到丙吉身旁，握握丙吉青筋暴出的手，"您这么多年一直为我操心，让我深为之感念！"

"这是老臣应该做的。希望陛下一切安顺。人生无常，非人力所能把控。阳都侯不幸遭遇大劫，也是没有办法的事。"

刘病已满脸哀戚，"阳都侯从小就是我最好的伙伴，我们同席读书，同案饮食，同榻入眠，一起相伴玩耍，两小无猜，彼此相携。长大之后，彼此感情依然笃厚，情同手足。可是万万没有想到，他竟然……"哽咽着说不下去了。

丙吉说："老臣以前年轻时，遇到特别难过的事，就找个无人的地方痛痛快快地大哭一场，哭过之后，心里的郁结就大致化开了。"

刘病已最初听闻张彭祖死讯，一个人也哭过一场，但还是一时难以释怀。

"祈愿阳都侯能在九泉安息！希望陛下看开，每天好好吃饭，保重身体。阳都侯在天之灵，也会为之欣慰。"丙吉竭力劝慰。

面对百般关爱自己的丙吉，刘病已努力平复自己的情绪，"事已至此，也只能看开。"

"陛下是拥有大格局的。"丙吉赞许说，"今日老臣进宫时，有些同僚向老臣打听：明日听政会是不是照常开？"

刘病已说："照常开。"指着丙吉送来的蒸饼，"谢谢尊夫人做的饼，味道很好。回头让奭儿他们也来尝尝。"

丙吉说："陛下喜欢，下回让我家夫人再蒸煮一些。"

"不用老麻烦尊夫人。请尊夫人将蒸饼的具体做法记下来，让御厨照着做就可以。"

"那也好。"

那之后一段时间，丙吉每次上过朝，都会留下来陪刘病已聊聊天，让皇上也渐渐调整心态，从失去阳都侯的阴影走出来。

刘病已与丙吉相处，非常放松，有一种如沐春风的亲切感。他乐于听丙吉讲他小时候的趣事，聊聊一些家常，也聊聊政事，谈谈制度与用人。有一次谈到举荐制度，丙吉很是赞赏，"陛下制定的这个举荐制度，非常有用！能够吸纳天下有德有才之人为朝廷所用。"

刘病已说："希望您所在的丞相府、御史府等五府多向朝廷举贤荐能，这个非常重要。比如渤海太守龚遂，当初就是丞相府和御史府联合举荐的，的确是个相当有能力的二千石官员。"

丙吉说："陛下，龚遂贤德有能，早已名声在外啦，如果不举荐他，那就是丞相和御史严重失职了！"

刘病已点头，"确实必须举荐。"

第十九章　循吏龚黄·酷吏严延年

1

多年前，渤海郡接连几年都闹饥荒，盗贼并起，而郡太守却不能将盗贼们捉拿制服，导致民怨沸腾。有关渤海郡的民情简报上呈朝廷，刘病已对渤海郡的混乱局面深以为忧，便下令选拔有能力的官员前去治理，当时丙吉作为御史大夫，和丞相魏相力推龚遂，认为龚遂可堪重用。

刘病已早就耳闻龚遂的声名，知他为人忠厚，性格刚毅，从不阿附权贵。当初龚遂在昌邑国当郎中令，侍奉昌邑王刘贺。刘贺性情放浪，行为不端，龚遂多次直言规劝，甚至指责刘贺的过失，以至刘贺心生畏惧，不得不掩耳起身走开，说："郎中令善于羞辱人。"刘贺被霍光推上帝位之后，随心所欲，龚遂屡次劝谏，刘贺左耳进右耳出，仍我行我素，上位没过多久就被废黜。跟随刘贺到京的二百多名属臣都遭诛杀，只有龚遂与中尉王吉因多次谏诤规劝刘贺而被免除死刑，被处以髡刑——剃光头发和胡须，脖子上套着铁圈，罚做筑城之类的苦役。四年后，爆发了郡国大地震，刘病已下令大赦天下，龚遂也因此和王吉得以释放出狱。

刘病已感慨龚遂没有择栖良木，跟了刘贺这样的糟糕主子，尽管有满腹才华，又忠心耿耿，到头来还是蹭蹬失意，实在遗憾！他从来没有见过龚遂，猜想龚遂大概是一个身材高大、仪表堂堂的壮年高才，而实际上当时龚遂已年过七旬了。

刘病已决定委任龚遂担任渤海太守，先召见龚遂，跟他好好面谈一下。等到见到龚遂，刘病已不免有点失望，一个身量矮小的小老头，脸上有点皱巴巴的，毫无气质可言，跟自己预想的形象大相径庭。刘病已不由得在内心看不起这个小老头，言语也不怎么客气，"渤海郡动荡不定，朕非常担心。你打算用什么办法平息那里的盗贼，来满足朕的心愿？"

龚遂善于听话听音，感觉皇上并不看重自己，便也直言不讳地回答："海滨遥远，未蒙圣上教化，那里的百姓为饥寒所困扰而当地官吏不悯恤，所以使得陛下的海滨百姓被迫武装起事，好像幼儿盗窃兵器，戏弄于池畔一样，并非有意作乱。现在陛下打算让臣以武力制服他们呢，还是让臣用德化安抚他们，使他们得到安定呢？"

龚遂的此番回答，瞬间让刘病已改变了对他的态度，觉得龚遂果然不一般，颇有自己的主见，便笑了，言语也客气很多，"选用您这样有德行的人，当然是希望用德化安抚海滨的百姓，使他们安定下来。"

龚遂说："臣听说治理叛乱的人就好像清理没有条理的绳子，不能心急，只能一步一步地循序渐进，然后才可以将其治理好。臣希望丞相和御史不要用法令条文来限制臣，让臣完全能见机行事。"

刘病已很高兴，当下就答应了龚遂的请求，并赐予他黄金，派专车送他到渤海赴任。

龚遂信心满满地到达渤海地界。郡中官吏听说新太守到来，派兵迎接，龚遂将迎接的人全都打发回去，下达文书嘱咐属下各县彻底裁撤追捕盗贼的官吏，说所有手持锄镰等农具的人都是善良的百姓，官吏不得过问，而手执兵器的人则是盗贼。

龚遂单车一人到达郡府，引起全郡百姓的关注。开始大家觉得这个新郡守大概是做做样子，或者是故意引人入套，所以都心存疑虑。后来见龚遂真的言行一致，大家便对新郡守肃然起敬，也都变得安分守己，郡中很快一片安宁，盗贼也都自行消失。渤海郡原有许多盗窃团伙，抢劫掳掠的事件时有发生，他们听到龚遂的命令之后，马上自行解散，放弃兵器弓箭，转而拿起了锄镰之类的农具。盗贼于是完全平息，百姓安居乐业。龚遂打开粮仓将粮食分给贫民，选拔起用有德行的官吏，在那里安抚管理百姓。

龚遂担任渤海太守期间，发现齐地风俗奢侈，民众喜欢从事工商业，不愿务农事，于是龚遂亲自施行节俭以作表率，并鼓励百姓致力于农桑，规定每人种植一棵榆树、一百株薤（小根葱）、五十棵葱、一畦韭菜，每家喂养两只母猪、五只鸡。百姓有携带刀剑者，便让他们卖剑买牛，卖刀买犊。春夏两季大家不得不从事农作，秋冬两季按所收获的农作物的多少交纳相应赋税，鼓励大家多多储存果实、菱芡，因此郡中人家都有积蓄，吏民都很富裕，郡中官司逐年减少。

龚遂在渤海郡治理了几年，政绩卓著。刘病已对他很是赏识，决定将龚遂升迁，派遣使者征召龚遂回长安。议曹王生希望同龚遂一起随行。功曹认为王生一向喜欢喝酒，没有节制，不能让他去长安。龚遂觉得王生还是有能力的，不忍心拒绝王生，就将他带到京城。王生每天喝酒，不陪同龚遂。正当龚遂被带引入宫的时候，王生喝酒喝得醉醺醺的，但神志还是比较清醒，便从后面呼喊龚遂，说："明府（对郡守的尊称）暂且停一下，有点事属下想让您知道。"龚遂返回询问其究竟，王生说："如果皇上询问您凭什么治理渤海郡的，您不能据实陈对，应该说'都是圣主的恩德，并不是我的能力'。"龚遂笑笑，采纳他的建议。

龚遂面圣之后，刘病已果然询问治理渤海的情况，龚遂像王生所说的那样回答。刘病已很高兴他有谦让的美德，笑着说："您从哪里得到谨厚长者的话来说呢？"龚遂把先前来时的情况告诉皇上说："臣不知道这些，是臣的议曹王生告诉教诫臣的。"

刘病已微笑着颔首，龚遂分明是有意向自己推荐王生。他更加敬重龚遂睿智宽厚，只是觉得龚遂年纪大，不便担任劳神费心的公卿，于是升任他为水衡都尉，议曹王生为水衡丞，以此褒扬龚遂。

水衡都尉主管上林禁苑，为离宫别馆供应设置各种器物，为宗庙捕取祭祀用的牲口，平素与皇上亲密接近，属于皇上身边的近臣，刘病已也特别器重龚遂。龚遂干得也很怡然，一直干到老死。

刘病已向来重用像龚遂这样奉公守法、守法循理的官吏，时称循吏。

当时和龚遂齐名的循吏，还有黄霸，也颇受刘病已的器重。

黄霸年轻时学习律度法令，对做官很感兴趣。他在武帝末年以待诏的身份通过交纳钱财的方式而获得官职，授官侍郎谒者，后来又交纳粮食给沈黎郡，被补任左冯翊二百石卒史。左冯翊因为黄霸是花钱买的官职，所以内心很轻视他，不让他担任更高的官职，只让他管理郡国的钱粮账目。

黄霸管理的账目簿册清晰明了，一分一毫的账目都呈现在簿册上，尽显廉洁之风，左冯翊开始对他刮目相看，将他推举升任河东均输长。后来黄霸又因廉洁被察举担任河南太守丞。

黄霸善于观察而思维敏捷，又通晓法令条文，性情温良又能谦让，足智多谋，善于治理民众。他在担任河南太守丞期间，处事及议论都符合法令，顺从人心，太守非常信任他，官吏百姓也都爱戴尊敬他。

武帝末年，施法严厉苛刻。等到年幼的刘弗陵即位，大将军霍光秉持朝政，大臣争权，上官桀等人与燕王谋划叛乱，霍光在诛杀他们之后，就遵循武帝时的法令制度，用刑罚严厉地约束属下，因此平庸无能的官吏都崇尚严酷的刑罚并自视有才能，导致出现很多冤案错案，而黄霸治政却独用宽厚温和的政策，因而博得很多人的赞赏。

刘病已早在民间时便深知百姓苦于官吏用刑的严峻，又听说黄霸持法公平，他即位后便召黄霸做了廷尉正。

黄霸自从当了廷尉正，如鱼得水，数次裁决疑难案件，庭中都一致认为判得公平，赚得好口碑。于是他又临时担任了丞相长史，在一次公卿们讨论武帝立庙的高级别会议中，黄霸却因明知长信少府夏侯胜有非议皇帝诏书的大不敬言行而不举报，与夏侯胜一起被下交给了廷尉去审罪，结果以死罪关入监狱。黄霸由此而在狱中跟着夏侯胜学习了《尚书》。两年后，遇大赦才出狱。夏侯胜出狱后，当上了谏大夫，便让左冯翊宋畸举荐黄霸为贤良。夏侯胜又亲口向刘病已推荐黄霸，刘病已便提拔黄霸当了扬州刺史。

黄霸在扬州当了三年刺史，颇有政绩。刘病已特意颁下诏书对黄霸奖赏升职："命令御史：任命以贤良高第身份担任扬州刺史的黄霸为颍川郡太守，俸禄每月二千石，上任时赐给车中高盖，特许可高一丈，其下属别驾和主簿乘坐的车，车轼前可挂挡泥的丹黄色帘子，以彰显其仁德。"

其时刘病已正专心于治理天下，多次下达诏书给民众，但有的官吏却将诏书搁置起来，不让百姓知晓，造成诏令不能在基层通行。太守黄霸却专门选择了优秀的下属吏员，分派到各区县去发布皇上诏令，让民众都能知道天子的旨意。

黄霸还让邮亭乡官都养上鸡和猪，以赡养鳏寡贫穷的人。然后又制定了条令教则，发给各方父老、师帅和伍长等基层小吏，由其颁行于民间，劝说百姓严防奸盗，并安心于农耕蚕桑之业，节约使用货物资财，种树木，养牲畜，避免浮华奢侈的浪费。基层管理事务像数米粒盐粒一样细密，最初显得烦杂碎乱，然而黄霸却全力以赴地加以推行。官吏民众大凡可遇见的人，黄霸都要从他们的言行中了解有用的情况，询问事情的来龙去脉，以资必要的时候参考。

黄霸曾经接到朝廷的诏令，要求调查一件机密事件，他派了一位办事持重老成的廉吏前往访察，并再三叮嘱绝不能泄露机密。

廉吏牢记黄霸的叮嘱出发了，途中易服微行，不敢在人来人往的驿亭过夜，而是找比较僻静的乡间茅舍歇脚。白日饿了，他便躲在路边悄悄地喝些凉水，吃些备用的食物。在他访察的第三天，头顶白花花的太阳，走了好几个小时的路程，感觉两眼发涩，十足疲惫，便坐在路旁的草甸上，闭着眼，嚼着又硬又干的肉脯。就在这时，忽有一只乌鸦飞来，抢走了他手里拿的干肉脯，将他吓了一大跳。而此番情景正好被一个要到郡府陈报事情的人看到了，回来便与黄霸讲了一下。黄霸觉得廉吏在外很不容易，想着等他回来必须表扬他一下。

廉吏在外待了十多天，回来拜见黄霸，准备将自己访察的情况大致向黄霸汇报。黄霸笑着迎上前慰劳他，说："这一趟派您出去，真是太辛苦您了！连吃饭都在路上，还被乌鸦抢走了肉干。"廉吏大惊，以为黄霸对他外出的起居情况都已知晓，所以对黄霸问及的调查结果一五一十和盘托出，不敢有丝毫的隐瞒。黄霸很满意，又将廉吏夸了一番，说他认真负责。廉吏很受鼓励，以后做事更加上心。

黄霸颇有安民意识，平素也很注重命下属搜集各乡亭的自然物产、家庭畜牧等情况，汇总到他这里，便于他能清楚地了解，以备随时应对民众之需。比如郡中若有鳏寡孤独的人死了没钱安葬的，由乡吏上书报知，黄霸都能为他们分别妥善处理，告其某处有棵大树可砍伐做棺椁之材，某亭有头小猪可以做宰祭之用，乡吏依照他说的去取，果然都像黄霸所说的一样。乡吏们都由衷地佩服黄霸。官吏民众不知底细的人，都觉得黄霸不是一般的人，称他是神明。奸盗闻讯，都对黄霸心生敬畏，不敢在颍川郡作奸犯科，纷纷转移到其他的郡中，所以颍川郡的盗贼就日渐减少，社会治安大为改善。

黄霸性情宽厚，在施政过程中，尽力施行教化，教化实在推行不了，不得已才考虑使用刑罚，而且他非常注意维护下属的自尊，体恤他们的不易。颍川郡下辖的许县县丞年纪老了，耳朵也聋了，督邮报告黄霸，想要辞退他，黄霸说："许县县丞是廉洁的官吏，虽然上了年纪，但还能应付官场拜起送迎之类的例行公事，即使很聋，又有何妨呢？还是好好地帮助他，不要让贤德的人失望。"有人请教他其中的缘故，黄霸解释说："一再更换长吏，增加送旧迎新的费用，奸猾官吏乘机销毁账册文书而盗窃财物，公家和私人的损失很大，所有的费用都得百姓供给，换上的新官又未必贤德，或者还不如他的前任，白白地反复加剧混乱。大凡治民的道理，其实也不复杂，就是不能过分折腾老百姓。"

黄霸以外宽内明的作风赢得了颍川郡的属吏和民众的心，从而整个郡呈现一片清明，百姓安居乐业，郡内的户口也逐年增长，治理情况堪称天下第一。

刘病已很是欣赏黄霸的治理才能，便征召他试任京兆尹，俸禄二千石。后因调遣民工修治驰道没有事先上报朝廷，又调遣骑士到北方造成军马无法配给的局面，黄霸被举劾影响了军队出动，于是他接连被贬官降职。

刘病已觉得黄霸还是最适合做地方官，诏令他回颍川郡继续当太守，但将他的俸禄降至八百石，借此考验黄霸的耐心。黄霸毫无怨言，继续安心治理颍川郡，前后八年，郡中越加安顺。

当黄霸被遣回颍川郡时，刘病已听说凤凰神雀多次飞集各郡国，而颍川郡更是特别多，便以为这是黄霸治理长久的吉兆，便下诏书赞扬他说："颍川郡太守黄霸，积极向民众宣布皇上旨意，百姓都向往而归化了朝廷，守孝之子、尊长之弟、贞洁之妇以及乖顺之孙都日渐众多，在田地耕作的人互相谦让田界，在大道上行走的人不捡拾别人的遗失物品，供养探望鳏寡老人，赡养帮助贫苦穷人，监狱甚至八年没有重罪囚犯，官吏民众向往教化，热衷交谊，真可说是贤人君子的风貌。《尚书》中不是说'股肱大臣品行优良'吗？赐封黄霸爵号关内侯，黄金百斤，俸禄中二千石。"而对于颖川郡孝悌、贤民以及乡官中三老、力田等，刘病已也都分等级赐予爵号和帛匹。

2

刘病已奖赏颖川郡太守黄霸的时候，很自然地想起与颖川郡相邻的河南郡太守严延年，不免有些遗憾。要是严延年能像黄霸那样宽厚，注重以德教化民众就好了！

前段时间，作为长安三辅之一的左冯翊地区治安堪忧，亟须安排一个有魄力的官员治理左冯翊。有关左冯翊的人选，刘病已想了又想，决定任用河南郡太守严延年，任命的文书已经发出去了。少府梁丘贺谏言，说严延年治郡严苛酷烈，不宜当京辅长官。刘病已为此很审慎，命人快马将任命的文书收回。

刘病已刚登大位那几年，对严延年很感兴趣。

严延年身材虽不高大，但面相英飒，性情爽直，精通政事，办事敏捷，颇有才干。刘病已对当年任执金吾的严延年大胆弹劾霍光记忆犹新，很是赏识他，任命他为平陵县县令。因为严延年脾气有些暴躁，冤杀了人，因而被罢掉了官职。后来严延年担任丞相掾，又被提拔为好畤县县令。神爵元年，西羌反叛，强弩将军许延寿聘请严延年担任长史。平定西羌回朝后，严延年就被刘病已升任涿郡太守。

在严延年到任之前，涿郡好几任太守都缺乏魄力，涿郡人毕野白等人因此作乱。西高氏、东高氏两家大户为霸一方，郡守以下的地方官吏都对他们很畏惧，根本不敢招惹，都说："宁愿得罪太守，也不敢得罪豪门大户。"凡是高氏的门客做了盗贼，事发以后，都跑到高家藏匿起来。官吏明明知道高家窝藏盗贼，就是不敢前去捉拿。时间一长，当地的社会风气极为糟糕，人们走路必须带着弓箭、兵刃防身，否则不敢出门。

严延年上任以后，派遣郡府的属官蠡吾人赵绣核查高家的罪行，论罪应该处以死刑。赵绣见严延年刚来上任，不知这个新郡守的底细，心里很不踏实，又怕得罪高家，就准备了轻重两种判决书，先拿判罪轻的文书给严延年，试探他的态度，如果严延年大怒，就拿出判罪重的文书。

严延年事先就预测赵绣会玩小花招。赵绣到了他跟前以后，果然先拿出判罪轻的文书，严延年脸色阴沉，一言不发，接过文书，根本不看，揣到怀中，冷冷地斜眼盯着赵绣，那如霜的目光阴冷逼人。赵绣只觉得自己的脑后勺冒冷气，赶紧奉上判罪重的文书。

严延年冷笑着接过文书扫了一眼，猛地一拍桌子吼道："你以前就是这样糊弄郡守查案的?!"赵绣吓得抖索起来。

严延年不由赵绣分说，命手下将赵绣捆起来关进监牢，仅仅关了一夜，快天明的时候，就命人把赵绣押到市上示众，处死，杀鸡儆猴，其他的属官全都吓得发抖，查案不敢再有丝毫的马虎。

严延年又派遣别的官吏分别核查两个高姓人家，穷究他们的罪行，每家各处死了好几十人，手段极为狠辣，整个涿郡为之震惊，从此无人敢再作奸犯科。

严延年在涿郡当了三年太守，将昔日混乱不堪的涿郡治理得一片清明，社会风气变得非常好，到了道不拾遗的地步。

刘病已对严延年治理涿郡的政绩很赞赏，赏赐黄金二十斤，并将他改任河南太守。

河南郡相比于涿郡，豪强大户多，势力也更强，因而治理难度更大，严延年痛下狠手，他要让势力大的不敢强取豪夺，野路上也没有强盗，威震邻近的颍川等郡。

严延年的政策注重削弱豪强势力，扶助贫困弱小的人。贫困弱小的人虽然犯了法，他也要不顾法律条文判其无罪；如果有豪强欺凌弱小的百姓，按照法规治豪强的罪，他判罪处罚不但狠，而且还不按常规。众人以为要被处死的犯人，突然就被他释放了；众人以为不会处死的犯人，不知什么时候就成了刀下之鬼。凡是经他核查所处理的案子，案卷又都有条有理，即便想翻案，也很难。官吏百姓没有谁能摸透他的心思，都战战兢兢不敢触碰法令。

严延年对于尽忠尽节的下级，像对待自己的亲人一样厚待他们，不论其出身高低，所以下级没有对他隐瞒不报的事情。但是他过于疾恶如仇，得罪的人很多，诽谤他的人也很多。严延年尤其擅长写判词，精通史书，他打算处死的人，为了避免节外生枝，他都是亲自写奏章上报，不让中主簿和亲近的官吏知道奏章内容。如果上级批复犯人可以处死，他的行动非常快。冬天，把各县的囚犯押解来，集中到郡府，处决犯人流血好几里，现场非常恐怖。河南郡的官民都觉得严延年凶残可怕，称他是"屠伯（意为屠夫长官）"。他采用如此血腥的残酷手段治郡，倒是令行禁止，辖区清平，没有大案，但给人们留下的印象很坏。

当时，张敞担任京兆尹，一向和严延年关系很好。张敞施政虽然也比较严厉，但还是注意把握分寸，该宽恕的时候还是要宽恕。听说严延年刑法苛刻急切，风评很差，很为严延年担心。他深解朝廷不希望官员施政过度严苛，圣上早在灭霍的那年九月就郑重地颁布诏令，严禁法吏滥用刑罚草菅人命："处死刑者不可复生，受劓、刖、膑、割之刑的不可再行生长。这就是先帝之所以特别重视刑罚的原因，而有些法吏却未能深体其意。今日被捕入狱的人员中，有的因遭受严刑拷打，有的因饥寒折磨而瘐死狱中。为何这般惨无人道啊！朕对此十分痛心。……"这个诏令颁布已有七八年，想必严延年早已忘记了。

张敞在官场上混迹多年，深知为人为官之道，凡事尽量要留有余地，也是给自己留点后路。严延年治郡作风酷烈，动辄就将犯人处决，将事做绝，久而久之，必定招致灾殃。张敞出于对好友的关心，便写信劝严延年说："以前韩国有一种黑色名犬叫韩卢，韩卢追捕野兔，总是按照主人的眼色指示去捕捉，并且不会轻易将兔子咬死。希望你能减少杀戮的刑罚，尽量恩威并施，也照样能达到良好的治理效果。"

严延年对好友张敞的规劝不以为然，回信说："河南是天下的咽喉重地，东周西周的余孽残存，杂草多庄稼少（意为坏人多好人少），这些杂草怎么能不铲除呢？"张敞收到严延年的回信，见严延年执迷不悟，叹息了大半天。

严延年自恃有才干，办事雷厉风行，有魄力。他很看不起颍川郡太守黄霸，觉得黄霸为人巧伪。黄霸沿袭前任太守韩延寿宽恕的政策治郡，郡内清明无事，侥幸获得治理，也不都是黄霸自己的功劳，而是黄霸将下属的功劳揽到自己的头上。黄霸向皇上奏报凤凰鸟飞来，其实那不过是普通的鸟雀，皇上却被黄霸所蒙蔽，认为黄霸很贤能，下诏称赞黄霸的行为，还多加封赏。严延年心中很不服气，同样是做太守，他亲力亲为，从不偷奸耍滑；而黄霸拢着袖子，指挥着下属去干活，获得的奖赏反倒比他多，实在不公平！

那年夏季，河南郡与颍川郡交界的地方又发生蝗灾，严延年派府丞义出去视察灾情，义回来向严延年汇报。严延年想起黄霸向皇上奏报凤凰的事，心生鄙夷，以讥讽的口吻说："蝗虫是不是凤凰的食物？"义愣了愣，不敢接茬。严延年冷笑说："黄霸不是说颍川那边有凤凰鸟吗？照理地界的蝗虫都被它们吃光了，为什么还有那么多蝗虫？"

府丞义又说起司农中丞耿寿昌建立常平仓，造福百姓。严延年说："这应该是丞相、御史的职责，丞相、御史不知道这么做，应当辞职离开。耿寿昌有什么权力这么做？"

后来他听说皇上原本打算任用他当左冯翊，少府梁丘贺从中横插一杠子，说他是个酷吏，皇上又将任命文书收了回去。严延年对梁丘贺怀恨在心。

恰逢琅琊太守在任上操劳过度，得了很长时间的病，三个月后被罢免。严延年预感自己也有可能被罢免，对府丞义说："这个人还能免官，我反倒不能被免官了？"

严延年举荐了一个狱史，因为觉得这狱史清廉，其实这个狱史很贪婪，将贪污的赃银不放在身上，而是藏在别处。狱史贪赃事发后，严延年因为推荐的人不称职而被削减俸禄，心下不爽，表面上还是笑着对府丞义说："以后谁还敢再推荐人呢！"

府丞义年纪大了，头脑昏聩，一向敬畏严延年，担心被严延年诽谤。

严延年曾经和府丞义一起担任过丞相史，其实对府丞义非常好，并没有诋毁他的意思，赠送给他的东西也非常多。府丞义却觉得严延年本性残酷，对自己好只是做做样子，兴许哪一天就找个理由将自己给诛杀了。他自己老朽，命倒是不足惜，重要的是他儿子也在郡府当差。尽管平素他儿子也是如履薄冰，战战兢兢，但很难保证百分百不出小岔子，万一哪天惹毛了严延年，弄个罪名杀他儿子，那可是他最无法承受的！

府丞义越想越惶恐，自己通过占卜得了一个死卦，又给儿子占了一卦，显示半吉半凶，他为此郁郁不乐了好几天，自己已是日薄西山，既然命中躲不过死劫，那一定要让正当盛年的儿子躲过劫难，他最终横下心来，还是先下手为强。

他找了个理由向严延年请假，悄悄地前往长安，上奏举报严延年的十大罪名：生性残暴，滥用诛罚；抛弃以德教化民众；对皇上奖赏颍川郡太守心怀不满；胡乱非议为朝廷效命的忠心耿耿的大臣……府丞义上奏完之后，想起之前给自己占的那个死卦，也为了彻底扳倒严延年，他喝毒药自杀了，以表明自己对朝廷忠心耿耿，据实举报严延年，绝不欺骗朝廷。

府丞义采用自杀的决绝方式举报严延年，让刘病已很震惊，没想到自己曾经欣赏的严延年竟有这么多罪过。他对此案高度重视，交给御史丞审查核实，府丞义举报的大部分都属实，刘病已只得下令逮捕严延年。

3

严延年原以为府丞义请假是回老家处理私事，万没想到他竟然到长安告发自己！平素自己那么善待他，将他当作自己人，跟他说话也不设防，心头有什么牢骚也在他面前发，没料想到头来全成了他告发自己的罪证！他竟然在告发自己之后还服毒自杀了，他内心对自己该有多大的仇恨，非得置自己于死罪！严延年愤怒、惶惑之余，更多的是感到悲凉，这世间终究人心叵测，没有一个靠得住的人！

他回望自己这么多年的官宦生涯，自视廉洁刚正，不贪不腐，不恃强不凌弱，不媚上不欺下，为什么到头来却是如此不堪的下场？他死也不甘心！

羁押的日子非常难熬，白日里，严延年常常神情恍惚，感觉自己的魂灵在漫漫无边的荒漠中游走，头顶是炎炎烈日，脚下是滚烫黄沙，口渴难耐……夜深人静的时候，他又处于一种特别清醒的状态，特别思念他的女儿罗紨。

在这个世间上，品貌双全的女儿罗紨是他的最爱，是他的软肋，是他最大的精神慰藉。但老天不长眼，早早地将他绝美的女儿收走了！女儿刚走的那段日子，他因为经受不住沉重的打击，大病一场。……他又想起一年前在海昏猝逝的女婿刘贺，在他的心目中，女婿是一个难得的重情重义的诸侯王，女婿对女儿的深情日月可鉴。他相信他们在阴间一定团聚了，还有他那不幸早夭的外孙持骨，一定跟他的女儿女婿一起过着和美的生活。他想他很快会在阴间见到女儿一家的，他这样想想，心中的痛苦似乎有所减轻。

那年十一月，严延年以怨恨诽谤朝廷、不遵守臣子之道等罪名被处死。行刑前，他颜色如常，仿佛不是去赴死，而是去赴一场家庭聚会。他从牢房被提往刑场的路上，一直在心中默念：罗紨，为父马上就要见到你们一家了！……

张敞对好友被处死痛心疾首，当初你要是能听我的劝，至于是这个凄惨下场吗？年老的丞义为什么不惜命地要告发你，你知道吗？你为什么做事不给自己留后路呢？

严延年的母亲听说自己的儿子被诛杀，痛哭说，孬种！活该被杀！我当初那么咬牙切齿地教导你，你都听不进去！我白养了你这个儿子！

一年多前，严母想念多日不见的长子延年，从老家东海郡坐马车前往河南郡，打算和延年一起祭腊（过年）。刚到了河南郡的首府雒阳，恰好碰见各县押解死囚到郡上处决，严母大惊，于是停在了都亭，不肯进入严延年的府邸中。

严延年出府邸，到了都亭拜见母亲，母亲关起门来不肯见他。严延年开始以为是自己没有及时迎接母亲，导致母亲不高兴，便摘掉帽子在门外磕头，请母亲宽恕。过了好久，严母才出来见他，责骂他："你侥幸获得郡守的官职，得以管辖千里的土地，没听说你用仁爱教化风气，保全百姓，却多用刑罚杀了许多人，用来显示你的威风，难道这是父母官的做法吗?!"

严延年被母亲一通劈头盖脸地责骂，才知道母亲对自己集中处决罪犯异常反感，他觉得这事没法跟母亲解释，但他又不能忤逆母亲，便在口头上认罪，又对母亲磕头谢罪，母亲才消了点怒气。严延年为了讨好母亲，亲自为母亲赶车，一同回到府邸。

严母对长子滥诛罪犯耿耿于怀，她祭祀完腊月，极其严厉地告诫严延年："皇天在上，以后不能随便杀人，否则会遭报应的!"

严延年没忍住自己的直性子，说："您老人家放心，您儿子不会随便杀人。作为二千石郡守，深受浩荡皇恩，要尽心尽职治理好河南郡。对于那些违法犯罪的人，如果姑息，那就是藐视法律，亵渎自己的职责。是非自有公论，公道自在人心。"

严母一听，有些恼怒，"你说这些冠冕堂皇的话，不就是为自己杀人找理由吗?"提高声调，"儿大不由娘！我也管不了你！我不愿在自己年老的时候，眼睁睁地看着壮年的儿子被处死！我走了！离开你回到东海郡，为你扫除墓地，等着埋葬你!"她愤愤然离去了，严延年想要为她送行，她斥责不让他送。

回到东海郡，严母当着延年的四个弟弟和同族人的面，说起延年滥杀犯人的事，斥责长子日后少不了报应。大家都安慰严母，说您老人家的教诲，延年会记在心里的，会改错的。

严母一脸凝重，摇摇头，她知道自己这个长子的秉性，从小就是一个自以为是的执拗子！不撞南墙不回头！除了他女儿罗绀，谁他都可以不放在眼里，女儿罗绀就是他的心尖肉，谁的话他都不听，唯有女儿罗绀说话，他能听得进去。

严母想起自己貌美心善的孙女罗绀，不免黯然泣下，要是罗绀还活着，她平素多多规劝她的父亲，一定会起作用。

如今长子作为朝廷罪人被送上了不归路，白发人送黑发人，严母深感悲痛，也深感耻辱。她对其他四个儿子的要求更加严格了，要求他们必须以兄长为戒，要宽仁待人。

严母在东海郡一带颇有贤明的声名，大家称严母为"万石严妪"，因为她教养的儿子们都很有才能，先后当上太守之类的二千石高官，其中最出色的是严延年的二弟严彭祖，精通公羊学，为人清廉，正直又不失宽厚，曾经当过河南郡、东郡太守。在朝廷考核各郡守时，名列前茅。在太子刘奭即位后，严彭祖曾一度被提拔为左冯翊，后官至太子太傅。

第二十章　望之之心

1

严延年被诛的第二年，左冯翊韩延寿因遭御史大夫萧望之的算计，也遭诛了。

韩延寿跟严延年一样有才华，但个人履历有些不同。他是燕人，后迁居杜陵。年轻时做过郡文学。他的父亲韩义做过燕郎中。昭帝年间，燕王刘旦谋反时，韩义从中劝阻而遭杀害，燕人很同情他。掌握大权的大将军霍光征召郡国贤良文学，用事之成败、损益或优劣来询问他们。当时魏相以文学身份参加取士考试，他认为："赏罚用来勉励好人好事，禁止恶人恶行，是政治的根本。往日燕王做无道之事，韩义挺身强谏，被燕王杀死。韩义的儿子不能像比干那样为父报仇，但应重用他的儿子，表彰做人臣的大义。"霍光采纳了魏相的意见，便提拔韩延寿为谏大夫，调任淮阳太守。韩延寿将淮阳治理得很好，又被调任颍川郡当太守。

颍川有势力的人多，难治理，朝廷必须选拔有才能的郡守才行。在此之前，赵广汉做颍川太守时，担心那里风俗坏，宗派集团多，所以分割吏民让其互相攻击揭发，成为当地的一种习气，百姓之间多冤家对头。韩延寿到任之后，想改变这种现状，用礼让教化百姓，恐怕百姓不顺从，便召集郡中各乡里有声望的长老数十人，设置酒席，亲自陪同，用礼仪接待，向他们询问民谣民俗以及百姓的疾苦，作为陈述和睦亲爱，消除怨恨责备的途径。长老们都以为有利，可以施行，韩延寿便和他们一起议定嫁娶丧祭法度礼仪，一概依照古礼，不得越过法度。韩延寿命令文学校官诸生戴着皮弁帽捧着俎豆（俎和豆，是西汉祭祀、宴飨时盛放祭品或食物的两种器具），为吏民举行丧嫁娶礼，百姓也因此逐渐遵奉礼制教化。

几年后，韩延寿又被调任东郡太守，黄霸代韩延寿治理颍川郡，黄霸因循他的各项规章制度，颍川郡得以大治。

韩延寿做官崇尚礼仪，爱好古代教化，每到一个地方任职，就聘请当地贤士，以礼待人，广泛地接纳意见；提倡按古礼办丧让财的礼节，表彰孝顺父母尊敬兄长的人，兴办学校，一年四季在乡社里陈列钟鼓管弦，盛行升降揖让活动，以及考试讲习武事，设置斧钺旌旗，引导年轻人学习射箭驾车。修城郭，收税赋，预先公布日期，按约定的规章办事，官吏百姓都对他既敬畏又亲近。

他又设乡正、里正和伍长，用孝悌之道教育百姓，不准窝藏奸人。乡里发生了非常事件，官吏立即得知，坏人不敢进入韩延寿管辖范围。开始大家觉得好像很麻烦，可后来没有追捕坏人的劳苦了，百姓也没有挨打受欺的忧愁，都过得比较安逸，大家就非常认可韩延寿的做法。

韩延寿接待下级官吏，施恩很厚而纪律严明。要是有人欺骗辜负了他，韩延寿总是沉痛地自责："难道是我对不起他，他怎么做这种事？"下级官吏听到他的自责，都很后悔。有个县尉后悔不迭，以致自杀了。还有一个门下掾史自杀，由于抢救及时未死，但口哑了。韩延寿听说后，对掾史涕泣，派医工给他治病，并给他丰厚的赏赐，送他回家。

韩延寿知错能改，礼贤下士，很得人心。韩延寿有一次外出，临上车，有个骑吏迟到，韩延寿命令功曹定其罪名并告示下属。韩延寿回到府门，看门的小卒拦住他的车子，希望说几句话，韩延寿停下车问他，门卒说："《孝经》上说，用侍奉父亲的心情去侍奉母亲，爱心是相同的；用侍奉父亲的心情去侍奉国君，崇敬之心也是相同的。所以侍奉母亲是用爱心，侍奉国君是用尊敬之心，而侍奉父亲是两者兼而有之。今日天明，您早早驾好了车，久停不出门，骑吏的父亲到府门，不敢进来。骑吏听说了，跑出去谒见父亲，恰好您登车。因为尊敬父亲而被罚，不是有伤教化吗？"韩延寿在车中举手说："小伙子，太守知道自己的过错了。"回到府舍，召见门卒。这个门卒本来是个儒生，听说韩延寿贤能，没有办法同他直接见面，所以代人做门卒，韩延寿于是特意任用他为掾史。

韩延寿在东郡任职三年，令行禁止，审理和判决的案件大减，成为全国治安最好的地方。刘病已对韩延寿非常满意，当时他已将担任左冯翊的萧望之调任大鸿胪，便让韩延寿代行左冯翊之职，试用一年，很称职，刘病已就正式任他做左冯翊。

韩延寿任左冯翊一年多，不肯出门巡视下面的县。丞掾多次向他建议："您应该巡行郡中，观看民俗，考察长吏治理政事的情况。"韩延寿说："县里都有既有道德又有才能的令长，还有督邮在外分明善恶，巡视县恐怕无益，只会加重对老百姓的烦扰。"

丞掾都以为正是春月，可以出外勉励农民耕种养蚕。韩延寿不得已，接受丞掾们的建议，巡视到了高陵县。正好碰见百姓中有两兄弟一起为田产打官司。韩延寿很是伤感，说："我侥幸担任郡守，做一郡之表率，不能明白教化，致使百姓有骨肉同胞打官司，既伤风化，又使贤长吏、啬夫、三老、孝悌受其辱，罪在我身，我当先辞官。"这一天移书称病不听政事，便到传舍卧床不起，闭门思过。

高陵一县的吏员见郡守如此这般自责，面面相觑，不知怎么办才好，令丞、啬夫、三老也都自缚等待被处置。打官司的宗族成员都互相责备，两兄弟深深自悔，削发肉袒请罪，愿意以田相让，到死也不敢再争。

韩延寿见目的达到，大喜，开门迎接大家，取酒肉同他们对饮，有意告诉乡里，用来表示勉励悔过从善的百姓。韩延寿又听取政事，犒劳县令丞以下官员，接见慰劳他们。韩延寿就是用这种打感情牌的软办法治郡，一郡之中和洽得很，没有谁不传相诫勉，敢再犯事的。

韩延寿是代萧望之做左冯翊的。萧望之作为韩延寿的前任，儒学钻研精深，嘴皮子功夫的确很厉害，但在地方上做长官，却不是他的长项。萧望之当了三年左冯翊，其实政绩平平，在基层的老百姓当中，口碑远没有韩延寿好。不过，萧望之重视搞关系，跟自己的下属关系不错，跟中央内外朝的官员也处得很不错，他们在刘病已面前，也都夸萧望之有才干，使得刘病已对萧望之的印象始终很好。

萧望之和韩延寿原本并无太多交集，他对韩延寿虽不是特别欣赏，但也不贬低，以平常心待之，而且就官位来说，萧望之还是有些自信的，毕竟他这个御史大夫是外朝中仅次于丞相的中央高官，而韩延寿不过是京官级别的京辅地区长官。但是韩延寿当了几年左冯翊，赢得全郡吏民的一致好评，连皇上都对他刮目相看，这时候的萧望之心里就有些硌硬了。他是从左冯翊的职位提到大鸿胪再升到御史大夫的，韩延寿当左冯翊都这么有政绩，照这样的势头发展下去，韩延寿还不要迟早盖过他？韩延寿被萧望之视为潜在的政治对手。

自从有了小心思之后，萧望之看韩延寿时眼中就感觉有小沙子了，伺机要整整韩延寿。正好有个叫福的侍谒者想巴结萧望之，他听萧望之提及韩延寿，言谈中似有不满，便对萧望之说："听人说韩延寿在东郡当郡守期间，为了拉拢下属，给自己立口碑，擅自主张，给下属发放公款千余万。"

萧望之一听，顿感心头掠过一抹春风，"你这信息可属实？"

福说："既然别人这么说，就不会是空穴来风。您可派人调查核实。"

萧望之点点头。隔天他对丞相丙吉说："有人举报韩延寿当东郡太守期间私自发放公款千余万，您看要不要调查一下？"

丙吉素来为人宽厚，说："这事，我看还是不要追究了吧。再说，也快轮到大赦，费劲追究此事，也没必要。"

萧望之见丙吉将自己的想法否定了，心里不自在，这个老家伙是个典型的和事佬，就知道和稀泥！恰逢御史府要审查东郡，萧望之趁机命令属吏一起审查韩延寿当初在东郡的公费支出情况。

消息很快传到韩延寿的耳里，韩延寿有点恼火，你萧望之就没问题？他毫不客气地立即部署属吏审查萧望之在任左冯翊时有无问题，结果查出廪牺官（主持祭祀用物的小吏）私自发放官仓谷粮与祭牲百余万，而被审查的吏员宣称这事与萧望之有关。韩延寿上奏弹劾萧望之，传递文书令殿门禁止萧望之入朝。

萧望之心下大恨，你韩延寿还真跟我玩起这套来了？走着瞧，看谁能玩得过谁！他马上上奏刘病已，陈述详情，最后说："臣承蒙陛下恩信，担任御史大夫，职责是总领天下，闻事不敢不问，有人举报韩延寿，臣才不得不履行职责进行核查，却遭到韩延寿要挟，实在感觉进退维谷。"

刘病已看到萧望之的上奏，眉头紧皱，当初前丞相魏相和京兆尹赵广汉之间互掐，如今这萧望之和韩延寿也这样！他也觉得韩延寿因为萧望之查办自己才反过来举报萧望之，确有威胁之意，便不再认为韩延寿身行正直，命人分头将萧望之和韩延寿的问题审查清楚。审查结果是萧望之那边查无实据，廪牺官否认私放官钱百余万，说之前是被韩延寿派人严刑威逼不得已才招供的。

萧望之又差遣自己的下属考察东郡，抓住韩延寿的违法事实。韩延寿在东郡不只违规私放公款，还有在每年骑兵比武之日，存在大肆讲排场，奢侈豪华的违规问题：在置办的兵车上画龙虎、朱雀，身穿黄色细绢做成的方领官服，坐着四匹马拉的车驾，车辕和马嚼子都用红色丝绢缠饰，车盖用鸟羽装饰；就连他的属下功曹引车，也用四匹马拉驾。他的车驾后面载着军鼓的车和歌乐队的车都很豪华，歌乐队先到射室，远远看到韩延寿的车驾，就嗷嗷唱起楚歌。等韩延寿坐到射室，骑马官吏持戟分列左右，骑士带弓排列在后……韩延寿作为一个郡守，使用的仪仗至少达到王侯级别，严重僭越礼制规定。更为严重的是，韩延寿擅自动用官铜，仿照尚方官署铸造御用刀剑之法，等到月食时私自铸造刀、剑、钩、镡等兵器；动用官钱，私自雇用管理徭役的官吏；装饰自己的车甲花费三百多万钱。

萧望之弹劾韩延寿僭越圣上，大逆不道，并且还自我表白说："先前被延寿所弹劾，现在又检举延寿罪，人人都以为臣怀不正之心，用不法手段冤枉延寿。为公正起见，臣希望陛下将此案下达给丞相、中二千石、博士来共同审议定罪。"

刘病已命公卿们议定韩延寿之罪，大家都认为韩延寿先已经罪不可言状，后又诬告掌管法律的大臣，想用这来解脱自己的罪责，狡猾无道。刘病已厌憎韩延寿的行为，下令逮捕韩延寿，判斩头示众罪。

左冯翊地区的官吏和百姓闻讯，都很震惊，悲痛，几千人都追着押解韩延寿的囚车，一直送他到渭城，老少扶持车轮，在他去刑场的路上，争着进献酒肉。韩延寿不忍心拒绝，每个人敬的酒他都喝下，总共喝了大约有一石多酒。他泪流满面，请掾史分头感谢进献酒肉的人说："官吏、百姓远来的辛苦了，我韩延寿死无遗憾！"百姓都觉得韩延寿死得冤枉，没有不为他痛惜流泪的。

韩延寿想到自己为官多年，尽心尽职，到头来弄个如此凄惨的下场，万般悲慨。也怪自己平素不谨慎，落了把柄被萧望之抓住，被他有意陷害。萧望之在左冯翊为官三年，当地的吏民对他印象普遍不好。他的下属曾告诉他，不少老百姓私下感慨说，这么多年，朝廷总算是派了一个办实事，能体恤我们小民的官员过来！他们还评说之前的那个官员（萧望之）就喜欢搞一些虚头巴脑的事。可是像萧望之这样务虚的官竟然还被皇上重用！有什么可说的呢！萧望之明明屁股不干净，他派属下查办他的私发公款就是事实，可到头来却变成"查无实据"，分明是萧望之暗地里从中打通关节！

韩延寿算是彻底看透了官场的阴恶。他的三个儿子都做郎官。他临刑之前，三个儿子都跪伏在地，哭着跟父亲诀别。韩延寿纵有万般悲痛与不舍，也竭力做出平静的样子，说：人迟早总有一死的，你们不要太难过了。为父一生为人磊落，做事勤勉，由于不谨慎，落得今天这步田地。你们要以为父为戒，以后就不要再做官了，回家好好耕田种地，你们兄弟要相互扶助，照顾好你们的母亲。儿子们泪如泣下，都点头哭求父亲放心，他们一定遵照父亲教诲。

丞相丙吉觉得萧望之为人不仁厚，对韩延寿之死很感惋惜。他听说韩延寿的三个儿子安葬了父亲之后，都弃官不做，叹息不已，私下派心腹给韩家送去一些钱物，抚慰韩家母子，建议兄弟三人回乡除了种田地，还可以考虑开办私塾，一来不使自己所学的知识荒废，二来也是一种谋生之计，三来也能振兴乡间私学。韩延寿的遗孀和三个儿子对丞相丙吉感恩万分，他们感叹这世间到底还是有好人。

2

萧望之轻轻松松地将韩延寿给整掉之后，心中有点自鸣得意，觉得自己前途一片大好。丞相丙吉年老多病，眼看着也撑不了多久，按皇上用人的习惯，丞相一旦归西，他这个御史大夫会顶替而上。

外界很多人都认为丙吉崇尚宽大，讲究礼让，一般小事并不过问，很识大体。但萧望之骨子里有些看不起丙吉，他觉得丙吉纯属老好人一个，一味待人宽厚，却没有原则，特别是在做了丞相以后，表现很糟糕。属下有犯错的，或渎职的，丙吉总是给他们放长假，让他们自动去职，从来不对他们进行查办。他的一个门客性情耿直，对他的这种做法很有意见，曾毫不客气地当面批评说："您做了大汉丞相，无底线地一味宽厚，而奸诈的官吏却乘机谋私利，做坏事，然而您却对他们没有惩办。这是不对的。"丙吉说："我是位列三公的堂堂大府，却去追究查办小吏，我感到太丢面子。"萧望之听说这件事后，不屑地哼哼鼻子：倒不是丢了面子，恐怕是丢了里子！

丙吉对待自己的属官掾史，总是替他们掩过扬善。丙吉有一个驾驶车马的驭吏是个酒鬼，多次因酒醉失职。驭吏曾有一次跟从丙吉外出，因酒醉吐在丞相车上。西曹主吏（丞相属官）很生气，对丙吉说想赶走这个驭吏，丙吉说："仅因为酒醉饭饱呕在丞相车上的过失就赶走他，让这个人以后如何容身处世？你就忍一忍，放过他吧，这也不过是弄脏了我车上的垫子。"终于没有赶走这个驭吏。

驭吏老家在边郡，熟知边塞报警警备等事。他曾有一次出去，刚巧看见驿骑快马飞递，手中拿着赤白相间的信囊，驭吏知道那是边郡报告敌人入侵的加急书信来了。驭吏便跟随着驿骑到公车署打听消息，了解到敌人入侵了云中郡、代郡，立即赶回丞相府向丙吉报告情况，并建议："恐怕胡虏所入侵的边郡，二千石的官吏中有老病经不起战乱的，君侯应该预先探察。"

丙吉认为驭吏说得很有道理，于是便让东曹（丞相属官）访查边郡的长吏，详细记录他们的身世、经历等情况。这件事还没做完，刘病已下诏召见丞相丙吉和御史大夫萧望之，询问胡虏所入侵的边郡的官吏，丙吉详细地予以回答。萧望之仓促之间却不能迅速地应对皇上的问话。

刘病已觉得丙吉担忧边防，是恪尽职守的好丞相，管理下属官吏十分得力，将丞相大大赞扬了一番，而将萧望之责备了一番，质问："御史荣列三公，边郡官吏的情况，为何你御史一概不知？！"

萧望之忙稽首谢罪，心里对丙吉有些嫉恨：平素丞相和御史应该相互支持，互通资讯，你丙吉为何独享？后来他私下了解丙吉是靠着自家的驭吏提供的重要信息，心里又多了一层鄙夷，敢情你堂堂的丞相还要倚仗仆役提供小道消息，才能到皇上面前表功？况且军事情报属于国家军事机密，竟能被一个小小的驭吏随意刺探，你丙吉还觉得驭吏有才能，能为自己所用，却不反思自己做丞相的是不是很失职？

萧望之觉得丙吉没有当丞相应有的魄力，跟前丞相魏相比起来，丙吉充其量算魏相的跟班，魏相在前面开道，丙吉最多跟在后面为魏相赶赶车。简单一句话，丙吉当丞相不够称职，手下的属官称职的也不多。萧望之自恃有治世之才，每有谏言皇上都能采纳，所以他就上书直言自己的看法："有些老百姓生活困乏，盗贼不断出现，二千石级的官员多有能力低下不称职的。三公的人选不当，日月星辰就会失去光辉，今年正月日月无光，责任在我们大臣身上。"他以为皇上会认真考虑他提出的问题，但他忽视了皇上对丙吉存有极为深厚的私人感情。

在刘病已心中，丙吉就是自己命中的贵人，他幼时如果没有丙吉悉心照拂，他可能就长不大；等他侥幸长大后，没有丙吉率先将他推荐给霍光，他也许就不会那么轻易登上大位。他将丙吉当作自己的长辈一样敬重，关心。

看到萧望之的上奏，刘病已很是不快，萧望之的意思明摆着是轻视丞相。他感觉这个萧望之实在不像话，飘起来了，敢将他敬重的老丞相不放在眼里了！于是他命令侍中兼建章卫尉金安上、光禄勋杨恽和御史中丞王忠，一起去质问萧望之。

金安上说："奉陛下之命，我们想问问御史，您为何轻视德高望重的丞相？您说丞相以下二千石级的官员多有能力低下，不称职的。具体说说哪些官员能力低下，不称职？"

不待萧望之应对，杨恽说："御史也具体说说这些官员哪方面的能力低下，表现不称职？"

王忠作为御史府的二把手，平素跟萧望之也是面和心不和，如今逮着这个御赐的好机会，也毫不客气地质问萧望之："您上书说三公的人选不当，怎么不当了？是丞相和大司马大将军人选不当吗？您身为三公之一的御史大夫，还是您本人也不当？"

萧望之以前多次上书，皇上从来没有像今天这样派三个官员一起来质问自己，弄得他有些狼狈，但他向来自视清高，必须自我辩白一番："我作为臣子，不过是想表达自己的一点看法，你们又何必硬逼着我具体说呢？"

杨恽皱眉，"怎么不能具体说呢？将事情说明白了，难道没有必要吗？照御史的意思，包括丞相在内，我们这些官员是不是都不合适了？"

萧望之满脸烦闷，"光禄勋曲解我的意思了！"

杨恽直视着他，"怎么曲解您的意思了？您不就是那么说的吗？您身为堂堂的御史大夫，说话要负责任！"

金安上说得更不客气，"何况御史是对圣上说话！对圣上说话不可耍虚话，否则就是大不敬！"

王忠点头，"是啊，您要是跟我们这些同僚说说，倒也无所谓，我们可以不计较。可是您向圣上上书，确实要据实论人说事的。"

金安上说："还有，御史说今年正月日月无光，怎么无光了？我怎么就觉得是朗朗乾坤，昭昭日月呢！"

萧望之急了，照这三个人这样质问下去，质问到最后，恐怕自己会被扣上"大逆不道"之罪，这罪名可就够得上掉脑袋了！他忙脱下官帽辩解，"你们怎么都曲解我的本意？你们可不能这样上纲上线啊。"

刘病已原以为萧望之会认怂，认识到自己的错误，听说他脱帽为自己辩解，毫无悔过之意，更是恼火。

其时丙吉生病在家休养，丞相司直繁延寿去看望他。繁延寿向来崇敬丙吉，平素就看不惯萧望之的做派，听说萧望之上书将矛头暗指年老体弱的丞相，有些气愤，便对丙吉说："君侯，我们也要好好调查一下萧望之！"

要是在以前，丙吉会宽容待之，但眼下想到萧望之前面陷害韩延寿，现在又来跟自己过不去，实在不地道！对这种人，还是要给他一点颜色瞧瞧才行！他也就同意繁延寿着手去调查萧望之。

繁延寿经过一番细致调查，给刘病已上了封奏书，弹劾萧望之："侍中谒者良奉旨下诏给萧望之，萧望之只拜了两拜。良和萧望之说话，萧望之不起立，还故意垂下双手，反而说'良礼节不周'。按旧例，丞相有病，第二天御史大夫就要问候病情；上朝时在大殿中聚会，御史大夫应在丞相后面丞相道别，御史大夫稍微前进，作揖。现在丞相数次生病，萧望之不去探病；在大殿聚会，和丞相用相同的礼节。有时跟丞相议事意见不合，萧望之说：'君侯您的年纪难道能做我的父辈吗！'明明知道御史不得擅自使用权力，萧望之却多次派留守官吏自备车马，回杜陵照看家事。让少史戴着法冠为他的妻子引路，又派他们去做买卖，这些人私下给他补助，一共有十万三千钱。萧望之是大臣，通晓经术，职位在九卿之上，为众人所仰慕，竟然不守法，不注意个人修养，傲慢不逊，贪污所监管的财物达二百五十件以上，请允许逮捕萧望之予以治罪。"

繁延寿的弹劾，让刘病已看清萧望之也有巧伪的一面，他虽对萧望之有些嫌恶，但总体上还是不影响他对萧望之的器重。

刘病已对萧望之之所以器重，一是因为萧望之在儒学方面造诣很高，让刘病已很是欣赏。朝廷每有大事，刘病已召集公卿大臣们廷议商讨，萧望之积极谏言，提出一些有建设性的意见，颇得刘病已的认可。

刘病已器重萧望之的另一个原因，是萧望之有读书人的傲骨，当年他敢于同势焰冲天的权臣霍光硬抗，宁可不做官，也不愿曲腰攀附霍光，让刘病已心下很是感慨赞叹，不由得对萧望之要高看一眼。而萧望之等到霍光一死，也积极为自己寻找出头的时机。第二年（地节三年）夏天，他趁当时天降冰雹，向刘病已陈述天之所以降下灾异，是因为霍氏专权导致的。刘病已看出萧望之颇有识见，当即任命萧望之作了谒者。谒者虽然官职不大，但是皇上身边的近臣，负责御前传达、通报等事务。萧望之很感荣幸，尽心尽职。

当时刘病已希望提拔贤良之士，很多人上书陈述利国利民的策略，他经常把这些奏折交给萧望之询问利弊，对于陈述高明策略的就请丞相、御史选用，次等的交给九卿试用，一年之后再把情况上报，下等的给予批复，或者罢官遣归家乡，萧望之的禀报处理，很合刘病已的意，都得到批准。刘病已将萧望之连续升迁到谏大夫、丞相司直，一年之内三次升官，做到二千石级的官员。之后霍氏因为谋反被诛杀，萧望之就更加受到刘病已的重用，被任命为少府。

刘病已觉得萧望之明晓经学，处事稳重，议事论理留有余地，其才干可胜任丞相，为了仔细考察他处理政务的能力，便派他到地方上锻炼，让他当了三年左冯翊之后，又将他提升为大鸿胪。两年后，丞相魏相病逝，刘病已将御史大夫丙吉提拔为丞相，让萧望之代替丙吉做御史大夫。

如果萧望之在御史大夫任上表现令人满意的话，刘病已是打算让他在丙吉之后接任丞相的。如今繁延寿的弹劾摆在面前，刘病已不得不认真考虑如何处置萧望之。萧望之虽然在德行方面有点不端，但对朝廷还是忠心无二；而且他在儒士堆中，属于大儒级别，也是一个很难得的人才。至于他有些小毛病，徇点私舞点弊，都不算什么大事，也不过是璞玉上黏附的沙砾，敲打敲打，打磨打磨，去掉沙砾，也还是可用的。

刘病已决定对萧望之网开一面，也不打算将他交给有司审理，万一给审理出一个什么罪名来，他就不好再为萧望之徇私情。为避免不必要的麻烦，刘病已索性直接给萧望之来个降职处分，再直接任命新职。

3

刘病已考虑再三，将萧望之放到太子府，改任太子太傅，让原先的太子太傅黄霸接任萧望之做御史大夫，一来是想弹压弹压萧望之，让萧望之有足够的时间进行自我反思；二来也有意将萧望之预定为储君智囊团的核心成员，让他教导太子，以期培养他跟太子之间的亲密关系。

刘病已也了解萧望之狷急耿直的秉性，觉得非常有必要训诫、提醒一番，便亲笔给萧望之写了一封策书。

有关官员上告你苛求朕派遣的使者礼节不周，对待丞相没有礼貌，听不到你廉洁的名声，傲慢不逊，无法扶持朝政，不能做百官的表率。你不深入思考，陷入这种污秽的境地，朕不忍心让你受到法律的制裁，就派光禄勋杨恽传达诏令，将你降职为太子太傅，给予印绶。你把原来的印绶交给杨恽，然后就去上任。你应该遵守道德，彰明孝义，端正自己的思想品行，不要有什么过失，不要有什么别的话。

萧望之自从得知自己被弹劾之后，预感自己凶多吉少，为此坐卧不安，直到光禄勋杨恽奉命带着策书和太子太傅的印绶上门，他才略略松了一口气，至少他不用担心自己下狱了。

萧望之再拜稽首，接受策书和印绶。打开策书，看到皇上的御笔训诫，心里很是愧疚，皇上没有抛弃自己，用心如此良苦，让萧望之发自内心地感动。至此，萧望之曾一度为之心心念念的丞相梦彻底泯灭，他提醒自己从此不要有任何痴心妄想，老老实实地当太子太傅，悉心教导好太子。

为了向皇上表达自己真心悔悟，萧望之神情极度恭谨，当场写下简短的感恩信："卑臣德薄能鲜，器量褊狭，屡犯过错，辜负圣恩，深自悔恨！蒙陛下不弃，卑臣感激涕零！"他将感恩信连同御史大夫的印绶，双手奉上，请杨恽代他禀呈陛下。

刘病已看了萧望之的感恩信，点了点头。他当下又命杨恽将御史大夫的印绶连同任命书送给黄霸。

杨恽奉命当跑腿，也是乐在其中，他琢磨着皇上将黄霸和萧望之的职位对调，一升一降，有深意啊！萧望之平素太过张狂，又被弹劾出一些毛病，皇上不交有司审讯，给个降职处分，任命他当太子太傅，这分明是暂时压压，日后还会重用的节奏，不过，大概率是要到太子登大位再重用。至于黄霸升迁御史大夫，那也是皇上预备进一步重用黄霸的操作。

果然如杨恽所料，几个月之后，丙吉病逝，刘病已又让黄霸接任丞相。按照丞相必须是列侯的惯例，他又封黄霸为建成侯，拥有六百户的封地。黄霸履行丞相一职之后，也按照惯例，将全家迁徙到了杜陵。

黄霸的才能主要是在地方治理民众，等他做了丞相，需要全盘协调发布全国性的号令，其能力风度就不如魏相、丙吉等前任，其政绩名声比他治郡时也有所下降。

当时京兆尹张敞家中的鹍雀飞到了丞相府，黄霸以为是神雀，便同左右亲信商议着想上书称瑞。张敞闻讯，很觉滑稽，便毫不客气地奏了黄霸一本。

臣见到丞相和九卿、博士一起接见各郡国派到京师奏报考绩的长吏、守丞，让他们逐条报告为民兴利除弊、推行教育、感化的情况。凡是报告辖区内做到农夫在田间让田界，男女不混杂同行，遗失在路上的东西没有捡了据为己有，以及能列举出孝子、悌弟、贞妇姓名人数的，列为第一等，让他们先入厅屋上坐；有能举出郡中孝子、悌弟、贞妇的一些情况，但是说不出姓名人数的，列为第二等；没有制定条规制度的，列为末等，这些郡国的长吏、守丞应向丞相叩头谢罪。丞相嘴上虽然没说话，实际上心里是希望他们这样做。

长吏、守丞正应对丞相时，恰有臣张敞家中鹖雀飞到丞相府的屋上，丞相下面的官吏看到鹖雀的有数百人。官吏们大多认识鹖雀这种鸟，丞相询问他们，却都假装不知。丞相便商议上奏圣上说："臣黄霸召问前来报考绩的郡国长吏、守丞关于推行教化的情况时，上天显示祥瑞，降下了神雀。"事后他得知鹖雀是从臣张敞家里飞来，才没有上奏。郡国官吏都暗暗耻笑丞相虽有仁厚足智的名望，却又自以为是而大惊小怪。

昔日汲黯接任淮阳太守，辞别同僚离京赴任，他对大行李息说："御史大夫张汤内怀奸诈，欺君瞒上，你若不早去告发，一旦事情败露，恐怕你也难免与他同遭杀身之祸。"李息害怕张汤，一直没敢告发。后来张汤事情败露被诛，皇上听说了汲黯对李息说的话，就问了李息的罪而升任汲黯为诸侯相，以表彰他的一片忠心。臣张敞不敢诋毁丞相，唯恐众臣对此事不加上报，而长吏、守丞又害怕丞相的权势，致使法令失效，私心暗存，浮夸成风，淳朴失落，虚伪盛行，名实难副，公事懈怠，乱臣横行。

假如下令京城地区先期推行"让界分路，路不拾遗"之风，其实正好适得其反，而为天下事先树立了虚伪的典型，所以决不可行；就是诸侯国先期推行，若虚伪之风超过京城，其后果也不堪设想。我大汉除弊通变，制定法令，以便劝民从善，防盗禁奸，其条文详备，不可增改。应该令大臣明白地训示长吏、守丞，回去禀告郡守，推举三老、孝子、悌弟、力田、孝廉、廉吏一定要名副其实，郡中公务应依法而行，不可擅自制定法令；如有胆敢用伪诈手段骗取名誉的，一定先行正法，以正明善恶。

刘病已采纳了张敞的奏言，召集郡国来奏报考绩的长吏、守丞，令侍中赦告了张敞的奏言。黄霸因此十分惭愧。

鹖雀事件让刘病已对黄霸的印象打了折扣。还有一次黄霸越职举荐也让刘病已很恼怒。乐陵侯史高以外戚身份任侍中一职，名望很高，黄霸便推荐史高可任太尉，刘病已令尚书召黄霸质问说："太尉一官废除已久，其责由丞相兼管，这是为了息武而兴文。如果国家动乱，边境吃紧，左右大臣都可任领兵的将帅。而宣明教化，顺通隐情，使牢狱中再无冤案，地方上再无盗贼，是你丞相的职责。将相一级的官员，是由朕来任命的。侍中乐陵侯史高是朕的帷幄近臣，朕对他的才能已有深知，何劳你越职举荐他呢？"

尚书请丞相陈言，黄霸羞惭满面，连忙摘下帽子谢罪，"卑臣愚钝不堪，一时犯了迷糊，罪该万死！以后谨记陛下教诲，恳请陛下恕罪！"刘病已见黄霸知错能改，便对此事没再追究，数日后才最后裁定黄霸免罪。

从此以后，黄霸再也不敢向皇上进奏，小心谨慎地履行丞相职责，虽没有突出政绩，但也没有出什么岔子。刘病已对他也还是大致认可。

黄霸在丞相任上有五年时间，甘露三年（前51年）病逝，谥号定侯。黄霸一生总体上比较顺遂，在百官之长的丞相高位上寿终正寝，可谓命运富贵。

据说早年黄霸在阳夏担任游徼，与一看相人同车出游，路旁遇见一位相貌不俗的少女，看相人看了一下说："这女子有旺夫之相，以后一定有富贵之命，不然的话，相书就要作废。"黄霸闻言心动，过去探问女子姓氏，原来是乡间巫家之女。黄霸就求媒妁上巫家说亲，娶了她做妻子。夫妻相敬如宾，白头偕老。

黄霸死后，刘病已将他曾经推荐的乐陵侯史高升为大司马，将御史大夫于定国升为丞相。说起来，刘病已对于定国是有特别情分的。因为很欣赏于定国忠信有才干，他将自己心爱的长女馆陶公主刘施嫁给于定国的儿子于永。有这种姻亲关系，刘病已对于定国自然十分亲近。

第二十一章　能臣张敞·杨恽案

1

在刘病已治下的所有臣子中，如果要说最率直又有才干且受刘病已待见的，便是张敞。

当初赵广汉在京兆尹任上犯法被诛杀，京兆治安开始出现混乱，刘病已随后将颍川太守黄霸调任为京兆尹。因为黄霸在众多郡守中治郡政绩排名第一，刘病已以为他当京兆尹一定也会不负他的期望，结果黄霸在京兆尹的任上只干了几个月，丝毫没有改变混乱局面，还被人指控违法。刘病已看黄霸缺乏赵广汉那样的刚直与魄力，不适合当京兆尹，只好将他罢职降薪，诏令他重新回到颍川，以八百石的官秩继续充任太守。后来刘病已又频频更换京兆尹，都不称职。刘病已对此颇感头疼，也有点怀念赵广汉，怀念之余，又心生怨恨，怨恨赵广汉不能自律，要是自律不犯法，谁会舍得杀他？刘病已想来想去，最后想到了张敞，便诏令时任御史大夫的丙吉："还是以胶东相张敞作京兆尹。"

在刘病已的印象中，张敞是二千石官员当中，才能颇为突出的一位，性情机敏，为人正直，办事果断，责任心很强。当初刘病已任命他做山阳郡太守，他将五十万人口的山阳郡治理得很好。张敞听说胶东、渤海盗贼横行，社会治安非常糟糕，便主动上书给刘病已，请求允许他去治理，言辞恳挚："臣听说忠孝之道，辞官回家就尽心侍奉父母，到朝廷做官就尽力效忠国君。小国的国君尚有奋不顾身的臣子，何况是英明的天子呢？现在陛下心神贯注在太平中，一心操劳政事，昼夜勤勉不倦。群臣应当各自尽力献身。山阳郡有九万三千户人家，五十万以上人口，到现在为止未捕到的盗贼还有七十七人，另外考核别的政事也如此。臣敞愚笨，才能低下，既无辅佐思虑的机会，又长久地处于闲郡，自身安逸快乐而忘记了国家大事，这不是忠孝一类的节操。伏闻胶东、渤海左右郡接连几年年成歉收，盗贼并起，十分猖獗，以至攻袭官府，劫取狱中囚徒，在集市上搜财索物，向列侯强取豪夺。官吏又无法度，为非作歹的人不能禁止。臣敞不敢吝惜身躯逃避死亡，希望皇上明诏臣到这个地方，愿尽力打击那些凶恶残酷的家伙，慰问抚恤那些势孤力弱的人。事情立时各得其所，一到郡地就分条陈述那里的具体情况。"刘病已看到张敞奏书，很是赏识，当即宣召张敞，封张敞为胶东相，赐黄金三十斤。

张敞辞别刘病已到胶东就任前，又向刘病已请求治理问题严重的郡县用重赏重罚，鼓励好人，禁止邪恶，吏卒追捕盗贼有功的，希望能暂时对这些吏卒给予三辅吏卒同等的待遇，以提高他们的工作积极性，刘病已准许了他的请求。

张敞信心满满地来到胶东，公开设置悬赏捉拿盗贼，开创令群盗互相捕杀抵罪的办法，吏卒追捕盗贼有功的，上奏名字给尚书选补县令的数十人。因此，昔日猖獗一时的盗贼解散，递相捕杀。吏民和洽，胶东的社会治安得到有效的治理。

刘病已对张敞治理胶东的政绩很是认可，决定调任张敞当京兆尹，便召见张敞。提及长安集市偷盗现象非常严重，刘病已怒气冲冲，"奸刁盗贼实在令人深恶痛绝！不但长安居民和市集的商贩深受其害，就连西域宾客也受其侵扰，他们的财物也时常丢失，严重影响了我大汉的声誉！"直视张敞，"你抓盗贼很有一套策略，长安偷盗之患，你能不能禁止？"

张敞马上直起腰身，肯定答复："回陛下，长安偷盗之患，臣有办法禁止。"刘病已脸色变得和缓很多，满意地点头，"那就好！朕相信你有这个能力！"随即下诏任命张敞为京兆尹。

张敞上任的第一件事，就是身着便服，私行察访长安一些阅历深厚的老年人，同他们交流，终于摸清了盗贼头目的大致情况：为首的几个盗贼竟然家境都很富足，他们通过偷盗发家致富，置豪宅，建亭院，纳美妾，贮美酒，藏宝器，尽情享受世间的物欲。他们装扮得体体面面，外出时讲究排场，还有骑马的僮仆相随。街坊邻里们平素都以为他们是忠厚长者，都对他们恭敬有加，谁也没有想到他们竟然都是藏匿的偷盗头目。

张敞掌握具体情况之后，回到京兆府，派下属分头将这些偷盗头目逐一召至府中，对他们加以责问，勒令盗首招引诸盗贼来自赎。其中一个偷盗头目说："今天我等蒙召来京兆府，必为同伙窃贼所疑，现在若招他们到京兆府，恐受惊扰，总得找个合适的理由招他们才好。"

张敞一看这盗首浓眉大眼，还有点威仪，便问："以你之见如何？"

"京兆尹如能允许让我等权补吏职，方可如约。"朝张敞施了个大礼，"小人之见，请京兆尹宽恕！"

张敞觉得这盗首有心计，当即允诺，给几个盗首全部安排了官职，然后放他们回去。

盗首们回家后，一律摆设酒筵，向他们旗下的同伙们发出邀请，那些窃贼不知是计，全都欣然前去赴宴，庆贺头目当官吏。酒过三巡，小偷们一个个喝得有点高了，偷盗头目便悄悄地在每个盗贼背部涂上红色标记，以便被张敞派来的捕役辨认。

宴席过后，醉醺醺的盗贼们告辞而出，刚走到闾里门口，就被早已守候在那里的捕役一一擒拿，一天之内就捉拿了几百名盗贼。

这些犯偷盗罪的人，一律按法律处治。从此击鼓警报很少了，长安市的偷盗现象得到有效遏制，社会治安也变得清明。刘病已自然很是满意，对张敞予以嘉奖，从此也更加倚重张敞。朝廷中每有重大的朝议，张敞均列席其中，他谈古论今，提出有利于治国、合乎时宜的办法或建议，公卿们都心悦诚服，刘病已也常听从他的建议。

张敞通晓《春秋》，精研经术，他为人处事往往夹杂一些儒雅之气，但又不拘礼仪细节，日常起居都比较随性，即便在公开场合也是如此，不像其他官员很注重自己的外在形象与个人威仪。

有一次，张敞参加完朝会回府，经过章台街，街两旁歌楼酒馆林立，很是繁华。张敞为了早点归家，吩咐驾车的马夫加快车速，他自己则拿着屏面（扇子）拍着马屁股。这一幕恰巧被他的某些同僚看见，觉得他作为堂堂的京兆尹，在大街上急燎燎通行，举止如此粗俗，不注重官员的威仪，有失体统。有人还因为此事弹劾他。

张敞同妻子非常恩爱，每日晨起都要为妻子画眉，画的眉毛样式还蛮妩媚可爱的。他为妻画眉的事传出去，曾一度在长安城引发热议，都说"张京兆眉怃"。有官吏上奏弹劾他作为朝臣，不守夫妻纲常，竟为妻画眉，轻浮不雅，丢弃朝官的威仪，实在有失检点。

刘病已看到弹劾张敞的奏书，不但没有生气，反倒有些好奇，便召张敞来问："有人弹劾你，说你在家天天给妻子画眉，可有此事？"

张敞也直言不讳："臣听说闺房之内，夫妻之间的私生活，还有比画眉更过分的呢。"

刘病已笑了笑，"你妻子自己不会画眉吗？非得你亲自动手？"

张敞有点难为情地搔搔头，说："臣养成习惯了。恳请陛下宽恕。"

刘病已觉得好笑，"为何养成习惯了？"

张敞说："不瞒陛下，臣与妻子同住一个闾里，从小一起长大，两相交好。臣幼时顽劣，喜欢搞恶作剧，一次玩扔石子的游戏，不小心误伤了妻子，致使她的眉毛处留了一个伤疤，有些影响美观。长大后也因为这点小缺陷，一直未能嫁得如意郎君。臣深感内疚，决定等自己当了官一定娶她为妻。"

"哦，原来还有这些来历。"刘病已点头笑说，"成亲后，你就天天为妻子画眉毛，掩饰那个疤痕？"

张敞不好意思地点点头。

刘病已笑容可掬，"好啦。夫画妻眉，琴瑟和鸣。只是你们夫妻闺房私事，怎么传得满城都是呢？"

"是臣不谨慎，恳请陛下宽恕。"

"倒也没事。只是那些嘴尖舌薄之人，将你们夫妻的闺房私事搬弄成公事，弄得朕不知就里，所以问你一问。你也不必放在心上。"

张敞忙起身伏拜谢恩，"臣感恩陛下圣明！"

刘病已骨子里异常欣赏张敞，这是一个率真的有高才的官员，不造作，做事又有分寸。他原本想将张敞提拔到更重要的岗位，但是因为有官吏弹劾张敞轻浮不稳重，他一时不好公开提拔张敞，等以后再说，只要张敞有突出表现，他还是要拔擢张敞。

2

张敞在京兆尹的位子上待了九年之久，本来刘病已考虑要将张敞升升职，但在这个节骨眼上，他的好朋友杨恽出事了！时任光禄勋的杨恽被判大逆不道而惨遭腰斩，公卿们弹劾张敞是杨恽党友，不宜再任官职，其他被认为是杨恽同党的人都被免官，只有弹劾张敞的奏章，被刘病已有意压下不发。

尽管张敞遭人弹劾，也预料自己可能会被免官，但他还是尽心尽责地履行各项事务，其中有一项是处理一件罪案，他像往常一样派遣捕掾（负责捕捉盗贼的吏卒）絮舜去查证这件案子。絮舜认定张敞被劾奏，即将被免官，不愿再听张敞差遣，私自跑回家。有人劝告絮舜不要这样，说人家现在还是京兆尹，你该听差的还是要听差。絮舜不以为然地说："我为这个人已经够尽力的了，现在他最多还能做五日京兆尹罢了，哪里还能再查问什么案子！"

张敞原本心境就有些烦闷，听到絮舜说这种藐视他的风凉话，非常恼怒，立即派人拘捕絮舜，将他关进牢狱。他原本只想给絮舜一个下马威，絮舜要是知错告饶，他略加惩处，也就放过絮舜。絮舜偏是一根筋，以为张敞不过是吓唬吓唬自己，不敢将自己怎么样，依然一副傲慢无礼的样子，更加激怒张敞。张敞索性一不做二不休，起意要干掉絮舜。

时值冬月末，张敞授意狱吏昼夜审讯絮舜，最后定他死罪。絮舜被处死之前，张敞派主簿拿着他写的教言告诉絮舜："我这个'五日京兆尹'有没有能力办案子？冬天已经快过去了，你不想多活几天吗？"絮舜这才彻底领教张敞酷烈起来也是要人命的，悔恨自己看人看走了眼。

絮舜被张敞斩首示众之后，絮舜的家属呼天抢地，悲愤不已。适逢立春，朝廷派出调查冤狱的使者，他们就用车子装载絮舜的遗体，将张敞写给絮舜的教言附在辩冤状上，涕泪交加地向使者喊冤，控告京兆尹张敞。

使者将此案上奏刘病已，称张敞滥杀无辜，为了平息絮舜家属的愤怒，消除这件案件造成的不良社会影响，恳请陛下严惩张敞。刘病已开始很生气，了解具体情况之后，认为絮舜冒犯上司，有意渎职，也有过失，张敞犯下的罪不大，打算对张敞从轻发落，先将以前弹劾张敞为杨恽朋党的奏章发下，将张敞免官，贬为平民。絮舜家属见张敞被免职，也就不再闹街了。刘病已派人给絮舜家属一笔安葬费，算是一种安抚。

张敞接到免官的诏令，领会皇上的意图，赶紧到宫门前交还京兆尹印绶，然后急匆匆地逃走，带着一家老小，回到家乡茂陵。他深居简出，每日依然还是一如既往地为妻子画眉。

几个月之后，京师盗贼又纷纷出现，追捕盗贼的警鼓多次敲响，冀州也出现大盗，社会治安糟糕。刘病已想起张敞为政的功效，就派使臣前往张敞家征召张敞。

张敞身遭严厉的弹劾，当朝廷使臣到来时，他的全家人都惊恐哭泣，以为张敞要被抓走受刑。张敞笑着说："我是一个逃亡的平民，如果朝廷要对我进行清算，应由郡中派官员来逮捕我。如今朝廷使臣到来，这是天子要起用我呢。"家人闻言，这才停止哭泣。妻子揩揩眼泪，帮张敞打点行装。张敞临走时，低声对妻子说："我不在家，你的眉毛你就自己画了。"妻子羞涩地笑笑，将丈夫送出家门，一直目送丈夫跟随使臣乘坐马车离去，直到看不见他们的身影才回转身。

张敞跟随使者来到公车署，上书刘病已说："臣此前侥幸，得以在朝中位列公卿，担任京兆尹，因为杀捕掾絮舜而获罪。絮舜原来是臣最信任的吏卒，多次得到臣的赏赐。因为臣受到弹劾，可能被免职，臣交给他查证罪案工作，他竟然擅离职守回家躺着，还放言说臣'只能再当五日的京兆尹'，奈何他不得，真是个忘恩负义的势利小人。臣私下认为絮舜放肆无礼，违法杀了他。臣残杀无辜，审讯囚犯故意不正直，即使臣受到法律制裁，被处以死刑，也死无恨言。"

刘病已看完张敞上书，不由得颔首，他早已对此案不予追究。张敞认罪态度诚恳，果然是个爽直之臣。刘病已欣然召见张敞，封张敞为冀州刺史。刺史的主要职责是代替朝廷督察诸侯王、郡守和地方豪强，实际上是皇帝监视诸侯王动静的耳目。

当时冀州辖下有魏郡、钜鹿郡、常山郡、清河郡、赵国、广川国和河间国等十个郡国。张敞一到冀州上任，经过明察暗访，发现冀州众多盗窃案频繁高发，而且得不到侦破，都与冀州辖下的广川国的诸侯王刘海阳的亲属脱不了干系。他派出精明强干的部属，查明盗首的姓名和住处，将盗首抓获归案，斩首示众。广川王爱妾的兄弟，还有广川王的同宗亲属刘调等人，公然包庇、窝藏盗贼，从而加大官吏追捕的难度。

张敞下令抓捕刘调等人，他们竟然潜逃进广川国的王宫中躲藏起来。张敞亲自率领诸侯国官吏，指挥几百辆车子，将广川王宫包围，搜捕刘调等人，结果在王宫中的殿屋廊舍中将他们抓获，全部斩杀，首级一律悬挂在王宫门外示众，起到很大的震慑作用。

张敞在冀州一年多，使用铁腕手段打击盗贼，致使冀州全境盗贼绝迹。后张敞又代理太原郡太守，任满一年后得到正式任命，太原郡也因此变得政治清明，社会安定。

张敞在官场上一路走来，虽经历凶险，但终究化险为夷。他每每回想起自己的挚友杨恽，就黯然神伤。子幼比自己家世显赫，也比自己有才能，而且疏财仗义，任职也尽心尽责，最终却落得腰斩，妻儿被流放的凄惨下场，悲哉悲哉！

杨恽的人生轨迹不同于张敞。

张敞当初是因为直切劝谏昌邑王刘贺显名，被刘病已拔擢为豫州刺史，不久又被任命为太中大夫，平尚书事（能参与尚书事务，可以议政）。而杨恽是官宦大家出身，算是典型的官二代。杨恽的父亲杨敞官至丞相，封安平侯。刘病已即位后没多久，杨敞去世，赐谥号为敬侯。杨恽的哥哥杨忠作为家中长子继承父亲的爵位，因杨忠在职期间曾参与废黜刘贺，扶立刘病已为帝，制定国策，安定宗庙，杨忠被刘病已加封三千五百户。

汉代的任子令规定：凡是二千石以上的官吏，任职满三年的，可以保举子弟一人为郎。杨恽就是靠兄长杨忠的荐举和汉朝的恩荫制度入仕，最初担任郎官，后来补为常侍骑。

杨恽的生母，是太史公司马迁的女儿。当年司马迁受李陵之祸的牵连，痛下"蚕室"，接受残酷的宫刑，忍辱含垢，发愤著述，完成史学巨著《太史公书》。司马迁希望自己这部呕心沥血之作能够流传后世，他顾虑《太史公书》秉笔直书武帝为人的刻薄寡恩与施政的失当，难免为武帝所忌恨而将书销毁；也顾虑世事变迁，万一发生山河易色的变乱，官家藏书府往往也难逃劫难。为了保证这本恢宏巨著能顺利传世，司马迁准备了正本和副本两个版本，正本私藏于自家特制的壁龛中，副本收藏在朝廷的书府。他也思虑一旦自己离世，正本该由谁来传承？让他深感欣慰的是他唯一的女儿颇有才识，又果敢心细，更重要的是她嫁得华阴杨家才德兼备的好儿郎杨敞。杨敞性情颇为谨慎沉稳，深得他的信任与喜爱。司马迁在病重之际，郑重地将《太史公书》的正本交给女儿女婿保管。女儿女婿也不负他的临终嘱托，一直将正本妥善收藏。

杨恽自幼聪颖好学，尤爱读史书，母亲就拿出家藏的《太史公书》让他阅读。他最初读外祖父的史书，觉得笔法很像《春秋》，随着对外祖父生前不幸遭遇的了解，对外祖父史著不断深入的阅读，他越发觉得外祖父是在借记叙历史人事来宣泄自己的郁愤，寄托自己的心志。他尤其爱读《项羽本纪》《李将军列传》等人物传记，外祖父笔下的西楚霸王项羽、飞将军李广等虽败犹荣的英雄给他留下深刻的印象，他能深深地感受外祖父将自己的不幸遭遇投射到这些人物身上，他能从中品出一种难言的复杂情感：既悲愤命运的不公与无常，又痛惜个体生命的坎坷与浮沉。

杨恽博学多才，性情耿直，喜好结交豪杰与儒士，在朝中很有声名，被提拔为左曹。霍氏谋反，杨恽先得知，通过侍中金安上报告刘病已，被刘病已召见叙谈具体情况。霍氏被诛杀，杨恽和金安上等五人都受到封赏，杨恽被封为平通侯，升中郎将，担任宫中宿卫郎的长官。

当时担任宫中宿卫郎的惯例，大凡能出钱供给各郎官公署的办公费用的宿卫郎，则给以文书，允许其出宫休假。按当时休假制度，官员们每五日一休假，称为休沐、洗沐。这样一来，那些家境富裕的郎官，就自己出钱来换取较多的休假日，称为"山郎"（因当时开矿铸钱等都出自山脉，故时人称其为"山郎"，意为他们就像山有所产一样，能出钱供宫中财用）。山郎用钱贿赂上司，便可以经常休假，甚至可以天天外出游逛而不必在宫内宿卫值勤，他们还可以花钱求得官职。但是那些清贫的郎官因为无钱去换取假期，以致生病缺勤也要用休假日来替代，所以有的郎官一年到头都得宿卫，没有休假日。久而久之，诸郎公署中贿赂成风，富有的郎官们竞相效仿，风气很坏。刘病已对此很是嫌恶，任用杨恽为中郎将之日，特意召见他，嘱咐说："山郎颓坏之风，该好好刹一刹！朕希望你能带个好头！"杨恽感恩圣上信任，表示一定要力扫陈规，革除"山郎"之弊。

杨恽一上任，就明确制定规章制度，要求所有郎官必须遵守相关规定，生病请假、例行洗沐假日都按规定执行，任何郎官不得贪污行贿，玩忽职守，一经发现，就上奏免职。对于考核成绩优秀，才能突出且有操守的郎官，向上荐举升职，以至担任郡守、九卿。

与此同时，杨恽在经费支出方面也采取有力措施，请求将诸郎公署的办公费用划归大司农支予，并制定了一年的详细开支计划给大司农，用国库的钱来供给财用。他这种方法一颁布，众郎官的工作作风大变，人人都变得自律，自励，那些富有的郎官也断绝背地里托人说情、拜谒、贿赂之念，注重自我历练，凭自己的努力求得升职。郎官上上下下开始形成一股清廉之风，都能做到兢兢业业地宿卫值守。杨恽在中郎将的岗位上表现十分出色，刘病已对他大为赞赏，很快就将他提拔为光禄勋，让杨恽成为自己身边的一个重要近臣。

杨恽疏财仗义，当初，父亲杨敞病逝，他得到了遗产五百万，等到他自己封侯后，他将这些钱都分给宗族。他的后母没有儿子，对他视如己出，她也有几百万钱财，临终前立遗嘱将她的钱财都归杨恽继承。杨恽感念后母的恩情，将这些钱财全部分给了后母的兄弟。他后来又得到一千多万的赏赐，又全部分给亲戚朋友。

张敞对杨恽轻财好义深有感受。他最初跟杨恽并不相识，而是缘于早期两人在长安一家酒馆的一次相遇。那次张敞喝完酒准备付钱，才知自己的钱袋不翼而飞。

酒馆掌柜有点疑心他是想赖账，张敞百口莫辩，说待我回去取了钱，马上回来还你。

掌柜面带讥讽，瞟一眼张敞，说："像你这样的客官，我已领教多次了！"

正在张敞窘迫之际，过来了一个眉清目秀、身材颀长的年轻人，微微昂着头，问清掌柜这位客官欠的酒钱，从腰兜掏出钱给掌柜，还大气地摆摆手，"多余的，就别找零了！"掌柜忙点起头哈起腰，说谢谢客官。

年轻人还当着张敞的面，教训了掌柜几句："我等读书人，都是知书达礼，绝不会因为一点酒钱赖你的账！"指了指张敞，"这位仁兄，的确是钱囊失窃，方才没有及时付费。你瞧你刚才那诬枉人的模样，任谁见了都不痛快！"掌柜忙道歉说，得罪得罪！

当时张敞被年轻人的言行感动得差点掉眼泪。这真是个值得深交的朋友！他连连向年轻人作揖感谢："今日幸遇仁兄仗义援解困窘，小弟张敞实在是感恩不尽，没齿难忘！"

年轻人忙作揖回礼，笑说："尊兄言重，言重了啊！这点纤毫之事，实在不足挂齿。"

"敢问仁兄尊姓大名？"

"免贵姓杨，名恽，字子幼。"

张敞和杨恽虽是初次相识，相谈起来，彼此很感投缘，从此两人渐渐成为惺惺相惜的知交好友。

随着对杨恽的深入了解，张敞也看出性情豪爽、为官廉洁无私的杨恽有一个比较致命的毛病：喜欢当众夸耀自己的德行与才干，而且眼里容不得沙子，对于看不惯的人和事，不管说得还是说不得，他都照说一通。张敞在官场上混迹，深知官场险恶，该隐忍的时候得隐忍，说话处事都得谨慎小心，否则容易给自己招来祸患。他有些为好朋友杨恽担忧，曾经委婉地规劝杨恽，公开场合说话还是要注意点，谨防被别有用心的小人曲解诬陷。杨恽也觉得张敞说得有道理，但是他还是管不住自己的那张嘴，得罪了不少人。这些人暗地里都想整杨恽，私下里四处说杨恽的坏话。这其中，就有太仆戴长乐。

3

戴长乐是刘病已在民间时的知己朋友。刘病已一即位，就提拔亲近他，让他当掌管舆马的太仆。

刘病已即天子位之初，戴长乐曾经在宗庙代天子先学习威仪，秺侯金赏驾着天子座驾，戴长乐坐在天子座驾上，很是感受了一番天子威仪，演习结束后回到官舍，还意犹未尽，扬扬得意地对掾史炫耀说："我亲自面见皇上，接受诏令，我辅助天子研习，秺侯驾车。"掾史闻言笑笑，说："难怪陛下那么信任您呢！"

掾史私下跟别人聊天时，无意间说起戴长乐讲的这些话。这些话很快就传到平素不待见戴长乐的人耳里，于是就上书弹劾戴长乐，认为这不是太仆应该说的，这分明是僭越犯上！刘病已将此事交由廷尉查办。

戴长乐很是愤恨，琢磨着谁在背后使坏陷害他！琢磨来琢磨去，就琢磨到杨恽头上；因为平时杨恽总对他一副傲慢的姿态，杨恽骨子里瞧不起他，认为他没能耐，仅凭着与天子的少时情谊而侥幸得官。戴长乐怀疑是杨恽暗地里教唆别人告自己的黑状，满腹仇恨，你杨恽敢背地里害我，我让你死无葬身之地！

戴长乐私下派自己的亲信收集杨恽的黑材料，这一收集不得了，好多条！戴长乐兴奋不已，下属为他收集的这些证据，随便拿出哪条，都能让杨恽吃不了兜着走！他将证据理了理，分条上奏，告发杨恽的罪过。

"当初，高昌侯董忠的马车失控狂奔，冲进北掖门，杨恽告诉富平侯张延寿说：'听说以前曾有过狂奔的马车直撞殿门的事，殿门的闩子撞断，马死，昭帝就驾崩了。现在又这样，这是天时，不是人力造成的。'"

"当初，司隶校尉盖宽饶犯事，杨恽在外面一个劲地盛赞盖宽饶，一再对人渲染盖宽饶是难得的好官，就因为直言说了几句实在话，竟不被宽容，被逼自杀。"

"左冯翊韩延寿有罪，关进监狱，杨恽上书为他诉讼求情。郎中丘常对杨恽说：'听说您为韩冯翊诉讼，他该能活吧？'杨恽说：'事情谈何容易？正直的人未必能保全自己。我都不能保全自己，正是人们所说的，老鼠是不能在洞中衔着垫子的。'"

"又有中书谒者令捎回单于使者的话，给各位将军、中二千石官员看。杨恽说：'冒顿单于得到了汉朝的美味佳肴，说是恶臭，单于不来朝，是很清楚的了。'"

"杨恽曾登上西阁，观看阁上人物画像，指着桀纣画像对乐昌侯王武说：'天子经过这里，一一问桀纣的过错，可以得到师傅了。'画像中的人物，有尧、舜、禹、汤不赞美，却偏偏提出桀纣。是何居心？"

"杨恽从匈奴投降汉朝的人那里听说单于被杀，杨恽说：'摊上不贤的君主，大臣为他谋划良策而不采用，让自己死无葬身之地。就像秦朝时，只任用小人，诛杀忠良，最终灭亡；假使秦朝亲近任用大臣，就会至今不亡。古今是一样的。'杨恽妄自引用灭亡的国家，诽谤当代，没有做臣子的礼节。又对戴长乐说：'正月以来，天气阴沉，久不下雨，这是《春秋》中记载的，夏侯君说的。天子巡行，一定到不了河东。'把主上拿来随便谈论，尤其违背伦理。"

戴长乐弹劾杨恽的这些上奏被呈到刘病已面前，刘病已看完，感觉心堵，重叹摇头，批复：交廷尉审理。

廷尉于定国审讯取证，有关键证人证明，于是上奏道："杨恽不服罪，招来户将尊，想让他告诫富平侯张延寿，说：'太仆一定有几件犯死罪的事，他活不长。我有幸与富平侯结为亲家，现在只有三人知道说这话，您说当时没有听到杨恽说这话，自然与太仆的话相抵触。'尊说：'不行。'杨恽发怒，手持大刀，说：'富平侯要是证实太仆的话，我就要获灭族大罪！不要泄露我的话，让太仆听见，他要害我。'杨恽有幸能位列九卿职位，是值宿警卫皇上的近臣，皇上信任的人。参与政事决策，不竭尽忠心，尽臣子道义，反而妄自怨恨，妖言恶毒，大逆不道，请求逮捕惩处。"

尽管刘病已心中很是厌憎，但头脑却十分清醒，杨恽嘴碎，随意胡说，戴长乐也好不到哪里去，也时常满嘴跑马车，戴长乐自己被人弹劾，回过头来弹劾杨恽，说白了其实是为了自保。这二人都犯"不道之罪"，但想到戴长乐是自己的少时好友，杨恽是自己有才干的近臣，刘病已还是不忍心下狠手诛杀他们，便决定从轻处置二人，下诏免杨恽、戴长乐为庶民。

戴长乐心里十分委屈，他觉得杨恽说了那么多大逆不道的话，皇上不严惩，仅仅将他免官，而自己不过是一时失误说了句玩笑话，却跟杨恽同等处置。皇上分明是要抛弃自己了。他越想越悲不自禁，号啕大哭。哭完之后，上书请求面圣恕罪。

刘病已没有同意见戴长乐，而是派中书令弘恭给戴长乐送了一大笔钱。戴长乐伏在地上哭着说："长乐十足愚钝，辜负陛下浩荡恩情！陛下不肯见长乐，长乐死也有憾！"

弘恭抚慰说："陛下比较繁忙，所以没空见您，特意命我送这些钱给您，是希望您在乡下置办田产，安心过富足生活。陛下还说官场人际关系复杂，您是个心性单纯的人，陛下不想让您深陷其中。"戴长乐心里虽有不甘，但对刘病已的此番安置，也还是要表示感恩戴德。

戴长乐带着家小闷闷不乐地回到家乡，过着低调的田庄生活。而杨恽内心十分抑郁，但表面上却做出一副意气风发的样子，在家置办产业，建造宅院，用钱财自娱自乐，有时还开门纳客，让外人看上去，他过得十分潇洒。

一年多后，他的朋友安定太守西河人孙会宗，是智谋之士，听到外界的一些议论对杨恽非常不利，很为好友担心，便写信规劝杨恽："子幼啊，我听说大臣一旦被废黜，退居家中，应当闭门惶恐，做出一副可怜兮兮的样子，不应当置办产业，结交宾客，谋求声誉。……"

杨恽身为已故丞相杨敞的儿子，心性高傲，年轻时就在朝廷中显名，一朝因私下闲谈被人弹劾遭废黜，心里早就憋着一股怨气，如今好友孙会宗的来信让他彻底憋不住了，便给孙会宗回了一封长信，诸多言辞带猖急之气。

我才能低下，行为卑污，外部表现与内在品质都未修养到家，幸而依靠先辈的恩荫，才得以充任郎官，在宫廷值宿警卫。又遭遇时变，侥幸获得爵位，因而被封为侯爵，但始终未能称职，结果遭了灾祸。您哀怜我的愚昧，特地来信教导我的不足之处，恳切的情意甚为深厚。但我私下还是遗憾您不仔细想想事件的本末，就随随便便地随世俗而毁誉。我想说说我的愚昧浅陋的看法，这好像违背了您的意思，为自己掩饰过错；如果默不作声，又恐怕违背孔子"各言尔志"的教义，所以还是冒昧地略陈愚见，望您明察。

我家正当兴盛的时候，做二千石以上的大官乘坐朱轮车的有十人，我也备位在九卿之列，爵封通侯，总管宫内的侍从，参与国家大政。我竟不能在那时有所建树，来宣扬皇帝的德政，又不能与同僚齐心协力，辅佐朝廷，补救缺失，已经受到尸位素餐的指责很久了。

我贪恋利禄和权势，不能自动退职，终于遭到意外的变故，平白地被人诬告，身囚北阙，妻儿被牵连下狱。在这个时候，自己觉得合族抄斩也不足以抵偿罪责，哪里想得到竟能保住脑袋，再去奉祀祖先的坟墓呢？我俯伏在地，想着圣主的恩德真是宽厚无边。君子的身心沉浸在道义之中，快乐得忘记忧愁；小人保全了性命，快活得忘掉了自身的罪过。因此亲自率领妻子儿女，竭尽全力耕田种粮，植桑养蚕，灌溉果园，经营产业，用来向官府交纳赋税，想不到又因为这样做而被人指责和非议。

人的性情不能制止的事情，圣人也不会加以禁止。所以即使是最尊贵的君王和最亲近的父亲，为他们送终服丧，至多三年也有结束的时候。我获罪已经三年了。种田人家劳作辛苦，一年中遇上伏日、腊日的祭祀，就烧煮羊肉烤炙羊羔，斟上一壶酒自我慰劳一番。我的老家本在秦地，因此我善于敲击秦地的乐器。妻子是赵地的女子，平素擅长弹瑟。奴婢中也有几个会唱歌的。喝酒以后耳根发热，昂首面对苍天，信手敲击瓦缶，按着节拍呜呜呼唱，其歌词："南山种五谷，杂草没法除。种豆百余亩，豆落只剩茎。人生须行乐，富贵何处寻？"碰上这样的日子，我兴奋得两袖甩得高高低低，两脚使劲蹬地而任意起舞，的确是纵情玩乐而不加节制，但我不懂这有什么过错。

我幸而还有积余的俸禄，正经营着贱买贵卖的生意，追求那十分之一的薄利。这是君子不屑只有商人才干的事情，备受轻视耻辱，我却亲自去做了。地位卑贱的人，是众人诽谤的对象，我常因此不寒而栗。即使是素来了解我的人，尚且随风而倒讥刺我，哪里还会有人来称颂我呢？大儒董仲舒说："急急忙忙地求仁求义，常担心不能用仁义感化百姓，这是卿大夫的心意。急急忙忙地求财求利，常担心贫困匮乏，这是平民百姓的事情。"所以信仰不同的人，互相之间没有什么好商量的。现在您还怎能用卿大夫的要求来责备我呢！

您的家乡西河郡原是魏国的所在地，魏文侯在那里兴起大业，还存在段干木、田子方的遗风，他们二位都有高远的志向和气节，懂得去留和仕隐的抉择。近来足下离开了故乡，去到安定郡任太守。安定郡地处山谷中间，是昆夷族人的家乡，那里的人贪婪卑鄙，难道是当地的风俗习惯改变了您的品性吗？直到现在我才看清了您的志向！如今正当大汉朝的鼎盛时期，希望您努力进取功名，无须再与我多谈。

孙会宗收到杨恽的回信，几天都抑郁不快。他是真心担忧好朋友的安危，好心好意地加以奉劝，不想子幼不领情，还对他冷嘲热讽。后来他有机会同张敞相见，谈及此事，张敞喟然长叹，子幼好高好胜，一味我行我素，听不进友人忠言，只怕灾祸难免啊！

杨恽的侄子平安侯杨谭担任典属国，休沐日去看望小叔父。杨恽留侄子一起用餐。两杯酒下肚，说起自己的现状，杨恽唉声叹气，"谭儿啊，你小叔父这辈子也就这样了，混吃混喝等死！"

杨谭劝小叔父不要灰心，耐心等待朝廷再次征召，"您看西河太守建平侯杜延年，当年因罪过被贬出京，现在被征为御史大夫。皇上对他也很器重。您的罪轻，又有功，将来会再次被起用的。"

杨恽想起好友司隶校尉盖宽饶、左冯翊韩延寿的悲惨下场，摇头叹息说："有功有什么用？天子不值得为他卖力。你看看盖司隶、韩冯翊，为官是不是都尽职尽责，掏心掏肺地为天子卖命？到头来都是什么下场？"

杨谭也感触说："唉，天子确实那样，盖司隶、韩冯翊都是努力工作的官员，一起因事被杀。真令人深感痛惜。"

隔墙有耳，他们的谈话，被杨恽家中一个名叫成的养马夫偷听了。不久后，成因为犯错被杨恽狠狠惩罚了一顿，辞退不用。成怀恨在心。成跟戴长乐是关系不错的同乡。他回到老家，为谋求生计，投奔戴长乐，戴长乐收留了他。

成在戴长乐面前说起杨恽的种种不是，将杨恽和侄子杨谭的谈话告知戴长乐。戴长乐从成那里了解杨恽的小日子过得远比自己滋润，心中就充满嫉恨，他唆使成应该上书告发杨恽。

恰逢那天出现日食，那时的人们普遍认为日食与帝王人君有关，是因为"君道有亏"而导致的，日食的出现就意味着君主将有难。刘病已也对此说深信不疑，为此感觉磐石压心，寝食难安。他正思忖着如何为自己消灾，就在这个当口上，成的告发信送到了他的手中，告发信说杨恽骄奢不悔过，日食的出现，就是杨恽招来的！请陛下明断。

刘病已顿感堵在自己胸口的磐石松动了不少，到底喘了口气，他将成的告发信交给廷尉于定国，要求严肃查办杨恽。

于定国经过核查，发现了杨恽写给孙会宗的信，刘病已因此对杨恽深恶痛绝。杨恽被判定为犯大逆不道罪，惨遭腰斩，妻子儿女也受连坐，都被流放到边远的酒泉郡。

成因为告发杨恽有功，被宣召拜为郎官。杨谭因不谏阻、纠正杨恽的过错，与杨恽应和，有怨恨的话，被免为庶人。那些与杨恽交好的在职官员，包括未央宫卫尉韦玄成、京兆尹张敞，以及安定太守孙会宗等人在内，都受牵连被免官。

杨恽案引发朝野地震，这是自刘病已登基以来仅次于霍家案的第二大案。一些官员私下都觉得皇上对杨恽的惩罚太过严厉了。太子刘奭也有同感，觉得杨恽罪不应至死。

第二十二章 为太子固位

1

太子刘奭性情仁厚，尊崇儒术，主张以德治天下，不太赞同父皇起用诸多精通法令、执法严峻的官吏，他们循名责实，以刑法弹治吏民，导致像杨恽、盖宽饶等忠直大臣因犯讥刺君上之罪而被诛戮，实在令人痛惜！

刘奭有一次在陪侍父皇进餐的时候，从容进言说："陛下持刑太深，应重用儒生。"

刘病已一听，勃然变色，语气严厉地说："我大汉自有大汉的制度，本来就是'王道'与'霸道'兼用，怎能像周朝那样，纯用所谓的'礼义教化'呢！况且俗儒不识时务，喜欢厚古薄今，使人分不清何为'名'，何为'实'，不知所从，怎能委以重任！"掷箸叹息，"乱我刘家朝纲的人，将是你这个太子啊！"

从那之后，刘病已对太子刘奭就有些不满意。而他的次子刘钦自打开蒙读书，就在母亲张婕好的悉心调教下，积极以父皇的爱好为爱好，对经书和刑名法律表现出极其浓厚的兴趣，每逢向父皇朝拜请安的时候，总有意要在父皇面前露一露自己的学识，以博得父皇的称赞。

刘病已觉得自己的这个次子思维活跃，聪明通达，是个好苗子，几次赞叹说："钦儿真不愧是我的儿子啊！"再加上他最宠爱刘钦的母亲张婕好，子凭母贵，刘病已感情的天平渐渐倾斜于刘钦，觉得次子刘钦将来在治国理政方面，远远胜过长子刘奭，便对长子有些挑剔，冷淡疏远，甚至一度萌生了更换太子的念头。

刘奭对父皇冷待自己很是难过，他向来性情内敛，将苦闷埋在心底，努力做自己该做的事。

他宠爱的司马良娣更是成日里忧郁。他也知道她的心事，也希望他们能尽快有个孩子，这样也好让她心里踏实。每夜承欢侍奉，她比以前更加投入，他很是心疼她。但不管他们怎么努力，她的腹部总是平平的，让她极度抑郁。有一次忍不住泣告说，妾受殿下的独宠这么多年，却不能为殿下生下子嗣，实在是妾的罪过！恳请殿下以后不要再独宠妾了！刘奭看着哭得楚楚动人的心上人，更是心疼不已，将她拢在怀里，一个劲地抚慰她不要太难过，不要想太多，他就只喜欢她一个人，别的女人他根本就喜欢不起来。

刘奭的抚慰对司马良娣根本不起作用。司马良娣感觉自己已经看不到未来了，她入太子府不是一年两年，而是六七年了，一直没生孩子。四五年前她私下请女医仔细把脉检查过，女医说良娣有些气滞血瘀，需要好好调理，尽量保持心情舒畅，很快会好起来。她喝了很多滋补汤药，很难做到心舒，自然也没有好起来。不育如今已成为司马良娣的一个无法解开的心结。每每想到太子宫里那些娣妾良人私下诅咒她，她就忧愤不已，日子一久，就生出病来，而且病得很重，医术高明的御医也无力医治，因为司马良娣得的是心病。

刘奭看着卧榻上一天天憔悴虚弱的司马良娣，也无心做任何事，整日守在病榻前陪伴她，在心里为她祝祷，希望老天爷保佑她能好起来。

司马良娣不甘心自己生不出孩子，更不甘心自己得重病，她总觉得是太子宫那些娣妾良人嫉妒自己，私下诅咒自己，导致自己遭受厄运。以前她全为她们着想，不希望她们受惩罚，所以她从不在太子面前说她们的坏话。如今自己病得快死了，她们也从来不看望自己，她们一定在背地里幸灾乐祸，巴不得她马上死掉，想到这些，她就心生悲愤，泪涟涟地对刘奭说，妾对不住殿下这么多年的一片恩宠，此生无以回报，来生一定加倍还报。妾本不该没有孩子，也不该这么早就死。妾之所以早死，并非由于天意，而是殿下的那些姬妾们行祝诅之术害妾，让妾成日里忧惧不安。以前妾没敢对殿下说这些，是怕殿下不高兴，惩罚她们。如今妾要走了，不想对殿下有任何隐瞒。

刘奭非常怜惜她，相信她说的就是事实。她长期将郁闷埋在心里，郁闷久了就生出病，这不就等于是那些姬妾们变相地害她生病！

几天后，司马良娣在刘奭的怀里咽下最后一口气。看着自己最心爱的女人就这么一走了之，刘奭抑制不了自己的哀痛，将司马良娣紧紧抱在怀里，痛哭失声。

王皇后闻讯，赶忙过来，哭着求太子放手，说奭儿，事已至此，要好好安葬良娣才是。你这紧抱着她，她的魂魄会疼的。刘奭这才哽咽着将良娣小心翼翼地放下。

刘病已接到司马良娣过世的奏报，正在忙着批阅成堆的奏书，他摇头叹息，命人好好厚葬司马良娣，继续批阅奏书。老实说，他向来对长子独宠司马良娣很不满意，独宠了这么多年，也没给他弄个孙子出来！他让王皇后多次提醒过儿子，考虑到皇族的子嗣传承，不能独宠一个女人，那个愣小子根本不往心里去！想起愣小子平素那些纯儒德政治国的空泛言论，他越发觉得自己的这个长子仁弱，不适合当继承人！如今司马良娣病殁，虽是丧事，但若往前看，又未必不是改变儿子的良机。这么一想，刘病已心情倒也豁然开朗。

刘奭强忍着悲痛，含着热泪，亲自厚葬心爱的女人。回到太子宫，心力交瘁的他走进寝殿，念及昔日同良娣在一起的欢愉时光，弹琴吹箫，鼓瑟度曲，说经谈史，舞文弄墨，两个人夫唱妇随，自在惬意；如今佳人已去，自己形单影只，一切欢乐不再，不免又是一番泪雨倾盆。他日夜思念良娣，觉得良娣的魂魄就在自己身边，郁郁寡欢，多日卧榻不起，不思饭食，人也肉眼可见地变得消瘦。

王皇后看在眼里，疼在心里，唉，这孩子心太实诚了，怕是一时半会缓不过劲来。

刘病已对儿子也有点心疼，但更多的还是生闷气，身为堂堂的太子，也都这么大一个人了，还是这么拎不清！宠了多年的女人病殁了，将其厚葬，也是对得住她了，日子还不都得往前过？自己成天躺在榻上算什么回事！真没出息！唉，这个孩子，太不让人省心了！他命王皇后多劝劝太子，只是王皇后无论怎么规劝太子，都无法让太子走出悲痛。不得已，王皇后只好派人去请太子太傅萧望之帮着劝导劝导太子。

萧望之自从由御史大夫被降职为太子太傅之后，为人处事就变得谨慎很多。他觉得自己未来还是很有希望，他好歹给太子当老师，为太子讲授《论语》和《仪礼·丧服》，深受太子的尊敬。他也感到欣慰。等到将来太子登基成为天子，他这个太子太傅自然就有出头之日了。没想到情势开始逆转，皇上喜欢淮阳宪王刘钦，有意冷落太子。看这架势，太子迟早有一天会被刘钦替代。这可是非常糟糕的事！他看在眼里，急在心里。但他不敢有任何轻举妄动，唯恐招致灾祸。如今司马良娣过世，太子抑郁寡欢，皇后亲自召他前去劝导太子，在萧望之看来，这倒是个改变情势的好机会。他了解皇上对许皇后一直念念不忘，他就顺着这个点，想办法做做文章，为太子打打感情牌。

萧望之奉王皇后之命，去太子宫规劝太子，回来禀报王皇后，满脸焦虑与忧伤，"太子殿下的状态非常不好，卑臣规劝怕也无济于事。"

王皇后眼里泛起泪花，"太傅也没有什么好办法了吗？"

萧望之摇摇头，叹息说："殿下不吃不喝，闭着眼说胡话。"

"奭儿说什么胡话了？"王皇后的眼泪下来了。

萧望之行了个稽首礼，"恳请皇后宽恕，卑臣不敢说。"

王皇后忙请他起来，诚恳地说："太傅，您是奭儿尊敬的老师，有什么话，但说无妨。这里没有旁人。"

萧望之就将太子的"胡话"告诉王皇后，王皇后又流泪了，"他平素总是将我当亲生母亲一样孝顺，我现在才知道，他内心还是始终惦记着他的生母。可怜的孩子！"

"皇后，太子一直念叨要去找许皇后，这可不是好兆头啊！他不吃也不喝，这样下去迟早是要出事的。得想办法才行！"

"有什么好办法呢！以往我说什么他都能听进去，这回不灵，不管我怎么劝，都不管用。太傅您也劝不好，怎么办啊！"王皇后泪水如雨，"要是奭儿有个三长两短的，我可怎么活啊！我对不住陛下的恩信，更对不住许皇后！"

"您也别急。其实办法还是有的。听太子说的胡话，感觉最令他难过的是父皇疏远他，他想到他年幼就失去生母，如今他最喜欢的良娣又走了，而一贯关爱他的父皇又对他冷淡，他觉得自己活着实在没什么意思，生无可恋。"

"您的意思是如果陛下去劝他，就会好转吗？"

"那是肯定的。"

王皇后深深地叹气，她知道陛下现在满眼里都是张婕妤母子，对她和奭儿很是淡漠。她不敢去求他，怕招他厌烦。这么多年，她顶着皇后的光鲜头衔，其实还不如普通的嫔妃过得舒怡，她一直小心谨慎地为人处事，对他的那些嫔妃都是恭敬有加，仿佛她才是讨好皇后的低等嫔妃。他倒是很认可她贵为皇后，始终能做到谨厚低调，偶尔也会夸她几句，让她激动得整宿都辗转难眠。

萧望之见王皇后神情有些凄然，沉默不语，也大致猜到她的心理，便提建议："皇后不妨去找找上官皇太后。"

王皇后也有此意，也只能如此。

上官皇太后对太子也一直很关爱。当初听说太子宠幸的司马良娣香消玉殒，她也是第一时间派人前去吊唁，随后又亲自到太子宫看望太子，说生死由命，劝太子节哀顺变，多保重身体。

2

王皇后身着皇后华服，前往长乐宫朝请上官皇太后。她的车驾刚到长乐宫宫门前，就有内侍传报：皇太后已经在正殿等候。

一见上官皇太后的面，王皇后就对她行了一个最庄重的大礼，上官皇太后也大略猜到她的来意，忙将她扶起，询问："太子怎么样了？"

王皇后闻言，忍不住哭了，"谢太后对太子的关爱！太子很不好！不吃不喝，动不动就说胡话，说要去找许皇后。"

"唉！"上官皇太后叹息，"这孩子，也真是的，怎么就这么想不开呢！良娣病逝，谁都难过，但也是没有办法的。日子总还是要往下过的。这样不吃不喝，糟蹋自己的身体，又何苦呢！"

"我开始也是这么认为，觉得这孩子太一根筋了，也不至于这么不爱惜自己的身体。后来才知道良娣病逝固然让他难过，但他其实最难过的是觉得父皇冷落他，他心里一直闷着，这回他最喜欢的良娣又没了，他就不由自主地想起他早早就失去了生身母亲，觉得自己命苦，活着没意思了。我又不敢去跟陛下禀告这些，怕陛下生气。"

上官皇太后叹气说："想想太子，也真是不容易。要是许皇后还活着，或许不是这个样子。"

"太子这是心病啊。都说身病好医，心病难治。"王皇后说着说着，又哽咽起来，"要是奭儿有个三长两短的，我也不能活了！他虽不是我亲生，但我将他当成比我亲生孩子还要亲的。我无法向陛下交代，更无法向许皇后交代，我就是日后到了黄泉，也无颜见许皇后啊！"

上官皇太后抚慰说："皇后也别过于担忧。问题的症结找到了，就好办。陛下那边皇后不好说，我去说说。"

王皇后等的就是这句话，她忙跪拜，向上官皇太后谢恩。上官皇太后忙扶起她，"都是自家人，皇后不必太拘礼。"

第二天上午，上官皇太后就盛装去见刘病已，先是叙了几句家常，然后提起太子近况，两眼潮润，说她忍不住想起平君来，"要是平君地下有知，看到奭儿这种样子，指不定有多伤心。我现在想想就有些自责，我平素对奭儿也是关心不够。万一奭儿有个好歹，我怎么对得住九泉之下的平君啊？"

刘病已叹口气，"太后对奭儿已经很关爱了。倒是朕这一两年来，确实对奭儿有些疏忽了。"

"陛下一心要操劳国事，日理万机，也是很辛苦。奭儿本该我们多关爱才是。但现在的问题是，奭儿骨子里最渴望的还是陛下的抚慰与照拂。他最喜欢的良娣病逝，让他感到难过，但他最难过的是觉得自己愚钝，不能让父皇满意，因此生发不该生发的念头，听皇后哭诉说，奭儿经常说胡话，说他要找许皇后去。"

"这孩子，真是傻。"刘病已连连摇头叹息。

"奭儿现在这样子，陛下还是想想办法啊。"上官皇太后直言不讳，"奭儿得的是心病，恐怕只有陛下能帮他解解这个心结。"

那天上官皇太后走后，刘病已心境很糟糕。他心里还是有点怨儿子，个子比他这个父亲还高，遇到不顺的事不能自己调整心态吗？你又不是几岁的小孩子，你还天天指望着父皇关注你？不关注你你就郁闷？有出息没出息?！但不管怎么样，儿子这事他还是不能掉以轻心，弄得他晚上睡觉都不踏实。若是张彭祖在世，他心里烦闷，还能跟彭祖说说，如今他连个说知心话的人都没有。外界都说他多么宠爱张婕妤，那多半还是止步于男女之情，在他的内心深处，张婕妤实在算不上他的知心人，张婕妤是有着自己的小心思的，他有很多心里话也不愿跟她说。

都说日有所思，夜有所梦。这一夜，刘病已到四更天才迷迷糊糊地睡去，恍若进入一个熟悉而又陌生的地方——一片高敞的绿茵地，四围静谧无声，偶有白鸟掠空飞鸣而过，风习习而起，再往前是一个小亭子，倏忽间出现了两个身影。他不由得心跳加快，那穿水红色深衣，梳着高髻的年轻女子，不正是平君吗？她还是十八九岁时的端秀样貌。她身旁站着身材挺拔的年轻人，就是他们的奭儿！他激动得想喊，喉咙里似乎有什么东西堵塞，让他一句也喊不出来。他想朝他们跑过去，两条腿却像被无形的枷锁给锁住了，根本就挪不动步。

就在他站在原地干着急的时候，平君开了口，对奭儿说：我儿受了很多委屈，都怪我，将你抛弃了这么多年。良娣现在我那边，过得不错。你不要挂心，我会将她照顾得很好。我最放心不下的，还是你父皇。他成日里操心国事，还要平衡各种复杂的人际关系，实在太辛苦了！他是万姓至尊，但他也是人啊，他心里即便有什么苦楚，也没有地方去说，也只能埋在心里，外界又有多少人能理解他，体恤他呢？他现在年纪也渐渐大了，你不要再让你父皇操心了。你先前跟我诉说你父皇不喜欢你，疏远你，宠爱张婕妤生的钦儿。你还担心你父皇将你这个太子废掉，让钦儿当，那一定是你多心了！你父皇向来是个有头脑的人。太子是国本，你又没犯什么过错，他怎么可能轻易动国本呢？你自己倒要好好反省一下，你行成人礼也有几年了，你已是应该顶天立地的成年男子汉，你应该想着怎么样为你父皇分忧，怎么样做一个尽忠尽孝的人，而不是成天躺在榻上自艾自怨！……

刘病已听着平君在耐心地教导儿子，很动情，平君永远都是那么温婉贤淑！

奭儿也开始说话了，竟然噎着哭腔："父皇要是在乎我的话，为什么当着那么多人的面，斥责我这个太子将来乱大汉的朝纲？我真的就那么不堪吗？还有，在良娣走后，我最难过的时候，父皇为什么都不来看我一眼？母后，我感觉父皇现在是真的嫌弃我！您还是带我走吧，我想跟您和良娣在一起！"

刘病已一听，急着想为自己辩解，但无法出声。

平君默然了片刻，伸手抚摸着儿子的脸，温和地说："奭儿，要不这样，回头待我问问你父皇，他如果真是嫌弃你，也舍得让你走，我再带你走，好不好？"

刘病已急得跺脚，在心里嘶吼着说，不好！

刹那间，绿茵地、平君和奭儿都成了极度模糊不清的影像……

醒来，什么都没有。刘病已满眼是泪。他多少年都没有这么清晰地梦见平君了，梦里平君说的那些话竟然历历在耳，仿佛她就在自己身旁。她对自己没有一句批评的话，让他深感愧疚。他将自己这一年多来的种种表现冷静地反省了一下，也确实有些问题。尤其是那次家宴，当着他的次子钦儿、三子嚣儿等人的面，批评做太子的奭儿，还斥责太子将来会乱大汉的朝纲。这话说得委实有些重了！奭儿其实也只是表达一下自己的看法而已，他可以心平气和地讲道理给奭儿听，开导奭儿。他当时也没有意识到他说那样的话对奭儿的打击有多大。而且自此之后，自己对奭儿就表现出冷漠的样子，任谁都会难受的。唉，他这个父亲，当得确实有些失职啊！

刘病已决定去看看奭儿。多日不见，他看到他的奭儿竟然变得形销骨立，很感辛酸，两眼禁不住湿润了，上前俯身一把搂住儿子，轻轻拍拍儿子的脊背。

刘奭终于等来父皇的抚慰，像个小孩子一样伏在父皇的肩上，又是一阵呜咽落泪。刘病已耐心地等儿子哭够了，满脸慈爱地看着他，"奭儿，逝者长已矣，生者如斯夫。你要节哀，要顺变。父皇昨晚在梦里见到你母亲了，她让我转告你，良娣在她那边很好，由她帮你照顾良娣，你不要挂心。你从现在开始，不要想太多，好好调息身体，努力多加餐。父皇有很多事，还等着你来帮着做呢。"

听说儿子几天都没怎么吃饭，刘病已又生气又心疼，又不便当面斥责儿子，而是忍着声气，命宫人侍奉太子盥洗，又命庖厨做好饭食，让儿子陪他用餐。他不时地给儿子夹菜，竭力和颜悦色地劝导儿子：奭儿，你要知道，人生不如意事，十有八九啊。你知道父皇这么多年来，遇到多少不如意的事吗？父皇可不像你这样一遇到不如意的事，就要死要活的，连饭都不吃了！退一步想想，再怎么不如意，毕竟都已经发生了，无论你怎么在那上面纠结，你也无法改变既定的事实，是不是？……

刘奭也知悉父皇的良苦用心，心里很感动，他眼含热泪，将父皇夹到自己盘中的食物都吃完了。刘病已掏出绢巾为儿子拭泪，刘奭忍不住哽咽着说："奭儿不孝，让父皇多操心了。"刘病已叹叹气说："你要不想让父皇操心，那你每天就要踏踏实实地好好吃饭，照顾好自己。这点能做到吧？"

刘奭重重点头。刘病已又抚慰儿子一番，这才离去。

自从那之后，刘病已一直很顾及刘奭的情绪，有空的时候，也有意加强父子间的交流。

刘病已也强烈地意识到自己以前多次公开称赞次子刘钦像自己，很不妥。当年高帝也是这样公开夸赞赵王如意，起意换太子，导致吕后与戚夫人的残酷宫斗。他必须引以为戒！

为了让张婕妤和刘钦母子彻底断绝非分之想，刘病已也是煞费苦心。他多次在家宴上夸太子勤奋好学，沉稳持重，孝悌恭亲，希望刘钦等其他子女也要像太子看齐。他说这话的时候，还特意看向次子刘钦，微笑着问："钦儿说是不是啊？"刘钦会意，忙点头称是。

3

对于刘奭来说，父皇的抚慰与公开夸赞比灵汤妙药还要灵验，他开始变得振作起来，瘦弱的身体也渐渐恢复健康，更重要的，他也开始重拾做太子的信心。只是在个人情感方面，他还是难以释怀，无法放下司马良娣，他和她毕竟拥有过刻骨铭心的初恋。

刘奭只要想起自己与良娣在一起共度的温馨岁月，尤其是想起良娣临死之前说的那些话，就有些闷闷不乐。他将良娣之死归咎于众姬妾的嫉妒陷害，很想将她们统统赶走，但又碍于父皇和王皇后的面子，毕竟这些女人都是父皇授意王皇后选到太子宫的。他暗地里发誓再也不见这些不善良的女人。

王皇后不知道太子的真实心思，以为时间长了，太子会逐渐将良娣淡忘的，她时常嘱咐太子宫里的家人子们要好好侍奉太子，还不时地给家人子们送一些漂亮的服饰，希望她们打扮得漂漂亮亮，以讨得太子喜欢。

那些姬妾们都觉得司马良娣一死，她们就有机会被太子召见甚至宠幸，受到皇后如此鼓励，就更有信心了。一些姬妾想方设法地接触太子，有的有意打扮一新，在太子出入的必经之道附近徘徊，希望被太子看见而得到召见；有的姬妾仗着自己有点文采，写深情款款的辞赋，委婉地倾诉自己的浓浓相思，伺机传递给太子，希望引起太子的垂青。

无论姬妾们怎么努力献殷勤，刘奭都是视而不见，始终冷淡以对。时间长了，姬妾们也看出太子对她们没有兴趣，她们谁也没有想到她们的路，其实是被沉睡在地下的司马良娣给堵死了。

太子自从司马良娣一死，变得不近女色，这消息逐渐在太子宫里悄然传开了，最终传到未央宫，传到刘病已的耳里。

刘病已很是烦恼，太子不近女色，这可是个大问题！他命王皇后找太子好好谈谈，到底是怎么一回事？太子作为储君，以后是要继承大位的，必须要有子嗣。对女人不感兴趣，哪来的子嗣？没有子嗣，怎么继承大位啊？刘病已对王皇后说这番话的时候，口气有点严厉，他是真有些急了！

王皇后看出皇上有些生气，唯诺着说一定要去劝劝奭儿，请陛下放宽心。她是了解她的继子的。这孩子很孝顺，大凡她劝导他，他终究还是能听从的。

王皇后对待继子最管用的法子，就是先拿自己说事，一见太子，她就抹起眼泪，"奭儿，今天我在你父皇那里很是诚惶诚恐，觉得自己作为太子的母亲是有些不够格的。"

刘奭一听，知道父皇大概责备王皇后，忙说："肯定是奭儿让母后受委屈了。"

王皇后叹了一口气，这才说到正题："奭儿，你父皇听说你对女人不感兴趣，着急得晚上都睡不着觉了。他非常担心你作为储君，这样下去，没有子嗣，就无法继承大位。"

刘奭黯然神伤，"奭儿最喜欢司马良娣，可那帮女人都暗地里嫉妒陷害她，导致她生病走掉了。我最痛恨这帮坏女人，母后，您让我怎么去对她们感兴趣？"

王皇后一听，顿时明白了，忙附和说："哦，那肯定没法感兴趣的。我回头跟你父皇说说，你父皇肯定也能理解。"

等到王皇后跟刘病已一说，刘病已若有所思地点头，"这好办，既然奭儿痛恨那些姬妾，那就顺着他的心意，将她们都放回到掖庭，再从掖庭挑选一批能让他高兴的家人子，送到太子宫。"

王皇后回头又将皇上的意思说给太子听，太子表示同意。

王皇后将太子宫那些姬妾都放归掖庭，又派人挑选五个能歌善舞、色艺俱佳的年轻女孩子，没敢直接送到太子宫，怕引起太子反感。她让这些女孩子先到她居住的椒房殿，等到太子前来向她朝拜请安的时候，再叫出她们，并排坐在一旁，暗中派身旁的长御询问太子喜欢哪一个。太子本来对这五个女子毫无兴趣，又不便拂了王皇后的好意，就勉强回答说："其中一人还可以。"

太子没有明说是哪一个女子还可以，长御拿眼瞅了瞅，其中一个女孩子坐得离太子最近，而且独自穿着红边的宽大上衣，名叫王政君。他以为太子说的就是她，便向王皇后禀报。

王皇后大致了解了一下王政君，她是廷尉史王禁的女儿。

当初，王政君母亲怀她的时候，梦到月亮扑入腹中。等到王政君长大了，性情柔顺，谨守妇道。王禁便将她许配了官宦人家，还没有出嫁，男方就死了。后来，东平王准备纳她为姬妾，还没有等她进王府，东平王也去世了。王禁觉得奇怪，就请术士给政君相面，术士说他女儿将来"贵不可言"。王禁很认可这种说法，就请人教女儿读书，学习弹琴。王政君也天资聪颖，读书和学琴都学得有板有眼。五凤年间，王禁将女儿送入宫，当时她已经十八岁了，在掖庭做家人子。

王皇后见太子相中这个叫王政君的女孩子，很高兴，特意找来以前服侍过司马良娣的宫人，嘱咐宫人像当初打扮司马良娣一样打扮王政君。宫人欣然从命，王政君被她打扮得清新脱俗，王皇后很满意，在当天晚上派侍中杜辅、掖庭令浊贤一同将王政君送进太子宫中。

太子刘奭原本对王政君并没有什么兴趣，但想到自己勉强同意了，如今王皇后大张旗鼓地将人送上门来，就不好再敷衍了事。他也很清楚自己的处境，没有子嗣，实在无法向父皇和母后交代，也无法巩固自己的太子之位。就算不爱这个叫王政君的女人，他也得逢场作作戏，而且必须真入戏，假戏要真真切切地做。刘奭这回也是豁出去了，他在心中一再强迫自己要将王政君当成司马良娣。

他当晚在太子宫的丙殿召见王政君。王政君身高跟司马良娣差不多，梳的发髻和身穿的服饰都采用司马良娣生前喜欢的样式，微垂着头对他行大礼，样子也有几分娇羞。

刘奭不禁心有所动，眼前的女子就是司马良娣！他也没有之前预想的如何如何强迫自己，也无须跟她多话，解衣宽带，直奔主题。多日的禁欲终于破戒了，也是酣畅淋漓，没有轻盈的两情相悦，只有厚重的肉欲之欢。也许是上苍眷顾他多年没有子嗣，只此一次御幸，就有了他渴望的结果——他让王政君怀上了他的骨血。一个多月后他得知这个喜讯，情不自禁地长舒了一口气，他终于可以安心地睡个好觉了。父皇和母后也不会再为他的子嗣问题发愁了。

甘露三年（前51年）仲春，王政君在太子宫甲馆画堂顺利地产下一名白胖的男婴。这是那年后宫最具爆炸性的喜讯，满足了很多人的意愿。刘病已尤其欢喜异常，欣慰之至，他的太子终于有了子嗣，他自己终于当上了祖父！这个嫡长皇孙成为他心尖上的金贵宝贝，他亲自为长孙取名骜，字太孙，希望孙子将来能像骏马一样驰骋，作为汉家正统的继承人引领大汉走向更美好的未来。

太孙刘骜的出生，让刘奭的太子地位更加稳固。刘病已原先更换太子的小心思彻底泯灭。他有点担心他的次子刘钦不安分，将来跟长子争皇位，便想让懂礼节知辞让的人辅佐已被封为淮阳宪王的刘钦，从侧面感谕刘钦，使其明白长幼有别。他准备选韦玄成来辅佐淮阳宪王。

韦玄成是前丞相韦贤的小儿子，凭借父亲的恩荫被任命为郎官、常侍散骑。他年少好学，继承父亲的儒业，特别谦逊，礼贤下士。有时出门遇见认识的熟人步行，他总是让自己的侍从仆役下车，将熟人载送回去。他以礼待人，越是对待贫贱者，他愈加礼敬，因此他的美名日益远扬。因为精通经术，韦玄成曾被提拔为谏大夫，又升迁为大河郡都尉。

当初，韦玄成的哥哥韦弘做太常丞，职责是奉守宗庙，掌管皇陵园邑，因为事务繁杂，犯了不少过失。他的父亲韦贤因为韦弘将来应当做韦家的继承人，怕他因犯罪被贬黜，所以命韦弘托病辞去太常丞的官职。韦弘却心怀谦让，不肯辞官。到韦贤病重的时候，韦弘因为奉守宗庙不周到遭弹劾被下狱（还没有判罪）。家里人向韦贤询问谁应当做韦家的继承人，韦贤却表现出愤怒痛恨的表情，不肯说话。于是韦贤的门生、博士义倩等人与韦贤的同族人共同商议，假托是韦贤的遗命，让韦家总管上书大行令，立大河郡都尉韦玄成为韦家的后继人。

韦贤死后，韦玄成在任上听到噩耗，又听说自己应当做继承人，深知这并不是父亲韦贤的本意，于是便假装犯了痴狂病，睡在床榻上大小便，乱说一气，狂笑不止。朝廷征召他到长安，葬礼完后，韦玄成应承袭父亲的爵位，他却假托病狂不应朝廷诏命。大鸿胪将韦玄成的境况上报给朝廷，朝廷发下文书给丞相、御史，要求他们调查办理。

韦玄成一向有美好的名声，士大夫中许多人认为玄成是想把爵位避让给哥哥韦弘，才假装狂病。负责调查的丞相史于是写信给韦玄成，说："古人辞让，一定要有像样的名义，所以才能流芳传名于后代。现在你只是一味地破坏自己的形象，蒙受耻辱，假装狂痴，一点没有光彩，仁义都隐藏起来而不外露。你用来辞让的名义也太卑小了。我向来没什么聪明之处，朝廷还过分重用，让我做了宰相执事，希望能让我听听你用来推托的好名义。不然的话，恐怕你会伤害高尚之行，而我也成了小人。"

韦玄成的朋友侍郎章也向朝廷上书说:"圣明的君主治理国家,崇尚的是礼让仁义的行为。朝廷对玄成应当优礼相待,不要委屈冤枉了他的好志向,让他自居贫贱而能心安。"

丞相和御史查明韦玄成实在是没病装病,便向朝廷弹劾他有欺君之罪。刘病已感动于韦玄成辞让爵位的诚意,便下诏:不要弹劾玄成,派人叫他来,拜他为官。君命难违,韦玄成不得已,接受了官爵。

刘病已很欣赏韦玄成的节操,让韦玄成做河南太守。也赦免了他的哥哥韦弘,让韦弘做了太山郡都尉,升迁为东海太守。

几年后,韦玄成被刘病已征召为未央宫的卫尉,升迁为太常。因为他与平通侯杨恽关系很好,杨恽获罪被杀,他也受牵连,被免去官职,但列侯的爵位仍然保留。

一次,韦玄成以列侯身份陪同祭祀孝惠帝庙,按照规定应当在早晨乘坐驷马之车入庙。那天天公不作美,一大早天降大雨,道路泥泞难走,而且雨水在庙前积成了水洼,马车不便通行,韦玄成就同几个同辈的列侯骑马到了宗庙,结果遭到主管官员上书弹劾不守礼制,包括韦玄成在内的几个列侯因此被削爵为关内侯。韦玄成因为自己犯错而致使父亲的爵位被削而十分难过,觉得自己没有脸面主持祖庙的祭祀。

刘病已打定主意起用韦玄成辅佐淮阳宪王,便下令征召韦玄成,任命他为淮阳国中尉。

韦玄成应诏进宫面圣的那天,刘病已特意将次子刘钦叫到自己身边,向刘钦讲述前任丞相、扶阳侯韦贤的小儿子韦玄成的事迹:"韦玄成少时就非常好学,很有学问,为人谦虚本分,守德尊礼。他父亲病逝后,家里人要他继承爵位,但他却变着法子要将爵位辞让给哥哥韦弘。"讲到这里,刘病已满脸慈爱地看着儿子,"钦儿,如果你是韦玄成,你会怎么做?"

刘钦也有十八九岁了,早已是开悟的年纪,他明白父亲的用意,便从容答道:"父皇,钦儿如果是韦玄成,也会这么做的。"

刘病已心中一喜,但还是不动声色地问:"为什么呢?"

"依照礼法,继承爵位的应该是哥哥而不是弟弟。"

刘病已开心地笑了,拍拍刘钦的肩,"钦儿果然是好样的,书没白读,知礼懂事！"

"谢谢父皇夸奖！钦儿平素始终谨记父皇教诲。"

刘病已笑着不住地点头，这孩子品行不错！

父子俩正笑聊一些家常话，谒者通报：韦玄成已到，正在殿外等候宣召。

刘病已微笑说："传他进来。"

韦玄成进殿，趋步而进，对刘病已行再拜稽首礼。刘病已指指刘钦，笑着对韦玄成说："这是淮阳宪王。"韦玄成忙对刘钦行礼。刘钦脸露尊敬之色，因与韦玄成初次见面，按礼仪，他也还了礼。

刘病已请韦玄成入座。"朕已拟好诏书，任命你为淮阳国中尉，等淮阳宪王就国，你去辅佐他。"

韦玄成一听，有些诚惶诚恐，忙离座稽首，"感恩陛下对卑臣不弃。只是卑臣德行有亏，此职恐难胜任。请陛下宽恕！"

刘病已笑笑，"你上次陪祀孝惠帝庙所犯的过失，算不得德行有亏。只是祖制规定，大家都必须遵守。不过，那天天雨路滑，也确实是特殊情况。这个你就不要自责了，更不要以此为借口推托朕对你的任命。"

韦玄成闻言，不敢再推辞，又稽首谢恩。

刘病已满意地对韦玄成笑笑点头，"朕就指望中尉日后多辅佐宪王。"看了看刘钦，刘钦明白父皇的意思，便笑着客气地说："本王日后就有劳中尉多指教。"

韦玄成说："感恩陛下和宪王对玄成的恩信！玄成虽不才，但忠心无二，将竭尽心力，不辜负陛下与宪王的殷切期望。"

任命了韦玄成之后，刘病已感觉心里踏实多了，至少钦儿拎得清，清楚自己所处的位置，想必将来会安于做个守本分的诸侯王。

第二十三章　废后霍成君

1

司马良娣死的那年，废后霍成君自杀。此事件与刘病已有直接关系。

太子刘奭因为痛失司马良娣而一蹶不振，刘病已到太子宫看望儿子予以抚慰。回到宣室殿，他的脑海中一再闪现儿子形销骨立的样子以及头天晚上梦见平君的身影，心中久久不能平静。

他极度强烈地思念起平君来。如果平君在世，由她自始至终教导奭儿长大成人，想必奭儿一定是另一番样子，他这个做父亲的也不会如此感到难受。而且自从失去平君之后，他几乎就没有过真正的幸福与快乐！所有这一切都是霍氏造成的！他对霍氏的恨意又霍然生发：霍氏贪婪歹毒，谋害平君让自己的女儿上位，罪大恶极！他想起十二年前被他废处昭台宫的霍成君，如今竟然还活得好好的！凭什么让她还活着？！他觉得真的不能再便宜她了！

恨意实在难消，他下了一道诏令，命令废后霍氏马上由昭台宫迁居云林馆！

刘病已满心生恨的时候，霍成君一袭素裙，坐在昭台宫的亭台旁，凝望着天空的游云，她的心里已经变得波澜不惊。

她虽然才三十多岁，但脸上已经有了很明显的岁月风霜。十二年前，在未央宫的宫殿中，她坐在华贵的皇后宝座上，每天晨起的首要事务，就是对着铮亮的铜镜精心梳妆打扮，梳着黑亮如云的青丝，盘髻插簪，涂脂抹粉，描唇画眉，本来青春靓丽的容颜更见楚楚动人，因为她是为悦己者容。如今在冷清的昭台宫，没有了悦己者，她为谁而容？何况现在朝廷下拨给她的吃穿用度的费用少得可怜，她得算计着过日子。她不是不可以厚着脸皮向上面乞求多给些费用，但她的自尊心不允许她这么做。她也可以向上官皇太后求助，但她又不愿意给太后增添麻烦。每年重大节令，太后也都派人送来衣食和生活必需品，已经对她很是善待了，她怎么好意思再向太后开口要钱？何况她的特殊身份，是不宜烦扰太后的。好在天不绝人，她幸遇为人厚道的老管家相当勤快，曾经托人买了一些瓜菜种子，在附近的荒地里种了点瓜菜，也多少能在日常的口食方面，增加一点补给。每日的家常日子过得清苦一点，她也习惯了。

她的面前是一条连接外界的通道，杂草丛生，有时老管家会拿刀斫砍蔓生的草莽，略略清一下道上的草障。她无奈地笑着对老管家说，你别费那个劲了，也没人来。老管家也是苦笑着回应说，清清道，看着舒服一点。

她感觉自己就如同这清冷宫殿周边蔓生的野草和野花一样，风吹来，顺着风，雨打来，受着雨，它们照样顽强地自我生长，花开花谢，草绿草枯，一年又一年，生生不息。她与这些自然草木为伍，呼吸自然的气息，疗治心中的隐痛。最初两年她很抑郁寡落，她实在不理解她的人生轨迹怎么变成这样？她显赫多年的家族，在她威赫无比的父亲过世两年后，就大厦倾覆，顷刻间就灰飞烟灭了！

她最痛心的是那个对自己百般宠爱的天子突然间变了脸，将她抛弃了。他在诏书中说她"荧惑失道，怀不德"，说她挟毒谋害太子，以此为由，将她这个皇后废黜。她其实并没有他说的那样歹毒，她的母亲确实唆使她毒杀太子，但她不敢，内心也不愿意。她又没有勇气怨恨他，谁叫她的家人谋反？尽管很多时候，她并不相信她的家人真的会谋反。她曾经以为他将自己打入冷宫是迫于外在的压力，并非他的真心。她还心存幻想，也许有一天，他还会派人来看她的。毕竟当初他那么宠爱她，将她宠上了天。宫里那么多嫔妃，但他的眼里只有她一人。她坚信他在骨子里是爱她的。这份执念成为她的精神慰藉。一年过去了，两年，三年……随着日升日落，寒来暑往，她等来的只是那些跟自己无关的消息，譬如：他立他的二皇子刘钦为淮阳宪王，他给他的嫡长子行加冠礼。他的后宫又先后收纳公孙婕好、戎婕好等嫔妃，均受宠，她料定她们或许不久就会为他生下皇子。她哀哀地回想自己当初在后宫被他专宠几年，怎么就没有生下一男半女？如果她能有个他的孩子，他是不是对她还有点顾念？唉，她的命运实在不济！

她渐渐地放弃了对他的幻想，他是不会派人来看她的，他一定是强迫自己将她遗忘了！她也强迫自己将过去的一切埋葬掉，埋葬在记忆的深渊中。她每日都在沉思中打发日头，她隐隐感觉这茫茫天地不过都是逆旅，她不过是那漫漫人生长道上的一个孤行者，除了自己爱自己，再也没有爱自己的人，也没有值得自己爱的人！但她并没有万念俱灰，她待在这个冷清的地方，每天听听大自然的风声、此起彼伏的虫鸣与鸟音，看看蓝天游云、偶尔掠空而过的鸟影，对她来说，也是一种难言的消受。虽然她失去了俗世的至尊荣华与显赫的声望，但她在这里找到属于自己的一份宁静，这是不是就已经足够了？

但她拥有的这份宁静，却在她迁居昭台宫十二年后的秋八月，被彻底打破！平素那条渺无人迹的大道上，突然出现了几辆宫廷马车，一群身着宫廷服装的内侍，如同打家劫舍的山匪，他们一下马车，就气汹汹地涌进昭台宫。

为首的是一个年轻的内侍，展开诏书拉长声调宣读。她两耳嗡嗡作响，没怎么听清所有内容，等她稍微平复了慌乱的心情，只听得最后一句："命废后霍氏立即迁往云林馆！"念完圣旨，年轻的内侍就朝其他人一挥手，大家就动手将她的物件悉数扔到宫门前的马车上。陪伴她的四名侍女和一名老管家也都被逐一赶了出来。

她蒙在那里，不知所措，不知道到底发生了什么，不知道皇上为何突然将他们从这个偏僻的昭台宫赶出来，赶到云林馆那里去，不用说，那一定是个更糟糕的地方。

内侍们见她发着呆，很不耐烦地催促，还不快走?！一个内侍粗暴地将她往前推搡，她终于忍受不了如此羞辱，伏地放声痛哭。几个内侍索性将她架起来，撂到马车上。她伏在一个贴身侍女的肩上，泣不成声。侍女也黯然落泪，默默地抚摸着她的背，以示安慰。

老管家坐在另一辆马车上，暗自神伤。当初跟他一同到昭台宫的还有一个男仆，那人在两年前不幸病逝。如今他也已到暮年，身体每况愈下，预感自己将不久于人世，剩下那几个弱女子，日子如何熬下去？昭台宫虽然偏僻清冷，但这些年他们在那里开荒辟地，努力将日子往安稳处过，好歹还有点人气。原指望他们能在昭台宫终老，不承想皇上还要将他们强制搬迁。云林馆他是熟悉的，在上林苑的东南边界上，具体位置在蓝田昆吾亭的东边，那还是武帝时期修建的馆舍，他年轻时候去过那里，方圆几里，也就孤零零的那么一座馆舍。那时云林馆好歹还有人看护，后来不知什么原因，看护人被撤走了，那馆舍就一直空置着，他不敢想象那个馆舍现在是什么样子。

内侍们押送着马车到达云林馆。果真不出老管家所料，馆舍一副破败的景象，放眼望去，周围沟壑纵横，感觉到了远古的洪荒之地。霍成君和四个侍女更是心凉半截，这种地方怎么居住？

内侍们将东西搬到馆舍里，准备驾着马车离去。老管家壮着胆子，小心翼翼地乞求："阁下，能不能给我们留辆小车？"带头的内侍斜着眼说："这个可不行！我们只是奉命将你们送到这里，现在必须回去交差！你们就自求多福吧！"

西风飒飒骤起，枯叶漫天飞舞，几辆马车绝尘而去。

老管家站在风中，望着被远去的车辂辘和马蹄搅起的尘灰，满脸哀伤，皇上将他们打发到这个人迹罕至之地，分明是没打算让他们好好活！他想起自己一生不幸的遭际，不禁老泪纵横。他年轻时刚入宫当郎官，是那样风华正茂，那样满怀青云之志，因为受一个冤案的牵连，竟惨遭下"蚕室"的厄运，成了一个"污损"的刑余之人！唉！不管岁月怎么流转，这世间总稀缺一种公道！那种叫命运的东西时不时在捉弄人！纵然像他这样的小人物，命运多舛；而像霍成君那样豪门出身的大家闺秀，也难逃命运的捉弄啊！

他很同情霍成君。霍成君当皇后那阵，他在皇后宫殿担任詹事丞，对霍成君很了解。霍成君并不像外界所传言的那样飞扬跋扈，阴险歹毒，企图谋害太子。他觉得那是对霍成君的诽谤。她其实性情温婉，对下人从不乱发脾气，也很关心下人的冷暖。外界传她花钱大手大脚，这倒是真的，她毕竟出身豪贵的大将军府，从小含着金钥匙长大，她对金钱没有什么概念，对手下的赏赐出手也是极为阔气，她曾经就慷慨地赏过他千万钱。他觉得她并没有什么过错，如果要说有过错的话，那就是她错生在霍氏之门，连带着承受家族覆灭带来的灾殃。

耳畔传来霍成君撕心裂肺的哭声。老管家忙揩揩眼泪，平复自己的心情，回转身，走进馆舍，一个劲地劝慰霍成君：天无绝人之路！想当年兵荒马乱的岁月逃难都能活下来，我们一定也能活！

霍成君哽咽着说："是我连累了你们。要不是我，你们绝不会遭这样的罪！"

老管家眼含热泪，"不要这么说，不存在谁连累谁的问题。我们都是同样的命运！我枉活了一大把年纪，连个家当都没有，无儿无女，我在心里将你视为自家的孩子。以前你风光无两的时候，我不敢说这样的话，现在你落难了，我才敢这样说。"

那四个侍女也纷纷表示，成君以前待她们如亲姐妹，都是一家人，不要这样见外。彼此帮衬，也要将日子过下去。

老管家说，我看这周边树也多，这几天想办法砍点树段，将馆舍的门窗修一修，漏风的地方堵一堵，这馆舍修修整整，好歹还是能住的。等开春，我们再在这周边开几块地，种点瓜菜。人是活的，我们有双手，还愁日子过不下去吗？成君啊，不要太焦心。

霍成君脸上挂着泪，哑着声音，"实在是难为您了！"

老管家露了几丝微笑，"不说见外话啊。"

一个侍女也附和说，都是自家人，不要见外的。她开始动手整理物件。另一个侍女也跟着一起整理。老管家吩咐另外两个侍女，跟他一起去周边弄些柴火回来，三个人都带上陶罐，顺便也找找水源。大家都还没吃饭，得弄点吃食填填肚子。

2

霍成君独自枯坐在馆舍的门前，眼泪忍不住扑簌簌落个不停。以前在昭台宫，再怎么艰难，她都能咬着牙熬下来了，但现在，她已经完全失去熬下去的信心。皇上故意将她折腾到这里，是什么意思？她难道还不清楚吗？破败的云林馆，纵然能被勤快手巧的老管家和侍女们修整，还勉强能存身；但她破败的心境，是谁也无法修整的！

她想起昔日那个富贵温馨的霍府，一大家子人聚在一起，和乐融融。她的老父亲喜欢将所有的儿女拢在自己的周围，他给家中的每个孩子都配了一座宅子，她的那些哥哥姐姐们成家后，都住在霍府周围。每到节令，或者每逢父母和哥姐们过生日，老父亲就会将大家组织到霍府聚餐。在那宽敞的大厅堂，父母共用的食案摆在厅堂的正前方，在他们食案的两旁，一溜儿摆开食案——哥姐们每个小家各有一张长食案，每人一份精致的酒食，吃喝说笑，幸福感满满当当……那热闹和美的场面，时常在她的梦中呈现，醒来，她就悲不自禁，泪湿胸襟。当初偌大的厅堂所充溢的热闹与欢乐，在老父亲离世后，渐渐消失了，也仅仅两年多时间，她的所有亲人们，落得一个不剩，全都被斧钺夺走生命，全都沉睡到冰冷的泥土地里，化为一堆堆森森白骨，只留她一个人孤独地在这个世间熬活！她背负不起太过温馨而又太过沉重的思亲，背负不起太过压抑而又无处诉说的苦楚，活着，对现在的她来说，已变得极其艰难，变得毫无意义。

老管家和两个侍女将柴火弄回来，在馆舍附近的空地上支起铁架子，将铜釜放在铁架子上，在架子下燃起柴火。老管家将陶罐里的水倒在釜中，等水开后，做些汤面，六个人一人一份。霍成君没有吃，说吃不下。在老管家的一再劝说下，她才勉强吃了一点。

馆舍的大门是坏的，怎么也关不上。窗户没有一扇是好的，不是窗棂断了，就是窗框变了形。四壁污渍纵横，还有多处裂缝。房梁上遍布粘着干瘪的蝇首和蚊脚的蛛网。房檐上有几处瓦当掉落在地上，有的断成两截，有的缺了边角。

老管家叹叹气，弯腰将残损的瓦当一一捡起来，叠放在馆舍的角落。

他对瓦当有特殊的感情，只因他的父亲在世时是制作砖瓦的匠人。看见瓦当，他就想起过世多年的父亲。特别是当年昭帝猝逝，为赶建陵墓，父亲带着一帮匠人没日没夜地加班加点制作砖瓦。他被抽调到现场监工。

他这个做儿子的不忍心看着老父亲拼命操劳，自己在一旁袖手旁观当监工，于是便也加入制作砖瓦的队伍。那情景永生难忘，至今记忆犹新。

瓦当比砖块和瓦片制作要复杂一点。父亲称其为"瓦头"，它是屋檐最前端的筒瓦顶端、压在椽头的下垂部分，它不仅能装饰房檐，更重要的是能遮挡风雨。瓦当制作讲究精美。父亲会阳文篆刻，其字体接近隶书，笔画纤细瘦劲，笔法苍然有力。

根据瓦当制作的需要，镌刻模具上的纹饰与文字，昭帝陵墓的瓦当上的纹饰与文字大多出自父亲之手。他在现场亲眼看见父亲利落地制作一枚模具：在一块直径四五寸的圆形木板上，用刀刻画一个宽约半寸的单线弦纹大外圆；在中间刻画一个双线中心小圆，小圆内磨刻饼状凸起，在双线之间的空当磨刻十二个等距的珠状凸起；在内外圆之间刻画出双线"十"字形栏界，将整个大圆分成四个扇形区间，在每个扇区各镌刻一个凸起的篆体字，父亲制作的这枚模具上的文字是阳文篆书"长生无极"。其他匠人们只需将这枚模具往圆形泥模中的灰陶泥上揿压一下，一枚精美的瓦当坯子就制作完毕，晾晒干之后，便可使用。

父亲制作的精美瓦当他实在太喜欢，当时便悄悄藏起了一块。他没想到父亲在昭帝陵墓建造完毕后，就因为过分劳累病倒了，几个月后溘然长逝。他深为之悲痛，这块"长生无极"的瓦当从此成为他最珍爱的秘藏，寄托他对父亲的一种绵绵念想。

每每想到"长生无极"那个充满着福气的吉祥词，他就心生感叹，人能长生吗？长生能无极吗？那不过是一种渺不可及的痴心妄想！贵为"真命天子"的昭帝刘弗陵过着锦衣玉食的富贵生活，也仅仅活了二十一年。他的父亲作为普通的工匠，过着粗茶淡饭、劳碌不休的日子，虽说比昭帝活的日子长很多，也不过活了五十八年。而他，一个在青年时期就遭受奇耻大辱，被强行剥夺人生诸多欢乐的"下贱"之人，咬紧牙关，浴风沐雨，活到现在，也不过一个甲子。他虽已发脱齿落，再怎么活，恐怕也活不了多少日头，但他还是要努力拼命地活！不为别的，就是为了想多看看这世间的人与事，尤其想看看那些在这世间耀武扬威的人会是什么样的下场。

当初他被下"蚕室"，曾想一死了之，但一个下过"蚕室"的前辈强行阻止了他，说你死了算什么玩意?!你要真是个男子汉，你要真有那个出息，你就得使劲地好好活着!你就且等着，看残害你的人会不会在——前辈用手指着上天，没再说话。他当时听了，不禁浑身为之一震，从此绝了弃世之念。之后他熬了五年，终于熬到自己最恨的那个人被老天爷收走了!天下虽然都为这个人披麻戴孝，但据他观察，大家其实心里为之欢欣鼓舞，因为这个人实在太昏聩太暴虐了!只要这个人在世间多活一天，就会有无辜的人遭受厄运。

老实说，他对当下的帝王刘病已也没什么好感，刘病已的身上已然开始出现那个人的影子，不愧是那个人的嫡曾孙，继承了其刻薄寡恩的秉性!霍氏子弟纵然"谋反"该杀，但霍氏一门那三尺小童总是无辜的，就算念着大将军的功绩，也不应该将人家男女老少全部斩尽杀绝，哪怕给人家留一根小苗以供奉大将军宗庙祭祀，也能显示一下你刘病已作为帝王的宽厚心胸!如今，连霍家唯一幸存的幺女霍成君依然不放过，依然变相地报复!

不过，老管家也承认，这个被当下很多人称为明主的帝王，的确比其曾祖父要明智很多。可是他还不到四十岁，如果他再活上三十余年，像他曾祖父那样活到古稀之年，他还能继续明智吗?没准儿也是个昏君。要知道，他曾祖父三十多岁的时候，也算得上是个雄才大略之主，谁能料到，老皇帝到晚年变得昏聩不堪，非常可怕!

或许是人上了年纪，容易怀旧感怀，几片破损的瓦当竟勾起老管家满腹的心事，让他的思绪越飘越远……

脚旁似有什么活物蹿过，老管家忙展眼追看，那是一只活脱脱的灰毛野兔，蹿到前面的树林前，还挑逗似的扭头瞅他一眼。他一顿脚，小东西吓得赶紧撒腿逃进林子里去了。

看着眼前破落不堪的馆舍，他又不禁摇头叹息。

夜晚睡觉总还是要关门的，馆舍四处漏风很容易让夜眠的人着凉。老管家带着侍女在馆舍四处寻找，找来两个小石墩，将没法关闭的大门堵上，将漏风的地方暂时用粗布条蒙塞一下。

那天晚上，静寂的云林馆外不时传来野兽的骇人嚎叫。五个女子都害怕，干脆挤在一个屋里睡觉，还是觉得不安全，索性将老管家请过来一起睡。忠诚仁厚的老管家成了大家的主心骨。

老管家沉沉的鼾声响起，那四个侍女也陆续响起了轻微的鼾声。霍成君一夜未眠，她不能在这个鬼地方待下去，一刻也不想待，但她又没有地方能去。她被赶出昭台宫的那一刻，弃世之念就如同苗芽从她那干枯的心地拱出，眼下这棵苗芽更是疯狂生长……

3

翌日，老管家决定去附近的山林伐木，他要将这个破败的馆舍修一修。霍成君要四个侍女都一起跟着去，老管家也同意了。他估摸着要到下午才能回来，早上准备吃食时，就特意多做了不少，他们出门带上一些，给霍成君也留了一份。

老管家和四个侍女走后，馆舍空空如也。霍成君心里非常平静，找来笔和墨砚，又找来所剩的竹简，坐在馆舍缺了角的木窗旁，将竹简平摊在一张掉了漆的几案上，提起笔来，准备给上官皇太后写信。

可是她又不知从何写起。她心中有太多太多的话要说，只是又不能全说，更不能直说，因为她是有罪之人，她还要违心地表达她不计较自己所受的委屈，抹杀自己心中的苦楚；她还得顾及皇太后的处境，甚至借皇太后向他感谢不杀她的圣恩。想到这里，她就泪水突涌，不能自已。罢了，罢了！已是生无可恋，何必还在意这些！她到底还是收住泪，提笔写信，一气呵成，竹简都被写得满满的，她才停笔。从头到尾将信看了一遍，又是泪眼蒙眬。她将竹简卷起来，用红丝线缚系，用自己最喜欢的一件绛色深衣包裹竹简，将竹简跟她铺盖上的枕头并排放在一起。

她最初打算请老管家将信亲自送到皇太后手中，但考虑再三，还是放弃此念。此处离长安少说也有七八十里，虽不太远，但路途坎坷，又没有马车，再加上老管家年老体衰，若徒步走到长安，恐怕会将老人家累趴下。她也很担心会给皇太后带来不必要的麻烦。还是多一事不如少一事的好！

她清点自己手头的存物，除了当初皇太后赠送的一些丝绵、丝绸衣服、珠宝之外，也再无其他值钱的东西。当初她被废后离开未央宫，她娘家给她陪嫁的那些高额财产都不允许她带走，她的钱财相当于都被抄没了！当时允许她带走的只是她的一些日常衣饰和日用品，以及她陪嫁的四个贴身侍女。

她将这些存物分成五份，留给陪伴她多年的四个侍女和老管家，东西虽不多，但好歹是她的一点心意。在她短暂的三十多年的人生中，她除了从自己的血亲那里感受到人间至情，也能从他们这五个外人那里感受到难得的温暖，至少让她觉得，在她从豪贵的云端跌落冰冷的硬地——摔得头破血流之时，这世间带给她的并不全是冷酷无情，还是有丝丝温情存在。她从心底对他们由衷地生发感激！她也希望她走之后，他们能得到善待，这些她都在给皇太后的信中特意提到。

她找出上官皇太后送给自己的那套绀色绸缎深衣，穿上青绿色丝履。以前她没舍得穿，如今她要第一次穿着它们上路，从此作别这个不再令她有丝毫留恋的人世间！

老管家带着四个侍女伐木回来，已经日坠西天。他们将树段拉到馆舍门前，进馆舍歇息，先到成君的屋里看看，他们都知道她心情很坏，想抚慰抚慰她，然后再准备晚餐。令他们有些不安，屋里并没有成君的影子！

他们赶忙四下寻找，找来找去，在馆舍后的树林里，发现了成君！成君已经将自己挂在一棵榆树上！他们不敢想象她走之前下了多大的决心，有过多少挣扎，她竟然还跑到吹满风的树林里面了断自己！她那原先清丽白皙的面色变得青紫，充血的眼睛瞪得很大，舌头伸出口外，样子十分可怕。

侍女们不忍直视挂在树上的成君，只是捂着眼睛失声哭叫：成君！成君！

老管家冲上去，抱住成君僵硬的两腿，哭着说，日子是能过下去的，为什么要走绝途啊？为什么啊？

侍女们哭着和老管家一起将成君从树上解下来，抬到馆舍里，平放到她的铺席上，拿绢布覆盖成君的面部。

面对已到另一个世界的成君，想到朝夕相处十多年的点点滴滴，有太多的痛惜与不舍，也想到今后活着的人不知往何处去，大家哭得昏天黑地。

老管家到底见过太多的世面，渐渐住了哭，抹着老泪，劝说侍女们不要再哭了，人已经没了，哭是没有用的，解决不了任何问题。

侍女们也都噙着泪，听从老管家的吩咐，清理成君的遗物，发现用深衣包裹的竹简，深衣上写"拜托：请将此信简呈送皇太后"。

老管家一见成君遗留的信简，又忍不住流下眼泪，原来成君是铁着心要走的！难怪她催促她们四个人跟自己出去伐木。早知如此，他应该留人看着她，劝慰她才对。事后懊悔没有用。当务之急是如何善后。他当下决定去找负责管理上林苑的官员。

老管家对四个侍女交代了一番，让她们在他走后，拿石墩将大门堵上，他尽快回来。

背着那卷信简，老管家感觉重如磐石，他跌跌撞撞地出了云林馆，靠着自己多年以来积攒的出行经验，朝上林苑有人居住的地方走。也不知走了多长时间，怎么着都少不了两三个时辰，将天都快走黑了，他才见到一个骑马的巡苑人员，对方喝问他是谁，怎么进来的？干什么的？他两腿一软，瘫在地上，哭着说了原委。巡苑人员不敢怠慢，赶紧让他上马，带他去见管理上林苑的水衡都尉。

水衡都尉一听废后霍成君自杀了，吓得不轻，事关重大，即刻将此事飞马奏报朝廷，同时派专车送老管家进宫，将书信面呈上官皇太后。

上官皇太后见到成君的遗书，泣如雨下。

恭请皇太后圣安！

太后见字如面。念念念！日月窗间过马，转瞬十二个春秋已成过往岁月。成君时时思念太后，只是顾忌有罪之身，深知没有资格烦扰太后，故而不敢对太后言明心迹。想必太后一定能够体谅成君！

这是十二年前与太后别离以来，成君第一次，也将是最后一次，斗胆给太后写信，如有冒犯之处，恳请太后多多宽恕！

……

成君微贱之命，本该在十二年前就应了断。承蒙仁主宽宥大德，对成君收藏斧钺，让成君在这个世间得以苟活至今。圣恩浩荡，实在是感激涕零！

……

成君一条贱命，在世间已苟活三十六载，如同行尸走肉一般，于家无益，于国更无益，已拖累太多温良的人，负罪太重，实在愧疚难当！

……

成君笨拙愚钝，一无所能，这么多年，幸蒙老管家和燕、莺、云、星等姐妹悉心照顾，才侥幸得以存身。成君希望他们日后能有个安稳的归处，恳请太后能够成全！成君感激不尽！

……

人如草木，终将归土。斯世一别，来世相见。勿悲，勿念！请太后多多保重！

很想另写一信，表达对陛下的无限感恩之情，也很想恭请陛下圣安！但深知自己是有罪贱人，没有资格对圣上言明，也就只好作罢。

上官皇太后将信看了又看，哭了又哭。她在听闻皇上下令将成君迁居云林馆，就心生忧虑。成君虽被废后，但高傲的心性并未改，她能受得了皇上如此对待她吗？虽然成君在信中对皇上没有丝毫怨言，但她还是知道成君的真实心境，已生无可恋！

上官皇太后哭够了，强迫自己镇静下来，擦干眼泪，派人将霍成君给自己的信送给刘病已，另附上短信一封，征询皇上如何处理此事。

刘病已对霍成君自裁并不感到意外，甚至觉得，这对她是一种解脱，对自己也是一种解脱。尽管自己在内心对她不爱，但也不能否认她曾是自己的女人，不能否认她做过自己的第二任皇后，跟自己有过五年的瓜葛。于他而言，只要她在阳世还存在，就如同一坨干霉的枯花，令他不快。他也知道她活得难堪，没办法，谁叫她是霍光的女儿！谁叫她的父母谋害了他的平君，让她一度占据平君的位子！这人世间，从来就没有无缘无故的爱，也没有无缘无故的恨！夺他心头挚爱的人，必定是他最恨的仇敌，必定遭受他的狠心还报！他从来都爱憎分明！但活人终究是不能跟死人较劲的。如今她自行了断，他之前对她所有的怨恨，都随着她的死而自行消解。他和她之间的恩怨就此一笔勾销。刘病已下令将废后霍氏就地安葬，葬于云林馆附近的昆吾亭东。从此之后，他要将这个霍氏女彻底遗忘。

就霍成君的特殊身份来说，刘病已为她安排的葬礼虽不厚，但也不算薄，也还算是给了她面子。当然，他也是想让上官皇太后心里好受一点，毕竟她是皇太后的小姨母，血亲的感情总还是得顾及的。

上官皇太后遵照成君的遗愿，也征得刘病已的许可，将她的四个侍女都放出宫外自行配婚，给她们每个人比较丰厚的赏赐。考虑老管家年事已高，又孤身一人，暂时在宫中安排了一份闲差，日后准其留在宫中养老。老管家在自己身体许可的情况下，每年都会去给成君扫墓，直到几年后他病逝为止。

第二十四章　谋划西域

1

刘病已自从即位以来，深感内政与外交是两驾需要高超驭术才能驾驭好的马车，他始终把握一个基本原则：在重视安内的同时，加强巩固边防，使边疆安定，不再受匈奴等外族的侵扰；同时，施行恩威并施的外交策略，最终使四夷宾服，万邦来朝。

作为大汉天子，刘病已经过多年励志图强，与臣子们齐心协力，积极发展社会经济，营造清明的朝政，使整个国家呈现一派欣欣向荣的景象，综合国力也很强盛，这无疑也极大地提升了大汉在外邦各国的影响力。连昔日最强的老对手匈奴也开始以一种谦恭的姿态，积极寻求与大汉发展友好关系，不禁让刘病已感慨万千。

要知道，早在本始二年（前 72 年），刘病已即位的第三个年头，匈奴还是相当傲慢强势，根本不将汉朝放在眼里，一度悍然入侵跟汉朝交好的乌孙。汉朝派遣赵充国、韩增等五将军率领十五万骑兵出塞援助乌孙，匈奴人死伤逃亡的以及牲畜在长途奔逃中死亡的不可胜数，因此匈奴元气大伤，非常怨恨乌孙。

那年冬天，匈奴单于为了报复乌孙，亲自率领万骑攻打乌孙，抓获了乌孙很多老弱者，准备返回，不料途中遭遇漫天暴雪，一天之中雪深达一丈多，人员和牲畜多被冻死，返回匈奴的不到十分之一。刘病已闻讯，不禁大叹：这分明是天要灭匈奴啊！匈奴猖狂一时，终究不可猖狂一世！

匈奴遭遇天降暴雪之灾之后，衰弱不堪。而那些以前备受匈奴欺压的一些邻国也趁机报复匈奴：丁令国率先从其北边进攻，乌桓侵入其东边，乌孙攻打其西边。这三国夹击匈奴，造成数万匈奴人被杀，马死了数万匹，牛羊死得更多，又加上挨饿受冻而死的，匈奴人死去了十分之三，畜产丧失了十分之五，国力大为削弱。许多原依附匈奴的小国都纷纷离心离德，背叛匈奴。其后刘病已审时度势，派三千骑兵出塞，分成三路同时进军，俘虏了数千匈奴人而回。那之后匈奴日益衰弱，始终不敢再来报复大汉，而是更加向往同汉和亲之事，因而汉朝边境安宁了不少。

匈奴一弱，不敢和汉朝叫板，西域各国——包括大宛、莎车、龟兹等在内的弹丸小国，就都放心大胆地走亲汉路线，竭力和汉朝保持友好往来，特别是莎车，表现最为积极。

莎车地处葱岭（帕米尔高原）与昆仑山脉的东北夹角，葱岭河西岸，西北濒临兄弟之国疏勒，但它经常跟葱岭河上游及支流上的蒲犁、子合、西夜等羌人部落争夺水源与牧场，往往一场争夺战下来，总要损折很多兵将。此外，塔里木盆地兵力甚众的龟兹人，也常渡过葱岭河来抢掠资源，兵凶战危，导致莎车国的人丁不旺，总人口仅仅一万六千多人，军队仅三千余人，是一个名副其实的弹丸弱国，所以它迫切需要大国的庇护，与拥有六十多万人口的乌孙关系密切，也使出浑身解数向大汉表忠心。

老莎车王没有子嗣，照理也可以考虑传位给弟弟呼屠征，但他觉得呼屠征性情鲁莽无识，难担大任，便有意在乌孙王翁归靡和汉和亲公主（解忧公主）的儿子们当中选择继承人。当时解忧公主的长子元贵靡已是乌孙世子，次子万年在汉朝为质子，三子大乐是乌孙的左大将。这三个乌孙王子中，老莎车王最喜爱的是万年，觉得万年最适合继承他的王位。

刘病已更改元康年号之初，老莎车王身患重病，卧榻不起，他深深忧虑自己百年后莎车的命运。经过思虑再三，老莎车王修书给汉廷，请求允许万年继承莎车王位，他大限将至，竭诚希望大汉天子能尽快满足他的临终遗愿。

刘病已看到老莎车王的书信请求，当然求之不得，但他还是想听听大臣们的意见，便专门召集公卿大臣们开会商议。

丞相魏相说：“莎车王此举，主要是为了莎车的长治久安着想，让乌孙王子万年接替他继承莎车王位，实际上就等于变相地将莎车纳为乌孙的势力范围，这样无疑极大地提升了莎车的边境安全；而乌孙又同我们大汉保持友好往来，老莎车王本意也是希望依托我们大汉，为莎车寻求更强大的后盾。"

卫将军张安世接过魏相的话茬儿说："丞相言之有理！莎车王的这个请求，也有利于我们防范匈奴，加强对西域的控制。"

其他参会的大臣也都持赞成态度。刘病已很感合意，便当庭下诏，立万年为莎车王，派奚充国为汉使，护送万年到莎车。有关部门为万年配备车骑物资，由丞相魏相率百官将万年送至横门以外，祭祀了路神之后，在奚充国所率的大汉使团大张旗鼓的护送下，万年踏上了去莎车的行程。

莎车距离长安将近万里。在漫漫行程途中，西域诸国纷纷派使臣携礼物到莎车，祝贺万年当莎车王。拥有三十万人口的大宛国最为踊跃，派了几千威凛凛的骑兵组成使团到莎车，为新国王万年举行即位大典助威。大典结束后，按照大宛国王的原有计划，大宛使团的大部分人回到大宛，小部分作为大宛的使臣前往汉朝，进行友好访问。

大宛使者即将到达长安之际，刘病已就命专门管理外交事务的大鸿胪代表朝廷，以国宾礼节接待大宛使者，将他们安排在上林苑平乐观专供外宾居住的馆舍中，并派人带领他们游览上林苑。先大宛使团之前几天到达长安的还有康居等国的使者。

刘病已非常喜欢平乐观。平乐观方圆十五里，有装饰华丽的楼阁馆舍，有壮观阔大的露天广场。"平乐"本意有祈求天下平安、百姓安乐之意，这也是当初朝廷在上林苑修建平乐观的初衷。早在文帝时期，匈奴冒顿单于给汉朝修书，希望休养生息，愿意同汉朝缔结友好关系，"以安边民，使少者得长其成，老者安其处，世世平乐"。文帝给单于回信，表示很赞同单于的想法，大汉也希望同匈奴休兵弭战，彼此相安无事。

在整个上林苑的宫观中，平乐观很引人注目，它是名副其实的"平乐"场所。每逢重要节令，朝廷在这里组织大规模、形式多样的歌舞杂技活动，娱乐京都臣民，甚至吸引京郊的广大民众前来观赏，以彰显朝廷与民同乐，天下太平的盛世景象。每逢一些外邦来朝，为彰显大汉国威，朝廷也在这里举行气势恢宏壮美的大型宫廷乐舞、百戏，邀请外国宾客观赏。

大宛使者到达长安的第三天，刘病已在平乐观的会客室接见大宛等国的使者，设国宴款待他们，并在平乐观举行精彩的乐舞、百戏演出，比如海中《砀极》（名乐曲）、《巴俞》（乐舞）、都卢（杂技）、曼衍鱼龙（百戏节目）、角抵之戏等精彩节目，为外宾们提供赏心悦目的视觉盛宴。外宾们都为大汉精湛的文艺表演所折服。

大宛使者此次访问大汉，携带一些大宛著名特产作为礼物进献天子，其中有两匹汗血宝马、百箱精酿的葡萄美酒和百箱上好的葡萄干。刘病已看到大宛使者万里迢迢访问大汉，送来宝马，想起五十多年前曾祖父为了获得大宛良马，先后两次派李广利率大军远征，不禁感慨万千。当年那两次远征，前后耗时将近四年，虽然最终征服了大宛，获得良马；但劳师袭远，致使数万名汉家士卒命丧黄沙，埋骨异域，损失惨重，也大大损耗汉朝的国力。

不过，刘病已也很清楚，曾祖父当年征伐大宛，表面上是为了获得大宛良马，实际上他的真正意图是想通过征服大宛，使西域其他各国臣服，从而孤立匈奴，确保汉朝边塞的安全。国与国之间交往，单靠德政感化对方，是不行的，必须有强大的综合国力做后盾，该出手时就出手，才能使对手真正臣服。只是曾祖父当年任用李广利为统帅远征大宛，有些用人不当。李广利并非将才，军事才能平庸，而且私德有亏，贪欲旺盛，不体恤士卒。上行下效，他手下的那些将吏们，也多有样学样。刘病已曾经看过杨恽祖父司马迁写的《大宛列传》，披露贰师将军李广利第二次领兵远征大宛，军队并非缺乏食物，战死者也不算多，但他手下将吏们贪污成风，大多不爱护士卒，侵夺粮饷，导致很多士卒饿死。刘病已摇头叹息，人祸人祸！如果曾祖父任用像李广那样爱兵如子的将军，大宛之战伤亡决不会那样惨重！

如今大宛已经同大汉缔结和约，乌孙有联合大汉抗击匈奴的功劳，西域其他国家也纷纷开始与大汉修好，汉朝准备进一步巩固与西域各国的友好关系。

刘病已决定趁此次大宛使者回国之际，派特使率领使团护送他们，以表示对大宛的尊重与礼遇，更重要的是，沿途顺道慰问、安抚西域各国，宣传大汉皇帝的圣德,提升大汉的威望。此次出使西域的使团外交任务艰巨,而特使作为使团的领头雁,必须由品端行正、才能出色的人担任,既要有嘴皮子功夫,擅长外交辞令,又要有智有谋,善于随机应变。

谁能堪当此次出国的特使?刘病已对此次选人很慎重。他特意宣召三公九卿开了个会,讲明这次出使的重要性,然后很严肃地说:"之前朝廷数次派人出使西域,大多辱没使命不称其职,有的品行不端,贪图私利而坏大事;有的才能平庸,缺乏智谋,不能与外邦应对而遭刁难,使我大汉蒙羞。"稍作停顿,他朝大家环视了一下,"朕希望这一次能选派合适的人选,望大家都用心荐举。可以不论出身,不论资历,不拘一格推荐人才。"他要求每人各推荐一名人选,并附上所推荐人的相关介绍,明天直接奏报给他。

三公九卿领命,谁也不敢拖沓,第二天他们的推荐人选及其相关介绍就呈给了刘病已。

刘病已将大家推荐的人选都细细看了一遍,斟酌一番,对前将军韩增推荐的冯奉世最感兴趣。韩增在奏陈中对冯奉世的家世及个人经历、性情等做了比较详细的介绍。

冯奉世,字子明,上党潞人。他的祖先是韩国上党郡的郡守冯亭。冯亭有勇有谋,敢于担当。当年秦国攻打上党,强行断绝韩国的屏障——太行山中的通道,使上党处于孤危的境地。冯亭经过深思远虑,决定将上党托付给赵国,联赵抗秦。在两年后爆发的秦赵长平之战中,冯亭和赵国将士一起奋勇御敌,不幸战死,成就一世英名。他的子孙后代都有德才,秦灭六国,建立大一统的秦朝,冯家子弟就有好几个做了秦朝的将相。

高帝建立大汉以后,冯家子弟秉承良好的家族遗风,忠心为朝廷效命,其中最有名的就是奉世的祖父冯唐。文帝时期,冯唐被任命为车骑都尉,辅佐战事;景帝时期,冯唐被任命为楚相;武帝时期,匈奴犯边,武帝广征贤良,时年九十高龄的冯唐再次被举荐,武帝考虑他年事太高,就任命其子冯遂为郎。

武帝末年,奉世作为冯遂的儿子,以良家子弟而被选任作郎官;昭帝即位后,以其功补为武安长,后因一次小过失被免职。当时奉世已有三十多岁，潜心读书，研读《春秋》，理解书中的微言大义，熟读《孙子兵法》，明晓书中的内容和实例。奉世可以说是具备文韬武略之才，为人沉稳而又果敢，颇有祖先冯亭之遗风。臣韩增曾奏请朝廷任命奉世担任军司空令。本始年间，匈奴侵扰乌孙，陛下派五路大军援乌抗匈，臣韩增奉命带领一支队伍出征，奉世作为臣的下属，在同匈奴交锋中，沉着冷静，作战英勇，给臣留下极其深刻的印象。

今陛下诏令荐举出使西域的人选，臣韩增认为奉世很合适。

叩禀陛下明察。

韩增在奏陈中提及奏请冯奉世担任军司空令，以及冯奉世参与本始年间援乌孙抗匈奴的事，刘病已几乎没有印象，因为当时军政方面是由大将军霍光主导负责。刘病已不了解冯奉世，但非常了解韩增。韩增本人也是将门世家出身，武帝末年以家族门荫入仕，从郎官做起，历任诸曹、侍中、光禄大夫，受封龙额侯。昭帝即位，被授予前将军职位。后联合大将军霍光拥立他为天子，属于功勋之臣。韩增堪称三朝元老，始终对朝廷忠心无二。其为人宽和自守，低调谦逊，不论对上还是对下，都能做到和颜悦色，从来没有犯过过失。

刘病已对韩增印象极好。对于他力荐的冯奉世，刘病已相信一定是货真价实的人才。于是刘病已下诏授予冯奉世卫侯爵位，命他担任大汉特使，率领使团出使西域。

2

冯奉世以卫侯的身份持节护送大宛等国的使者回国，行进了六千多里，到达楼兰附近的伊循城。汉朝之前已在这里设置屯田。

说起伊循屯田，颇有一番来历。楼兰国在西域的东边，靠近汉朝，正当白龙堆处，沙漠地带，少水草。早期这一带的楼兰人常为汉使当向导，背水担粮，送迎汉使，辛苦不说，还多次被汉朝一些不法的吏卒抢劫，楼兰人觉得与汉人往来没有好处，匈奴趁机施反间计，使楼兰人加深对汉朝的仇恨，几次在途中截杀汉使。后来楼兰王安归的弟弟尉屠耆投降汉朝，将这些情况都报告给汉廷。昭帝年间，大将军霍光和昭帝商议，决定收复楼兰。元凤四年（前77年），霍光派平乐监傅介子前往楼兰刺杀楼兰王。

傅介子轻装率领一批勇士，带着金币和丝绸，一路扬言大汉天子有宝物要赐给外国。到了楼兰，骗楼兰王说要赐给他。楼兰王贪图汉朝的财物，很高兴地设宴款待傅介子，与傅介子一起喝酒，喝得醉醺醺的。

傅介子有意与楼兰王单独谈话，授意站在他们身后的两个勇士将楼兰王刺杀，楼兰贵人、近臣等都吓得四散逃跑。傅介子让勇士喝止他们，当众宣告说："楼兰王有辜负汉朝之罪，天子派我来杀他，应当另立在汉朝的王弟尉屠耆为楼兰王。汉兵将要到了，你们不要乱动，否则，将自取灭亡！"

傅介子斩下楼兰王安归的头，用驿车送到长安，将安归的头颅悬挂在北阙下。随后昭帝封傅介子为义阳侯，立尉屠耆为楼兰国王，并将楼兰改名为鄯善。汉廷给他刻了鄯善王印章，赐年轻貌美的宫女做他的夫人，并为他配备了车骑物资，由丞相率百官送至横门以外，祭祀了路神以后，送他归国。

鄯善王临行前，亲自向昭帝请求说："我在汉朝时间长了，如今回去，力量单弱，前王有儿子还在，恐怕被他杀死。国内有个伊循城，土地肥沃，希望汉朝派一个将军在那里屯田积谷，使我有个依靠。"昭帝答应了尉屠耆的请求，派司马一人、吏士四十人，另有几千名老百姓，在伊循屯田，以震慑安抚之。以后改置都尉。

眼下伊循的屯田都尉是宋将。冯奉世一行到达伊循，宋将设宴接风，并告诉冯奉世一个令人震惊的消息：莎车反叛了！宋将简要地说了他所了解的大致情况：老莎车王请求汉朝立的新莎车王万年是乌孙王子，他没有莎车人血脉，在莎车没有任何根基，继承莎车王位本身就缺乏民意，以老莎车王的弟弟呼屠征为首的一些莎车贵族根本不将万年放在眼里。万年在汉朝待的时间不短，知道大凡对大汉天子大不敬的人，都会受到严厉的惩罚，他觉得他作为莎车王，必须维护自己的权威，于是也采用暴虐的方式处罚那些对他不敬的人（当然，他暂时还不敢对呼屠征开刀），结果招致莎车人的强烈反感。汉使奚充国见状，劝说万年要对民众安抚，万年也略有收敛，但莎车人已经生发的仇恨难以消弭。呼屠征趁机起兵，杀了万年，还杀了大汉使者奚充国，自立为莎车王。当时匈奴又发兵攻打车师城，因为没攻下就暂时撤兵回去了。呼屠征派使者扬言说北道诸国已经归属匈奴，当时就攻击劫掠南道诸国，并与他们歃血为盟背叛大汉，从鄯善国向西都断绝交通。大汉都护郑吉、校尉司马意都被困在北道诸国之间。

冯奉世听了不禁眉头紧皱，这可是大大出乎他的意料的！情势紧急！冯奉世和他的副手严昌商议，认为如果不火速制服莎车，莎车国就会日益强大，加上同匈奴联盟，这样形势就难以控制，一定会危及整个西域，对大汉的危害不可估量。严昌有点担忧，"此事非同小可，是不是要先奏请朝廷？"

冯奉世说："恐怕来不及了！即便现在即刻修书，派飞马奏报朝廷，一来一去会耽搁很多时日，到那时恐怕局势就无法控制了！当初常惠奉命带领使团出使乌孙，代表天子赏赐有功的乌孙贵族，途中也是以天子之名制服龟兹的。咱们必须现在就动手！"为了打消严昌的顾虑，他拍拍严昌的肩膀说："不用怕，一切责任都由我承担！"严昌忙说："在下不是那意思，是担心事情万一不成……"

冯奉世打断他，说："这个你不用多虑。我自有办法！"

严昌一听，马上挺直腰身，"需要我做什么，您尽管吩咐！"冯奉世满意地点头，面带微笑，伸出手掌，严昌也随之伸出手掌，两人击掌互相鼓劲。

冯奉世以大汉特使的身份，通告已归顺大汉的西域各国国王，召集他们的军队，南北道各国的军队共一万五千人，在冯奉世的命令下，进攻莎车国，攻占了它的城池。自立为莎车王的呼屠征被迫自杀，冯奉世派人将他的首级传到长安。西域各国的骚乱很快平定下来，冯奉世的威名震动西域。冯奉世让严昌帮着将相关的情况上奏朝廷。

刘病已接到奏报，开心不已，召见韩增说："祝贺将军！您举荐的人很称职啊。"韩增也很开心，只是他深知功劳还得归于皇上，便笑说："这都得感恩陛下英明。三公九卿都举荐人选，您单单就选中了奉世，这都是陛下善于识人，用人啊。"刘病已有些自得地笑了笑，"不管怎么说，首先得感谢将军举荐，然后才是朕选用啊。"

再说冯奉世稳定莎车局势之后，率领使团继续西行，到了大宛国。大宛国听说他杀了背叛汉朝的莎车王，对他的尊敬超过了其他使者，以最高国宾的待遇接待冯奉世的大汉使团，在使团归国之际，大宛国王馈赠了不少大宛的名优特产，其中就有一匹体态形似龙的珍贵的名马象龙。

冯奉世不辱使命，意气风发地率领大汉使团，携带西域各国馈赠的礼品，回到长安。刘病已抑制不住心中的喜悦，当即就下诏命公卿们议论如何封赏冯奉世。

丞相、将军都知悉皇上的心意，一致说："《春秋》之义，大夫出使国外，如果遇到有利国家之事，可以自行其是。冯奉世的功劳尤其显著，应当加封爵位，赏赐土地。"只有时任少府的萧望之提反对意见，他认为冯奉世奉旨出使有其任务，却擅自假托皇帝命令违背旨意，征发西域诸国兵马，虽然有功劳，但不能以他做后人的榜样。如果要重重封赏冯奉世，就开了以后出使的人的方便之门，效仿冯奉世，争相发动西域各国军队，邀功求赏于万里之外，在夷狄各族中为国家滋生事端。此例不可开，冯奉世不应受到封地赏爵。

刘病已冷静一想，认为萧望之所言不无道理，便没有对冯奉世封爵赐地，而是封他为光禄大夫、水衡都尉，官职虽不是最高，但都是他的近臣，以示对冯奉世的恩幸。

刘病已对冯奉世非常赏识，经常在太子刘奭面前夸赞冯奉世，说朝廷就需要这样忠心又有才干的大臣，使得刘奭对冯奉世印象极好。等到后来刘奭即位，就重用冯奉世，让冯奉世担任执金吾，后升至右将军、光禄勋。

3

冯奉世制服莎车国，扬大汉国威之后，西域局势一度安定下来。不过，这种安定并没有维持多长时间，西羌开始出现种种异动迹象。

西羌各部落之间原先矛盾重重，积怨很深。先零羌首领觉得羌族各部之间应该联合起来，共同对外。元康三年（前63年），先零羌与羌各部落首领二百多人化解仇恨，交换人质结盟，打算侵入汉朝区域。

刘病已了解西羌局势后，深以为忧，向后将军赵充国询问对策，赵充国回答说："以前羌人容易对付的原因是各部落各有首领，常常互相攻击，情势不能统一。过去的三十多年，西羌反叛时，也是先化解仇恨，订立合约，攻打令居，与汉朝对抗，经过五六年才平定。到征和五年，先零首领封煎等与匈奴通使，匈奴派人到小月氏，转告诸羌说：汉朝贰师将军的十多万军队投降了匈奴。羌人被汉人奴役得很苦。张掖、酒泉本是我们的地盘，土地肥美，可以共同攻击汉人，然后居住在这里。由此可以看出，匈奴想与羌人联合，不是一时之愿，而是由来已久的想法。不久前，匈奴被西方战事困扰，又听说乌桓来保卫汉朝边塞，恐怕战争又从东方发生，屡次派使者出使尉黎、危须诸国，用年轻男女、貂皮大衣为许诺，打算瓦解他们。这条计策没有实现。我非常怀疑匈奴又派使者到羌中，通过沙阴、盐泽，经过长坑，进入穷水塞，南行抵达归附小国，与先零相呼应。老臣担心羌人变故不仅仅如此，以后还将与其他部族联合，应该趁他们还未联合之际及早防备。"

刘病已听了频频点头，"西羌那边的防务，就有劳将军多费心了。"赵充国说："请陛下放心，老臣一定会密切关注。"

一个多月后，羌侯狼何果真派使者到匈奴借兵，打算攻打鄯善、敦煌，断绝汉朝与西域各国的通道。赵充国向刘病已上奏："狼何，是小月氏种族，在阳关西南。照这番情形看，狼何是不能独自想出这条计策的，我猜想匈奴的使者已到羌中，先零、罕、开等诸羌部族才化解仇恨订立合约。到秋天马肥，他们一定会勾结在一起搞突袭。我们应该派使者巡视边防守军，预先防备，告诫诸羌，不要让他们化解仇恨，利用他们的矛盾，粉碎他们的阴谋。"

刘病已觉得事关重大，便将此事交付丞相府与御史府共同商议，两府议定后又奏明朝廷，派遣光禄大夫义渠安国巡行视察诸羌，分别善恶。

两年前，义渠安国也曾奉命巡视诸羌各部落，先零羌的首领向他提出请求，希望随时渡过湟水向北去，驱赶百姓到不能耕种的地方放牧牲畜。义渠安国不经奏请即行许诺。赵充国弹劾义渠安国奉命出使不敬职守。这以后，羌人照先前所说，强行渡过湟水，来到汉朝区域，郡县都无法制止他们。

如今诸羌又开始联合起来作乱，义渠安国痛恨诸羌不知好歹，发誓这回一定要给他们一点颜色瞧瞧！他一到诸羌地区，就召集先零三十多个部落首领，认为他们都是凶暴狡猾、居心不良的人，将他们全部诛杀。同时派兵袭击羌族各部落，又杀死千余人。于是那些投降汉朝的羌族和归义羌侯杨玉等人既害怕又愤怒，认为汉朝不信任他们，就抢掠小部落，背叛汉朝，侵犯边塞，攻打城池，杀害地方官吏。

过了一年多，到了神爵元年（前61年）初春，义渠安国以骑都尉的身份率领三千骑兵驻守防范羌人，到浩亹，遭到羌人袭击，丢失了很多辎重武器车辆。义渠安国被迫带着部下撤退，逃到金城郡令居县城，闭城拒守，派人将紧急局势火速报告朝廷。

刘病已看到义渠安国的奏报，很是忧心，西羌叛汉，若不征伐制服，必定跟匈奴同流合污，称霸西域，大汉边防将永无宁日。派谁领兵去征伐西羌？刘病已首先想到赵充国。

赵充国是三朝老将，精通兵法，善于骑射，有勇有谋，是不可多得的将帅之才。

武帝天汉二年（前99年），赵充国以代理司马的身份，跟随贰师将军李广利出击匈奴。汉军至酒泉郡，大败匈奴右贤王所率部队，斩杀、俘获匈奴士兵万余人。回师途中，遭受匈奴主力围困多日，由于敌众我寡，加上粮草消耗殆尽，死伤甚众。赵充国认为这样下去，只能坐以待毙，便主动请缨，带领一百多名勇士冲出重围，攻破敌阵，杀出一条血道，贰师将军领兵紧紧跟随其后，才得以解围脱险。赵充国身上受了二十多处伤，贰师将军把他的情况向武帝汇报。当时武帝在外巡行，便下令征召赵充国到他出行所在的地方，亲自接见赵充国并察看了其伤势，对充国的忠勇无畏大加赞赏，拜赵充国为中郎，升迁车骑将军长史。

昭帝时，武都郡的氐族造反，赵充国以大将军护军都尉的身份率兵进攻，平定了叛乱，调为中郎将，率兵驻守上谷，回京后担任水衡都尉。后在出击匈奴之战中，俘获了西祁王，提拔为后将军，兼任水衡都尉。他同大将军霍光一道，制定国策，尊立刘病已，被封为营平侯。

刘病已即位之后，匈奴屡屡侵扰汉朝边境。本始年间，在汉朝援助乌孙抗击匈奴的战争中，赵充国担任蒲类将军，杀了几百个匈奴人，回京后担任后将军、少府。不久，匈奴大规模出动十多万骑兵，向南紧逼汉朝边塞，直到符奚庐山，打算侵入汉境抢掠。从匈奴逃跑过来投降汉朝的题除渠堂提供了匈奴的侵汉计划，于是刘病已派遣赵充国率领四万骑兵驻扎在缘边九郡。单于得知这一消息，不敢入侵，退兵离去。

如今平定西羌叛乱迫在眉睫，刘病已急需赵充国这样智勇双全的将才出马，而且赵充国原籍陇西上邽，后移居金城令居，他对西羌地区的情况非常了解。知己知彼，方能百战不殆。实在没有比赵充国更好的将帅人选了！不过，刘病已又有几分顾虑，赵充国毕竟已经七十多岁了，让如此高龄的老将领兵出征，似乎有些不妥。他又一时找不到合适的人选，便派时任御史大夫的丙吉向赵充国请教：谁可以为将帅率军出征平羌？

赵充国闻言，爽朗地呵呵一笑，起身连蹲了几个马步，问丙吉："御史觉得老夫这体格如何？"

丙吉赞叹说："将军果然是习武之人！您这体格，没的说！"

赵充国自信满满，一拍胸脯，"陛下特意派您来问谁可以为将帅出征西羌，老夫也不假装谦虚，没有人能超过老臣我了！请御史就这样回去复奏陛下。"

刘病已听完丙吉禀报，不由得笑了，"老将军果然不服老！"又派人问赵充国："将军估计羌贼会怎么样？应当用多少军队？"赵充国不假思索地回答："百闻不如一见，战争难以遥测。老臣希望尽快赶到金城，察看敌情，再把地形图和作战方案奏上。不过羌贼是小敌，违反天意背叛大汉，不久必亡，请陛下不要担心，只管把任务交给老臣即可。"

刘病已听赵充国这么一说，满意地笑着说："可以。"当即委任赵充国为讨羌统帅。同时下令征召兵马，征召范围：长安三辅（京兆、左冯翊、右扶风）、中都官狱的轻刑犯人以及身手敏捷的射士、羽林孤儿，胡、越马匹，三河（河东郡、河南郡、河内郡）、颍川、沛郡、淮阳、汝南的材官（地方军军官），金城、陇西、天水、安定、北地、上郡等地的骑士，羌地的马匹，都到金城集结。

第二十五章　平定西羌

1

神爵元年春末，赵充国奉命率军讨伐西羌。

他来到金城，等待兵力结集满一万骑兵，打算渡过黄河，又担心被敌人截杀，就在夜里派遣三支小分队率先渡河。为了使行动安静无声，每名士兵口中横衔着一根小木棍（防止说话），将战马辔头勒紧（防止嘶鸣）。这三支小分队一渡过黄河，就马上列阵扎营，等到天亮，扎营工作完毕，而其他骑兵也依次全部渡过黄河。羌军约百名骑兵出现在汉军阵营附近，但不敢轻举妄动。赵充国说："我们的战士马匹正疲倦，不要追逐敌人。这些都是骁勇的骑兵，难以制服，又恐怕他们是诱兵。打仗以消灭敌人为目的，小利不值得贪取。"命令军队不要理睬。派骑兵到四望峡侦察，发现峡中并无敌兵。

当天夜晚，赵充国率军穿过四望峡，抵达落都山，召集各位军校、司马说道："我就知道羌贼不懂用兵之法了。假如他们派几千人把守四望峡，我军哪能这么轻易进入？"

赵充国经常把侦察兵派出很远侦察敌情，认为这很重要，行军时一定要做好战前准备，宿营一定要壁垒森严。作为主帅，他特别能持重，爱护士兵，先策划好再打仗。

赵充国率领部队向西前进，到达西部都尉府暂时安顿下来，每天用好酒食供给军士，军士们士气高涨，都愿意为他效命。敌人多次前来挑战，赵充国命令部下坚守不出战。后来抓到俘虏，供认羌人首领互相责备：告诉你们不要反叛，你们就是不听！现在大汉天子派赵将军来，八九十岁了，很会用兵。现在我们就是想决一死战，办得到吗？

赵充国的儿子右曹中郎将赵卬，率领期门佽飞（勇士）、羽林孤儿、胡越骑兵作为侧翼部队，到达令居。羌兵出动截断这支汉军的粮道，赵卬将此情况向朝廷汇报。刘病已诏令他率领八校尉与骁骑都尉、金城太守共同搜捕山中小股敌人，使粮道渡口畅通。

当初，罕、开的首领靡当儿派弟弟雕库到西部都尉府，向都尉报告说先零打算反叛，几天后先零果真反叛了。雕库同族的人有不少在先零部落，都尉就扣留雕库作人质。赵充国认为雕库没有罪，就派他回去告诉各部落首领："汉军前来，只杀有罪之人，请你们自相区别，不要与有罪者一同去死。天子转告诸位羌人，犯法者只要能主动捕杀作乱的同党，就可免罪，仍按功劳大小赐给数量不同的钱财：杀有罪的大首领一人，赐钱四十万；杀有罪的中首领和小首领，分别赐钱十五万、二万；杀有罪的壮年男子，赐钱三千；杀有罪的女子及老小，赐钱一千，并将捕杀之人的妻子儿女和财物全部赐给他。"

赵充国打算先以威信招降罕、开及其他被先零部胁迫的羌人部落，瓦解先零羌联合叛汉的阴谋，等到他们松懈时，再发动攻击。

当时刘病已下令征发了六万兵力，会同武威、张掖、酒泉太守驻守各自郡县的部队，组成"平羌军"。

酒泉太守辛武贤上奏说："各郡部队都驻守南山，北边空虚，这种形势不能长久。有人说到秋冬再进军，这是敌兵在境外的策略。现在敌兵不时侵犯，那里寒冷艰苦，汉军的马匹无法过冬，驻守在武威、张掖、酒泉的部队超过一万人马，大多是瘦弱的。可以增加马的口粮，在七月上旬带三十天的粮食，从张掖、酒泉分兵同出，一同攻击在鲜水上的罕、开羌人。羌人视牲畜如命，现在都被冲散，军队如果分几路出发，即使不能把他们全部消灭，也可以夺取他们的牲畜，俘虏他们的妻子儿女，然后退兵返回，冬天再进攻他们，大军频繁出击，羌人一定震动瓦解。"

刘病已把辛武贤的这封上书交给赵充国，让他与了解羌人情况的校尉及士兵广泛讨论。赵充国与长史董通年非常不赞同辛武贤的策略。赵充国上奏陈述其看法："辛武贤想带领一万轻骑兵，从张掖分两路出发，道路迂回达千里之远。让一匹马驮着骑士与马三十天的口粮，即二斛四斗米与八斛麦子，又有衣服、装备武器，很难追击敌人。我军辛辛苦苦地到达目的地，敌人一定能预计到我军的行动，稍微退去，追随水草，逃入山林。如果追随敌人深入山林，他们就占据前方的险要，切断后方的咽喉，断绝粮道，我军一定会陷入危险境地，被野蛮人耻笑，就是耗费一千年，恐怕也不能返回中原。辛武贤认为可以夺取敌人的畜产，俘虏他们的妻子儿女，这只怕是空话，不是最好的计策。另外武威县、张掖郡的日勒县都正对着北边要塞，有贯通的山谷和水草。我担心匈奴与羌人有阴谋，将要大规模进犯，妄想占据张掖、酒泉，断绝西域通道，因此，张掖、酒泉的地方部队尤其不可调动。先零是首先开始反叛的，其他部族是被先零挟持的。所以我们的不高明的计策是：捐弃罕、开愚昧糊涂的过错，隐忍不张扬，先对先零进行诛伐，来震动罕、开，他们必然会悔过，重归善良，从而赦免他们的罪行，选择熟知他们习俗的好官员调理安抚，这是保全军队，稳操胜券，安定边防的策略。"

刘病已将赵充国的这道上书下发给百官讨论。参加讨论的公卿都认为先零兵力强盛，又恃仗罕、开的援助，不先打败罕、开，就不可能图谋先零。刘病已于是拜侍中乐成侯许延寿为强弩将军，派使者到酒泉拜太守辛武贤为破羌将军，赐给辛武贤加盖印玺的书信，表扬他并采纳了他的计策。

其时已是六月，各地王侯开始呈奏翌年正月的朝请，刘病已考虑战事需要，便下诏说："军旅征途辛苦，军需转运烦劳，现令各侯王、列侯、蛮夷王侯君应在明年正月来朝的，一律免朝。"随后写书信告诫赵充国，督促他出兵。

皇帝问候后将军，日晒夜露辛苦了。将军计划打算到正月才攻打罕羌，羌人应该收获了麦子，已经远远地迁走妻儿，集结精兵万人打算侵犯酒泉、敦煌。边防守军少，老百姓参加防守又不能种地。现在张掖以东地方，粮食贵到每石一百多钱，畜草每捆几十钱。转运输送各地并起，老百姓不得安定。将军率领一万多兵士，不尽早趁秋天水草丰足的便利夺取敌人的畜产粮食，莫非想等到冬天进攻？那时敌人都会蓄积粮食，多数藏匿山中，恃仗险阻，而汉军官兵将忍受严寒，手足冻裂，那样难道会有利吗？将军不考虑国家的花费，想耗费更多时间来取得微小胜利，哪一个将军不喜欢这样？

现在朕命令破羌将军辛武贤率兵六千一百人，敦煌太守快率兵二千人，长水校尉富昌、酒泉侯奉世率领婼、月氏兵四千人，共约一万二千多人，携带三十天的口粮，在七月二十二日进攻罕羌，沿鲜水北岸蜿蜒而上，距离酒泉八百里，距离将军一千二百里左右。请将军率兵选择有利路线向西并进，即使不能会合，也让敌人知悉东方、北方大军一起来到，分散他们的注意力，瓦解他们的军心，纵然不能将他们全部消灭，也应当能瓦解他们。已命令中郎将赵卬率领胡越伏飞射士（伏飞射士，西汉的特殊兵种，其职责是屯驻在上林苑负责狩猎，必要时也参与军事征伐）、步兵二校，加强将军兵力。

目前五星出现在东方上空，昭示中原大利，蛮夷大败。太白星出现的位置很高，象征用兵深入敢战的人吉利，不敢战的人凶险。将军赶快整装出发，趁着有利天时，消灭叛贼，一定会攻无不克，战无不胜，不要再有疑虑。

赵充国已经受到皇上的责备，但他认为将军受任带兵在外，如果适宜固守，就应该以固守来安定国家。于是上书告罪，趁便陈述战略部署的得失利害。

臣私下见到陛下前不久赐给骑都尉安国的诏书，让他选择羌人中可以出使罕羌的人，宣告大军就要到了，汉朝将不诛杀罕人，用以瓦解他们的阴谋。皇上恩泽极为深厚，不是臣所能比得上的。臣私下赞美陛下大德无量，妙计无穷，所以就派开羌的首领雕库宣传天子的大德，罕、开各部落都已闻悉陛下英明的诏令。

今先零羌的首领杨玉率领骑兵四千人，煎巩率领骑兵五千人，以山石树木作为险阻，等候时机来入侵，罕羌却没有侵犯的行动。现在把先零放在一边，先去攻打罕羌，开释有罪的，诛杀无辜的，引起一方危难，却受到两方祸害，这实在不是陛下原来的计划。

臣听说兵法有"进攻力量不足的但防守有余"的说法，又说"善于打仗的人让敌人送上门来消灭他，但不被人牵制送上门去"。现在罕羌打算侵犯敦煌、酒泉，我军应当整顿兵马，训练战士，等待他们到来。采用坐在家中招引敌人到来的方法，以逸击劳，这是取得胜利的途径。现在担心两郡兵少不够防守，却调动他们去进攻，丢下招引敌人上门的策略，却走上被敌人牵引的道路，以臣的愚见，这样做没有好处。先零羌贼打算反叛，所以与罕、开化解仇恨，缔结条约，但是内心不能不担心汉朝军队到来后，罕、开背叛他们。

臣认为先零的计策是常希望先奔赴罕、开的危急之难，援救他们，用以坚固他们的盟约。我们先攻打罕，先零一定援助他们。现在敌人马匹肥壮，粮食正充足，攻打他们恐怕不能损伤他们，恰恰让先零向罕羌施行恩德，使他们的合约坚固，使他们彼此团结。敌人的联盟坚固，内部团结，精兵二万多人，又胁迫各小部族，依附的人渐渐众多，像莫须之类的小部族就不会轻易离开他们的联盟了。这样一来，敌人的兵力渐渐强大，消灭他们要用几倍的力气，臣担心国家的忧患累计要用十年计算，不是二三年。

臣能够蒙受天子厚恩，父子都在显贵之列。臣的职位已达到上卿，爵位为列侯，年已七十六岁，即使为皇上的命令去死，也死而不朽，没有顾念。臣私下想，对羌用兵的利害得失只有臣最熟悉，在臣的计策中，先诛杀了先零，那么罕、开之类不再动用军队就会归服。如果先零已消灭，罕、开还不服，过了正月就进攻他们，符合计策规律，又正是时候。现在进兵，的确看不到好处，请陛下考察裁夺。

赵充国的这封上书是六月二十八日呈奏的，刘病已七月五日接到上书后，觉得赵充国言之有理，御书批复同意赵充国的计策。

2

赵充国率兵到达先零地区，敌人驻兵已久，放松了警惕，突然看到大批汉军，一时惊慌失措，就丢弃了车辆辎重逃跑，打算渡过湟水。道路狭窄，赵充国就命令部队慢慢前进，驱赶他们。军中有人认为，夺取胜利应该快速出击，现在进军速度太慢。赵充国说："这些走投无路的敌人不能追得太急。慢慢追，他们就会逃跑不回头，追得急了，他们就会回头拼命。"大家都深以为然,说:"好!"

这一仗汉军打得很轻松,敌人在逃跑中慌不择路,跳到湟水中被淹死的敌人有几百,投降和被斩首的有五百多人,缴获马、牛、羊十万多头,车四千多辆。

汉军到达罕地,赵充国命令军队不要焚烧村落,不准在羌人耕地中牧马。罕羌听说这些,不由得松了一口气,彼此欣慰地说:"汉军果真不打我们了!"首领靡忘派人求见赵充国,请求能允许他们返回故地。

赵充国将靡忘的请求向朝廷报告,还未得到刘病已的批准,靡忘自动前来归服。赵充国赐给他酒食,让他回去向部族人讲明情况。护军以下的军官觉得后将军这是放虎归山,都向赵充国诤谏,说:"这个叛贼,不可擅自让他回去。"赵充国说:"各位只想照章办事,以求自安,不是为国家忠心策划。"话未说完,驿骑快马到了,送上天子的亲笔回复,命令将靡忘按赎罪处理。赵充国看完御书,微笑着颔首,陛下还是懂得不战而屈人之兵的。后来罕羌终于无须动用军队就归服了。

转眼入秋,赵充国着凉感冒,加上连日劳累,病倒了。刘病已听说赵充国病况,有点坐卧不安,老将军毕竟高龄,万一他突然过去了,那岂不是很糟糕?有必要给他安排一个副手。刘病已打定主意,便给赵充国下诏说:"制诏后将军:听说将军腿脚不便,又被腹泻折磨,将军年纪大了,又加上疾病,万一有不测,朕很担心。现在令破羌将军辛武贤到营地,担任将军副手,赶紧趁有利时机,士气高昂,在十二月份进攻先零羌。如病情加剧,就留守驻地,不要亲自前去,只派破羌、强弩二位将军即可。"

当时投降的羌人已有一万多人。赵充国估计先零羌一定会自动瓦解,打算让骑兵解散,步兵屯田,等待敌人瓦解。写好奏章还未送呈朝廷,正好得到刘病已命令进军的御书。

赵充国的儿子中郎将赵印十分害怕,父亲一次又一次坚持己见,万一惹恼了皇上,灾祸随时会上身的,便让有威望的门客前去规劝父亲:"如果真的命令部队去进攻的话,即使军队被打垮,将领被杀,危及国家,您能保住将军之位也可以。进军无论有利或有害,哪里又需要争辩呢?一时不合皇上心意,派御史前来斥责您,将军的性命尚且不能自保,哪顾得上国家的安定呢?"

赵充国叹息道:"这算什么话!太不忠了!当初要是采纳了我的意见,羌贼能发展到这个地步吗?以前推荐可以先行巡视诸羌的人,我举荐了辛武贤,丞相和御史却奏明皇上派遣义渠安国,义渠安国不讲究策略,办事鲁莽,终于酿成祸乱。再说军队囤积粮草也不到位。当初朝廷派大司农中丞耿寿昌在西北设置'常平仓',谷贱时用较高价籴入,谷贵时减价粜出,为调节米价而设置这种仓廪,目的就是稳定粮价的同时建立国家储备粮库,以应对荒年和战争之急需。金城、湟中等地的谷价每斛谷八钱,我就告诉耿中丞说,只要我们购进二百万斛谷,羌人将不敢妄动。耿中丞却请求购进一百万斛,最后只买到四十万斛。义渠安国第二次出使,又差不多耗费所购买之谷的一半。还有什么可说的呢!用人失当,储粮不足,羌人所以才敢发生叛乱。失之毫厘,差之千里,就弄成了如今这个样子!现在边境战事旷日持久,又不能结束,四方蛮夷一有风吹草动,就会乘机而起,即使有智谋的人也不能在事后想出对付的好计策,哪里只是担忧羌患?我坚决死守,君主圣明,可以对他尽忠直言。"于是赵充国又向朝廷呈上请求屯田的奏书。

臣听说,军队是用来宣扬皇上恩德、除去祸害的工具,在外军事行动得当,国内就有福祥产生,所以不能不慎重。臣率领的将士的食粮以及马、牛的草料,每月用粮谷十九万九千六百三十斛,盐一千六百九十三斛,干草秸秆二十五万二百八十六石。战争持久不能结束,徭役不止。恐怕其他蛮夷仓促间有难以料想的变乱,乘机而起,成为皇上心病,这的确不是早先在朝廷中制定的胜敌之策。再说,羌贼容易用计谋打败,难以用军队打败,所以以臣愚见,不适宜进攻他们。

估计从临羌向东到浩亹,羌贼原来的田地和公田,老百姓没有开垦的大约二千顷以上,这里的驿站大多是残破的。臣不久前部署士兵进山,砍伐大小林木六万多棵,都放在水边。臣希望撤回骑兵,留下减刑的犯人和应募的士兵,以及淮阳、汝南的步兵和官兵的私人随从,一共有一万零二百八十一人,一个月用粮谷二万七千三百六十三斛,盐三百零八斛,分兵驻扎在要害之地。一旦冰冻消融,就可以运木而下,修缮驿站,疏通沟渠，整治湟陜以西道路上的桥梁七十座，使道路可以通到鲜水附近。农耕开始后，每人可以授田二十亩。到四月牧草长出，征发郡县骑兵以及所属部落的胡人骑兵勇士各一千人，备用马二百匹，到这里吃草，为耕种人巡逻。配上十分之二的副马，放牧吃草，作为耕田的人的巡逻队。把屯田的收入用来充实金城郡，增加积蓄，可以节省很大一笔费用。现在大司农转运来的谷物，足以维持一万人一年的口粮。谨呈上屯田的地点以及所需器具用品的账簿，希望陛下裁夺准许。

刘病已看完赵充国的奏书，觉得赵充国这经济账算得倒是一清二楚，只是那战争呢？便回复说："皇帝问候后将军，将军说打算解散骑兵，用万人留守屯田，假如按将军的计策，敌人将在何时消灭？战争当在何时结束？请反复考虑利益得失，再细细奏来。"

赵充国又上书一封，陈述屯田的具体利益得失。

臣听说帝王的军队以保全自己来取胜，所以重视计谋而轻视打仗。能百战百胜，并不是最好的，所以首先就要使敌人不能战胜我方，再来等待时机去战胜敌人。蛮夷的习俗虽然不同于礼仪之邦，但他们在趋利避害、爱护亲属、害怕死亡等方面的心理上都是一样的。如今敌人失去肥沃土地和茂盛草原，愁于寄居他乡，远离故土，骨肉离心，人人怀有背叛的心意，而这时英明的君主班师罢兵，留下万人屯田，这是顺应天时，利用地利，来等待可以战胜敌人的机会。即使敌人没有及时服罪，战事的解决也可以在一年之内完成。前后投降的就有一万零七百多人，还有接受臣的劝说离去的共有七十批，要不了多久，羌敌就会被瓦解。

下面臣就逐条陈述不出兵，留守屯田有利的十二条理由。

步兵九校，官兵共万人，留守屯田作为武装防卫，靠田收谷可使武威与仁德同时施行，这是第一条；

借屯田排挤羌人使其受挫，使他们不能回到肥沃的地方，由于贫困使他们团结不到一起，逐渐形成羌人自相叛离的局面，这是第二条；

当地的居民能够和屯田士兵一同耕作，没有耽误农民的本业，这是第三条；

军队及马匹一个月的粮草，估计可供屯田的士兵用一年，解散骑兵，能节省大笔开支，这是第四条；

到春天时，检阅全副武装的士兵，让他们沿着黄河、湟水用船运送粮谷到临羌，向羌贼展示我大汉的国威，这是可以传给后代御敌的资本，这是第五条；

在空闲时，组织士兵们运送砍伐的木材，修缮驿站，加强金城的基础设施建设，这是第六条；

屯田军队出动，利用有利时机打击敌人；不出动，又让反叛的敌人逃窜到严寒的地方，遭受霜雪疾病冻掉指头的折磨，不费气力就能达到必胜的境地，这是第七条；

不用经受长途跋涉，避免历经艰险被围追死伤的危险，这是第八条；

对内没有破坏国家威武的形象，对外没有使敌人得到可乘之机，这是第九条；

避免惊动黄河以南大开、小开羌人，使其产生变乱的忧患，这是第十条；

治理湟陿中的道路桥梁，使之可以到达鲜水，用以控制西域扬威千里，行军就像跨过枕席一样容易，这是第十一条；

巨大的开支已经节省了，就可以免除百姓的徭役，用以防止意外之变，这是第十二条。

留守屯田可以得到以上所说的十二条好处，出兵就失去这些好处。臣赵充国才能低下，年老体衰，不懂长远之策。请陛下诏令公卿，广泛细致地议论臣的意见，并加以选择采纳。

刘病已看完赵充国的奏书，又批复说："皇帝问候后将军：您说的十二条好处，已全部得知。敌人虽然尚未消灭，但战争的结束可望在一年内解决，可望一年内，说的是今年冬天吗？还是说什么时候？将军难道不考虑敌人听说解散很多军队，将集中精锐力量，攻击骚扰耕种的人和道上的守军，又屠杀抢掠百姓，那时将用什么阻止他们？另外，大开、小开羌以前说过：'我们向汉军报告先零驻扎的地方，可是汉军不去攻打，却长久地留在这里，会不会像本始五年（前69年）那样，不顾念我们的好意，连我们也要一并攻打吗？'他们心里常常害怕。现在军队不出动，大开、小开该不会在变乱发生时与先零联合成一体吧？将军反复考虑后再奏。"

针对皇上的疑虑，赵充国又上奏详细陈述自己的看法。

臣听说军队以计谋为根本，所以计谋多的胜过计谋少的。先零羌人精兵现在剩下不到七八千人，失去土地，流落远方，人员分散，饥寒交迫。罕、开、莫须诸羌又抢掠了他们的很多瘦弱牲畜，不断有反叛逃回的人，都听说天子明令奖赏捕杀有罪的人。臣以为敌人的崩溃可指日而待，远在明天春季，所以说战争的结束可在一年内解决。

臣也注意到北部边界从敦煌到辽东一万五千多里，只有几千将士把守要塞和岗亭，不过即使敌人多时，也不容易攻下。现在留下步兵士卒一万人屯田，地势平坦，又有许多高山可供瞭望的便利，使各个部队互相保卫，修筑壕沟、壁垒、谯楼，营垒之间相连不断，备置武器剑弩，整修作战用具。烽火一举，兵势相及，力量集中，以逸待劳，这是用兵的有利条件。

臣认为，屯田对内有不花军费的好处，对外还有防守御敌的准备。骑兵即使撤走了，敌人看到有一万人留守屯田作为必要擒敌的措施，他们土崩瓦解、归附朝廷的日子就不会久了。从现在起不超过三个月，敌人马匹瘦弱，一定不敢把他们的妻子儿女放在其他部落中，远途跋山涉水前来入侵。又看到屯田的兵士有精兵一万，最终不敢再带着他们的妻子儿女重新返回旧地。这就是臣的不高明的计策，据此估计敌人必定就地瓦解，不战就可以让他们自行败亡。至于敌人小规模地抢掠，不时杀害百姓，这原是无法立刻禁止的。

臣听说，打仗没有一定取胜的把握，就不要轻易交战；进攻不能一定攻下，就不要随便动用军队。如果下令出兵，即使不能消灭先零，但能让敌人完全不进行小规模的抢掠，那么出兵也可以。现在同样不能禁止敌人小规模地入侵，又放弃坐等取胜的方法，采取冒险之势，前去最终不会得利，却使内部空虚，自己疲惫，削减实力而自我损耗，这并不是用来向蛮夷示威的好办法。另外大军一出动，返回时就不能再留下，湟中地区却又不能不防守，如果这样，徭役又要重新征发。况且匈奴不可以不防备，乌桓不可以不忧虑。现在长期运输耗费巨大，倾尽国家的战备储蓄来供应一处，臣以为不妥。

校尉临众有幸得以秉承威德，携带丰厚的钱财，安抚各个羌人部落，把皇上的诏令明白告诉他们，羌人应该都会趋从教化。即使他们前段时间曾说"会不会像本始五年那样呢"，也应当不会有其他想法，我们不值得因为这个缘故出兵。

臣私下考虑，奉诏出塞，率军远征，用尽天子的精兵，将车马武器抛弃在山野，即使没有点滴功劳，也可得到避嫌的好处，而没有事后的过失和责罚，这只是对人臣不忠于职守有利，对明主和国家都是没有好处的。臣下有幸得以率领精兵，讨伐不义，却长期拖延上天对敌人的惩罚，罪该万死。

陛下宽大仁慈，不忍心杀臣，让臣几次得以仔细考虑。现在臣的计划已制定好了，不敢畏避斧钺之刑，不回避杀头危险，冒死陈述愚见，望陛下明察。

赵充国的奏折每次奏上，刘病已就交给公卿大臣讨论。起初同意赵充国计策的是十分之三，后来是十分之五，最后是十分之八。刘病已难免有些不悦，下诏质问：先前说后将军计策不好的人，为什么现在又同意后将军的计策了？公卿大臣们都顿首认错。丞相魏相自责说："臣很愚蠢，不熟悉战争的利害关系，后将军屡次制定战争策略，他的话常常正确，臣担保他的计策一定可以运用。"

刘病已这回对赵充国的屯田策略完全打消了疑虑，回复说："皇帝问候后将军：上封奏折谈到可以打败羌贼的办法，现在听从将军意见，将军的计谋很好。请报上留守屯田和应当解散的人马数目。将军努力进餐，谨慎地处理战争事务，保重身体！"

刘病已因为破羌将军辛武贤、强弩将军许延寿多次建议应当出击，又因赵充国屯田地方分散，恐怕敌人侵犯，他思忖再三，决定抚剿两策并用：在采纳赵充国屯田策略的同时，接受两将军的出击建议。当然，这其间也有刘病已的个人感情在起作用，许延寿是他一向敬重的外戚，采用其出击奏议，也让其很有面子。于是刘病已命令两将军与中郎将赵印共同出击敌人。

辛武贤、许延寿与赵卬分兵南出，越过祁连山，在理水合击罕羌，许延寿降获四千多人，辛武贤和赵卬各斩杀、收降羌人二千多人。赵充国没有出击，靠安抚之策，一下子就招降五千多人。刘病已得到战报，下令停止战争，只让赵充国留守屯田。

第二年五月，赵充国上奏说："羌人本来大约五万兵力，共斩首七千六百人，投降的三万一千二百人，在黄河、湟水淹死的、饿死的五六千人，最后估计逃脱以及与煎巩、黄羝羌一同流亡的不超过四千人。羌靡忘等责成自己一定要擒获他们，请求撤走屯田的部队。请陛下明察裁决。"上奏得到刘病已的批准，赵充国休整部队，准备回朝。

羌人们听说汉军要离去，喜忧参半，喜的是战争彻底结束了，他们不用再成天提心吊胆的，可以踏踏实实地过日子；忧的是不知道以后汉廷会派什么样的护羌校尉来，要是再来个像义渠安国那样暴虐的家伙，那岂不是又要遭殃？他们对赵充国颇有好感，老将军对他们总是善意安抚，让他们感到心安。如今老将军即将离去，他们中不少人心存不舍，便自发地携带酒食，为老将军送行，自然也对老将军念叨自己对日后的担忧。

赵充国看到羌人们站在道旁送行，不禁感慨万千：其实这是一群纯真质朴的异族人，他们所求无多，只想过点安稳日子。只要你真心实意地善待他们，他们也会念情，善待你。赵充国满面笑容，拱拱手，谢绝羌人们的酒食："感谢各位一片盛情！你们生活很清苦，酒食你们就留着自家吃。"又安抚说，"大汉天子会派遣温厚有德之人做护羌校尉，他会善待大家的。请大家放宽心，好好过你们的小日子！"

第二十六章　充国还朝·珠崖平叛

1

赵充国率军还朝。自湟中到长安，归途遥远，白日疾行马疲人倦，每到一个驿站，赵充国都命部下歇息。行至金城附近，下榻驿站暂歇。

赵充国的好友浩星赐就住在金城，听说赵充国平羌凯旋路过，喜出望外，特意赶到驿站问候。两人多年未见，如今相逢，感到格外亲切。

赵充国设宴招待浩星赐，想和老友把酒畅快地言欢。浩星赐目视他左右的侍卫，有些拘谨。赵充国见状，便屏退身边的侍卫。浩星赐这才放松下来，和老友喝酒畅谈，谈及这些年各自的境况，谈及边患，特别提到平羌，浩星赐赞叹说："此次平羌，将军可谓功莫大焉，朝廷必有重赏。"

赵充国笑笑说："充国已经位列公卿，享受朝廷给予的高官厚禄，奉命出征，平定边患，乃为分内之责啊，不值得夸耀的！"

浩星赐点头赞许说："那是将军谦逊，建功却不自矜。像将军这样淡泊名利者，实不多见啊。"他呷了一口酒，继续说，"大家都认为破羌、强弩二将军出击，斩首获降很多，羌贼因此败亡崩溃。但是有识之士认为羌贼已穷途末路，即使不出兵，也一定会自行归服。将军现在班师回京，很快就能面圣，不妨做个顺手人情，将平羌之捷归功于二位将军的出击，如此一来，那两位将军必定对将军心怀感激，皇上也会很开心。这样朝堂上下皆大欢喜，岂不善哉！"浩星赐早年混迹官场，精通为官之道，他对老友说的这一番话也是推心置腹的实在话。

赵充国比浩星赐稍微年长一点，也是在官场上滚爬跌打过来的，自然也是深谙官场规则，很懂浩星赐所说的话外之意：希望忠直的老友能够圆通一些，学会明哲保身，为子孙后嗣谋求长久的荣宠与富贵。的确，将功劳推让给主战的两位将军，一来表自己谦恭，二来表皇帝善于用人。这样能让圣上心悦，许家和辛家也念自己的好，对自己和子孙绝对有好处。尤其是强弩将军许延寿，他是恭哀皇后的小叔父，太子的小外祖父，皇上很宠信的外戚，依大汉旧制迟早会被封为大将军，如今借机在皇上面前褒扬他几句，也不过是提前锦上添花。至于那破羌将军辛武贤，本是陇西狄道人，也算是他的原籍同乡，趁这个机会为自己的乡党说两句好话，也是人之常情。但赵充国是个原则性极强的人，他觉得这次平羌，许延寿和辛武贤没有长远眼光，一味强调出击而不重视安抚的军事策略，明明就是错误的，何功之有？他的安抚之策才是最上策。如果现在把功劳都推给他们，皇帝必定会给他们加官晋爵，无疑就助长了一种只顾及个人功名而无视国家长远发展的不良倾向，所以他才不会违心地在皇上面前恭维他们，替他们邀赏！

赵充国在老友面前也就实话实说："我年纪老了，爵位已到了顶，难道会因避嫌一时的功劳而欺骗圣明的君主吗？战争是国家的大事，出兵打仗要讲究战术原则，必须善于顺应天时，善于利用地利，充分发挥人和。这些应当为后世所效法。我不在风烛残年向陛下明确陈述用兵的利害关键，如果哪天仓促死去，还有谁会对明主说这些呢？"

浩星赐也知道老友的脾气，既然他将话都说到这个份上了，自己也就没有必要再多言了，便笑着说："将军心如明镜，所言真知灼见，令人叹服。"

赵充国闻言，却又轻轻叹叹气，"其实怎么说呢，你知道我这人就是个直肠子，我这样做肯定也不讨人喜。不过，我也不在乎，身正不怕影子歪。我不玩虚的东西，就一心踏踏实实地做人做事。我只要对得起陛下对我的信任，对得起天地良心，我这心里就踏实了！"浩星赐连连点头，说："将军说得实在！"两人又把酒叙了一会儿话，浩星赐告辞而去。

多日后，赵充国率军回到长安。刘病已诏令褒扬老将军劳苦功高，让他好好安歇三日，才宣召他进宫叙谈。

一见面，刘病已又对赵充国一通夸赞，他是由衷地敬服赵充国。赵充国对皇上圣明也是由衷地感激："臣已日薄西山，老朽不堪，之所以还能将仅有的一点余力全部发挥出来，全仰仗陛下大度包容啊！每次老臣聒噪自己的愚见，陛下都不厌其烦，耐心地听取，只有圣明的君主才有如此大的肚量啊。"

刘病已笑笑，"将军太褒扬朕了！将军德高望重，熟稔兵法，自如地运筹帷幄之中。尽管最初公卿们对您的军事决策不太理解，但最终还是觉得您的决策很高明。"

"感恩陛下对老臣的鼓励！"赵充国不禁有些感慨，"老臣之所以要深入研读兵法，也是早年经受过沙场的血雨腥风，深知战争的残酷无情，血的教训告诉我们：上战场，决不能一味地同敌人硬拼，那会吃大亏的！"

刘病已表情有些凝重，"将军听说的教训，是天汉二年出击匈奴的事吧？实在太惨烈了！"几年前，杨恽献上外祖父司马迁写的《太史公书》，他惊叹这是一本难得一见的巨著，特别是此书所记的汉匈之间的战争，他反复研读，对天汉年间的汉匈之战，印象很深刻，令他读后心情久久不能平静。现在他很想听听赵充国对当年这场战争的看法。

尽管那场战争已经过去了三十九年，但如今一提及，赵充国依然深感痛心。"那场战争，大汉将士阵亡十分之六七，那都是一个个鲜活的汉家儿郎啊，可怜都被埋骨大漠黄沙。老臣当年能侥幸存活，逃过死劫，全靠老天保佑！"赵充国深深叹了一口气，"如果那场战争放到现在，绝不会是那样的惨痛结局！"

刘病已眉宇一动，"以将军之见，放到现在会怎样？"

"至少我们不会轻敌。那时为什么轻敌？因为自元朔年间的漠北之战后，朝廷上下都普遍觉得大汉很强盛，低估了匈奴的实力。"他略作停顿，"对于漠北之战，陛下一定很了解的。"

刘病已微微颔首，他很了解这场汉匈之间发生的最大一仗，《太史公书》中记载得一清二楚。曾祖父为了彻底消除边患，可谓下了血本，经过两年时间的精心准备，于元狩四年春调集十万精锐骑兵，命大将军卫青、骠骑将军霍去病各领五万，深入漠北，寻歼匈奴主力。为了确保此次作战胜利，曾祖父还从民间招募私人驾驭的马匹十四万，步兵数十万，负责转运辎重，保障后勤供应。为这次大战储备的粮草更是足够富余。由于战前准备充足，战时采用因势利导的战略战术，这场战争最终取得了胜利，给匈奴主力以致命的打击，极大地削弱了匈奴势力，使其之后十多年都不敢再轻易侵扰汉朝边郡。

赵充国见皇上似陷入了沉思，"陛下是不是也觉得，天汉年间的汉匈之战跟元朔年间的汉匈之战，是很不一样的？这两场战争时隔二十年，形势已经发生了很大变化。当时的大汉整体国力已远不如二十年前强盛，可是朝廷上下依然保留着一种大国的优越感，没有充分地意识到匈奴经过二十年的休养生息，已经恢复元气。由于轻敌，导致战前没有做好充足的准备，这是导致失败的一大原因。"

刘病已点头，"朕也觉得备战方面，的确有些掉以轻心了。将军觉得用人方面呢？"

赵充国连连摇头，"恕老臣直言，用人方面，也是一言难尽。天汉二年的那场战争，臣以代理司马的身份全程参与，非常清楚主帅是什么样的人。贰师将军李广利，论其军事指挥才能，根本无法同大将军卫青和骠骑将军霍去病相比，而且他很短视，过于在意个人封赏，不体恤士兵，缺乏为国效命的忠心。说实在的，我们最初打得很不错。三万精兵在贰师将军的带领下，从酒泉郡出发，直捣匈奴右贤王在天山的老窝，打了右贤王一个措手不及，擒杀敌人共计一万多人，遗憾的是让右贤王逃跑了。这个时候应该一鼓作气地乘胜追击，但李广利没有，他命令掉转军马，要回朝邀功受赏。茫茫大漠，又生擒了大量的匈奴兵，回朝又谈何容易啊！就在我们回朝的途中，仅仅两天时间，右贤王纠集了大量兵力围攻我们！多次拼杀，死伤无数，依然无法突围。没有后援，缺乏粮草，眼见只有死路一条。作为主帅的贰师将军束手无策！"赵充国越说情绪越激动。

"后来还是将军您站出来了，奋勇当先，领着百名勇士杀出了血路，贰师将军才突的围，对不对？"刘病已敬佩不已。

"唉，当时也是没办法，如果不杀开一条血路，那必定是全军覆没啊！还有李陵出兵，更是一言难尽！"

刘病已神情十分凝重，他当初看《太史公书》中对李陵抗匈的相关记载，深感痛心！将门之后李陵率领的军队只有五千步兵，抗击八万匈奴精锐骑兵的围攻，竟能连斗八日，杀敌上万，因为没有后援，矢尽粮绝，导致那样惨痛的结局。他忍不住喟叹说："李陵是个难得的将才啊！可惜兵败降敌，悲哉悲哉！"

"唉！李陵悲剧，本该可以避免的。当初武帝的计划，是命李陵跟随贰师将军李广利出征，监护辎重，担任后勤保障工作。但李陵大概觉得自己屈才了，立功心切，向武帝主动请缨：自己独率五千步兵向北出击，直捣单于王庭，以牵制匈奴力量。武帝同意了，令强弩将军路博德对李陵进行策应，配合李陵军队的作战。路博德可能觉得自己是个老将，羞于做李陵后援，他认为秋季匈奴马肥强壮，不适合与之开战，最好等到来年春天再与李陵一起出兵。武帝想必很生气，下令路博德出兵配合李广利，同时严令李陵急速出兵。陛下，您看看，这么重大的军事行动，计划如此不一致，人心如此不齐，战前不统一协调好，就匆促出击，这是用兵的大忌啊。"

刘病已连连点头，"确实是大忌！当年的战争如果让将军来统帅，肯定能打赢的！"

赵充国说："感恩陛下对老臣的褒扬。不过，得有一个前提，必须有陛下这样圣明的君主的全力支持和信任，老臣才能保证打赢战争。过去的尚且不说，就说这次平羌，如果放在当年，或许结局难以预料。"

刘病已舒心地笑了笑。

"老臣研读兵法多年，深谙战争的最高境界是'不战'，不战而屈人之兵，乃是赢得战争的最上策。所以这次平羌，老臣不主张出击，而是坚持'安抚'，表面是安抚，实际上是在安抚的同时变相施压，这就是老臣坚持采用屯田策略的主要原因，借屯田震慑羌贼。强弩将军和破羌将军对朝廷忠心可鉴，也希望能打赢这场战争，在这一点我们是完全一致的。但对于他们的战略战术，老臣是持保留意见的。恕老臣直言，如果一味采取他们的出击策略，这仗估计现在还在持续，耗费将是不可估量的。幸亏陛下圣明，耐心地听取老臣的愚见，还不厌其烦地让公卿大臣们讨论，最终达成共识。途中老臣不慎偶染风寒，陛下也及时做了必要的安排，以防不测。君臣上下同心，都将国家利益视为最高目标，方能轻松地赢得这场战争，更值得夸耀的，是零伤亡！"

刘病已笑着感叹说："有将军您这样忠直睿智的元老重臣辅佐朕，真是朕之大幸，国之大幸啊！朕要重重地奖赏将军才行！"

赵充国一听，心里有些不乐意了，这可不行，奖赏我，必定也要奖赏许延寿和辛武贤。他忙稽首婉谢："老臣在蓬头历齿之年，还能得到陛下的恩信与重用，就是对老臣最大的奖赏啊！再说，老臣早已享用朝廷给予的高官厚禄，所做的不过是分内的职责，万万不能再接受陛下额外的奖赏！"

在赵充国的一再坚持下，刘病已只好打消奖赏的念头。

2

那天跟赵充国一番深入的交谈，刘病已感觉自己在军事方面、识人方面又有了些长进。他细品自己任命辛武贤为"破羌将军"，确实有点欠考虑。如果当初采纳了辛武贤的策略，羌贼估计现在还没破。他决定还是免除辛武贤的破羌将军官职，让他仍回到酒泉担任太守，赵充国依然担任后将军卫尉。

这年夏五月，羌人若零、离留、且种、儿库联合起来，杀了先零大首领犹非（一作苦非）、杨玉，与各首领弟泽、阳雕、良儿、靡忘一起率领煎巩、黄羝部族的罕羌多人投降汉朝。刘病已大悦，封若零、弟泽二人为帅众王，离留、且种二人为侯，儿库为君，阳雕为言兵侯，良儿为君，靡忘为献牛君。开始设置金城属国来安置投降的羌人。

刘病已下诏，要求丞相、御史、车骑将军、前将军、后将军五府推荐可以护卫羌人的校尉人选。当时后将军赵充国生病，丞相、御史、车骑将军、前将军四府都推荐辛武贤的小弟弟辛汤。

刘病已觉得这事大致可以定下来，也不再劳烦病中的老将军，就任命了辛汤。不过，他为了表示对老将军的尊重，还是派人到后将军宅邸，跟赵充国说了一下护羌校尉的任命情况。谁知赵充国一听，急忙从病榻上爬起来，撑着病体，提笔给刘病已上奏："辛汤酗酒，不能主管蛮夷。陛下不如考虑任命辛汤的哥哥辛临众。"他觉得辛临众为人谦和，办事持重，适合当护羌校尉。

刘病已看到赵充国带病写的奏书，感慨老将军真是忠直，一心挂念国事，便听从老将军建议，改任辛临众为护羌校尉。后来辛临众生病没法主持公务，刘病已只好将他免官，又诏令要求五府推荐人选。这回大家依然推荐辛汤，理由是辛汤熟悉羌地的情况。赵充国一看这情形，也不好再反对，因为实在找不到第二个熟悉羌地的吏员。刘病已就任命辛汤接替他哥哥做护羌校尉。

果然如赵充国预料的那样，辛汤做护羌校尉根本就不称职，他是个酒鬼，屡次醉酒向羌人撒酒疯，动辄就惩罚羌人，严重的时候还杀害羌人，导致羌人忍无可忍，最终反叛，赵充国又受命前去安抚。

辛武贤和小弟辛汤都对赵充国深怀恨意。辛汤恨归恨，倒没想着将老将军怎么样，他没有太强的功名利禄心，只要每月能领到俸禄，每餐能有点小酒喝喝，他就满足。但辛武贤与小弟辛汤完全不同，辛武贤有强烈的仕进欲望，偏又鼠肚鸡肠，睚眦必报。他原指望着平羌之后邀功封赏，没想到赵充国对他心存不善，在皇上面前多嘴多舌，他不但没被封赏，连破羌将军的职位都被免掉了。实在太令人可气了！

辛武贤恨恨地回到酒泉，做着他不愿意做的酒泉太守，越发感到愤懑，发誓要报复赵充国，出出心中的恶气。他暗地里搜罗赵充国不法的证据，可是搜罗半天，也没搜罗到赵充国丝毫可靠的罪证。看来这老匹夫真是头顶明月，两袖清风。

正当他沮丧之时，突然想到赵充国儿子赵卬有把柄抓在自己手中，顿时满心兴奋：哼，老匹夫，我整不了你，就整你的儿子！——当初，平羌期间，辛武贤在军中时与赵卬关系不错，闲暇时两人喝酒聊天，一次喝得有点微醺，赵卬也没设防，竟对辛武贤说起私密的事："车骑将军张安世开始时曾让皇上不高兴，皇上想杀了他，我家将军认为安世原本随侍孝武帝几十年，被认为忠诚谨慎，应该保全宽恕他，安世因此才被免罪。"辛武贤将这事作为赵卬的罪状，上密奏告发赵卬泄露宫禁私密，对圣上大不敬，理应严惩不贷！

刘病已看到密奏，很恼怒。他也知道辛武贤告发赵卬，大概率是报复赵充国，对辛武贤也没什么好感。但多年前萌生诛杀张安世的事，是他最忌讳提起的，他极不愿意让别人觉得他刻薄寡恩。他对赵充国有点意见，怨赵充国没有管住自己的嘴巴，转念一想，父子关起门来，在家说点私密的事，也无可厚非。主要是赵卬令人讨厌，你父亲跟你说的事，你烂在自己肚子里不就完了，你在外面跟辛武贤咋呼什么？你这不是有意宣扬朕的过失吗？如今辛武贤写个密奏告发你，朕能坐视不管吗？都是你自己给自己招的祸！你也怨不得朕！

刘病已恼怒过后，头脑冷静下来，觉得还不能以泄露宫禁私密为由治赵卬的罪，那会将赵充国牵扯进来，到时候事情闹大了，不太好办，赵充国毕竟是功勋老臣，自己决不能动赵充国本人一根寒毛。而且，这事传出去，只怕影响自己的好名声。刘病已便授意有司查查赵卬有没有其他违法的事，查来查去，也只查到赵卬有一次到父亲赵充国幕府的司马中随便屯兵，这是违反禁令的。刘病已暗自也感慨赵充国教子还是有方的，老实说，儿子到父亲的幕府屯屯兵，真不算什么事。但他还是不想赦免赵卬，就以这个为借口，将赵卬交由法吏审讯。

赵卬生性比较谨慎，平素在外并不爱多言。如今竟被辛武贤告发下狱，让他悔恨不已。那天不知是什么鬼迷了自己的心窍，跟辛武贤喝酒，喝得有点犯迷糊，竟说起不该说的私密事！他原本觉得辛武贤为人不错，见人总一副笑微微的样子，没想到辛武贤竟这么坏，袖中藏刀！他琢磨着皇上以他违反禁令屯兵为借口，将他法办，大概是不想将事情牵扯到他父亲头上。他觉得对不起老父亲，老父亲一世英名，不能毁在自己手中。他越想越悔恨，越想越难过。他也不想面对法吏来审讯自己，那太没脸面！赵卬起了自行了断的心思，给父亲留了一张字条：儿卬不忠不孝，无颜存世。乞父宽恕！望父多多保重！赵卬念及自己不能给老父亲养老送终，悲怆不已，但他还是决然自杀了。

那前后几天，赵充国一直待在后将军府，处理公务。赵卬将自己的事对父亲瞒得紧紧的，也嘱咐家里人不要告知父亲，说自己也没什么大事。

等到赵充国知晓，爱子已经到了另一个世界。白发苍苍的赵充国一时接受不了这个突如其来的重大打击，悲痛欲绝，竟病倒了。

刘病已听说后，心里有些许愧疚，他原也没打算将赵印置于死地，只是想惩罚一下赵印，审讯走个过场，然后将他降职降薪，没料想赵印竟自裁了。他派人到赵充国府邸吊唁赵印，抚慰赵充国，但都无法消除赵充国心中的哀痛。

赵充国后来才知道真实内情，是辛武贤那卑鄙小人为报复他，陷害他的儿子！皇上竟也顺了那卑鄙小人的心意，将他儿子问罪下狱！想起好友浩星赐当初的忠告，赵充国心中更觉悲凉。他戎马一生，始终心怀报国之志，赤胆热心，为国尽忠，为君效命，到头来晚境竟是这般凄凉！

好友浩星赐听说赵充国因丧子病倒，便前来探望。赵充国一见老友的面，忍不住老泪纵横。浩星赐等他情绪稍微有所稳定，握住他的手劝慰说：“人生无常，聚散有终。天自有意，人各有命。还望将军节哀自重啊。”赵充国摇摇头，无限感伤，“我枉活七十多年，如今总算彻底看明白了！”

浩星赐知他话意，点点头，也不说破。老友经受丧子之痛，亲身体验官场险恶，终于看透看破很多事情，他想必萌生退意了。

果如浩星赐所料，赵充国在他告辞之后的第二天，就上书以生病为由请求退休。刘病已没有马上答应，而是亲自上门看望，对满脸病容的赵充国说了一番抚慰的话，并对赵印之死深表遗憾，还竭力挽留赵充国留职，“将军安心休养，等病好了，朕还要依靠将军辅佐呢。”

赵充国拜谢说：“感恩陛下对老臣的恩信！老臣将近八十岁，病体不支，尸位素餐，让老臣深为之惶恐！恳请陛下准许老臣退休。如果能托陛下洪福，老天又能加以保佑，让老臣能苟延残喘。即便老臣在野，依然心系国家，只要陛下对老臣不弃，只要老臣还有一口气，还能动弹，随时听候陛下的差遣，报效朝廷！”

刘病已见赵充国说得如此恳挚，也就答应他的退休请求。等赵充国身体稍微有所恢复，为他举行隆重的欢送仪式，赐给他一辆精美的安车和四匹驾车的宝马，另赠黄金六十斤，让他回家安度晚年。朝廷每有四方邻国大事需要开会讨论，刘病已常常邀请他参与，帮着一起出谋划策，制定战略。在刘病已看来，赵充国的计策常常是无懈可击的。

甘露元年（前53年）冬，耄耋之年的赵充国卧病在榻，依然惦记西羌事务。刘病已亲自驾临他的府邸看望他，他嘴里还喃喃念叨说，西羌的百姓大都淳朴善良，只要陛下派忠直又能体恤百姓的护羌校尉，老百姓能安分守己，西羌一带会和平无事。

刘病已含泪握着老将军的手，"将军一辈子为朝廷鞠躬尽瘁，操心不已，朕深为感佩！至于西羌事务，朕会多多关注，将军的嘱托朕会派人转达护羌校尉，希望护羌校尉不会让朕和将军失望。"赵充国满意地笑笑，感恩陛下圣明！又想起前两天好友浩星赐来看望他，提及自南粤归来的商人说朝廷派去的官吏与当地蛮夷关系有些紧张，怕是有隐患，便将这个重要信息告知刘病已，请陛下提早防范为要。

甘露二年（前52年）三月，刘病已所倚重的宿将赵充国，走完他八十六年的人生路程，与世长辞。刘病已给予他厚葬，赐谥号壮侯。

3

赵充国病重期间，向刘病已提及南粤一带的吏民关系不睦，刘病已对此很重视，准备派人到南粤一带巡察，采用必要的防范措施。还没等他下诏令，就收到南粤的珠崖郡发生叛乱的奏报，暴民击杀朝廷委派的官吏，让他十分烦闷，深以为患。

南粤的历史比较复杂，刘病已对此也比较了解。早在他登大位之前，在民间游逛期间，就听王奉光讲过南粤的来历。当年秦并吞六国统一天下后，攻占并平定了扬粤，设置桂林郡、南海郡和象郡，以被罚迁徙之民戍守其地，与当地的粤人杂居。过了十三年，各地民众揭竿四起，天下大乱，南海郡尉任嚣病重将死，召请龙川县令赵佗，将有关文书颁给赵佗，让他代行南海尉职务，嘱咐他御敌自卫，割据岭南以避战乱。任嚣死后，赵佗即派人传递檄文，通知横浦、阳山、湟谷关各守军火速切断通道聚兵自守，又杀掉秦朝所置官吏，任用自己的亲信党羽担任郡县官员或代理官长。秦朝灭亡后，赵佗就攻夺吞并了桂林郡和象郡，自立为南粤王。为了缓和中原人与当地粤人的矛盾，他采用"和辑百粤"的策略，尊重粤人习俗，允许粤人参加地方政权管理，鼓励中原汉人与粤人通婚，这一策略有力地巩固了他的统治。

刘病已当时听王奉光讲完，就觉得赵佗是个有心计有野心的狠角色。等到后来他有幸登上大位，就比较关注他之前的几代先辈帝王是如何对待南粤的，了解到先辈帝王们也是根据具体的形势，对南粤采用行之有效的策略。

高帝最初对南粤放任不管，是因为当时天下初定，中原连年战乱，人民劳苦，所以放过赵佗而不予讨伐。十年后，政权相对稳定下来，高帝就开始有意识地约束南粤，派陆贾追立赵佗为南粤王，同他剖符通使，协调安定百粤，使他不要成为南部边疆的祸害。南粤与长沙国接境。高后当政时，有关部门的官吏请求禁止南粤在关市上购买铁器。赵佗认为这一定是长沙王的诡计，长沙王想倚仗汉朝，攻占南海而加以吞并，自谋功利。于是赵佗便自加尊号为南武帝，发兵攻打长沙边境，蹂躏数县。高后派将军、隆虑侯周灶攻打南粤，碰上酷暑阴雨天气，周灶的士兵有很多人身染瘟疫，军队不能越过阳山岭。过了一年多，高后病逝，汉朝就停止了对南粤用兵。赵佗乘此机会用军事威吓，财物贿赂闽粤、西边的瓯骆（西瓯部落与骆粤部落的合称），奴役并使他们归属南粤，东西绵延一万多里。赵佗自信心满满，竟生发了称帝的野心，在自己乘坐的车驾上动起了心思，车盖高敞，并且用黄缯做里子，在车衡的左边用牦牛尾做装饰物（称"纛"），他出行都乘坐这种只有皇帝才能乘坐的黄屋左纛车，公然与汉朝天子平起平坐。

文帝即位之后，对赵佗采用怀柔之策。在赵佗的家乡真定为赵佗父母坟墓设置守墓居民，逢年过节按时祭祀。又把赵佗的堂兄弟招来，用尊贵的官职和丰厚的财物赏赐他们。文帝命令丞相陈平荐举可以出使南粤的人，陈平说陆贾在先帝时出使过南粤。皇上召请陆贾任太中大夫，一名谒者作为副使，带着文帝的亲笔信和御赐绣衣百件出使南粤。

刘病已对文帝赐给赵佗的书信很感兴趣，曾经命人找出那封书信的备份，认真地细看了一遍，心生感慨：这封书信，真是绵里藏针啊！

皇帝问候南粤王，非常苦心劳意。朕是高帝的庶子，被弃置在代地领受北藩，路途遥远，阻隔了朕，未能与南粤通使。高帝去世后，惠帝即位，高后亲自处理政事，不幸患了重病，且日益加重，故在治国方面出现乖乱之事。各吕姓改变以前的做法扰乱法度，高后一人不能制服他们，于是用他姓的儿子作惠帝的继嗣。仰赖宗庙神灵，功臣力助，已经将他们杀戮。朕因王侯官吏不肯答应我辞位的缘故，不得不继承大统，现在即位了。

原先听说你送给隆虑侯信件，求访你的兄弟，请求罢免带兵进攻南粤的长沙郡的两位将军。朕按照你的信罢免了将军博阳侯陈濞。你在真定的兄弟，朕已经派人前去问候，重新修整你先人的坟墓。前天听说你在边地兴兵，劫掠不断。长沙郡对此非常痛苦，南郡更严重，汉军与南粤战斗，难道对南粤也有利吗？结果一定是杀死众多士卒，损伤好的将帅，使别人的妻子成为寡妇，使别人的儿子成为孤儿，使别人的父母失去儿子，得到一个失去十个，朕不忍心兴兵。

朕想将南粤与长沙地界犬牙相错的地方划直，询问官吏时，官吏说"这是高帝用来把长沙和南粤隔开的"，朕不能随便改变；官吏还说"获得你的地盘不足以称为大，得到你的财富不足以称为富，服岭以南，你自己管理"。即使这样，你仍自加尊号为帝。两帝并存，没有一个使者能从中予以沟通，这是在彼此争夺；争夺而互不相让，是仁者不做的。

朕希望与你共同消除嫌隙，从今通使至于永久。所以派陆贾将朕的意图告知你，只要你接受，不做抢掠之事，就拿御府所贮的上等衣五十件，中等衣三十件，下等衣二十件，送给你。希望你高兴，问候邻国，同邻国和睦相处。

当时南粤王赵佗自知汉朝已今非昔比，与汉廷公开对抗，不会有好果子吃，便做出惶恐的样子磕头谢罪，表示愿意永为藩臣，遵奉贡纳之职，当着陆贾的面，对群臣下令说："我听说两雄不同时而立，两贤不并世而存。当今汉朝皇帝是贤明的天子。从今以后，废去帝制黄屋左纛。"并且写了一封很长的复信叙述前尘往事，言辞极为谦卑。

刘病已对赵佗复信也颇有兴趣，曾经命人将其找出来，细阅一遍，感叹这个赵佗果真不是一般人，很会审时度势，寻求自保。

　　蛮夷大长、老夫臣佗昧死再拜上书皇帝陛下：老夫是原南粤的官吏，高帝赐给臣佗印玺，让我担任南粤王，让我做国外之臣，按时输纳贡赋。孝惠皇帝即位后，对老夫心怀怜悯，所以给老夫的赏赐非常多。自从高后处理政事以后，亲近小人，相信谗臣，视蛮夷为异类，并颁布命令说："不要给予蛮夷外粤铜铁农器；即使给予马牛羊，只给牡（雄）的，不给牝（雌）的。"老夫孤守偏远的蛮荒之地，像马牛羊一样已经老了，自己认为没修祭祀，犯有死罪，派内史潘、中尉高、御史平共三人上书谢罪，结果都没有返回。又听说老夫父母的坟墓已被破坏削平，兄弟宗族已被诛杀论罪。官吏共同商议说："现在我们对内不为汉室所重，对外无以自立而标高立异。"所以老夫更号为帝，在自己的国内称帝，不敢对天下有害。高后听到后大怒，削去南粤名册，让使者互不往来。

　　老夫私下怀疑长沙王是一个谗臣，故发兵进犯他的边地。况且南方低下潮湿，蛮夷中西边有西瓯，其民众半数为赢弱之人，南面而称王；东边有闽粤，其民众有几千人，也称王；西北有长沙郡，其一半的地方杂处着蛮夷之人，也称王。老夫所以敢妄自窃取皇帝尊号，纯属聊以自乐。老夫身处百粤之地，东西南北有几千万里，带甲兵士百万有余，但北面而称臣服侍汉朝，为什么呢？不敢违背先人的缘故。

　　老夫居住在粤已有四十九年，到如今抱孙子了。但夙兴夜寐，寝不安席，食不甘味，目不看华丽之色，耳不听钟鼓之音，是因为不能服侍汉朝而惴惴不安。现在陛下同情老夫，恢复老夫原来的称号，像以前一样与汉朝通使，老夫死骨不烂，改号不敢称帝了！恭敬地向北面通过使者向皇上献上白璧一双，翠鸟一千只，犀角十个，紫贝五百个，桂一件，生翠四十双，孔雀二对。冒死再拜，来听皇上教诫。

　　陆贾带着赵佗的书信和礼物回朝禀报文帝，文帝非常高兴。

　　赵佗在文帝时期、景帝时期，都对汉称臣，按时派使者去朝见天子，但那都是表面表示归顺的，在南粤国内他依然窃用帝号，只是所派的使者到汉廷朝拜时，称王、拜受天子之命才行诸侯之礼。

　　赵佗活了103岁。在刘病已看来，这大概是他所知道的活得最长寿的人。他很好奇，赵佗能活这么久，是如何做到的？不过，刘病已又觉得，一个人活得太久，对自己的后嗣未必就是好事，赵佗就是因为活得实在太久，将所有儿子都熬入黄土。等到赵佗去世后，继承他的王位的只能是他的孙子赵胡（又称赵眜）。

刘病已对赵佗之后南粤国的发展与衰亡也比较感兴趣，他命人找出记载南粤国历史的相关文献，阅看了解。

据文献记载，赵佗的孙子赵胡继位刚两年，政权还不稳定，东边的闽粤就发兵攻打南粤，赵胡为了自保，不得已向汉朝发去求救信。其时大汉在位的是武帝，他很重视赵胡求救，当即派大行令王恢带兵去讨伐闽粤。还没等汉军赶到，闽粤王郢的弟弟余善因忧惧汉军会灭掉闽粤，遂发动政变杀掉兄长郢，转而向汉朝谢罪，汉军见势就退兵了。之后武帝派严助为使者去向赵胡通告此事。

赵胡磕头感谢大汉的恩赐，说："天子竟能为臣兴兵讨伐闽粤，臣即便死，也无法报答天子的恩德！"派太子赵婴齐跟着严助去长安为天子宿卫，并对严助说："鄙国新遭寇掠，还有很多事情需要处理，贵使者请先行一步。等我忙完了这些事，即刻整装入朝拜见天子。"严助表示理解。

等严助一走，南粤的大臣们就严肃地劝告赵胡不能去汉廷朝拜，"汉朝兴兵，导致闽粤王郢被杀，同时也以此来威吓南粤。况且先王说过，事奉汉天子只求不得失礼，总之您不可因受汉朝使者的巧言诱惑就去汉廷拜见天子。万一入朝拜见不能复归，这是亡国的情势啊！"于是赵胡声称有病，始终没有入朝拜见天子。

元狩元年（前122年），在位十五年的赵胡真的病重了，在长安当质子的太子赵婴齐以探看父王为由回到了南粤，不久赵胡病死，赵婴齐就继了位。

当初赵婴齐在长安时，娶邯郸樛姓女子为妾，生下儿子赵兴。虽然之前他在南粤已娶粤地女人为妻，也生了一个儿子，名赵建德；但为了对汉朝表忠心，他一即位，就上书汉朝请求册立樛氏女为王后，赵兴为王位继承人。得到武帝的批准。

赵婴齐在长安当了十多年的质子，每日都仰人鼻息，时时小心谨慎，如履薄冰，生怕招致祸患，心情极度压抑。等到他回南粤当了君王，一下子位居高位，报复性地自我放飞，独揽生杀予夺之权，为所欲为。武帝听说赵婴齐的表现，多次派使者或暗或明地劝说，赵婴齐依然沉醉在肆意玩弄权力的迷局中而不能自拔，所以他非常害怕入朝拜见天子时，被挟持强迫使用汉朝的法度，按照内地诸侯那样去对待他，因此像他父亲那样，坚持说自己有病，一直不肯入朝拜见天子，而是派遣庶子赵次公入朝宿卫。七年后赵婴齐去世，加谥号为明王。太子赵兴继立为南粤王，其母摎氏为太后。

太后自未做赵婴齐的妻子时，曾与霸陵人安国少季有私情。赵婴齐死后，元鼎四年（前113年），汉朝派遣安国少季劝说南粤王和王太后入朝，让辩士、谏大夫终军等同去陈述其辞，勇士魏臣等辅助决策，卫尉路博德带兵屯驻桂阳以待使者。

南粤王赵兴年少，太后是中原人，安国少季一行前往南粤国，他和太后旧情复发，两人又私通了。南粤国人颇知其事，对太后不自重很是鄙夷，多不依附太后。太后恐怕出现乱子，也想倚靠汉朝的威力，劝说赵兴及近臣请求内属汉朝。于是便托使者上书，请求比照内地诸侯，三年入朝参见天子一次，撤除边境关防。武帝允准了他们的请求，赐其丞相吕嘉银印，以及内史、中尉、太傅印，其余官职南粤可以自己选置。废除南粤原有的黥刑、劓刑，使用汉朝法律。

汉朝的所有使者都留下来镇抚南粤。南粤王赵兴和太后整治行装和贵重礼物，为入朝做准备。

南粤丞相吕嘉年事已高，他先后辅佐了三代南粤王，他的宗族当中做官贵为大员者有七十多人，他的儿孙都娶王族女为妻，其女子尽嫁王子兄弟和宗室贵族，又与苍梧秦王联姻。吕嘉在南粤国内位高权重，粤人信任他。

南粤王赵兴上书汉廷请求归附，吕嘉多次劝阻，赵兴不听从。吕嘉便滋生反叛之心，屡屡推说自己有病不见汉朝使者。使者注意到吕嘉的动向，迫于形势，又不便杀他。南粤王和太后也怕吕嘉等人事先发难，想通过汉朝使者的权威，谋杀吕嘉等人，于是设置酒宴请来汉朝使者，大臣都奉陪坐饮。吕嘉之弟为将军，带兵守候在宫外。

宾客依次斟过了酒，太后对吕嘉说："南粤内属朝廷，是国家之利，而相君嫌其不利，这是为什么呢？"她想以此激怒使者。使者却有些狐疑，面面相觑，始终没敢发作。

吕嘉发现座中使者不同往常，意识到自己很危险，当即快速出去。太后发怒，想用矛刺杀吕嘉，赵兴阻止太后。吕嘉出宫后，由其弟之兵护卫回府，推称有病，不肯入宫见南粤王及汉朝使者，并且暗中谋划叛乱。南粤王赵兴向来无意诛杀吕嘉，吕嘉知道这点，所以好几个月没有发难。太后一心想杀掉吕嘉等人，可力量微弱又不能办到。

武帝听说这件事后，怪罪使者怯懦不能决断。又认为南粤王和太后已经依附汉朝，唯独丞相吕嘉作乱，不值得兴师动众，打算派庄参率二千人前往。庄参性情沉稳，考虑问题很周详，他觉得此事并不简单，对武帝直言不讳地说："如果我们是为了同南粤友好而去，只需几个人去就够了；倘若为了打仗而去，那么二千人是不顶用的。"武帝听不进庄参的谏言，认为庄参是在推脱，心中不快，便不再派给庄参兵士。

当时在场的郏县壮士、原济北相韩千秋奋然说道："就凭小小的南粤，又有南粤王做内应，只有吕嘉捣乱，没什么可顾忌的！我愿领三百名勇士前去，必斩吕嘉回报。"武帝很欣赏韩千秋的豪气，便派遣韩千秋与太后的弟弟樛乐率领二千人前往南粤。等他们进入南粤境界后，吕嘉终于率兵造反，对臣民们下令说："国王年幼无知。太后是中原人，又跟使者淫乱，一心想要内属，尽将先王珍宝入献天子以自作谄媚，随从人员很多，她是想走到长安后便将他们掠卖以为僮仆。太后只顾着自己逃脱一时之利，却没有顾及赵氏社稷和为子孙万世着想之意。"于是与其弟率兵攻杀南粤王赵兴、太后樛氏，并将汉朝使者全杀掉。派人告诉苍梧秦王赵光及其诸郡县，立明王赵婴齐与粤籍妻子所生的长子术阳侯赵建德为南粤王。

韩千秋的军队深入南粤境内，攻破了几座小城。后来南粤干脆让开道路，供给饮食，韩千秋以为吕嘉等人害怕了，放松了警惕。没想到等他们离番禺四十里，吕嘉便发兵攻打韩千秋等人，把他们消灭了，派人用匣子封装汉朝使者的符节，置于边塞之上，又假装友好地讲了一通骗人的话表示谢罪，发兵防守要害之地。

尽管韩千秋全军覆没，但武帝还是嘉奖他的勇气，下诏："韩千秋虽然没有成功，但他也够得上军锋之冠。封其子韩延年为成安侯。乐的姐姐为南粤王太后，首先愿意归附汉朝，封诚乐之子广德为龙侯。"接着向天下颁布特赦诏令，说："天子衰微，诸侯互相攻伐，《春秋》记之，以讥刺人臣不为君讨贼。吕嘉、赵建德等反叛，心安理得地自立自封，令粤人及江淮以南楼船水师十万人前往讨伐他们。"

当时水师的船有楼船和戈船。楼船高十余丈，船上建有瞭望台。戈船上装有可刺可钩的戟。船的四周都悬挂着五色彩旗，亮丽多姿。元鼎五年（前112年）秋，武帝以卫尉路博德为伏波将军，出桂阳，下湟水；主爵都尉杨仆为楼船将军，出豫章，下横浦；原归顺汉朝受封为侯的两位南粤人为戈船将军、下濑将军，出零陵，一下离水，一抵苍梧；派驰义侯利用巴、蜀被赦免的罪人，调发夜郎兵，下牂柯江。几路兵马都到番禺会师。

元鼎六年（前111年）冬，楼船将军杨仆率领精锐部卒首先攻陷寻陿，击破石门，缴获南粤船只粮食，于是向前推进，挫败南粤的先头部队，等待伏波将军路博德前来会师。伏波将军统率被赦的犯人，征途遥远，不巧误了军期，与楼船将军会师者才一千多人，于是一起前进，楼船将军在前头，到达番禺，赵建德、吕嘉都据城防守楼船将军，自己选择有利地形，驻兵番禺城的东南面，伏波将军驻兵城西北面。

正巧天黑了，楼船将军击败了南粤人，放火烧城。南粤人素闻伏波将军威名，因天黑，不知其兵力有多少。伏波将军便安营扎寨，派遣使者进城招降，赐给投降者印信，又把他们放回，派他们招降其他南粤将吏。

楼船将军力攻烧敌，反将敌军驱入伏波将军营中。黎明时分，城中吏民都向伏波将军投降了。吕嘉、赵建德趁黑夜与其部属几百人逃到海滨。伏波将军询问投降者中的贵人，得知了吕嘉逃走的方向，派人前去追捕。原校司马苏弘抓到了赵建德，被封为海常侯；南粤郎官都稽抓到了吕嘉，被封为临蔡侯。

苍梧王赵光与南粤是同姓，他听说汉朝军队来到，很恐慌，索性投降了，被封为随桃侯。南粤揭阳县令史定投降汉朝，被封为安道侯。南粤将领毕取率领部队投降，被封为膫侯。南粤桂林监居翁谕告瓯骆四十多万人投降，被封为湘城侯。戈船将军、下濑将军的军队及驰义侯所征发的夜郎兵没有南下，南粤已经被平定。汉朝于是在其地设置了儋耳、珠崖、南海、苍梧、郁林、合浦、交阯、九真、日南九郡。伏波将军路博德增加封邑。楼船将军杨仆以其军能攻坚挫敌，被封为将梁侯。自赵佗称南粤王共历五世，九十三年后南粤灭亡。

刘病已了解整个南粤的历史，颇有一番感慨，南粤最终毁在权臣吕嘉的手中。吕嘉作乱，彻底激怒了汉廷，大举兴兵平定南粤，设郡派官吏予以管理。郡内的官员都是汉人，当地民风普遍彪悍，百姓多半天生反骨，尤其是珠崖郡最容易生发叛乱。

自武帝设立珠崖郡以来，到昭帝即位那年，一共二十三年时间里，就先后发生六次反叛，每次平定都耗费大量的人力、物力和财力。

刘病已即位后，对南粤主要采用安抚之策，十多年来相对比较安定。如今还是出了乱子，他觉得必须尽快介入，平息事态，于是召集群臣廷议如何平定珠崖叛乱。

太仆陈万年和长乐卫尉董忠等人认为应该派兵镇压，擅自杀害朝廷官员，罪不可赦！

丞相黄霸建议能安抚还是尽量安抚，"像珠崖这种未开化之地，与长安相距极为遥远，又有海峡作为天然屏障，派兵前去镇压，消耗肯定巨费，况且就算压得了一时，恐怕也难以消弭潜在的隐患。"

御史大夫于定国说："陛下之前一直采用安抚之策，基本上无事，为何现在出乱子？肯定事出有因，应该派人调查其真实原因，有针对性地解决问题，再度安抚或许是有用之策。"

太子太傅萧望之说："御史言之有理。草民之所以变得暴虐，多半是觉得自己利益受到了严重侵害，而又无处申诉，故而以暴力抗击来泄愤。如果陛下派得力之人去听取他们真实的心声，为他们做主，让百姓安心，事态自然会平息。"

萧望之话音刚停，京兆尹张敞就接茬儿说："丞相、御史和太傅都是以君子之心度小人之腹！"众人都凝神目视张敞。

刘病已朝张敞微微颔首，示意他继续说下去。

"以卑臣不完全了解，像珠崖那种蛮荒之地的草民，生性野狂，他们自认为在海岛之上，地理位置有优势，离汉廷相距几千里之遥，他们不愿守规矩，违反禁令，要是朝廷命官按具体规定惩罚他们，他们就公开叫板，群起对抗朝廷命官，汉廷也鞭长莫及，拿他们没办法。"张敞环视四座，"对这样生性野狂的蛮民，一味安抚，恐怕只能助长他们的气焰。"

刘病已点点头，"以京兆尹之见，应该如何？"

"陛下，以卑臣陋见，对蛮民之乱，宜先镇后抚，恩威并施，先将蛮民的嚣张气焰打压下去，再调查具体事因，予以适当安抚。唯有如此，方才是有效之策。"

刘病已颔首，"京兆尹说得有理！"派遣护卫都尉张禄带兵到珠崖平叛，同时选派几个有能力的郎官作为使者随同前往。

张禄率兵到珠崖，平息叛乱之后，和使者一起调查叛乱之因，才知官员委派的小吏私下变着法子盘剥，搜刮珍宝，引发官民冲突，后来越闹越大，终至暴乱，袭击杀害官吏。

鉴于反叛事出有因，使者出面委婉训诫并安抚百姓，指出杀害朝廷命官是大逆不道行为，是要受严厉惩罚的。希望大家日后引以为戒，请大家放心，朝廷会选派贤能的官员来治理珠崖。百姓才表示诚服。

张禄和使者将平息珠崖的经过向刘病已奏报，奏报中也提及小吏因为俸禄微薄而私下大肆搜刮引发事端，刘病已深深叹气。这个问题他早些年就已经意识到，曾经还专门下诏："官吏贪赃枉法则治道衰。今小吏都勤于民事，而俸禄甚薄，想叫他们不侵渔百姓，那是难以做到的。"那一次他下令将俸禄在百石以下的小吏上涨十五石。

珠崖叛乱平定之后，刘病已选派比较清廉的官员到珠崖任郡守，在俸禄之外额外赐予郡守厚赏，还特地划拨一定的办公经费，希望他到任后要恪守为官之道，对手下属员要多体恤，同时也要严格约束属员，不可鱼肉百姓，激化矛盾。

第二十七章　乌孙风云

1

西羌被平定的那年（神爵二年），乌孙想跟大汉进一步加强亲近关系，乌孙昆弥（乌孙王）翁归靡（号称肥王）通过长罗侯、光禄大夫常惠向汉朝天子上书，提出他和解忧公主的长子元贵靡同汉联姻的请求："愿以汉朝的外孙元贵靡为王位继承人，让他也娶汉公主，结两重姻亲，断绝与匈奴的关系。愿用马、骡各一千匹作为聘礼迎娶汉公主。"

刘病已觉得汉同乌孙再度联姻也是好事，可以考虑，便命大臣们讨论此事。时任大鸿胪的萧望之认为："乌孙地处极远，难保不发生变化，不要答应他们的请求。"但刘病已很看重乌孙在对抗匈奴中所起的重要作用，很难断绝同乌孙已建立的姻亲关系，就派遣使者到乌孙，先迎取聘礼。而乌孙的昆弥和太子、左右大将、都尉都派遣使者，组成三百余人的使团，到汉朝迎接公主。

刘病已封解忧公主的侄女相夫为公主（对外称少公主），设置官属、侍从等一百余人，让他们住在上林苑平乐观的馆舍中，专门跟精通乌孙语的老师学习乌孙语，为日后到乌孙生活扫除语言障碍。

在相夫公主准备远嫁乌孙期间，有匈奴使者和其他一些外国君长来朝，大鸿胪萧望之派下属将他们都安排在平乐观陈设华丽的馆舍中居住。

刘病已亲自到平乐观会见各国外宾，设宴款待他们，并请他们观看精彩的角抵之戏和优美的音乐、歌舞，宴请完毕，派使者送他们回国。

为了给相夫公主出嫁乌孙造势，刘病已特意在这些外宾回国之前，亲自率文武群臣举行隆重的仪式送相夫公主出嫁。他精选一支由一百多人组成的送嫁使团，使团团长是大名鼎鼎的长罗侯、光禄大夫常惠。

常惠堪称三朝元老级的外交能臣。他出身贫困家庭，很有志气，年少时曾自告奋勇，跟随苏武一同出使匈奴，希望缓和当时汉匈之间的紧张关系，但不幸被匈奴扣留。他同苏武一样矢志不移地维护大汉威名，坚决不降匈奴，被流放到环境恶劣的北海一带放牧，受尽了各种生活磨难，在匈奴度过了漫长的十九个春秋。他凭借自己过人的机敏与智慧，最终还是和苏武回归大汉的怀抱。曾经稚气单纯的翩翩少年归来时，已成满脸沧桑但沉稳坚毅的中年汉子。

由于常惠有强烈的家国情怀，出色的外交才能，加上又熟悉西域各国情况，常惠自然而然被朝廷委以重任，成为处理西域外交事务的顶级专家。每逢有什么重大的外交事宜，往往都由常惠出面主使。如今常惠已是须发全白的老翁，但威仪依旧不减当年。刘病已非常尊崇常惠，将他视为国宝级大使。

此次是常惠第五次奉命出使西域，同他一起持节杖为使的有四人，个个都是盛装打扮，仪态大方。

长安横门外，热闹非凡，旌旗飘扬。刘病已目视亮丽风光的送嫁使团，以及井然有序的迎亲使团，微笑颔首，很感满意。

在铿锵欢快的乐鼓声中，在礼仪官带着乐音的唱导下，汉朝一百多人组成的送嫁使团，加上乌孙派来的三百人迎亲使团，四百多人的队伍浩浩荡荡，从长安启程出发，远远看去，一幅壮观的喜庆景象。

按常惠的预定计划，先送相夫公主到敦煌，准备出塞。

如果不出任何意外，这支远嫁和亲的队伍的最终目的地，是距离长安八千九百余里的乌孙都城赤谷城。

从长安到敦煌，有一千七百里的长途远行。常惠一行人由长安出城后，行到京郊的右扶风，沿着渭河的支流泾水，越过北地，到达安定，翻过六盘山，跨越黄河，逾金城到武威，经过河西走廊，抵达敦煌。这一路颠簸劳顿，难免人累马疲，途中只能且行且歇，好在沿途每隔几十里就有一个免费的官方驿站，可供他们暂时歇脚，解决吃喝用度问题。

他们每到一个驿站之前几天，都有专门的驿骑快马加鞭，给该驿站的负责人置啬夫送上一封带封泥的紧急文书，文书的主要内容是长罗侯常惠率领的外交使团即将到达驿站，提醒驿站提前做好迎接的准备。

外交使团到达敦煌，供他们歇脚的驿站是悬泉置。

悬泉置位于敦煌郡效谷县的戈壁滩上，是朝廷设在河西走廊上的一个比较大型的免费驿站，主要承担传递邮件、传达命令以及接待外来宾客的重要任务。它始建于武帝元朔二年（前127年）在敦煌设郡之后，当时名为"悬泉亭"，昭帝时期改称"悬泉置"。它由敦煌郡府和效谷县府共同管理经营，效谷县府侧重于采买与供给后勤物资，敦煌郡府负责监督，管理重大事务。

悬泉置整体看上去，像一座方形小城堡，坐西朝东，大门靠东而开。四周为高大的土坯垒砌的院墙，东北与西南角各设有一个角楼。院内有大小不等的房舍二十七间，其中依西壁、北壁建有坯墙体平房三组，为客舍区，东侧与北侧的房舍为服务人员的办公区；院外西南角、北边有一组呈南北向的马房三间。马房附近有库房和厨房。院外的西边为废品堆积区。

悬泉置在经营与管理方面有比较完善的制度，比如效谷县府采买的各种物资送到悬泉置，必须有明晰的出入库记录，库房物资定期要进行整理、盘点，检查出库与库存的物资是否与采买时入库的物资匹配。若出入记录不相符合，负责监督的敦煌郡府就要调查是否存在贪污腐败的不法行为。具体到招待环节，来客的身份及其招待时的具体伙食也都需要一一详细记录在册。

当时悬泉置的常驻服务人员有三十多人，包括负责行政管理的官员与小吏、负责安保的兵卒，以及发配此地的刑徒（主要干些脏活与重活）。悬泉置豢养的备用良马有四十多匹，用来传递信件、驾车护送外使等任务。专用于传递文书的车马十多乘，运输物资的牛车五六辆，库房常备的存粮大约七千多石，可以一次性接待五百人左右，可谓规模不小。

悬泉置作为官办的免费接待机构，主要接待对象仅限于朝廷官员和西域各国的君长、贵族及使团。用来招待宾客的主副食比较丰富，主食有米、粟、谷、麦、豆，副食有肉类（如牛肉、羊肉、鸡肉、兔肉、骆驼肉）、调味品（如酱、盐）、配菜（如葱、蒜、韭菜）、果品（如杏、胡桃）、饮品（主要是酒）。招待来客，伙食也分等级，外国宾客和本朝高级官吏伙食比较讲究，酒、肉必不可少。至于本朝那些级别最低的官吏，基本上以饱腹为要，悬泉置给他们提供的多半是汤、饭或干粮，有时候也给他们配点盐和酱。

路过悬泉置的西域使团一般几十人、上百人不等，接待起来也没有什么压力，但也有例外的，比如于阗国王来朝进贡，竟然组织上千人的使团，前呼后拥地赶着成群的牛羊骆驼，做客悬泉置。之前谁也没想到，总人口不过两万的小小于阗国竟然呼啦啦地来了这么多宾客，招待起来可真是费大劲了，吃喝的谷粮和餐具短缺，服务的人手严重不够，效谷县府还得紧急从郡县调度配置物资，同时临时差使一些小吏过来帮忙。虽然大家又忙又累，但还是尽心尽力地做好服务，让于阗宾客满意。整个悬泉置人声鼎沸，热闹非比寻常。

此次常惠所率的和亲使团下榻悬泉置，更是受到悬泉置上上下下精心的服务。他们对风姿绰约的相夫公主的服务尤其殷勤备至，觉得公主马上就要出塞了，这一出塞远嫁异域，不知道什么时候能回来。他们内心也为公主感到不舍，私下还彼此商量着，等公主启程出塞时，他们要为公主赠送小小的礼物，作为纪念。

然而，就在和亲使团准备动身出塞时，乌孙那边传来令人深感意外的变故：乌孙昆弥翁归靡突然亡故。乌孙贵族将前昆弥军须靡的儿子泥靡（号称狂王）拥立为新昆弥。翁归靡生前让自己和解忧公主的儿子元贵靡继承大位的计划就彻底泡了汤。

常惠觉得翁归靡在这个节骨眼上过世，是不是有点蹊跷？肥王翁归靡除了身体肥胖之外，还没有听说他有什么病。这其间或许有着不可告人的阴谋，其主要目的就是阻止大汉公主与乌孙王子的再度联姻。

常惠看着西天变幻的飞云，心境很糟。事已至此，他也只能硬着头皮应对，赶紧将这个意外之变急奏天子，并建议："希望留少公主暂驻敦煌，常惠赶到乌孙，责备不立元贵靡为昆弥之事，回头再接少公主回长安。"

刘病已原本大张声势地送相夫公主去和亲，也是因为翁归靡承诺让元贵靡当乌孙王位继承人。这一突如其来的变故，实在太尴尬了，这岂不是丢大汉的颜面！刘病已对乌孙人出尔反尔十分恼火，将此事交由大臣们讨论。之前就反对跟乌孙联姻的萧望之这回更是慷慨陈词，分析联姻的利害："乌孙首鼠两端，难与之立约。解忧公主在乌孙四十余年，虽然苦心经营，但乌孙与大汉的关系并不亲密，边境未得安宁，这就是最有力的证明。如今少公主因元贵靡不得立而回长安，并没有对不起乌孙的地方，也是汉朝的福气。如果少公主不停止去乌孙，徭役将要大兴，根源由此而起。"

刘病已觉得萧望之说得在理，乌孙既然不讲信用，大汉也没有必要再像以前那样将它视如珍宝。他便接受了萧望之的意见，下令接少公主相夫回长安。

相夫原本就不是很乐意出塞和亲，虽然嫁给姑姑家的大表哥，算是亲上加亲，但两家多年没有来往，彼此之间也没有什么深厚感情，还有更重要的，是她极度不舍跟朝夕相伴的家人别离，她内心上对远嫁有一种本能的抗拒，无奈君命难违，只能遵从。这下好了，赶上这意外之变，皇上亲自下令取消和亲，让她的愁眉顿时舒展。

相夫忍不住撩开马车的丝绸帷幔，转身回望，她现在正渐渐远离这片戈壁荒滩，回归人烟阜盛、繁华似锦的长安，心里不由暗叹，觉得冥冥之中，有一只手在操纵她的命运，一瞬间她的人生走向就改变了。

2

常惠按原计划同乌孙的迎亲使团赶到乌孙，见到解忧公主。常惠代表天子对肥王不幸离世深表哀悼，请公主节哀顺变，同时也委婉地询问这次变故。解忧公主既怨愤又悲伤，断断续续地向常惠叙说起事件的原委。

那天是前昆弥军须靡的忌日，往年肥王都要同一些大臣去军须靡的墓园祭奠，解忧公主因为肥王身体有恙，就劝他不要去，让元贵靡代为祭奠，没什么不可以。平素肥王对解忧公主的话都是言听计从的，但那天不知怎么回事，肥王非得要去。祭奠之后，肥王跟那些大臣喝酒，喝着喝着，人就歪倒了。等解忧公主和御医赶到，肥王已不能说话，手指了指空中，解忧公主明白他的意思，元贵靡娶亲和继位的事还没有办好，他很是牵挂。解忧公主流着泪，握住他的手，脸贴着他的耳旁，安慰说，你会好起来的，元贵靡的事也会办好的。肥王没回应。经过御医急救，也没什么用，几个时辰后，肥王就过世了。

解忧公主忍住悲痛，强撑着应对这意外变故。让她怨愤的是，肥王一走，朝中那些贵族大臣们就推翻了肥王当初立元贵靡为王储的决定，拿出军须靡死前的遗嘱，说军须靡当初之所以让位给肥王，是因为他的儿子泥靡年幼，现在泥靡也已成壮年人，理应遵照军须靡的遗嘱，将昆弥之位还给泥靡。解忧公主没有办法扭转这种局面，只能暂时隐忍。将近六旬的解忧公主被迫依从乌孙习俗，再一次屈辱地改嫁，成为泥靡的后妻。

常惠面对公主的不幸遭遇，暗自喟叹，也没有别的方法可以帮她，只能竭力安慰，请公主多多保重身体！公主身后有强盛的大汉支持，相信最终一切都会如愿的！解忧公主闻言，两眼顿时有了点神采，点点头，"谢谢长罗侯安慰！"

常惠将乌孙的大致形势上奏刘病已，刘病已叮嘱说："保持同公主的密切联系！"

乌孙新昆弥泥靡，是前昆弥军须靡与匈奴公主所生的儿子。泥靡出生没几年，生父军须靡就病死了。自小就失去父爱的泥靡受尽旁人的冷落，他的母亲又对他没有原则的溺爱，这对他的成长产生很大的负面影响，使他性格比较复杂：自卑敏感，冷酷暴戾而又狂妄自大。

泥靡没即位之前，对解忧公主还是不失敬重的。特别是他青春年少时期，对颇有风姿的大汉公主心存几分向往。等到他被一些亲匈奴的乌孙贵族拥立为昆弥，他对解忧公主也还是比较感兴趣，便欣欣然将她收为自己的后妻。在泥靡眼里，这位比自己大二十岁的大汉女人，虽然年近花甲，但平素注重保养，风韵犹存，比起乌就屠那鸡皮鹤发的匈奴母亲，要中看很多。

泥靡对大汉公主有一种强烈的复杂情绪，征服欲与虚荣感交织在一起。他一登上昆弥之位的当天晚上，就迫不及待地钻进了大汉公主的寝帐。

解忧公主深知自己远嫁乌孙的目的，无非就是促成乌孙与大汉的长期稳定与交好。她虽念念不忘翁归靡，对泥靡没有丝毫感情，但她还是将屈辱深埋内心，在婚事上尽量迎合泥靡。

有了跟解忧公主的第一夜，泥靡竟然食髓知味，甘之如饴，接连几天晚上都流连公主的寝帐。解忧公主实在忍受不了，只得装几天病来暂时回避他。泥靡图了几夜的新鲜之后，见公主病倒，很感扫兴，到底是老女人，不堪作弄！但之后他还是不时来公主的寝帐光顾。

跟泥靡成婚之初，解忧公主起了一种心思，要想办法弄出一个孩子来，以维系跟泥靡的夫妻关系，也好日后能攒点资本让孩子竞争昆弥之位。无奈她过了生育期，正常情况下不可能还有子嗣。

解忧公主对未来深感忧虑，心里很是郁闷，便差人去请右大将的夫人过来叙叙话。

右大将的夫人冯嫽原是解忧公主的贴身侍女。冯嫽虽出身寒微，但异常聪慧，少时就跟随公主，侍奉公主起居，当公主的伴读，公主学识字、鼓琴，她在一旁听讲，学得比公主还快，还渐渐学会了写一手漂亮的隶书。等到奉命陪同公主出塞到乌孙和亲，她已经不是一个普通的侍女，而是一个精通史书、知书达理的明慧女子，与解忧公主名为主仆，实为无话不谈的好姐妹。

到了乌孙之后，冯嫽与解忧公主首先面临的是语言与习俗方面的障碍。她们也很清楚，既然奉命来到这里，就没有回头路，只有努力学习乌孙语言，接受乌孙习俗，融入乌孙人当中，才能安居乌孙，促使乌孙跟大汉交好。

在融入乌孙的过程中，冯嫽展现出惊人的语言学习天赋，短短的一两年时间内，她很快就通晓乌孙语言与习俗，而且她还利用各种机会，有意识地学习西域其他国家的语言，很快也能达到交流水平。对于她的语言自学能力，解忧公主自叹弗如。

经过几年的努力，解忧公主和冯嫽在乌孙稳定下来，两人便私下商量着如何开展同西域各国的外交工作，宣扬大汉天子圣德，弘扬大汉文化，促使各国同大汉交好。

解忧公主碍于自己是乌孙昆弥之妻，不便频繁出去与西域其他各国交流，冯嫽主动向公主请示，说自己身份低微，出去抛头露面比较合适。这几年她所学习的西域语言与习俗也都能派上用场。解忧公主一听，眼睛一亮，觉得冯嫽这想法很不错，当即表示同意。

不久，解忧公主代表汉廷，将一根汉朝使节专用的符节郑重地交予冯嫽。冯嫽行过大礼，双手恭敬地接过符节，抚摸着这根顶头缀着牦牛尾毛的竹制节杖，激动不已，这根节杖，持在手中有千斤重，因为它是大汉朝廷的象征。

冯嫽手持这根节杖，带着大汉朝廷的神圣使命，以大汉公主的特使身份，带着一些随从出使西域其他国家，将大汉的丝绸、金币等礼物赏赐各国王公贵人。由于她通晓多国语言与习俗，可以与一些国家的使臣与王公贵族直接交谈，根本不需要翻译，辞令委婉得当，仪态洒脱从容，让大家对她深为叹服。有些西域国家的使臣生性傲慢，开始的时候轻视冯嫽，经过同她一番交谈之后，都不由得对她这个汉人女子刮目相看，夸赞她才华惊人。

自那之后，冯嫽在西域各国的名气越来越响，大家都很敬重、信服她。由于冯嫽的努力，西域诸多国家对她所倾情夸赞的大汉产生了浓厚兴趣，纷纷派使者前往汉朝考察访问，同汉朝建立友好关系。

解忧公主对冯嫽在外交方面的出色表现非常欣慰。她开始为冯嫽的婚事考虑，在乌孙贵族当中为冯嫽物色一位如意郎中。这种心思其实她刚到乌孙的时候就萌生过，只是那时她们还没有融入乌孙，条件不成熟。如今冯嫽在西域声名鹊起，在乌孙贵族当中自然也很引人注目。解忧公主觉得是时候将冯嫽的婚事正式提上日程了。

她将乌孙贵族中的年轻人私下打听、检示了一个遍，目光定格在新近晋升的右将军身上：这位小伙子沉着持重，年轻有为，人又长得高大魁梧，眉宇间透露一股英气，是冯嫽合适的夫君人选。解忧公主要先试探一下右大将是不是喜欢冯嫽。恰逢两天后是昆弥翁归靡的生日聚会，所有乌孙贵族都将前来祝贺。解忧公主觉得这是一个好机会。

那天解忧公主特意起了个大早，亲自将冯嫽从头到脚精心打扮了一番，弄得冯嫽很不好意思，开玩笑说："公主，您这样将我打扮得美美的，是让我相亲去吗？"解忧公主笑笑，轻刮她的鼻子，"起心思了吧？"

解忧公主故意在所有贵族都到齐之后，才带着冯嫽姗姗来迟。宴会上所有的目光都集中在她们俩的身上。翁归靡看到自己温婉动人的妻子带着光彩照人的侍女走进来，满眼宠溺，情不自禁地带头鼓起掌来，仿佛今天过生日的不是他，而是解忧公主。解忧公主和冯嫽微笑着合掌，向大家表示感谢。解忧公主注意到右大将的目光直直地落在冯嫽身上，凭她的直观感觉，右大将对冯嫽很喜欢。

宴会开始后，贵族们轮番向昆弥翁归靡敬酒，解忧公主看见右大将也端着酒盅走过来，示意冯嫽也过去给昆弥敬一杯。右大将看见冯嫽，让冯嫽先敬昆弥，他的目光有点躲闪，样子竟然有点害羞。解忧公主见状，笑笑说："右大将和冯嫽，要不一起敬昆弥？"现场其他人都笑着起哄："一起敬昆弥！"

在乌孙很多贵族的眼里，冯嫽透露着贵气的衣品装扮，优雅得体的言行举止，不像是公主的侍女，更像是公主的同胞妹妹，她同右大将一起敬昆弥酒，看起来是那样的和谐又登对。

那次宴会之后，解忧公主又有意创造机会，让冯嫽同右大将单独交往，彼此加深了解。经过一段时间相处，冯嫽觉得右大将是自己这辈子遇到的最好的男人；而右大将更不用说了，他早就耳闻冯嫽的声名，早已喜欢上这个清秀可人又大方聪慧的汉人女子，这辈子若能同她一起共度，那便是人生最大的胜景。

右大将在一个明艳的晴日，盛情邀请冯嫽策马去一望无垠如绿海的草原游玩。天高地阔，云卷云舒，鲜花簇簇，绿草如被，大自然的美景令人心旷神怡，身边的意中人更令人迷醉，右大将向冯嫽正式求婚。冯嫽脸颊绯红，微低着头笑说："容我禀报一下公主。"右大将知她话意，也笑道："我也禀报一下昆弥。"

冯嫽回来征询公主的意见，公主笑说："果然如我所愿！"那边右大将也向翁归靡禀报自己喜欢冯嫽，想娶她为妻，翁归靡高兴得一拍大腿说：

"太好了！你跟冯嫽，就是天生的一对！"翁归靡和解忧公主亲自为他们俩举行盛大的婚礼。至此，"右大将夫人"成为冯嫽尊贵的头衔。解忧公主在公开场合，也每每以"右大将夫人"来称呼冯嫽。

眼下解忧公主心意不佳，派人请来右大将夫人冯嫽说说话解解闷。

冯嫽很快就骑马过来了。她将自己刚做的点心送给公主，"我原也准备来看公主呢。这是新鲜出炉的，好吃。"从皮囊中拿出一块点心，"您尝尝？"

公主接过点心，看了看，咬了一口，嚼了嚼，笑笑点头："味道不错！又是你自己捣鼓的？"

"嗯，新鲜牛乳倒在去麸的麦粉中，加果干，烤制而成。公主要是喜欢，我下次做了再送过来。"

两个人聊了一些家常话。冯嫽见公主眉宇间有愁容，知道公主的心思，一把执住公主的手，"公主，有的事情也是没办法的，您还是尽量放宽心才好。"

"唉，谈何容易啊！"

"公主，没有过不去的坎。您看我们这么多年，最初那么艰难的日子，不也过来了吗？"

"那时年轻啊！年轻就是本钱。现在我年纪大了，很多事情也都是力不从心了！"

"年纪大不是什么问题。有的事情，只要想做，还是可以想办法的嘛。"

解忧公主看冯嫽一脸认真的样子，摇摇头，"没那么简单啊！你看我跟泥靡这事，有什么办法解决吗？要是当初肥王没出意外，元贵靡顺利迎娶相夫，顺利即位。我也不至于沦落到现在这步田地。泥靡这一上位，将我们原有的计划都被搅乱了！这之后还不知道成什么样子！"

"事已至此，公主还是想开点。我们要从长计议。"

解忧公主叹叹气，"也只能从长计议啊。"略作停顿，"最近你那边怎么样？乌就屠最近都在干什么？"

乌就屠是肥王翁归靡同匈奴公主生的儿子，同解忧公主也是面和心不和。他对乌孙亲匈奴的贵族拥立泥靡为昆弥，很是不满。乌就屠同右大将非常亲近，将冯嫽也当作自家人，彼此相处很不错。解忧公主时常通过冯嫽了解乌就屠的动向。

冯嫽告诉解忧公主，乌就屠跟之前一样，在北地练兵。

解忧公主若有所思地点头，"乌就屠那边，你还是多关注。你家右大将，我也很放心。"

"公主您对时局，也不必太过忧虑。我们还是有底气的。"

解忧公主轻轻叹叹气，"只能这样自我宽慰了。"

2

解忧公主送走冯嫽，回到自己的内室，准备小憩一下。长子元贵靡来了，一见母亲的面就跪下请罪。公主吓了一跳，一问，才知元贵靡跟自己的侍女有了私情，侍女怀了他的骨肉，他不知所措，特意向母亲请罪，讨教如何处理。

解忧公主一听，眉头顿时舒展。她了解那名侍女，容貌姣好，性情温顺，不过，对自己的儿子私下跟侍女做这种出格的事，她还是要表达她的不满。训斥了儿子几句之后，她缓和了口气，"怀多久了？"

元贵靡垂着头，小声说："快两个月了。"

"有没有别人知道？"

元贵靡忙摇头。

"绝对没有？要说实话！"

"母亲，绝对没有。我们俩，都非常小心。"

"这种事不要对外透半点口风！否则将有杀身之祸。记住没有？"

元贵靡连连点头。

"你现在就去带她过来。"

元贵靡以为母亲要惩罚侍女，叩头求情，"恳请母亲饶过她。都是儿子的错。"

"你真的喜欢她？"

元贵靡重重点头。

"饶过你们。你现在就将她带来。"公主又严肃地嘱咐，"让她改穿男装，不要让其他任何人看见！"

元贵靡心下有点狐疑，但又不敢多问，照母亲吩咐的去做。

很快，那名侍女就被元贵靡乔装成男仆带到公主面前。

公主让元贵靡到外面望风，她和侍女密谈了一番。

等到元贵靡再见到侍女时，侍女羞涩地冲他笑笑，全然没有刚来时的惶恐。他也就放下心来，他相信母亲一定会善待她的。

从那之后，侍女就被解忧公主安排在自己的宫殿居住，她从来不露面，跟她接触的只有公主。为了做到绝对保密，她每日的饮食都由公主亲自送给她。

与此同时，解忧公主对泥靡宣布她怀孕了。泥靡感到十分意外，"真的？不是开玩笑吧？"

"这种事能开玩笑吗？"公主浅浅地笑笑，抓住泥靡的手，放到自己的肚子上，"你摸摸。"

泥靡摸了摸公主的肚子，真是有点鼓了啊！咧嘴笑了，"哦，真怀上了啊！"按了按公主眼角的细纹，"大汉的公主果真就是厉害啊！"

"从现在开始，我要安胎，我这么大年纪，还能怀上你的孩子，那真是老天保佑！我找相命师算了一命，说我们不便再在一起过夫妻生活了，对胎儿不利，对你也不利。我想等孩子生下来之前，我们俩各过各的日子，你看怎么样？"

泥靡答应了。老实说，他跟公主成婚已有三四个月，尝鲜也尝得差不多了，有点腻味了。公主毕竟年纪大了，怎么说房事体验还是不如他的那些年轻女人。让她安安心心地为他生个孩子，他倒是很乐意。

解忧公主自在地住在当年老昆弥为刘细君建造的汉式宫殿里。逢到重要的节令聚会，王公贵族们都会出席，她必定也要参加，她是要让大家都知道，她怀上新昆弥泥靡的孩子了，真真切切的！只要她挺着孕肚一出现，那些贵族们的眼光都会被吸引过来，大家都深感惊奇，私下议论纷纷：大汉公主一定受到天神眷顾，才会在如此大的年纪怀胎。孩子生下来必定不凡。

一转眼，八个多月过去了，公主身边的贴身侍女喜滋滋地向泥靡报喜：祝贺昆弥！公主生了一个小王子！泥靡大喜，马上赶到公主的宫殿看望公主母子，小王子白白胖胖的，大汉的公主果然不一般！

公主样子有些疲惫，对泥靡提及要给孩子起名，"这是圣明的天神赐予我们的孩子。你要给他起个响亮带王号的名，才能对得起天神对我们的眷顾。"

早在两个月前，公主就曾跟泥靡提过孩子起名的事。对于孩子的名号，公主非常在意，她要给孩子起个带王号的名字，对外也显示泥靡和她是天造之合，所以才在如此高龄生出贵子，这个贵子生来就带有王气，而泥靡那已成年的儿子细沈瘦就没有这份殊荣，她想借此将细沈瘦的王储地位排斥在外。

泥靡没有公主那样的缜密心思，这是他跟大汉公主的唯一孩子，起个带王号的名也未尝不可。他向来喜好苍天翱翔的强悍鸥鹰，说："就叫鸥靡，好吧！"

公主微笑着点头，这名儿还算响。

乌孙贵族普遍认为昆弥给新生贵子起个带王号的名，是理所应当的，因为高龄的大汉公主能生下这个孩子，肯定是受到天神的护佑的。但泥靡的儿子细沈瘦对此心怀怨愤，觉得父亲此举显然是有意剥夺自己的王位继承权。泥靡的母亲是匈奴公主，很有城府，她觉得起名是不足挂齿的事，不值得为之怨愤。

这位匈奴公主在泥靡父亲军须靡死后，就与解忧公主一同从乌孙习俗改嫁给肥王翁归靡，翁归靡始终宠爱解忧公主，将她冷落一旁，她表面上默寂不争，暗地里忍辱负重，始终不忘为自己的儿子泥靡谋大位。趁肥王猝死，她使出浑身解数，秘密联合亲匈奴势力，拿出当年军须靡的临终遗嘱，将泥靡扶立上昆弥之位。如今她以自己的切身经历劝导孙子细沈瘦要学会隐忍，"毕竟那是个襁褓里的婴儿，等他十几年后长大，他母亲恐怕早已上天去了。到时候是什么样？谁也说不准。你实在犯不着跟一个小娃娃计较。你现在就将你自己该做的事做好！"细沈瘦听信祖母的劝导，不再怨愤。

一切看上去都还风平浪静。解忧公主的子嗣计划天衣无缝，她将鸥靡交由侍女抚育，外界只知道这个侍女是鸥靡尽心尽责的乳母，没人知道她与鸥靡的真实关系。解忧公主特别谨慎，这事她和侍女两人都守口如瓶，哪怕是她最亲近的冯嫽和亲生儿子元贵靡，她都不曾露半天口风。有时元贵靡过来看鸥靡，只要他对孩子流露出过分的亲昵，她就用严厉的眼神制止他。

有了鸥靡之后，解忧公主和泥靡之间的和谐关系并没有维持多长时间。泥靡由于其匈奴母亲的影响，越来越倾向于跟匈奴发展关系，背离大汉的意图越来越明显，这让解忧公主无法接受。她不断劝说泥靡要从乌孙的长远利益着想，不要随意更改以前的外交策略；但泥靡根本听不进去，两个人经常闹得不欢而散。而泥靡自以为坐稳了王位，越发变得骄纵奢靡，而且暴虐嗜杀，也逐渐引发乌孙上下对他的强烈不满。对于泥靡的倒行逆施，解忧公主深以为患。

解忧公主掂量乌孙形势发展越来越不利，觉得有必要让她在长安的二儿子大乐回来，便给刘病已上了一份密奏。她在奏书中感恩天子对大乐的悉心关爱与教导，顺便陈述乌孙当前的局势已非往昔，她非常想念他的二儿子大乐，希望大乐能尽快回来，同他哥哥一起共同维护乌孙同大汉的和谐关系，保持乌孙的稳定与安全。请求天子派人将大乐护送回国。

刘病已接到解忧公主的密奏，对公主思念儿子也很理解。当初解忧公主将大乐送到长安当"侍子"，以陪侍天子之名，学习汉朝各种文化。刘病已对大乐很看重，安排大乐和皇家的贵族子弟们一起学习。大乐很努力地学了好几年，也学有小成，也该送他回乌孙了。刘病已回复解忧公主，答应派卫司马魏和意和副候任昌护送大乐回乌孙。

多日之后，汉廷所派的使团陪同大乐到达乌孙王城赤谷城，解忧公主和冯嫽组织欢迎队伍，隆重地迎接使团送大乐归来，特意将他们安排在自己的宫里居住，专门设宴，热情款待他们。

当天晚上，解忧公主在自己的密室里，单独会见魏和意与任昌，跟他们密谈乌孙近况。

解忧公主说狂王粗鲁狂暴，自从即位以来，为所欲为，很多乌孙人对他都很不满。魏和意说："以公主的意思？"公主说："狂王并不适合当昆弥。"任昌说："那眼下怎么办？请公主明示。"

公主说："最好的办法就是诛除。"魏和意思忖着说："如何诛除？"任昌说："诛除不容易吧？"公主说："也不难。"

三个人开始设谋怎么除掉狂王。公主说狂王嗜酒，见了好酒就两眼放亮，什么事都可以抛到脑后。魏和意说："正好我们这次来带了几坛好酒，献给狂王。"任昌说："我们代表汉廷，为狂王设置酒局。公主看这主意怎么样？"公主点头说可以。

魏和意接着说："我们这边的人酒量都还了得，轮番向狂王敬酒，将他灌得差不多醉了的时候，派人现场为狂王表演击剑，趁机将他击杀。"公主很认可这个计划。

狂王果然好酒，听说大汉天子馈赠美酒，很是高兴，命解忧公主邀请汉使一同赴宴，酒席上也是喝得酣畅淋漓。这时，魏和意安排的壮士出场，在狂王座前表演剑术，趁狂王不备，用剑击杀狂王。由于壮士一时紧张，剑未砍准狂王的要害部位，只是砍伤他的肩部，狂王受此惊吓，酒醒大半，迅速从座席上跳起，夺门逃离，他守候在殿外的几个心腹侍卫见状，慌忙守护狂王上马逃走。

这下麻烦大了！狂王肯定要报复！解忧公主心急如焚，心里非常懊悔，当时只觉得能成功刺杀狂王，没有做好万一失败之后的防备措施。但她很快镇定下来，传令马上关闭城门，没有她的许可，不准放任何人进来。赤谷城是她经营多年的地界，城里的守兵都不喜欢暴虐的狂王，基本亲信她。公主又命几个心腹飞马分别去找右大将、冯嫽、元贵靡以及亲近她的贵族，将紧急情势告知他们，让他们做好前来解救的准备。

狂王受伤后逃出公主的宫殿，不敢留在赤谷城，以防遭二度袭杀，直接奔逃到他儿子细沈瘦那里。细沈瘦既愤怒又亢奋，率兵包围赤谷城，叫嚣解忧公主必须交出汉使，否则破城捉拿！

就在细沈瘦叫嚣之时，冯嫽和右大将率兵赶到，警告细沈瘦不可轻举妄动。紧接着元贵靡也带了一队人马过来，严厉斥责细沈瘦狂妄无礼。双方一时对峙不下。

冯嫽料定狂王不会善罢甘休，特别是他的母亲，那个有心计的匈奴妇人，十有八九会搬她娘家人来，一旦匈奴军队掺和进来，这次事件就彻底闹大了！她思忖再三，趁事态没有进一步恶化之前，给西域都护郑吉写了一份密信，她相信郑吉有能力帮着解决乌孙面临的危急问题。

郑吉的治所设在乌垒城，距离乌孙有一千七百多里。冯嫽派亲信飞马传书，两天多时间就抵达那里，将书信送给郑吉。

与此同时，狂王的母亲匈奴公主也派心腹飞马向郑吉告状，严词谴责解忧公主伙同汉使阴谋刺杀她的儿子，大汉口口声声地要同乌孙友好相处，原来都是骗人的！威胁说这事如果得不到妥善解决，她就到西域各国散布大汉是不可信的骗子！

郑吉觉得这事非同小可，在回复信中告诫冯嫽一定要想办法稳住狂王，不能让事态扩大。他又给匈奴公主回书一封，好言抚慰，说大汉向来重视同乌孙的友好往来，发生这样的事件实在是万分遗憾。他一定禀报大汉天子，严肃查处，一定妥善处理这起事件。因为西域都护府距离汉廷路途遥远，来去需要耗费不少时日。恳请公主耐心等待。

匈奴公主让孙子细沈瘦封锁赤谷城的几个城门，在城门前安营扎寨，暂时按兵不动，看汉廷如何解决，解决妥善，便罢，若解决不妥善，再兴师问罪。

冯嫽、右大将他们一看细沈瘦扎寨，倒是暂时松了一口气，至少暂时不会发生拼杀；但他们不敢掉以轻心，也在细沈瘦对面安扎营寨。双方继续对峙。

3

刘病已得到郑吉有关乌孙事变的上奏，已是二十天之后的事了。他对魏和意和任昌很是恼怒，刺杀乌孙王这事能随便做吗？要做，就得做得干净利落！两个蠢货，真是成事不足，败事有余！他们要是有冯奉世那样的机敏，就不至于弄成这个烂样子！但生气归生气，这事他又不能坐视不管，因为会严重影响大汉在西域各国的声望和信誉。

刘病已心中窝着火，召集三公九卿廷议，大家意见比较一致：目前没有更好的办法，只能采用安抚之策，而且还要拿出点诚意。

两天后，一个小型使团从长安出发，前往乌孙。

细沈瘦安营扎寨等了一个多月，还没见汉朝使臣的影子，很是烦躁，对外扬言匈奴兵已经在路上了，到时候同匈奴兵一起破城，活捉汉朝使节和解忧公主！

在他对面扎寨的右大将和元贵靡都没有搭理他。细沈瘦有些恼怒，偷袭元贵靡的营帐予以挑衅，元贵靡也毫不客气地进行还击。

右大将暂时保持中立，竭力劝细沈瘦和元贵靡保持冷静。细沈瘦觉得右大将站着说话不腰痛，勒着战马，愤愤地挥舞着月形大刀叫道："哼！如何保持冷静？！敢情被刺伤的不是你父亲！"

冯嫽一看形势有些紧急，赶紧派人飞马将赤谷城的局势告知西域都护郑吉，此事要尽快解决，防止细沈瘦和匈奴纠结到一起，到时候怕就不好收拾了。郑吉就以西域都护的身份，代汉天子征发附近各国兵将一万人，浩浩荡荡进入乌孙，距离赤谷城一里，郑吉命令部队暂缓前进，派精锐小分队前去跟细沈瘦交涉，限令他必须在一个时辰之内全部撤兵，而且不得再图谋起事，否则西域都护将率兵予以严重打击！

细沈瘦率领的部众不过三千多人，见对方来势汹汹，不敢违逆，赶紧传令手下拔寨，气恨恨地将军队撤走了。

说来也巧，刘病已所派的汉朝使团当天傍晚也到达乌孙。为了安抚狂王，他派中郎将张遵带着医药去给狂王治伤，还赐给狂王黄金二十斤及各色丝织品。逮捕了魏和意和任昌，从尉犁用囚车押解到长安，因为他们擅自主张行刺乌孙昆弥导致恶劣后果，被处以斩首。

车骑将军长史张翁留在赤谷城，调查解忧公主与魏和意、任昌谋杀狂王的情况。解忧公主不服，向张翁叩头，拒绝认罪。张翁年轻气盛，见公主如此抗拒，离座揪着公主的头发大骂公主：你背弃圣恩！枉做了大汉的公主！竟然谋害狂王，不念狂王是你的亲夫！妇人如此恶毒！还死不认罪！我奉陛下之命，来调查内情……

公主深受刺激，痛彻心扉，哭得悲不自禁，坚称自己无罪。张翁气恨不已，逼迫公主：必须老实交代你的罪行！与他一同调查的同行见状，一旁赶紧圆场，悄悄拽拽他的衣角，示意他不要这样逼迫，他才作罢。

解忧公主受此侮辱，内心悲愤难耐，上密奏给刘病已，哭诉自己的遭遇。

给陛下写这封信，我有些万念俱灰！心中的悲楚难以言说。

当初我在皓齿红颜的青春之年，奉当时的圣上之命远嫁蛮夷之地，以和亲之名，肩负着重大使命——协助朝廷实现"断匈奴右臂"的外交战略。为了不辱使命，四十多年间，我历经各种艰难，忍辱负重，甚至被迫背弃我们大汉的人伦，依从蛮夷陋俗，先后三次改嫁，年近六旬还要下嫁晚辈狂王，我内心的屈辱与痛苦有谁能知！

狂王粗鲁无识，昏聩暴虐，他自从登上昆弥大位，就胡作非为，滥杀无辜，引起民众的强烈反感。这还不算，他竟然暗地里勾结匈奴，图谋同西域各国结盟，企图挑战大汉在西域的权威！这是让人无论如何不能容忍的！大汉的权威任何人都不能挑战，这也是我的最后底线！

最初我念及他是我幼子的父亲，还是极力规劝他，希望他能改过自新，善待民众，善待我们大汉，但是无济于事，他不但不听，还对我恶语相向，辱骂我是下贱的汉妇。我们冲突严重的时候，他还动手对我施暴。如果他不是顾虑我的儿女们不好招惹，恐怕还会对我做出更过分的行为，说不定还会将我杀掉！我对他彻底失望了！只要他这个昆弥还活着，乌孙的民众就只能生活在苦难当中，我们大汉的西域外交就会随时被他毁掉。

我实在没有别的办法，只能采用下下策。非常非常遗憾的是，由于筹划不够严密，导致行刺计划失败，弄出了大麻烦，惊动了圣上。我深感懊悔，深感对不住陛下的恩信，恳请陛下饶恕！

但我自感诛除狂王并无罪过。我这样做主要是为了替乌孙老百姓着想，也是为了维护我们大汉在乌孙乃至西域的既得权威。车骑将军长史张翁却对我抱着很深的误解，他奉陛下之命来调查此次事件，一上来就逼我认罪，我说我无罪可认。他依然逼迫我，我屈尊对他下跪叩头，我说我实在没什么罪过，我所做的都是为了我们大汉的利益。但他依然不理解，继续逼迫，我实在无罪可认，他愤怒了，揪着我的头发将我拖曳，一通辱骂，骂的话不堪入耳，骂我背弃圣恩，枉为大汉公主！骂我是毒妇，谋害自己的亲夫！

像狂王那样的蛮夷怎么辱骂我我都能忍受，觉得实在不屑于跟他们计较，因为他们是不开化的粗鲁蛮夷。但陛下派来的张长史是我们汉家人，竟然如此辱骂我这个年过六旬的老妇，我感觉整个人都掉进了冰窟窿里，真是无法忍受！我觉得我这个名义上的汉家公主好像要被娘家人抛弃了，自己过去几十年所做的所有努力、所受的所有屈辱，突然间都变得没有意义了！我甚至怀疑我活在这个世间一无所用！

满心的悲伤和委屈无处倾诉，也无人能听。抹着老泪思来想去，还是决定给陛下写这封信，叙叙这次事件的大概原委，说说自己的不幸遭遇，以及一些不想对他人言说的心里话。

陛下圣明，一定能理解我难以言说的苦衷！

刘病已接到公主的奏书，一字不漏地看完，心里恨恨地怒骂张翁真是个混账东西！蠢得不能再蠢！让你去调查，不过是走走过场做个样子，应付一下那个蛮夷头目。你这个蠢货倒好，还真当回事了！解忧公主是什么人？你难道不知道?！你竟然敢有胆子对她动粗，你真是活腻烦了！

刘病已又想起行刺狂王一事，越想越气，首先是魏和意和任昌两个蠢货没脑子，酒席上一众人喝酒，大庭广众之下行刺，能有几人成功的？突然间他想起当年高帝赴项羽的鸿门宴，项羽的谋臣范增安排刺客企图行刺高帝，幸好高帝这边的人机敏，行刺很快就败露。也幸好是败露了，要不然这天下就不姓刘了！刘病已突然这么一想，气一下子消了大半。

他又看了看解忧公主的信，心生怜悯，公主实在是太不容易了，这回受的委屈也够大的，自己必须好好安抚安抚她。他即刻写了封回函。

皇帝问候公主！公主来信已逐字细读，对公主蒙受羞辱，朕深感震惊！朕遣张翁等人去乌孙，本意也只是了解一下大致情况，走这个过场，是希望尽快平息事态。但张翁完全不理解朕的本意，竟对公主如此大不敬，实在出乎朕的意料！等张翁回长安，朕一定要严惩张翁，给公主一个公正的交代！请公主放宽心，多多保重身体！

公主为了我们大汉边塞的和平与安全，不计个人得失，从皓齿红颜奉命出塞和亲，在遥远的大漠异域忍辱负重，苦心经营四十多年，立下汗马功劳！公主此番对大汉王朝的拳拳忠心，对刘家宗室的殷殷孝心，天地可鉴，日月可昭！公主是我们汉家的一大女杰，朕为公主深感自豪！

刘病已特意在给公主的文书上注明"马上飞递"的字样，命人加急传送到乌孙。公主收到刘病已的复信，自然感到很是欣慰。

侮辱她的车骑将军长史张翁一回到长安，就被刘病已以犯上罪处死。

张翁临死前，既异常悔恨又极度不甘。悔恨自己当初怎么就没忍住脾气，爽着性子，揪着解忧公主的头发大骂一番，到头来却要将自己的小命给搭上，实在是倒了血霉了！不甘的是皇上故作深沉，不在他们去乌孙之前做明确指示，而是让他们自己揣摩皇上的意图。他在去乌孙的路上还琢磨了一番，以为皇上既然要他调查事实真相，他当然要奉命审讯解忧公主，她与魏和意、任昌合谋行刺狂王事实确凿，但她死活不肯承认，明摆着就是耍赖！他觉得堂堂公主竟然敢做不敢当，因而很是生气，忍不住对她动粗，结果皇上以犯上罪处置他，他觉得实在冤枉！

张遵安抚狂王，押送魏和意、任昌先行回长安，副使季都另外率人医治养护狂王的伤。在季都回长安时，狂王为表感激之情，亲自率十余骑士为他送行。而季都回到长安，却被下了"蚕室"，惨遭宫刑，令他备感羞愤，心里满怀怨恨。

当时张遵回长安之前，对季都暗示圣上之意：狂王有罪应当斩首，若就便，即除掉狂王。他当时听了，心下就咯噔一响：身在异域，哪来的"就便"？其后果然如此，狂王遇刺之后，高度戒备，防范十分严密，在狂王的左右，时刻不离彪悍护卫。他带御医给狂王疗伤的时候，那几个护卫就虎视眈眈地在一旁盯着他们的一举一动。开始他也想过在医药里下点毒物，发现也不顶用，因为狂王每次用药之前，要先给小羊羔试用。季都根本就没有机会下手。

但刘病已不管季都的难处，他只要结果，那就是狂王必须除掉！如今狂王未除，你季都却两手空空地回来了，你没有完成你的使命，你就有罪！朕留你一命，已经是对你开恩了！

刘病已对这次行刺狂王未遂事件如鲠在喉。他原先的设想很明了，狂王是阻碍大汉与乌孙在内的西域和平的绊脚石，除掉狂王，扶立解忧公主的长子元贵靡为昆弥，就什么问题都解决了！如今这块绊脚石还在，乌孙局势依然堪忧。他密令郑吉密切关注乌孙国内的动向，若出现异常，注意随机应变，随时向朝廷奏报。

果如刘病已所料，乌孙局势动荡不安。在汉廷出面调停之后，表面上狂王与解忧公主暂时相安无事，但骨子里依然势不两立，双方都在暗地里较量。乌就屠趁机发展自己的势力。他曾在狂王遇刺受伤的时候，与诸翕侯率领亲信的部众逃到北山中，扬言说他的外婆家匈奴的兵快来了，所以很多人都归服于他。后来他谋划袭杀了狂王，自立为昆弥。为了应对解忧公主和冯嫽组织亲汉势力讨伐，乌就屠派人到处散布匈奴将派兵前来平乱的假消息，乌孙国中那些亲匈奴势力全部归附乌就屠，准备击溃解忧公主的亲汉势力，夺取整个乌孙国的最高控制权。

郑吉闻讯乌孙政变，火速派人飞马将此消息传达给朝廷。与此同时，下令急征西域各国军队开拔到乌孙边境集结，与乌就屠的军队对峙，让乌就屠不敢轻举妄动。

刘病已接到郑吉奏报，当即召开三公九卿廷议，讨论具体征伐方案。随后再次任命辛武贤为破羌将军，率兵一万五千人到敦煌，派人测量地形，树立标记，派使者按照行军计划，开凿卑鞮侯井（类似于坎儿井），向西通渠，准备运粮建仓，储集军粮，讨伐乌就屠。辛武贤的军队需要经过一段时间的备战，由敦煌到乌孙行军也需要时间。

郑吉非常清楚，战争就是流血的事变，很可怕！不到万不得已，不要轻易开战，熟谙兵法的他深知，若能做到"不战而屈人之兵"，那将是最佳方案。他了解冯夫人冯嫽的丈夫右大将与乌就屠关系非常密切，便跟冯夫人商议，由她前去劝说乌就屠。

冯嫽单枪匹马到乌就屠营帐，一见杀气腾腾的乌就屠，闲话不说，就直截了当地告诉他："看在你同我与右大将交好的面上，我今天冒着风险来见你，就是想告诉你一个可靠的消息：汉朝已派破羌将军辛武贤率几万大军到敦煌集结，马上就出塞到西域，目标只有一个，就是要消灭你！汉朝天子不会容忍你袭杀狂王自立为昆弥，你要知道，弑君夺位的行为在大汉是大逆不道的，等着你的恐怕只有死路一条啊！"

乌就屠知道自己的势力肯定无法抵抗汉朝大军，心里甚为惶恐，两手不停地搓膝盖，沉默不言。

冯嫽见他开始面露怯色，便缓和口气，好言晓之以理："将军你要好好思量思量啊。汉与乌孙多年本来亲如一家，若现在将军因为一己私利而导致两国开战，百姓必定遭大殃，将军你的下场肯定也会很凄惨，还会留下千古骂名。这样的结局，绝不会是将军想要的吧？"

乌就屠垂眼沉吟了片刻，"以夫人之见，该当如何？"

"我与将军都算是自家人，跟自家人说话，就说实在话。将军应该记得你父亲——肥王在世时，已经明确立元贵靡为继承人，大汉对此也非常支持。如今你通过袭杀泥靡这种不正常的手段坐上昆弥之位，确实输理，人家征伐你也是师出有名啊！"

乌就屠不由得面露愧色。

冯嫽继续说道："如果你能退让一步，不再图谋昆弥之位，趁早投降，灾祸或许能免除。"

乌就屠知道自己必须让步，但又于心不甘，"如果能让我保留个小昆弥之号，我可以考虑投降。"

冯嫽说："只要你愿意投降，我可以替你向汉朝天子提出请求。但有一个前提，你从现在起，必须取消你自封的昆弥封号，而且不得有任何忤逆行为。将军能不能做到？"乌就屠点头答应了。

冯嫽将同乌就屠交谈的内容告知郑吉，郑吉马上修书一封，上奏刘病已，告知冯夫人出面成功劝降乌就屠，乌就屠希望能有个小昆弥的封号，请陛下裁决。

刘病已看到郑吉的奏书，对冯夫人凭借外交手段就能消弭战争很是赞赏。他早已听说冯夫人的声名，也想亲自见一见冯夫人，便征召冯夫人到长安。

冯嫽听说天子亲自征召自己，非常激动，即刻打点行装，踏上漫漫归途，回到阔别将近五十年的京都长安。

刘病已对冯夫人归国非常重视，下令文武百官在城郊列队迎接。京畿地区的百姓闻讯，也纷纷前往城郊，争睹冯夫人的风采。迎接仪式很隆重，鼓乐喧天，现场人山人海，一度导致道路堵塞。冯嫽没想到自己归来，竟然受到这么高规格的接待，感动得热泪盈眶。

当天，刘病已召见冯夫人，亲自询问劝降乌就屠的具体情况，冯嫽据实奏告，并建议陛下对乌就屠实行安抚之策，给予他小昆弥的封号。刘病已笑着点头："冯夫人果然有远见卓识，提的建议很好！"欣然采纳她的意见，同意乌就屠为乌孙小昆弥，元贵靡为乌孙大昆弥，实行分而治之。

刘病已诏封冯夫人为大汉正使，赐予锦衣车和节杖，谒者竺次、期门甘延寿为副使，陪同冯夫人再次出使乌孙。在那之前，刘病已派担任典属国的长罗侯常惠出使乌孙。常惠到达赤谷城，受到解忧公主的盛情接待。

冯嫽乘坐华丽的驷马锦衣车，手持汉节，召元贵靡和乌就屠到长罗侯常惠的驻地，宣读天子诏书，立元贵靡为大昆弥，乌就屠为小昆弥，并赐印绶。其时，乌孙局势终于稳定，破羌将军辛武贤未出塞，就被刘病已诏令返回长安。

后来乌就屠不把诸翕侯的民众都归还原主，也导致乌孙一度出现轻微的动荡。刘病已又派长罗侯常惠率三校在赤谷屯田，并划分乌孙内部的统治区，大昆弥为六万余户，小昆弥为四万余户，大汉倾向于大昆弥，可人心都倾向于小昆弥。

4

长子元贵靡终于当上乌孙的大昆弥，解忧公主总算如愿以偿，她可以安度晚年，含饴弄孙。她特别爱怜尚未成年的鸥靡。关于鸥靡的身世，她始终深埋于心，鸥靡也始终以为自己就是公主的幼子。

解忧公主怡然安心的日子没过两年，她心爱的子嗣元贵靡和鸥靡都相继病故，白发人送黑发人，让她很悲伤。回想她自己这一生，少时丧父，中年丧夫，老年丧子，人生的大不幸统统被她经历了一个遍，但她毕竟经历过七十年的风霜雨雪，也深知聚散离合是人生常态，一味悲伤也无用，只能选择面对，她渐渐也变得坦然。她自己很快也会离开这个尘世的，那时，她就能在另一个世界见到她的那些提前离开尘世的亲人们。

有时晨起，坐在铜镜前梳妆，看到镜子里白发苍苍的老太太，她不由得怔怔发呆，心里不停地叹息，五十年了，该回去了，该回到那个魂牵梦绕的故土。尽管她在这里生儿育女，如今也是孙辈绕膝，但她总觉得自己在这里就像断线的纸鸢，飘得太久了，飘得实在太累了，她想落下来，落到故土……她越来越强烈地思念长安，思念到了寝食难安的地步，她日里夜里都想回到那里，永远安歇。

她实在抑制不住这份浓得化不开的恋乡之情，在二儿子大乐面前时常念叨想回长安。大乐心疼白发苍苍的老母亲，安慰她，等有空，征得天子许可，他一定陪她回长安看看。她摇头叹息，她不是仅仅回去看看，而是想落叶归根，归葬故土。

冯嫽不时来看望她，她跟冯嫽谈的都是少时在长安的那些历历在目的往事，诉说自己想家的悲酸，忍不住老泪纵横。冯嫽闻言，也是感伤落泪。她何尝不想回去呢？跟她相濡以沫的右大将半年前不幸病逝，儿女也各自成家，她也没什么牵挂，唯一心心念念的也是故土。她的一生跟解忧公主的一生紧紧捆绑在一起。她和公主由昔日的主仆早已成了心心相通的好姐妹，从当年的青丝少女变成如今的白发老妇，她们经历太多的岁月风霜，尝够了人生的酸甜苦辣，垂暮之年回归故土成了她们唯一的共同念想。冯嫽拭拭自己眼角的泪水，抚抚公主脸颊的清泪，说：“公主不妨给陛下上书，将我们的愿望告知陛下，相信陛下会酌情考虑的。”

解忧公主也有这种想法，只是有些犹豫，冯嫽这么一鼓励，也就下定决心，写了一份上书，字字带着难言的感伤：“我已经老了，在日时短，此生已别无所恋，只恋生我养我的大汉故土，希望我的骸骨将来能埋葬在大汉的土地上，我就死而无憾。恳请陛下能准许我返回故土，了却我风烛残年的余愿……”她在信的最后说：“当初出塞和亲，我最贴身的侍女冯嫽与我同行，如今她也是白发皓首，也是日夜念乡。希望陛下能准许我返乡的时候，也将她一起带回。”

解忧公主的这封密信作为急件传送汉廷。在甘露二年（前52年）二月十二日黄昏，密信传到敦煌悬泉置，马上由驿骑传到万年驿，最终传到京师，直达汉廷。

刘病已读着公主情真意切的书信，不禁为之动容，当即给公主复信，欢迎公主携冯夫人回家，询问公主准备什么时候动身，朝廷要派人过去接她们。复信也是以急件传递到乌孙。

解忧公主收到刘病已的批复，小心翼翼地打开，看了又看，眼里含泪，"终于可以回家了！"

一旁的冯嫽也激动不已，"是的，公主，我们终于可以回家了！"

两个白发苍苍的老人互相执着手，喜极泣下。

待情绪稳定下来，解忧公主和冯嫽商议大概的归期。身在异域，时时想念故土，恨不能马上归乡，但如今确定真的要回去，感受却又有点复杂。毕竟在乌孙待了几十年，这里也留下了她们太多的记忆与牵绊，她们的子嗣后代大都将留守这片土地，突然马上离开，却又生发另一种不舍。但这种不舍是暂时的，她们终究还是希望落叶归根，魂归故土。她们商议将这边的家事妥善安置，其中比较重要的是清点各自的财物，除了极少部分带回大汉，其余的都将公正地分给她们的子孙们。她们商定准备秋八月动身回长安，给天子上书奏明。

不想一个月后，出了意外，解忧公主不慎摔了一跤，腿摔伤了，大夫说至少需要休养三个月以上甚至半年。解忧公主有些沮丧，冯嫽安慰说："公主好好休养，等腿养好了，咱们再回去也不迟。"

"你代我修书一封，向陛下禀明我的情况，恐怕我们得到来年才能回长安了。"

"公主放心，我马上写。"

"还有，你在信中说一下，我们这次回长安，可以自己回去。请陛下不要派人来接。"

冯嫽迟疑了一下，"这个就不写了吧？陛下说过，要派人来接的。"

"你还是写上。这是我们的态度，不希望我们归乡给朝廷增添麻烦。陛下非要派人来接，那是陛下的恩义。"

"明白公主的意思。"

冯嫽写好信，拿给公主看，"这样写，公主看行不行？"

解忧公主看了看冯嫽写的上书，点点头，"这样可以。"

刘病已收到冯嫽代公主写的上书，回复说：请公主安心休养，腿伤好了之后，再告知具体归期。朕派人去接公主一行归汉。公主是大汉的大功臣，当初公主风风光光地远嫁乌孙，如今要归汉，朕也必须派人将公主风风光光地接回来。

解忧公主的伤腿到次年的春季才痊愈。公主一行确定在秋八月启程回故里。

刘病已将迎接劳苦功高的公主回长安视为重要的国事，他要派专人来负责督办这件大事。他将周边的公卿们看了一个遍，目光最后定格在御史大夫陈万年身上。

在刘病已眼里，陈万年能力有限，在一些有关大政方针的廷议中，他提建议也很积极，但提的都比较肤浅，有时还出现常识性的错误，但陈万年有一个长处，就是为人拙朴，努力上进，做事认真勤勉。陈万年留给刘病已最深刻的印象，是丞相丙吉病重期间，他像丙吉的家人一样关心丙吉的健康，每天下班都去看望丙吉，在丙吉病榻前悉心侍奉，直至夜深才离去，而且日日如此，直到丙吉病逝。

刘病已自从得知自己幼时因受丙吉的无私照护才得以存活，就将丙吉视为自己的重生恩公。陈万年如今真心实意地侍奉恩公丙吉，刘病已不由得对陈万年生发好感。其实真要说起来，陈万年之所以如此这般，也是通过这种竭尽真诚的方式跟丙吉套近乎，希望能博得丙吉的额外好感而举荐他。

果然，陈万年的这招暗棋下得很准。在丙吉病情加重期间，刘病已亲临探望慰问，才知丙吉已不能起床了，知道恩公时日艰难，有些难过；但作为帝王，他又不得不保持理性，丙吉一旦走了，丞相之位空缺，是要及时补缺的，便问丙吉：万一您有不测，您觉得群臣之中，何人能胜任公卿之位？丙吉开始谦虚，不肯推荐，刘病已一再追问，他才举荐于定国、杜延年及陈万年三人。这三个人后来都得到刘病已的重用，也都比较称职，刘病已觉得恩公丙吉果然识人。

陈万年在大事方面不善决断，但对于迎来送往之类的人情世故却是相当在行。他也自感熟谙人情是自己成功的经验。为人处事，逢迎拍马是必须的，但是要讲究策略，逢迎要有节制，拍马要拍得恰到好处，不要拍错地方，如果拍到马蹄就不妙了。他希望将自己的这些处世之道传授给儿子陈咸。

在陈万年当上御史大夫之后，一次病休，白日睡得昏沉沉的，晚上稍有精神，便将陈咸叫到卧榻前，将自己仕途亨通的经验讲给儿子听，越讲越有成就感，竟然讲到夜半时分。陈咸实在困倦了，忍不住打瞌睡，头碰到了卧榻旁的屏风上。陈万年很是恼怒，想要拿棒子惩戒儿子，训斥说："我一心一意地教你，你却不听我的话，竟然打瞌睡，为什么要这样？"陈咸慌忙跪下叩头请罪说："您说的话我都明白，不就是教我如何奉承拍马屁吗？"陈万年很无语。唉，儿子倒是一个明白人，就是太愣头青了！

刘病已也很了解陈万年，陈万年特别重人情来往，对他的那些亲戚比如许家和史家百般逢迎。不过刘病已倒不讨厌陈万年，反倒觉得像陈万年这种人本性不错，为官也清廉谨伤，办事也比较靠谱。

眼下刘病已将迎接公主回京的事全权交给陈万年督办，很是放心，他相信陈万年一定做得让他满意。

陈万年一接到诏令，深感荣幸，也深感责任重大，不能有任何闪失。公主从乌孙归汉，路程遥遥，他有些担心途中天气突然变化。两年前他听同僚谈起敦煌一带天气有时发生恶劣变化，说自己的一个乡党被上司派到那边去执行公务，途中就突然遭遇暴虐的风沙，轻便小车子被刮坏，驾车的马也受惊挣脱了缰绳跑掉了，乡党被摔到地上受伤，不得不艰难徒步返回衙署复命。陈万年考虑公主归途中万一遭遇这样的坏天气，得提前做好防范，公主乘坐的车驾必须质量过硬，而且要围上防风雨沙暴的厚实帷帐。

护送公主的任务重大，陈万年觉得丞相属官王彭是最合适的人选，就和时任丞相的于定国商量，从丞相府抽调王彭护送公主。

陈万年派多名属官下发文件，督促沿途各驿站在解忧公主到来之后，要提供上乘的食宿和车辆的安排，认真做好接待工作。同时他还督促各驿站的驿骑，要密切关注公主的行程，在公主到达每个驿站之前，及时向驿站传达公主即将到来的信息，让驿站做好充分迎接的准备，让公主能切实感受到回归故土的温暖和贴心。

各驿站接到御史大夫的督办文书，都积极配合，以最高级别的规格接待公主。敦煌郡尤其重视，当解忧公主一行的车马由龙勒进入敦煌，离悬泉置几里外，敦煌郡府的各级官吏及属员都分列在主干道两旁恭候。悬泉置更是按照接待西域君长的标准接待公主，在进入悬泉置的路口组织鼓乐队，当公主的车驾缓缓出现时，乐官就指挥鼓乐队演奏高亢的迎宾乐曲，整个悬泉置呈现一派喜庆的景象。

在解忧公主乘坐的马车到达长安郊外时，刘病已得到陈万年的禀报，按既定的计划，亲自带着文武百官出城，仪仗队和鼓乐队也悉数到位，做好了隆重迎接的准备。

在大家的翘首期盼中，一辆豪华的马车缓缓驶来，在众人的欢呼声中，马车在道旁停了下来，铿锵欢快的鼓乐响起，左右侍卫上前，微微屈膝，恭敬地将公主车驾的帷帐轻轻掀开，请公主下车。

时值初冬，暖阳融融，解忧公主在她的孙子孙女的搀扶下，下了马车，紧接着冯嫽等人也陆续下了车。

刘病已不等他们上前行跪拜礼，就口谕一概免礼，但公主和冯嫽还是要带头行大礼，刘病已忙笑着制止了她们，"公主和冯夫人年事已高，不必拘礼！"公主让孙子孙女行了大礼。

刘病已亲切慰问公主和冯夫人一路辛苦。公主两眼饱含热泪，激动得说不出话来。冯夫人眼含泪花说，感谢陛下圣恩！我和公主想到要回长安，一路都感觉很松快，一点不辛苦的。

随后，刘病已请公主和冯夫人坐上事先为她们准备好的驷马安车，仪仗队头前开道，将公主和冯夫人热热闹闹地迎进长安城未央宫前殿，大摆宴席为她们接风洗尘，命朝廷三公九卿以及京都所有二千石官员都到场作陪，场面十分和谐隆重。

刘病已还下诏赐给公主田地、甲第、奴婢等，奉养优厚。朝见皇帝的礼仪同皇帝亲生公主一样。冯嫽奏请跟公主一同居住，刘病已也欣然同意。

年逾古稀的解忧公主和冯嫽在长安过起安逸的生活，但她们还是很关注乌孙那边的境况。其时是元贵靡长子星靡当大昆弥，星靡生性懦弱，在内政外交方面缺乏大略，遇事不善掣肘，导致乌孙局势动荡。解忧公主闻讯很是忧心，乌孙怕是要断送在孙子星靡手中，为此哀叹不已。冯嫽也很焦虑，经过一番思虑，她毅然给刘病已上书，希望出使乌孙辅佐星靡。

刘病已正为乌孙局势忧虑，对于冯夫人主动请缨很是激赏，只是他有点担心冯夫人的身体，毕竟她已年过七旬。冯嫽得知皇上的顾虑，便爽朗地一笑，表示自己虽有些老朽，但精气神还在，出使乌孙没有任何问题。刘病已这才放下心来，挑选好车良马、一百名武艺高强的健硕兵士、三名勤勉又机敏的官员和两名医术精湛的御医组成使团，护送冯夫人到乌孙。

冯夫人声名赫赫，她带着大汉使团一抵达乌孙，乌孙人就奔走相告：冯夫人回来了！咱们乌孙有奔头了！冯夫人为星靡出谋划策，星靡的脊梁骨也直了不少。那些企图搞分裂的乌孙贵族都钦佩冯夫人才识过人，他们知道自己再怎么玩花招，也是玩不过聪慧的冯夫人的，也都变老实了。乌孙的动荡局势很快就得到控制。

解忧公主在长安安度晚年，两年后因病辞世。当时刘病已身体状况不佳，依然硬撑着亲自吊唁，下令按公主的标准予以厚葬。公主从乌孙带回的孙子孙女就留在长安为她守墓。

公主离世后，冯嫽依然住在公主的府邸中，享受着同公主生前一样的优厚待遇。几年后冯嫽病逝，按冯嫽遗愿，她就葬在公主的墓旁陪伴公主。

第二十八章　匈奴内乱

1

乌孙昆弥翁归靡过世的那年，匈奴开始发生内乱。追溯起来，内乱最初起因是虚闾权渠单于初立时，就贬黜了颛渠阏氏。这个颛渠阏氏是匈奴贵族左大且渠的女儿，曾是前单于壶衍鞮单于宠爱的阏氏。壶衍鞮单于死后，按照匈奴收继婚俗，继任的虚闾权渠单于应该娶她，可是虚闾权渠单于却以右大将女儿为大阏氏，而将她冷落一边。颛渠阏氏心生不满，与右贤王屠耆堂私通，时时为他思谋单于大位。

虚闾权渠单于病重时，右贤王到龙城来与颛渠阏氏幽会，她要右贤王不要远离，说单于已病入膏肓，撑不了多久。几天后，单于死了。执政大臣郝宿王刑未央派人召诸位王爷前来商议处理单于后事，立新单于等事宜。趁王爷们都还没到王庭，颛渠阏氏就和她的弟弟左大且渠都隆奇密谋，立右贤王屠耆堂为握衍朐鞮单于。

握衍朐鞮单于继位之初，为了巩固自己的地位，将虚闾权渠单于所重用的贵人刑未央等人都给杀了，而任用颛渠阏氏的弟弟都隆奇掌权，又将虚闾权渠单于的子弟近亲全部罢免官职，安插自己的子弟取而代之。虚闾权渠单于的儿子稽侯狦未能继承单于位，就出逃投奔他的岳父乌禅幕。

乌禅幕本来是乌孙和康居之间的一个小国首领，因屡受欺凌，就率领数千民众降了匈奴。当时统治匈奴的是狐鹿姑单于，他将其弟弟的儿子日逐王先贤掸的姐姐嫁给乌禅幕为妻，仍让他掌管自己的部众，居住在匈奴右地。

先贤掸的父亲本来有机会当单于。他爷爷且鞮侯单于有两个儿子，长子左贤王，次子左大将。且鞮侯单于病重将死之时，立下遗嘱以长子左贤王继单于位。左贤王尚未赶到时，王庭中的贵人认为他有病，就更改遗言拥立他的弟弟左大将为单于。左贤王听到这个消息，不敢再进发。左大将派人招来左贤王，并将单于位让给他。左贤王以有病相推辞，左大将不听，对他说："如果你病死了，再传位给我。"左贤王这才同意了，于是继立为狐鹿姑单于。

狐鹿姑单于继位后，将弟弟左大将提拔为左贤王，几年后左贤王病死，单于不让他的儿子先贤掸袭左贤王位，而改封他为日逐王。日逐王的地位低于左贤王。单于却以自己的儿子做了左贤王。匈奴国人觉得狐鹿姑单于没有履行当初的诺言，都说日逐王应当成为单于。

日逐王先贤掸一向与屠耆堂不和，屠耆堂自从谋取了单于之位，更是将先贤掸视为眼中钉。先贤掸知道自己迟早都会遭屠耆堂的毒手，但自己又无力同他抗衡，万般无奈之下，准备率领其部属数万骑投奔汉朝，以谋求生路。

为了保险起见，先贤掸事先派心腹为使者，同都护西域的汉朝骑都尉郑吉接洽，说明他们在匈奴的艰危处境，打算归顺大汉，希望汉朝能够派兵接应他们。

郑吉听后很高兴，因他平素密切关注匈奴局势，知道匈奴正处于动荡时期。他回复说欢迎日逐王归顺大汉，容他先禀报朝廷。他当着使者的面，急书一封，传驿骑飞马送报朝廷。一方面他同日逐王先贤掸加强沟通，另一方面他准备征发渠犁、龟兹等西域多国军队五万人。刘病已一收到郑吉急奏，欣喜不已，急复：尽快征召西域军队接应。

等郑吉接到刘病已诏令时，他已经征发了西域各国五万人，做好迎接日逐王的充分准备。

日逐王先贤掸率一万二千人、小王将十二人，跟随郑吉到河曲地面。途中有一些匈奴兵士对降汉心存疑惧，便开小差逃跑。郑吉为稳定军心，毫不犹豫地追上杀掉逃跑的人，于是率领日逐王臣民顺利到达长安。

刘病已对日逐王投奔大汉敞开怀抱隆重欢迎。当郑吉带领日逐王及其部众到长安时，刘病已已经率文武百官在长安的正门外等候，阵容齐整威武的仪仗队，铿锵嘹亮的鼓乐迎宾，让日逐王和他的部众有种亮瞎眼的感觉，不得不承认，长安的繁华与勃勃生机是匈奴所无法比拟的。大汉皇帝及群臣、路旁的老百姓们所表现出的如火热情，也让他们有一种宾至如归之感。

如果说他们初来时的欢迎仪式流于表面，那么接下来大汉天子对他们的封赏便是带给他们实质性的实惠和保障，让他们觉得归顺大汉是明智之举。

日逐王先贤掸被刘病已封为归德侯，他的部众也按在匈奴的排座均受到同等级别甚至更高级别的封赏，即便普通士兵的待遇也都比较优厚。

刘病已对成功促成日逐王降汉的郑吉更是赞赏有加。

郑吉为人坚韧刚毅，办事果断而又勤勉。郑吉曾以士兵身份随军，多次出征西域，对西域事务比较熟悉。地节二年，刘病已派郑吉以侍郎身份和校尉司马意率领免刑的罪人在渠犁屯田，积聚粮食。渠犁原是西域的一个人口不到两千人的超级小国，但那里的气候温和，田地肥美，水草富饶，灌溉方便，特别适合种五谷。早年张骞通西域，贰师将军李广利征讨大宛之后，汉朝就在渠犁设置校尉，管理屯田事务。刘病已希望渠犁屯田事务在他的治下更为出色。郑吉和司马意不辱使命，不但做好渠犁的屯田，而且还积极做好边疆防务。特别是郑吉善于随机应变，发现车师王有意背离大汉，就果断地调动西域各国军队攻破车师国兜訾城，对西域其他各国也有很大的威慑效果，使他们不敢背离大汉。刘病已将郑吉升迁为卫司马，让他守护鄯善西面的南部通道。

如今郑吉再立大功，降服日逐王，威震西域。刘病已这次要重重嘉奖郑吉的功劳，便下诏说："都护西域的骑都尉郑吉，镇抚外蛮，宣扬大汉威信，迎接匈奴单于的堂兄日逐王及其部众，攻破车师国兜訾城，功绩卓著。封郑吉为安远侯，食邑千户。"刘病已诏令郑吉同时防护车师以西的北部通道，称为西域都护。

郑吉奉命在西域中部建立幕府，修建乌垒城，离阳关二千七百余里。匈奴势力衰微，无力再与汉朝争霸西域，日逐王曾在匈奴西边的焉耆设置的僮仆都尉府也因此被废置。西域都护督察乌孙、康居等三十六国动静，镇抚各国，成功地将西域纳入大汉的势力范围之内。

握衍朐鞮单于屠耆堂听说先贤掸降汉，暴跳如雷，但又无可奈何，只得改立自己的堂兄薄胥堂为日逐王。为了报复先贤掸，握衍朐鞮单于又杀掉了先贤掸的两个弟弟。之前乌禅幕为他们求情，但单于根本不给乌禅幕情面，乌禅幕心里很恼怒。

不久左奥鞬王亡故，其子到单于王庭报丧，希望得到单于体恤，允许自己继承父亲的左奥鞬王位，没想到握衍朐鞮单于一味自私自利，不但不体恤他，反而还将他扣留在单于王庭，委任自己的小儿子出任左奥鞬王。

已故左奥鞬王的父亲是左地有名望的老贵人，听说孙子被留在王庭，不知何故，亲自出马求见握衍朐鞮单于，恳求单于能够顾念他的儿子在世时立下功劳，赐给他孙子一个官号。

握衍朐鞮单于冷冷一笑，说你的儿子为我立过什么功劳？我倒是还指望着他为我驰骋疆场，可是他却不愿意，死掉了！你让我为你孙子封官号？我是没有办法的！

老贵人遭到单于的拒绝和羞辱，又气又恨，两眼饱含热泪，也不再奢望孙子封官号，准备带孙子回去。单于却趁机勒索，说带人走可以，但必须缴纳赎金！老贵人气得浑身发抖，但又万般无奈，只得筹钱赎回了孙子。

回到封地，老贵人当着左地的贵人们和儿子生前的亲信们的面，声泪俱下地控诉单于卑鄙无耻，在场的人都群情激愤。之前握衍朐鞮单于的太子和左贤王三番五次说左地贵人的坏话，左地的贵人们早就心生怨恨。他们索性共同拥立老贵人的孙子为左奥鞬王。新左奥鞬王在大家的支持下，率领部众，毅然和乌禅幕部联合起来，同握衍朐鞮单于决裂，一起向东迁徙。

握衍朐鞮单于得知乌禅幕纠结左奥鞬等部落叛离，雷霆震怒，派兵追击拦截。他舍不得派太子领兵，觉得风险太大，弄不好大儿子的小命就给丢了。他本意要左贤王领兵，但左贤王耍滑头，推说自己身体不适需要休息。最后他只能派遣右丞相率领万余骑兵前去追杀，结果非但没有阻止叛离怒潮，反倒让自己的骑兵都跟着受影响，有好几千人途中逃亡了。

2

神爵四年（前58年）五月，握衍朐鞮单于再次向汉朝提出和亲，派他弟弟呼留若王胜之出使汉朝。刘病已非常清楚，握衍朐鞮单于是通过阴谋篡夺大位，又残暴无道，民心背离，灭亡是迟早的事。跟他们和亲，无异于将汉家的女儿送入虎口。这种傻事绝对不能干！刘病已对匈奴使臣以礼相待，但对于和亲一事没有答应，认为和亲时机尚不成熟，等以后再说。

胜之回到匈奴向哥哥复命，握衍朐鞮单于很感扫兴。当时正逢乌桓攻打匈奴东边的姑夕，俘获很多民众，握衍朐鞮单于心中的怒气大发，发兵要跟乌桓抢夺姑夕。

姑夕王早已听闻握衍朐鞮单于暴虐，很是惶恐不安，就和乌禅幕以及左地贵人一起，共同拥立虚闾权渠单于之子稽侯狦为呼韩邪单于，征发左地兵力四五万人，向西征讨握衍朐鞮单于，兵至姑且水北，双方尚未交战，握衍朐鞮单于的军队就四散奔逃。

握衍朐鞮单于迫于形势，派人去对其弟右贤王说："匈奴人都来攻打我，你愿意发兵帮助我吗？"右贤王觉得自己的哥哥咎由自取，断然拒绝，说："你没有爱人之心，滥杀兄弟和诸位贵人，到你居住的地方去死吧，不要玷污我的土地！"握衍朐鞮单于气急败坏，绝望之下就自杀了。

左大且渠都隆奇逃到右贤王那里，其部众都投降了呼韩邪单于。

握衍朐鞮单于在位仅三年就失败了。呼韩邪单于回到王庭，数月后，解散了军队，让他们各回故地，将他流落在民间的哥哥呼屠吾斯找了回来，立为左谷蠡王，并派人煽动右贤王属下贵族，打算命其杀死右贤王。

右贤王对呼韩邪单于很是忌恨，这年冬天，他和都隆奇共同拥立日逐王薄胥堂为屠耆单于，发兵数万人向东征讨呼韩邪单于。呼韩邪单于兵败逃走，屠耆单于夺得王庭，以其长子都涂吾西为左谷蠡王，小儿子姑瞀楼头为右谷蠡王，留居在单于王庭。

五凤元年（前57年）秋，屠耆单于任命前日逐王先贤掸之兄右奥鞮王为乌藉都尉，派其率二万骑兵屯驻东部，以防守呼韩邪单于。此时，西方的呼揭王来同唯犁当户策划，一起谗毁右贤王，说他想自立为乌藉单于。屠耆单于就杀了右贤王父子，后来知道他们冤枉，就又杀了唯犁当户。因此呼揭王害怕了，就背叛而走，自立为呼揭单于。右奥鞬王见势，干脆也自立为车犁单于。乌藉都尉也自立为乌藉单于。这样一共有了五个单于各自为政，割据一方。漠北草原上的匈奴内战正式打响。

屠耆单于自己带兵向东去讨伐车犁单于，派都隆奇去打乌藉单于。乌藉单于和车犁单于都被打败了，向西北奔逃，与呼揭单于联合起来，兵力达四万。

乌藉单于和呼揭单于为了对抗屠耆单于，都去掉了"单于"称号，而合力拥戴车犁单于。屠耆单于听说后，便派左大将、都尉率兵四万骑分别屯驻东部，以防备呼韩邪单于，自己则率四万骑兵向西征讨车犁单于。车犁单于败走西北，屠耆单于就引兵向西南方，留在一个叫阗敦的地方。

五凤二年（前56年），呼韩邪单于派他哥哥右谷蠡王等人向西袭击屠耆单于的屯兵，杀虏了一万多人。屠耆单于知道后，立即亲率六万骑来攻打呼韩邪单于，行进了一千里，还没到嗕姑地，就碰上了呼韩邪单于的军队，大约有四万人，双方混战一团，屠耆单于兵败自杀。

都隆奇见大势已去，与屠耆单于的小儿子右谷蠡王姑瞀楼头逃奔汉朝。车犁单于也东来投降了呼韩邪单于。

这年冬十一月，呼韩邪单于的左大将乌厉屈与其父乌厉温敦看到匈奴动乱不堪，很是忧虑不安，彼此打打杀杀，何时是个头！父子俩一合计，索性远离匈奴这个是非之地，率其部众数万人南下投降了汉朝。刘病已给予他们封赏厚遇，封乌厉屈为新城侯，乌厉温敦为义阳侯。乌厉温敦曾在屠耆单于死后，一度自立为呼速累单于，所以刘病已在诏书中也以"单于"称之。

汉朝的一些公卿看到匈奴内部互相厮杀，如此混乱，认为这是消灭匈奴的大好时机，纷纷上奏刘病已，说匈奴自从大汉立国以来，就一直与大汉作对，祸害大汉长达一百多年。现在匈奴内部分崩离析，应该趁其内虚发兵征服，一定会如愿以偿，永绝边患！

刘病已想起元康年间，匈奴派兵攻击汉朝在车师屯田的军队，没有攻下来。他和后将军赵充国等人商议，打算趁匈奴衰弱的时候，派兵攻打他们右边地域，使匈奴不敢再骚扰西域。丞相魏相反对，上书劝谏。那谏书的内容他还记得清清楚楚。

臣魏相听说，拯救危乱，诛除凶暴，称之为义兵，仁义之师所向无敌；敌人来攻击你，不得已起来抗击，称之为应兵，抗击侵略的军队定能战胜；在小事上争胜斗狠，不能克制一时愤怒的，称之为忿兵，争气斗忿的军队会失败；认为别人的土地货宝有利可图的，称之为贪兵，贪婪的军队一定会被击败；凭借国家面积大，以人口众多相夸耀，因而想在敌人那里表现自己的威风的，称之为骄兵，骄傲的军队会被消灭。这五个方面，不仅是由人事决定的，也是天道决定的。

不久前匈奴曾经向我们表示了善意，抓到汉人总是好好地送回来，没有侵犯我们的边境，虽然这次他们争夺我们屯田的车师城，也不必太放在心上。现在听说各位将军想起兵攻入匈奴境内，愚臣不知道这样的军队该叫什么名称。现在边境上的州郡十分贫穷，父亲与儿子共同穿用一件羊皮袄，吃蓬草的果实，经常担心会活不下去，再也经不起战事的扰攘。"战事过后，一定会有灾年"，说的就是人民会有愁苦怨气，会破坏阴阳之间的平和。

即使出兵得胜，也还有后患，恐怕灾难变故会因此而产生，现在州郡的太守、封国的国相大多不得其人，风俗浅薄，风雨不调。考查今年的统计，子杀父、弟杀兄、妻杀夫的，共有二百二十二人，愚臣认为这绝不是小变故。现在陛下身边的大臣不以此为忧，却想派兵攻打边远的少数民族来报纤介小仇，这大概就是孔子说的"我恐怕季孙氏的忧患不在于颛臾而在宫墙内部"啊。

希望陛下和平昌侯、乐昌侯、平恩侯以及有远见的大臣仔细商议才行啊。

当时刘病已觉得魏相说得很有道理，就听从了他的劝谏，没有发兵。令他有点伤感的是，魏相三年前已经病逝，他失去了一位有才能又有远见的得力能臣。替代魏相担任丞相的是他的救命恩人丙吉，丙吉谦逊，总说自己对军政不甚在行，每论军政大事，丙吉都谨慎发言。

刘病已下诏让公卿大臣廷议是否发兵征服匈奴，大家都普遍持赞成意见。刘病已总记得魏相当年的劝谏，对公卿的意见暂时持保留态度。

此次廷议，御史大夫萧望之没有参加，因他当时身体有恙在家休病假。刘病已觉得萧望之每每总有与众不同的意见，便下诏派遣中朝大司马车骑将军韩增、富平侯张延寿等人一起去御史府邸看望萧望之，并询问他有何计策。

萧望之应对说："据《春秋》记载，晋国将领士匄率领军队侵略齐国，听说齐侯去世，就率领军队回国了，君子称赞他不征伐正在办丧事的国家，认为他的恩德足以使齐国新国君佩服，道义足以震动诸侯。从前的单于仰慕我朝教化，一心向善，以弟辈自居，派遣使者请求和亲，四海之内的人们都很高兴，夷狄各族没有不听说的。条约没有奉行到底，单于不幸被叛臣所杀，现在去讨伐，是趁别人内乱而幸灾乐祸的行为，他们一定会逃走远避。不以仁义而战，恐怕劳而无功。应该派遣使者吊唁慰问，在他们衰弱的时候帮助他们，在他们有困难的时候救助他们，四方夷狄都会佩服大汉的仁义。如果因此承蒙恩惠能复归王位，一定会向大汉称臣，这是一件盛大的德政。"

刘病已始终谨记曾祖父穷兵黩武的深刻教训，战争的本质就是流血的政治，输赢尚且不定，令人忧虑的是劳民伤财，扰乱社会秩序，可能造成非常严重的后果，甚至会动摇王朝根基。如果能以仁义感化夷狄各族，自然是上上策。他很认可萧望之的意见，决定不发兵，而是密切关注匈奴那边的局势发展。他预料，匈奴如此无休止地内耗，势力会越来越虚弱，臣服大汉只是时间长短的问题。

3

匈奴内乱继续加剧。

当年兵败投降匈奴的汉将李陵的儿子又拥立乌藉都尉为单于。呼韩邪单于将乌藉单于等人抓到处斩了，李陵的儿子见大势已去，伺机带着自己的亲信逃跑了。此后，呼韩邪单于再建都单于王庭，但战争也削弱了他的势力，使他的部众减少了数万人。

屠耆单于的堂弟休旬王指挥他所属的五六百骑兵，击杀了左大且渠，吞并了他的部队，跑到右地，自立为闰振单于，活动在匈奴西部一带。其后，呼韩邪单于的兄长左谷蠡王呼屠吾斯不甘心做弟弟的臣属，索性也自立为郅支骨都侯单于（简称郅支单于），活动在匈奴东部一带。

呼韩邪单于已经任命兄长呼屠吾斯当左贤王，却遭到兄长的背离。当初他费心费力地将兄长从民间找回王庭，原指望兄长能助自己一臂之力，兄弟俩精诚合作，拧成一股绳，打败其他势力，统一匈奴。没想到他的愿望落空，兄长不但不帮他，还背地里挖墙脚，将原先属于他的人马拉走不少，公开跟他这个亲弟弟为敌。虽然他的心里很是闷堵，但还是对兄长抱着几分侥幸，希望兄长能回心转意，便请家族中有名望的长老去劝说兄长：兄弟之间毕竟手足情深，不能搞对立，应该团结起来，共同对外，才是正途。

呼屠吾斯一听长老的劝说，脸上顿时阴云密布，"您说我呼屠吾斯是不是虚闾权渠单于的长子，稽侯狦的大哥？我是不是更有资格继承我父王的单于位？可是当初我父王偏心，因宠爱稽侯狦的母亲而偏私稽侯狦！为了让稽侯狦当继承人，他找借口将我赶出王庭！只是他万万没有想到，在他死后，单于尊贵的王冠戴在右贤王屠耆堂的头上！这就是上天对他的报应！他对我没有丝毫的父子之情，让我在民间受尽屈辱和磨难。稽侯狦对我也没有多少兄弟感情！"

长老忍不住打断他的话，"依我看，稽侯狦心中还是有你这个大哥的，否则他就不会将你找回来，封你当左谷蠡王，前不久还封你为左贤王。"

呼屠吾斯冷冷一笑，"哼！我稀罕他封我左贤王?！您可是高看他了！他有什么能耐当单于？他将我找回来，完全是出于他的私心，让我帮他巩固他的位子，他纯粹是拿我当棋子使！这几年，我为他上战场，出生入死，屡屡立下战功。没有我，他怕是早就被人杀了！我已尽了做兄长的情分！现在我请您回去告诉他：我是他大哥！素来只有做小弟的听命于大哥，没有大哥听命于小弟！他要真当我是他大哥，就应该去掉他的单于号，到我这里来，我也可以封他当左贤王，我们兄弟一起共同对外。这才是你所说的正途！"

呼屠吾斯面带杀气，长老也不敢再劝，诺诺着匆匆告辞，回到呼韩邪单于那里，原封不动地将呼屠吾斯的话叙说了一遍，叹息说："你们兄弟之间的事，以后我绝不再掺和。你们都好自为之吧！"说完便转过身，头也不回地走了。

呼韩邪单于目送长老有点蹒跚的背影，回味呼屠吾斯硬扎扎的话语，万分沮丧。他实在没有料到，哥哥呼屠吾斯原来对自己满怀怨恨。呼韩邪单于很是懊悔，自己之前太念及兄弟情谊了，对兄长呼屠吾斯过分信任与重用，却是给呼屠吾斯提供了私自培植势力的机会。如今呼屠吾斯拥有了足够的势力，就将本该温情脉脉的兄弟情谊彻底抛弃了！他和呼屠吾斯之间，不再是一对血浓于水的亲兄弟，而是一对势不两立的仇家，在大漠草原上彼此展开你死我活的较量。

那之后，呼韩邪单于和呼屠吾斯之间彼此严密防范，加上闰振单于三股势力在草原上角逐。

过了两年，闰振单于率其部向东攻打郅支单于。郅支单于与其交战，杀掉了闰振单于，吞并了他的军队。至此，匈奴内战经过不断厮杀吞并，最终集中在呼韩邪单于与郅支单于这对亲兄弟之间的争斗上。结果是呼韩邪单于被兄长郅支单于打败，郅支单于占领了单于王庭。

呼韩邪单于惨败之后，面临着被郅支单于歼灭的危险。在走投无路之下，他向足智多谋的左伊秩訾王寻求计策。左伊秩訾王思忖着说："现在的形势对我们非常不利，没有得力的外援，我们几乎死路一条。寻求西边的乌孙和东边的乌桓相帮，是不太可能的，因为郅支单于在前面挡着道。现在只能寻求南边的汉朝的援助。"

呼韩邪单于叹叹气，"谈何容易啊！"乌孙和乌桓都曾经是被匈奴控制的属国，属于老大与小弟的关系，但汉朝不一样，汉朝与匈奴可是两相对等的"敌对国"，彼此之间争斗了一百多年。如今的匈奴也早已雄风不再，再加上内乱分裂，已变得虚弱不堪。而老对手大汉却是国力强盛，它要铁着心灭匈奴，也是不用费多大的劲。现在想低三下四地去求着抱老对手的大腿，人家恐怕连个面子都不会给。

左伊秩訾王也长叹一声，"再怎么不容易，我们也要这么做，否则就只能坐以待毙！"

"你说寻求汉朝援助，人家要是不搭理我们怎么办？"

"那就看单于怎么做了。如果单于拿出足够的诚意，我相信汉朝皇帝一定会考虑援助我们！"

足够的诚意？呼韩邪单于明白左伊秩訾王的潜台词，那就是对汉称臣，入朝觐见！

左伊秩訾王见单于陷入了沉默，便说："我知道单于在想什么，单于一定觉得我们匈奴本是彪悍强健的马背民族，我们的铁蹄纵横苍茫旷阔的草原数百年，从不轻易言败，更不愿意轻易服输。就算汉朝将我们打得人仰马翻，我们偶尔也会厚颜卑辞地遣使向汉朝求和，但是我们从来都觉得我们匈奴跟汉朝是平起平坐的。如果现在对汉入朝称臣，那就表明我们在汉人面前彻底示弱了，心甘情愿地伏低做小，这如何让我们高傲的心经受得了！"

呼韩邪单于叹息着点头，"说的是啊，我们这心里是很难受的！"

"唉，谁不难受啊！有什么办法呢！我们总得为我们的子孙后代着想，不能让他们以后连故土都丢掉了！我们现在唯一可行的办法就是屈膝向汉朝称臣，入朝侍奉汉朝天子，以求得到汉朝援助，这样才能平定匈奴内乱。"

呼韩邪单于接受了左伊秩訾王的建议，向大臣们征询意见，结果遭到大家的一致反对。

"不能对汉入朝称臣！我们大匈奴的习俗从来就是以力胜人为上，以服侍于人为下，以马上战斗立国，因而威名震于百蛮。即使战死，也是壮士应有之义。"

"现在兄弟之间争夺国家权力，不落在兄之手则落在弟之手，虽然战死也威名犹在，子孙仍可做诸属国的君长。"

"汉朝虽说强盛，也始终未能兼并匈奴，为何要一反祖先的规矩，去做汉朝的臣子而使先世单于蒙受耻辱，见笑于各国呢！"

"虽说这样做可换来安宁，那我们还怎么能作百蛮之长呢！"

……

　　面对一片反对声，左伊秩訾皱紧眉头，站起来，慷慨陈词："你们说这些，也只是吐吐唾沫而已，根本就成不了现实！强弱是可变化的，现在汉朝正处于强盛时期，乌孙等城邦各国都臣服于汉。匈奴自且鞮侯单于以来，力量一天比一天削弱，至今不能复兴，虽说顽强地生存着，但从来没有过一天的安宁。现在归附汉朝就可安定长存，不归附就会危亡！"左伊秩訾越说越激动，"我们已经处在生死存亡的关头，不是念想什么威名、子孙做属国的君长的时候！我那早已不过问政事的老父亲昨天还在跟我痛心地念叨，说他枉活了这么一大把年纪，没有想到我们匈奴竟然沦落成了今天这个惨败的田地！为什么成这个惨样子？不就是某些权贵自私自利，成天就挖空心思地为自己谋求权势名位，从来不顾念国家大义和族群利益！"他稍作停顿，抬手抹了一把脸，深深地叹了一口气，语气严厉，"大家有没有想过，一旦匈奴灭亡，你们说的所谓的威名、子孙做属国的君长之类的想法，统统都成为风中飘——纯属痴心妄想！"

　　诸大臣有的叹息，有的沉默，有不少人还在固执地互相辩难，但是辩难了很久，最终大家还是觉得除了对汉称臣寻求援助之外，再也找不到其他更好的出路。

　　当整个廷议陷入一片唉声叹气中，一直沉默的呼韩邪单于发话了："形势非常严峻，现在不是考虑求威势求虚名的问题，而是考虑能否存活的问题！大家商议了这么久，也实在找不出更妥帖的方法。左伊秩訾王见多识广，睿智务实，他主要着眼于我们匈奴部族的生存，提出求汉的策略，但也是唯一可行的策略，我们现在只能求助于南边的汉朝，别无选择！"诸大臣也没有人再提出疑问。

　　呼韩邪单于采纳了左伊秩訾的意见，率领部众南迁，靠近汉朝边境，派儿子右贤王铢娄渠堂入汉朝侍奉天子。郅支单于见状，也派他儿子右大将驹于利受入汉朝侍奉。这年是甘露元年（前53年）。

第二十九章　单于入朝

1

甘露二年（前52年），呼韩邪单于亲自到汉朝五原郡边塞，叩塞门拜访，表示愿奉国珍，在甘露三年正月到长安行朝礼。五原郡郡守将呼韩邪单于希望入朝觐见的信息向朝廷奏报。

刘病已看到奏报，不由得有些心动，但他还是提醒自己要保持冷静。想当年他的曾祖父可是上过匈奴单于的当的！那时统治匈奴的是乌维单于。乌维单贪婪狡诈，为了从汉朝获得更多的珍宝财物，假意同汉朝修好，在汉使面前甜言蜜语献媚，说自己想到汉朝去觐见天子，当面和天子结为兄弟。汉使回来报告给曾祖父，曾祖父信以为真，还命人为单于在长安修建了很气派的邸宅，诚心诚意地等着乌维单于来长安，结果等来的却是一个匈奴贵人。这个匈奴贵人上了年纪，大概体弱有病，一到长安，就病倒了。曾祖父命御医给匈奴贵人悉心治疗，也没能将其治好，那个贵人很快就死去了。曾祖父派使者路充国佩二千石官员的印绶，出使匈奴，护送这位贵人的遗体，并赠送了价值数千金的厚礼，以示安抚慰问。但乌维单于一口咬定是汉朝杀了他的贵人使者，便将路充国扣留下来不准回国，以此为借口屡屡突袭汉朝边境。直到六年后，且鞮侯单于嗣位，恐遭汉朝袭击，才将扣留的路充国等汉使放还汉朝。

呼韩邪单于会不会像当年乌维单于一样搞欺骗？这个念头很自然地在刘病已脑海中闪过，很快他又觉得自己多虑，毕竟今非昔比啊！乌维单于在位期间匈奴势力还是比较强盛的，但自握衍朐鞮单于篡位之后，匈奴局势动荡，纷争不断，内耗很严重。而大汉在自己同诸多能臣齐心协力的治理下，综合国力也很强，有足够的能力抗御匈奴。想必呼韩邪单于现在是泥马过河，自身难保，恐怕没有胆子玩欺骗的把戏。再退一万步说，就算呼韩邪单于昏了脑袋，胆敢玩欺骗，那就叫他有来无回！

刘病已确信呼韩邪单于是真心来朝拜，他得认真对待这件事。他很清楚，匈奴目前存在着两股势力，一股是漠南的呼韩邪单于，另一股是漠北的郅支单于。呼韩邪单于愿意归附汉朝，汉朝就可以在漠南扶持起一支亲汉的力量，以对抗郅支单于对汉朝边塞的骚扰。这还不是最主要的，最主要的是呼韩邪单于愿意以匈奴首领的身份亲自入汉贺正月，请求归附。这件事一旦坐实，那将标志着汉匈的关系发生质的改变！从高帝立国开始，汉朝跟匈奴之间的冲突就一直存在，大大小小的战争也不计其数，屈指算来，也有一百五十余年了！如今匈奴首领终于自愿低下高傲的头颅，降低自己的身份，对汉称臣，这将使匈奴由原来的敌对国变成汉朝的藩属国，这可是当年曾祖父梦寐以求的愿望啊！曾祖父当年没有实现的愿望，即将在自己这里得以实现，这该是多么令人欣慰的事！这么一想，刘病已就不由得不激动。

刘病已是个心思缜密的皇帝，他琢磨着呼韩邪单于毕竟是西域大国匈奴的首领，这次愿意屈尊来朝觐自己，自己应该以什么样的礼仪接见他？在哪里接见？如何封赏？单于来时带多少随从合适？该走什么样的路线进长安？诸如此类的细枝末节，刘病已都觉得有必要考虑周全。按照惯例，此等重要事件需要召集公卿大臣们集体商议。

先议单于来朝见时的礼仪。

时任丞相的黄霸、御史大夫于定国一致认为："圣明帝王的制度，施行德政，推行礼制，先京都而后地方，先国内而后境外。《诗》说：'率礼不越，遂视既发；相土烈烈，海外有截'，这几句说的是商汤的祖先契循礼守法，从不逾越规矩，因此在百姓中能得到响应。他的后继者相土也是极为威武，四海之外的诸侯都纷纷拥戴他。陛下也是如此，陛下圣明仁德充满天地之间，光辉普照四方极远之地。匈奴单于仰慕我国的风俗教化，捧着珍宝前来朝贺，从古至今还未有过。接见他的礼仪应该和诸侯王一样，位置在诸侯王以下。"

时任太子太傅的萧望之持反对意见："匈奴单于并不是我大汉正统属

国之主，所以应称匈奴为敌国，应该不用臣子的礼仪对待他，使他的位次在诸侯王之上。外夷向我大汉俯首低头，自愿居于藩属地位，我大汉谦让而不视他们为臣子，不以臣属之礼对待他，为的是笼络他，显示我大汉的谦虚大度。《尚书》说'戎狄荒服'，大意是说外夷来去归附反复无常。如果将来匈奴的后世子孙突然像飞鸟流窜、老鼠潜藏一般不再前来朝见进贡，也不算我大汉的叛乱臣子。将诚信谦让推行到蛮貊之地，福运继承流传至无穷无尽，这才是千秋万代的长远之计。"

刘病已采纳了萧望之的意见，下诏说："听说五帝三王对教化无法推行的地方，也不用政令统治。匈奴单于自称我国北方藩属，将于明年正月初一前来朝见。朕的恩德不够，不能受此隆重大礼。对单于应以国宾之礼相待，使单于的位次列在诸侯王之上，拜谒时只称臣，不具名。"

接下来，讨论单于入朝该走什么路线。公卿们普遍倾向于让单于从五原郡走直道南下朝觐，此条路线最便捷。典属国常惠不赞成："不能让单于走直道！"常惠早些年跟随苏武出使匈奴，被扣留匈奴多年，对匈奴的情况了如指掌。他提出反对意见，自然引起大家的重视。

刘病已一向倚重常惠，因常惠在本始年间的援乌战争中立功，封他为长罗侯，神爵二年苏武病逝后，任命常惠接替苏武担任典属国，前不久后将军赵充国病逝后，就让常惠担任右将军，仍兼任典属国。在刘病已看来，常惠的异见往往就是高见。他看着常惠，微笑颔首说："为何不能让单于走直道？请右将军详呈理由。"

常惠直直腰身说："陛下，各位公卿，这条直道不是普通的道路。想当年秦始皇命大将军蒙恬亲自主持修建从云阳直达北疆九原郡（武帝时期改名为五原郡）的道路，当时征用十万名工匠修建，耗费巨大的人力物力修建的这条将近一千五百里的直道，功莫大焉！直道沿线设有烽燧、关隘、桥梁等各种军事设施，其主要目的是为了防御匈奴。一旦发生战事，这条直道还能够迅速地运送兵员与物资补给。"常惠环视全场，"陛下，各位公卿，这么重要的军事要道能让匈奴单于走吗？"见皇上和公卿们凝神在听，他又接着说，"别看现在单于甘愿对我们大汉俯首称臣，那是因为匈奴很虚弱，需要寻求大汉的帮助。如果哪一天它变强盛了，它会是另一副嘴脸。我在匈奴滞留了多年，对匈奴这样的夷狄太了解了！他们窘困时表现卑谦恭顺，一旦强盛时就变得傲慢悖逆，这是他们的天性使然，不会轻易改变。所以，这次单于要来朝觐，我们对他以礼相待的同时，也要有必要的防备之心。"一席话让在场的君臣都心悦诚服。

常惠还建议，陛下接见单于的地点可以设在甘泉宫。刘病已很赞同，他原本就打算在甘泉宫泰畤祭天，之后接见单于。

经过君臣商议，大体确定了呼韩邪单于入朝的路线图：从五原向东，经云中、定襄、雁门，南下太原、河东，再西渡黄河，进入左冯翊，最后抵达甘泉宫。而且限定单于所带随从在二百人以内，所经过的沿途七郡都要派骑兵队护卫，彰显国威，也表示对单于的礼遇。至于对单于的赏赐，按照藩王的规矩赏赐就可以了，给单于的玺印稍微突出一下，以示对单于的尊崇。

此次廷议让刘病已很合意，便颁布相关诏令予以执行。

车骑都尉韩昌奉命担任专使，率领迎宾团前往五原塞迎接呼韩邪单于一行入境。呼韩邪单于沿途所要经过的五原、云中、定襄、雁门、太原、河东、左冯翊等七郡的郡守都提前接到诏令，每个郡按要求精选两千名高大魁梧、相貌堂堂、擅长骑射的兵士，组建骑士护卫团，并且都要高度重视对骑士们进行必要的礼仪培训，要求如下：骑士们双目平视前方，凝然有神；表情不卑不亢，略带微笑，庄重有威；骑马姿势端正有威仪，集体御马有术，保证各自马匹的步履大体一致，体现一种整饬之美；见到单于，挺直腰身端坐马上，统一行抱拳礼，并高呼：欢迎尊贵的匈奴大单于！

经过短期的礼仪培训之后，七个郡的郡守还将各自的骑士团拉到道路上现场演习数遍，两千名骑士齐刷刷的阵容，真正做到个个英姿飒爽，威武赫赫！

2

呼韩邪单于一行到达五原塞下，受到车骑将军韩昌率领的迎宾团的隆重接待。与此同时，五原郡的郡守早已率领护卫团在道路两旁列队恭候。

单于一行在迎宾团的陪同下，一进入五原郡，五原郡郡守马上笑微微地带头朝单于抱拳行礼，高声唱喏：五原郡欢迎尊贵的匈奴大单于！两千名骑士紧跟着齐呼：五原郡欢迎尊贵的匈奴大单于！

　　呼韩邪单于忙学着抱拳回礼致意，他着实为眼前大汉军容整饬的甲胄骑士团所震撼，每位骑士身着绛色戎服，齐腰的玄色铁铠甲，威风凛凛地端坐在高头大马上，一手持辔，一手垂直执着卜字形的长铁戟，自带一种莫名的霸气。

　　两千名骑士浩浩荡荡地夹道随行，被夹在中间的呼韩邪单于心中油然产生一种被裹挟甚至被劫持的感觉。每经过一个郡，都会更换另一批骑士。他默默数了数，一共经过七个郡，每个郡安排的骑士团分列在道两旁，那队伍延绵开去，他是望不到边的。这些骑士团加起来总人数大约有一两万之多。他分明地意识到，大汉沿途安排这么多骑士，名义上是护卫，实质上就是一种示威，要借此机会向他彰显大汉令人震撼的国威。

　　他年少时，就听长辈们讲好多年前一个叫中行说的汉朝宦官投降匈奴，当了单于的谋臣，向单于透露汉朝的诸多秘密，其中就提及直道，说入塞到汉朝皇帝的老巢长安，最便捷的道路是通达无阻的直道。他非常感兴趣，原本想着这次进长安应该就走这条直道，他期待能见识见识直道的真实模样，没想到汉使并没有带他们走直道，看来汉廷对他们匈奴人还是有比较强的防范心。

　　那天天气大好，阳光明丽，碧空如洗，微风徐徐，草木青黄相间，自有一番韵致。每到达一个郡，都会受到汉朝官员们热情如火的接待，呼韩邪单于表面上洋溢着谦和的笑意，但他的心里一点都不开心。他暗自哀叹匈奴没休止的内耗与难以遏制的没落；哀叹他那同父异母的兄长为了争夺权力，全然不顾兄弟之情；哀叹自己如今穷途末路，不得不卑辱先单于，不得不厚着脸皮对汉朝称臣。他一想到自己见到汉朝皇帝，还得要顺从汉朝礼仪，对皇帝行跪拜礼，他就感觉很郁闷。

　　一路上，他又在内心反反复复地规劝自己：大丈夫要能屈能伸，不能纠结于个人的荣辱！为了南匈奴能够存续下去，为了让匈奴人不再饱受离乱之苦，过上安宁的生活，他必须低下高贵的头颅，屈下直挺的双膝，放下独尊的自我，心甘情愿地做汉朝的藩属，为的就是让匈奴有一个可以看得见的未来。

一路上这样暗地里跟自己不断交涉，等到达甘泉宫，呼韩邪单于的心态调整了不少。

其时刘病已已经结束了在甘泉宫泰畤祭天活动。负责外交事务的大鸿胪派属员面圣汇报：匈奴大单于已经在宫殿前等候觐见陛下。刘病已忙命左右传令：宣召匈奴大单于进殿。

呼韩邪单于在精通匈奴语的使臣的引导下，由大鸿胪亲自陪同，进入甘泉宫敞亮气派的正殿，朝见大汉天子。

刘病已接受单于的朝拜，以对待国宾的礼仪相待，让他只称臣而不必通名，以示对单于的尊崇，将单于的位次摆在诸侯王之上。

刘病已给呼韩邪单于颁发了一枚用高纯度黄金铸成的"匈奴单于玺"和一条诸侯王标配的绿绶带，表示汉中央朝廷以对臣下册封的形式，正式承认呼韩邪单于为匈奴的最高首领，确定了匈奴隶属于汉中央朝廷的政治关系；同时为了表示对匈奴单于的尊重，"匈奴单于玺"在形制上与诸侯王玺的形制有所不同，而是与汉天子所用的玉玺相同。刘病已赐予单于印绶的同时，还赐予了诸多贵重的物品：汉式冠带、官服，用玉石装饰的宝剑、佩刀各一把，良弓一张，利箭四十八支，有戟套的长戟十支，安车一辆，马鞍马辔一套，良马十五匹，黄金二十斤，钱二十万，衣衫被褥七十七套，锦绣、绸缎、各种细绢八千匹，丝绵六千斤。

呼韩邪单于得到如此丰厚的赏赐，心下很是感激。他带领二百名随从入长安，携带的贡品并不多，皮革、兽皮毡毯、毛毯衣之类的毛织品，金、银、铜等金属制作的精美工艺品，以及琥珀、玉、玛瑙等宝石及装饰品，总量也就几十件，只能说是聊表心意。相比之下，汉朝回馈极度慷慨大方，也彰显其国力的强盛。他想到匈奴的现状，就心意沉郁。连年内乱，导致匈奴贫弱不堪，即便想在进贡方面大方一点，也很难做到，因为府库根本拿不出多少贡品出来！无法做到像大汉这样财大气粗，人家光是各种丝织品一出手，就豪掷八千匹，丝绵豪掷六千斤。没有对比，就没有伤害。唉，大汉与匈奴，真是天上与地下，霄壤之别啊！呼韩邪单于在内心对大汉产生了一种艳羡之情。

呼韩邪单于朝拜后，刘病已派使者引导单于到长安馆舍，中途安排单于下榻在咸阳北阪（又称长平阪）的长平观。他自己也从甘泉宫到池阳宫安歇。

虽然刘病已这几天比较忙碌，也比较累，但心情很是愉快，想到明天要在长平阪亲自接见已经成为大汉属臣的匈奴单于，令群臣及各国使臣列观，开启大汉历史上前所未有的外交高光时刻，他就兴奋得难以入眠，直到三更漏，实在困倦了，才沉沉地睡去。

翌日一大早，刘病已从美梦中醒来，盥洗，用餐，更换华贵的帝王服，在气派非凡的仪仗队的导引下，坐上天子专属的金根车。车子高贵华美，车轮有橘红漆布做成的装饰物（上面绘有青龙白虎），车厢绘有鹿头龙形图案和精美的云纹装饰，车辕上也画有鹿头龙身的神兽。拉金根车的是六匹毛发黑亮的高头大马，马脖子上系有十二只铜铃，马鬃用纯金装饰，并插上雉尾。车上还有翠羽华盖和高大的太常旗——旗面杏黄色，旗子中间绘有青色的日月星辰图案。

陪同天子车驾出行的还有十辆驷马拉的副车，也都是相当豪华，其中五辆是文臣坐乘的五色安车，另五辆是武将佩剑倚乘的五色立车（五色分别是青、赤、黄、白、黑五种颜色）。

刘病已的豪华气派的车驾快行至池阳宫南边的长平阪，停了下来。刘病已下车，在侍卫的护卫下，登临长平阪，接见呼韩邪单于。为了照顾单于的自尊，他特意传诏单于不必参拜，允许单于左右的大臣列队观瞻。蛮夷各国的国君、各诸侯王、列侯等数万人，全部来到渭桥下夹道相迎。桥上桥下竖立的彩旗，在和煦微风的吹拂下飘扬，现场人头攒动，充满欢声笑语，简直就是一片欢乐的潮海！

此时的刘病已作为大汉天子，感觉自己走在天庭祥瑞云端，心中被无法言说的幸福与荣耀所填充，这是他自从当皇帝以来最感得意的时刻！

他身着尊贵的帝王华服，昂首挺胸，器宇轩昂，一步一步迈着稳健的步伐，登上渭桥的中间位置。此时的呼韩邪单于由汉使导引，站在桥头。刘病已满面春风，笑着朗声对呼韩邪单于说：大汉欢迎呼韩邪单于！呼韩邪单于笑容满面地高声回应：感谢大汉天子盛情接待属臣！桥下的人群齐呼"万岁"！

刘病已和匈奴单于相视而笑。为了表示对单于的尊重与礼遇，刘病已微笑着朝单于走过去，单于也了解汉朝的礼仪，见状，赶紧微躬腰身，趋步走到刘病已身边。单于的此番表现让刘病已很受用，他提醒自己不可得意忘形，要以贵宾之礼对待单于，便笑漾漾地携起单于的手，邀请单于一起走到桥中间。他们俩一起朝桥下欢呼的人群点头致意。人群又爆发出一阵阵欢呼：万岁！万岁！

那欢呼声响彻云霄，感染了在场的每一个人，大家都很激动，汉匈这两个多年的老对头今天能彼此友好地站在这里，实属不易！刘病已尤其感觉自己整个身子有些飘逸之感。多少天之后，那激动人心的欢乐场景还在他的脑海中萦回，他每每回味，都不由自主地微笑起来，那实在是他此生最大的荣光！

观礼结束后，刘病已起驾回未央宫，而呼韩邪单于和他的随从们在使者的导引下也前往长安城，到汉廷特意为他准备的府邸居住。

3

两天后，刘病已在长安城直城门外的上林苑的建章宫，举行盛大的酒宴款待呼韩邪单于一行，公卿大臣们和在京的所有二千石官员都奉命列席作陪，轮番向单于敬酒。单于喝酒也是海量，竟也能自如应承。刘病已不胜酒力，心下感慨单于喝酒如此豪横，不愧是塞外燥风黄沙之地养育的外族呢。

现场觥筹交错，推盅换盏，把酒言欢，气氛很是融融泄泄，热闹非比寻常。为了助兴，刘病已还特意安排了一场别开生面的舞蹈演出。

舞蹈名为"单于来朝"，其乐曲是精通音律的太子刘奭所创作。他听说单于要来朝拜，很是兴奋，灵感大发，自度一曲，曲调优美，节奏明快，渲染"单于来朝"的喜庆气氛。他向父王汇报他创作的情况，并将乐曲弹奏给父王听。

刘病已对儿子的音乐才华很是欣赏，觉得这乐曲很是应景，便命太乐令根据此曲，组织宫廷歌舞乐队编排时兴的翘袖折腰舞，要求在开舞前与结束时加几句祝福词。

刘病已对翘袖折腰舞有着特殊的偏好，跟他的母亲有直接关系。年少时他听掖庭令张贺说起他的母亲，说当年有幸在太子府观看过他母亲领着一群丽人跳翘袖折腰舞，他的母亲不但长相最出众，舞技也最高超优美。他当了天子之后，每每看到宫廷舞女跳翘袖折腰舞，常常会情不自禁地想起自己的母亲，心头总泛起难言的眷念。这种眷念后来不知不觉中就投射到宫中的舞女身上，对她们油然生出一种亲切感。他的寝宫中有一对并排而立的圆雕玉舞人擎举的玉烛台，玉舞人是宫廷玉工将一整块于阗青白玉料精雕细琢而成。他时常端详着两个清秀端庄的玉舞人出神。他甚至将右侧个子略高的玉舞人想象成自己的母亲，左侧个子略矮、擎举玉烛台的玉舞人是母亲的陪侍。这样的心思一生发，他便对玉舞人产生了一种敬奉之心，将玉舞人擎举的玉烛台撤下了，玉舞人就成了他对母亲眷念的一种寄托。

太乐令领命后，马上组建一个专门的编导组，组织宫廷乐队练习演奏，同时根据太子所创的乐曲编排翘袖折腰舞，挑选舞艺精湛、姿容艳丽的舞女二十名，集中排演一段时间之后，乐队演奏、舞蹈队表演都渐入佳境，太乐令奏报，请皇上和太子莅临现场检阅。刘病已很高兴，带着太子亲自观看预演，很是满意，下令对所有参与排演的人员赏帛三十匹。

眼下的现场正式演出更为出彩。随着优美明快的乐曲响起，一群活泼靓丽的年轻舞女略施粉黛，均身着一袭浅红色斜襟镶金丝的罗绮长裙，云鬓高绾，细腰间束着两条玄色绢带，使纤腰显得盈盈可握。她们个个面带笑容，踩着轻快的音乐节点，如一群美天仙下凡，翩跹而至宴堂特设的小舞台上，手挽着手，近前向单于俯身拜礼，红唇同时轻启，娇音萦萦：大汉欢迎尊贵的匈奴大单于！旋即她们退后一步，彼此撒手旋身，伴随动听的乐曲，有节律地旋转脚尖，舞动双臂，甩袖向上，长长的衣袖高扬拂过头顶，长袖又迅速地顺左肩垂拂而下，体态婀娜，呈优美的 S 形；尔后她们的左手轻轻扶在左腰上，长袖又顺裙边卷拂向上；纤纤细腰向右扭动，侧身折腰。她们折腰姿态多变，时而上身向斜前折腰起舞，回眸顾盼生辉；时而正向左侧折腰舞动，体态摇曳生姿；时而做出极高难度的折腰动作——腰部向左侧倾折形成90度夹角，长袖飞舞于体侧，舞姿技艺高超，曼妙妩媚，轻盈动人，引起满堂惊叹喝彩。

呼韩邪单于本人也懂音律，对大汉乐舞大加赞赏。为了表示答谢，他也在现场即兴演唱了一首匈奴歌曲。那歌声粗犷嘹亮，又夹带几丝凄怆。

在单于邻座作陪的常惠熟悉匈奴民歌，他听出单于唱的这首歌的曲调是沿用匈奴牧民唱的一首民歌曲调。当年他滞留匈奴，经常听到饱经风霜的老牧民边放牧，边唱着凄怆的歌曲："失我祁连山，使我六畜不蕃息；失我焉支山，使我嫁妇无颜色。"这几句短歌被老牧民翻来覆去地唱，唱到后来声音都有点喑哑。

老牧民所唱民歌中的"焉支山"和"祁连山"，属于河西走廊地区，那里水草树木特别茂盛，而且蕴藏丰富的矿产，不仅是匈奴纯天然的牧场，也是匈奴重要的木器制造中心、金属制品及兵器生产基地，被匈奴人视为赖以生存的重要家园。但这片宝地自从元狩二年被骠骑将军霍去病率大军攻占之后，匈奴人就被赶出了河西地区，失去自己美好的家园，无不痛心疾首。这首流传很广的匈奴民歌就唱出匈奴人当年失地的哀痛。如今呼韩邪单于借用这首民歌的曲调，但将歌词更改了，以表达他对汉朝礼遇他的感激之情。

歌词翻译成汉语，大意如下——

> 大漠残阳风阴冷，黄沙扑面意沉沉。
>
> 亲兄视我为仇敌，时时置我于死地，
>
> 夺我龙城戮我兵，抢我牛羊虏我民。
>
> 满目疮痍痛心扉，呼天抢地全无益。
>
> 危难之中逢恩主，天朝大汉施援手，
>
> 不计前嫌高格局，真诚待我如挚友。
>
> 赐玺封赏待遇厚，圣恩浩荡古未有。
>
> 如今喜饮盛筵酒，共祝汉匈情谊厚！

刘病已虽然不懂匈奴语，但对呼韩邪单于深情献唱很欣赏，带头鼓起掌来，其他人马上跟着一起鼓掌。掌声雷动，让呼韩邪单于很感动，他眼含泪花，端起酒卮，对着全场环敬一圈，然后仰起脖颈，一饮而尽。现场又响起一阵热烈的掌声。

宴会之后，刘病已还请单于一行观赏宫里收藏的各种奇珍异宝，其中有不少都是当年秦灭六国后从各地搜刮来的珍宝，比如精巧瑰丽的楚国编钟、郢爰（楚国原始黄金铸币），造型奇巧的燕国重金络青铜壶，形似豹子的齐国黄金秤砣，等等。这些流光溢彩的珍宝，让单于等人大开眼界。

观赏宫廷藏宝之后，刘病已将呼韩邪单于一行临时安排在上林苑的葡萄宫居住，派专员做向导，领着呼韩邪单于和他的属下游览上林苑。上林苑实在太大了，宫观多且美，自然景致也美，可玩赏的去处太多，呼韩邪单于等人在上林苑整整玩了半个月，才回到长安府邸。单于回长安之前，刘病已还专门在平乐观组织了一场大型百戏乐舞演出，请单于和其随从观赏。

呼韩邪单于一行在长安，每天也不闲着，不是逛长安热闹繁华的集市，体会大汉国都长安浓厚的市井烟火；就是参观一些手工业作坊，兴致来时，他还亲自捋起袖子参与到手工器具的制作当中，亲身体验一番。

呼韩邪单于被刘病已盛情留居了一个多月，备受厚待，也让他和他的属下对大汉有了深入的了解，不得不叹服大汉强盛，上上下下一片祥和景象。

呼韩邪单于已经从心理上彻底对大汉臣服了，来的时候那种郁闷感受已经一扫而光，他只有一种心思，必须诚心地跟大汉精诚合作，这是目前引导匈奴走出低谷的唯一途径。

呼韩邪单于内心非常感恩大汉对自己的尊崇，给足了自己面子，同时也切实考虑到自己势力单薄，担心自己回到漠南，遭受郅支单于的进犯而不能抗御，希望依靠汉朝的威赫声威以自保，所以他在准备北归匈奴，临行前几天，便真诚地向刘病已请求：愿留守在漠南光禄塞下，一旦边境有急，可出兵保卫汉朝的受降城。

光禄塞修建于武帝太初年间。为了抗御匈奴的侵扰，武帝派光禄勋徐自为在五原郡长城边塞外，阴山石门水峡谷口，修筑光禄城等军事城障，以控扼汉匈之间南北重要交通的石门水峡谷道。因光禄城南临长城边塞，故称为"光禄塞"。

刘病已深知光禄塞防守的重要性，呼韩邪单于主动提出留守光禄塞，自然是大好事。对于此类属于涉及军政的大事，他不想自行专断，而是按照惯例，事先召集群臣商议，大家一致认为可行，他才最后做定夺，答应呼韩邪单于的请求。而且他又考虑到匈奴多年经受战乱，民众饱尝饥荒之苦，谷粮方面是不是也应予以接济？如何接济、具体接济多少等诸多细节问题，加上呼韩邪单于北归沿途护卫等问题，他都一并交予公卿们讨论。

等公卿们最后议定，刘病已才正式下诏颁布执行：派遣长乐卫尉高昌侯董忠、车骑都尉韩昌率领骑兵一万六千，又在边郡征发上千士马，护送单于出朔方郡鸡鹿塞。让董忠等人留守漠南护卫单于，协助单于铲除不肯顺从者。下令转运北边诸郡的谷米干粮，接济呼韩邪单于的部众，前后共调拨粮食三万四千多斛，帮助呼韩邪单于暂时解决了粮荒，以稳定其军心和民心。

呼韩邪单于受到汉朝大力扶持，让漠北的郅支单于彻底坐不住了，他强烈地意识到向大汉示好的迫切性与重要性。这一年，郅支单于也派使者到汉朝进贡，汉朝同样给予优厚的待遇。

呼韩邪单于自从第一次朝汉之后，对威赫的大汉天子刘病已钦慕至极，对繁华富庶的大汉国都长安念念不忘。那次他率属下回到匈奴之后，仅仅过了一年多时间，他又向刘病已请求允许他参加黄龙元年的正旦会，朝拜天子，获得许可。刘病已像上次一样对呼韩邪单于热情相待，给予的礼遇与赏赐也和上次一样，还另外加赠了一百一十套衣服、九千匹锦帛和八千斤丝絮。呼韩邪单于与其属下在长安住了一个月，享受国宾级待遇，二月，才启程回匈奴。因为沿途有了屯兵，所以刘病已也就没有再派兵护送他们。

当初，郅支单于认为弟弟兵力单薄，归降了汉朝，不能再返回旧地，于是便率领部众向西方推进，打算攻占匈奴西部地区。此外，屠耆单于的小弟弟本为呼韩邪单于的部下，也逃到西部地区，收集屠耆单于和闰振单于两位兄长的余部，共得数千人，自立为伊利目单于。他率领部众在半途与郅支单于所率部众相遇，双方交战。郅支单于杀死伊利目单于，兼并其部下，共有五万余人。

郅支单于听说汉朝出兵出粮帮助呼韩邪单于，便留居在西部地区。他估计靠自己的力量难以控制整个匈奴，于是继续向西推进，靠近乌孙，想与乌孙联合力量，因而派使臣去见乌孙小昆弥乌就屠。乌就屠杀其使臣，派八千骑兵假意迎接郅支单于。郅支单于识破了乌就屠的企图，率兵迎战，打败乌孙军队，随即向北部的乌揭、坚昆、丁令发动进攻，吞并了这三个国家。郅支单于多次派兵进攻乌孙，经常取得胜利。坚昆国东界距单于王庭七千里，南界至车师五千里，郅支单于留下来，建都于此。

刘病已深知郅支单于在北匈奴的势力是大汉潜在的危险，正因如此，他才高度重视巩固大汉同呼韩邪单于统领下的南匈奴结盟，借其势力遏制北匈奴，使边境安宁。

第三十章　功臣榜·石渠阁会议

1

呼韩邪单于来汉朝俯首称臣，结束了汉匈长达一百五十余年的争斗，也让西域各国从此对大汉尊奉膜拜，彻底解决了自高帝以来的蛮夷边患。

刘病已想到当年高帝被匈奴围攻白登山差点回不来的凶险与耻辱；想到文帝时期匈奴在大汉败类中行说的唆使下，大举侵袭汉朝关中地区，先锋骑兵逼近长安外围，火烧回中宫的惨痛记忆；想到武帝时期汉匈之间殊死对决，多少汉家儿郎埋骨大漠黄沙的悲壮历史，他就百感交集，先辈们所梦寐以求但始终没能如愿的"四夷宾服，万邦来朝"的大一统气象，终于在自己手中实现了，他可以告慰先辈们的在天之灵。刘病已想想就很激动。但他也很清醒，他之所以能有今天的成就，离不开历代先辈们努力打下的基础，更离不开那些股肱大臣们的共同辅佐。刘病已为了纪念和表彰这些重臣们的辅弼之功，决定在麒麟阁为他们建功臣榜。

麒麟阁本是未央宫中的一处阁楼，因武帝元狩年间打猎获得麒麟（形似牛，头上长着独角）而得名。此阁主要用来专门典藏历代文献和机密的历史文件，刘病已选择在麒麟阁供奉功臣，也有意让这些功臣名扬千古，功垂后世。

刘病已已步入不惑之年，登基也有二十三年，手下的股肱大臣很多，随便一排，就能排上长长的一大溜，但是不可能让所有功臣都上榜，刘病已是有他的遴选倾向的，主要依据两条标准：一是扶立他登基之功，二是辅佐他亲政之功。而且这个榜单还要考虑囊括军事、行政、宗室、学术文化、外交等方面的代表功臣。

按照相关标准，刘病已从文臣武将中遴选了十一名，排了次序，令画工分别画出他们的形体相貌，画像下面署上其官爵和姓名。只有霍光没有直书其名，只写着"大司马大将军、博陆侯姓霍氏"。以下功臣依次为：卫将军、富平侯张安世，车骑将军、龙额侯韩增，后将军、营平侯赵充国，丞相、高平侯魏相，丞相、博阳侯丙吉，御史大夫、建平侯杜延年，宗正、阳城侯刘德，少府梁丘贺，太子太傅萧望之，典属国苏武。

刘病已为了列这个功臣榜，颇费了一番心思。对于榜单上的头号功臣，他就有所纠结。

霍光在所有扶立和辅佐过他的功臣中，是最突出的存在，犹如一座绕不过去的大山。

刘病已非常拎得清，自己本是一个流落民间的落魄少年，一个被严重边缘化的皇室子弟，如果当初没有霍光的认可与扶立，自己几乎不可能有机会荣登大位，成为大汉天子。之后的六年，尽管霍光贪恋权力，将朝政大臣牢牢攥在手中，满朝堂充塞的也都是霍家人，他心中对霍光满怀忌惮，但有一点不可否认，霍光是当年曾祖父指定的托孤大臣，只是想当一个终身制的权臣，并无篡夺皇权的野心。霍光对汉廷始终忠心耿耿，为政勤勉，在其主政期间，不论在政治、经济、外交等方面，大汉都呈现出比较良好的上升态势，政局稳定，经济发展，外交自信。这些不能不归结于霍光的功劳。霍光是首当其冲要上功臣榜的，可谓第一号功臣。如果功臣榜上没有霍光，那这个功臣榜一旦大布天下，肯定是难以服众的。难以服众的榜单在天下臣民眼里，它应有的价值与意义就会大打折扣。这显然不是刘病已想要的结果。

但刘病已又是一个记仇的人。他始终忘不了他第一次去高庙祭祀时，陪乘的霍光令他满心畏惧；他也忘不了每次上朝时，看着满朝堂都是霍家的嘴脸，自己背脊就嗖嗖发凉；他更忘不了贪得无厌的霍显为了让霍成君当皇后，竟歹毒地谋害他最心爱的平君，霍光隐匿不报，充当了霍显的帮凶！为了报深仇大恨，他在霍光病逝两年后，下狠手彻底灭霍，直接断掉霍光家庙的香火！如今灭霍也过去了十五年之久，按说他不应该再跟死人计较，但是他欺骗不了自己的真实内心，他对霍光的芥蒂依然未消！

那些残酷的过往不能想，一想他就满心不舒服。他实在不愿意将霍光列为第一号功臣，但是理智告诉他，他必须这么排列！思忖了一会儿，他决定将霍光上榜时只标注姓氏而不写名字。他想通过这种方式告诫后世：做臣子的，必须恪守为臣之道，为人处事不可逾越本分。

确定霍光为头号功臣之后，他很快就在武将中选出张安世、韩增和赵充国作为二号、三号、四号功臣，这些重臣在辅佐他安邦定国方面，可谓功勋卓著。

接下来对行政方面的功臣代表予以遴选与排名，他选定的是魏相、丙吉和杜延年。

最初他将丙吉排在魏相前面，后来想了想，还是将二人调换了一下次序。虽然在个人情感上他敬爱丙吉胜过魏相，但在助力灭霍中，魏相起到至关重要的作用，客观地说，魏相理政才能与政治魄力胜过丙吉。让丙吉位居魏相之后，他想丙吉的在天之灵一定也没有意见。如果丙吉还活着，会很谦虚地推托，说自己其实并没什么功劳，全倚仗陛下的恩宠才得以位列三公。

刘病已选中御史大夫、建平侯杜延年，也是有自己的考量的。杜延年是他少年时的挚友杜佗的父亲，杜延年时常夸赞他将来必定大有作为，等到霍光废掉刘贺之后，杜延年就向霍光力荐他这个皇曾孙，称他是继位的最佳人选。因为霍光非常信任杜延年，就采纳杜延年的建议，再加上之前丙吉也专门上书推荐，促使霍光下定决心扶立他为新帝。杜延年为人忠直谨慎，做官廉洁，精通法律，擅长处理政务，可堪大任。丙吉临终前第一个推荐的公卿大臣就是杜延年。

在功臣榜中，不能少了刘氏宗室的功臣代表，刘病已觉得，这个代表非宗正刘德莫属。刘德有学问，精研黄老之术，有才智，有谋略，亲近宗亲，行为谨厚，好施恩于人，堪称刘氏宗室表率。刘病已想起当年自己微贱时刘德对自己的善待，就对刘德好感爆棚。

刘病已重视经学，在功臣榜上也要有所体现，他圈定了少府梁丘贺。梁丘贺是著名的易学大师，为人谨慎周密，善于卜筮。几年前他准备去夜祭昭帝陵庙的途中出现异象，要不是梁丘贺精准测算有兵谋，后果不堪设想。学问精深，再加救驾之功，在刘病已看来，梁丘贺上榜当之无愧。

刘病已将太子太傅萧望之上到功臣榜，很多人是有点不理解的，有些人甚至心里不太服气。萧望之不过就是一个有些名气的儒家经学大师而已，他除了卖卖嘴皮子，提点建议，他还有什么功劳？这朝堂上比他能力强、功劳大的人多了去了！

　　刘病已提举萧望之，却是经过一番思虑的。作为帝王，他已历练了多年，深谙治国之道。大一统的汉王朝，须得有行之有效的主导思想。至于具体推行什么主导思想，要根据王朝发展的不同时期的实际情况来确定。高帝开创大汉之初，政局不稳，民生凋敝，需要休养生息，主要推行清静无为的黄老之术。一直到文帝、景帝时期，依然推重黄老之术。等到他的曾祖父刘彻君临天下，形势已经发生很大变化，政权稳固，朝纲振肃，经济繁荣，老百姓生活比较安定，雄才大略的曾祖父亲政之后，捋袖子要大干一番帝业，觉得黄老之术已不合时宜，甚至成为严重的羁绊，所以他接受大儒董仲舒"罢黜百家，独尊儒术"的建议。刘病已早在登基之初，就找董仲舒《贤良对》《灾异对》以及董仲舒阐发《春秋》意旨的作品来研读，他发现董仲舒明面上谈的是儒家思想，但骨子里却又推重法家，说白了，就是外儒内法。曾祖父治国也采用这套策略：表面上标榜崇儒，实际上还是运用法家的刑名之学来治国。他亲政之后，也尝试采用这种策略，的确管用。

　　对于儒法之间的关系，刘病已有他自己的理解。他觉得儒家经学是治理王朝的"门脸"，儒学倡导的一些治国理念，比如大一统观念、德政、纲常伦理秩序等等，能为王朝的稳定与发展提供强有力的理论支持，是大汉王朝长治久安的思想基石。而刑名之学可视为治理王朝的"内室"，不可大张旗鼓地袒露于众，只可在必要的时候使用。有鉴于此，刘病已还是很重视倡导儒家经学。他之所以器重萧望之，就是因为他觉得萧望之精通儒家精义，又老成持重，胸怀抱负，将这样一个儒家经学大师放到功臣榜上，是有必要的。而且他也有意借此来激励萧望之，希望萧望之作为太子太傅，尽心尽力辅导好太子，将来不要辜负自己的一片苦心。

　　外交方面的上榜功臣，刘病已选了苏武。于他个人来说，苏武不仅有扶立之功，更有精神方面的感召：苏武在匈奴苦寒之地将近二十年的执意坚守，将生死置之度外的决绝，源于苏武内心的强大。刘病已非常敬服苏武的执着、坚韧与顽强，这是一种宝贵的品质。于整个大汉来说，苏武是一种象征。苏武作为大汉使节，出使匈奴不辱使命，遭遇厄运而从容应对，誓死也不背叛大汉，这种对大汉的无上忠诚，彰显的是一种民族气节与爱国节操。刘病已将苏武视为民族忠义的化身，是一面熠熠闪光的明镜，苏武不仅是所有外交使节的道德榜样，也是大汉所有臣民的精神标杆。

画工在麒麟阁的壁上将十一功臣图绘制成功，刘病已亲自前去观看，边看边不住地点头，画得好！每个功臣都形神毕肖，实在有精神气。他下令对画工予以丰厚赏赐，还命人将大幅的汉朝郡国地图张挂在麒麟阁的壁上（受西域都护府监察的西域三十六国，以及西南夷藩属国也在地图上有所标识）；并且诏令丞相府组织文武百官，分批前去麒麟阁现场观瞻，希望能激发大家——特别是那些年轻的郎官们建功立业的强烈渴望。

那天在麒麟阁观看十一功臣图之后，刘病已回到宣室殿，小憩了一会儿，竟意外做了一个白日短梦，而且非常意外地梦见了一个人。那个人始终背对着他，耳旁响起掖庭令张贺温厚的声音：这是卫太子，你的祖父刘据。

他醒来，坐在榻上，恍惚了好长时间，才逐渐理顺思绪。想必是自己时常惦记着祖父的缘故吧。他之所以惦记，是因为总觉得对不起自己的祖父。他虽然贵为天子，竟然不能为他蒙冤的祖父正名，给祖父上的谥号是"戾太子"——不悔前过曰戾，不思顺受曰戾，知过不改曰戾，这个谥号分明是贬低自己的祖父，但他没有办法。曾祖父生前虽然对冤死太子之事有所悔悟，建思子宫和归来望思之台以寄哀思，但始终没有为祖父在法理上予以平反。他作为祖父的嫡长孙，也就无法在法理上抬高祖父。如果强行抬高祖父，那就意味着贬低曾祖父，也就相当于从侧面告诉世人，当时因为巫蛊之祸而导致祖父冤死的曾祖父是多么昏聩。这样做显然有极高的政治风险，想一想好像也没有为此冒险的必要。祖父和曾祖父早已成为黄泉之人。他们父子或许在阴间早已消弭恩怨，依然父慈子孝。

卫太子刘据托梦给长孙刘病已，没有说一句话。刘病已醒来，依然清晰地记得一个画面：祖父的手中拿着一卷《穀梁春秋》。

他早年也从掖庭令张贺那里粗略了解一点《穀梁春秋》。据张贺说，《穀梁春秋》相传是孔子的弟子子夏的得意门生穀梁赤对《春秋》的解读。这部书最初在穀梁家族内部口耳相传，到汉初才被刻写于竹帛上，形成定本。张贺还告诉他，卫太子喜好《穀梁春秋》。

对于自己的祖父喜好的书，刘病已自然生发好感。等到他有幸登上大位，也渐次了解当年《公羊春秋》（简称《公羊》）与《穀梁春秋》（简称《穀梁》）之间有过较量，结果前者胜出而后者落败。二者的代表学者是齐名的大儒董仲舒与瑕丘江公。董仲舒通晓《五经》，能立论，善于写文章，精通《公羊》。江公曾跟大名鼎鼎的硕儒——鲁国的申公学习《穀梁》和《诗》，也学得满腹经纶，可惜他不善言辞，说话磕磕巴巴。曾祖父叫江公和董仲舒辩论，自然江公辩论不如董仲舒。而当时的丞相公孙弘本来研究《公羊》学，他负责排列编辑江公和董仲舒的辩论内容，自然倾向于董仲舒，董仲舒最终得以录用。于是曾祖父就尊崇《公羊》学，诏令祖父刘据学《公羊》，从此《公羊》兴盛。祖父通晓《公羊》后，又私自寻求《穀梁》来读，越读越喜欢，更倾向于接受《穀梁》。巫蛊之祸之后，《穀梁》逐渐衰微，最精通者只有鲁人荣广、皓星公二人。荣广能全部传解《诗》《春秋》，才思敏捷，和《公羊》大师眭弘等辩论，多次让眭弘无法应对，所以好学的人又多学《穀梁》。沛人蔡千秋、梁人周庆、丁姓子孙，都跟荣广学习。蔡千秋后又跟随皓星公学习，治学最专心，造诣也最深。

刘病已了解祖父喜好的《穀梁春秋》背后有这么多故事，也对该书生发了浓厚的阅读兴趣，便找书来读，并且同《公羊春秋》比对着读，他也喜欢上了《穀梁春秋》，感觉冥冥之中自己跟祖父灵魂相通。后来他曾问过时任丞相的韦贤、长信少府夏侯胜和侍中乐陵侯史高对《穀梁春秋》的看法，这三位都是鲁人，都认为穀梁子本是鲁学，公羊氏是齐学。齐学恢奇驳杂，喜欢标新立异，常有不合时宜的浮夸之论；相比之下，鲁学纯谨，大抵研究鲁学的学者，都能笃守师法，治学讲究务实朴质。他们三人一致主张应当倡导兴学《穀梁春秋》。

从那时起，刘病已就决定要将《穀梁春秋》发扬光大，也是对九泉之下的祖父的宽慰与缅怀。更深一层的考量，他也希望通过提高《穀梁春秋》的地位，来削弱《公羊春秋》长期以来的影响，强化刘氏皇权的法统，使刘汉王朝的最高权威地位不可动摇。

但他也清楚自己的身份，作为天下之主，如果只公开倡导《穀梁春秋》，似乎不太合适，会让其他学派的读书人觉得不公平。他便私下跟接任韦贤丞相位的魏相交流他的真实意图，魏相全力支持他的想法。

元康元年（前65年）八月，刘病已第一次正式颁布诏书，遴选才德兼备的大儒，他在诏书中如是说："朕不明了《易》《书》《诗》《乐》《礼》《春秋》儒家六艺，不通晓治理天下的大道，因此天地的阴阳风雨不顺。一定要在吏民中广泛地推举那种自身作风正派，通晓儒家经典，明了先王治国之术，又能讲述明白透彻的学者，由丞相、御史各负责推举二人，中二千石官员各负责推举一人。"

诏书一下，丞相魏相立马迎合皇上的心意，推荐精通《穀梁》的郎官蔡千秋。刘病已很高兴，为了显示公平，召蔡千秋与《公羊》学者当堂论辩，很赏识蔡千秋对《穀梁》的解释，提拔蔡千秋为谏议大夫、给事中，希望他能好好为朝廷效力，弘扬《穀梁》学。但蔡千秋为人不谨慎，犯了过失，被贬为平陵令。刘病已又召集其他研习《穀梁》的学者研讨《穀梁》，有些失望，因为没有一个人能达到蔡千秋的造诣。

为了让蔡千秋的学术得以很好地传承，刘病已决定还是重新起用蔡千秋，让蔡千秋当郎中户将，选十个郎官随蔡千秋学习穀梁学。汝南人尹更始本来拜师蔡千秋，已能解释《穀梁》，不巧蔡千秋病死，刘病已便征召江公的孙子做博士，同时征召谏大夫刘更生（成帝时更名为刘向）待诏保宫（少府的一个下属官署），学习《穀梁》，想让他协助江博士。遗憾的是不久江博士又病死了。刘病已只好又征召周庆、丁姓弟子待诏于保宫，让他们完成教授十个郎官的任务。他们从元康中开始讲授《穀梁》，到甘露元年，共十余年，让这些郎官都精通了《穀梁》。

刘病已看到《穀梁春秋》已经形成不小的学术力量，很是欣慰。祖父手拿《穀梁春秋》的托梦画面印刻在他的脑海中，让他强烈意识到，是时候将它推到学术前台，大力推广了！

主意打定，刘病已宣召萧望之到宣室殿议事。说是议事，其实是想召萧望之过来聊聊，难得他心情愉悦，聊到哪里算哪里。

2

自从麒麟阁十一功臣图布告天下，萧望之一直沉浸在无法言表的激动之中，十一个功臣中有十个都已经作古，只有他萧望之是唯一在世的功臣。萧望之非常清楚，自己之所以能上榜，全拜皇上所赐。他的内心对皇上无比感恩，这份天赐的圣恩，他唯有全身心还报，即便让他肝脑涂地，他也会在所不惜。眼下皇上宣召他议事，他预感一定是重大的事宜，即刻坐着轻车应召。

刘病已一见萧望之，就开门见山地说：“朕打算召开儒家经学的廷议，研讨五经异同。太傅以为如何？”

萧望之一听，喜形于色，说：“陛下圣明！这个廷议颇有必要。自武帝大力表彰儒家，设五经博士，讲习儒家经书，传授弟子以来，经学家各有派别，经有今、古文之分，学有齐学、鲁学之别，有的立为学官，有的尚未列为学官。各派都奉自己的经说为圭臬，都推重自己的主张，而排斥其他学说，难免存在门户之见，产生重大分歧，实在不利于儒学的传播与发展。”

刘病已说：“朕也早已听说儒学内部门派之争比较厉害。比如《公羊》与《穀梁》，虽说都是解释《春秋》，寻求书中的‘微言大义’，但各有各的解法，有的解法甚至相左。”

“陛下说的是啊。有些解释确实完全不同。比较典型的是《公羊》认为孔子受天命作《春秋》是代行王者之事，用鲁作为《春秋》纪年，是贬降周而以鲁为王。而《穀梁》就没有这种解读。《公羊》提倡权变，以废君为行权；而《穀梁》则尊崇礼制，不以行权为然。”

“《公羊》的这种解法实在牵强啊！不仅牵强，《公羊》有的解释还缺乏见识。”刘病已说着，随手拿起几案上一本《春秋》，翻开，“你看《春秋》有关鲁庄公三十一年的记载：春，庄公在郎地筑台。夏四月，薛伯去世，当年鲁国在薛地筑台。六月，齐侯来献戎捷。秋，鲁国在秦地筑台。《穀梁》怎么看鲁庄公一年之中在三地筑台呢？它从民生的角度，批评鲁庄公的疲民行为是恶政，这见识很高啊。而《公羊》呢，只是认为三次选址不合适，这是多么肤浅的见解啊！"

萧望之满脸崇拜，"陛下对《公羊》和《穀梁》二传的研读真是精深啊！卑臣望尘莫及。"

刘病已有点自得地笑笑，"朕闲暇也爱看这些儒家经典，有心研读研读，也有些体悟。年少时朕有幸跟随大儒东海澓中翁先生学习，先生不仅才高八斗，学富五车，而且德行高尚，悉心教授朕学习《诗》《论语》《孝经》等儒书，使朕也打下了一点底子。"稍作停顿，"朕很爱好儒家经典，也早就想召集精通儒经的学者们，来公开研讨一下这些经典。"

"陛下可以通过这场公开的研讨，最终让五经形成比较统一的定本，不仅能够加强儒家思想对社会的教化作用，而且也能为后世学习儒学提供精良的范本，可谓功莫大焉。"

刘病已微笑着点点头，"到时候将各家造诣精深的代表召集到一起，好好研讨一下。比如《易》学代表，自然少不了梁丘贺的儿子梁丘临。梁丘贺学问做得好，梁丘临自幼跟随父亲学《易》，也很出色，当初因为这点，朕将他征召入朝做了黄门郎，让他讲说《易》。"忍不住赞叹说，"梁丘临也确实是难得的人才啊！那学问十分精熟，专行京房法。朕特意选了高材郎十人，跟从梁丘临学《易》。连当时以五经闻名的博士王吉都对梁丘临的文学深为叹服，让其子拜梁丘临为师，专门研习《易》学。"

萧望之笑道："《易》学本为玄妙之学，一般人若钻研不深，很难登堂入室。《易》学代表除了梁丘临，施雠也很出色。"

"朕对施雠了解不多，只听说他是沛人，学问做得也不错。你不妨讲讲他的师承情况。"

"施雠在经学方面主要钻研的是今文《易》学。师祖是孔子，六世传至齐人田何，田何传丁宽，丁宽传田王孙，施雠是田王孙的终身弟子，从小就跟从田王孙学《易》，一直侍奉田王孙到去世。施雠深得田王孙学术真传，学问精深，为人谦和，有长者之风。”

刘病已感慨说："一辈子只跟随一个老师，侍奉老师到去世，对老师如此笃诚，能做到这一点的人，恐怕也不多啊。那个孟喜，就没法跟施雠比了！"

孟喜也是田王孙的高徒。孟喜喜好自吹，得到《易家候阴阳灾变书》，谎称老师田王孙临死时枕着他的膝，单独将此书传给他，很多儒生因此夸耀他得到老师的真传。刘病已听说后，也准备下令征召孟喜入朝遴选博士，他也知道梁丘贺与孟喜同门，便向梁丘贺问及孟喜是否真的得到老师的真传。梁丘贺不敢隐瞒，实话实说："田先生将死时枕着施雠的膝，当时孟喜回到东海，怎么会有此事？"刘病已听了，觉得孟喜不诚实。

刘病已对孟喜印象更差的是孟喜更改师承。当时蜀人赵宾喜好钻研《易》，并且对《易》的解释也与众不同，比如《明夷》里有"箕子"之名，众易学博士都认为"箕子"是纣王的叔父，赵宾却认为"箕子明夷，阴阳气灭亡了箕子；箕子，是万物根菱滋茂"。大家觉得他"持论巧慧"，可是又无法反驳他，只好大摇其头，都说："不是古法！"学术上标新立异的赵宾不被当时的主流易学界接受，但赵宾声称，名声显赫的易学博士田王孙的高足孟喜，曾经得到过他的传授。尽管孟喜本人不肯承认，但他的易学风格与梁丘贺、施雠的易学不一样，另有师承是毋庸置疑的。

如今刘病已提及孟喜，就连连摇头。他觉得孟喜巧伪，侍奉老师不专一，人品有问题，故而不重用他，孟喜也就无缘列席这次研讨会，更无缘荣立博士。

萧望之对孟喜印象也不是很好，也就附和着皇上。接下来，君臣又聊起精通《尚书》等其他四经造诣高的学者，刘病已不是特别了解，萧望之在学术圈里混得久，对各家各派还是门儿清，"《尚书》学造诣高的有四人：欧阳地余、林尊、周堪、张山拊。欧阳地余出身经学世家，他的曾祖是早期经学家欧阳生，他的祖父是大儒欧阳高。林尊是欧阳高的得意弟子，欧阳高师从硕儒孔安国的弟子倪宽。周堪是夏侯胜的徒弟，而夏侯胜师从倪宽的弟子蔺卿。张山拊是夏侯胜侄子夏侯建的徒弟，而夏侯建又是欧阳高的徒弟。故而这四个人所秉持的《尚书》学都属于倪宽学派。"

刘病已听了直点头，"这《尚书》学师承很是纯正，学问做得很到家。"又提及《诗》学，"朕看《诗》学造诣很高的当属韦玄成。他将父业继承得很好，通晓儒经。除了韦玄成，你这个太傅的《诗》学造诣也很高。"

"感恩陛下鼓励。卑臣主研《齐诗》，兼学诸经，对《鲁论语》有所钻研，但还要多多学习，学问才能更精进。薛广德在《诗》学精研也有成就，他主研《鲁诗》，曾在楚国教授弟子。"

"朕倒是想起来了，你任御史大夫那阵，薛广德是你的属官，你觉得薛广德是个人才，向朕推荐说薛广德经明行修，适宜在朝廷任职。朕考察过他，确实有学问，就让他当了博士。"

"陛下圣明，重用人才。"

刘病已笑说："我们要力求人尽其才，才尽其用。《诗》学还有其他有造诣的学者，像张长安也很不错。"

"是的，张长安师出名门，他的老师是大名鼎鼎的王式先生。王先生博学多才，治学严谨，重视个人仪容，其弟子张长安等人深受老师的影响，参加博士遴选，提衣登堂，容仪严整，考试诵释，很得法，有疑问的地方就阙疑。各位博士惊奇地问他们的老师是谁，回答说事奉王式。"

刘病已笑着接过话茬儿："博士们平时都听说王式是贤才，一起向朕推荐王式。朕诏令拜王式为博士。王式被征召来，穿着博士衣服却不戴帽子，朕当时有点不解，怎么这种打扮？王式说：'受过刑的人，怎适于再充当礼官呢？'看来，他还是对当年当过前昌邑王的老师感到羞耻。"

"王式先生很有个性。他到京后，住在旅舍里，碰上各位大夫博士，一起带着酒肉慰问他，都对他倾心仰慕。"

"确实很有个性。他后来称病辞职回家，朕感到很遗憾。听说他跟博士江公闹了不愉快，是怎么一回事？"

"当时一些博士设酒宴歌吹招待王式先生，王式先生本来不想参加，架不住他的弟子张长安等人一再劝说，也就去了。卑臣和博士江公也应邀参加了酒宴。江公的祖上精通《鲁诗》和《春秋》二经，江公本人学问也很精深，他见众位博士都仰慕、亲近王式而将他晾在一旁，心里大概不自在，对歌吹的几个人说：'唱《骊驹》。'《骊驹》是告别时所赋的歌词，江公借此表达自己的不快。"

"那王式是不是也不高兴了？"

"王式先生确实也不高兴，表情很严肃地说：'我听先师说：客人唱《骊驹》，主人唱《客毋庸归》。今天各位是主人，天还早，不可以。'江公有些不悦地说：'经哪里这么说？'王式先生看着他说：'在《曲礼》。'江公翻了个白眼说：'这是什么狗曲！'王式先生一听，当时就装醉跌倒了，酒宴也就草草提前结束。后来听张长安说，老师等客人都走了，责备弟子们说：'我本不想来，你们强劝我来，竟然被那小子侮辱！'他称病辞职回家，估计跟这也有一定关系。"

刘病已皱了皱眉头，"江公也是不对，人家王式毕竟是客人，主人对客人殷勤一些，也是尽东道主之谊，他怎么对客人那么没礼貌？也难怪王式生气。"叹息说，"江公学问做得很到家，但做人还是有点欠缺啊。他要是还活着，朕倒想建议他向博士戴圣多问问礼仪。戴圣在《礼》学方面的造诣无人能比。江公必定会大有所得。"

萧望之笑笑，"陛下圣明！博士戴圣学术水平确实很高。他和他的叔父戴德曾跟随的老师后苍学问做得非常了得。当年后苍跟名儒孟卿潜心学《礼》，学成后，兢兢业业地传承师业，阐释《礼》数万言，结集成一本《后氏曲台记》。名师出高徒啊。后苍教出了不少高徒，除了戴圣与戴德，还有庆普和闻人通汉等人，对《礼》学钻研得也相当精深。"

刘病已颔首，他对闻人通汉的姓氏有些好奇，"这个'闻人'姓氏据说颇有来历，说是来源于春秋时期鲁国的少正氏，太傅应该也对此很了解吧？"

"卑臣也大致了解一些。'少正'本是周朝所设的官职，后成为一种姓氏。这个姓氏中最著名的大概是与孔子同时代的鲁国大夫少正卯。少正卯大体算是少正一族的始祖。"

刘病已对少正卯比较感兴趣，"传言孔子当上鲁国的司寇，代理宰相事务才七天，就将少正卯诛杀了。太傅觉得这事是真的吗？"

"卑臣不太相信孔子会干出那样的事。《礼记·曲礼》中说'礼不下庶人，刑不上大夫'，孔子本人是大夫，他怎么会去杀掉另一个大夫？这是令人不解的。还有，孔子一再提倡仁爱，反对随便杀人，曾经鲁大夫提出'杀无道以就有道'的看法，孔子都表示不赞同，孔子怎么会杀少正卯呢？这与他的一贯思想不相吻合啊。但荀子在《宥坐》中却又明明白白地记载说'孔子为鲁摄相，朝七日而诛少正卯'，后来卑臣又找了别的书看了看，又觉得这事不像是假的。"

"如果这事是真的，那孔子为什么要杀少正卯？"

"大概是因为少正卯的思想，在孔子看来，比较异端。孔子倡导儒家学说，主张'克己复礼'，维护周礼。而少正卯推崇法家学说，主张变法革新。他们俩都收徒讲学。少正卯口才极好，讲学很吸引人，听他讲学的人越来越多，少正卯在讲学中很快成为文人学士公认的'出名的人'（时称'闻人'），连孔子的很多学生都跑到少正卯那里听课了，孔子为此非常恼火，大骂少正卯是'小人中的桀雄'。他将少正卯诛杀后，他的弟子不理解，他就告诉弟子少正卯为什么该杀：因为少正卯的思想悖逆且险恶，行为邪异且坚定，言论歪斜却又强辩，教唆年轻人不走正道，且还经常施舍恩惠来收买人心。大凡少正卯活动的地方容易产生暴徒，成群结党，祸乱朝廷。孔子认为少正卯危言乱政，对君权与社会稳定可能构成极大的危害，是一个非常危险的奸雄，不能不除掉少正卯。"

刘病已很认真地听完，若有所思地点头，"看来孔子也不是随便杀人。他倡导'仁'，也是有分别的，不是对所有人都'仁'，对像少正卯这样的人，他就够狠的。"

"陛下说得没错。孔子讲仁也是分对象的。不管怎么样，典籍中记载的少正卯学问渊博，睿思多才，词锋犀利，一时闻名于世。他的子孙后代为了纪念先祖少正卯达名天下，便以'闻人'代替'少正'，作为家族的姓氏。闻人通汉是少正卯比较得意的后裔。他师从硕儒后苍的得意弟子孟卿学《礼》学，颇有造诣。"

君臣二人又聊及《春秋》，谈到《春秋》二传《公羊》和《穀梁》，萧望之说："《公羊》出自战国时齐人公羊高，公羊高受学于孔子的弟子子夏，专门研究《春秋》，他对《春秋》的解读主要通过口头讲述流传，传到景帝时，传至他的玄孙公羊寿。齐人胡母生（一作胡毋生；胡母，复姓）是公羊寿的高徒，师生二人与赵人董仲舒合作，将公羊高口头流传下来的《公羊》，书于竹帛之上，使得这部经传通过文字记载，便于广为流传。"

"朕年少时，听人谈起过董仲舒的大名，对胡母生没什么印象。胡母生跟董仲舒相比，谁学术做得更好？"

"依卑臣陋见，他们二人旗鼓相当。胡母生根据公羊寿口述，记录《公羊》，并整理、总结公羊的例义，使这部经传更成体系，这是值得肯定的一大功劳。他的另一功劳是解读经义，是博学的经师。而董仲舒的兴趣点与长处则在善于发挥《公羊》的微言大义，并且善于引用经义来论说现实人事，甚至利用经义断案，他属于援经以致用地活用经学，堪称鸿儒。"

"这么说，他们二位都是公羊学的大家，对《春秋》公羊学的兴盛都很有贡献。"

"陛下说的是。因为他们都有贡献，所以他们在景帝时期都被立为博士。"

"感觉董仲舒的名气比胡母生要大很多啊。"

"表面看是这样的。卑臣觉得，大概有两方面的原因：一是胡母生后来因为年老，没在朝廷任职，在京城这边的学术圈里影响力没有董仲舒大，但是他回齐地老家收徒授业，齐地研究《春秋》的人都将他视为宗师事奉，连当时的丞相公孙弘也曾多次向他学习；另一个原因，跟胡母生的性情也有关，胡母生性情纯谨，为人低调谦恭，不喜张扬。董仲舒曾写文章称扬胡母生的德行。"

"胡母生无疑是个德高望重的经学大师。他的弟子应该很多。"

"的确很多。他有个最得意的弟子叫嬴公，谨守他的学业，做了昭帝的谏大夫。嬴公又传授学业给东海人孟卿和鲁人眭弘。眭弘是符节令，擅长解说灾异，后来被大将军诛杀了。"

刘病已对眭弘的事比较清楚。昭帝元凤三年（前78年）正月，泰山有大石自立而起，长安上林苑中有一枯树发新枝，眭弘推演《春秋》之意，以为当有匹夫而为天子者，于是上书朝廷，建议"求贤人禅帝位"，结果被大将军霍光以大逆不道罪诛杀。当年刘病已还是比较同情眭弘的，但时过境迁，他当了这么多年的帝王，如今站在帝王的立场，对眭弘事件又有了截然不同的看法。如果眭弘现在向他提什么禅让的建议，他大概率也会不能容忍。眼下他听萧望之提及眭弘之死，便说："眭弘说的不合时宜，肯定遭诛。"略停顿了一下，"不过他学问做得很不错。"

"眭弘确实有学问，弟子也有一百多人，可惜，绝大多数学得不精，只有他的外甥颜安乐和严彭祖学得最好，提问题疑义，都各有见解。眭弘曾感叹说：'《春秋》的意旨，就在安乐和彭祖这两个人了！'眭弘死后，严彭祖与颜安乐各自专一家之言而收徒施教。元凤三年之后，公羊学自然就分成了颜、严二家。后来颜安乐被仇家杀害，非常可惜。"

"实在可惜，颜安乐要是还活着，朕一定诏令他参加这次研讨会。"

刘病已又提及研讨会的筹备。萧望之笑说："陛下对儒家的领悟很深。卑臣有一个冒昧的想法，这次五经研讨与辩论会议，如果陛下能亲临现场当总裁决，那可真是完美至极了！"

刘病已哈哈笑起来，"太傅这个想法好！朕正有此意。朕都考虑过了，这次研讨五经异同的研讨会就设在石渠阁进行，至于具体时间，回头请梁丘临卜筮一个吉日。太傅呢，就具体负责这次经学研讨会的筹备。"

当日，萧望之奉命草拟了参加会议的五经各家代表名单，请刘病已过目。刘病已认可之后，以诏令的形式传达下去，让参会代表做好相应的准备。

半个月之后，五经研讨会议在未央宫殿北的皇家图书馆——石渠阁正式召开。

3

石渠阁会议是刘病已极为重视的国家级学术研讨会，当时参会的五经各家学者共有二十三人，各家均有几名弟子负责记录辩论内容。萧望之担任会议的主持兼评点人，刘病已亲自莅临现场当总裁官，对一些有争执的议题作出最终裁决。由于这是自高帝建汉以来第一次大规模的儒学研讨会，太史令奉命列席旁听，见证整个会议过程，将此会载入史册。

上午辰时，萧望之宣布了研讨会的大致流程与规则，研讨会正式开始。

首先是对《易》的经义讨论，主要是施雠和梁丘临两个人抛出讨论话题。由于施、梁二人都是田王孙的门徒，他们之间存在争议的问题不多，即便有点不同见解，也多是互相补充。现场其他人对他们的讨论也基本上持赞同态度。

其次是对《尚书》的讨论，主要集中在林尊、欧阳地余、周堪和张山拊四个人之间进行。他们都属于倪宽学派，所以讨论时有些小争议，也比较容易通过协商达成共识。

随后是对《诗》的研讨，主要代表是韦玄成、张长安和薛广德三人。其中以韦玄成最博学，他提出的问题也最多，阐释经义也最令人信服。张长安和薛广德主要从中做些补充。

接下来是对《礼》的讨论，相对于前三场讨论，场面要热烈得多。《礼》学的核心代表是戴圣和闻人通汉，在场的其他人也都踊跃提出问题，参与讨论。因为《礼》中有些内容，表达不是很明确，需要辨析或厘清。

讨论的议题很多，值得大家普遍关注的主要有两大类，一类是关于某些称谓或特定名词的理解，另一类是有关礼制规定（如丧服）如何执行。

比如《礼》中有一句"宗子孤为殇"，有人提出：此处的"孤"，该如何理解？

闻人通汉回答说："孤者，师傅说'因殇而见孤也'，男子二十岁行成人冠礼后不幸死亡，就不叫殇，亦不为孤，故因殇而见之孤。"

闻人通汉显然没有说清此处"孤"的真正含义。戴圣说："凡被称为宗子的人，因为无父才被称为宗子；然而为人后嗣的人，父虽在，仍被称为宗子，故称孤。"

戴圣又问闻人通汉："因殇而见孤，冠则不为孤者，《曲礼》曰'孤子当室，冠衣不纯采'，此处称'孤'但却言'冠'，为何呢？"

闻人通汉回答说："孝子从不曾忘却双亲，有父母和无父母的人所穿的衣服不同。《后氏曲台记》说：'父母存，冠衣不纯素；父母殁，冠衣不纯采'，故言孤。言孤者，别衣冠也。也就是说称孤不称孤的区别，就在于衣服颜色不同。"

戴圣依然对闻人通汉的回答不赞同，说："然而子无父母，其年龄且有百岁，仍然不断称孤，这又怎么解释呢？"

闻人通汉回答说："虽说二十岁行过冠礼之后就不被人称为孤；父母之丧，无论年龄大小，失去父母之爱的感情总是一样的，所以年龄虽老，也会自称孤。"

戴圣这才点点头，其他人也都认可这种解释。

有人又提出关于服丧的问题：诸侯之大夫为天子如何服丧？大夫之臣为国君又如何服丧？

戴圣回答说："诸侯之大夫为天子身穿繐缞裳服丧，天子下葬后可以脱下不穿。因为要随时接见于新天子，故下葬后就不穿丧服了。大夫之臣没有接见之义，就不必为国君服丧。"

闻人通汉同意戴圣的看法，也说："天子以诸侯为臣，诸侯以大夫为臣，大夫又自有家臣，因而大夫对于天子来说，大夫之家臣对于诸侯而言，都是隔了一层的臣子，属于'陪臣'。作为陪臣的大夫之臣，从来没有听说他们为国君服丧的。"

有人对他们二人的经义解释还是不能理解，便追问："庶人尚且要遵从服丧规定，大夫之臣享受俸禄，反倒不用服丧，这又是什么道理？"

闻人通汉一听，马上引经据典来应答："《后氏曲台记》上有句话说'仕于家，出乡不与士齿，是庶人在官也，当从庶人之为国君三月服'。仕于家曰仆，庶人身份卑微，在所住乡里之外，不能与士论辈分年龄，应该按庶人之礼为国君服丧三个月。"

有人又提出一个日常生活经常存在的礼仪问题：寡母改嫁后，儿子应该如何服丧？

这个问题现有的经书中没有明确提及，有必要好好讨论一下。礼学代表戴圣和闻人通汉没有马上应答，太傅萧望之说了自己的看法："这种特殊情况，应当根据周礼服丧，就是要服丧。但儿子一旦成为人父后，不应当为改嫁后的母亲服丧。"

韦玄成不完全赞同萧望之的解说，"父亲过世后，母亲不应该再改嫁，王者不会为'无义'之举而制礼。若按周礼服丧，则是儿子贬低母亲，故不服丧。"

大家觉得两个人的看法都各有道理，刘病已更认可韦玄成的讲论："妇人不养舅姑，不奉祭祀，下不慈子，就是自绝，故圣人不为其制服，明子无出母之义。玄成说得最在理。"既然皇上都觉得韦玄成的讲论是对的，那这个议题自然也就到此为止，以韦玄成的讲论为准。

有人又提出一个新的议题："大宗无后，族无庶子，已有一嫡子，当绝父祀以后大宗不？"

这个议题涉及宗族子嗣传承中存在的一种特殊情况。宗族分大宗与小宗。同一始祖的嫡系长房继承系统为大宗，其他儿子为小宗。大宗为百世不迁之宗，小宗乃五世则迁之宗。如果大宗无后，小宗有嫡子和庶子，一般要优先考虑将小宗的庶子改继为大宗嗣子（继承人）。如果小宗没有庶子，只有一个嫡子，要不要将小宗唯一的嫡子改继为大宗嗣子？

对于这个议题，戴圣认为，大宗不可断绝。即便小宗没有庶子，其唯一的嫡子也应改继为大宗嗣子。

闻人通汉则提出与戴圣不一样的看法："大宗有绝，子不绝其父。"在他看来，大宗无后，而小宗仅有一个嫡子，在这种情况下，大宗可以断祀，让小宗嫡子继续做其生父的嗣子，而不应该改继为大宗嗣子，那样会让小宗绝后。

刘病已向来重视大宗传承与祭祀，他更倾向于戴圣观点。大家也都附和皇上，这个议题就以戴圣说的为准。

有关《礼》经义的研讨，前前后后一共研讨了三十多个议题，刘病已多有参与，亲自裁决。

《礼》经义研讨之后，便是对《春秋》经义的研讨。由于与《礼》经义的自由研讨不同，《春秋》经义的研讨是榖梁学与公羊学两派的直接对决，双方组织辩手进行辩论，各自用经论处是非。

当时《公羊》一派有博士严彭祖、侍郎申挽、伊推、宋显，《榖梁》一派有议郎尹更始、待诏刘更生、周庆、丁姓子孙。研讨的规则是现场学者从《春秋》中选摘具有代表性的事件，两派各自解读，然后相互辩论。

整场辩论涉及《春秋》所记载的事件有三十多起。此处限于篇幅，姑且选录几起事件的解读与辩论，从中也可窥见当时的辩论情景。

《春秋》记载鲁隐公二年发生的事件：无骇率军侵入极国。

侍郎申挽代表公羊派解读：无骇是谁？是鲁国大夫展无骇。为什么不写他的姓氏？是贬损他。为什么贬损他？因为痛恨这是第一次灭国。灭国从这里开始吗？之前就有了。既然之前就有了，为什么却说这是第一次灭国呢？这是一种假托。为什么要假托是第一次灭国？这是《春秋》中灭国的开端。这是灭国，为什么说"入"？鲁国的大恶，需要避讳。

大家听着听着，多半觉得有点茫然，这种解读怎么听起来绕得很呢？刘病已不禁微皱起眉，心生嫌弃：啰里啰唆的！

尹更始代表榖梁派对此事件解读："'入'，表示当地人不接受。极，是国家。如果像这样通过肆意入侵他国来达到自己的目的，那他国也会以牙还牙，同样会入侵它。不提无骇的姓氏，是因为他灭掉了与自己同姓的国家，就以不提姓氏这种方式来贬低他。大家应该都知道，《春秋》记载大夫之事，一般应写清大夫的名与姓氏，若不写名或不写姓氏，就是一种贬损。"

刘病已听了，不由得颔首，尹更始解读更为条理清晰，明白晓畅。萧望之知会皇上的态度，在双方辩论了两个回合，他便点评说：两家结论大致一样，但具体的阐述不一样，公羊家阐述得比较生硬，不及榖梁家明晰畅达。

《春秋》有一则记载："九月，考仲子之宫。"这里记载的是鲁隐公五年九月发生的一件事：举行仲子之庙的落成祭典。对此事，公羊派和榖梁派各有解读。

公羊派代表博士严彭祖解读说："庙落成的祭典是什么？庙的落成，与初入宫室一样，都有祭典，从此开始祭祀仲子。桓公此时还没成为国君，为什么要祭祀仲子？隐公是为了表明立庶出的桓公为储君，所以为桓公祭祀他的母亲。那么为什么记录这件事呢？是为了成全隐公立庶子为储君的意愿。"

议郎尹更始代表榖梁派，对此事做出如下解读："'考'是什么意思？

'考'就是落成之意，庙落成了，就可以用夫人之礼来祭祀仲子了。按照礼制：庶子做了国君，为他的母亲修筑庙寝，可以派公子主持祭祀。作为儿子可以祭祀，作为孙子就该停止祭祀了。仲子，是鲁惠公的母亲。鲁隐公作为仲子的孙子却修建祭祀她的庙寝，这是违反礼制的。经文这是在批评隐公。"

两派对于"考宫"的解读大体一致，但对仲子的身份的认定，以及揣测鲁隐公建庙祭祀仲子的动机各有看法。双方就此展开一番论辩。众人凝神静听，普遍觉得公羊派的解读有点牵强，不如穀梁派的解读明晰通达。总裁官刘病已一锤定音："穀梁派的解经更实在。"

公羊派的解读多不被赞同，他们希望请侍郎许广参议，主持人萧望之也提议让《穀梁》家中郎王亥参议，双方各五个人，先后议论三十多件事。萧望之等十一人各自用经义对二家所论予以核对，多认可《穀梁》。穀梁学通过这次当庭辩论，占了公羊学的上风，在学术界赢得了重要的地位。

刘病已对这个研讨结果很满意，宣布将《穀梁》立为官学，从此《穀梁》学大为兴盛。

这次研讨会除了研讨《易》《书》《诗》《礼》《春秋》之外，还将《论语》也研讨了一下。

持续几天的五经研讨会结束后，太傅萧望之等将研讨会的主要成果进行归纳总结，然后由刘病已亲自审定，诏令以梁丘贺注解的《易经》、大小夏侯（夏侯胜、夏侯建）注解的《尚书》、穀梁赤注解的《春秋》作为标准的通行本，分别设置博士。

各家代表在参会前都做了比较充分的准备，拟定了书面提纲，现场研讨与辩论也有专人做详细记录，所以在研讨会之后都整理出了不少文献上奏朝廷，大体说来，有包括《易》《诗》杂议在内的《五经杂议》十八篇，《书议奏》四十二篇，《礼议奏》三十八篇，《春秋议奏》三十九篇，《论语议奏》十八篇。

这些儒家经典的议奏陆续呈献到刘病已的面前，刘病已非常有成就感。

第三十一章 帝德有亏·文士王褒

1

刘病已素来对文艺有兴趣，年少时喜好文艺，主要是出于个人娱情乐意的需要。后来登基成为天子，在霍光死后，他想办法逐渐将政权牢牢掌握在自己手中。那些年天公也很作美，风调雨顺，年年粮食大丰收，天下富裕，各地屡次传报吉兆应验。国也泰，民也安，让刘病已颇感自豪。他不仅将文艺作为个人娱乐的工具，更是有意要将其上升为政治的辅佐工具。他曾仿效当年曾祖父刘彻的做法，广泛召集有杰出才能的文士，讲习研讨六艺群书。

那年三月，他巡幸河东，祭祀后土神，有官员奏报有神爵（雀）聚集，这是祥瑞之兆，刘病已非常得意，诏令改元为神爵，并亲自写作乐府诗，讴歌天降祥瑞是对自己帝业有成的肯定与鼓励。他想为自己的乐府诗谱曲配乐，丞相魏相积极配合，上奏荐举懂得音律、擅长弹奏雅琴的渤海人赵定、梁国人龚德。刘病已召见赵、龚二人，让他们侍奉诏对。

刘病已像曾祖父一样喜爱《楚辞》，征召能用楚音读《楚辞》的九江人被公，让被公进宫为他诵读，并且安排乐队现场演奏。被公那富有磁性的抑扬顿挫的朗诵同乐曲相配合，很有感染力，让刘病已沉浸其中，颇有愉悦的享受。

后来他又征召刘更生、张子侨、华龙、柳褒等一群文才出众的文士在金马门侍应诏对。

当时，益州刺史王襄向百姓宣扬风尚教化，听说蜀资中人王褒（字子渊）少时就善作诗，擅长写辞赋，音乐方面也颇有修养，是个不可多得的人才，就邀请王褒来相见，让王褒作《中和》《乐职》《宣布》三诗，内容主要是歌颂太上圣明，股肱竭力，德泽洪茂，黎庶和睦，天人并应，屡降瑞福。王襄还挑选热心唱歌的人，让他们依照《鹿鸣》歌的音调排练歌唱王褒写的这三首诗。当时汜乡侯何武还是个少年，被选在唱歌的人中。后来何武等人到长安读书，在太学中歌唱这三首颂歌。刘病已听说后，很赏识，便召见何武等人，观看他们演唱，非常满意，对所有演唱的人都赐予锦帛奖励，对他们说："这是歌颂太上崇高的德行，我哪里能担当?"

王褒为刺史王襄写作颂歌以后，又为颂歌作传注。王襄听说皇上很喜欢这些颂歌，便上奏推荐王褒，说王褒有杰出文才。刘病已便征召王褒到京师。其时他已滋生一种好大喜功的心理，自视为"圣主"，渴望以文辞的方式表达圣主贤臣的理想政治，也间接为自己表表功，诏令王褒写一篇《圣主得贤臣颂》。

王褒干进心切，接到皇上亲自下达的写作任务，自然异常上心，这是自己展露才华的绝佳机会啊。如何将文章写得既合皇上心意，又不流于庸俗的溜须拍马，阿谀逢迎，而且还要巧妙地暗藏一点讽谏，彰显自己是一个忠直之臣，王褒着实为之费了一番心思。

他在辞赋开篇自谦了一番，称自己身处偏远的西蜀，生于穷巷之中，长于茅舍之下，没有博学广闻，见识浅陋，不能够满足陛下深厚的期望，对答陛下英明的旨意。虽然如此，但还是要大胆略微陈述愚见，竭表自己的忠诚。然后王褒就围绕"贤士是国家的工具"之论拓开笔墨，多方阐述工具锋利与合用之于使用者的重要性，最后建议明主应该和悦地接纳贤士，广开门路，招揽天下英才；认为那些竭尽智谋，使贤士归附自己的人，必定会建立仁义的策略，求取人才的人，必定会建立霸业，而后指出："世上一定先有圣明睿智的君主，然后才有贤能的臣子。"呼吁圣君与贤臣要互相等待，君臣相处合意，圣君的教化遍布天下，远夷进献贡物，多种祥瑞齐至……

王褒的这篇作品言辞富丽，文采斐然，情感恳挚。文中有意写良御驾驭骏马——善御者六辔在手，操纵自如，以此喻指圣主得到贤臣，巧妙地赞颂当今的皇上励精图治，大有作为。又在结尾委婉地劝谏皇上不要寄希望于虚无缥缈的仙界神仙，而是应该顺应自然规律，吉祥自会降临，自然会长寿无疆。

刘病已虽对王褒在文末的委婉讽谏有点不以为然，但总体上对这篇情文并茂的作品比较欣赏，暂令王褒待诏金马门。

刘病已令王褒与张子侨等文士一起侍奉诏对，多次带着王褒等人游猎，每到一处宫殿，就要王褒等人写文章歌颂，排列他们文章的高下，按等级赐帛奖励。人们议论此事，多认为这种御用文人写文章是过分奢侈不急需的事。刘病已听后有些不悦，说："不是有局戏和围棋吗？玩这些也是一种才能！大辞赋与古诗同义，小辞赋佳丽可喜，就像女工有美丽的绉纱，音乐有郑卫之声一样，现在社会上还是用来娱乐穿戴，辞赋与这些相比，还有仁义讽喻的作用，辞赋中的鸟兽草木，可以增加见闻，比倡优、局戏、围棋要好得多。"

所有待诏的文士中，王褒文才最出色。他善于沿袭司马相如大赋风格，赋写离宫别馆，实则歌功颂德，词华富赡，铺张扬厉，其名篇《甘泉赋》等辞赋很对刘病已的胃口，很快，刘病已就提拔王褒为谏大夫。

刘病已在重视文士写文歌功颂德，娱情乐意的同时，也对方士产生了很大兴趣。以前他并不怎么相信方士。有一次他感到身体极度不适，头昏眼涩，心烦意乱，夜不成眠，御医医药调治无效，有近臣向他推荐了一个懂医术的赵姓方士为他疗治。

赵方士眉清目朗，须发虽白，但有光泽，看上去有一种飘飘欲仙之气。刘病已第一眼就被他吸引。赵方士恭请皇上安卧榻上，闭目，什么事都不想，放空思绪，他先轻念"咒语"施法，为皇上把脉按摩一番，早、中、晚各一次，接连七天，刘病已的不适感竟然在不知不觉中消失，睡眠状况也基本恢复正常，感觉神清气爽。他觉得这个赵方士的确有些功夫，便重赏了赵方士，还跟赵方士拉起了家常，询问起赵方士的籍贯、家世与学道经历。

当他听说赵方士来自真定赵氏家族，更是来了兴趣，"你们跟南粤王赵佗是同一家族吗？"

赵方士恭敬地回答："是的，陛下。"

"南粤王活了103岁，他为何那么长寿？"

"回禀陛下，南粤王重视以道术养生，所以长寿。"其实赵方士对赵佗并不怎么了解，他也只是偶尔听家族的老者提及赵佗的一些奇闻逸事，其中提及南粤王跟深山中一位道行很高的道士过从甚密。这个道士潜心修道，研究各种中草药，专治各种奇难杂症，南粤王从道士那里学会了如何养生，乃至能够长寿百岁。

刘病已听赵方士讲完南粤王跟道士交往的经历，点点头，"难怪南粤王那么高寿！"

从那之后，刘病已就对神仙方术之类的东西很感兴趣，甚至他还钦慕起自己的曾祖父来。曾祖父是目前刘姓皇族中活得最长的帝王，大概跟曾祖父信神仙道术有关。他也希望自己在阳间过的日头能同曾祖父相比肩。

他闲暇时也时常召见赵方士，听赵方士绘声绘色地讲述曾祖父时期的神仙故事以及当时著名方士李少君的神奇传说。他听得有点入迷，神仙有些虚无缥缈，可望而不可即；但李少君却是实实在在的人，这个人却像神灵一样有异术，令人不得不佩服得五体投地。

据赵方士说，李少君曾经到武安侯田蚡处宴饮，在座的有一位九十多岁的老人，李少君竟然能谈起从前跟老人的祖父一起游玩射猎的地方。这位老人小时候曾经跟着祖父，还能记得那些地方，当时满座宾客都惊讶不已。还有一次，少君拜见武帝，武帝有一件古铜器，拿出来问少君可见过。李少君说："这件铜器，齐桓公十年时陈列在柏寝台。"过后武帝命人查验铜器上的铭文，果真是齐桓公时的器物。众人都大为吃惊，以为少君就是神，已经有几百岁了。

赵方士还告诉刘病已，当年李少君劝武帝祭灶神，访仙人求长生不老之术，"祭祀灶神就能招来鬼神，招来鬼神后朱砂就可以炼成黄金，黄金炼成了用它打造饮食器具，使用后就能延年益寿。寿命长了就可以见到东海里的蓬莱岛仙人，见到仙人后再举行封禅典礼，就可以长生不死了，黄帝就是这样的。"李少君还说自己海上游历遇蓬莱仙人，见到过安期生，安期生还给自己枣吃，那枣儿像瓜一样大。安期生是仙人，来往于蓬莱岛的山中，跟他投合的，他就出来相见，不投合的就躲起来不见。武帝听信李少君说的话，开始亲自祭祀灶神，并派遣方术之士到东海访求安期生之类的仙人，同时干起用丹砂等各种药剂提炼黄金的事儿来了。

刘病已听赵方士讲完李少君的神奇故事，不由得对李少君有些神往。那前后几天，他还不时将赵方士讲的有关李少君的几个神奇故事一一回味，越发觉得李少君不是常人。曾祖父信任李少君也是有来由的。

刘病已萌生了要效仿曾祖父到甘泉宫祭天。他即位已经有十二三年了，竟然还从来没有举行过祭天大典，实在有些对不住神灵，便下诏说："曾听说天子虔诚地侍奉天地，祭祀山川，是古今的通礼。朕不亲自祭祀上帝的庙宇已十多年了，甚感惶恐。朕决定亲自带头斋戒，亲自去祭祀，为百姓祈求瑞气，以得到丰年。"同时诏令主管祭祀事务的太常负责提前做好相关准备。

2

神爵元年（前61年）正月，刘病已率领文武百官前往甘泉宫，上辛日在泰畤祭祀天神，具体说是祭祀泰一神（又称"太一神"）。

追溯起来，祭祀泰一神的活动是他的曾祖父武帝刘彻开始搞起来的，之后形成了一项制度，一般每三年举行一次。当年武帝为了进一步神化皇权，采纳了一个叫谬忌的亳县方士所提出的祭祀泰一神的奏议，将泰一神提高到众神之首，奉为神界至尊。武帝命负责祭祀的官员宽舒等人专门负责设置泰一神的祭坛。根据"天圆地方"之说，祭天之坛被设置为圆形的土丘（时称圜丘），共设三层，最上一层是主坛泰一坛，黄帝、颛顼、帝喾、尧、舜等五帝各自依照他们所属的方位环绕在泰一坛之下，其中黄帝坛在西南方。在主坛的四围，修八条供鬼神往来的通道。泰畤上还立有旗帜，旗上绘太一之神，以祈福佑。

泰一坛的祭器中供奉着丰盛的祭品，除了牛、羊、豕（猪）三牲，还有干肉、甜酒和枣果之类。此外，为了突出对泰一神无上的尊崇，还杀了一头牦牛作为礼器中的牲牢。而五帝坛只进献牛羊等牲牢和甜酒，没有牦牛。祭坛下的四周，环绕着祭祀随从的众神和北斗星。祭祀完毕后所剩余的酒肉全部烧掉。祭祀所用的牛是白色的，把鹿塞进牛的腹腔中，这之前把猪塞进鹿的腹腔中，往鹿的腹腔中灌上适量的玄酒（用于代替酒的清水或淡薄的酒）。祭日神用一头牛，祭月神用一只羊或一头猪。主持祭祀泰一神的祀官要穿着紫色绣衣。祭祀五帝的祀官的礼服颜色，各依从五帝所属的颜色，如祭日神穿红衣，祭月神穿白衣。

刘病已自登基以来首次在甘泉宫举行祭祀泰一神的仪式活动，心情很是激动。他穿着祭祀礼服——冕服，上身是玄色上衣，下身是朱色下裳，上衣下裳都绘有章纹。此外还有蔽膝、佩绶，足上穿着赤舄（赤色的重底鞋）等。他头上戴的冕冠的顶部，有一块长方形冕板，冕板前后垂有"冕旒"颇为讲究：冕上的木板叫冕板，前圆后方（象征天圆地方），前低后高（象征低着头，表现帝王对上天怀有谦恭之态）；冕板上下两面各蒙有一层细布——上面是黑而带微红的玄色，代表天，下面是黄赤色混合的纁色，代表地。他想他的曾祖父当年也是穿着这样的祭祀礼服祭拜天神，有一种时光流转的恍惚感，一晃就是五十多年了。当年的祭祀情景如今重现，九泉之下的曾祖父如果有知，该作何感想？

刘病已率百官在甘泉宫圜丘祭祀泰一神，完全仿效武帝时的先例，车马和章服兴盛，恭敬地行斋祠时的礼节，写了很多颂诗。由少男少女七十人组成的歌队轮番演唱，从头天黄昏一直唱到翌日天亮。夜间经常有神光如流星集中降落在祭坛，呈现祥瑞之相。刘病已学着当年曾祖父，站在用竹子建造的宫室里远望并拜祭，他的心中升腾起一种无比的虔诚，一起陪同祭祀的几百名官员也都肃然心动。

三月，刘病已率百官前往河东郡，祭祀后土神。祭祀仪式基本上也都仿照武帝时期的旧例，小心谨慎地遵守斋戒祭祀之礼。

因有神鸟聚集，呈现祥瑞，刘病已决定扩大祭祀范围，特下诏令给太常说："长江和大海，是百川中最大的水系，现在没有人去祭祀。现令祠官把祭礼作为每年必做的事情，在四季祭祀长江、大海、雒水，为天下祈求丰年。"从此之后，五岳、四渎（长江、黄河、淮河、济水）都经常得到祭祀。东岳泰山在博地祭祀，中岳泰室（嵩山）在嵩高祭祀，南岳灊山（天柱山）在灊地（潜地）祭祀，西岳华山在华阴祭祀，北岳常山在上曲阳祭祀，黄河在临晋祭祀，长江在江都祭祀，淮水在平氏祭祀，济水在临邑境内祭祀。这些祭祀都由使者持着符节主持。只有泰山与黄河一年五祭，长江一年四祭，其余都祈祷一次，祭祀三次。

当时，南郡捕获到一只被视为瑞兽的白虎，把虎的毛皮、牙、爪献给朝廷，刘病已为其建立祠庙加以供奉祭祀。又根据方士的建议，为随侯珠、剑宝（斩蛇宝剑）、玉宝璧、周康宝鼎等宝物在未央宫建立四座祠堂。又在即墨祭太室山，在下密祭祀三户山，在鸿门祭祀天封苑火井。后又在长安城旁建立木星、辰星、金星、火星、南斗祠庙，在曲城祭祀参山和八神，在临朐祭祀蓬山的石社石鼓，在睡县祭祀之罘山，在不夜祭祀成山，在黄县祭祀莱山。在成山祭日，在莱山祭月。又在琅琊祭祀四季，在寿良祭祀蚩尤。京城的近县鄠县，则建有劳谷、五床山、日月、五帝、仙人、玉女等祠堂。云阳有径路神祠，用来祭休屠王。又在肤施建立五龙山的仙人祠以及黄帝、天神、帝原水共四座祠庙。

皇上崇神敬鬼，迷信方士之言，四处建寺庙大搞祭祀，靡费无度，行事作风越来越像武帝，让一些忠直的老臣们很是忧心。博士谏大夫王吉尤其为之忧虑焦心。

王吉觉得皇上不仅仅存在奢侈靡费的问题，还有任人唯亲，亲近方士这些不靠谱的骗子们等问题也比较严重，时间一长，怕是要出大纰漏。

王吉向来耿直敢言，便向刘病已上疏，规劝皇上提倡俭朴，爱惜财力，以整顿吏治，淳厚民风，"古时衣服车马贵贱有规章，那是用来褒奖有德行的人的，区分尊卑的。现在上下越分太大，人们自我裁断而无节度，因此贪财利，不怕死亡。周代贤君之所以能有效治理政事而不用刑罚，其原因在于他能禁止奸邪于未然。"又规劝皇上选贤任能，废除荫袭制度，"舜、汤不用三公九卿世代相承的人，而用皋陶、伊尹，不仁的人就难以存在了。现在才智凡庸的官吏依仗其父兄当高官而进入仕途，这些人一般多桀骜不驯，不通古今；至于积功治人，对百姓毫无益处，这是《诗·伐檀》中所嘲骂的尸位素餐的大人物的作为。应当明确选用贤人，废弃任用官宦子弟的荫袭制度。对于外戚与旧友，可以多给他们一些钱财，不适宜让他们身居官位。停止角抵之类的杂技表演，减少各种宫廷歌舞和宫廷器物的制造，向天下臣民明示节俭为要。古时候工匠不造精微的玉器，商人不贩卖奢侈品，不是工商自觉如此，是政事教化使他们这样的。人们回到礼仪上来，礼仪建立了，法制就成功了。"

刘病已对王吉的上疏不以为然，觉得王吉说的话迂阔，不切实情，也就不太重视。

王吉觉得自己一片赤诚不受皇上待见，很感无趣，皇上似乎也不再像以前那样从谏如流了，而自己当这个博士谏大夫的职责就是进谏，进谏却又得不到皇上的回馈，如同热脸贴冷屁股，要多尴尬就有多尴尬。自己也已活了大把年纪，仕途基本也无上升空间，弄不好哪天惹怒了皇上，还会引祸上身。在官场上混，潜在的风险很大。王吉对此有深刻体会。当初他当昌邑国的中尉，昌邑王刘贺被霍光等人推上皇位，不收敛性情，他百般谏净不起作用，刘贺的皇位只坐了二十七天就被拉下马，他和郎中令龚遂连带着受牵连，被剃去发须，罚做四年修城的苦役。

一想到自己昔日跌磕蹭蹬，如今又被皇上冷待，王吉深感宫墙之内不可留恋，有些心灰意冷，萌生退意，权衡再三，以身体有病为由，向刘病已提交了辞呈。

刘病已也没对王吉做任何挽留，批准王吉退休。他觉得王吉满脑子都是纯儒思想，难堪大用。他对这位前昌邑王的中尉有一种说不出的感觉，说白了，就是很难产生信任感。王吉性情又过于戆直，不知变通，在朝廷为官如此，在家与妻子相处也是如此，竟然为一点不足挂齿的小事休妻。

关于王吉去妻，也值得一番说道，也确实显见王吉戆直得有点过头。

王吉少时常游长安，带着妻子租屋居住。东邻有棵大枣树，枝叶茂盛，果实累累，压弯了枝头，有些枝丫还垂挂到王吉居住的小院。王吉妻子趁便摘枣，洗净放在盘中，端给王吉吃。王吉开始以为枣子是妻子从集市上买来的，就随手拿起就吃。随后才知道是妻子从邻家枣树上私摘的，不禁怒起，竟要休掉妻子，将妻子撵回娘家。东邻主人听说王吉休妻，只为了区区枣儿，惹出这种事端，便想将枣树砍去，免得伤了邻居情意。后经当地的乡老出面劝说，劝王吉召还妻室，东邻也不必砍树，王吉这才答应接受乡老的建议，将妻子接回来。

当初刘病已听人说起王吉去妻之事，颇不以为然，枣树固然是邻家的，但枣枝越界，长到自家庭院，妻子摘几颗枣也不算过分。就算做丈夫的不赞同妻子私自摘枣，也可以委婉批评几句，向邻居道个歉，这事也就过去了。王吉却偏偏以此为由，对妻子兴师问罪，将其遣出家门，弄得邻居都觉得心不安，如此小题大做，绝非智者所为。

刘病已也不赞成王吉的婚育言论。王吉认为"夫妇，人伦大纲，夭寿之萌"，倡导晚婚优育，主张婚嫁应节俭，"世俗之人嫁娶太早，还不知做父母的道理就有了孩子，因此教化不明而人多夭折。重财礼订婚嫁女没有节制，使得贫穷的人没有经济实力婚娶，所以没有子女。汉室列侯娶天子女，诸侯国人娶诸侯女，使男奉侍女，夫屈于妇，阴阳之位颠倒，所以易生女乱。"

刘病已觉得王吉的婚育论太迂腐，实在不合时宜。提倡早婚早育，添加人丁，有利于家族兴旺，社会发展。而结婚是男女的终身大事，操办酒席热闹一番，颇有必要。那年秋八月，刘病已特意下诏鼓励民间重视婚宴操办："婚姻举行仪礼，这是人伦之中的大事；酒食宴会，是举行礼乐的形式之一。当今有的郡国及二千石擅为苛禁，禁止民间嫁娶不得设筵席以招待前来庆贺的宾客，由此就弛废乡党应酬之礼，使百姓享受不到婚嫁的欢乐气氛，这不是一种好的导民方法。《诗》不是说过吗？'民间如失去了互相饮食应酬的情义，而粗薄的食品将会加深人们的怨尤。'对禁止婚姻礼宴的政令应予取消。"

刘病已非常重视人情，在他看来，重用自己亲信的人，并没有什么出格之处，毕竟亲信的人用起来放心。至于王吉所提出的节俭问题，他也有自己的一套逻辑：不富裕的前提下，自然是要节俭；一旦经济富裕了，不必一味强调节俭，人们有娱乐的需求，观看杂技、歌舞，赏玩宝器，经济条件允许，有何不可？当年他看《管子》一书，了解齐国大管家管仲就公开鼓励做买卖，倡导奢侈消费："丹砂之穴不塞，则商贾不处。富者靡之，贫者为之。"他对此比较赞同，人都有趋利的本性，只要不人为地堵塞获利的源头，商贾贩运就不会停歇。而富裕的人只有追求奢侈，不断地消费，贫穷的人才有机会谋生。

由于心存这种奢靡的消费思想，刘病已花钱大手大脚，他效法曾祖父刘彻时期的典章制度，宫室车服比昭帝时期还要盛大。对待鬼神，也是越来越敬崇。有一天，他听赵方士说起益州有金马、碧鸡神，生发浓厚的兴趣。

在益州蜻蛉的东部，有一座令人神往的山，名为禺同山。山上云雾缭绕，宛如蓬莱仙境。当丽日当空，惠风怡人，云开雾散之时，青黛色的禺同山上就出现神奇的金马和碧鸡。那金马周身毛色金黄鲜亮，在阳光的映照下，通体灿灿闪光。它气宇轩昂，无羁无绊，甩开四蹄，如箭一般凌虚飞驰，能日行千里，兴奋时，它萧萧嘶鸣，能震落天际的白云。那碧鸡通体翠亮，如同碧玉雕琢的一般，它栖居在仙界一般的禺同山中，踱着方步，四下顾盼，极度地自在闲适；它小巧的身体聚集着巨大的能量，能够破石而飞，它身形所到之处，闪着熠熠神光。它能振翅飞入高空，和蓝天丽日玩绚烂多姿的游戏，让浩瀚的天空铺上万丈绿霞，它发出清亮的啼鸣，能传到数十里外。

金马与碧鸡不食人间烟火，食的是大自然的甘露与仙气，它们俨如仙界一对天生的伴侣，在禺同山中出入，形影相随。碧空是它们最爱的自由嬉戏的场所，碧鸡一声啼鸣，在空中展翅御风而飞，金马以萧萧嘶鸣回应，振蹄腾空而驰。每到此时，天空便呈现绚烂祥瑞的五彩霞光，那奇异瑰丽的景象实在令人大开眼界，怀疑自己不在人间！

刘病已听得入了神。赵方士又说："陛下，益州遥远，观看不便。陛下可通过祭祀的方式，将金马和碧鸡召到长安。"

"如何祭祀？"刘病已当了真。

"陛下可派信得过的使臣到禺同山脚，设坛祭祀，只要足够虔诚，感动金马和碧鸡，二神就会响应陛下的召唤，飞往长安。"

刘病已听了连连颔首。

其时正值夏历四月，有官员奏报黄龙出现在新丰一带。建章、未央、长乐宫等宫殿中的人面纹羊角钮铜钟都长出了一寸长的毫毛，大家都认为美祥之兆。刘病已心情大悦，以为上天嘉奖自己有圣德才降此美好祥瑞，他实在有必要将金马神和碧鸡神迎到长安来。两天后，他就派遣谏大夫王褒，持着符节去益州求金马和碧鸡二神。

王褒心里嘀咕，方士的鬼话，陛下也信？陛下分明是受了蛊惑，要不然，以陛下以前的圣明，不会如此昏聩。但他又不敢公开反对，只得领命，持着符节上了路。

3

从长安到益州，长达两千多里，实在是迢迢远道，王褒一路颠簸劳顿，辛苦异常。

好不容易到了巴郡，王褒已经筋疲力尽，有一种虚脱感。傍晚下榻在一个驿站，他向驿站的驿丞打听这里离益州蜻蛉的禺同山有多远。驿丞叹气说，您也别再往前走了。几个蛮夷部族之间火拼，正闹得凶，道路也给堵住了。看样子，一时半会是消停不了的。

王褒有点吃惊，"为何没人管？"驿丞摇头，"这些蛮人，情况很复杂。没人能管得了，弄不好，还会将自己给搭进去，索性就任由他们自行解决罢了。"顺口问起王褒奉命何为，王褒告知他去禺同山求金马、碧鸡神。

驿丞听后意味深长地笑笑。他知道金马与碧鸡的真相，不过是两山的名号而已，一山状如骏马，一山形似雌鸡，并没有什么真的神仙。但驿丞性情谨慎，对皇上亲自委派的使者不能明言真相，唯恐招祸，只告诉王褒："当地也是这么传说那山中有神仙，山上也有一些神祠，供信徒致祭拜祷。"又说，"只要心诚，不管在哪里祭祀，应该都能感动神灵。"王褒赞同他的说法。

王褒在驿站休养了一天，稍微恢复了一点气力。想想就算到了禺同山，也是见不到什么金马、碧鸡的，只能弄个祭祀仪式而已。倒不如现在顺势就地设坛祈祷，祭奠，他便写了一篇《移金马碧鸡文》作为祭词——

> 汉持节使王褒，谨拜南崖，敬移金精神马，缥碧之鸡：
>
> 处南之荒，深溪回谷，非土之乡，归来！归来！
>
> 汉德无疆，广乎唐虞，泽配三皇。
>
> 黄龙见兮白虎仁，归来！归来！
>
> 可以为伦，归兮翔兮，何事南荒也！

王褒祭奠之后，准备回长安复命。当时天气反常，酷热难耐，加上人又疲弱，还没走几日，王褒就病倒了，因途中得不到及时医治，很快人就不行了。

王褒撒手人寰时，刘病已那边依然笃信神仙方士之事，幻想着祭祀就能招来金马和碧鸡。而那些方士们更是积极投皇上所好，争相献神仙故事和方术秘闻，连一些文士都参与进来，其中就有宗正刘德的小儿子刘更生。

刘更生将道术书《鸿宝》《苑秘书》献上去。这两本书是当年淮南王刘安密藏在枕头里的珍贵典籍，书中讲神仙指使鬼怪铸造金子的办法，以及战国末期齐国的五行创始人邹衍的重道延命方，世上没人得见，而刘更生的父亲刘德在武帝时办理淮南王刘安谋反案时得到了它。刘更生从小读它，觉得奇妙，献给刘病已，说按书中方术可炼制黄金。刘病已命令他主管尚方铸造之事，结果花费很多，秘方并不灵验，造出的不是黄金，而是一坨黑不黑黄不黄的硬邦邦的疙瘩。刘病已很是恼火，便把刘更生下交司法官吏，官吏弹劾刘更生欺上铸假黄金，依法当死。

宗正刘德当时正身患重病，由于爱子心切，便挣扎着病体上书为小儿子辩护，没过三天刘德就病逝了。大鸿胪上奏皇上，称刘德为其犯罪的小儿子争辩，有失大臣体统，不宜赐谥置嗣。刘病已念及刘德素来德行淳厚，临终前护子也属人之常情，便下诏说："赐刘德谥号缪侯，为他安置继承人。"

刘更生的哥哥刘安民继承父亲阳城侯爵位，上书为弟弟求情，愿意交纳封国内一半的户税，来赎更生的罪。刘病已也认为刘更生是奇才，以逾冬减死论处。赶上他想要弘扬《穀梁春秋》，便征召刘更生学习《穀梁》，好让刘更生参与石渠阁会议讲论《五经》。

刘更生案刚落下帷幕，王褒奉命远道求神而病死在途中的消息就传到长安，是由益州刺史奏报的。刘病已心生怜悯惋惜，求宝不成，还损失了一名才华横溢的文士，开始反思方士说的话是否可信。

京兆尹张敞上疏劝谏说："希望明主时刻不要惦记车马的娱乐，排斥远方方士的不实之词，潜心于帝王的道术，太平之治差不多就能达到了。"

张敞在奏疏中提及武帝晚年崇信迷恋神仙方术，屡屡被方士所欺骗而不醒悟，后又重用奸佞江充，最终酿成"巫蛊之祸"，制造大冤案，逼死卫太子和卫皇后，株连甚众，天怒人怨。此类惨痛的教训实在不能忘却！张敞还提及武帝驾崩前两年反思巫蛊之祸，痛定思痛，将长安的方士们全部遣散。当初武帝听信方士的进言，修筑柏梁台，做承露盘，还在盘子上做了神仙的手掌，承接天上的雨露，然后和着璧玉粉末儿一起喝下去，企望自己能长生不老。武帝每想起这些过往的事，就很懊悔。有一次他对群臣自叹说："朕往日愚惑，受了方士的欺骗。天下怎会有神仙，全是胡说八道！节制饮食，服用药物，最多是可以少生些病而已。"

张敞的奏疏戳中刘病已内心的痛处，巫蛊之祸是深埋在他内心深处的巨大伤疤，眼下这个伤疤被忠直之臣硬生生地撕开了，让他痛彻心扉，心生悔恨，自己怎么变成了这种样子？怎么能相信那些方士的空话谎言？还派王褒长途跋涉去求神，结果让这样一个才华横溢的文士命丧道中，这是明君干的事吗？帝德有亏啊！他越想越懊悔不迭。翌日，他就将那些担任待诏的方士全部罢斥了。

不久，太上皇庙和孝文帝庙先后发生火灾，让刘病已心生惶恐，认为是自己胡作妄为让祖先蒙羞，招致上天的警告，他身着素服五天，斋戒悔过。他告诫自己要以曾祖父为戒，牢记那些血淋淋的惨痛教训，决不能重蹈曾祖父的覆辙！

太子刘奭对王褒猝逝感到非常难过。他向来仰慕王褒的才华，本朝文士的作品他读过不少，最喜爱的是王褒的诗文辞赋。王褒的作品不仅文辞美，而且能调适心情。他最念念不忘的是王褒陪侍自己的那段美好时光。

司马良娣病逝后的那段时间，刘奭身体极度不适，神经衰弱，夜夜失眠，记忆力衰退，心里十分苦恼，抑郁不快。刘病已有些焦急，命御医想办法为太子调治。御医为太子把脉之后，禀报说：太子得的是心病，究其原因，与太子过于勤奋学习，过度用脑，压力太大，再加上失去宠爱的良娣，才导致生发这种病症。药物调治恐难见效，建议让太子暂停学业，彻底好好休养，放松心情，精神愉悦，病症会逐渐好转，直至痊愈。刘病已相信御医所说，命太子太傅暂停教学，给太子放长假，让太子彻底放松。他考虑到儿子酷爱诗文辞赋，便下诏让王褒等文士去侍奉太子。

王褒等人到太子宫后，为了让太子高兴，每天都组织诗文辞赋朗诵会，诵读司马相如等辞赋家的大赋，也朗诵他们自己写的辞赋。为了营造良好的视听效果，由宫廷乐队现场演奏音乐，声情并茂的朗诵，加上宛转悠扬的乐曲，非常优美动听，也令人陶醉放松。几天下来，刘奭病症似有一点点缓解。

在所有陪侍文士中，王褒的作品最得刘奭的青睐。王褒有一篇辞赋名篇，题为《甘泉赋》，刘奭读后赞不绝口。这篇《甘泉赋》是五凤元年刘病已率群臣到甘泉宫泰时祭天，王褒奉命创作的。刘奭觉得它有司马相如大赋的风格，但比司马相如写得更接地气。

刘奭擅长吹洞箫，王褒特意为他创作了一篇《洞箫赋》，先从箫的材质竹子起笔，接着写箫的制作及吹奏者，随之写箫声穷极其妙的变化，然后写箫声的道德教化作用与艺术魅力，最后再写箫声余音袅袅，不绝如缕，令人意犹未尽。全篇辞藻华丽富赡，用语生动准确，构筑精巧，音韵和谐；句式整饬，多用骈偶而不板滞，描绘了一幅幅声情并茂、情景交融的富有感染力的动感画面。刘奭读了《洞箫赋》之后，很是赞叹，说此篇气势恢宏，读来令人非常心动。

王褒朗诵《洞箫赋》的时候，刘奭很受感染，一时兴起，亲自吹箫配乐，引起全场一致的喝彩。

陪侍文士到太子宫十多天，大家朗诵的都是清一色的辞赋，听多了，刘奭就想换换口味，希望能听听奇文朗诵。

奇文并不容易创作。陪侍的文士普遍觉得现写有点难度。王褒之前倒是写过一篇《僮约》，谐谑风趣，读过的人都赞别具一格，算得上奇文一篇，王褒思忖着太子估计对它也感兴趣。

翌日在朗诵会还没开始的时候，刘奭就问："大家可有奇文分享？"

王褒想先吊吊太子的胃口，便微笑着问刘奭："殿下，可曾见过欺软怕硬的奴仆？"

刘奭说："还有这种奴仆？"

"有的，殿下。"王褒开始讲述《僮约》的写作背景："神爵三年正月十五日，蜀郡资中男子王子渊，因事到湔（湳）山，途中停留在好友遗孀杨惠家中。杨惠手下有一个奴仆名字叫便了，王子渊想喝酒，就让便了去买酒。谁知这个便了觉得王子渊是外人，替他跑腿很不情愿，竟然手提大杖，冲上杨惠丈夫的坟头，高喊：'大夫买便了时，契约说的是看坟，可没有说要替别人家的男子买酒嘞！'"

刘奭皱皱眉头说："这便了也真是个便了，怎么这样对客人没礼貌？王子渊是不是生气了？"

"殿下猜得没错！王子渊听了这话，恼羞成怒，问杨惠说：'你这僮奴打算卖吗？'杨惠答：'僮仆长大成年后经常顶撞人，脾气坏，没人愿意买。'"

刘奭脸上微带笑意，说："是不是王子渊买下了？"

"又被殿下说对了！"王褒笑道，"王子渊当即从杨惠手中买下便了为奴，立约管束。便了又嚷嚷起来：'要使唤便了，都应该写上券约。没有约定的事情，我就不干！'"

刘奭忍不住评价说："这奴仆怎么跟三岁小孩子一样任性呢？"

"是啊，所以王子渊决定治一治便了。他就写了一份券文，叫作《僮约》。"

刘奭很感兴趣，催促王褒赶紧分享给大家。

王褒声情并茂地诵读起来："神爵三年正月十五日，资中男子王子渊，向成都安志里女子杨惠，买她亡夫名下的络腮胡奴仆便了，定价一万五千钱。家奴应当听从主人各种役使，不得有二话。清晨起床洒扫庭除。吃饭过后洗净餐具。平时凿石做碓窝，用秸秆捆扎扫帚。削木造水盂，凿空做酒斗。疏通水渠，扎牢篱笆。菜园锄除杂草，平整田间小路。堵塞岔道，填平凹地。削木捆牛皮，制作成连枷。烧弯竹竿做柴杷，削光木头制辘轳。出入不得乘车骑马，不得像簸箕一样坐着喧哗。起身离座就要快跑，打制镰刀去割青草。编苇作席，绩麻织布。汲水炼乳酪，调制美味饮料。编织草鞋，张网粘捕麻雀，捕捉乌鸦。结网捕鱼，射飞雁弹野鸭。上山射鹿，下水捕龟。疏浚后园池塘，放养上百只鱼雁鸭鸯。驱赶鸲鹰，持竿放猪。种姜养芋，喂猪仔养马驹。清扫猪圈与马厩，喂养饥饿的马牛。四更起身坐候，半夜添加草料。"

刘奭边听边嘀咕说："这便了要干的活儿可真不少啊！"

王褒笑笑点头，继续诵读契文："二月春分，捶固田埂，堵塞田界。修剪桑树枯枝条，割棕榈皮搓绳索。种上瓠瓜好做葫芦瓢，按类分种茄秧葱苗。禾桩就地烧作肥料，平整田畴翻松泥土，中午趁早晒太阳。每天鸡叫就舂米，制作水幕拦鱼栅，共编三层防漏鱼。家里一旦来客，就要提壶买酒，汲水做饭，洗净杯盏，整理桌案。到菜园拔蒜，砍紫苏叶，切腊肉片，还要碎肉蒸芋头，精脍鲜鱼，烹炖团鱼。烧水煮茶，分杯陈列，吃完盖藏。晚关门窗，喂猪遛狗，不要和邻居吵架争斗。僮奴只能吃豆饭，喝清水，不准好酒贪杯。想要喝酒，也只能沾嘴尝味，不能喝得杯底朝天，酒斗翻转。不准早晨偷跑出去，到夜晚才归，不能在外交朋结友。屋后有大树，应当砍来造船，以便我下访江州上到湔，去当小官好挣钱。推石磨，卖棕索。绵亭镇上去买席，往返新都雒水间，还为妇女求脂膏，运回小市来卖零。返回成都要担麻，转小路担货贩卖。牵走狗儿卖掉鹅，再到武阳买好茶。杨氏池中挖鲜藕，货担挑起去零售。往来熙攘集市间，看紧财物防贼偷。上市不许东蹲西卧，满口粗话胡乱骂街。多制作刀具铁矛，带到益州换羊牛。"

刘奭听到这里，又嘀咕说："这些多活儿，便了纵是三头六臂，恐怕也干不完啊。"

太子的嘀咕王褒听在耳里，笑笑对太子说："还有其他活儿呢。"继续抑扬顿挫地诵读，"你自己要学会精打细算，不许笨头笨脑。提起斧头上山去，取材制车辋车辐。木材如有剩余，可选做俎几、木屐和猪槽。焚薪烧炭，以备严冬烤火。垒积石块，来加固河堤水岸。修葺房舍，新盖屋宇。砍削竹片，制作木简。日暮要回家，还要捎回两三捆干柴。四月当松土撒种，五月应有收获。十月收豆交租赋，播种麦子，窖藏芋头。下南安拾栗采橘，用车载集中贩卖。多找蒲叶苎麻，多搓结实绳索。大雨如注，立时倾盆，披蓑衣，戴斗篷。如果无事可做，就编菰席织蚕箔。种植桃李柿桑，株距三丈，行距八尺。同类果树栽一起，纵横距离相适宜。果熟收获，不准品尝。狗叫应当起床，惊醒四邻把贼防。栓牢门和窗，上楼敲鼓响。一手执盾牌，一手操戈矛，沿着栅栏巡逻三圈。要尽心勤快劳作，不能四处闲逛。奴仆老迈无力气，就种莞草编席子。做完事情想休息，必须先舂一石米。半夜没事，就洗衣裳，就像白日做事一样。如需收租讨债，掌管供宾客。奴仆不许耍奸营私，一切事情都得向我报告。如果你不服管教，就鞭笞一百下。"

王褒读到这里，略略停顿了一下，继续诵读最后的内容说："券文才读完毕，便了憋得无话可说，再也不敢狡辩啦。他一个劲儿叩头，自扇耳刮子。心酸落泪滴，清鼻涕长一尺：'如果真照王大夫说的办，还不如让我早点进黄土，任凭蚯蚓钻额颅！早知这样，我真该替王大夫打酒去，实在不敢恶作剧。'"

刘奭笑起来，"终于听明白了，有意思，真是奇文！这契文中提到的各种活儿，应该是其他奴仆干的活儿吧，全给按到便了一个人头上了。按契约，这些活儿便了必须得做，可他一个人又不可能全做，告饶是必定的嘛。"

王褒笑笑说："殿下听得真仔细！我写此篇契文，纯粹是为了压压便了的气焰。"

其他陪侍文士都笑起来，"子渊这招实在是高！将这欺软怕硬的便了给治得服服帖帖。"

刘奭喜欢这篇《僮约》，命人将此篇抄写在缣帛上，予以收藏。

刘奭在王褒等文士的陪侍下，尽情娱乐放松了好几个月，抑郁的症状基本消失，记忆力也恢复如前。刘病已大为欣悦，嘉奖王褒等文士，让王褒等人回到自己身边，也不时组织他们读诗诵赋。

跟王褒朝夕相处的那些日子，让刘奭此生难忘。如今斯人已逝，幽思长存。刘奭时时感念王褒的卓越才华，以及王褒的文赋带给他的精神愉悦。那之后，刘奭始终喜欢将王褒的文赋进行配乐朗诵，时常令后宫嫔妃与身边人都诵读王褒的《甘泉赋》与《洞箫赋》。

第三十二章　王族渣滓·遗愿

1

平定珠崖之乱的第二年，甘露三年（前51年），是刘病已有生以来最感荣耀的一年，他平生的几大愿望都实现了：外交方面取得前所未有的重大突破——呼韩邪单于朝汉，结束长达一百五十年的汉匈之争，他成为高帝建汉以来第一位彻底消弭北方边祸的帝王；首倡麒麟阁功臣榜，为后世开启表彰功臣的一种新样式；思想文化方面，召开石渠阁会议，分辨五经异同，勘定五经的经典标准本，进一步加强了思想文化的核心，抬高《穀梁春秋》的学术权威地位。这些都是他作为帝王的荣耀。他作为皇族的家长，终于实现了做祖父的美好愿望，长孙刘骜的降世是最让他感到舒心的事，他的人生至此，大致也可以说得上比较圆满了。

太孙刘骜，带给他这个祖父极大的人生乐趣，他每天处理完政事，一有空闲，就开心地抱着小孙子玩耍。

他这个在天下人面前威严无比的万姓至尊，在天真可爱的小孙子面前，也不过是个慈爱的长者。他就跟天底下所有寻常人家的祖父一样，满心慈爱，眼里全是自己的嫡孙，十足的耐心与宠溺，任由小孙子拿白嫩嫩的小手轻拍他的脸颊，扯他开始变白的须髯，他都是一副笑呵呵的样子。有时候小孙子不小心尿湿了他的袍服，旁边的内侍和阿保吓得不知所措，他若无其事地笑笑说，童子尿，干净得很呢。和颜悦色地督促阿保赶紧给他心爱的小孙子更换衣服，他自己也笑微微地去内室更衣。之后，依然和小孙子一起逗乐。

自从有了嫡长孙之后，他似乎变得比以前更加仁厚，也更重视血缘亲情。对于刘氏皇族宗室成员，他也在感情上更加亲近厚待，毕竟都是共着一个老祖宗，就算打断骨头也都是连着筋的。他特别希望王族成员都能恪守礼德，不做不法之事。

令刘病已感到非常遗憾的是，王族中总还是有人以身试法，不干正经事。他印象最深刻的是他即位的第五年，楚王刘延寿竟然谋起反来。

刘延寿的高祖是高帝的弟弟楚元王刘交。早年刘病已就听掖庭令张贺跟他闲谈过楚元王及其后嗣的一些情况。

据掖庭令说，楚元王在其兄弟当中，是最爱读书的一个，多才多艺，也很贤德，但其后嗣中总有那么几个不肖子孙，孙子刘戊便是其中之一，他继承诸侯王爵位，却没有继承祖父的贤德，荒淫暴虐。

刘戊继承王位的第二十年（景帝二年），有人告发他在薄太后服丧期间与人私下通奸，被削掉东海、薛郡，于是刘戊怀恨在心，同吴王刘濞合计谋反。中大夫白生、申公劝谏，他不但不听，反而将白生和申公处以胥靡之刑，让他们穿着赤褐色的衣服，在闹市上举着木杵舂米，借此羞辱他们。休侯刘富是刘戊的三叔，派人劝谏，刘戊威胁说："三叔和我不同心，我如起兵造反，定先取三叔的性命！"刘福吓坏了，这个背弃人伦的畜生侄儿，什么坏事都干得出来！刘福为了避祸，索性和其母太夫人移居到长安。

第二年，景帝采用晁错之计削藩，吴王刘濞率先造反，刘戊兴奋不已，积极起兵响应。其丞相张尚和太傅赵夷吾苦苦劝谏，刘戊根本听不进去，还残忍地将两人诛杀。随后起兵随吴王刘濞西攻梁地，并攻下棘壁，进抵昌邑南部，与汉将周亚夫军交战。汉军断绝了吴楚两国的粮道，使吴楚士兵饥饿不堪，根本没有战斗力。结果，吴王刘濞逃走，楚王刘戊见大势已去，畏罪自杀，吴楚军队投降了朝廷。

吴楚之乱被平定之后，景帝立刘戊的二叔父——正平陆侯刘礼为楚王，奉祀楚元王后庙（是为楚文王）。刘礼及其后三任继承人都还能安分守己，等到王位传至刘礼的玄孙刘延寿，刘延寿又开始像刘戊当年那样蠢蠢欲动。

时值刘病已登大位，刘延寿心中打着小九九，认为广陵王刘胥是武帝之子，天下一旦有变，定能得立天子，于是私下想归附刘胥，辅助刘胥成就帝业。为了和广陵王拉拢关系，他还让其继母的弟弟赵何齐娶广陵王的女儿为妻。

刘延寿同赵何齐谋划说："我与广陵王相交结，是因为天下不安。如果我们发兵帮助广陵王，他若立为皇帝，何齐匹配公主，可以分封为列侯了。"赵何齐很为之动心，带着刘延寿的书信送交广陵王说："希望您时刻探听消息，不要错过时机。为争天下，不要落后于人。"赵何齐的父亲赵长年对朝廷忠心无二，他担心儿子参与谋划，一旦事发，整个家族必遭灭族惨祸，咬咬牙，还是上书刘病已，告发了他们。

刘病已平素对刘延寿很厚待，不太相信刘延寿会全然不顾宗族亲情，图谋不轨，便将这宗案件下到有司，让他们调查是否属实。刘延寿见罪责难逃，自杀了。而十六年后，广陵王刘胥也因觊觎帝位，屡屡私下行巫祝之术诅咒皇帝早死，事发获罪后自杀。

在刘病已看来，诸侯王中不安分守己的，大体有两大类，一类是像刘戊、刘延寿、刘胥这种伺机谋反；另一类便是荒淫残暴，在诸侯国中胡作非为。广川王刘去是最典型的代表。

刘去脑瓜子也还算灵光，从师学习《易》《论语》《孝经》，也都能通晓，爱好也广泛，文辞、方技、棋艺、歌舞等都喜欢。他的殿门有勇士成庆的画像，身穿短衣大绔，腰佩长剑。刘去非常喜爱成庆，制作了一柄七尺五寸的剑，穿着都仿效那画像。他好美色，好嬉戏玩乐。喜爱的姬妾有王昭平、王地余，许诺她们以后做王后。刘去一次患病，姬妾阳成昭信侍奉极为周到，深得刘去的欢心，有意要立昭信为王后，引发姬妾间争风吃醋。

一次，刘去和王地余嬉戏，发现王地余袖中藏了一把尖刀，勃然变色，怀疑她要谋害自己，鞭打审问她，王地余供认想与昭平共同谋杀昭信。刘去怒不可遏，又拷问王昭平，王昭平不服，刘去用铁针刺她，强迫她招供。为了杀鸡儆猴，刘去召集所有姬妾，亲自用剑刺杀王地余，又让昭信刺王昭平，王地余和王昭平当场惨死。昭信说："两姬的婢女会将此事说出。"又残忍地绞杀王地余和王昭平随从的三个婢女。不久昭信得病，梦见王昭平等人锤击她，便将此梦告知刘去。刘去说："她们现形是想使我畏忌，只能用火烧掉。"命人将王昭平等人的遗体从墓中掘出，都焚烧成灰。

后来刘去立昭信为王后，封宠幸的姬妾陶望卿为脩靡夫人，主管缯帛；又封崔脩为明贞夫人，主管永巷。嫉妒成性的昭信又诬陷陶望卿说："她对我无礼，穿着的衣服时常比我的还华丽，她还拿好的丝帛送给了宫人。"刘去说："你多次谗毁望卿，不能减损我对她的喜爱。假若听到她淫乱，我就把她烹煮了。"昭信闻言，对刘去诽谤望卿说："以前画工画望卿住舍，望卿袒露肩膀傅粉靠近画工，又数次出入南户偷看郎吏，疑有奸情。"刘去信以为真，说："要好好地留意她。"为此逐渐不喜爱陶望卿。

有一次刘去与昭信等饮酒，众姬都在旁服侍，刘去为陶望卿作歌道："瞒着舅姑，淫乱一时，寻求奇异，自取灭绝。行走各地，自生灾祸。诚非所望，今有何怨！"令美人相和歌唱。刘去说："这里边当有自知的。"昭信知道刘去已发怒，就诬陷望卿多次指点郎吏卧处，全知道他们的姓名，还能认出郎中令的锦被，怀疑有奸情。

刘去怒火中烧，马上和昭信等诸姬到陶望卿住处，命人扒光她的衣服，狠命地击打，命诸姬各拿烧红的铁一起灼烫陶望卿。陶望卿惨叫连连，拼命逃出，投井自尽。昭信命人把她从井中捞出，肆意对其遗体加以残害，对刘去说："前杀昭平，反来吓我，今要粉碎望卿，使她不能成神。"与刘去一起残忍肢解陶望卿，还不放过，竟将她的遗体丢进大镬中，取来桃木灰毒药一起烹煮，连日连夜直至完全煮烂。还召诸姬都来观看。诸姬都心生恐惧，但慑于刘去和昭信的淫威与歹毒，都不敢违逆，乖乖地听命。望卿明艳如玉的妹妹陶都见姐姐惨死，悲伤哭泣，刘去和昭信又将陶都残杀了。

后来刘去数次召唤姬妾荣爱饮酒，昭信又诬陷荣爱，说："荣姬顾盼之间，意态不够善良，怀疑有私情。"这时荣爱正给刘去刺绣方领，刘去拿来烧掉，荣爱感到害怕，自行投井，救出来时未死，又遭受严刑拷问。荣爱经受不住毒打，自诬与医工通奸。刘去将奄奄一息的荣爱缚系在柱上，烧热刀灼溃她的两眼，生割她的两股，将熔化的铅灌入她口中。可怜荣爱被活生生摧残至死，遗体又被残忍肢解，埋在荆棘中。凡是刘去所喜爱的诸妾，毒妇昭信都要加以诬陷杀害，前后共残害了十四人，都埋在太后居住的长寿宫中。宫人们都非常恐惧，没有人再敢违背毒妇昭信。

昭信想独受刘去专宠，又将矛头对准明贞夫人崔脩，说明贞夫人主管永巷诸姬，心不在焉，使得淫乱难以禁止，向刘去提出建议："请大王允许关闭诸姬舍门，不要让她们出外游戏。"刘去应允。昭信让她年长的婢女为仆射，主管妃嫔、宫女的住处，各房舍全给封闭，把钥匙交给她保管，除非大摆酒宴召唤，所有姬妾都不能见刘去。

刘去纵容昭信飞扬跋扈，却又怜惜那些姬妾们，为她们作歌道："忧愁多多兮，居住无所依。内心系成结，心意不舒畅。内中犹抑郁，忧愁积哀伤，上不见青天，人生有何益！日月蹉跎，时不再来。愿抛弃身躯，死而无悔。"让昭信敲鼓为节拍，以教诸姬歌唱，歌罢仍让姬妾们归永巷，封门。唯独昭信兄长的女儿初为乘华夫人，能与刘去朝夕相见。昭信与刘去随从十多个奴仆每天豪饮游玩，没有节制。

刘去少时就放荡不羁，心狠手辣。他刚十四五岁的时候，从师学《易》，老师多次直言规劝刘去，刘去心生忤逆，年渐长大，将老师赶走。内史（掌管侯国民政的官）请刘去的老师作佐助，老师觉得广川王奢侈无度，数次让内史限制王宫的日用开支。刘去仇视老师，派奴仆暗杀了老师父子，没人发觉。

刘去还喜好挖古墓。他的封国内有很多春秋战国时期王侯和大臣的古墓，如魏襄王、晋灵公、晋幽公等国君的墓，以及晋执政大臣栾书等人的墓，都被刘去带人挖了个遍。他做事全凭个人喜好，目无法纪，酷虐淫暴。他多次在王府中大摆酒宴，强令奏乐和演杂戏的伶人裸体坐在中间供他取乐。忠直之臣相彊忍无可忍，弹劾刘去非法拘囚倡优，擅入殿门，并奏状上告。

刘病已之前对广川王刘去胡作非为也偶有耳闻，便派使者到广川国考察审问，倡优们交代，他们本来为广川王教脩靡夫人陶望卿的妹妹陶都歌舞。使者便召见陶望卿、陶都，刘去答说她们皆因淫乱自杀。当时恰逢大赦，此案就没有惩办，让刘去和昭信暂时侥幸逃过一劫。陶望卿已被烹煮，刘去就取他人的尸体和陶都的尸体一并交给她们的母亲。陶母悲愤不已，说："都的尸体是对的，望卿的尸体不对。"多次号哭寻死，昭信索性命奴仆杀了她。陶家上告，奴仆为吏所捕，供词招认了昭信令人发指的恶行。

2

本始三年（前71年），丞相内史把刘去和昭信犯下的滔天大恶逐一上奏，特意奏明是大赦前所犯罪状。刘病已派遣大鸿胪、丞相长史、御史丞、廷尉组成联合调查组到广川国调查审办，之前丞相内史所陈的罪状全部属实，调查组奏请刘病已逮捕刘去及王后昭信。刘病已下令说："王后昭信、各姬奴婢作证的人都入狱。"所有入狱者都供词招认。有司再次奏请诛杀广川王和王后，以儆效尤。刘病已下诏说："与列侯、中二千石、二千石、博士商议。"

议者都以为刘去逆乱暴虐，听信王后昭信的谗言，燔烧烹煮、生割剥人，拒绝老师的规谏，杀害老师父子，共残杀无辜者十六人，甚至将陶家母女三人全部杀害，违背道义，灭绝人伦。其中十五人在大赦前被他们杀害，广川王与王后的罪恶深重，应当将他们都斩首示众，否则天理难容！

刘病已还是念及刘去是同宗，便下诏说："朕不忍将广陵王正法，可讨论怎样惩罚。"有司对皇帝徇私情也无可奈何，只能退而求其次，请求废掉刘去广川王爵位，将他和子女迁徙到上庸。毒妇昭信必须严惩。上奏得到刘病已许可。其时刘病已即位刚刚三年，他在处置不法的王族成员时，抱着一个基本原则：惩罚的同时，还是要顾及一点情面，在物质方面给予一定接济。他将刘去贬到上庸当庶民，还赐给刘去百户食邑贴补其家用。

此时刘去才心生悔恨，以前高坐在王座上，呼风唤雨，爱谁杀谁，随心所欲，从来没有想过自己是在危崖壁上游荡，随时有坠落万丈深渊的危险。他恨自己蠢不可及，竟一味听信昭信那个贱女人的谗言，到头来丢掉了高贵的侯王爵位，以后的日子如何过？他心里异常发虚。特别是想起被自己残害的那十几条性命，他就深感恐惧。

夜里睡觉他一闭上眼，恍恍惚惚之中，就有一群獠牙的厉鬼围上来，叫嚣着向他索命。最开始是一群身穿春秋时期服饰的男鬼，以一种阴冷得令人生畏的语调质问：我们本在阴府里安歇得好好的，你这个坏东西竟然盗挖我们的墓穴，破坏我们的安宁！你死有余辜！老天爷已经给你这个坏东西下索命单，你就等着下阴府被油煎烹炸！旋即刮起一阵强劲的阴寒之风，裹挟着又苦又辣的浓雾般的黄色气体，刘去被卷入空中，又被重重地摔到地上。

此时，又有一群白惨惨的女鬼飘落在刘去的四围，其中两个身段婀娜的女鬼厉声斥责：刘去，你这个禽兽不如的恶魔！哈哈哈哈！你也有今天啊！我们都是清白无辜的女儿身，被你和那个蛇蝎心肠的恶毒妇残害掉性命不算，你们还将我们挫骨扬灰！但你们挫扬不了我们的魂灵！像你这种十恶不赦的畜生、恶煞，就应该尝尝千刀万剐的滋味！堂堂的一朝天子竟然徇私枉法，包庇你，让你活着！你还好意思有脸活着吗?!

其他的女鬼咬牙切齿，一齐手持木槌敲打刘去。刘去只感觉自己的骨骼在咯吱咯吱地响，照这样下去，他肯定会被殴打致死，赶紧抱头鼠窜，可是根本就跑不脱。他蜷缩在地，遍体鳞伤，痛得哇哇哀号，不停地磕头告饶。女鬼们没有罢手的意思，将他打得奄奄一息，天亮时分，满腔仇恨的女鬼们才渐渐停止攻击……

刘去醒来，两眼发直，神情恍惚，他的脑海中依然充斥着一群举着大木棒的女鬼，耳畔萦绕着女鬼的严厉呵斥，晕乎了大半天，突然脸部开始抽搐起来，痛哭失声。当天下午，刘去在去上庸的途中自杀。与此同时，毒妇昭信被弃市。

过了四年，刘病已想起一度被废的广川国，又立刘去的兄长刘文为广川王，因为刘文素来正直，曾多次规劝刘去不要作恶，刘病已赏识他的贤德。刘文被立两年后就病逝了，长子刘海阳嗣位，在位十五年。

刘海阳性情跟叔叔刘去差不多，当上诸侯王之后，也目无法纪。广川国辖属的冀州部，曾经一度盗贼横行，都与他不无关系。他荒淫无度，在画室里挂满辣人眼的男女羸交图，摆酒请他的叔伯姊妹们共饮，令他们抬头看画。他的妹妹已为人妻，他竟诱使她与自己宠爱的臣下通奸。更为严重的是，他为了泄私愤，还与堂弟刘调等谋害他仇视的人，将其一家三口都杀害了。

甘露四年（前50年）夏，刘海阳的恶行被冀州刺史张敞全部揭发，控告他的相关上书传到刘病已手中，刘病已不住地重叹，刘海阳怎么也像刘去一样德行败坏！而在这之前，张敞曾上书弹劾过刘海阳，说冀州盗贼猖獗，就是广川王刘海阳纵容包庇的恶果，当时刘病已念及同宗情分，不忍对刘海阳法办，只是给予刘海阳削去户邑的处罚。如今，刘海阳数罪叠加，再不严惩就说不过去了。刘病已便将刘海阳案下给有司讨论。臣子们都知道刘病已素来对荒淫不道的宗亲都没有赶尽杀绝，便奏请将广川王刘海阳废为庶民，举家迁徙房陵，刘病已马上准奏。刘海阳如同被打断脊梁的癞皮犬，痛哭流涕地叩谢圣上不杀之恩，还予以百户封邑的照顾。

同叔父刘去不同，刘海阳被废之后，倒是有强烈的求生欲望，房陵再怎么糟糕，总比掉脑袋强多了！他想起地节年间清河王刘年（又称刚王）也被废迁房陵，不免生发一种同病相怜之感。

刘海阳很清楚，刘年犯的罪行比自己要轻，毕竟他没有滥杀无辜，只是在宫里淫乱，刘年最大的问题，是他淫乱的对象不是外人，而是他的同父异母妹妹刘则。他当太子时就与刘则开始私通，到他封为诸侯王之后，刘则怀上了他的孩子。刘则的丈夫非常愤怒刘则给自己戴这顶硕大的绿帽子，不让她养这个私生子。刘则平素心里只有情哥哥刘年，从不将丈夫放在眼里，就不管不顾地说："你亲自来把他杀了啊。"她丈夫怒道："你给刚王生孩子，当然要给刚王去养！"刘则也很心虚，就把小儿送到继母顷太后那里。王府丞相知道后，便阻止她，不让她入宫。刘年却派小叔父往来迎送刘则，连年不断。小叔父素日受刘年极度厚待，对刘年和刘则兄妹之间的丑事也就睁只眼闭只眼。外人要是背地里议论，被他听到了，他还会为他们打掩护，说兄妹手足情深，本是人之常情，哪有什么私情！那都是胡乱瞎说！

刘则的丈夫无数次在心中诅咒这对无耻的兄妹早点见鬼去，无奈他们都活得有滋有味。他恨自己枉为大丈夫，血性哪里去了?！他一次酒后倒是滋生一个念头：寻找机会将那对无耻兄妹给剁了！酒醒之后，冷静一想，觉得那样代价太大，最终会招致灭族之祸，实在不值当。他实在咽不下这口恶气，最终还是下了决心，将刘年和刘则的苟且之事告到当时的冀州刺史林那里，林派人调查了一番，确认属实，便上书奏称刘年与妹妹乱伦生子，影响很坏，理应严惩。

刘病已素来重视亲情，十分憎恶刘年这种亵渎亲情的乱伦行为，于是将刘年废为庶民，徙到了房陵，不过还是顾及同宗亲情，赐刘年百户封邑。

刘海阳以刘年作为自己的参照，对被迁居房陵也没有过多的哀怨。他想刘年能在房陵那边过日子，他一定也能过下来。

刘海阳案一了结，刘病已给各个诸侯王传达玺书，向侯王们正告：原广川王海阳因德行严重有亏，屡行不法之事，无法再尊享侯爵之位，实属是咎由自取，令人十分遗憾！希望在位的各诸侯王要以原广川王为戒，时时要自我省察，注重自己的德行修养，多做有道之事，方才是利己保族之举。切记切记！

太子刘奭过来向刘病已请安，刘病已留儿子说了一会儿话，提及刘海阳犯事，有意问："奭儿如何看待此案？"

刘奭说："刘海阳贵为诸侯王，过着锦衣玉食的奢华生活，成日里无所事事，干如此不伦之事，实在有辱祖先。"

刘病已微微点头，又问："如果让你来处理此案，你该如何处理？"

"会采用父皇的处理方式。"

刘病已严肃地说："万一父皇处理不当呢？你也会采用？"

"父皇处理得很得当，所以才会采用。"

"得当在哪里？具体说一说。"

"父皇把握好法与情的度。刘海阳犯罪，这是有司已经调查属实，并一律裁定了的，所以父皇削夺了刘海阳的爵位，将他放逐到房陵，父皇之所以这样做，是坚持遵守相关的律令。至于赐他一百户封邑，是父皇顾念宗族亲情，也彰显父皇的仁厚。"

刘病已微笑着颔首，这个他曾一度有点不看好的嫡长子经过这几年的历练，成熟不少。他以前总担心儿子缺乏理政能力，看来自己也是过于多虑。人都是在不断学习与历练中逐渐成长的。奭儿性情虽有点仁弱，但总体来看，还比较沉稳，将来若有股肱大臣悉心辅佐，当个守成之君还是可以的。

有时他也很自然想到自己身后的事。万一哪天他两脚一伸，再也醒不来，永远睡到寝陵中，留下大汉刘氏的基业，让奭儿接管。他需要加强同奭儿的交流。每次奭儿来请安的时候，他都要有意和奭儿一起聊聊，他不只跟儿子聊家常，也聊如何治国理政，聊自己的人生体验，聊如何与臣子相处，聊如何对待底层的老百姓，聊刘氏宗族那些令人遗憾的过往。

3

流年似水，日子一天天滑过，夏去秋至，秋逝冬来，一切看似如常，然而十月二十三日，未央宫宣室阁发生火灾，让刘病已心意不佳，他本能地感觉这大概是老天在警示自己。他想起甘露元年（前53年）祥瑞的黄龙出现在新丰一带，应该铭记才对，于是将其后一年的年号更改为黄龙。

黄龙元年（前49年）春正月，刘病已率领百官前往甘泉宫，在泰畤祭祀天神。这是刘病已在位期间第五次祭天，跟往昔一样的祭祀仪式，一样的肃穆而又宏大的场景，但他的心境发生了些许变化，没有以前那样兴奋，他明显地感觉有些体力不支，难道自己真的是变老，在日时短了？

祭天之后，刘病已非常疲惫地回到未央宫，浑身酸软，不得不休息几天。晨起看到铜镜中的自己两鬓斑白，须发黑白相间，满脸皱纹，容颜有些憔悴，他就有一种难言的失落。年轻是最大的资本，可他已过不惑之年，年龄方面的资本在逐渐减少。回望从十八岁由于偶然机缘被推上帝位，如今也有二十五年了。前六年他都是活在霍光的阴影中，小心翼翼地收敛起任何锋芒，盘算着如何蓄势待发，那种压抑与憋屈刻骨铭心，一辈子都忘不了。霍光死后，他为了清除绊脚石，也是为了给平君报仇，处心积虑地花了两年时间铲除了霍家势力，然后彻底放开手脚治国理政。他是个非常自律勤勉的帝王，每天忙于政务，要批阅成堆的奏章，感觉的多是身累；而协调中央与地方的官吏任命，跟不同类型的臣子相处，人心复杂叵测，如何有效处理好君臣关系，实在是耗神的事，他当这个万姓至尊的帝王太不容易了，心累！

一切由天命。刘病已对着铜镜中的自己叹了一口气。在岁月风尘中翻滚了多年，他早已学会了管控自己的情绪，纵然有多少难言的失落，都被他深藏于心。在朝堂上，在后宫中，他始终是那个让万众仰望的威严潇洒的帝王。不仅国内臣民都敬爱他这个至尊的天子，而且外邦的君长贵族们也都仰慕他，边境很安宁。但国内形势不容乐观，一些边远郡县的百姓生活依然比较困苦，盗贼不止，让他十分忧心。

原先刘病已以为天朝境内一派祥和，因为各地呈报上来的人事、户口、赋税等数字都非常好看。不少地方官员也都每每向他奏报祥瑞之象。不过去年夏季，冀州刺史张敞的一封上书让他很是警觉，张敞在上书中揭露一些地方官员弄虚作假，向朝廷谎报政绩，风气很坏，奏请陛下要予以严惩。

张敞是个耿直又忠信的臣子，他奏报的情况必定不虚。被欺骗与蒙蔽，让刘病已既心寒又恼怒。他向来对地方官比较体恤，知道地方政务繁杂琐细，治理好并不容易，也予以他们一定的自主权，俸禄方面也不亏待他们，干得好的还额外予以奖赏。他们竟然还要心怀不轨，玩虚弄假，实在可气可恨！刘病已选派能够秉公办事的中央级别的官员组成监察组，分批秘密到各郡县察访，对那些虚报政绩的官吏予以严厉惩处，查处并撤换了一批不称职的官吏。他也觉得一些中央官员同样存在不同程度的渎职，也予以严厉批评。

这件令刘病已心堵的事处理完之后，一年也就差不多结束了。新年正旦会之后，他的身体又出现状况，头晕目眩，胸胁闷胀，四肢酸痛，腹泻。御医把脉诊断，认为陛下因为长期操劳国事，过度劳累，导致气滞血瘀，必须安心调理静养一段时间。

卧榻休养期间，他仍然操心朝政，忧虑吏治存在的一些问题。等二月份他的身体略有好转，专门下了道诏书，言辞中肯急切，要求各级官员要端正执政作风："曾闻上古治理天下，君臣同心，判断是非，俱合矩度。是以上下和洽，海内康平。其和衷共济是令人钦佩的。朕不是明君，多次申诏公卿要以宽大为怀，关心与解决百姓疾苦，是将追踪三王的太平盛世，发扬列祖列宗的德泽。如今官吏中有的以不禁奸邪为宽大，以纵释有罪为不苛；有的则以酷吏为贤能，这都是片面而不正确的。如此的奉诏宣化，是十分荒谬的！今天下少事，徭役减省，兵革不动，而百姓多贫，盗贼多起，其过失何在？！向朝廷上报的人事、户口、赋税的情况，文实不符，谎言骗上，以避免追究。三公对此不以为意，朕将怎样了解真实可信的情况！？凡请求减少随从与差役取其费用以自给的都不再执行。御史在审查各地上报的材料时，发现有可疑之处的，要严格进行查证，不能让其以假乱真！"

颁布诏书警示之后，刘病已又要求丞相府和御史府牵头组织得力的监察组到各地巡察，督促地方官员要务实地为民众办事。与此同时，他又诏令各级官员，如发现执政过程中存在问题，应积极上奏，以便朝廷纠偏矫正。

三月下旬，太子太傅萧望之上奏，指出官吏察举制度存在不合理的现象，尤其是廉吏举荐问题更突出，六百石官员被举荐为廉吏，是否合理？请陛下明察。刘病已派人核查，萧望之所奏属实，在四月初下诏，给予明确规定："举荐廉吏，是为了提倡廉洁奉公。官吏俸禄为六百石的大夫，在处理案情时，得先向朝廷请示，因他的秩禄是朝廷据其才能确定的。从现在起，对于俸禄六百石的官员不得复举为廉吏。"

刘病已向来重视治吏不治民，如今吏治出现诸多问题，令他心情不畅。他强烈地意识到，即使制定的规章制度再完备，纸面上的诏令颁布得再多，如果官吏不用心执行，敷衍了事，虚饰政绩，负责监察的官员如果不认真，奸猾的官员往往也就蒙混过关，时间一长，在官场上必将形成负面效应。那些原本踏踏实实为政的官员心里会不平衡，自然也就不甘心好好做事。必须花大力气好好整顿一下吏治。他甚至萌生微服私访的计划，非常遗憾，他的这个计划终究还是落空了，因为没过多久，他又病倒了，御医多方精心调治，也没见多大起色。

太子刘奭每天都在刘病已的病榻前侍奉，见父皇憔悴不堪，很是心疼。他耳闻未央宫辂軨厩中豢养的雌性斗鸡变成了雄鸡，毛发发生了变化，不再鸣叫，也没有斗志，更没有攻击力。他想起古书上的一段记载，说从前周武王讨伐殷纣，行至牧野，陈军誓师："古人说过'雌鸡不能鸣报天明，雌鸡报明，就要倾家荡产'。"刘奭觉得雌鸡变雄鸡似乎不简单，预示将有不吉利的大事发生，他很为患病的父皇担忧，鼻子酸涩得很厉害。

刘病已知道自己此次卧病恐怕难逃大劫，他很在意三月初星象异样：有异星出现于王良星、阁道星座之间，进入紫微星座。据说这种星象对侯王以上级别的人不吉利，他预感上天要召唤他了，内心有一些难过，毕竟他还有诸多牵挂的人与事；但在嫡长子面前，他还是装作若无其事的样子，笑笑说："父皇没事的，只是太累了，躺着歇歇。你不要想太多。"

刘奭强忍眼泪，为父亲轻轻揉腿，"希望父皇早点好起来。"

刘病已微微闭上眼睛，一副享受的样子，"奭儿揉得父皇好舒服。"见儿子没有回应，他便睁开眼，只见儿子脸上挂着两行清泪，在竭力克制着情绪。他抓住儿子的手，"奭儿，父皇真的没事的，不要再哭了。陪父皇说说话。"

刘奭抹抹眼泪，"奭儿怕说话影响父皇休息。"

"父皇躺着，不就是在休息吗?"刘病已轻轻咳嗽了两声，他要趁自己还有些气力说话，将自己牵挂的一些人事都跟长子交代一遍。

他首先说起他最疼爱的嫡长孙刘骜，"大孙很聪明精灵，你以后要多加培养，等他能记事，就给他找最好的开蒙老师。"

"嗯。父皇放心，奭儿会的。"

"你们七个兄妹之间，也要和睦相处，你是长兄，有责任教导他们。"

"奭儿会的。请父皇放心。"

刘病已是个儿女心很重的人，他对自己的五个儿子两个女儿都很关爱。

长子刘奭是他最爱的平君留给他的骨血，他未来的继承人，他自然最为看重。

次子刘钦好学上进，知书懂礼，是他一度他很看好的儿子。早在元康三年，他就将次子封为淮阳宪王。

三子刘嚣性情内敛，孝顺仁慈，好读书，也深得他的喜爱。甘露二年春正月，他将三子封为定陶王，第二年又改封为楚王。

长女刘施温柔贤淑，他封心爱的长女为馆陶公主，等她及笄之后，亲自为她物色佳婿，选中忠信之臣于定国的儿子于永。于永仪表堂堂，有才学，刘施也很满意。

次女刘祺也是他最心爱的平君所生，他心疼女儿自一出世就失去母亲，对她给予更多关爱，很早就封她为敬武公主。刘祺姿容出众，活泼大方，喜欢出宫游玩，一次与富平侯张安世的曾孙张临不期而遇，对风度翩翩的张临一见钟情。刘病已得知女儿的心思，也很乐意成全女儿的婚事。

四子刘宇生于甘露元年，他对年近不惑之年得来的这个四子，很是喜欢。次年秋九月，四子尚在襁褓之中，他就将其封为东平王。

五子刘竟，跟他的嫡长孙年纪相仿，他也是异常地喜爱，打算过几年再给五子封王号。

对自己的七个子女，刘病已最放心不下的是年幼的四子和五子。自己万一有什么不测，这两个幼子就失怙了，没有父亲的照护与教养，他们能无忧无虑地健康成长吗？他非常担心。所以在长子刘奭面前，还是一再嘱咐："宇儿和竟儿年幼，你要对他们格外照护。长兄当父，你将他们同大孙一样对待，可以找最有才德的开蒙老师教他们一起读书。"

父皇说这些，分明是在托付后事，刘奭终于忍不住心中的伤悲，哽咽着说："父皇一定会好起来的，宇弟和竟弟有父皇亲自照护和教养……"没说完，就被刘病已打断了，"生死有命，人是有大限的。这是由不得自己的。父皇总有一天要走的。你无须太过伤悲。一旦到了那天，你就要接替父皇肩上的重担，一头挑起整个皇族，另一头挑起整个天下。你有信心吗？"

刘奭哭出了声，"父皇会好起来的。"

刘病已叹气说："男子汉大丈夫，别动不动就掉泪。父皇问你有没有信心？"

刘奭跪在父皇的病榻前，叩头请罪，声音依然带着哭腔，"奭儿请父皇宽恕！"

刘病已摆手让儿子起来，长叹一声，"父皇不就是生个病嘛，你好像天要塌下来了。"稍作停顿，"将泪擦干吧。你是储君，不能太过于儿女情长，遇事要学会镇静，要想办法如何处理。明白吗？父皇现在病了，你不能成天就哭兮兮的，你得想着多跟父皇交流以后的事，这才是紧要。"

刘奭还是止不住哭泣，"父皇恕罪，奭儿实在……太难过了。"

刘病已摇头深叹，"你去找个地方好好哭一场，等哭够了，再来跟父皇说话。以后不准再在父皇面前哭啼啼的！"

刘奭听命，真的到一个没人的角落号啕痛哭了一场。这么多年来，他一直在父亲的羽翼下长大，对不怒自威的父亲既敬又爱，即便行加冠礼之后奉父亲之命参政议政，他在心理上也还是对父亲有极其强烈的依赖。他作为太子，万一父亲抗不过病魔而仙逝，他就得坐在父亲留下的皇位上治国理政，但他感觉自己并没有准备好。以前总觉得睿智能干的父亲能活得长久，没有想到父亲这么快就病倒了，心疼、失落、彷徨等负面情绪也随之而来。他不敢想象，永远失去父亲的世界会是什么样的，他如何去适应新的变故？

刘奭酣畅淋漓地大哭过后，逐渐冷静下来，将眼泪擦干，重新回到父亲的病榻前。

那前后多天，刘病已陆陆续续地跟太子刘奭谈起有关理政的方方面面，特别告诫太子：一定要重视治吏不治民。他提醒儿子选用文吏（执法吏）务必要慎重，"刑狱关系到千万人的命运，是用以禁暴止邪，养育群生的。要能使生者不怨，死者不恨，这种公正持重的人才可以担任文吏。要警惕那种执法量刑持机巧之心，分析律条，妄生端绪，以出入人罪，无限上纲或有意开脱，以定罪名。将案情不如实上报，朝廷也无法了解真情，当天子的又不能明察，吏不能称职，时间一长，四方黎民就遭殃了！务必督促二千石官员要各自检察其下属，不能用这种徇私枉法的人主管刑狱。你可要记住了！"

"奭儿谨记父皇的教诲。"

"合格的官吏首务是依法办事，也要防止那种心术不正的官吏，为了让来往客使称心如意，就任意派遣听差役夫，提高客使食饮标准，僭越职权和无视法规，以博取客使对他的好评，上报到朝廷的都是虚假的好名声，这好比踏着薄冰而等待烈日，难道还不危险吗？"

"是很危险。要防止这种事出现。"

"做天子的，必须重视了解官吏的各种动态，防止被蒙蔽。"

"父皇说的是。"

"你要知道，治吏的主要意旨在于安民。一定要多关注老百姓的生活，体恤老百姓的难处。逢到天降大灾，像地震、冰雹，要及时赈灾，免除当年的租税，让老百姓有托底。最可怕的灾害还是病疫，比如元康二年，就有一些地区疾疫流行，死了不少人，父皇当时很难过，那一年的租税就全免掉了。"

刘病已跟儿子谈完治吏，喘了喘气。刘奭说："父皇累了，还是少说话，好好安歇。"

"没大碍。父皇跟你说说话解解闷儿。"刘病已歇息了一会儿，又告诫儿子人心复杂，跟官员相处，务必要保持清醒的头脑，要有自己的主见，当断则断，不可优柔寡断；凡事要注意轻重缓急，不可草率行事……

刘病已跟儿子说了该说的，但还是有点不放心，经过再三考虑，他还是决定效仿他的曾祖父，为太子挑选"托孤大臣"，最终选中外戚侍中乐陵侯史高、太子太傅萧望之、少傅周堪作为可嘱托后事的大臣，将他们宣召到他的病榻前，逐一任命：史高为大司马车骑将军，萧望之为前将军光禄勋，周堪为光禄大夫。三人共同接受遗诏，将在他身后辅佐新君理政，主管尚书事务。

刘病已将自己的身后事大致做了安排，极度疲惫地合上双眼，昏沉沉地进入一片白茫茫的世界……

很快，一阵带着淡淡花香的东风拂来，平君出现了，笑盈盈地朝他跑过来，执着他的手，"夫君，我终于等到你了！"他笑笑说："我老得不成样子了，小君还是那么青春端丽。"平君轻轻抚摸着他脸上的沟壑，很心疼，"你当这个皇帝，当得实在太辛苦了！该好好歇歇了！"他笑说："是啊，我是得好好歇歇了。我要将那个大摊子丢给奭儿了，不知道奭儿能不能管理好。"

"奭儿应该没问题吧。夫君已经给他栽好了大树，他只需要好好维护。"

"守成之君也不好当啊。"

"夫君也不要太过于操心了。儿孙自有儿孙福。你辛苦了一辈子，该让我陪你好好安歇了。"

嗯，该好好安歇了……

守在病榻前的刘奭注意到沉睡中的父皇嘴唇翕动着，脸上似有笑意，猜想父皇大概梦到什么开心的事情，他感到更加难过。这大半年来，父皇几乎没有开心过。每次跟他提起一些地方官吏不称职，胡乱作为或根本就不作为，导致百姓生活困苦，民怨很大，父皇就唉声叹气，"三令五申地要求地方官要体恤百姓，要以民为本，到头来还是不尽如人意！"父皇都难以解决的吏治问题，他将来能解决吗？刘奭忧心忡忡。

刘病已缠绵病榻时，王皇后每天都要为刘病已祝祷，希望神灵能保佑皇上病愈。上官皇太后不时过来探望刘病已，每次来，她都忍不住流泪。刘病已劝她不要难过，他只是累了，需要歇歇而已。

寒冬腊月来临，刘病已的病情急剧恶化。十二月初七，这个在位二十五年的帝王走完他四十三年的人生路程，驾崩于未央宫。

嗣位的刘奭忍痛含悲，按《谥法解》"圣善周闻曰宣"，为父皇上谥号孝宣皇帝，庙号中宗。他将父皇隆重地安葬于长安南郊的杜陵。在杜陵南面十多里，长眠着他的生母，他的父皇一生都念念不忘的挚爱。

刘奭亲自整理父皇生前用过的重要物品，将它们都放到陵庙中供奉祭祀。那些遗物中，有三件是父皇生前倍加珍爱的宝贝：一枚用婉转丝绳系挂的小宝镜（用斜文锦包裹，收藏于琥珀装饰的方形小竹笥中），一对青白玉质地的圆雕连体玉舞人，一个手工编织的心形锦囊（囊中装有红丝带系结的两小撮青丝）。

这个锦囊是珍藏在一个金匣子中的。刘奭打开匣子，看到锦囊，就本能地想到肯定是母后编织的。当他再看到锦囊里的两撮青丝，忍不住潸然泪下，他知道，这是当年父皇跟母后新婚时的结发。他们阴阳相隔二十二年，如今终于可以在黄泉相会了！

附录　汉宣帝编年

（前91年－前49年）

（武帝）征和二年（前91年）

出生于太子府（史书称"皇曾孙"）。数月后，巫蛊之祸爆发，其祖父刘据、祖母史良娣以及父亲刘进、母亲王翁须等直系亲属全部罹难。尚在襁褓就被投进郡邸狱，得到廷尉监丙吉的悉心照护。

（武帝）后元二年（前87年）—（昭帝）元凤六年（前75年）

武帝后元二年二月，因武帝驾崩，昭帝刘弗陵即位，大赦天下而得以获释。之后被丙吉送至其祖母史良娣娘家，由太祖母贞君亲自抚养，直至贞君病逝。后因武帝遗诏被录入皇家宗谱，由掖庭抚养，得到掖庭令张贺（原是太子刘据亲信的门客）的百般关照。在张贺的资助下读书，在长安周边一带游历，对民俗民情有所了解，结交王奉光、陈遂、戴长乐等人。

昭帝元凤六年，在张贺的极力张罗下，娶张贺属下的暴室啬夫许广汉的女儿许平君为妻。

（昭帝）元平元年（前74年）

春，长子刘奭出生。

四月，昭帝刘弗陵驾崩。

六月癸巳（二十八日），昌邑王刘贺被主政的大将军霍光推上帝位，仅仅二十七天就被废黜。

七月庚申（二十五日），时年十八岁的刘病已入未央宫，拜见上官皇太后，先被封为阳武侯，而后被霍光领群臣拥立为帝。发妻许平君被封为婕好。

八月己巳（初五），丞相杨敞（太史令司马迁的女婿）病逝。霍光以八十余岁的御史大夫蔡义为丞相。

九月，大赦天下。

下诏求微时故剑，群臣知皇上真实意图，乃奏立许婕妤为皇后。十一月壬子（十九日），许平君被立为皇后，入住椒房宫。霍光认为皇后父亲许广汉是"刑人"（受过腐刑），不宜封国（一年后，许广汉才被封为昌成君）。

上官皇太后归居长乐宫，长乐宫开始驻兵守卫。

本始元年（前73年）

正月，下诏招募资产在百万以上的郡国吏民迁居到昭帝陵墓附近，建平陵邑。派出使者持朝廷符节，诏令郡国太守等二千石官员要谨慎理政，对百姓进行德化教育。

对大将军霍光叩请归政予以谦让再三，仍委请霍光以大任，并对霍光、张安世等重臣论功封赏。

四月庚午（十日），发生地震。诏令中原郡国荐举文学高第各一人。

五月，凤凰（史书记为"凤皇"）聚集于胶东、千乘。大赦天下，赏赐吏民。

六月，下诏为祖父刘据设置墓园奉养，未能如愿。

七月，诏令立燕王刘旦的太子刘建为广阳王，立广陵王刘胥的小儿子刘弘为高密王。

本始二年（前72年）

春，动用水衡钱（天子私钱）加快修建昭帝平陵邑，迁移吏民到此起住宅。大司农阳城侯田延年因犯有贪污罪，自杀。

五月，诏令群臣议奏为曾祖父孝武帝立庙号，定庙乐。遭到长信少府夏侯胜的强烈反对，夏侯胜及附和他的黄霸（时任丞相长史）被弹劾下狱。

六月，诏令尊孝武庙为世宗庙，定《盛德》《文始》《五行》为庙乐，凡孝武帝所巡狩过的郡国都要立世宗庙。

秋，下令动员与征发五路大军，准备援助乌孙抗击匈奴。

本始三年（前71年）

正月癸亥（十三日），皇后许平君产二胎后猝逝（霍光妻霍显胁迫女医淳于衍阴谋毒杀），谥号恭哀皇后，葬杜陵南园。

正月戊辰（十八日），五将军率五路军从长安出发，出塞援乌抗匈。

五月，五将军收兵，战绩均不大。祁连将军田广明因逗留不进、虎牙将军田顺因虚报战果有罪，交军法机构处置，皆自杀。校尉常惠协助率领乌孙兵攻入匈奴右地，大获全胜，封为长罗侯。

大旱。诏令凡郡国旱情严重的地区，免除百姓租税；三辅区内的贫困户，皆免其租税徭役，到第二年为止。

六月己丑（十一日），丞相蔡义去世。甲辰（二十六日），任命长信少府韦贤为丞相，大司农魏相为御史大夫。

本始四年（前70年）

正月，下诏遣使赈贫民，御厨节省馔膳和裁减屠工，乐府减少乐工，让他们去参加农业生产。

三月乙卯（十一日），立霍光小女儿霍成君为皇后。

四月壬寅（二十九日），关东四十九郡大地震，毁坏城郭房屋，六千余人丧生。诏令赈灾，宣布大赦天下。并穿素服，避正殿五天以表示心情沉重。

秋，广川王刘去被指控残杀自己的老师，并伙同王后昭信先后残杀姬妾十多人，诏令废其王爵迁居上庸，刘去自杀，王后昭信被弃市。

地节元年（前69年）

三月，诏令借郡国田地与贫民耕种。

六月，诏令那些因犯罪而被除去属籍的皇族宗室成员若能改恶从善，可以恢复属籍，使其自新。

十一月，楚王刘延寿谋反，自杀。

十二月癸亥晦（三十日），出现日偏食。

这一年，任命于定国为廷尉。

地节二年（前68年）

三月庚午（初八），大司马大将军霍光病逝。诏令以帝王级别厚葬霍光。

四月戊申（十七日），任命张安世为大司马车骑将军。

凤凰聚集于鲁郡，群鸟追随其后。大赦天下。

开始亲政，为表示思报大将军霍光的功德，委任霍光侄孙（实为霍光的儿子）乐平侯霍山领尚书事，总揽朝政。制定"五日听事"制度，即每五日听取一次工作汇报，从丞相以下各署奉职奏事。建立绩效考核机制，根据官吏的政绩与能力予以必要的考核，给予相应的奖赏。

地节三年（前67年）

三月，诏令赏封胶东相王成在妥善安置流民方面做出的卓越政绩，将王成俸禄升至二千石，赐爵为关内侯。又诏令要切实关照鳏寡孤独与年老贫困的百姓，除了借给他们公田，贷给种子、口粮，还要加赐这些鳏寡孤独老人帛匹。并诏令二千石官员要严格要求吏员善待他们，保障他们的基本生活。诏令中原郡国举荐贤良方正，能够深入百姓中去了解民情的人员。

四月戊申（二十二日），立长子刘奭为皇太子，以光禄大夫丙吉为太子太傅，太中大夫疏广为太子少傅。封皇太子外祖父许广汉为平恩侯，又封霍光侄孙（实为霍光的儿子）中郎将霍云为冠阳侯。

特令张敞为山阳郡太守，暗中监视废帝刘贺的一举一动。

五月甲申（二十九日），准许丞相韦贤因年老多病退休，赐其黄金百斤和一辆驷马安车（丞相退休，自韦贤开始）。

六月壬辰（初七），任命魏相为丞相。辛丑（十六日），任命丙吉为御史大夫，疏广为太子太傅，疏广兄长的儿子疏受为太子少傅。

九月壬申（十九日），地震（破坏力不大）。

十月，下诏表示对地震深感惶恐，借此撤除车骑将军张安世和右将军霍禹的屯兵兵权（不久，任命张安世为卫将军，统管京都长安所有警卫军队）。又下诏将皇家未曾使用的池陂禁苑都借给贫民使用；各郡的楼台馆舍不再修建；外流人员返乡的，借给他们公田，贷给种子、口粮，免其役赋。

十一月，下诏要在乡里大力推举孝悌，以达到移风易俗。

十二月，开始设置廷尉平四人，俸禄六百石。

撤销文山郡，其县并入蜀郡。

这一年，派人访寻到母亲王翁须的娘家人——外祖母王媪和大舅王无故、小舅王武，诏令使者陪同他们到长安认亲，予以他们丰厚的封赏。

地节四年（前66年）

二月，封外祖母王媪为博平君，封大舅王无故为平昌侯、小舅王武为乐昌侯。封萧何的曾孙萧建世为侯。下诏倡导孝道，凡有祖父母、父母丧事的可以免去徭役，使能收殓送终，尽人子之道。

五月，下诏表示亲情出于天性，凡儿子藏匿犯罪的父母，妻子藏匿犯罪的丈夫，孙子藏匿犯罪的祖父母，都可以不问罪。另如父母藏匿犯罪的儿子，丈夫藏匿犯罪的妻子，祖父母藏匿犯罪的孙子，罪不至死的，都要上报廷尉与奏明皇上后再行决断。

封广川惠王之孙刘文为广川王。

七月，大司马霍禹谋反。诛灭霍氏，受牵连的有数十家。太仆杜延年因为是霍家旧友，也被罢免官职。

八月己酉（初一），皇后霍成君被废，迁上林苑昭台宫。乙丑（十七日），下诏将告发霍氏政变密谋的男子张章、期门董忠、左曹杨恽、侍中金安上与史高封为列侯。

九月，下诏特派使者到各郡国察访民间疾苦，对遭受水灾的地区进行赈贷。下令降低天下盐价。同时又下诏严禁虐待监狱犯人，特令郡国每年应上报因拷打与饥寒而瘐死狱中的死者的详细信息，丞相与御史要在年终将监狱管理作为一件重要的事项奏明朝廷。

十二月，清河王刘年因被指控乱伦（与其妹刘则私通生子），被废去王爵，贬居房陵。

元康元年（前65年）

正月，龟兹王绛宾及其夫人弟史（乌孙王翁归靡与解忧公主的长女）到长安贺正月，赐印绶，封弟史为公主，赏赐十分丰厚。

以杜东原上为初陵，更名杜县为杜陵。将丞相、将军、列侯、俸禄在二千石的官员，以及资产在百万的富户迁居杜陵。

三月，因感恩于凤凰聚集于泰山、陈留，甘露降于未央宫，诏令赦免天下刑徒，赏赐吏民。

五月，为父亲刘进和母亲王翁须设陵园（奉明园），建立皇考庙。增加奉明园户口，设置奉明县。

免除高祖皇帝时期的功臣绛侯周勃等一百三十六家的嫡长子孙的赋役，让他们以此来供奉家庙祭祀，世世都不得间断（要是没有嫡长子孙的，就免除其以下的庶子孙的赋役）。

八月，诏令在吏民中广泛遴选才德兼备的大儒，要求丞相、御史各负责推举二人，中二千石官员各负责推举一人。

冬，设置建章宫卫尉。

元康二年（前64年）

正月，诏令一些不称职的法吏要恪尽职守，专心业务，重新开始。

二月乙丑（二十六日），立谨厚无子的王婕好（微贱时的好友王奉光的女儿）为皇后。封王奉光为邛成侯。

三月，因凤凰、甘露屡呈祥瑞，对天下吏民予以赏赐。

五月，部分地区疾疫流行。针对一些文法官吏在执法中存在徇私枉法的弊端，颁布"令二千石察官属诏"，要求文法官吏必须依法公正地办案，不可无限上纲或有意开脱，以定罪名。二千石官员各自检察其下属，不得任用徇私枉法的人主管刑狱。并在诏书中对当今天下部分地区疾疫流行造成灾难深表同情，诏令郡国受灾疫严重的地方，免除当年的租税。

为方便百姓上书容易避讳，诏令将原名"病已"改为"询"。在此诏之前触讳（病已）而获罪的，一律赦免。

冬，京兆尹赵广汉有罪，被腰斩。

这一年，少府宋畸因声称"凤凰飞集彭城，未到长安，不足以赞美"，受到指控，被贬为泗水国太傅。

元康三年（前63年）

春，因为凤凰多次栖集于泰山，赏赐天下吏民。

三月，下诏封前昌邑王刘贺为海昏侯，食邑四千户。采纳侍中卫尉金安上的建议，不允许刘贺入长安奉宗庙朝聘之礼。

又下诏厚封当年对自己有哺乳保育之功的御史大夫丙吉、中郎将史曾、史玄、长乐卫尉许舜、侍中光禄大夫许延寿，以及已故掖庭令张贺、郡邸狱女囚胡组、郭徵卿等人，各按恩的深浅进行报答。

四月丙子（十四日），立次子刘钦为淮阳宪王。

六月，鉴于五色鸟以万数飞过三辅各县，翱翔飞舞，想栖集而未下，诏令禁止春夏时期在三辅地区捣鸟巢取鸟卵，不得弹射飞鸟。

元康四年（前62年）

正月，诏令凡八十岁以上的老人，凡因犯诬告与杀伤人罪以外的其他罪行，都免于追究。

派遣太中大夫强等人巡行于天下，慰问老弱孤苦者，览观风俗民情，察看吏治得失，发现并举荐品学兼优的人。

二月，河东郡霍徵史等谋反，被诛杀。

三月，闻报凤凰、五彩鸟以万数集于长乐、未央、北宫、上林苑等宫苑，以为祥瑞，诏令赏赐天下吏民。

八月，廉明正直的右扶风尹翁归病逝，诏令赐尹翁归之子黄金百斤，以奉其父祭祀。又赐功臣的嫡生后代黄金（每人二十斤）。

八月丙寅（十一日），大司马卫将军张安世去世，诏令厚葬。将前将军韩增提拔为大司马车骑将军。

秋季谷粮丰收，每石谷五钱。

神爵元年（前61年）

正月，第一次驾临甘泉宫，在泰畤祭天。

三月，驾临河东，祭祀后土之神，有祥瑞的神爵（雀）聚集，改元为神爵。诏令赏赐天下吏民，所赈借的钱物免收，御驾所经过之地免收田租。

任命胶东王相张敞为京兆尹（其后在任九年）。

西羌反叛汉廷。征发三辅、三河等地的兵士组成平羌军。

四月，派遣后将军赵充国率军讨伐西羌。

六月，有彗星在东方出现。就地封酒泉太守辛武贤为破羌将军，诏令其与后将军赵充国、强弩将军许延寿并进。

诏令各侯王、列侯、蛮夷王侯君应在明年正月来朝的，一律免朝。

秋，同意后将军赵充国上书提出的边塞屯田之策。

神爵二年（前60年）

二月，闻报正月十九日凤凰与甘露降集于京师，群鸟从者以万计。以为祥瑞，深感天恩，诏令大赦天下。

同意乌孙王翁归靡提出其长子元贵靡同汉公主联姻的请求，诏令封解忧公主的侄女相夫为公主，令其出塞和亲，后因翁归靡猝逝导致乌孙政局有变，和亲取消。

五月，西羌降服，斩其首恶大豪杨玉、犹非（一作酋非）首级。设置金城属国以安置投降的羌人。

秋，匈奴日逐王先贤掸领部众万余人降汉。派都护西域骑都尉郑吉迎日逐王，攻破车师，都封为列侯。

九月，司隶校尉盖宽饶因言获罪，自杀。

匈奴单于派遣名王来汉朝献，祝贺正月，请求和亲，未获允许。

这一年，典属国苏武病逝。任命常惠担任典属国。

神爵三年（前59年）

春，修建乐游苑。

三月，丞相魏相去世，谥号宪侯。

四月，以御史大夫丙吉任丞相，封博阳侯。

七月，任命大鸿胪萧望之为御史大夫。

立秋日，率百官举行"白郊礼"，当天夜晚祭昭帝平陵庙。御驾在前往陵庙途中出现剑出鞘坠地的意外情况，令郎官梁丘贺卜筮，卦象显示有兵谋，诏令车马回宫，让负责祭祀的官员代祠。后追查是任章（霍光外孙任宣之子）为报父仇而企图行刺。

八月，下诏将百石以下的小吏的俸禄增加十五石。

九月，海昏侯刘贺及两个嫡生子充国和奉亲相继猝逝。

十月，废除海昏国。

神爵四年（前 58 年）

二月，因感恩于凤凰、甘露降集于京师，嘉瑞同时出现，诏令大赦天下，赏赐民爵一级，女子每百户牛酒若干，鳏寡孤独高年帛若干。

四月，诏令将政绩显著的颍川太守黄霸俸禄升至二千石，赐爵关内侯，赏黄金百斤。还对颍川吏民中品德高尚者予以赏爵。

下令郡国举荐能关心百姓的贤良各一人。

五月，匈奴单于遣弟呼留若王胜之来朝。

十一月，河南太守严延年被查出在言谈话语中对朝廷心怀怨望、诽谤朝政等几桩罪名，判"大逆不道"罪，斩首示众。

十二月，凤凰集上林苑，乃作"凤皇殿"，以答嘉瑞。

五凤元年（前 57 年）

正月，驾临甘泉宫，在泰畤祭天。

为皇太子刘奭举行成人加冠礼。

四月，赦免刑徒修建杜陵。

七月，令群臣议论匈奴形势（匈奴内乱非常严重），多数人认为，匈奴为害汉朝多年，可乘其衰败内乱的机会兴兵将其灭亡。御史大夫萧望之认为不可乘人之危兴兵，应以仁义待之，以恩德感化，使匈奴对汉称臣服从。萧望之的意见被采纳。

十二月，左冯翊韩延寿因受萧望之的算计，竟以"狡猾不道"罪名被斩首示众。

五凤二年（前56年）

三月，驾临雍地，祭祀五畤。

四月，大司马车骑将军韩增病逝。五月，任命强弩将军许延寿为大司马车骑将军。

秋，丞相司直繁延寿上奏弹劾御史大夫萧望之，说他对丞相（丙吉）时常傲慢无礼，又曾派属下官吏给自己家买卖东西，被派者私下贴钱共十万三千，请求将萧望之逮捕治罪。

八月壬午（初二），下诏将萧望之降为太子太傅，任命太子太傅黄霸为御史大夫。

诏令各郡国不得禁止民间嫁娶举办庆贺宴会。

十一月，呼韩邪单于的左大将乌厉屈与父乌厉温敦见匈奴内乱不堪，率其部众数万人降汉。封乌厉屈为新城侯，乌厉温敦为义阳侯。

太仆戴长乐因被人上告有不道罪，怀疑是光禄勋平通侯杨恽所为，便搜罗杨恽罪证上告杨恽大逆不道。因不忍对戴、杨二人加诛，诏令将二人都免为庶人。

五凤三年（前55年）

正月，丞相丙吉病逝。

二月，任命御史大夫黄霸为丞相，封建成侯。

三月，驾临河东，祭祀后土之神。下诏减少天下人头税，赦免天下死刑以下罪犯。

六月辛酉（十六日），任命西河太守杜延年为御史大夫。

设置西河、北地属国，以安置归降汉朝的匈奴人。

广陵王刘胥让巫师李女须诅咒圣上，求神灵保佑他自己当皇帝。此事被人发觉，刘胥用毒药将巫师李女须以及宫女二十余人毒死，企图杀人灭口。公卿大臣请求将刘胥处死。

五凤四年（前 54 年）

正月，广陵王刘胥畏罪自杀。

匈奴单于称臣，遣弟谷蠡王入侍汉廷（充当人质）。

因边塞地区没有外族入侵的战事，诏令将屯戍兵卒减少十分之二。

为嘉奖大司农中丞耿寿昌奏请设常平仓，方便供应北方边塞军需，减少漕转，下诏赐封耿寿昌关内侯。

四月辛丑朔（初一），出现日偏食。诏令派丞相、御史掾二十四人巡行天下，平反冤狱，查处擅自制定苛刻政令不改的官吏。

驸马猥佐成受人指使，上书控告杨恽骄傲奢侈，不思悔过，称这次出现日食，就与杨恽有关。奏章交给廷尉，经过核查，发现了杨恽写给好友孙会宗的信（信中有不少愤激之语）。廷尉判处杨恽大逆不道之罪，杨恽被腰斩；妻子儿女被放逐酒泉郡；侄子杨谭受其牵连，也被贬为庶民；几位与杨恽关系友善的在职官员，如未央卫尉韦玄成和安定太守孙会宗等，都被罢免官职。

秋，诏令废后霍成君迁居蓝田昆吾亭东的云林馆（位于上林苑内），霍成君自杀，令就地予以安葬。

甘露元年（前 53 年）

正月，驾临甘泉宫，在泰畤祭祀天神。

匈奴呼韩邪单于遣子右贤王铢娄渠堂入侍汉廷。

二月丁巳（二十一日），大司马车骑将军许延寿病逝。

四月，在新丰发现黄龙。建章、未央、长乐宫悬挂钟的木架上和铜人都生有一寸多长的毛，被认为吉祥。

丙申（初一），太上皇祭庙失火。甲辰（初九），文帝祭庙失火。宣帝素服五日以示心情沉重。

冬，匈奴单于遣弟左贤王来朝贺。

甘露二年（前 52 年）

正月，立三皇子刘嚣为定陶王。大赦天下，诏令减少百姓的人头税三十钱。

珠崖郡造反。四月，派护军都尉张禄率兵镇压。

御史大夫杜延年以年老多病请求退休，赐安车驷马。

五月己丑（初一），任命廷尉于定国为御史大夫。

九月，立襁褓中的四皇子刘宇为东平王。

十二月，巡游萯阳宫、属玉观。

这一年，老将营平侯赵充国去世。任命常惠为右将军，兼任典属国。

匈奴呼韩邪单于稽侯狦抵达五原塞，表示愿奉献本国珍宝，于甘露三年正月来长安朝见汉天子。

甘露三年（前 51 年）

正月，驾临甘泉宫，在泰畤祭天。

匈奴呼韩邪单于来朝贺正月，赞谒称藩臣而不称名字。赐以玺绶、冠带、官服、驷马、安车、黄金、锦绣、缯絮等诸多贵重器物。后在建章宫设宴款待单于，请其观赏宫廷藏宝。

二月，呼韩邪单于一行回匈奴。派遣长乐卫尉高昌侯董忠、车骑都尉韩昌、骑都尉虎（姓不详）率领一万六千骑兵护送单于。单于自愿居漠南，守卫光禄城。诏令转运边疆的谷米干粮，前后共三万四千斛，接济匈奴人。郅支单于远遁，匈奴遂定。西域各国都全部遵从汉朝号令。

因感于四方戎狄臣服离不开股肱大臣的辅佐，为表彰他们的功劳，命画工在麒麟阁画十一功臣图，画其形貌，署其官爵姓名。唯霍光不名，只标注"大司马大将军、博陆侯姓霍氏"。

三月己丑（初六），丞相黄霸病逝。

五月甲午（十二日），任命御史大夫于定国为丞相，封西平侯；任命太仆陈万年为御史大夫。

诏令儒家学者们在石渠阁讨论《五经》同异，由太子太傅萧望之等公平上奏。宣帝出席并作出最终裁决。讨论的结果，确定以梁丘贺注解的

《易经》、夏侯胜与夏侯建注解的《尚书》、穀梁赤注解的《春秋》作为标准本，分别设置博士。

冬，解忧公主同冯夫人等人从乌孙回到长安。

这一年，廷尉史王禁的女儿王政君在太子府甲馆画堂生下皇长孙。宣帝很是喜爱，亲自为长孙取名骜，字太孙。将太孙时常带在自己身边。

甘露四年（前50年）

夏，广川王刘海阳有罪，因被指控行为如同禽兽，残杀无辜，诏令废其王爵，迁居房陵。

十月丁卯（二十三日），未央宫宣室阁发生火灾。

这一年，改封定陶王刘嚣为楚王。

黄龙元年（前49年）

正月，驾临甘泉宫，在泰畤祭祀天神。

匈奴呼韩邪单于来朝，礼遇与赏赐和第一次来朝时一样。

二月，呼韩邪单于回国。

针对郡县向朝廷上报的人事、户口、赋税存在文实不符、谎言骗上的严重问题，下诏予以痛责，要求御史在审查各地上报的材料时，发现有可疑之处的，要进行查证，不能让其以假乱真。

三月，有彗星出现在王良星、阁道星座之间，后进入紫微星座。

四月，针对举荐廉吏存在的不合理现象，下诏规定：吏六百石不得复举为廉吏。

冬，卧重病在榻，挑选可以嘱托后事的大臣，召外戚侍中乐陵侯史高、太子太傅萧望之、少傅周堪到病榻前，任命史高为大司马车骑将军、萧望之为前将军光禄勋，周堪为光禄大夫，共同接受遗诏辅政，主管尚书事务。

十二月甲戌（初七），驾崩于未央宫。谥号孝宣皇帝，庙号中宗。葬杜陵。

癸巳（二十六日），皇太子刘奭即皇帝位，拜谒高祖祭庙，尊上官皇太后为太皇太后，王皇后为皇太后。

后　记

虽然写了多年小说，但写历史小说，还是第一次，自然别有一番感受。以往写小说，可以放开手脚信马由缰。但这次不能，毕竟写的是历史题材的小说，必须在尊重史实的基础上进行合乎情理的艺术加工，有一种"戴着镣铐跳舞"的感觉。

这部历史小说，主要展现汉宣帝刘病已富有传奇的人生轨迹，叙写与之相关的一些历史人物与事件，其间涉及西汉的宫室建筑、宫廷服饰、礼仪典章、饮食习惯、生活习俗等内容，需要参考诸多的文献史料与实物史料。

可资参考的文献史料中，参考最多的是东汉班固的《汉书》，其次是西汉司马迁的《史记》和北宋司马光的《资治通鉴》，东汉荀悦的《前汉纪》、唐代杜佑的《通典》、南宋王益之的《西汉年纪》等史书也略有参考。另外《三辅决录·三辅故事·三辅旧事》（东汉赵岐等撰写，清张澍辑录）、《西京杂记》（东晋葛洪辑录）等记录西汉故实和逸闻轶事的笔记类杂史，以及《仪礼》《诗（经）》《论语》《孟子》《公羊春秋》《穀梁春秋》等儒家经典也在参考之列。其他诸如沈从文的《中国古代服饰研究》、何清谷校注的《三辅黄图》（又名《西京黄图》，古代地理书籍，主要记载汉代都城和京畿地区的地理状况，其中宫室园囿记载尤为详备，作者佚名）、刘云勇撰写的《西汉长安》等也有所参阅。

可资参考的实物史料，主要是西汉帝陵和侯王墓出土的一些珍贵文物。每一个无言的文物背后都有其鲜活的故事，令人浮想联翩。想当年它们的主人住在贝阙珠宫，过着豪华奢侈的生活，浆酒藿肉，馔玉炊珠，到头来都成了过眼浮尘，无影无踪；而它们作为主人的陪葬品，沉睡于地底，历经两千多年的岁月风尘，容颜依旧，重见天日后呈现在今天的世人

面前，依然带着古朴而又富有韵致的西汉遗风，不由得不令人心生感喟：人逝倏忽，器物长存。作为有思想的高级智能动物的人，不管他的身份有多高贵，他的生活有多奢华，终究不过是这凡尘间的匆匆过客。有些文物蕴含丰富的生命意蕴与深刻的情感内涵，直接成为这部小说中的重要物象，如汉宣帝杜陵出土的圆雕玉舞人、汉昭帝平陵出土的"长生无极"瓦当、海昏侯刘贺墓葬出土的高级玩具车（青铜镏金虎车）等。

细检史料的过程中，也注意到史书上有些记载前后相抵牾，或存在不实之嫌，令人质疑。其中《汉书》就有多处。

比如刘病已即位时，长子刘奭多大年纪？《汉书》记载前后不一致。

《外戚传》记"广汉重令为介，遂与曾孙（宣帝），一岁生元帝。数月，曾孙立为帝，平君为婕妤"，此处明确记载元帝刘奭出生几个月后，刘病已即位。但《元帝纪》又如此记载："孝元皇帝，宣帝太子也。母曰共（恭）哀许皇后，宣帝微时生民间。年二岁，宣帝即位。"这里记载的是刘奭两岁时，刘病已即位。照第一种说法，元帝生于公元前74年；照第二种说法，元帝生于公元前76年。究竟哪一种说法更靠谱？再来看《疏广传》所记载的信息：地节三年（前67年）四月，刘奭被册立为皇太子，刘病已选丙吉为太子太傅，太中大夫疏广为太子少傅，过了数月，丙吉升迁为御史大夫，疏广紧跟着被提拔为太子太傅，他的侄子疏受当太子少傅。疏家叔侄二人教太子教了五年，一直将太子教到十二岁，就称病辞职回家。据此处所记，刘奭是七岁时被立为皇太子，他应该生于昭帝元平元年（前74年）。如此看来，《外戚传》记载比较靠谱。

又比如昭帝的皇后上官氏入宫时多大年纪？《汉书》记载也存在不一致的地方。

据《霍光传》记载，上官皇后与昭帝年纪相当，而《外戚传》又言之凿凿地说她六岁入宫当昭帝的皇后。最初上官氏的父亲上官安求岳父霍光帮着运作，将他的女儿送进宫里当皇后，被霍光拒绝，因为霍光觉得外甥女幼小，不合适。又据《昭帝纪》记载，八岁的昭帝在后元二年（前87年）即位，立皇后是始元四年（前83年）三月，其时昭帝十二岁。《外戚传》和《昭帝纪》的记载大致可采信，上官皇后比昭帝小六岁，她是六岁时当的皇后。

再比如受霍氏谋反案牵连，被诛杀的家庭到底有多少？

《霍光传》说有"数千家"。柏杨在其历史随笔《皇后之死》中也采信《汉书》的说法："史书上记载，这次屠杀了一千余家。中国一向是大家庭制度，富贵之家，人口更多，每家以一百人计算，就屠杀了十余万人，长安几乎成为空城矣。"

"数千家"这个数字令人质疑。刘病已算得上一个明智之君，他很注重民心，不太可能过度大开杀戒，何况此次清除的主要对象是霍家势力，他在诏令中特意提到："诸为霍氏所诖误，事在丙申前，未发觉在吏者，皆赦除之。"此诏令大意：所有被霍氏所连累的人，如果事情发生在丙申以前，还没有发觉报官在押的，一律赦免。这就说明刘病已并不想将事态扩大化。

司马光也不认可《汉书》所记载的"数千家"，他在《资治通鉴》中就明确写成"数十家"。还有一种情况也不排除，班固的《汉书》原本写的就是"数十家"，在后来的传抄、流传中被误写成"数千家"，而司马光看到的恰恰是班固原作，自然照录成"数十家"。

写作过程中，参考《汉书》的相关人物传记，注意到有些人物身份不明确，比如劝说杨敞参与霍光废帝计划的夫人是不是司马迁的女儿？酷吏严延年与执金吾严延年是同一人还是两个人？刘病已的女儿敬武公主的生母是谁？诸如此类的小问题，需要将相关人物传记结合起来进行比对来确定或推断。

关于杨敞夫人。当初霍光起意要废黜新帝刘贺，命大司农田延年到丞相杨敞家去告知他们的废帝计划，素来胆小怕事的杨敞吓坏了，被其夫人劝说才同意参与。

很早就知道杨敞是太史公司马迁的女婿，以前想当然地认为杨敞的这位夫人就是司马迁的女儿。但细检史书的相关记载，才知判断有误。

据《杨敞传》有关杨敞次子杨恽的一段记载："恽母，司马迁女也。……初，恽受父财五百万，及身封侯，皆以分宗族。后母无子，财亦数百万，死皆予恽，恽尽复分后母昆弟。"从这段文字可以看出，司马迁的女儿此时应该已过世，所以杨敞才会续弦，也就是杨恽那个无子的后母。而杨敞在刘病已登基后不久就病逝了，夫人劝诫杨敞一事发生在刘贺被废前，距离杨敞病逝不到两个月。再者，按古时的礼制，妻子去世，丈夫一般要服丧一年，服丧期间不允许再娶。

综合各种资料来看，这位夫人只能是杨敞的续弦妻子，杨恽的后母。清朝学者何焯在《义门读书记》中也持相同看法："《杨敞传》：'敞夫人遽从东箱（同"厢"）谓敞。'敞夫人是后妻，非司马迁女。观下子恽传中后母无子之文可证。"

关于两个严延年。有关"执金吾严延年"的记载见于《刘贺传》。该传记载时任山阳郡太守的张敞奉刘病已之命监视刘贺。张敞到刘贺所居住的府上查看刘贺及其家人境况，写奏书向刘病已汇报，其中提及他查点刘贺的子女，查点到持辔时，刘贺马上下跪说："持辔的母亲，是严长孙的女儿。"张敞知道执金吾严延年字"长孙"，其女罗紨是刘贺的结发妻子。而《严延年传》记载的严延年是个酷吏，字"次卿"，先后当过涿郡太守和河南太守。

最初觉得《刘贺传》和《严延年传》这两传所记载的严延年是同姓名不同字的两个人。略一思忖，自感这种看法有点武断，毕竟那时候改名或改字也不稀奇。比如刘病已就改过名。大家熟悉的西汉著名学者刘向也改过名，他原名叫刘更生，汉成帝时期改名叫刘向。

再细品《严延年传》的相关记载，又觉得这两传所记的严延年应该还是同一个人。该传记载霍光废黜刘贺之后，严延年异常愤恨，在刘病已被拥立上位后，他上书弹劾霍光，说霍光"擅自废掉皇帝，没有臣子应有的礼节，不守道义"。谁都知道，霍光是当时能擅自废帝的最强势的权臣，满朝文武官吏没有谁敢跟霍光公开唱对台戏，何况新立的皇帝刘病已已经登基了，这个时候再来弹劾霍光，岂不是自找麻烦？

大凡人都有趋利避害的本性，如果不是因为跟刘贺有姻亲关系，严延年恐怕不大可能在这个时候站出来，冒着巨大风险为刘贺打抱不平。事实上，严延年因为弹劾霍光，惹下了大麻烦。霍光指使亲信弹劾严延年，最终竟将严延年弹劾成死罪。严延年不能坐以待毙，索性逃亡了。关于他逃亡的整个过程，史书没有记载。严延年为了躲避霍党的追捕，出于自身安全考虑，将自己的字由"次卿"改为"长孙"，也是情理中的事。不过，这些都是笔者个人的大致推断。

一次偶然的机会，在网上看到早年有一篇专门考证严延年的论文（束景南、余全介《严延年新考》），跟笔者的看法不谋而合。该文通过非常详细的考证，认定西汉昭宣时期不存在两个严延年，酷吏严延年严次卿，就是执金吾严延年严长孙。感兴趣的读者，不妨上网搜看这篇论文。

关于敬武公主的生母。刘病已有五子二女。敬武公主是他的次女。有关他的长女和五个儿子的生母，史书均有明确记载，只有敬武公主的生母不详。

敬武公主又称敬武长公主。史载西汉时期的长公主一共有六位：鲁元长公主，馆陶长公主，平阳长公主，卫长公主，鄂邑盖长公主、敬武长公主。前四位长公主都是皇后嫡出。鄂邑盖长公主虽是庶出，但由于她入宫抚育同父异母的幼弟（汉昭帝）而受尊崇，享受嫡出公主的殊荣，受封长公主。敬武长公主大概率也应该是皇后所出。

刘病已先后立过三位皇后：许平君、霍成君和昔日好友王奉光的女儿王氏。史载霍成君没有生育，王氏也没有子嗣，只有许平君生育了两个孩子。在她生下第二个孩子之后，就被霍显指使女医淳于衍毒杀。她生的这个孩子是儿子还是女儿？有没有存活下来？史书均没有记载。按常规推断，皇室子女出生后，由专门的乳母精心哺育，这个孩子应该活了下来，而且大概率是个女儿，毕竟刘病已只有两个女儿，长女刘施是庶出，这个敬武长公主十有八九就是嫡出，皇后许平君所生。

刘病已七个子女中，只有敬武公主没有留下名字，写作时为了行文方便，笔者姑且为她临时取名刘祺。

由于现存的西汉时期的史料很有限，诸多历史人物与事件留有不少空白，只能适当予以"脑补"，即在具体写人叙事过程中，按照小说的范式，依托现有史料，以人性人情为支点，遵照基本的生活逻辑，进行合乎情理的想象，予以适当虚构，补充诸多生动细腻的细节，使人物立体丰满，叙

后记

写的事件前因后果脉络清晰，增强可读性。

整个写作过程，始终处于一种沉浸状态，即便整部作品全部完稿，也依然有一种意犹未尽之感。冥冥之中，仿佛穿越两千多年的苍茫时空，走进恢宏的汉家宫阙，游目骋观，揽胜怀古……

与汉宣帝相遇，与许平君相遇，与一群身穿袍服、头戴冠缨的人相遇……倾听有关他们流传已久的故事，感受他们的喜怒哀乐。之所以能与他们同心共情，是因为自己同他们一样，都是生活在这片广袤土地上的逆旅行人，在走完自己的人生路途之后，终会成为一抔黄土，化作一缕尘烟，隐入岁月长河……

作　者

2025 年孟春于北京